JEAN PLAIDY
besser bekannt als
VICTORIA HOLT

DER
SCHARLACHROTE
MANTEL

Roman

Deutsche Erstausgabe

WILHELM HEYNE VERLAG
MÜNCHEN

HEYNE ALLGEMEINE REIHE
Nr. 01/7702

Titel der amerikanischen Originalausgabe
THE SCARLET CLOAK
Deutsche Übersetzung von Alexandra v. Reinhardt

Copyright © 1957 und 1969 by Jean Plaidy
First published 1957 under the pseudonym of Ellalice Tate
Copyright © der deutschen Übersetzung 1988
by Wilhelm Heyne Verlag GmbH & Co. KG, München
Printed in Germany 1988
Umschlagfoto: ZEFA/W. Mähl, Düsseldorf
Umschlaggestaltung: Atelier Ingrid Schütz, München
Satz: werksatz gmbh, Wolfersdorf
Druck und Bindung: Elsnerdruck, Berlin

ISBN 3-453-02559-8

Fanatische Narren die in jenen zwielichtigen Zeiten unter dem Deckmantel bigotter Religiosität die schlimmsten Verbrechen begingen!

John Langhorne, 1735–1779

Unsere Religiosität reicht gerade zum gegenseitigen Haß, nicht aber zur gegenseitigen Liebe aus.

Jonathan Swift, 1667–1745

Wer die persönliche Meinung eines Menschen respektiert, bezeichnet sie auch als solche; als Häresie wird sie von jenen verschrien, denen etwas Derartiges ein Greuel ist. Und doch bedeutet Häresie nichts anderes als persönliche Meinung.

Thomas Hobbes, 1588–1679

Inhalt

I
Andalusien, Frühjahr 1572

Señorita Isabella de Ariz fächelte sich am Fenster Kühlung zu. Neben ihr saßen ihre beiden Anstandsdamen, Juana und Maria, die sich sichtlich unbehaglich fühlten. Es kam sehr selten vor, daß ihre junge Herrin soviel Freiheit genoß.

»Beugt Euch nicht so weit vor!« befahl Juana.

»Es wäre unklug, wenn diese Zigeuner Euch deutlich sehen könnten«, fügte Maria hinzu. »Wer weiß, auf welch üble Gedanken sie kommen könnten!«

In dem Patio plätscherte ein Springbrunnen; die Blumen dufteten betörend, und die Sonne brannte heiß auf die weißen Fliesen.

An Maria gewandt, brummte Juana: »Wer hat diese Zigeuner überhaupt in den Patio gelassen? Wer, frage ich mich? Ob es dieser Faulpelz Tomás war? Er soll sich nur nicht einbilden, daß so etwas gestattet ist. Er wird Rede und Antwort stehen müssen, sobald Don Alonso zurückkehrt.«

»Laß doch gut sein, Maria«, sagte Isabella. »Sie wollen uns ihre Tänze vorführen, und warum sollten sie das nicht tun dürfen?«

»Sie wollen uns nur das Gold aus der Tasche locken und weiter nichts!«

»Von irgend etwas müssen sie ja schließlich leben«, wandte Isabella ein.

Juana warf Maria kopfschüttelnd einen beredten Blick zu. Ihre junge Herrin wurde immer eigensinniger. Nur gut, daß sie bald heiraten würde; ihr Ehemann würde sie schon zur Vernunft bringen.

Die Tage hinter den *persianas* wurden ihr jetzt oft zu lang.

Ihre Handarbeiten machten ihr keine Freude mehr; nicht einmal die herrliche Altardecke mit den blauen und goldenen Stickereien von Heiligen vermochte sie zu begeistern. Aufsässig murrte sie von Zeit zu Zeit:

»Ich habe es satt... so satt, hier zu sitzen... tagein, tagaus... und nie erlebe ich etwas!«

»Was soll die Tochter eines vornehmen Edelmanns denn Eurer Meinung nach erleben, Doña Isabella?« wurde sie von den Anstandsdamen gefragt.

»Nichts, nehme ich an«, antwortete sie mürrisch. »Nicht das geringste... Sie steht früh auf und betet; sie besucht die Messe — oh, nicht in der Kirche, o nein! Das ist ihr nicht erlaubt — es wäre viel zu gefährlich! Sie hört die Messe in der Privatkapelle, die nur eine Treppe und einen Korridor von ihrem Zimmer entfernt ist, und dann hat sie einige Stunden Unterricht, und anschließend beschäftigt sie sich mit ihrer Stickerei. Was könnte sie auch anderes tun?«

»Sollte sie Eurer Ansicht nach etwa in der Gegend herumlungern wie ein Bauer oder Zigeuner?«

»Manchmal beneide ich die Bauern und die Zigeuner — besonders jene barfüßig tanzenden Mädchen!«

Solche Äußerungen waren schockierend, und die Anstandsdamen pflegten sich kopfschüttelnd anzusehen. Es war wirklich höchste Zeit, daß ihre Isabella in den heiligen Stand der Ehe trat. Sie war sechzehn — also alt genug, und sie war sichtlich reif dafür, das Leben eines sorgsam behüteten jungen Edelfräuleins mit dem einer Gattin und Mutter zu vertauschen.

Sie war einfach nicht mehr damit zufrieden, an ihrem Fenster zu sitzen und auf den Patio oder die Gärten hinauszublicken, die durch die Blätter der riesigen Palmen vor der sengenden Sonne geschützt waren; es genügte ihr nicht mehr, vom Fenster aus die Farbenpracht der Blumen zu bewundern, sich an der köstlichen, nach Orangenblüten duftenden Luft zu erfreuen und zu beobachten, wie die Trauben in den Weinbergen heranreiften, wie sie vom Wind mit der weißen Erde bestäubt wurden, die den Wein aus der Gegend um Jerez zum besten der Welt machten. Am liebsten hätte sie sich unter das Volk gemischt, das sie auf der Straße vorbeiziehen sah; fasziniert blickte sie den Hausierern und Zigeunern nach, die von Sevilla und Cordoba, von Malaga, Granada und Cadiz herkamen.

Und nun tanzten also Zigeuner im Patio! Und es war Doña Isabella gewesen, die in Abwesenheit ihrer Eltern erklärt hatte, daß ihr diese Zerstreuung sehr willkommen sei.

»Wer weiß, ob es sich nicht um Räuber handelt?« murmelte Juana. »Seht Ihr die Messer in ihren Gürteln?«

»Messer tragen sie alle«, entgegnete Isabella. »Das habe ich oft beobachtet, wenn sie auf der Straße vorbeizogen. Jeder Mann hat seine *faja*. Das ist auch notwendig. Wie sollte er sich auf seinen einsamen Reisen denn sonst auch verteidigen können?«

Juana und Maria schüttelten sich demonstrativ und verdrehten die Augen zur Decke.

Isabella beugte sich etwas vor, denn ihr war ein junges Mädchen aufgefallen, das mit noch größerer Hingabe und Leidenschaft als die anderen Zigeuner tanzte. Unter seinem zerlumpten roten Rock kamen schmale braune Füße hervor; trotz der durchlöcherten Bluse, die eine braune Schulter entblößte, strahlte es Würde und Stolz aus. Sein Haar war von dem für Zigeuner typischen bläulichen Schwarz; in den riesigen feurigen Augen stand brennende Neugier geschrieben; die großen Ohrringe baumelten bis zu den Schultern hinab.

Die junge Zigeunerin war ganz offensichtlich darum bemüht, die Aufmerksamkeit auf sich zu lenken. Isabella wußte, daß diese glühenden dunklen Augen sie am Fenster erspäht hatten, und als ihre Blicke sich trafen, sah sie den flehenden Ausdruck des Mädchens und erkannte, daß es nicht nur um die *pesetas* bettelte, die man den Tänzern zuwerfen würde, sondern um etwas anderes — um etwas Bedeutsameres.

Ein Mann packte das Mädchen am Arm und zog es zwischen die anderen Tänzer zurück, aber während es sich widerwillig wieder einreihte, wandte es den Kopf und versuchte verzweifelt, den Blickkontakt mit Isabella wieder aufzunehmen.

Weder Juana noch Maria hatten der jungen Tänzerin Beachtung geschenkt, worüber Isabella sehr froh war. Sie suchte in der umherwirbelnden Menge nach dem Mädchen; aber es war klein und deshalb schwer ausfindig zu machen. Isabella beobachtete fasziniert die sinnlichen Bewegungen der Tänzer. Sie sah die Zigeunerinnen mit gesenkten Lidern Gleichgültigkeit vortäuschen, während sie von den Männern verfolgt wurden; sie sah das plötzliche Aufblitzen in den dunklen Augen und die strahlend weißen Zähne, wenn ein Mädchen seine Verstellung aufgab und sich leidenschaftlich dem Spiel überließ, das aus Verfolgung, Eroberung und Hingabe bestand.

Nach einem letzten Crescendo verstummten die Lauten der beiden Musikanten schlagartig. Die Tänzer standen regungslos in ihren Posen da, so als hätte sie ein Gott plötzlich in Statuen verwandelt. Einige Sekunden lang herrschte absolute Stille auf dem Patio. Isabella bekam lautes Herzklopfen; sie hatte das eigenartige Gefühl, als würden die grelle Sonne, die Blumendüfte und die gleichsam versteinerten Gestalten zu einem geheimnisvollen Ganzen von großer Bedeutung verschmelzen.

Dann sprang jene junge Zigeunerin, die Isabella so flehende Blicke zugeworfen hatte, mit einem geschmeidigen Satz nach vorne und begann — während alle anderen immer noch bewegungslos verharrten — eine *farraca* zu tanzen. Sie imitierte gekonnt die Bewegungen eines Stierkämpfers, und dank ihrer Körperbeherrschung und ihrer ungewöhnlichen Ausstrahlung gelang es ihr, in dem Patio die spannungsgeladene Atmosphäre der *corrida* hervorzurufen. Isabella war völlig hingerissen. Jetzt war das Mädchen in Gefahr; jetzt war es knapp dem Tod entronnen; jetzt triumphierte es und tat so, als schwenkte es die rote *muleta*, während die Menge begeistert jubelte und klatschte.

Isabella hatte sich weit vorgebeugt. »Bravo! Bravo!« rief sie.

Aber Juana und Maria zogen sie sogleich zurück, und unten gesellte sich ein Mann zu dem Mädchen. Dies war der *flamenco* — jener schnelle Tanz, der so hieß, weil er die Menschen an das Verhalten der aus den Flandernkriegen heimkehrenden Soldaten erinnert hatte. Lärmend und voller Improvisationen porträtiert er die Aggressivität plündernder Soldaten. Der Mann war — wie Isabella deutlich erkannte — wütend auf das Zigeunermädchen; das ging aus dem ausdrucksvollen Tanz klar hervor. Er packte es grob; es befreite sich zornig aus seinem Griff. Die Musikanten spielten jetzt wilder, und die Leute klatschten in die Hände. Die Zigeunerin hatte ihre Elfenbeinkastagnetten aus der Rocktasche geholt und klapperte im Takt der Musik heftig damit.

Diesmal konnte von Unterwerfung und Hingabe nicht die Rede sein; das Mädchen blieb aufsässig und riß sich immer wieder von dem Mann los; es war so, als trieben sie einander zur Raserei. Dann löste sich plötzlich ein dunkelhaariger Zigeuner, in dessen Gürtel ein größeres Messer als das der übrigen steckte, aus der Menge und schloß sich den beiden Tänzern an. Er schnippte mit den Fingern dicht vor den Augen des jungen Mannes, und einen Augenblick später tanzte die ganze Zigeunerschar, und das Mädchen war zwischen den umherwirbelnden Körpern nicht mehr zu identifizieren.

Juana trat ans Fenster und warf Münzen auf den Hof.

»Geht jetzt!« rief sie. »Man wird euch in der Küche zu essen geben. Es ist genug. Das gnädige Fräulein ist müde.«

Der Tanz endete abrupt; die Münzen wurden gierig aufgesammelt. In kürzester Zeit war der Patio leer, und nur die Sonnenglut und der Blumenduft blieben von dem ungewöhnlichen Schauspiel zurück.

Sie riefen beim Aufbruch Segenswünsche für das Haus und seine Bewohner, aber Isabella hielt vergeblich Ausschau nach dem Zigeunermädchen, dessen Tanz sie so beeindruckt hatte.

Sie wandte sich vom Fenster ab.

Sobald ihre Eltern zurückkehrten, würden Juana und

Maria es für ihre Pflicht halten, ihnen zu berichten, was vorgefallen war, und sie würde zweifellos gescholten werden.

Sie zuckte mit den Schultern. Zumindest hatte sie einmal ihren Willen durchgesetzt; und zudem würde dieses Haus — davon war sie überzeugt — ohnehin nicht mehr lange ihr Zuhause sein. Bald würde sie auf einem Anwesen einige Meilen südlich von Sevilla leben, und als verheiratete Frau würde sie ihre Eltern oft besuchen können. Sie würde viel mehr Freiheit genießen, sobald sie Blasco heiratete — oder Domingo. Welcher von beiden würde es sein? Domingo war der ältere, aber in jener Zeit, da sie als Kinder zu dritt gespielt hatten, war Blasco ihr Freund gewesen. Sie hatte ihren Eltern oft von ihm erzählt. Sie kannten ihre Gefühle, und sie liebten ihre einzige Tochter sehr; sie würden sie gewiß glücklich sehen wollen.

In den letzten Jahren hatte sie weder Blasco noch Domingo zu Gesicht bekommen; da sie einen der Brüder heiraten sollte, hatten die beiden Elternpaare beschlossen, daß sie nicht ihre ganze Kindheit miteinander verbringen sollten. Seit fünf Jahren war Isabella nicht mehr auf dem Gut der Carramadinos gewesen; wenn ihre Eltern dort einen Besuch machten — wie auch an diesem Tag —, wurde sie nie mitgenommen; und obwohl Señor Gregorio und Señora Theresa Carramadino häufig zu Besuch kamen, brachten auch sie ihre Söhne nicht mit.

Ob Domingo und Blasco wohl oft an sie dachten, so wie sie ihrerseits oft an die beiden dachte? Ob sie sich an die gemeinsamen Spiele erinnerten? Blasco war damals sehr mutig gewesen, viel männlicher als sein Bruder, obwohl er zwei Jahre jünger als Domingo war — und zwei Jahre älter als Isabella. Blasco hatte die Angewohnheit gehabt, bei der Begrüßung ihre Hand zu küssen, dann langsam den Kopf zu heben und sie mit seinen schwarzen Augen auf eine Weise anzusehen, als wären sie beide schon um Jahre älter und als wäre Domingo sozusagen nicht vorhanden. Domingo war freundlich und sanft und sprach davon, Priester werden zu wollen; im Gegensatz zu seinem Bruder hatte er damals nicht an Heirat gedacht. Blasco sprach von Abenteuern, von Cortes und Peru, von den herrlichen neuen Ländern, die er zum Ruhme Spaniens entdecken würde, von den Schätzen, die er von dort mitbringen und mit König Philipp teilen würde. Isabella hatte sich oft gefragt, was wohl geschehen wäre, wenn man ihr und Blasco erlaubt hätte, sich weiterhin zu treffen.

Hatte sie zuviel an diese Jungen gedacht? Aber sie hatte schließlich so wenig Abwechslung, daß das nicht weiter verwunderlich war.

Welch gewaltiger Unterschied bestand doch zwischen der Freiheit jenes Zigeunermädchens und dem behüteten Leben des vornehmen adeligen Fräuleins! Ein rebellischer Geist erwachte in ihr. Daran waren die Zigeuner schuld. Juana und Maria hatten recht gehabt; sie hätte der Vorstellung nicht zuschauen sollen. Es waren nicht einfach Tänze; es war ein Ausdruck ihrer ganzen Lebensweise.

Vor dem Auftauchen der Zigeuner hatte sie im Bewußtsein, daß sie bald heiraten würde, relativ ausgeglichen und zufrieden an der Altardecke gearbeitet. Sie hatte nicht darüber nachgedacht, wie aufregend Blasco gewesen war, wie sehr sie jene Gelegenheiten genossen hatte, bei denen es ihnen beiden gelungen war, sich von dem allzu stillen und ernsten Domingo zu entfernen. Jetzt ging es ihr durch den Kopf, ob auch das Zigeunermädchen gezwungen sein würde, einen Mann zu heiraten, den die Eltern aussuchten. Nein! Die Idee war geradezu absurd. Jenes Mädchen würde sich niemals gegen seinen Willen zu etwas zwingen lassen. Isabella hatte noch deutlich vor Augen, welch leidenschaftlicher Zorn aus Mimik und Gestik der Zigeunerin gesprochen hatte, als der junge Mann mit ihr tanzte.

Ihre Gedanken schweiften weiter, und sie überlegte, wie ihr Leben im Hause der Carramadinos wohl aussehen würde. Allmählich würde Doña Theresa ihr die Zügel überlassen; sie würde die Hausherrin sein. Und falls man sie zwang, Domingo zu heiraten, würde Blasco immerhin stets in ihrer Nähe sein.

Plötzlich wurde die Tür weit aufgerissen, und Maria stürzte ins Zimmer.

»Jetzt haben wir die Bescherung!« rief sie. »Tomás wollte Wein aus dem Keller holen, und seht nur, was er dort gefunden hat! Juana, bring sie herein. Bring sie herein, sage ich, damit Doña Isabella sieht, was passieren kann, wenn wir Zigeuner ins Haus lassen!«

Isabella hielt unwillkürlich den Atem an und machte einen Schritt vorwärts, ohne zu bemerken, daß sie auf die Altardecke trat. Ihre ganze Aufmerksamkeit galt dem braunhäutigen Mädchen, das sich bei ihrem Anblick von Juana losriß und ihr zu Füßen warf.

»Was hat das zu bedeuten?« fragte Isabella.

»Sie ist zurückgekommen, um im Haus zu stehlen«, erklärte Juana.

Die Zigeunerin bedachte sie mit einem giftigen Blick. »Ihr lügt!« zischte sie.

»Wenn du nicht zum Stehlen zurückgekommen bist — aus welchem Grunde dann?« fragte Isabella.

»Ich bin nicht zurückgekommen. Ich bin überhaupt nicht weggegangen.«

»Du hast dich also im Keller versteckt, als die anderen aufbrachen?«

Das Mädchen lächelte und zeigte dabei seine strahlend weißen Zähne.

»Es war ganz einfach. Sie waren mit Essen und Trinken vollauf beschäftigt.« Die Zigeunerin verzog angewidert das Gesicht, aber gleich darauf schmunzelte sie belustigt beim Gedanken daran, wie sie ihre Leute überlistet hatte. »Hunde!« rief sie. »Sie sind nichts weiter als Hunde!«

»Es ist doch dein Volk«, entgegnete Isabella. »Sie werden zurückkommen und nach dir suchen.«

»Doña Isabella sollte durch die Gegenwart dieses Mädchens nicht länger belästigt werden«, sagte Maria. »Bring sie weg, Juana. Bring sie weg.«

Die dunklen Augen blitzten Maria zornig an. »Ich will mit der Dame sprechen!«

»Bist du in Schwierigkeiten?« erkundigte sich Isabella.

Die Zigeunerin nickte.

»Laßt uns allein«, sagte Isabella zu ihren beiden Anstandsdamen.

»Habt Ihr den Verstand verloren, Doña Isabella? Das Mädchen könnte Euch umbringen!«

Die Zigeunerin hob ihre Röcke und zog ein Messer hervor, das sie darunter an einem Gürtel getragen hatte. Juana und Maria wichen erschrocken zurück. Aber das Mädchen hielt ihnen das Messer hin. »Nehmt es... damit Ihr sicher sein könnt, daß ich der gnädigen Frau nichts zuleide tue.«

Maria griff zögernd nach dem Messer. Es war eine *faja*, wie sie die meisten Männer in ihren Gürteln stecken hatten.

»Es dient nur zu meinem eigenen Schutz«, erklärte das Mädchen mit gesenkten Lidern. »Nur deshalb trage ich es bei mir. Gnädige Frau, bitte laßt mich unter vier Augen mit Euch sprechen.«

»Das kommt überhaupt nicht in Frage!« protestierte Juana.

Aber Isabella befahl: »O doch, ich möchte mit diesem Mädchen sprechen. Ich weiß, daß es mir etwas zu sagen hat. Das hat es schon versucht, als es vorhin im Patio tanzte.«

Die Zigeunerin lächelte. Die beiden Anstandsdamen sahen einander ratlos an.

»Ich befehle euch, vor der Tür zu warten«, sagte Isabella. »Ich werde rufen, falls ich euch brauchen sollte.«

Nach kurzem Zögern begriffen die Frauen, daß ihre junge Herrin fest entschlossen war, ihren Willen durchzusetzen, daß sie kein Kind mehr war und in Abwesenheit ihrer Eltern plötzlich mit bisher ungekannter Autorität auftrat; widerwillig zogen sie sich zurück.

Isabella wandte sich dem Mädchen zu. »Wie heißt du?« fragte sie.

»Bianca, gnädige Frau.«

»Warum hast du das getan, Bianca?«

»Ich will in einem Haus leben, wie eine Dame. Ich möchte kein Zigeunermädchen mehr sein. Ich möchte ein Dach über dem Kopf haben und mich an der Pumpe waschen; ich werde sauber sein und schöne Kleider tragen und Euch mein ganzes Leben lang dienen. Ich habe Euch am Fenster gesehen, und ich wünschte mir, zu Eurem Haushalt zu gehören, und ich wollte Euch das durch meinen Tanz sagen... ich wollte damit zum Ausdruck bringen, daß ich die Zigeuner verlasse.«

»Du würdest nicht lange in einem Haus bleiben. Zigeuner sind dazu nie imstande. Sie wollen frei sein. Bianca, du mußt deinen Leuten folgen, so schnell du kannst. Du mußt gehen, solange es noch nicht zu spät ist, solange du sie noch einholen kannst.«

Bianca blieb mit ihren nackten braunen Füßen wie angewurzelt stehen und schüttelte energisch den Kopf. »Ich werde Eure Bedienstete sein.«

»Ich habe Dienstboten.«

»Aber keine, wie Bianca es sein wird!« erklärte das Mädchen mit seinem bezaubernden Lächeln.

»Warum möchtest du denn unter einem festen Dach leben?«

»Weil ich Angst vor Pero habe.«

»Ist das der junge Mann, mit dem du getanzt hast?«

Bianca nickte, und ihre Augen verengten sich zu schmalen Schlitzen. »Ich hasse Pero. Ich will ihn nicht heiraten, und wenn ich zu meinen Leuten zurückgehe, wird man mich dazu zwingen. Er ist immer in meiner Nähe... er beobachtet mich... er versucht, mich irgendwo allein zu erwischen. Ihr könnt das nicht verstehen, gnädige Frau. Aber er wird mich eines Tages schnappen... oder eines Nachts... und dann wird er mir das antun, was uns zu einem Ehepaar macht... und danach wird er mich schlagen, wie er es mit den Hunden tut; er wird mir Fußtritte geben, wenn ich ihm im Wege bin; er wird mich behandeln wie den letzten Dreck. Und wenn er Liebe will, wird er befehlen: ›Komm her!‹, und hinterher werde ich dann wieder für ihn nur ein Hund sein... Nein, ich *werde* mich nicht von Pero nehmen lassen!«

»Er wird zurückkommen und hier nach dir suchen.«

»Nein, denn er wird niemals glauben, daß ich in einem Haus bleiben würde.«

»Bianca, ich bin nicht die Hausherrin.«

»Nicht?« Bianca riß ihre dunklen Augen weit auf. Angst malte sich auf ihren Zügen. »Es ist doch nicht eine dieser beiden... dieser schwarzen Krähen, oder doch?«

»Du meinst wohl Doña Maria und Doña Juana«, sagte Isabella streng. »Nein, es ist keine dieser beiden. Zu bestimmen haben hier nur meine Eltern, die bis morgen auf Reisen sind.«

»Sie kommen erst morgen zurück? Dann werde ich über Nacht bei Euch bleiben und Euch zeigen, was für ein gutes Dienstmädchen ich sein werde, und wenn Eure Eltern dann zurückkommen, werdet Ihr sie überreden, daß ich hierbleiben darf.«

»In einem Haus wie diesem werden derartige Angelegenheiten nicht so einfach entschieden, Bianca.«

»Aber wir werden es schaffen!« Das Mädchen warf sich Isabella zu Füßen, griff nach ihrer Hand und bedeckte sie mit Küssen. »Laßt mich hierbleiben! Andernfalls werde ich bestimmt verhungern... oder Pero wird mich finden. Soll ich denn Peros Hund sein?«

Wie ausdrucksvoll dieses kleine ovale Gesicht mit den riesigen flehenden Augen war, in denen Angst und zugleich ein Hoffnungsschimmer geschrieben standen!

Isabella dachte an den brutalen jungen Zigeuner; sie wollte das Mädchen bei sich behalten, dieses Mädchen, das soviel mehr vom Leben wußte als sie selbst, diese umherwandernde Zigeunerin, die sich so sehr wünschte, wenigstens eine Nacht unter einem festen Dach zu schlafen.

Isabella tat etwas, was sie noch einen Tag zuvor nicht gewagt hätte. »Du kannst heute nacht hierbleiben«, erklärte sie.

Isabella lag in ihrem Bett und betrachtete durchs Fenster die Sterne. Sie konnte in dieser Nacht nicht einschlafen. Bianca war im Nebenzimmer. Maria hatte darauf bestanden, die Tür abzuschließen. »Wir sind für Euch verantwort-

lich«, hatte sie gesagt. »Ich wage mir ohnehin nicht auszumalen, was Eure Eltern bei ihrer Rückkehr sagen werden.
Eine Zigeunerin im Haus! Eine Wildfremde! Woher sollen
wir wissen, daß sie nichts Böses im Schilde führt?«

Woher wußte sie das so genau, fragte sich Isabella. Sie
wußte, daß sie Bianca bei sich behalten wollte; sie wußte,
daß ihre Stimmung sich schlagartig gebessert hatte, als das
Zigeunermädchen zu ihr gebracht worden war.

Im Bett liegend, dachte sie daran, wie Bianca sich abends
an der Pumpe gewaschen, wie sie unter dem Wasserstrahl
gequiekt und gelacht hatte. Sie hatte keine Läuse in ihren
Haaren, auf die sie sehr stolz war. Sie hatte sie sorgfältig
gekämmt und mit einer Blume geschmückt, und trotz ihrer
Lumpen hatte sie bezaubernd ausgesehen.

»Bianca«, hatte Isabella ihr erklärt, »du brauchst andere
Kleider. Du kannst unmöglich in dieser Aufmachung im
Haus bleiben.«

Sie hatte gedacht: Ich werde dafür sorgen, daß sie wie ein
Dienstmädchen aussieht, dann werden meine Eltern sie
vielleicht behalten. Wenn ich heiraten soll, werde ich den
Kindermädchen und Anstandsdamen endgültig entwach-
sen sein, dann werde ich eine Kammerzofe brauchen. Warum sollte das nicht Bianca sein? Sie wollte Bianca in ihrer
Nähe haben. Sie wollte etwas über die verschiedenen Ge-
fühlsregungen erfahren, die Bianca in ihrem Tanz zum
Ausdruck gebracht hatte. Sie selbst konnte Bianca beibringen, wie man sich in einem vornehmen Herrenhaus zu benehmen hatte; aber Bianca konnte ihr dafür viel anderes
Wissen vermitteln.

Deshalb hatte sie Bianca die dunkle Tracht eines Dienst-
mädchens anziehen lassen. Das düstere schwarze Kleid
stand in seltsamem Gegensatz zu den großen baumelnden
Ohrringen, von denen sie sich nicht trennen wollte; ebenso
lehnte sie es ab, Schuhe anzuziehen. Sie brachte die Kastagnetten in der Tasche ihres schwarzen Kleides unter, aber
das Messer wollte Maria ihr nicht zurückgeben.

Bianca warf den Kopf zurück und lachte herzhaft über
die Ängstlichkeit der Anstandsdame. »Hier in diesem vor-

nehmen Haus werde ich es ohnehin nicht brauchen«, sagte sie. »In vornehmen Häusern tragen die Menschen keine Messer bei sich. Das ist nur etwas für Zigeunerlager.«

Sie hatten sich abends ein wenig unterhalten, was nicht ganz einfach war, denn Isabella sprach Kastilisch, Bianca hingegen den Zigeunerdialekt. Trotzdem verstanden sie einander.

»Sobald ich den Patio betreten und die Dame am Fenster erblickt hatte«, erzählte Bianca, »wußte ich, daß ich mein Zuhause gefunden hatte. Eine Zigeunerin spürt so etwas. Dies ist jetzt mein Heim, und Ihr seid meine Herrin, und ich, die frei war, werde nie mehr frei sein, denn niemand ist frei, wenn er liebt. Und ich werde meine Herrin lieben und sie mit meinem Herzen und mit meiner Seele beschützen, mit meinem ganzen Körper.«

»Du übertreibst fürchterlich«, sagte Isabella.

»Nein, nein. Ich sah in Euren Augen einen Hilferuf. Ihr braucht Bianca, gnädiges Fräulein, und wegen Pero braucht Bianca Euch ebenfalls. So fängt Liebe an. Man braucht einander.«

»Wenn meine Eltern zurückkehren...«

»Sie werden sagen: ›Dies ist die ideale Dienerin für unsere Tochter.‹«

Sie wird bald fort sein, dachte Isabella, denn meine Eltern werden sie niemals hierbleiben lassen.

Das war auch der Grund dafür, weshalb sie sich schlaflos im Bett von einer Seite auf die andere drehte. Bianca ging ihr nicht aus dem Kopf.

Am nächsten Tag kehrten Señor Alonso und Señora Marina de Ariz nach Hause zurück. Isabella stand in der Halle neben einem der Pfeiler mit den eingemeißelten arabischen Inschriften und begrüßte ihre Eltern so förmlich, wie es bei solchen Gelegenheiten üblich war.

Ihr Vater küßte sie feierlich auf die Stirn, ihre Mutter umarmte sie zärtlich.

»Ah, meine Tochter«, sagte Don Alonso, »deine Mutter und ich sind sehr glücklich, wieder bei dir zu sein.« Er legte ihr seine Hand auf die Schulter. »Komm mit uns. Wir werden zusammen ein Glas Wein trinken, denn deine Mutter und ich brauchen jetzt eine kleine Erfrischung.« An die Anstandsdamen gewandt, die neben Isabella standen, fügte er hinzu: »Wir möchten mit unserer Tochter allein sein.«

Er ging voraus in den gemütlichen kleinen Raum mit den Seidentapeten, auf denen die Triumphe des großen Kaisers Karl, König Philipps Vater, dargestellt waren. Obwohl es jetzt am Morgen noch nicht heiß war, drang durch die geschlossenen *persianas* nur wenig Licht ins Zimmer.

Isabella wußte, was ihre Eltern ihr zu sagen hatten, aber in ihrer Gegenwart wurde sie sofort wieder zu dem schüchternen Mädchen, das sie vor Biancas plötzlichem Auftauchen gewesen war.

»Wir haben mit unseren guten Freunden Señor und Señora Carramadino lange beratschlagt«, begann ihr Vater. »Wir haben Neuigkeiten für dich, Tochter, und wir hoffen und glauben, daß du dich darüber genauso freuen wirst wie wir... Das Gut der Carramadinos ist ausgezeichnet«, fuhr er fort. »Ich habe noch nie solche Oliven und solche Trauben gesehen wie bei ihnen. Sie sind beide reich und vornehmer Herkunft; und, meine Tochter, es gibt keine Familie in ganz Andalusien, die einer jungen Dame mehr bieten könnte.«

Ihre Mutter beobachtete sie intensiv. Isabella sagte leise: »Ja, Vater.«

»Du bist ein braves Mädchen und hast deiner Mutter und mir selten Kummer gemacht. Wie du weißt, haben wir sehr darunter gelitten, daß uns Söhne versagt blieben. All unsere Hoffnungen haben wir auf dich gesetzt, Tochter. Und nun, da du zu einer jungen Frau herangewachsen bist, ist es an der Zeit, daß du heiratest; und du könntest in keine bessere Familie einheiraten als in die unserer edlen Freunde, der Carramadinos.«

»Du bist nicht überrascht, Isabella?« fragte Doña Marina. »Hast du den Zweck unseres Besuches erraten?«

»Ja, Mutter.«

»Ah, deshalb bist du also so gelassen«, sagte ihr Vater.

»Mein Kind, Señor und Señora Carramadino wünschen diese Verbindung genauso sehr wie wir. Domingo hat um deine Hand angehalten.«

»Domingo!« Der Name entschlüpfte ihr, obwohl sie versucht hatte, den Ausruf zu unterdrücken. »Domingo, Vater?«

»Der ältere Sohn aus einem adligen Haus. Er wird eines Tages den Besitz seines Vaters mit seinem Bruder teilen, aber ihm als dem älteren wird der größere Teil zufallen. Domingo wird riesige Ländereien sein eigen nennen können, und es wird uns große Freude bereiten, Tochter, dich dort als Herrin wirken zu sehen.«

Sie warteten auf ihre Bekundungen von Freude und Dankbarkeit. Aber sie war gereizt. Domingo! Der ernste, steife Domingo, vor dem sie und Blasco so oft wie möglich weggerannt waren und sich irgendwo versteckt hatten. Es war Blasco, den sie als Kind geliebt hatte.

»Nun, Isabella?« sagte ihre Mutter.

»Es ist euer Wunsch«, erwiderte Isabella langsam. »Ich weiß, daß ihr nach eurem Ermessen nur mein Bestes im Auge habt.«

Eine tiefe Niedergeschlagenheit sprach aus ihren Worten, und in ihren Augen stand Verzweiflung geschrieben.

Ihr Vater wandte sich ab. Falls sie protestieren sollte, so wollte er nicht Zeuge dieser Auflehnung sein. Es war mit seiner Würde unvereinbar, sich auf Debatten mit seiner Tochter einzulassen, seine Handlungsweise ihr gegenüber gar rechtfertigen zu müssen. Das war Frauensache. Es war Aufgabe der Mutter, dem Mädchen alles zu erklären, es zur Vernunft zu bringen, wenn nötig auch Druck auszuüben.

Er verließ das Zimmer und ließ Mutter und Tochter allein.

»Mein liebes Kind«, sagte Doña Marina, »es hat ganz den Anschein, als wüßtest du dein Glück nicht zu schätzen.«

»Die Verbindung mit den Carramadinos ist ein großes Glück, das weiß ich, Madre. Aber als die Jungen noch zu uns kamen, als auch ich sie noch besuchen durfte, da war es Blasco, mit dem ich mich anfreundete.«

»Blasco! Er ist der jüngere Sohn, mein Kind. Dein Vater würde dir − seiner Erbin − nie erlauben, einen jüngeren Sohn zu heiraten. Außerdem hast du sowohl Domingo als auch Blasco lange nicht gesehen. Daß du eine Vorliebe für Blasco hattest, als er ein Junge war, besagt noch lange nicht, daß dem auch heute so wäre.«

»Hat er sich denn so sehr verändert?«

Doña Marina schüttelte ungeduldig den Kopf. »Ich kann kaum glauben, daß es meine Tochter ist, die solche Reden führt. Dein Vater war sehr gekränkt über deinen Mangel an Freude und Dankbarkeit für alles, was er für dich getan hat.«

»Ich bin nicht undankbar. Ich weiß, daß Vater nur mein Bestes will. Ich weiß, daß er der festen Überzeugung ist, es sei günstiger für mich, Domingo zu heiraten, weil er der ältere ist.«

»Nun, dann sei auch glücklich, Kind! Freue dich über deine herrlichen Zukunftsaussichten. Oh, was für ein prächtiger Besitz! Und welch ein bezaubernder Ort zum Leben! Außerdem wirst du in unserer Nähe sein, Liebling. Ich könnte es nicht ertragen, dich weit fortzulassen. Ich habe mir stets gewünscht, dich in der näheren Umgebung geborgen zu wissen. Das kommt daher, weil du unser einziges Kind bist.«

»Madre, wann soll die Hochzeit stattfinden?«

Doña Marina lächelte. »Du möchtest also eine Hochzeit, stimmt's? Nun, ich sage dir, wir werden dir eine Hochzeit ausrichten, wie es sie hier noch nie gegeben hat. Es wird eine Fiesta für die ganze Umgebung sein.«

»Madre, was hat Domingo gesagt?«

»Er ist außer sich vor Freude. Er erinnert sich noch sehr gut an dich. Er sagt, er habe seit jener Zeit eurer Kindheit nie aufgehört, an dich zu denken. Er hat die Zeit herbeigesehnt, da du das heiratsfähige Alter erreicht haben würdest.«

»Und Blasco?«

»Blasco freut sich von ganzem Herzen mit seinem Bruder.«

Isabella spürte, daß ihr Tränen über die Wangen rollten. Doña Marina sah sie erschrocken an. Plötzlich warf ihre Tochter sich schluchzend in ihre Arme.

»Na, na, meine *niña*, meine *hija*. Mutter ist doch hier. Mutter beschützt dich doch. Du brauchst dich nicht zu grämen, mein Liebling, meine kleine *favorita*. Du hast eine glückliche Zukunft vor dir. Du wirst heiraten, aber nicht allzu weit von deinem Elternhaus leben. Das ist es doch, was deinen Vater und mich so glücklich macht.«

»Madre... Madre... ich habe aber Angst... Domingo... er ist so ernst... er hat nie mit uns gelacht!«

»Es ist gut, wenn ein Mann ernst veranlagt ist, mein Kind. Das bedeutet, daß er einen guten Ehemann abgeben wird. Bei einem Mann hingegen, der mit einer Frau immer lacht und scherzt, besteht die Gefahr, daß er sie nach kurzer Zeit verlassen wird, um sich mit anderen Frauen zu vergnügen. Du hast die beiden Brüder als Knaben gekannt, und Blasco hat mit seinem Lachen dein Herz erobert. Aber glaube mir, mein liebes Kind, es ist nicht nur, weil Domingo der ältere Sohn ist und einmal der Haupterbe seines Vaters sein wird, daß wir uns so über diese Verbindung freuen.«

»Aber, Madre, es gibt doch Menschen, zu denen wir uns hingezogen fühlen, obwohl ihnen die Tugenden anderer abgehen; es gibt doch Menschen, die wir lieben, so wie sie nun einmal sind.«

»Und du warst bereit, Blasco zu lieben, ja? Du wußtest, daß es eines Tages zu einer Verbindung zwischen unserer Familie und den Carramadinos kommen würde, und du sagtest dir: Das ist gut. Ich werde Blasco lieben.«

Isabella schwieg. Sie wußte, daß sie Domingo heiraten mußte. Was konnte ein Mädchen anderes tun als den Autoritätspersonen gehorchen? Sie wußte, daß sie eine sehr glückliche Kindheit gehabt hatte, daß ihre Eltern ihr sehr viel Liebe und Fürsorge geschenkt hatten. Als Einzelkind war sie vielleicht sogar allzu sehr verwöhnt worden. Aber es gab ein unabänderliches Gesetz im Hause ihres Vaters, wie auch in allen anderen Adelshäusern

Spaniens: den strikten Gehorsam von Töchtern gegenüber ihren Eltern.

Ihr fiel plötzlich Bianca ein, und aus irgendeinem Grunde versetzte der Gedanke an die Zigeunerin sie in bessere Laune. Sie dachte: Wenn ich in mein neues Heim umziehe, wird sie bei mir sein. Von ihr werde ich lernen können, was ich von meiner Ehe zu erwarten habe.

Sie wandte sich wieder ihrer Mutter zu, und Doña Marina stellte erfreut fest, daß sie sich etwas beruhigt zu haben schien.

»Madre, gestern kamen Zigeuner her, um uns im Patio ihre Tänze vorzuführen. Und als sie wieder aufbrachen, versteckte sich ein armes Zigeunermädchen, das etwas jünger ist als ich, im Haus und bat darum, meine Bedienstete werden zu dürfen.«

»Mein Kind!«

»Madre, bitte hilf mir. Sie hat mich so inbrünstig angefleht. Sie war bei den Zigeunern so unglücklich. Es gab da einen Mann, der sie bedrohte. Sie bat mich, sie aufzunehmen – und letzte Nacht hat sie hier im Haus geschlafen.«

»Aber eine Zigeunerin! Sie wird im Haus zu nichts nutze sein, meine Tochter!«

»In diesem Falle werde ich sie wegschicken. Aber darf ich sie bei mir behalten, bis sich tatsächlich herausstellt, ob sie untauglich ist?«

»Das ist eine sehr sonderbare Bitte. Ich werde deinen Vater fragen, aber ich bin mir so gut wie sicher, daß er sich weigern wird, eine Zigeunerin im Haus zu behalten. Es würde auch den anderen Dienstboten nicht gefallen. Was haben sich im übrigen Juana und Maria nur dabei gedacht, dir zu erlauben, den Zigeunertänzen zuzuschauen?«

»Du darfst ihnen keine Vorwürfe machen. Es war einzig und allein meine Schuld. Ich bestand darauf. Und ich möchte diesem Mädchen helfen. O Madre, ich wünsche es mir so sehr! Wenn es unglücklich würde, so weiß ich, daß auch ich unglücklich wäre. Ich würde mein Leben lang den Gedanken nicht los, daß ich diesem Menschen in Not nicht geholfen habe.«

»Sie hat dir allerhand Märchen erzählt, nehme ich an. Zigeuner sind bekanntlich notorische Lügner.«

»Madre, ich glaube nicht, daß sie lügt. Wenn sie bei mir wäre, könnte sie mir bei den Hochzeitsvorbereitungen helfen. Ich könnte sie als meine Kammerzofe mitnehmen. Ich würde ihr alles Notwendige beibringen. Und sie ist etwa in meinem Alter... ich würde mir weniger einsam vorkommen...«

Isabellas Lippen zitterten, und ihre Augen füllten sich wieder mit Tränen.

Doña Marina sagte rasch: »Ich sehe, daß dir sehr viel daran liegt, diesem Mädchen zu helfen. Ich werde mit deinem Vater sprechen. Es ist ein sehr großes Entgegenkommen, um das du bittest, aber er ist dir gegenüber ja immer sehr nachsichtig gewesen. Er will stets nur dein Bestes, und sofern deine Wünsche dem nicht entgegenstehen, ist er gern bereit, sie zu berücksichtigen.« Sie schüttelte den Kopf. »Aber ich kann beim besten Willen nicht sagen, was er davon halten wird, eine Zigeunerin im Haus zu haben. Wenn ich ihm allerdings sage, daß du dir eine persönliche Bedienstete wünschst, die dir bei allen Hochzeitsvorbereitungen helfen kann... vielleicht wird er dann ausnahmsweise bereit sein, diese seltsame Bitte zu erfüllen.«

Isabella umarmte ihre Mutter, während sie dachte: Für meine Eltern bin ich immer noch ein Kind. Sie möchten, daß ich keine Schwierigkeiten wegen der geplanten Hochzeit mit Domingo mache, und gleichsam als Belohnung für meinen Gehorsam werde ich Bianca behalten dürfen.

Bianca ritt mit Juan, einem der Stallknechte, in Richtung Sevilla. Sie sollten Señor Gregorio Carramadino eine Botschaft von Señor Alonso de Ariz überbringen; es ging dabei um die Hochzeit, die nun endgültig feststand. Bianca saß hinter Juan im Sattel und sang unterwegs ein wildes Zigeunerlied, das seine sinnliche Wirkung auf den Knecht nicht verfehlte. Bianca genoß ihr neues Leben. Es war angenehm, die Kammerzofe einer vornehmen Dame zu sein, und bei einer Dame wie Isabella war es das reinste Paradies. Nur vor etwas hatte Bianca Angst — daß sie, wenn sie das Haus verließ, einmal Zigeuner treffen könnte, die sie kannten und Pero oder seinen Freunden und Verwandten erzählen würden, was aus ihr geworden war.

Beim Gedanken an Pero schnippte sie mit den Fingern. »Dieser Tölpel! Dieser Einfaltspinsel!« murmelte sie vor sich hin. »Er glaubte, mich mit seinen großen kräftigen Händen erobern zu können. Und dabei hat er Hände wie ein Affe und den Verstand eines Wurms, der blind im Erdreich herumwühlt. Und nur, weil er so stark ist, glaubte er, mich überwältigen zu können... mich... Bianca!«

Aber Bianca hatte sich nicht überwältigen lassen, und nun war sie Doña Isabellas Vertraute, eine geachtete Persönlichkeit. Sie lebte in einem Haus, trug schöne Kleider und ließ die Herzen aller Männer, die sie sahen, höher schlagen. Sie war als echte Zigeunerin nicht nur sehr feurig und leidenschaftlich, sondern auch sehr stolz; und in ihrer neuen Stellung entwickelte sich daraus ein wachsendes Bewußtsein ihrer Würde.

Sie war nicht geschaffen für das Wanderleben, für das tagtägliche Betteln, für die nächtlichen Lagerfeuer; eine Bianca würde sich niemals einem Kerl wie Pero unterwerfen, der sie nur durch seine brutale Muskelkraft überwältigen und zur Mutter seines Kindes machen könnte.

Nein! Bianca wollte frei sein — sie wollte von den Zigeunergesetzen ebenso frei sein wie von den Gesetzen Spaniens. Sie wollte niemandes Sklavin sein. Wenn sie arbeitete, so aus Liebe, denn Liebe war ein freiwillig gewährtes Geschenk, und nur so konnte ein stolzes Geschöpf wie Bianca jemandem dienen.

Sie hatte das prächtige Haus mit seinen golden in der Sonne leuchtenden Mauern auf den ersten Blick geliebt. Wie berauschend hatten die Blumen in dem Patio geduftet! Es war herrlich gewesen, in der heißen Sonne zu stehen und das Wasser aus dem Brunnen über die Finger rinnen zu lassen. Sie hatte sich gefragt, was wohl hinter den *persianas* vorgehen mochte, die das grelle Tageslicht und die Hitze ausschlossen. Und dann waren die Blenden an einem

Fenster hochgezogen worden, und sie hatte die Dame im schattigen Zimmer sitzen sehen — wunderschön, mit sanften Augen und glänzend schwarzem Haar unter der Mantilla; besonders fasziniert war das braunhäutige Zigeunermädchen aber von den unglaublich weißen Händen gewesen, die einen so reizvollen Kontrast zum schwarzen Seidenkleid der vornehmen Gestalt bildeten.

Pero würde inzwischen weit entfernt sein. Er würde sie niemals finden. Und sie lernte jeden Tag soviel Neues und gewann ihre junge Herrin immer lieber; und nun, da Isabella bald heiratete, würde sie sie in ihr neues Heim begleiten; sie würde mit ihr in dem großen Herrenhaus der Carramadinos leben, wohin sie jetzt mit Juan unterwegs war.

Armer Juan! Auch er hatte seine Träume. Sie amüsierten Bianca. Ob er wirklich glaubte, daß sie in Erfüllung gehen würden? Nun, seine Träume waren jedenfalls harmlos. Er war kein Pero, vor dem man sich fürchten mußte.

Sie ritten am glitzernden Fluß entlang, am lieblichen Guadalquivir, und Juan wies sie auf die Schiffe hin, auf die er stolz war wie jeder Spanier, denn diese Schiffe brachten reiche Beute nach Spanien. Nur unwissende Zigeuner hatten keine Ahnung von diesen Dingen. Bianca war eine sehr lernbegierige Zigeunerin.

Während sie hinter Juan im Sattel saß, lauschte sie deshalb aufmerksam seinen Ausführungen über die spanischen Galeonen, die über die weiten Meere segelten, neuentdeckte Länder unter die Herrschaft des großen Königs Philipp brachten und auf dem Rückweg unermeßliche Schätze mit sich führten. Ob Bianca denn nie die Prozessionen in den Straßen der großen Städte gesehen hätte, die zu Ehren der zurückkehrenden Abenteurer veranstaltet wurden? Nein, nie! Das müsse sie unbedingt einmal miterleben. Eines Tages würde er, Juan, sie nach Granada oder Sevilla oder vielleicht auch Cordoba mitnehmen, und sie würde neben den ruhmreichen Spaniern auch all die Sklaven sehen können, die sie von jenen fernen Ländern mitbrachten. Sie würde großartige Dinge sehen.

»Ich sehe schon, Juan, du bist sehr gut zu einer armen Zigeunerin.«

»O Bianca, das bin ich. Es gibt nichts, was ich für ein armes Zigeunermädchen wie dich nicht täte!«

»Vergiß bitte nicht, daß ich kein armes Zigeunermädchen mehr bin. Ich bin Doña Isabellas persönliche Kammerzofe, und das ist schon etwas, mein armer Juan. Es ist eine viel bessere Stellung als die deinige; die Haare einer Dame zu kämmen ist eine vornehmere Aufgabe als ein Pferd zu striegeln.«

»Du hast recht, Bianca«, sagte Juan demütig.

»Dann denk bitte immer daran.«

Und sie verachtete ihn, weil ihr jedwede Art von Demut zuwider war. Ohne ihm einen weiteren Gedanken zu widmen, überließ sie sich wieder ihren Träumen.

In jenem Haus, das sie jetzt zum erstenmal sehen würde, würde sie bald leben. Sie hatte gehört, daß es sehr schön wäre; es war ein ehemaliger Palast maurischer Herrscher, und als der letzte Maure aus Granada vertrieben und ihr König Boabdil nach Afrika ins Exil geschickt worden war, hatten die Carramadinos von diesem Palast samt den ihn umgebenden fruchtbaren Weinbergen Besitz ergriffen; auf diese Weise waren sie zu einer der reichsten Familien Andalusiens geworden. Und aus diesem Grund lag Doña Isabellas Vater auch soviel daran, daß Isabella in diese Familie einheiraten und der alte maurische Palast ihr neues Zuhause werden sollte.

Sie näherten sich jetzt diesem Besitz, und Bianca konnte die riesigen Weinberge sehen. Der Fluß flimmerte in der Hitze, obwohl der lange Sommer noch gar nicht richtig begonnen hatte.

Dann lag der Palast vor ihnen, und sie hielt vor Staunen über seine Schönheit den Atem an. Er schien im Sonnenlicht aus reinem Gold zu bestehen, ein maurischer Tempel inmitten der Weinberge. Sie sehnte sich danach, ihn zu betreten. Sie hatte eine Mission zu erfüllen; nur aus diesem Grunde war sie hier. Sie sollte Domingo sehen und Isabella genauen Bericht erstatten, wie er eigentlich war.

In dem Beutel auf ihrem Rücken befand sich ein gesticktes Taschentuch — ein Geschenk Isabellas für Doña Theresa. Aber sie, Bianca, war nicht hergekommen, nur um ein Geschenk zu überbringen; nein, sie sollte für ihre Herrin spionieren. Sie hatte eine heikle Aufgabe auszuführen, die größtes Geschick erforderte.

Jetzt hatten sie die Tore des Palastes erreicht; das mächtige Bauwerk ragte hoch empor und beherrschte die Landschaft.

Zwei Stallknechte kamen auf sie zugelaufen. Sie begrüßten Juan herzlich und lächelten Bianca zu, die sich von ihnen gnädig beim Absteigen helfen ließ. Sie wetteiferten miteinander um dieses Privileg, wie es sich auch gebührte.

Sie schenkte ihnen einen huldvollen Blick und sagte: »Bringt mich doch bitte zu Señora Theresa Carramadino.«

Sie wußten, woher sie kam, und sie verhielten sich ehrerbietig zu der Kammerzofe von Doña Isabella, die eines Tages ihre Herrin sein würde. Aber ihre Augen leuchteten, und sie hätten Bianca auch dann von Herzen hier willkommen geheißen, wenn sie nicht die Zofe ihrer zukünftigen Herrin gewesen wäre. Juan hatte Geschenke und Briefe für den Herrn des Hauses bei sich, aber es war Bianca, der die Stallknechte ihre ganze Aufmerksamkeit schenkten.

Sie wurde in die Halle geführt, die der Halle in jenem Haus ähnelte, das sie inzwischen als ihr Heim betrachtete; nur war sie um einiges größer. Es war dort angenehm kühl, und die Marmorsäulen, auf denen das Dach ruhte, waren noch kunstvoller verziert als jene im Haus von Biancas Herrin. Die Diener, die sie zu Doña Theresa brachten, warfen verstohlene Blicke auf ihre großen Messingohrringe und dachten bei sich, daß das eine merkwürdige Zofe war. Sie hatte die braune Haut und die blauschwarzen Haare einer Zigeunerin und auch deren anmutigen Gang; und ihre Füße waren nackt! Seltsame Dienstboten wurden im Haus der jungen Dame beschäftigt, die ihre neue Herrin werden sollte!

Sie nahmen nicht nur Biancas Schönheit wahr, sondern auch ihre Andersartigkeit, und darüber war Bianca sehr erfreut.

Doña Theresa war alles andere als erfreut. Sie hatte schon von diesem Mädchen gehört, denn Isabellas Mutter hatte ihr von dem Vorfall erzählt. Isabella war weichherzig; die traurige Geschichte der Zigeunerin hatte sie erschüttert, und da sie sich so sehr wünschte, das Mädchen zu ihrer Zofe auszubilden, war es ihr erlaubt worden. Für Doña Theresa stand gleich nach dem ersten Blick auf Bianca fest, daß sie nicht lange in diesem Haus bleiben würde. Solch ein Mädchen würde nichts als Ärger verursachen. Es würde nie die einem Dienstboten geziemende Demut an den Tag legen, das bewies allein schon die stolze Kopfhaltung; und außerdem würden die aufreizenden Bewegungen der Zigeunerin, die ihr vermutlich angeboren waren und niemals abgewöhnt werden könnten, beim männlichen Personal ständig für Unruhe sorgen.

Deshalb empfing Doña Theresa Isabellas Zofe äußerst kühl. Sie nahm das Taschentuch von ihr entgegen und befahl ihr zu warten, bis sie einige Dankesworte geschrieben haben würde.

Bianca verbrachte die Zeit damit, sich im Zimmer umzusehen. Echte Teppiche lagen auf dem Boden, und noch nie hatte sie so herrliche Wandbehänge gesehen. In kunstvoller Arbeit waren darauf Ferdinand und Isabella abgebildet, in prächtigen Gewändern, ihre Füße auf den Köpfen besiegter Mauren. Alles in diesem Raum war prunkvoll, aber Bianca hatte bereits eine Abneigung gegen die stolze Frau entwickelt, deren Gefühle ihr gegenüber sie sogleich erkannte. Sie würde hier im Haus eine mächtige Feindin haben.

»Übergib das Doña Isabella«, wurde ihr gesagt. Die weiße Hand, an der Juwelen funkelten, legte den Brief auf einen kleinen Tisch; es war so, als wollte sie eine Berührung mit Biancas brauner Haut vermeiden. »Bevor du dich auf den Rückweg machst, kannst du dir im Dienstbotentrakt etwas zu essen und zu trinken geben lassen.«

Sollte sie wirklich billigen Wein trinken und die Blutwurst essen, die diese genügsamen Menschen mit solchem Appetit verspeisten, oder vielleicht einen Teller *olla podrida*?

Sollte sie neben einem der Haus- oder Stallknechte sitzen und sich von ihnen lüstern anstarren lassen? Sollte sie ihnen erlauben, sich scheinbar zufällig dicht an sie heranzuschieben, sollte sie sich von ihnen begrapschen lassen? O nein, dazu war sie auf keinen Fall bereit! Sie mußte ihre Mission erfüllen; schließlich war sie ja nicht hergeritten, nur um dieser eingebildeten Doña Theresa ein Taschentuch zu überreichen!

Sie verließ rasch das Zimmer und durchquerte die große Halle, wo sie im Schutz der mächtigen Pfeiler Ausschau nach Domingo hielt, um ihn ihrer Herrin in so glühenden Farben schildern zu können, daß Doña Isabella ihre Angst verlieren würde.

Sie begriff, daß sie nicht länger im Haus bleiben konnte, ohne Gefahr zu laufen, von einem Diener ertappt zu werden. Deshalb schlüpfte sie hinaus und schlich außen am Gebäude entlang.

Sie gelangte durch Patios und Säulengänge in einen herrlichen Garten mit Orangenbäumen und Palmen; sie kam am Dienstbotentrakt vorbei und glaubte, aus dem Stimmengewirr und Gelächter Juan herauszuhören; sie roch sogar die Zwiebeln in der *olla podrida* und war froh darüber, nicht dort zu sein. Wieder huschte sie über einen Patio und erreichte einen anderen Flügel des Hauses. Hier herrschte Stille, und sie stellte fest, daß dieser Gebäudeteil nicht so alt wie der übrige Palast sein konnte, denn er war nicht im maurischen Stil erbaut. Es schien sich um eine Kapelle zu handeln. Vorsichtig näherte sie sich und kletterte auf einen Sims, um durch das lange, schmale unverglaste Fenster einen Blick ins Innere werfen zu können. Es war tatsächlich eine Kapelle. Sie sah den Altar, den Beichtstuhl und die große geschnitzte Figur der Heiligen Jungfrau in ihren blauen Gewändern. Und gleich darauf entdeckte sie, daß jemand betend vor dem Altar kniete. Es war ein junger Mann.

Sie begriff sogleich, daß ihre Suche beendet war, denn Isabella hatte sie zu ihrer Vertrauten gemacht und ihr viel über die Jungen — Domingo und Blasco — erzählt. Bianca war sich sicher, daß dieser junge Mann einer der Söhne des Hauses war; seine Kleidung ließ keinen Zweifel daran. Und Domingo war schon als Knabe sehr fromm gewesen.

Er war dunkelhaarig, aber sie konnte seine Gesichtszüge nicht erkennen, da er den Kopf gesenkt hielt. Er verharrte regungslos, tief im Gebet versunken.

Bianca beobachtete ihn aufmerksam; sie würde auf ihrem Spähposten bleiben, bis er sich bewegte; sie mußte ihn deutlich sehen, denn sie wollte Isabella genau über ihn Bericht erstatten können.

Nun erhob er sich. Er war mittelgroß, und sein Gesicht war bleich und streng; er sah sehr ernst drein, so als stünde er in Verbindung mit den Heiligen. Seine Lippen bewegten sich; offenbar betete er immer noch.

Er ist viel zu ernst, dachte Bianca. Er wird ein strenger Ehemann sein. Aber ich werde ihr erzählen, daß er gut aussieht, und das stimmt sogar in gewisser Weise. Und ich werde ihr sagen, daß er wirklich ein guter Mensch sein muß, wenn er sich allein zum Gebet zurückzieht.

Er verließ jetzt die Kapelle; Bianca preßte sich an die Mauer; zum Glück entzog der Steinsims sie vorläufig seinen Blicken, aber falls er den Weg nach rechts einschlug, würde er sie unweigerlich sehen.

Sie begann sich Entschuldigungen auszudenken. Sie würde ihm weismachen, sie hätte sich verirrt und als Zigeunerin nicht gewagt, die Kapelle zu betreten, hätte aber doch einen Blick ins Innere werfen wollen. Sie würde ihm erklären, daß sie Isabellas Zofe sei und daß ihre Herrin sie sehr gern habe. Dann würde er — Isabella zu Gefallen — bestimmt nicht allzu streng mit ihr sein.

Aber es blieb ihr erspart, diese Entschuldigungen vorzubringen, denn er wandte sich nach links. Sie blieb vorsichtshalber noch, wo sie war, und lauschte den sich entfernenden Schritten.

Als sie gerade zu Boden springen wollte, raschelte es hinter einem alten Pfefferbaum, und ein junger Mann kam hervor. Sie rutschte vor Schreck aus. Mit einem Satz nach vorne fing er sie auf.

Sie sah über sich gebeugt zwei funkelnde Augen und einen vollen Mund, der ironisch verzogen war und ihr grausam vorkam.

»Nun«, sagte der Mann, »du sitzst in der Falle, meine Schöne. Was tust du hier? Herumschnüffeln?«

»Ich schnüffele nicht herum. Ich habe jedes Recht, hier zu sein.«

Er hielt sie mit festem Griff auf Armeslänge von sich. »Aha... eine Zigeunerin!«

»Bitte nehmt Eure Hände weg!«

»Nicht, bevor ich weiß, wer du bist und was du hier zu suchen hast.«

»Das gleiche könnte ich Euch fragen.«

»Dann bist du nicht nur eine Zigeunerin, sondern auch noch ein äußerst unverschämtes Geschöpf. Weißt du, was ich mit dir machen werde? Ich lasse dich an den Pfosten binden und auspeitschen. So halten wir es hier mit Leuten, die unbefugt eindringen und herumspionieren.«

Jetzt erst begriff sie, wer er war, und sie bekam einen hochroten Kopf. Ihre Verlegenheit entging ihm nicht, und er betrachtete sie amüsiert.

»Blasco!« rief sie aus.

»Für dreiste Zigeunerinnen wie dich immer noch Señor Blasco Carramadino.«

»Ihr seid also Blasco. Dann war der andere tatsächlich Domingo.«

»Ich brauche eine Erklärung«, sagte er, »wenn ich dich freilassen soll.«

»Ihr zerreißt mein Kleid!«

»Was du nicht sagst!« Er hob mit einer Hand ihren Rock hoch, während er sie mit der anderen festhielt.

Sie trat nach ihm.

»Zigeuner tragen Messer bei sich, und die Mädchen verstecken sie unter den Röcken. Ich muß mich vergewissern, daß du mir kein Messer in den Rücken bohrst, wenn ich dich loslasse.«

»Ich habe kein Messer.«

Er preßte sie lachend gegen die Mauer.

»Ich muß dich durchsuchen, um festzustellen, ob du die Wahrheit sagst.«

Wieder trat sie nach ihm, aber er packte ihren Fuß, und sie fiel zu Boden, sprang aber sogleich wieder auf.

»Nehmt bitte zur Kenntnis, daß ich die Kammerzofe von Señorita Isabella de Ariz bin.«

»Das ist zwar sehr interessant«, erwiderte er, »aber es ist keine Entschuldigung dafür, daß du auf unserem Grundstück herumschnüffelst.«

»Das habe ich nicht getan. Ich... ich habe mich verirrt.«

»Aha, und du erklimmst eine Mauer und spähst durchs Fenster unserer Privatkapelle, um dich wieder zurechtzufinden! Na komm schon, erzähl mir lieber, warum du durch jenes Fenster geschaut hast.«

»Das sage ich Euch nicht!«

»Nun, du bist Doña Isabellas Zofe; zweifellos hat man dich mit einer Botschaft hierhergeschickt. Und weil deiner Nase das Herumschnüffeln angeboren ist, kletterst du auf Simse und willst möglichst viel erkunden. Aber es ist ein sehr hübsches Näschen, und so will ich dir diesmal verzeihen, weil... nun ja, weil deine Augen Blitze schleudern und deine Füße sehr kräftig sind, und weil ich überzeugt davon bin, daß du mich am liebsten umbringen würdest, um dich für deine Gefangennahme zu rächen.«

»Laßt mich gehen, dann werdet Ihr nicht sterben.«

Er warf den Kopf zurück und lachte schallend über ihre Bemerkung. Sie nahm die günstige Gelegenheit wahr, riß sich los und rannte davon.

Aber er verfolgte sie, und er war nicht minder flink als sie. Sie hörte sein leises Lachen dicht hinter sich.

Sie hatte nicht die geringste Ahnung, wo sie sich jetzt befand; sie rannte an einem Garten entlang, sprang geschickt über eine Statue hinweg, blieb aber mit einem Fuß im kunstvollen Schnitzwerk hängen und fiel kopfüber in einige Granatapfelbüsche.

Sie war wieder gefangen.

»Was für ein kleiner Teufel!« keuchte er. »Was für ein Hitzkopf du bist, meine süße *gitana*!«

Er hatte sich neben ihr ins Gebüsch geworfen und schlang seine Arme um sie. Plötzlich küßte er sie auf den Mund, und sie konnte nicht einmal um sich schlagen, weil er sie mit eisernem Griff festhielt. »Das ist die Belohnung für eine saubere Zigeunerin — die erste, die ich je gesehen habe«, sagte er. »Wenn du diese Ohrringe abnehmen und deine braune Haut schminken würdest, könnte man dich irrtümlicherweise sogar für eine Dame halten... das heißt, wenn du nicht solche Fußtritte austeilen würdest!«

Bianca fürchtete sich nicht so leicht vor Männern, und dies war auch nicht das erste Mal, daß sie auf solche Weise verfolgt worden war; aber sie hatte Angst vor den Gefühlen, die dieser Mann in ihr erweckte, der für sie ja kein ganz Fremder war; sie kannte ihn aus Isabellas Erzählungen.

Listig murmelte sie in gespielter Demut: »Ihr, ein vornehmer Herr, jagt also ein armes Dienstmädchen?«

»Es gibt einige Dinge«, entgegnete er, »hinter denen alle Männer her sind.«

»Ihr meint...?«

»Du stellst unnötige Fragen«, sagte er. »Du weißt genau, was ich meine.«

Sie lächelte ihm aufreizend zu und sah das Funkeln in seinen Augen. Diesen Augenblick der Unachtsamkeit nutzte sie aus und sprang behende auf die Beine. Wie von Hunden gehetzt, rannte sie davon, so als gelte es, ihr Leben zu retten.

Sie sah das Haus, die Kapelle. Dies war der Weg, auf dem sie gekommen war.

Und da war auch schon der Dienstbotentrakt. Sie stürzte in die Stube.

Sie saßen alle an einem langen Tisch.

»Es ist Bianca!« rief Juan. »Wir haben uns schon gefragt, wo du steckst, Bianca.«

Bianca war während des ganzen Rückrittes sehr still.

Isabella ließ sie sofort zu sich kommen. »Na, hast du ihn gesehen?« fragte sie gespannt.

»Ja. Er sieht gut aus, und er ist ein guter Mensch. Ich habe beobachtet, wie er in der Kapelle betete. Ich hatte mich weggestohlen und war auf einen Sims geklettert. Durchs Fenster konnte ich ihn sehen. Er wußte nicht, daß er beobachtet wurde. Aber ich sah ihn ganz deutlich, und ich weiß, daß er ein guter Mann ist.«

Isabella stickte schweigend an der Altardecke weiter, die sie vor ihrer Hochzeit fertigzustellen hoffte.

Nach einer Weile erkundigte sie sich: »Hast du sonst noch jemanden gesehen, Bianca?«

»Ja«, antwortete die Zigeunerin. »Ich habe auch den anderen gesehen.«

»Blasco?«

»Ja.« Bianca warf sich Isabella zu Füßen und küßte ihrer Herrin die Hände. »Er ist nicht gut. Er ist häßlich. Oh, Ihr habt wirklich Glück, daß Ihr Domingo heiratet.«

»Häßlich? Dann kann es nicht Blasco gewesen sein.«

»Doch, er war es. Ich weiß es genau. Er... jemand hat es mir gesagt. Er ist sehr, sehr häßlich... und er ist nicht gut. Das hat man mir gesagt.«

»Das ist nicht wahr«, murmelte Isabella. »Das kann einfach nicht wahr sein! Blasco kann nicht häßlich sein, dessen bin ich mir ganz sicher. Als Junge war er größer als Domingo, und er wirkte älter, und alle sagten, daß er ein schöner Mann sein würde.«

»Er ist schlecht«, beharrte Bianca. »Ich weiß, daß er ein schlechter Mensch ist.«

Sie holte die Karten aus ihrer Rocktasche.

»Ich werde in den Karten lesen«, verkündete sie. »Ich werde sehen, ob sie mir bestätigen, was ich ohnehin schon weiß. Ah, da ist er. Der dunkle Mann. Er ist böse. Aber er wird Euch nichts zuleide tun, weil er nicht in Eure Nähe gelangen kann. Und hier ist Euer guter Engel — das ist der gute Domingo. Auch er ist dunkel.«

»Wenn beide dunkel sind — woher weißt du dann, welcher der eine und welcher der andere ist?« fragte Isabella.

»Ich weiß es. Ich weiß es genau!« rief Bianca leidenschaftlich.

Bianca konnte sich die Gedanken an ihn nicht aus dem

Kopf schlagen; und in dieser Nacht träumte sie, daß er sie zwischen den Granatapfelbüschen gefangen hatte. Und als er sie küßte, rannte sie nicht davon.

Domingo merkte zunächst nicht, daß er beobachtet wurde. Vor dem Altar kniend, betete er um Mut und Kraft, denn ihm bangte davor, daß er auf jenem Lebensweg, den einzuschlagen er für seine Pflicht hielt, versagen könnte. Es hatte immer wieder Zeiten gegeben, da er geglaubt hatte, daß er sich nur zum Priester eigne, und doch wußte er, wenn er diesem Ruf folgte, würde er sich stets nach seinem Zuhause zurücksehnen, würde sich wünschen, Herr der Weinberge, Ehemann und Vater zu sein.

Zuweilen stand er in dieser Kapelle, pries Gott und die Heiligen, fühlte sich der Welt entrückt und glaubte, nur ein Leben im Dienst der Kirche könnte ihm Erfüllung bringen. Dann wieder fiel ihm seine Kindheit ein — die Weinlese und die Fröhlichkeit der Dorfbewohner in dieser Zeit; er dachte an die Gärten, an deren Pflege er sich oft selbst beteiligte, an die Rosen, die das ganze Jahr hindurch blühten. Und er wußte, daß er fern des Herrensitzes der Carramadinos niemals glücklich sein würde. Er wollte das Unmögliche: Priester und zugleich Mann sein.

Er hatte immer geglaubt, daß er eines Tages Isabella heiraten würde, und das hatte ihr in seinen Augen stets eine besondere Anziehungskraft verliehen — schon damals, als sie noch ein Baby in der Wiege gewesen war.

Wenn er Priester wurde, wenn er in ein Kloster eintrat, würde er nicht nur von Sehnsucht nach seinem Zuhause verzehrt werden, sondern auch von einem noch größeren Verlangen: dem nach Isabella.

Er hatte mit seinem Vater über seine widerstreitenden Gefühle gesprochen. Aus diesem Grunde war auch so lange keine endgültige Absprache über die Heirat getroffen worden. Seine Eltern hatten sich mit vereinten Kräften bemüht, ihn von seiner Pflicht zu überzeugen. Sie hatten nur zwei Söhne; sie hofften auf viele Enkel, aber ihre ganze Familie war nicht gerade durch große Fruchtbarkeit gesegnet.

Natürlich war da noch Blasco; aber er war der jüngere Sohn, und sie wollten, daß der ältere einmal Herr ihres Hauses und ihrer Ländereien wurde; sie wollten, daß er in die adlige Familie der de Ariz einheiratete. Über diese Verbindung war schon gesprochen worden, als die kleine Isabella noch in der Wiege lag; und Don Alonso würde nicht begeistert davon sein, seine Tochter einem jüngeren Sohn zur Frau zu geben.

Aus all diesen Gründen hatte sich Domingo überreden lassen — und nicht ungern, wenn er sich selbst gegenüber ganz ehrlich war. Aber ihm blieben Zweifel an der Richtigkeit seiner Entscheidung. Es gab Tage, da er sehnsüchtig an die Stille innerhalb von Klostermauern dachte, an ein friedliches Leben mit Glockengeläut, Einsamkeit und hingebungsvollem Gebet. Aber in diese Gedanken mischte sich unweigerlich die Vision von dem angenehmen Leben, das ihn in diesem Haus erwartete; er sah Isabella an seiner Seite, die schöne Isabella, die ihm seit jenen ersten Andeutungen, daß sie eines Tages seine Frau sein würde, besonders verletzlich, zerbrechlich und seines Schutzes bedürftig erschienen war.

Zuweilen, wenn die Sonne warm schien und die Trauben reiften, wenn er die Schnitter singen hörte, wenn er wußte, daß in den Weinbergen während der Lese Männer und Frauen nach getaner Arbeit in der Abendkühle beieinanderlagen und sich liebten, dann wünschte er sich, so wie sie zu sein, und er wußte auch, daß er sich in mancher Hinsicht wirklich nicht von ihnen unterschied. In solchen Fällen legte er unter seinem Wams das härene Hemd an und trug es ungeachtet der Hitze während des ganzen folgenden Tages. Aber obwohl derartige Bußübungen ihm vorübergehend seelische Beruhigung verschafften, halfen sie ihm doch nicht über seine tiefe innere Zerrissenheit hinweg.

Wie still es in der Kapelle war! Und doch hatte er beim Beten plötzlich das Gefühl, beobachtet zu werden. Aber das war sehr unwahrscheinlich. Niemand kam um diese Tageszeit in die Kapelle. Vielleicht fühlte er sich nur von seinem schlechten Gewissen beobachtet.

Freute er sich im tiefsten Innern seines Herzens, daß er aus Gehorsam seinen Eltern gegenüber das weltliche Leben wählen mußte? Lag seinem Wunsch, Priester zu werden, vielleicht nur die Erkenntnis zugrunde, daß ihm der Mut und die Selbstsicherheit fehlten, die sein Bruder Blasco in überreichem Maße besaß? War er genauso sinnlich veranlagt wie jene Stallknechte, die ständig Ausschau nach willigen Dienstmädchen hielten? Er wurde von Selbstzweifeln gequält.

Immer noch wurde er das Gefühl nicht los, beobachtet zu werden. Er war nicht mehr imstande, sich auf das Gebet zu konzentrieren. »O Heilige Mutter Gottes, hilf mir, mich selbst zu erkennen. Hilf mir, das Leben, für das ich mich entschieden habe, mit dem gleichen Pflichteifer zu führen, das in einer Klosterzelle von mir verlangt würde.«

Er stand auf und sah sich in der Kapelle um. Welch törichter Einfall! Natürlich war außer ihm kein Mensch hier.

Er hatte an diesem Morgen etwas klar erkannt: Er sehnte sich nach dem zurückgezogenen Klosterleben, weil er befürchtete, daß ihm zu jedem anderen Lebensweg der nötige Mut fehlen könnte.

Er hatte Angst vor der Zukunft. Deshalb bildete er sich bestimmt auch ein, beobachtet und verhöhnt zu werden.

Während Blasco sich aus dem Granatapfelgebüsch aufrappelte, fluchte er vor sich hin. Warum hatte die Zigeunerin in einem solchen Augenblick davonrennen müssen? Wozu waren Zigeunerinnen denn sonst gut, wenn nicht zu Freuden dieser Art? Ihm fiel eine Zigeunerin ein, die er als gerade vierzehnjähriger Junge gekannt hatte — groß, drall, mit glutvollen Augen und blauschwarzen Haaren. Wie wundervoll sie ihn in jene Sinnenlust eingeführt hatte, die für ihn inzwischen zu etwas fast Alltäglichem geworden war, aber dennoch nichts von ihrem Reiz verloren hatte! Die niedliche kleine Schnüfflerin hatte ihn an jene erste Liebesgefährtin erinnert. Nicht daß sie einander wirklich ähnlich gesehen hätten — beide waren Zigeunerinnen, das war aber auch schon alles. Dieses kecke Mädchen hatte etwas

Unverwechselbares an sich, und er ahnte, daß er es nicht so schnell vergessen würde.

Er lachte laut auf.

Als Isabellas Zofe würde sie ja ins Haus kommen, wenn Domingo demnächst heiratete. Es würde reichlich Gelegenheiten geben, das Mädchen zu treffen, und etwas sagte ihm, daß er dabei nicht leer ausgehen würde. Nur weil er wußte, daß sie einander wieder begegnen würden, ließ er die Zigeunerin so leicht entkommen und verfolgte sie nicht weiter.

Von dem Mädchen schweiften seine Gedanken zu Isabella. Er hatte sie seit Jahren nicht mehr gesehen. Er hatte die Universität in Salamanca besucht und dort zahlreiche Liebesabenteuer erlebt. Zusammen mit anderen ausgelassenen Studenten war er nachts durch die Straßen gezogen, wie es ja auch die Gewohnheit des Thronfolgers Don Carlos gewesen war — obwohl Blascos Abenteuer im Gegensatz zu jenen des Prinzen unweigerlich mit der Verführung eines willigen Opfers geendet hatten. Don Carlos war ein Scheusal gewesen; Blasco hingegen war einer der charmantesten jungen Männer in der Universitätsstadt und hatte deshalb mühelos die Frauenherzen erobert.

An Isabella hatte er überhaupt nicht mehr gedacht, bis er nach Hause zurückgekehrt war, wo ständig über die geplante Hochzeit geredet wurde. Irgendwie hatte ihm das doch einen leichten Stich versetzt; als sie noch Kinder gewesen waren, hatte er das ziemlich schüchterne dunkelhaarige Mädchen geliebt, das nun seine Schwägerin werden sollte.

Hätten seine Eltern ihm erklärt, daß er Isabella heiraten solle, so wäre er entzückt gewesen und hätte es sich nicht nehmen lassen, zu ihr zu reiten und ihr den Hof zu machen.

Aber nein — natürlich mußte die Erbin seinem älteren Bruder zufallen!

Wie Isabella jetzt wohl aussehen mochte? Ob die Lobeshymnen seiner Eltern, sie sei zu einer bildschönen jungen Dame herangewachsen, den Tatsachen entsprachen? Oder

wollten sie damit nur den Heiratswunsch eines Sohnes an-
fachen, der mit dem Gedanken spielte, Priester zu werden?

Es hätte ihm großen Spaß gemacht, zum Haus der de
Ariz zu reiten und Isabella persönlich in Augenschein zu
nehmen. Aber es könnte als Verstoß gegen das gute Benehmen gewertet werden, wenn der zukünftige Schwager dem
Haus der Braut seines Bruders noch vor dem Bräutigam einen Besuch abstattete.

Er lachte in sich hinein. Lag seiner Idee, Isabella zu besuchen, vielleicht hauptsächlich der Wunsch zugrunde, das
Zigeunermädchen wiederzusehen?

Er ging langsam durch die Gärten und dachte an beide —
an Isabella mit leichtem Bedauern, an die Zigeunerin mit
wachsendem Begehren.

Im großen Empfangssaal waren die Säulen mit Blumengir-
landen geschmückt. Der ganze Raum duftete nach frisch
geschnittenen Rosen.

Isabella stand neben ihren Eltern und hieß die Gäste willkommen. Señor und Señora Carramadino umarmten sie
herzlich. Und hinter ihnen standen die beiden jungen Männer. Isabella erkannte in dem größeren ihren Freund aus
Kindertagen. Blascos funkelnde Augen strahlten unwider-
stehliche überschäumende Lebensfreude aus, die anstek-
kend wirkte. Domingo hingegen machte mit seinem ernsten, strengen Gesicht einen geradezu abschreckenden Eindruck auf sie.

»Mein Sohn Domingo wird dir viel zu sagen haben, Isabella«, erklärte Señora Carramadino.

Isabella hob ihre Augen zu dem bleichen Gesicht empor.
Domingo küßte ihr die Hand. »Ja«, bestätigte er, »es gibt
vieles, worüber wir uns unterhalten müssen, Isabella. Und
hier ist auch mein Bruder, der dich begrüßen möchte.«

Blascos warmes Lächeln nach seinem Handkuß rief Erinnerungen in ihr wach.

»Nun, Isabella«, sagte er, »du hast dich überhaupt nicht
verändert.«

»Du auch nicht, Blasco.«

Sein inniger Blick versetzte ihr einen schmerzhaften Stich. Warum nur war nicht er ihr zukünftiger Ehemann? Wie ganz anders sähen dann ihre Gefühle aus! Anstatt Angst zu haben, würde sie sich von Herzen auf die Hochzeit freuen.

Zu dieser offiziellen Verlobungsfeier waren viele Gäste gekommen: Nachbarn aus der ganzen Umgebung und sogar Edelleute vom Hof in Madrid, die bei Isabellas Eltern und bei den Carramadinos logierten.

Nach dem Bankett im großen Saal sollte getanzt werden; aber diese gemessenen Tänze hatten nicht die geringste Ähnlichkeit mit jenen der Zigeuner.

Es war natürlich Domingo, der Isabella in den Bankettsaal führte, und sie saßen nebeneinander zur Rechten von Señor Carramadino. Blasco hatte seinen Platz auf der anderen Seite des Tisches, und Isabella war sich bewußt, daß er sie oft ansah. Ihre Blicke begegneten sich immer wieder, und Isabella glaubte in seinen Augen Bedauern und Sehnsucht zu lesen. Er schien ihr sagen zu wollen: Weißt du noch, Isabella, wie wir uns als Kinder versprachen, einander zu heiraten? Ach, wäre ich doch nur der ältere Sohn meines Vaters!

Domingo flüsterte ihr zu: »Isabella, du bist nicht unglücklich? Du hast keine Angst?«

»Nein, Domingo.«

»Ich flöße dir keine Abneigung ein?«

»Aber nein, Domingo.«

»Du brauchst auch wirklich keine Angst zu haben. Du hast nichts zu fürchten. Wir werden gut zueinander sein, Isabella.«

»Ja, Domingo.«

Sie hätte nicht sagen können, was sie aß. Die Köche waren zwei volle Tage mit den Vorbereitungen für das Festmahl beschäftigt gewesen und schwitzten jetzt bestimmt vor Angst, ob alles zur vollen Zufriedenheit der Herrschaften gelungen war. Aber Isabella war außerstande, ihre Künste zu würdigen. Lustlos schluckte sie Fisch, Fleisch und Desserts, hatte keine Augen für die prächtigen Arrangements von Trauben, Pfirsichen, grünen Feigen und Melonen. Sie sah nur Blasco – Blasco und Domingo.

Nach dem Essen begab man sich zum Tanzen in die große Halle. Die Musikanten hatten bereits auf dem Podium Platz genommen. Isabellas Vater forderte Doña Theresa auf, Señor Carramadino Isabellas Mutter; ihr eigener Partner war Domingo. Sie führten die gemessenen Tanzfiguren aus, und Isabella mußte wieder an die wilde Leidenschaft der tanzenden Zigeuner denken, und sie fragte sich, warum Bianca sie wohl angelogen hatte.

Später tanzte sie mit Blasco. Sie wußte, daß ihre Hand zitterte, als er sie ergriff, und auch ihm entging das nicht.

»Isabella«, sagte er, »wie schön du bist! Ich hatte vergessen, wie wunderschön du bist!«

»Ich freue mich sehr über dein Kompliment«, antwortete sie.

»Ich habe dich nie vergessen«, fuhr er fort. »Ach, Isabella, was für strenge und sinnlose Sitten doch in unserem Land herrschen! Unsere Familien beschließen eine Heirat, und deshalb dürfen sich drei kleine Spielkameraden plötzlich nicht mehr sehen. Ich frage mich, weshalb sie uns auseinandergerissen haben. Wieviel leichter wäre doch alles, wenn wir uns auch in den letzten Jahren immer wieder begegnet wären, habe ich nicht recht? Dann könntest du jetzt einen Mann heiraten, den du genauso gut kennst wie deine eigenen Familienangehörigen, den du lieben gelernt hast. Ah, aber vielleicht haben unsere Eltern doch weise gehandelt. Sie wußten vermutlich, daß andernfalls sowohl ich als auch Domingo uns leidenschaftlich in dich verliebt hätten. Und du hättest uns nicht beide heiraten können, Isabella.«

Sie war völlig verwirrt, denn sie konnte ja nicht wissen, daß junge Männer in Salamanca gern so daherredeten, daß hinter den so aufrichtig klingenden Worten wenig mehr steckte als der Wunsch zu schmeicheln und Konversation zu machen. Sie dachte beim Tanzen immer wieder: Es hätte Blasco sein sollen. Ich wußte, daß es Blasco hätte sein sollen. Ihn liebte ich, als ich ein Kind war; ihn könnte ich auch jetzt lieben, da ich erwachsen bin.

45

Doña Theresa beobachtete ihren jüngeren Sohn. Sie kannte ihn gut und wußte, daß man ihn daran hindern mußte, Isabella zu oft zu sehen. Sie würde mit Gregorio darüber sprechen. Sie durften nicht vergessen, daß ihr attraktiver Sohn der geborene Frauenheld war.

Blascos Aufmerksamkeit wurde plötzlich von Isabella abgelenkt, denn er hatte an einem Fenster ein Gesicht gesehen. Vor freudiger Erwartung bekam er starkes Herzklopfen. Sie schien mit Vorliebe durch Fenster zu spähen. Irgendwo im warmen, duftenden Garten lag die Zigeunerin auf der Lauer.

Sein Begehren wurde schier übermächtig. Er dachte an ihre feurigen Augen, an den schmalen nackten Fuß, den er in seiner Hand gehalten hatte, als sie nach ihm treten wollte; er dachte an ihren Körper, den er unter den Granatapfelbüschen einen Moment lang an sich gedrückt hatte, und während er weiter mit Isabella plauderte, weilten seine Gedanken schon bei dem Zigeunermädchen.

Die Musik endete, und er geleitete Isabella zu ihren Eltern zurück. »Domingo möchte mit Isabella unbedingt einen *corranto* tanzen«, erklärte Doña Theresa.

Domingo ergriff mit ziemlich unglücklicher Miene Isabellas Hand.

Die Musik setzte von neuem ein, und sie schritten in die Mitte der Halle, gefolgt von anderen Paaren.

Blasco glitt hinter einen Pfeiler, wohin kaum Licht von den Fackeln an den Wänden fiel.

Domingo entschuldigte sich: »Ich befürchte, daß ich im Vergleich zu meinem Bruder ein sehr schlechter Tänzer bin.«

»Oh, du tanzt ganz ausgezeichnet«, widersprach Isabella höflich.

»Er hat solche Künste in Salamanca gelernt. Mein Vater sagt, für solche Dinge hätte Blasco wesentlich mehr Interesse gehabt als für seine eigentlichen Studien. Aber er sagt auch, daß diese Fähigkeiten Blasco bei Hofe von großem Nutzen sein werden.«

»Er geht an den Hof?«

»Mein Vater glaubt, ihn dort unterbringen zu können. Er hat schon mit Ruy Gomez da Silva gesprochen, und wie dir bestimmt bekannt ist, sagen viele, daß Ruy Gomez der wichtigste Berater des Königs sei, denn Philipp ist ein eigenartiger Mann. Es gibt Leute, die sagen, daß er beim Gebet im Escorial glücklicher sei als mit seinen Staatsräten. Hältst du das für möglich, Isabella?«

»Ich habe jedenfalls auch gehört, daß es so sein soll.«

»Vielleicht wünscht er sich oft, er wäre der Sohn eines einfachen Mannes gewesen und hätte Priester werden können«, fuhr Domingo fort. »Dieses Dilemma kann auch andere Menschen quälen – nicht nur den König.«

»Möglicherweise«, gab Isabella zu.

»Aber er hat es tapfer bewältigt, nicht wahr? Er muß sich oft nach der Stille im Escorial sehnen, und doch heißt es allgemein, daß er niemals seine Pflichten vernachlässigt. Die Pflicht muß Vorrang vor den eigenen Wünschen haben, findest du nicht auch, Isabella? Und wenn ein Mann klar erkannt hat, worin seine Pflichten bestehen, kann er sich vielleicht doch noch ein sehr angenehmes Leben aufbauen.«

»O ja, Domingo«, sagte Isabella. »Ich bin sicher, daß du recht hast.«

Sie hielt eifrig Ausschau nach Blasco, konnte ihn aber nirgends entdecken.

Sie mußte auf ihn gewartet haben, aber sie hatte ihn den Festsaal nicht verlassen sehen. Blasco wußte, wo er sie finden würde. Um durchs Fenster spähen zu können, mußte sie auf einen Sims geklettert sein. Er würde sich hinter sie schleichen und sie herunterziehen.

Seine Vermutung erwies sich als richtig; er konnte ihre nackten Füße erkennen, die sich von der Steinmauer abhoben. Er näherte sich leise, und sie hörte ihn nicht, weil die Klänge der Musik auch den Patio erfüllten.

Als er nach ihr griff, stieß sie einen leisen Schrei aus, aber er preßte ihr sogleich eine Hand auf den Mund, während er sie zu sich herabzog.

»Du brauchst jetzt nicht mehr Ausschau zu halten«, sagte er, »denn ich bin ja hier bei dir.«

Sie grub ihre Zähne in seine Hand und er zog sie rasch zurück, ohne das strampelnde Mädchen jedoch loszulassen.

»Du Teufelin!« flüsterte er. »Du kleine Zigeunerteufelin! Hast du noch nie etwas davon gehört, daß man höhergestellte Persönlichkeiten nicht beißen darf?«

»Ich beiße, wen ich will.«

Er packte sie am Kinn, so daß sie ihr Gesicht nicht bewegen konnte. »Du mußt noch sehr vieles lernen, meine kleine *gitana*.«

»Laßt mich los, sonst schreie ich, und dann werden alle erfahren, daß Ihr hier bei mir seid.«

»Dann schrei doch! Schrei ruhig! Ich werde einfach erklären, ich hätte eine Einbrecherin gefangen, die es auf den Schmuck der Damen abgesehen hatte.«

»Das würdet Ihr nicht wagen!«

»Ich wage sehr vieles. Wie laut dein Herz pocht!« Er schob seine Hand in ihr Mieder, und sie trat nach ihm. Aber sie war erregt und hatte, wenn sie ehrlich sein wollte, nicht den leisesten Wunsch, ihm zu entfliehen.

»Laßt mich gehen«, murmelte sie anstandshalber. Aber ihr nachlassender Widerstand war ihm als erfahrenem Mann nicht entgangen, und er dachte: Es wird eher soweit sein als ich erwartet habe. Schon heute nacht. Warum auch nicht?

Er beugte sich über sie und küßte sie auf den Mund.

»Was wollt Ihr von mir?« rief sie, sobald sie wieder zu Atem gekommen war. »Warum tanzt Ihr nicht dort drinnen mit den Damen?«

»Es ist Zeitvergeudung, Fragen zu stellen, wenn man die Antwort genau kennt. Ich bin hier, weil es mir mehr Spaß macht, willige kleine Zigeunermädchen zu küssen, als mit Damen zu tanzen.«

»Willig? Willig? Habt Ihr ›willig‹ gesagt?«

»O ja, sogar sehr willig!« sagte er, und bevor sie wußte, wie ihr geschah, wurde sie von starken Armen hochgehoben.

»Wohin bringt Ihr mich?«

»Zu einem Granatapfelbusch.«

»Und was, wenn jemand davon erfahren sollte?«

»Nun, die Herren würden mit den Schultern zucken, und die Damen würden hinter ihren Fächern schmunzeln und sagen: ›Er hat hübsche Mädchen eben gern, selbst wenn es Zigeunerinnen sind... und Zigeunerinnen sind ja auch so entgegenkommend, so willig...‹«

»Ihr lügt!«

»Meinst du? Hast du demnach die Absicht, deine Tugend mit aller Kraft zu verteidigen?«

»Ich habe keine Angst vor Euch.«

»Dessen bin ich mir sicher. Du bist willig und entgegenkommend.«

»Ich werde meiner Herrin erzählen, wie Ihr mich behandelt habt.«

»Das wird bestimmt amüsant werden.«

Er hielt sie fest in seinen Armen, während er sich rasch vom Haus entfernte.

»Ich werde um Hilfe rufen! Wollt Ihr, daß man uns beide so ertappt?«

»Nein, aber du willst das genausowenig, und deshalb wirst du auch nicht um Hilfe schreien.«

»Wenn ich das täte, würde niemand mir Glauben schenken. Alle würden Euch glauben, daß ich versucht hätte, Schmuck zu stehlen. Viele Leute im Haus würden ein armes Zigeunermädchen sofort jeder Schändlichkeit für fähig halten.«

»Du bist genauso klug wie hübsch!«

»Glaubt nur nicht, mich mit schönen Worten gewinnen zu können!«

»Du bist für schöne Worte sehr empfänglich, und du hast durchaus Lust, mich zu lieben. Bitte sei still und führe mich an einen Ort, wo wir unser Alleinsein genießen können. Es ist Jahre her, daß ich zuletzt hier war, und zweifellos hat sich inzwischen manches verändert.«

»Laßt mich herunter!«

»Dann wirst du mich also hinführen?«

Sie nickte, und er stellte sie auf die Beine. Sie wollte davonrennen, aber er hielt sie am Rock fest und ließ auch nicht los, als er das Geräusch von zerreißendem Stoff hörte. Statt dessen hob er sie wieder hoch und trug sie über den Patio in die Gärten. »Du siehst, daß man dir nicht trauen kann«, flüsterte er.

Bei den Akazienbüschen in der Nähe der Gartenmauer blieb er stehen, legte sie ins Gras und warf sich neben sie. Sie sog die Düfte der Blumen und der Erde ein und fühlte sich vor Erregung wie berauscht. Blasco hatte in ihr ein Verlangen geweckt, das genauso mächtig war wie das seine. Und sie war in diesen Dingen erfahren genug, um zu wissen, daß es sinnlos wäre, es verbergen zu wollen. Er küßte sie wieder und flüsterte: »Du hast mir noch nicht gesagt, wie du hießt, kleine Zigeunerin.«

»Bianca.«

»Bianca«, wiederholte er. »Wir müssen uns oft treffen, Bianca. Ich habe seit unserer letzten Begegnung ständig an dich gedacht. Während der ganzen Fahrt hierher dachte ich: Ich werde meine kleine Zigeunerin sehen. Deshalb habe ich mich auch so auf dieses Fest gefreut.«

»Das glaube ich Euch nicht.«

»Und nach der Hochzeit wirst du in meinem Elternhaus leben. Bianca... Bianca... das wird herrlich sein!«

Sie hörte nicht mehr, was er sagte, denn in ihren Ohren war ein seliges Rauschen. Das war es, wofür sie Pero abgewiesen hatte, wofür sie ihr Volk verlassen hatte, wofür sie die Freiheit des Wanderlebens aufgegeben hatte.

Aus der Ferne hörte sie die Musik; über sich sah sie die Sterne.

Bianca verlor keinen Gedanken mehr an die Vergangenheit, auch nicht an die Zukunft. Sie fühlte, daß sich in diesem Augenblick ihr Schicksal erfüllte.

Er murmelte leise ihren Namen. »Bianca... Bianca...«

Sie legte ihm ihre Arme um den Nacken und hörte ihn im Dunkeln lachen – ein triumphierendes, aber auch zärtliches Lachen. Und sie war glücklich.

Bianca half Isabella beim Auskleiden. Die Mantilla lag auf dem Hocker, und Bianca öffnete den Verschluß des Rubin-kolliers am Hals ihrer Herrin. Isabella war sehr schweig-sam.

Sie ist traurig, dachte Bianca. Sie ist traurig, weil es Do-mingo ist, den sie heiraten muß, und weil sie gehofft hat, daß es sein Bruder sein würde.

Bianca fühlte sich wie berauscht. Sie vergaß, daß sie im Zimmer ihrer Herrin war; sie sah sich wieder dort draußen in der duftenden Nacht. Über seinem Kopf hatte sie die Sterne gesehen. Nie zuvor war ihr die Schönheit des Him-mels aufgefallen. Sie hatte sich wie neugeboren gefühlt. Zusammen mit der Sinnlichkeit schienen auch alle anderen Sinne in ihr geweckt worden zu sein.

»Es war ein wundervolles Fest«, sagte sie leise, denn Is-abella durfte nichts von ihrem Abenteuer mit Blasco wis-sen, und ihre Herrin hatte sie oft ausgelacht, weil sie soviel redete. »Wart Ihr glücklich, den guten Don Domingo an Eurer Seite zu haben?«

»Ich bin sicher, daß er ein sehr guter Mensch ist, Bianca.«

»Das ist er!« bekräftigte Bianca.

»Er ist zwar sehr still, und er sieht ein wenig streng aus, aber ich glaube nicht, daß er ein strenger Ehemann sein wird.«

»Nein, er wird sehr gütig und liebevoll sein − niemals streng«, sagte Bianca, während sie dachte: Er hat gefragt, ob ich bei den anderen Dienstboten schlafe... Sie hatte ge-antwortet: ›Nein, sie würden nicht mit einer Zigeunerin schlafen wollen.‹ Darüber hatte er herzhaft gelacht. ›Nicht? Ich wette, daß viele von ihnen nichts lieber als das täten!‹ Sie hatte ihm erzählt: ›Die Dienstboten schlafen alle in dem großen Raum unter der Halle, auf Strohsäcken; die Frauen auf einer Seite, die Männer auf der anderen. Ich selbst habe aber eine kleine Kammer neben dem Zimmer meiner Her-rin.‹ Und er hatte gesagt: ›Heute nacht kommst du, wenn im Haus alles still ist, zu mir in mein Zimmer und bleibst dort bis zur Morgendämmerung.‹ ›Ich traue mich nicht.‹ ›O doch, denn du bist ein wagemutiges Geschöpf.‹ ›Und wenn wir nun entdeckt werden?‹ ›An so etwas solltest du nie denken, bevor es tatsächlich passiert. Nimm dir dein Vergnügen, ohne an die Rechnung zu denken, die dir vielleicht dafür präsentiert wird!‹ ›Handelst du selbst nach diesem Motto?‹ ›Immer.‹ ›Ich traue mich aber wirklich nicht.‹ ›Dann zwingst du mich, zu dir zu kommen.‹ ›Das würdest du doch niemals tun.‹ ›Nein? Du wirst schon sehen. Aber es wäre besser, wenn du zu mir kämst als umgekehrt.‹ ›Ich kann nicht!‹

Aber sie wußte, daß sie es doch tun würde!

Isabella sah sie erstaunt an. »Was ist los mit dir, Bianca?«

»Warum? Nichts ist los.«

»Du standest da und starrtest mich an.«

»Oh... das ist nur, weil Ihr eine so glückliche Braut seid. Don Domingo wird der beste Ehemann der Welt sein. Das steht in den Karten.«

»Ach, diese Karten! Ich glaube, du liest aus ihnen heraus, was dir gerade genehm ist.«

»Liebt Ihr ihn — Don Domingo?«

»Kann Liebe so schnell kommen?«

Bianca gab keine Antwort. Etwas konnte so schnell, so übermächtig über einen kommen — eine wilde Leidenschaft. Aber vielleicht widerfuhr so etwas nur Menschen wie ihr selbst und Blasco, nicht aber Isabella.

Isabella warf ihr wieder einen verwunderten Blick zu. So nachdenklich kannte sie ihre Zofe gar nicht.

»Liebe kann schnell kommen«, murmelte Bianca schließlich. »Aber eine Liebe, die sich erst langsam einstellt, ist oft am dauerhaftesten.«

Isabella hatte sich hingelegt und schaute zu Bianca auf, die neben dem Bett stand.

»Wenn ich heirate, Bianca«, sagte sie, »wirst du mich in mein neues Heim begleiten. Ich werde dich brauchen, denn du bist in gewissen Dingen sehr weise.«

»Soll ich die Kerzen ausblasen?« fragte Bianca.

»Ja, bitte.«

»Dann werde ich jetzt auch zu Bett gehen. Ich bin heute sehr müde.«

»Gute Nacht, Bianca. Schlaf gut.«

»Ihr auch, Doña Isabella.«

Bianca ging durch die Verbindungstür in ihr Kämmerchen. Eine Zeitlang saß sie da und starrte in die flackernde Kerzenflamme. Dann vertauschte sie ihre düstere Tracht gegen ein Kleid, das Isabella ihr geschenkt hatte; es war aus elfenbeinfarbenem Samt und bildete einen reizvollen Gegensatz zu ihren lose über die Schultern fallenden schwarzen Haaren.

Zum Glück führte eine Tür von ihrer Kammer direkt auf den Korridor; denn sich durch Isabellas Zimmer davonzustehlen, wäre schwierig gewesen. Was aber, falls Isabella in der Nacht nach ihr rufen würde? Sie dachte an Blascos Worte: ›Nimm dir dein Vergnügen, ohne an die Rechnung zu denken, die dir vielleicht dafür präsentiert wird.‹ Sie lächelte, denn sie wußte genau, daß nichts sie davon abhalten könnte, diese Nacht mit ihm zu verbringen.

Sie öffnete die Tür und spähte hinaus. Alles war ruhig. Sie huschte den Korridor entlang, stieg die Treppe hinauf und öffnete wenig später seine Tür.

Er hatte offenbar sehnsüchtig auf sie gewartet. Er nahm sie in die Arme und küßte sie leidenschaftlich. Er bewunderte sie in Isabellas Kleid und entkleidete sie sodann behutsam, während er murmelte: »Ich dachte schon, du kämest nicht mehr. Ich wollte mich gerade zu dir hinabschleichen.«

Von diesem Augenblick an war es ihr egal, ob sie ertappt würden. Sie war bereit, seine Lebensphilosophie zu übernehmen, es ihm in allen Dingen gleichzutun.

Sie würde sich ihr Vergnügen nehmen. Sie hätte gar nichts anderes tun können, denn wenn sie bei ihm war, versank die ganze Welt um sie herum — und der Gedanke an mögliche Konsequenzen rückte in weite Ferne. Falls ihr die Rechnung präsentiert würde — nun, dann würde sie sie eben bezahlen.

Aber im Augenblick zählte nur eines — das Glück dieses Zusammenseins.

Die Hochzeit sollte in vier Wochen stattfinden, aber im Palast der Carramadinos herrschte Besorgnis.

Don Gregorio führte viele Gespräche unter vier Augen mit Doña Theresa, und es ging dabei stets um die Heirat und um ihren Sohn Blasco.

»Er reitet oft in Richtung Jerez«, berichtete Theresa ihrem Mann. »Einer unserer Leute ist ihm in meinem Auftrag gefolgt. Und er hat mehrmals die Nacht nicht zu Hause verbracht. Ich kenne ihn gut, und ich weiß, daß er irgendwelche Pläne ausbrütet.«

»Du glaubst doch wohl nicht, daß er die Absicht hat, seinem Bruder die Braut wegzuschnappen?«

»Blasco ist jede Verrücktheit zuzutrauen. Ich weiß noch genau, was er als Junge alles angestellt hat. Er braucht aufregende Abenteuer. Er muß immer im Mittelpunkt irgendwelcher Aktivitäten stehen. Du wolltest deinen Sohn zu einem Höfling erziehen, und das ist dir auch gelungen. Wenn er und nicht Domingo Isabellas Bräutigam wäre, fände er sie bei weitem nicht so begehrenswert wie jetzt. Zweifellos verläßt er das Gut so oft, um sie zu sehen.«

»Und Domingo?«

»Domingo – das ist ein Problem ganz anderer Art. Domingo ist ein halber Priester, und wenn wir nicht sehr aufpassen, wird er wirklich diesen Weg einschlagen, und dann wird die Hochzeit ins Wasser fallen. Wenn er über Blascos Verliebtheit Bescheid wüßte, so könnte ich mir sehr gut vorstellen, daß er zugunsten seines Bruders verzichten würde. Nein, das dürfen wir nicht zulassen! Domingo wird Isabella heiraten, und Blasco muß irgendeine andere Beschäftigung bekommen.«

»Aber wenn Domingo gern Priester werden will, und wenn Blasco Isabella heiraten möchte – glaubst du nicht, daß es vielleicht vernünftiger wäre, den beiden ihren Willen zu lassen?«

»Nein! Domingo soll eines Tages diesen Besitz erben. Wenn er erst einmal verheiratet ist, wird er sich bestimmt nicht mehr nach dem Priestertum sehnen. Und sobald sein erstes Kind zur Welt kommt, wird er in seiner Vaterrolle volle Befriedigung finden. Er wird das Gut besser führen, als sein Bruder das jemals könnte. Denk doch nur mal an deinen Urgroßvater!«

Don Gregorio wußte genau, worauf sie anspielte. Es gab viele Kinder in der ganzen Umgebung, in deren Adern das Blut der Carramadinos floß, und schuld daran war Gregorios Urgroßvater, mit dem Blasco große Ähnlichkeit hatte. Für den Frieden eines Dorfes war ein Mann wie Domingo als Gutsherr wesentlich besser geeignet.

»Dann sollte möglichst rasch etwas geschehen«, sagte Don Gregorio. »Ruy de Gomez wollte diese Woche sowieso einen seiner Männer hierher zu uns schicken, um uns einen Vorschlag zu unterbreiten. Für Blasco sollte ja ohnehin eine Stelle in Madrid gefunden werden. Vielleicht läßt die Sache sich beschleunigen, so daß er noch vor der Hochzeit abreisen müßte.«

»Das wäre sehr wünschenswert.«

»Es wird sich bestimmt arrangieren lassen.«

Als wenige Tage später Señor Diego de Cos bei den Carramadinos eintraf, hatte er eine lange geheime Unterredung mit Don Gregorio. Im Anschluß daran wurde Blasco zu seinem Vater gerufen und erfuhr, daß Señor de Cos gekommen war, um ihn nach Madrid mitzunehmen.

Blasco, dem die Aussicht einer Reise nach Madrid noch vor kurzer Zeit sehr zugesagt hätte, verspürte jetzt nicht die geringste Lust, sein Elternhaus zu verlassen.

Bianca war einzigartig. Anfangs hatte er geglaubt, daß er nur eine flüchtige Liebesaffäre mit ihr haben würde, aber nun kam er einfach nicht mehr von ihr los. Er ritt unter jedem nur möglichen Vorwand zum Haus ihrer Herrin; er wußte, daß sein Verhalten Anlaß zu falschen Vermutungen und Gerüchten bot, aber das vermochte ihn nicht von Bianca fernzuhalten. Sie trafen sich häufig. Manchmal stieg er — als Kaufmann verkleidet — in einem Gasthaus unweit des Hauses der de Ariz ab, und er bezahlte dem Wirt viel Geld, damit dieser eine bestimmte Dame in sein Zimmer ließ, die ihr Gesicht stets in der Kapuze ihres langen Mantels verbarg. Der Wirt war für gutes Geld zu allem bereit, und da Blasco ihm außerdem angedroht hatte, er würde ihm die Nase aufschlitzen und die Zunge abschneiden, falls auch nur eine Menschenseele etwas von seinen Aufenthalten in diesem Gasthaus erführe, war die Gefahr einer Entdeckung nicht besonders groß. Etwas beschwerlich war nur, daß Bianca sich spät abends aus dem Haus schleichen und früh-morgens wieder in ihre Kammer zurückkehren mußte. Zum Glück war sie aber sehr erfindungsreich. Sie war die vollkommene Geliebte, und Blasco fühlte, daß er mit ihr sein Leben lang glücklich sein könnte. Deshalb kam ihm der Ruf nach Madrid auch denkbar ungelegen. Er spielte flüchtig mit dem Gedanken, sie mitzunehmen; er überlegte allen Ernstes, wie sich das bewerkstelligen ließe. Er sah sich mit seiner Zigeunergeliebten bei Hofe eintreffen. Aber er wußte, daß der König großen Wert auf Moral und Konventionen legte, und er erkannte, daß eine schwierige Aufgabe vor ihm lag.

»Stell dich darauf ein, daß du schon in wenigen Tagen abreisen mußt«, sagte sein Vater.

»So schnell kann ich unmöglich alles Notwendige erledigen«, wandte Blasco ein. »Ich brauche mehr Zeit, am besten bis nach der Hochzeit.«

»Es handelt sich um einen Befehl des Königs«, erklärte de Cos.

Als sie später in den Gärten spazierengingen, wo sie vor neugierigen Augen und Ohren sicher waren, berichtete de Cos: »Der König hat viele Feinde; sie bedrohen sein mächtiges Reich. Der schlimmste Feind ist in den Augen des Königs jedoch der Häretiker.«

»So ist es«, stimmte Blasco zu.

»Es gibt ein Land, das ihm besonders große Sorgen bereitet — jenes, das von einer rothaarigen Ketzerin beherrscht wird.«

»Ich weiß, von wem Ihr sprecht«, sagte Blasco.

»Der König hat Pläne... viele Pläne. Möglicherweise wird er wünschen, daß Ihr ins Ausland geht, um dort seine Interessen zu vertreten.«

»Das wäre mein sehnlichster Wunsch«, sagte Blasco.

Er dachte, daß es einfacher sein würde, Bianca bei sich zu haben, wenn er nicht an den strengen Hof von Madrid gefesselt war.

»Diese Engländer«, fuhr de Cos fort, »haben die Frechheit, unsere Vormachtstellung auf den Meeren brechen zu wollen. Da ist beispielsweise dieser Kerl Hawkins. Wißt Ihr, was er macht? Er holt Männer aus Westafrika, bringt sie nach Westindien und verkauft sie dort an unsere Siedler. Und mit welchem Profit! Von legitimen Geschäften kann dabei nicht die Rede sein, denn der Bursche ist ein Pirat. Er segelt mit seinen mörderischen Kumpanen über die Meere und hält Ausschau nach unseren Schiffen, die sich — mit Schätzen beladen — auf dem Rückweg nach Spanien befinden. Er kapert sie und bringt die Beute dieser rothaarigen Ketzerin, die auf dem Thron sitzt. Und was tut sie? Sie legt ihre Hände in den Schoß und behauptet, sie hätte nicht das geringste damit zu tun — das erklärt sie unserem Botschafter. Gleichzeitig macht sie kaum einen Hehl daraus, daß sie ihre Piraten mit Orden und Titeln belohnt und mit Freuden den größeren Teil der Beute einsteckt.«

»Will Seine Majestät mich nach England schicken?«

»Das weiß ich nicht. Seine Majestät haßt die Engländer. Bei allen Heiligen, eines Tages werden wir sie vernichten, wir werden diesen Ketzern alle Knochen im Leibe brechen, bis sie um Gnade winseln und uns anflehen, wieder den wahren Glauben annehmen zu dürfen.«

»Amen!« sagte Blasco. »Aber könnte ich nicht noch ein Weilchen hierbleiben? Wißt Ihr, es kommt schließlich nicht alle Tage vor, daß ein Bruder heiratet.«

»Der König wird keinen Aufschub dulden. Kennt Ihr die letzte Schandtat dieser Banditen? Ihr müßt wissen, daß Hawkins und sein Neffe namens Drake nicht unsere einzigen Feinde sind. Das ganze Land legt es darauf an, uns zu verhöhnen. Jetzt hat diese rothaarige Ketzerin auch noch Geld konfisziert, das die Bankiers von Genua Alba zur Besoldung unserer Truppen in Flandern geschickt hatten. Ich sage Euch, lange läßt sich der König das nicht mehr bieten.

Er wird diesen Provokationen ein Ende bereiten. Er wird diesen Leuten zeigen, was es mit der Macht Spaniens auf sich hat. Ihr müßt Euch also auf eine baldige Abreise einstellen, mein Freund, ohne zu säumen. Saumseligkeit ist gefährlich, wenn man im Dienste des Königs steht.«

Blasco begriff, daß er sich mit einem kurzfristigen Aufbruch abfinden mußte.

In dem winzigen Gasthofzimmer, wo er mit dem Kopf fast an die Decke stieß, berichtete er Bianca von seiner plötzlichen Berufung an den Hof.

»Du darfst nicht glauben, daß wir uns nicht wiedersehen werden. Mir bleibt keine andere Wahl, als nach Madrid zu gehen. Aber ich werde dich nachkommen lassen. Ich vermute, daß wir ins Ausland gehen werden... vielleicht nach England.«

»Du wirst nach mir schicken? Schwörst du mir das?«

»Ja, und schwörst du mir deinerseits, daß du zu mir kommen wirst?«

»Um bei dir sein zu können, werde ich sogar meine Herrin verlassen.«

»Unsere Trennung wird nicht lange dauern, das verspreche ich dir. Wie könnte ich ohne dich leben?«

»Sie darf nicht lange dauern, denn wie sollte ich ohne dich leben!«

»Bianca, ich schwöre dir, daß mir nie eine Frau soviel bedeutet hat wie du!«

»Aber es gab so viele!«

»Gerade deshalb, weil es vor dir so viele gab, bin ich mir sicher, daß keine andere deinen Platz in meinem Herzen einzunehmen vermag.«

»Du brauchst nur nach mir zu schicken«, sagte sie, »und ich werde zu dir kommen, wo immer ich auch sein mag.«

Blasco verließ Sevilla erst drei Tage vor der Hochzeit seines Bruders.

Er hatte seine Abreise so lange wie nur irgend möglich hinausgezögert, aber nun lag die letzte Nacht mit seiner

Geliebten hinter ihm, und er ritt frühmorgens los, solange die Sonne noch nicht so heiß brannte, und schlug den Weg nach Norden, in Richtung Hauptstadt, ein.

In Madrid wurde er respektvoll empfangen, und er hielt sich kaum vierundzwanzig Stunden in der Stadt auf, als ihm auch schon befohlen wurde, zum Escorial zu reiten, wo der König ihn zu sehen wünsche.

Das übetraf bei weitem Blascos kühnste Erwartungen. Es war jahrelang sein ganzer Ehrgeiz gewesen, einen Platz bei Hofe zu erobern, und das hatte sich erst geändert, als er Bianca getroffen hatte. Daß nun der König persönlich nach ihm verlangte, ließ ihn vorübergehend sogar seine Sehnsucht nach Bianca vergessen, und er fragte sich mit ungewohnter Nervosität, was das wohl bedeuten mochte.

Er machte sich unverzüglich auf den Weg zu dem riesigen Klosterschloß, diesem strengen Bauwerk, das sich majestätisch von den Granitfelsen der Sierra de Guadaramma abhob. Unruhe bemächtigte sich seiner, als er das imposante Gebäude betrat, in dem König Philipp den größeren Teil seines Lebens verbrachte. Warum hatte dieser undurchschaubare, unerbittliche Mann, dieser religiöse Fanatiker, ausgerechnet ihn zu sich beordert, fragte sich Blasco. Und er überlegte, ob er sich vielleicht irgendeines Vergehens schuldig gemacht hatte, das in den Augen des asketischen Herrschers einer Todsünde gleichkommen könnte. Später erfuhr er, daß viele Menschen solche Gefühle hatten, wenn sie Philipp von Spanien gegenübertreten mußten, ob nun in einem seiner Paläste in Madrid, in Valladolid oder im Escorial.

Blasco wurde durch weiße Korridore geführt, die bei ihm — weniger wegen der niedrigen gewölbten Decken als vielmehr wegen seiner unbehaglichen Geistesverfassung — eine leichte Klaustrophobie hervorriefen. Stumme Diener blickten so streng drein, als wäre es eine Sünde, an einem solchen Ort zu lächeln oder auch nur zu sprechen. Blasco bewunderte die Fußböden aus weißem und schwarzem Marmor und die Bronzen aus Saragossa in den großen Räumen, durch die er schließlich in die Bibliothek gelangte, wo er an einem Tisch den König sitzen sah.

Philipp war ein kleiner Mann mit blaßblauen Augen und so hellem Haar, daß Blasco nicht feststellen konnte, ob es weiß war oder nicht. Er kniete vor dem König nieder und wurde von diesem mit ausdrucksloser Stimme aufgefordert sich zu erheben. Sodann gab Philipp allen im Raum Anwesenden mit einer Handbewegung zu verstehen, daß er mit dem Neuankömmling allein zu sein wünschte.

Der König starrte auf die Schriftstücke auf seinem Tisch, während alle den Raum verließen; sodann fragte er, den Blick immer noch auf die Dokumente gerichtet:

»Ihr seid Blasco Carramadino aus Sevilla?«

»Ja, Eure Majestät.«

»Und Ihr wollt bei Hofe dienen?«

Die kalten blauen Augen musterten ihn kurz.

»Ihr werdet Spanien innerhalb der nächsten Tage verlassen und Euch nach Paris begeben.«

Blasco verbeugte sich.

»Euer Aufbruch soll unauffällig vonstatten gehen. Ich habe Euch für diese Aufgabe ausgewählt, weil Euch hier niemand kennt, weil Ihr ein völlig unbekannter junger Mann seid. In Paris werdet Ihr als ziemlich unbedeutender spanischer Edelmann auftreten. Niemand darf wissen, daß Ihr in meinem persönlichen Auftrag dort seid.«

»Ich werde darüber absolutes Stillschweigen bewahren, Sire.«

»Ich wünsche, daß Ihr einer sehr hochgestellten Persönlichkeit eine Botschaft überbringt – eine mündliche Botschaft, die viel zu wichtig ist, als daß ich sie dem Papier anvertrauen oder auf den üblichen diplomatischen Kanälen übermitteln könnte.«

»Ich fühle mich sehr geehrt, Eure Majestät, daß Ihr mich für diese Aufgabe ausgewählt habt.«

»Es ist keineswegs ein gefährlicher Auftrag. Ihr braucht nichts weiter zu tun als der Königinmutter von Frankreich die Botschaft mündlich zu übermitteln. Aber es ist von größter Bedeutung, daß Ihr keiner Menschenseele davon erzählt. Was ich von Euch erwarte, Senor Carramadino, ist

Diskretion und nicht außergewöhnliche Schläue oder gar Tapferkeit.«

»Sire, ich werde Euch und Spanien nach besten Kräften dienen.«

»Dann hört mir jetzt aufmerksam zu. Ihr werdet also nach Paris reisen und dort nach einer Möglichkeit suchen, um mit der Königinmutter von Frankreich sprechen zu können – selbstverständlich nicht im Rahmen einer Audienz, die sie Euch vielleicht gewähren würde, bei welcher aber unweigerlich andere Personen zugegen wären, wenn auch möglicherweise nur im verborgenen. Es muß also eine Situation sein, bei der Ihr der Königinmutter unbemerkt etwas zuflüstern könnt – etwa bei einem Tanz oder im Vorbeigehen. Ihr werdet ganz auf Euch gestellt sein, denn wenn ich meinen Botschafter in Paris anweisen würde, Euch gewisse Privilegien einzuräumen, so stündet Ihr sofort im Mittelpunkt des allgemeinen Interesses und könntet bespitzelt werden. Ihr müßt eben Eure Geschicklichkeit unter Beweis stellen. Aber ich habe gehört, daß Ihr Verstand habt. Am französischen Hof werdet Ihr Euch als spanischer Adeliger ausgezeichneter Herkunft einführen, und als solcher müßtet Ihr eigentlich, wenn Ihr Euch korrekt verhaltet, auch bei Hof empfangen werden.«

»Ich stelle es mir nicht allzu schwierig vor, den Erwartungen Eurer Majestät gerecht zu werden.«

»Hoffen wir, daß Euer Glaube an Eure Fähigkeiten gerechtfertigt ist«, sagte Philipp trocken. »Die Botschaft ist nicht lang. Sie lautet: ›Setzt die Hochzeitsvorbereitungen fort, und wenn alle versammelt sind, wird für Euch der Zeitpunkt gekommen sein, Eure Freundschaft unter Beweis zu stellen.‹«

»Ist das alles, Majestät?«

»Das ist alles. Prägt es Euch gut ein. Jedes Wort ist von größter Bedeutung. Wiederholt jetzt meine Botschaft!«

Blasco tat, wie ihm geheißen.

Philipp nickte. »Kehrt nach Madrid zurück«, sagte er. »Begebt Euch in den Palast. Man wird Euch zu einem meiner Minister bringen. Ihr werdet ihm die Botschaft wiederholen. Wenn Ihr das zu seiner Zufriedenheit erledigt, wird er Euch ersuchen, am nächsten Tag nach Paris aufzubrechen.«

Blasco verneigte sich tief.

Aber der König hatte sich bereits wieder seinen Schriftstücken zugewandt.

Zwei Tage vor ihrer Hochzeit erwachte Isabella in freudiger Stimmung. Sie sah Bianca neben dem Bett auf dem Boden sitzen und mit gerunzelter Stirn in ihren Karten lesen.

Was mag sie in den Karten sehen? fragte sich Isabella. Oft sah Bianca einfach, was sie sehen wollte, aber warum runzelte sie heute die Stirn? Und warum hatte sie in den letzten Tagen einen so niedergeschlagenen, traurigen Eindruck gemacht? Wo war ihre Vitalität geblieben, ihre überschäumende Lebensfreude, die für sie so charakteristisch war.

»Was liest du in den Karten, Bianca?« fragte Isabella.

Bianca schüttelte wortlos den Kopf. Tränen rollten über ihre Wangen.

»Bianca, machst du dir Sorgen wegen der Hochzeit? Sie ist so nahe gerückt, aber weißt du, ich... ich kann immer noch nicht glauben, daß ich Domingo heiraten werde.«

»Warum solltet Ihr ihn nicht heiraten?« sagte Bianca. »Die Vorbereitungen sind in vollem Gange. Was könnte Eurer Hochzeit jetzt noch im Wege stehen?«

Isabella lächelte geheimnisvoll. Irgendwann in den nächsten zwei Tagen würde Blasco kommen und ihr sagen, daß er nicht länger schweigen könne. Er würde ihr erklären, daß sie zusammen wegreiten müßten, weil sowohl seine als auch ihre Eltern nie ihre Einwilligung zu ihrer beider Heirat geben würden. Sie sah sich hinter ihm im Sattel sitzen und in die Ferne reiten... vielleicht nach Madrid, ja, bestimmt nach Madrid, denn Blasco war ja dorthin beordert worden, und selbst er würde es nicht wagen, sich einem Befehl des Königs zu widersetzen. Sie würden in Madrid heiraten, und Blasco würde sich bei Hofe so bewähren, daß der König höchstpersönlich ihn dazu beglückwünschen würde.

Darüber würden seine und ihre Eltern so erfreut sein, daß sie ihnen verzeihen würden. Und auch Domingo würde glücklich sein, denn er wünschte sich mehr, Priester zu sein als Ehemann. Sie würden alle für immer glücklich sein.

Bianca sammelte ihre Karten ein und schob sie in ihre Tasche. Sie ahnte Isabellas Gedanken, und sie empfand große Zärtlichkeit und warme Zuneigung für ihre Herrin.

Scheinbar unbefangen sagte Isabella: »Mir wurde gesagt, daß Don Blasco nicht zu meiner Hochzeit kommt.«

»Ich habe es auch gehört«, bestätigte Bianca. »Es heißt, er sei an den Hof von Madrid gereist.«

»Ich kann nicht so recht glauben, daß er nicht auf meiner Hochzeit tanzen wird«, sagte Isabella.

»Und doch hat Tomás mir erzählt, daß Don Blasco sein Elternhaus schon verlassen habe.«

»Vielleicht stimmt das nicht«, murmelte Isabella.

Es war die Zeit der Siesta, und im Haus war es sehr still.

Señor und Señora de Ariz waren am Morgen zu den Carramadinos gefahren, um noch einige Einzelheiten der Hochzeit zu besprechen, die in zwei Tagen stattfinden sollte. In den Küchen waren die Köche bereits am Werk; die Säulen in der großen Halle wurden mit Laubwerk und Blumen geschmückt; der große Tisch im Bankettsaal wurde für die Hunderte von Hochzeitsgästen vorbereitet.

Isabella hatte sich noch nicht von ihrer Siesta erhoben. Sie hatte nicht schlafen können; in ihrem abgedunkelten Zimmer hatte sie auf jedes Geräusch gelauscht, in der Hoffnung, Pferdehufe im Hof zu hören. Sie glaubte immer noch, daß Blasco kommen würde. Er war so wagemutig. Das war er als Kind schon gewesen, und daran hatte sich bestimmt nichts geändert.

Und seine Augen hatten ihr so deutlich verraten, was seine Lippen ihr verschweigen mußten. Er hatte sich an ihre gemeinsam verbrachte Kindheit erinnert.

Jetzt muß er bald kommen, redete sie sich ein. Noch ist ja etwas Zeit. Er ist nicht nach Madrid abgereist. Er wird kommen, und dann werden wir zusammen dorthin reiten.

Bianca stand vor der Tür und schirmte ihre Augen mit der Hand vor der Sonne ab.

Sie wußte, daß es töricht war, nach ihm Ausschau zu halten. Er war meilenweit entfernt. Vielleicht hatte er sie schon vergessen. In den großen Städten würde er viele schöne Frauen treffen.

Die Sonne blendete, aber die Hitze des Tages hatte nachgelassen; und während Bianca versonnen dastand, glaubte sie in der Ferne Pferdehufe zu hören.

Sie träumte davon, daß er gleich durchs Tor reiten und ihren Namen rufen würde, wie er es so oft getan hatte — leise und eindringlich.

Es klang jedoch, als näherten sich mehrere Pferde.

Vielleicht würden schon jetzt die ersten Gäste eintreffen.

Bianca drehte sich um und ging ins Haus. Es wurde Zeit, Isabella von ihrer Siesta zu wecken.

Sie betrat Isabellas Zimmer und sah ihre Herrin mit offenen Augen im Bett liegen.

»Es ist schon ziemlich spät«, sagte Bianca. »Der Señor und die Señora werden bald nach Hause kommen. Ich glaube, ich habe schon ihre Pferde gehört.«

»Nein, es ist noch viel zu früh; sie haben sich bestimmt nicht auf den Weg gemacht, solange es so heiß war. Sie werden frühestens in zwei Stunden hier sein, denke ich. Ach, Bianca, ist es nicht eigenartig, wie langsam heute die Zeit vergeht? Man würde fast glauben, ich könnte meine Hochzeit kaum erwarten, so endlos dehnen sich die Stunden!«

»Es ist ganz normal, daß eine junge Dame kurz vor der Hochzeit nervös ist. Euch erwartet ein neues Leben, das Ihr Euch noch nicht so recht vorstellen könnt. Deshalb seid Ihr aufgeregt. Aber das Leben auf Carramadino wird fast genauso sein wie hier, nur werdet Ihr dort einen Ehemann haben. Das ist der einzige Unterschied.«

»Vielleicht hast du recht. Hör mal! Was ist das?«

»Es hört sich an, als seien Reiter am Tor.«

»Vielleicht sind einige Gäste früh eingetroffen. Ich muß hinuntergehen und sie begrüßen. Bianca, hilf mir beim Ankleiden. Ich glaube, ich werde mein Samtkleid anziehen.«

Während Bianca ihrer Herrin beim Ankleiden half, ertönte unten ein Schrei, gefolgt von Stimmengewirr. Jemand kreischte. Das mußte eines der Dienstmädchen sein.

»Etwas ist unten los«, sagte Isabella zitternd. »Ich muß sofort nachsehen.«

Aus reiner Gewohnheit drückte Bianca ihr den Fächer in die Hand, und die beiden jungen Frauen wandten sich zur Tür, blieben aber schon nach wenigen Schritten wie versteinert stehen, denn schwere Schritte polterten die Treppe herauf.

Im Haus herrschte plötzlich ein Höllenlärm, in dem die Stimmen der Dienstboten – das Jammern und Kreischen der Frauen, die Zornesrufe der Männer – fast untergingen.

»Das muß eine Räuberbande sein«, murmelte Isabella und legte ihren Arm um Bianca; in diesem Moment wurde die Tür weit aufgerissen, und der größte Mann, den die beiden jungen Mädchen je gesehen hatten, stand vor ihnen. Er hatte blonde Haare, und seine Augen waren strahlend blau – wie das Meer bei Cadiz; seine Haut war wettergegerbt, sein Mund zeugte von Tatkraft, Grausamkeit und Sinnlichkeit. Er sah aus wie ein Mann, der dem Tod schon so oft ins Auge geschaut hatte, daß er ihn nicht mehr fürchtete.

Er sagte etwas in einer Sprache, die sie nicht verstanden, und plötzlich begriff Isabella, was dieser Mann sein mußte. Sie hatte von seinesgleichen schon gehört – von diesen Piraten aus einem barbarischen Land, mit dem Spanien vor noch gar nicht so langer Zeit durch die Heirat Philipps mit der englischen Königin Maria der Katholischen verbündet gewesen war. Viele hatten das Gefühl, daß diese Insel von Rechts wegen zu Spanien gehören müßte; aber jetzt herrschte dort die Schwägerin des spanischen Königs, eine rothaarige Frau, eine Ketzerin und Feindin Spaniens.

Die Untertanen dieser Frau wurden mit ihrer Unterstützung zur größten Bedrohung auf den Weltmeeren und gelegentlich auch zu Lande. Es hatte nicht nur in den spanischen Kolonien Vorfälle gegeben, sondern sogar in Spanien selbst. Die Überfälle wurden mit größter Präzision und in kürzester Zeit ausgeführt; aber noch nie hatten sich die Piraten so weit ins Landesinnere gewagt.

Der Mann lachte plötzlich. »Bei Gott, gleich zwei Frauen!« rief er. »Und beide bildschön! Aber sie werden warten müssen.«

Isabella, die natürlich kein Wort verstanden hatte, sagte: »Wer seid Ihr? Wie könnt Ihr es wagen, mein Zimmer zu betreten...«

Er lachte wieder, während sie wie hypnotisiert auf das blutbefleckte Schwert in seiner Hand starrte.

»Fürchtet Euch nicht«, beruhigte er sie. »Wir töten keine Frauen.«

Er ging auf sie zu und packte Isabella am Arm. Bianca versuchte, sich dazwischenzuwerfen, aber er schleuderte sie mit seiner freien Hand beiseite. Sie stürzte zu Boden und lag kurze Zeit leicht betäubt da.

Sie sah, daß er seine Hand fast zärtlich auf Isabellas Nakken gelegt hatte, die vor Entsetzen wie gelähmt dastand. Dann öffnete er geschickt den Verschluß der Goldkette, an der ein Diamant hing, und schob das Schmuckstück in seine Tasche. Daraufhin begann er Isabellas Körper abzutasten, so als suchte er nach weiteren Edelsteinen; schließlich griff er mit fröhlichem Lachen nach ihrem Kinn.

Bianca konnte diese Behandlung ihrer Herrin nicht länger ertragen. Sie stürzte sich wie eine Furie auf ihn und kämpfte mit Händen, Füßen und Zähnen. Wenn ich nur mein Messer noch hätte, schoß es ihr durch den Kopf, wenn diese beiden alten Närrinnen es mir nicht abgenommen hätten, dann würde ich es ihm jetzt mitten ins Herz stoßen und diesem schurkischen Piraten den Garaus machen.

So aber packte er sie mit einer Hand und hob sie hoch wie einen streunenden Hund, bis ihr Gesicht auf einer Höhe mit dem seinen war, und sie las in seinen Augen eine gewisse wohlwollende Bewunderung. Dann befühlte er mit seiner freien Hand ihre Ohrringe und stellte lachend fest: »Wertlos! Messing! Vermutlich die Zofe! Ihr werdet beide mitkommen, obwohl ich eigentlich nur eine mitnehmen wollte, denn, bei Gott, es ist schwer zu entscheiden, welche von euch ich haben möchte, solange ich nicht beide ausprobiert habe.«

Er ging zur Tür und brüllte einen Befehl. Zwei Männer kamen angerannt. Der eine war klein und dunkel und sah wie ein Spanier aus. Der andere war groß — allerdings nicht so groß wie der erste Eindringling, der weitere Kommandos gab. Der kleine dunkle Mann sagte auf spanisch mit fremdländischem Akzent: »Tut, was Euch befohlen wird, dann wird Euch nichts geschehen. Zeigt uns Eure Wertgegenstände. Wo wird der Schmuck aufbewahrt? Beeilt Euch, denn der Kapitän hat es eilig.«

Bianca kreischte: »Sagt ihm, daß ich ihn umbringen werde! Ich werde diesen Kerl umbringen!«

Zwei Männer mit Seilen tauchten in der Tür auf. Der Kapitän deutete auf die beiden Frauen. Einer der Neuankömmlinge packte Isabella, der andere Bianca.

»Was macht ihr?« rief Isabella. »Wer seid ihr? Wie könnt ihr es wagen!«

Der spanisch sprechende Mann sagte: »Ihr solltet den Befehlen des Kapitäns Folge leisten, meine Dame. Andernfalls könnte er Euch töten. Er ist ein englischer Pirat, und er hat es sehr eilig, weil er sich viel zu weit von seinem Schiff entfernt hat. Er holt sich hier Verpflegung und Wein und alle Wertgegenstände, die er finden kann. Er wird Euch nicht töten, weil Ihr jung und schön seid, aber falls Ihr Schwierigkeiten macht, könnte er es sich vielleicht doch noch anders überlegen.«

»Und wer bist du, daß du ihm bei diesen Schurkereien hilfst?« schrie Bianca. »Was glaubst du, welche Strafe dich erwartet? An einem Baum aufhängen wird man dich für deine Beteiligung!«

»Mir blieb nichts anderes übrig«, erwiderte der Mann.

Der Kapitän brüllte etwas — offensichtlich befahl er ihnen, still zu sein.

Bianca wehrte sich nach Kräften dagegen, gefesselt zu werden. Sie biß und kratzte und versuchte, zu Isabella zu gelangen; aber ihr wurde ein Knebel in den Mund gestopft, und gleich darauf lag sie gefesselt neben Isabella am Boden, während die Männer das Zimmer nach Wertsachen durchstöberten und diese in ihre Taschen und in Säcke packten.

Kapitän Ennis March trieb sie zur Eile an. Er wußte, daß er in akuter Gefahr war, daß er sich viel zu weit von seinem Schiff entfernt hatte. Er war mit seinen Männern zehn Meilen durch die sengende Hitze geritten, um etwas zu erbeuten; und nun lagen die zehn Meilen Rückweg vor ihnen. Er dankte Gott, daß es jetzt wenigstens kühler sein würde. Trotzdem würden sie durch die mitgeführte Beute – etwas Schmuck, goldenes Tafelgeschirr, Essen, Wein und ein halbes Dutzend Frauen – langsamer als zuvor vorankommen.

Die Beute war nicht groß, aber dafür würde er sich eines Raubzugs auf spanischem Boden rühmen können. Wenn er nach England zurückkam und die Frauen als Beweis für seine Tat mitbrachte, würde es vermutlich genügend Leute geben, die ihn bei einem größeren Unternehmen unterstützen würden. Er träumte schon lange von Mexiko und Peru.

Aber noch war er nicht dort. Er war ein Glücksritter und schreckte auch vor großen Risiken nicht zurück, aber im Augenblick war er doch etwas besorgt. Eigentlich hatte er in Cadiz – dem Zielhafen der Schiffe, die aus Spaniens Kolonien zurückkehrten – einen Beutezug machen wollen, aber er hatte eingesehen, daß die Stadt viel zu gut bewacht wurde. War es klug gewesen, daraufhin mit einigen Booten an einer einsamen Stelle der Küste zu landen und auf der Suche nach einem großen Herrenhaus wie diesem landeinwärts zu reiten? Das würde sich erst noch zeigen.

Die Beute wäre weitaus größer, wenn ihnen bessere Transportmittel zur Verfügung stünden; aber seine Männer waren nach mehreren Monaten auf See aufsässig geworden und hatten unbedingt etwas von jenen Reichtümern abhaben wollen, die Spanien in seinen Kolonien erbeutete.

Er hatte ihnen klargemacht, daß der Raubzug sehr schnell vonstatten gehen mußte, daß sie es sich nicht leisten konnten, an Land mit Frauen zu schäkern, und daß jeder, der unterwegs auch nur einen Tropfen Alkohol anrührte, von ihm mit eigener Hand getötet oder aber – noch schlimmer – zurückgelassen würde, damit die Dons mit dem Unglückseligen abrechnen konnten. Er hatte ihnen versichert, daß sie Wein und Frauen bekommen würden – aber erst, wenn sie an Bord ihres Schiffes in Sicherheit waren.

»Schneller, ihr Faulpelze!« brüllte er seine Männer jetzt an. »Oder wollt ihr, daß Philipps Truppen euch hier finden? Beeilt euch gefälligst! Bei Einbruch der Dunkelheit müssen wir schon auf hoher See sein!«

Isabella glaubte, daß sie diese Schreckensszenen ihr ganzes Leben lang ständig vor Augen haben würde.

Sie und Bianca wurden zu den bereitstehenden Pferden gebracht und auf einem davon festgebunden. Isabella sah, daß vier der Dienstmädchen ebenfalls mitgenommen wurden – die jüngsten und hübschesten. Sie sah auch andere Dinge – ein Reitknecht und ein Hausdiener lagen auf den Marmorplatten des Patio, und ihr war klar, daß es sich bei den Flecken auf den Kleidern der beiden Männer um Blut handelte.

Sie hatte gesehen, wie die weinende Juana auf der Treppe von einem der Piraten grob beiseitegestoßen worden war. Maria war auf ihre Herrin zugerannt und hatte versucht, sie den Entführern zu entreißen, aber ein Schlag hatte sie zu Boden geschleudert.

Die Pferde waren mit seidenen und samtenen Tapeten und Gobelins beladen, die brutal von den Wänden gerissen worden waren; Maultiere mit vollen Satteltaschen wurden schon vorausgetrieben.

Und schließlich wurden auch sie und Bianca, zusammen auf ein Pferd gebunden, weggeführt.

Isabella fiel in Ohnmacht, aber Bianca warf einen Blick zurück und sah das herrliche Haus in Flammen stehen.

Sie waren in einer einfachen Kajüte an Bord eines Schiffes.

Man hatte ihnen die Fesseln abgenommen, denn nun bestand ja keinerlei Gefahr mehr, daß sie fliehen könnten.

Bei ihnen befanden sich auch die vier Dienstmädchen, die zusammen mit ihnen entführt worden waren.

Alle hatten Angst und wandten sich trostsuchend an Bianca, die sich weniger fürchtete als ihre Leidensgefährtinnen, obwohl ihr deutlicher als den anderen klar war, welches Schicksal ihnen beschieden sein würde. Biancas rasender Zorn und Haß hatten ihre Angst total verdrängt.

Wenn ich doch nur mein Messer gehabt hätte! dachte sie immer wieder. Sie erinnerte sich an die törichte Juana, die auf der Treppe geweint hatte, und an Maria, die einen schwachen Versuch zur Rettung ihrer Herrin unternommen hatte und dafür niedergeschlagen worden war.

Ich hätte ihm mein Messer in den Rücken gestoßen, dachte Bianca. Zumindest einer von den Piraten wäre meinem Messer zum Opfer gefallen. Aber sie hatten es mir ja abnehmen müssen. Diese törichten Weiber!

»Was wird nur aus uns werden?« fragte Isabella. »Bianca, was wird mit uns geschehen?«

Niemand antwortete. Auch Bianca schwieg.

Sie wußte, daß die Männer bald kommen würden. Zur Zeit waren sie noch beim Essen, labten sich an den köstlichen Speisen, die für die Hochzeit zubereitet worden waren, tranken die Weine, mit denen die Gäste dem Brautpaar zugeprostet hätten. Aber sobald die Piraten ihr Festmahl beendet hatten, würden sie sich anderen Freuden zuwenden.

Schwere Schritte näherten sich der Kajüte.

Die Tür wurde aufgerissen, und Kapitän Ennis March musterte die Frauen mit maliziöser Belustigung.

Seine Blicke blieben auf Isabella haften. Sie war die Dame des Hauses gewesen, und er war der Kapitän des Schiffes.

Bianca wußte, daß er Isabella für sich selbst vorgesehen hatte. Er streckte schon seine Hand nach ihr aus, aber Bianca sprang mit zornesblitzenden Augen vorwärts und stellte sich vor ihre Herrin. Der Kapitän ließ seine Blicke von Bianca zu Isabella und wieder zurück schweifen, so als könnte er sich nicht entscheiden.

Plötzlich lachte er auf.

Bianca wußte sogleich, daß er seine Entscheidung getroffen hatte.

Domingo kniete auf dem Betstuhl in seinem Schlafraum, der mehr Ähnlichkeit mit einer Mönchszelle als mit dem Zimmer eines spanischen Edelmanns und Erben eines großen Besitzes hatte.

Die Wände waren völlig schmucklos, bis auf ein Kreuz mit der geschnitzten Darstellung des gemarterten Christus. Domingo hatte die ganze Zeit seit dem Aufbruch von Isabellas Eltern gebetet. In zwei Tagen, dachte er, werde ich Isabellas Mann sein; dann wird es kein Zurück mehr geben. Aber es ist nun einmal meine Pflicht.

Vater Sanchez, der im Hause der Carramadinos wohnende Priester, klopfte leise an die Tür. Domingo erhob sich und bat den Geistlichen ins Zimmer.

Vater Sanchez war betrübt; er bedauerte als einziger Domingos Wahl, weil er darin einen herben Verlust für die Heilige Kirche sah.

»Die letzten Verträge sind nun also unterzeichnet, mein Sohn«, sagte er mit vorwurfsvoller Stimme, »und Ihr habt Euch endgültig gebunden.«

»Vater, ich bin unsicher, ob ich den richtigen Weg einschlage, aber ich halte mir vor Augen, daß es die Pflicht eines Sohnes ist, den Wünschen seines Vaters zu gehorchen.«

»Mein Sohn, Ihr habt zwei Väter — einen auf Erden und einen im Himmel.«

»Ich vermag nicht zu glauben, daß ich Gottes Willen erfüllen würde, wenn ich diese Welt aufgäbe, Vater. Wenn Er mir irgendein Zeichen gegeben hätte, würde ich freudig gehorcht haben.«

»Ihr seid der Sklave fleischlicher Begierden, mein Sohn. Eure Braut ist schön; und auch Eure Ländereien sind fruchtbar. Ah, ich gebe zu, daß es eine schwierige Entscheidung für einen jungen Mann war. Steht nicht in der Heiligen Schrift geschrieben: ›Es ist leichter, daß ein Kamel durch ein Nadelöhr gehe, denn daß ein Reicher ins Reich Gottes komme.‹«

Domingo bedeckte sein Gesicht mit den Händen. »Wenn ich nur ein Zeichen erhalten hätte... ein Zeichen...«

»Ah«, sagte der Priester mit ironischem Lachen, »wie einfach wäre es für uns, wenn wir auf den richtigen Pfad geführt würden! Dann könnten wir unsere Hände faul und träge in den Schoß legen, denn wozu sollten wir uns dann noch selbst um den richtigen Weg bemühen und die Hindernisse überwinden, die uns als Prüfung auferlegt werden?«

»Jetzt ist es ohnehin zu spät. Die Hochzeit muß stattfinden. Nur ein Wunder könnte sie noch verhindern.«

»Oder Euer eigener Wille, mein Sohn.«

»Im letzten Augenblick?«

»Viele halten erst dicht vor dem Tor der Verderbnis.«

»Würdet Ihr das als Verderbnis bezeichnen — diesen Wunsch, meinem Vater Freude zu bereiten und das Leben eines normalen Mannes zu führen?«

»Bei einem Menschen, den Gott berufen hat, Ihm zu dienen — ja, mein Sohn. Die Hand Gottes hat Euch berührt, die Stimme Gottes hat gesagt: ›Folge mir nach.‹ Und Ihr habt Eure Augen von Gott abgewandt und Euch für die reichen Weinberge Eures Vaters und für die Schönheit einer Frau entschieden.«

»Das stimmt nicht, Vater. Es gibt Zeiten, da ich mich verzweifelt nach einem abgeschiedenen Leben sehne, da ich ausschließlich Gott dienen möchte.«

»Noch ist es nicht zu spät. Die Hochzeit hat noch nicht stattgefunden.«

»Es ist zu spät, Vater. Ich habe versprochen zu heiraten. Und es gibt ein Gebot, das da heißt: ›Du sollst deinen Vater und deine Mutter ehren‹.«

»Es gibt aber auch ein anderes, das besagt, daß Gott ein eifernder Herr ist.«

»Vater, betet mit mir!«

Sie knieten nebeneinander nieder, und Stille trat im Zimmer ein.

Ein Reiter sprengte in den Hof. Sein Pferd war schweißbedeckt und hatte Schaum vor dem Mund. Der Mann sprang ab und warf die Zügel einem Stallknecht zu, der ihn mit offenem Munde anstarrte.

»Bring mich sofort zum Señor... sofort, sage ich!«

Señor Carramadino und seine Frau eilten ihm in der großen Halle entgegen.

Der Reiter nahm sich nicht die Zeit für die förmliche Begrüßung. Er rief sogleich: »Ich bringe schreckliche Nachricht! Das Haus von Señor de Ariz ist geplündert und niedergebrannt. Ich bin so schnell wie möglich zu Euch geritten, um Euch um Hilfe zu bitten. Es war eine Bande englischer Piraten... und sie haben das gnädige Fräulein Isabella entführt...«

Gregorio brüllte zornig: »Soweit ist es also schon gekommen! Diese Schurken werden immer unverschämter!« Dann fragte er: »Und Señor und Señora de Ariz?«

»Sie sind verzweifelt, Señor. Die Señora irrt in den Ruinen ihres Hauses umher und ruft nach ihrer Tochter. Der Señor hat mich zu Euch geschickt, um Eure Hilfe zu erbitten. Er hat von einem seiner verwundeten Männer erfahren, daß es englische Seeräuber waren, die den Besitz überfielen, als die Siesta gerade vorüber war.«

Señor Carramadino klatschte in die Hände, und ein Diener kam herbeigerannt.

»Sag den Stallknechten«, befahl der Hausherr, »daß sie unverzüglich alle Pferde satteln sollen.« Dann brüllte er: »Männer... Männer... hierher! Wir reiten sofort nach Süden. Wir müssen unseren Freunden zu Hilfe eilen!«

Señora Carramadino, die leichenblaß neben ihrem Mann stand, murmelte: »Ich werde Domingo Bescheid sagen. Er wird allen anderen voranreiten wollen.«

Sie eilte ins Zimmer ihres Sohnes. Domingo und der Priester erhoben sich rasch von den Betstühlen. Beide waren überrascht, denn die gelassene Doña Theresa war nicht leicht aus der Fassung zu bringen; nun aber zitterten ihre Lippen, und sie war so bleich, als sei sie einer Ohnmacht nahe.

»Domingo«, rief sie, »etwas Schreckliches ist geschehen! Du mußt sofort zu den de Ariz reiten. Englische Piraten haben während der Abwesenheit von Señor und Señora de

Ariz das Haus überfallen, beraubt und in Brand gesetzt. Domingo... sie haben Isabella entführt!«

Domingo begann am ganzen Leibe zu zittern. Jeder Gedanke an Gewalt hatte ihn von jeher entsetzt.

»Rasch, mein Sohn! Du darfst keine Zeit verlieren. Vielleicht kannst du die Piraten noch einholen. Du mußt so schnell wie irgend möglich zum Haus unserer geliebten Freunde reiten. Sie werden sehnlichst auf dich warten.«

Domingo nickte. »Ich breche sofort auf, Mutter«, sagte er.

Sein Blick begegnete flüchtig den Augen von Vater Sanchez, und er konnte darin die Gedanken des Priesters lesen.

Nur ein Wunder konnte uns retten. Dies ist das Wunder. Gottes Wege sind wahrhaftig wunderbar und unerforschlich. Er hat Euch, Domingo Carramadino, berufen, Euer Leben Seinem Dienst zu weihen.

Domingo sprengte neben seinem Vater an der Spitze der Reiterschar in Richtung Jerez.

Don Gregorios Gesicht war bleich vor Zorn.

»Bei allen Heiligen!« brüllte er, »können wir nicht einmal mehr ruhig in unseren Betten schlafen? Können wir unsere Häuser und Familien nicht einmal mehr für wenige Stunden verlassen, ohne befürchten zu müssen, daß diese englischen Seeräuber zuschlagen? Aber ich hege die Hoffnung, daß wir ihnen binnen kurzem eine Lektion erteilen werden, die sie so schnell nicht vergessen werden!«

»Sie haben die Küste auch früher schon überfallen.«

»Die Küste, ja! Unsere befestigten Städte, ja! Das ist etwas anderes. Aber sie haben sich noch nie so weit ins Landesinnere getraut! Woher hatten sie die Pferde? Welch teuflische Tollkühnheit! Bei allen Heiligen, wenn wir sie erwischen, werden wir sie...«

»Sie haben viele Stunden Vorsprung, Vater«, fiel Domingo ihm ins Wort.

»Aber sie kennen sich hier nicht aus. Und man sagt, sie seien nicht an Hitze gewöhnt. Möglicherweise können wir sie noch einholen. Wir müssen sie einholen, allein schon wegen der entführten Frauen.«

Domingo erschauderte. Seine Fantasie war oft sein ärgster Feind, denn sie quälte ihn mit Bildern, die er nicht sehen wollte; sie stellte ihm Ereignisse vor Augen, die ihm den Angstschweiß auf die Stirn treten ließen.

Ich hasse Gewalt, dachte er. Ich kann keine Gewalt ertragen. Der Anblick von Blut macht mich krank. Oh, wie sehne ich mich nach dem Frieden einer Mönchszelle!

Das schien ihm jetzt das Ziel aller Wünsche zu sein, die reinste Seligkeit: kühle Steinmauern, der Trost des Kreuzes, die Stunden der Meditation, die Glocken, die zum Chorgebet riefen, melodische Stimmen, die in der Kapelle widerhallten und den Eindruck verstärkten, daß in dieser Atmosphäre der Frömmigkeit die geschnitzten und gemeißelten Statuen von Christus und Seinen Heiligen gleichsam lebendig seien.

Wenn er die richtige Wahl getroffen hätte, wäre er jetzt nicht hier, wäre nicht der Gefahr ausgesetzt, einem englischen Piraten gegenübertreten zu müssen.

Er stellte sich diesen Mann genau vor. Es würde ein vulgärer Kerl sein — wie alle Engländer —, ein furchtloser Geselle, der mit dem Schwert umzugehen verstand und anderen bedenkenlos Schmerz zufügte, aber auch selbst hart im Nehmen war. Wie sollte er, Domingo, ein sanfter Mann mit der Seele eines Priesters, mit einem solchen Draufgänger kämpfen?

Er hatte die Augen geschlossen und rief instinktiv alle Heiligen an — die Heiligen, die ihm wirklicher erschienen als die Menschen, mit denen er im Alltagsleben Kontakt hatte. Er erschauderte vor Entsetzen, als ihm der Inhalt seiner Gebete bewußt wurde. »Heilige Mutter Gottes, erspare mir eine Begegnung mit den Piraten...«

Diese Worte hießen nichts anderes als: Laß die Verbrecher entkommen. Laß Isabella und die anderen entführten Frauen in der Gewalt der Seeräuber leiden... wenn nur ich mich ihnen nicht zum Kampf stellen muß!

Es war der Widerstreit zwischen dem Priester und dem

Mann in ihm, der ihn ständig leiden ließ. Sogar während er betete, warf der Mann dem Priester vor, er sei ein erbärmlicher Feigling.

Du haßt Gewalt. Aber warum? Weil du Angst vor Schmerzen hast. Du fürchtest dich vor dem englischen Piraten. Er verkörpert für dich das Leben, und du hast Angst vor dem Leben. Das Leben ist oft grausam und gewalttätig, und du hast Angst, dich dem zu stellen, weil du weißt, daß du schwach bist. Die Klostermauern locken dich, weil sie Schutz vor dem Leben bieten; du liebst diese Mauern, weil du dich hinter ihnen verstecken könntest. Du lullst dein Gewissen mit Frömmigkeit ein; sie ist ein Deckmantel, hinter dem du deine erbärmliche Angst verbergen kannst.

Er bemühte sich, jeden Gedanken an Isabella und an das, was ihr möglicherweise zur Stunde widerfuhr, zu verdrängen.

»Vater«, sagte er, »wir werden diese Piraten niemals einholen.«

»O doch! Wir *müssen* sie einholen. Haben unsere Landsleute eigentlich geschlafen? Wie konnten die Piraten so weit landeinwärts vordringen? Wer hat ihnen Pferde gegeben? So viele können es doch gar nicht gewesen sein. Und sie müssen unterwegs Spaniern begegnet sein. Warum hat niemand Alarm geschlagen?«

»Diese Piraten sind verwegene Männer, Vater. Vielleicht haben sie allen, die ihnen begegnet sind, solche Angst eingeflößt, daß...«

»Heißt das, daß Spanier Feiglinge sind, mein Sohn?«

Domingo errötete heftig. »In jedem Land gibt es Feiglinge, Vater«, murmelte er.

»Bei allen Heiligen, dann müßten solche Männer das Schicksal der Piraten teilen! Ich würde jeden Feigling vom Felsen von Toledo in die Tiefe schleudern lassen!«

Sie ritten schweigend weiter, bis vor ihnen die Stadt Jerez de la Frontera zwischen den Hügeln auftauchte, auf deren ocker-roter Erde die Oliven besonders prächtig gediehen. Die Farbe erinnerte Domingo unwillkürlich an Blut, und beim Anblick der weißen Erde der Weinberge mußte er daran denken, daß die arme unschuldige Isabella zur Stunde vielleicht schon entehrt war.

Auf dem Ritt durch die Stadt informierte Señor Carramadino die Bewohner, daß Piraten das Haus seines Freundes überfallen hatten, und er forderte sie auf, ihm bewaffnet zu folgen, um diesen englischen Hunden ihre Beute zu entreißen.

»Si Señor! Si Señor!« schrie eine Frau, die neben ihm her rannte. »Unsere Männer haben sich schon auf den Weg gemacht. Señor de Ariz hat einen Boten hergeschickt. Sie verfolgen die englischen Hunde, um das gnädige Fräulein zu ihrem Vater zurückzubringen.«

»Ausgezeichnet!« rief Gregorio mit grimmigem Lächeln. »Komm, Domingo, nur noch wenige Meilen, und wir sind da!«

Schon aus der Ferne konnte man das verbrannte Holz riechen, und als sie näher kamen, sahen sie die Rauchwolken, die von dem noch immer glimmenden Gebäude aufstiegen.

Gregorio gab seinem Pferd die Sporen, und sie legten die letzte Wegstrecke im Galopp zurück.

Zwischen den Trümmern im Hof sprangen sie von den erschöpften Pferden, und Gregorio brüllte: »Ist hier jemand? Wir sind es, die Carramadinos, die Euch helfen wollen.«

Doña Marina rannte ihnen entgegen. Domingo und sein Vater erkannten sie im ersten Augenblick kaum wieder; die arme Frau war innerhalb weniger Stunden erschreckend gealtert. Die tragischen Ereignisse ließen sie jegliche Etikette vergessen. Weinend warf sie sich in Gregorios Arme.

»Meine liebe, liebe Marina...«, sagte Gregorio. »Meine teure Freundin!«

Anfangs brachte Marina kein Wort hervor und schüttelte nur immer wieder fassungslos den Kopf. Bis zum Eintreffen ihrer Freunde hatte sie mühsam Fassung bewahrt, aber nun ließ sie ihren Tränen freien Lauf.

»Es... es ist mehr, als ich ertragen kann«, schluchzte sie. »Und Alonso?«

»Er... er wollte keine Zeit verlieren und hat sich sofort auf den Weg zur Küste gemacht. Er hat alle unverletzten Männer mitgenommen. Seitdem sind noch andere aus Jerez vorbeigeritten. Die ganze Gegend beteiligt sich an der Verfolgung.«

»Wir brechen auch gleich auf, Marina. Wir werden nicht ruhen, bis wir Isabella zu Euch zurückgebracht haben.«

»Ich darf gar nicht daran denken... ich kann nicht...«

»Wir bringen sie zurück. Wir werden diesem englischen Piraten das Herz aus der Brust reißen, wenn wir ihn zur Strecke gebracht haben... oh, er wird eines langsamen Todes sterben! Und Ihr, Marina? Was könnt Ihr hier tun? Was ist Euch geblieben, meine arme Freundin?«

»Wir haben kein Heim mehr, Gregorio... aber das wäre nicht so schlimm, wenn wir nur unsere Tochter wiederhätten.«

Gregorio rief einen seiner Männer herbei und befahl ihm: »Du wirst Señora de Ariz und alle Frauen und Verwundeten, die reiten können, nach Carramadino bringen. Hier gibt es im Augenblick ohnehin nichts zu tun.«

An Marina gewandt, fuhr er fort: »Theresa wartet auf Euch, meine teuerste Freundin. Sie wird sich Eurer annehmen. Was wir jetzt brauchen, sind frische Pferde, und dann reiten wir so schnell wir können zur Küste. Ich will mir das unrühmliche Ende dieses englischen Bastards auf gar keinen Fall entgehen lassen.«

Marina blickte zu Domingo auf, und das Leid in ihren Augen ließ ihn erbeben.

»Domingo«, murmelte sie. »Ich bin so glücklich, daß Ihr hier seid, Domingo. Ihr werdet sie zu uns zurückbringen. Ihr... Ihr, Domingo!«

Er verneigte sich. »Das werde ich, Señora. Ich verspreche es Euch.« Einen Augenblick lang fühlte er sich mutig und sehnte sich geradezu nach einem Kampf mit dem englischen Seeräuber. Aber gleich darauf sagte er sich schon wieder voller Selbstironie: Du würdest unweigerlich den kürzeren ziehen, wenn er vor dir stünde. Er ist ein Abenteurer. Er würde dich töten und deinen Leichnam beiseiteschleudern, noch bevor du dein Schwert aus der Scheide gezogen hättest.

Ein herrlich tröstlicher Gedanke gab ihm seinen Seelenfrieden zurück: Nur wenn es Gottes Wille sein sollte, redete er sich ein, könnte ich Isabella zurückbringen.

Als sie die Küste erreichten, erfuhr Domingo, daß es ihm erspart bleiben würde, seinen Mut auf die Probe zu stellen. Sie trafen auf den verstörten Don Alonso, der – wie seine Frau – plötzlich um Jahre gealtert war.

Er weinte, als er sie sah, und als Gregorio ihm erzählte, daß Theresa sich jetzt um Marina kümmern würde, stammelte er nur: »Meine Tochter... meine kleine Isabella... was wird nun aus ihr werden?«

Die Leute aus dem kleinen Dorf unweit der Stelle, wo die Piraten an Land gegangen waren, berichteten ihnen, was vorgefallen war.

Am späten Morgen – etwa eine Stunde vor der Mittagszeit – hatten plötzlich Fremde das Dörfchen überfallen, große Männer mit wettergegerbten Gesichtern und rauhen Stimmen, wüste Gesellen, die weder vor Gott noch vor Menschen Respekt hatten. Sie waren in die kleine Kirche gestürmt, hatten alles einigermaßen Wertvolle geraubt und sogar den Altar geschändet; denn diese Wilden schienen nicht zu wissen, daß sie auf heiligem Boden standen. Dann hatten sie das Dorf tyrannisiert, Pferde gestohlen und die Bewohner ausgefragt, wo das nächste große Herrenhaus zu finden sei; sie hatten einige Männer zurückgelassen, die das Dorf nach Wertsachen durchsuchen sollten, und waren weggeritten. Die Bewohner hatten ursprünglich nichts sagen wollen, aber als man ihnen das Schwert an die Kehle gesetzt hatte, hatten sie doch von der bevorstehenden Hochzeit erzählt und den Piraten den Weg zum Haus von Señor de Ariz erklärt. Sie hatten keine andere Wahl gehabt, denn diese Piraten waren grausame und zu allem entschlossene Männer gewesen.

Einige Dorfbewohner hatten die Seeräuber zurückkommen sehen, und viele hatten gesehen, wie das Schiff davongesegelt war.

»Es ist also zu spät«, murmelte Domingo. »Sie haben Isabella entführt.«

Alonso verhüllte sein Gesicht mit den Händen.

»Ich werde meine Tochter niemals wiedersehen«, stöhnte er verzweifelt.

Gregorio, ein äußerst temperamentvoller und jähzorniger Mann, brüllte: »Wir werden nicht zulassen, daß diese Hunde sich hier austoben. Wir werden uns rächen! Wir werden es ihnen gründlich heimzahlen! Wir werden Isabella zurückholen...«

Alonso schüttelte den Kopf, aber Gregorio hatte sich Domingo zugewandt. »Ihr vergeßt, Alonso«, sagte er, »daß Domingo ihr Bräutigam war. Glaubt Ihr, daß er das zulassen wird? Glaubt Ihr, daß er Isabellas Entführung so ohne weiteres hinnehmen wird?«

Domingo begann bei diesen Worten heftig zu zittern.

»Ah, mein Sohn!« rief Gregorio. »Ich kenne deine Gefühle. Du zitterst vor Zorn. Du möchtest am liebsten sofort an Bord eines Schiffes gehen. Du möchtest diese barbarischen Inseln überfallen und deine Braut nach Hause zurückbringen. Keine Sorge, mein Sohn, das wird auch geschehen. Das wird geschehen!«

Ob sein Vater das wirklich ernst meinte? Oder wollte er vielleicht nur Don Alonso trösten? Wie sollte er, Domingo, in England nach Isabella suchen und sie zurückbringen?

Aber er sagte: »Ich werde mich auf den Weg machen, Vater. Ich muß Isabella finden.« Und gleichzeitig flüsterte eine innere Stimme, der die Wahrheit nicht verborgen blieb: Mit welcher Vehemenz du redest, mein feiger Domingo, weil du genau weißt, daß diese Aufgabe nicht zu bewältigen ist!

Gregorio bestand darauf, daß Alonso im kleinen Gasthof an der Küste übernachten sollte. Alonso hatte unbedingt sofort nach Cadiz weiterreiten wollen.

»Wie soll ich Ruhe finden können, wenn ich weiß, daß

Isabella sich in den Händen dieses... dieses Ungeheuers befindet?«

»Mein lieber Freund, Isabella *ist* nun einmal in seinen Händen. Was jetzt not tut, ist wohlüberlegtes und nicht übereiltes Handeln. Kommt, trinkt diesen Wein. Ich wünschte bei Gott, ich hätte einen Schlaftrunk bei mir. Aber ruht Euch wenigstens ein wenig aus, mein Freund. Versucht, Euch mit den Tatsachen abzufinden, und laßt uns gemeinsam überlegen, auf welche Weise wir Eure Tochter zurückholen könnten.«

»Ich werde nach England fahren und mich an die Königin höchstpersönlich wenden.«

»Die Königin! Diese Frau, die Geld von unseren Bankiers in Genua konfisziert hat! Sie würde keinen Finger für Euch rühren! Sie spendet ihren Piraten doch großen Beifall. Und uns Spaniern ist sie ohnehin alles andere als freundlich gesonnen. Nein, das wäre ein sinnloses Unterfangen.«

Alonso schlug mit der Faust auf den Tisch. »Ich kann nicht untätig hier herumsitzen. Ich muß nach meiner Tochter suchen.«

»Hört zu, vielleicht weiß jemand, wer dieser Pirat ist. Morgen reiten wir nach Cadiz und stellen Nachforschungen an. Wenn Ihr dann nach England geht, kennt Ihr wenigstens den Namen des Mannes, nach dem Ihr sucht.«

Alonso erhob keine Einwände mehr, denn er sah ein, daß sein Freund recht hatte.

»Möglicherweise haben einige der Leute, die das Pech hatten, diesem Mann zu begegnen, seinen Namen erwähnen hören«, fuhr Gregorio fort. »Falls dem so ist, hätten wir einen ersten Anhaltspunkt. Aber Ihr seid erschöpft. Und wir können heute ohnehin nicht mehr nach Cadiz reiten. Morgen werden wir uns in aller Frühe auf den Weg machen. In der Zwischenzeit werden wir die Dorfbewohner noch einmal befragen. Bei allen Heiligen, Alonso, wir müssen jetzt einen klaren Kopf bewahren.«

»Also gut, wir werden diese Leute befragen«, stimmte Alonso zu. »Wir werden versuchen, von ihnen möglichst viel zu erfahren, und morgen früh werden wir dann nach

Cadiz reiten. Ich kann nicht hierbleiben, während meine Tochter sich in den Händen dieser Banditen befindet. Ich muß etwas unternehmen! Ich werde morgen nach England segeln. Ich kann einfach nicht anders! Der Gedanke, daß meine Tochter sich in der Gewalt dieser Männer befindet, bringt mich fast um den Verstand!«

»Und doch müßt Ihr Euch damit abfinden, daß es zu spät ist, diese Schurken daran zu hindern, Isabella wie eine... wie eine Sklavin zu behandeln.«

Die Adern auf Alonsos Schläfen traten hervor. Mit geballten Fäusten rief er: »Ganz egal, was geschehen sein mag – ich muß meine Tochter zurückbringen! Domingo, Ihr werdet mich begleiten. Ihr... der Ihr Isabella liebt... dessen Frau sie werden sollte... Ihr werdet mich begleiten!«

Nach kurzem Zögern sagte Domingo: »Ja, Don Alonso, ich werde Euch begleiten.«

Die Nacht war still. Die strahlenden Sterne schienen tief am dunklen Himmel zu hängen. Am Horizont leuchtete der rote Planet.

Domingo ging am Strand entlang und blickte aufs Meer hinaus. Vor nicht allzu vielen Stunden hatte dort draußen das englische Schiff geankert, war Isabella an Bord geschleppt worden. Jetzt war von dem Schiff keine Spur mehr zu sehen. Wohin mochte es gesegelt sein?

Er warf sich auf die duftende Erde und lauschte dem leisen Rauschen der Wellen.

Morgen würde er aus dem Hafen von Cadiz hinaussegeln... Er konnte sich nur allzu gut vorstellen, wie alles ablaufen würde. Er würde mit seinem Vater und Don Alonso in die Stadt einreiten, und sie würden die Kunde von Isabellas Entführung verbreiten. Männer und Frauen würden sich um sie scharen, ihre Anteilnahme bekunden und mit blitzenden Augen rufen: »Tod den englischen Hunden!« Und sie würden auch sagen: »Es ist nur natürlich, daß Ihr als Vater und Ihr als Bräutigam nicht ruhen werdet, bevor Ihr sie zurückgebracht habt.«

Die Dorfbewohner, die sie befragt hatten, waren sicher,

den Namen des Anführers der Piraten gehört zu haben: Kapitän Mash oder so ähnlich. Seine Männer hatten ihn mehrmals so angeredet.

Isabellas Vater würde mühelos ein Schiff finden, das bereit wäre, sie nach England zu bringen, und sie würden über Meere segeln, auf denen es von Seeräubern nur so wimmelte. Es würde endlosen Schrecken und eventuell auch Blutvergießen geben. Sie würden sich in jenes Land der Barbaren begeben — ohne auch nur ein Wort von deren Sprache zu verstehen! Alonsos Kummer schien ihm den Verstand geraubt zu haben. Wie wollte er in einem fremden Land seine Tochter finden?

»Heilige Mutter Gottes«, betete Domingo, »ich bat um ein Wunder. Ist dies das Wunder? Ist dies die Antwort? Aber wenn ich Spanien verlassen und mich auf eine hoffnungslose Suche begeben muß, so bedeutet das für mich den fast sicheren Tod. Denn wie sollte ich mich bewähren können, falls ich dieser Räuberbande begegne?«

Er erhob sich und lauschte, denn er hörte Schritte in der Nähe.

Eine Stimme rief: »Don Domingo?«

Mit großer Erleichterung erkannte er die Stimme von Vater Sanchez.

»Ich bin hier, Vater«, rief er.

Er sah die plumpe Gestalt des Priesters in der dunklen Soutane auf sich zukommen.

»Vater! Ihr seid es also wirklich!«

»Ja, mein Sohn. Nachdem Ihr weggerittenwart, fiel ich auf die Knie und dankte dem Heiligen Petrus für das Wunder.«

»Aber Isabella muß so Schreckliches erleiden! Wie läßt sich das mit einem göttlichen Wunder in Einklang bringen?«

»Die Heiligen litten viel wegen ihrer Liebe zu Gott. Vielleicht wird auch Eure Braut, wenn sie eines Tages erkennt, daß sie ein Werkzeug Gottes war, all ihre Leiden freudig bejahen. Gott hat Euch zu Seinem Dienst ausersehen.«

»Ich habe versprochen, morgen mit Don Alonso von Spanien fortzusegeln.«

»Was bezweckt er denn damit?«

»Er will nach Isabella suchen, und ich soll ihn begleiten.«

»Nach Isabella suchen! Nach einem Schiff auf hoher See!«

»Er glaubt, daß die Piraten sie vielleicht nach England bringen werden.«

»Und wie wollt Ihr sie dort finden? Eure Pflicht wurde Euch deutlich offenbart.«

»Mein Vater wäre bestimmt der Meinung, daß meine Pflicht darin besteht, Don Alonso zu begleiten.«

»Euer Vater ist ein weltlicher Mensch. Aber Euch hat Gott in Seinen Dienst gerufen.«

»Wie könnte ich mich weigern, Don Alonso zu begleiten? Er würde mich einen Feigling nennen.«

»›Selig seid ihr, wenn euch die Menschen um meinetwillen schmähen‹! Laßt uns sofort aufbrechen.«

»Wohin? Zurück nach Carramadino?«

»Nein. Wir werden nach Valladolid reiten, ins dortige Seminar. Das ist es doch, was Ihr Euch im tiefsten Innern Eures Herzens am meisten wünscht. Gott hat das Hindernis in Gestalt der Frau aus Eurem Weg geräumt. Gott hat Euch den richtigen Weg gewiesen.«

»Für meine Eltern ist die Tragödie, die über ihre Freunde hereingebrochen ist, ohnehin sehr schmerzhaft. Wie könnte ich ihnen zusätzlichen Kummer bereiten?«

»Wollt Ihr lieber unseren Herrn Jesus zurückstoßen? Kommt mit mir. Im Seminar werden Euch alle von Herzen willkommen heißen.«

»Ich fühle, daß es falsch ist, heimlich aufzubrechen. Ich will Priester werden, ich weiß, daß das mein allersehnlichster Wunsch ist. Aber gerade jetzt zu gehen... nach dieser Katastrophe?«

»Es ist genau der richtige Zeitpunkt. Gott hat Euch deutlich gezeigt, daß es so sein soll.«

»Mein Vater würde mich einen Feigling nennen. Er würde glauben, ich hätte Angst vor einer Konfrontation mit dem englischen Piraten.«

»Kümmert Euch nicht um diese weltlichen Dinge, mein

Sohn. Euer Stolz ist sehr groß. Ihr müßt ihn unterdrücken. Was andere über Euch sagen und denken, ist völlig bedeutungslos. Gott hat Euch zu Seinem Diener erkoren. Sich Seinem Befehl zu widersetzen, könnte ewige Verdammnis nach sich ziehen!«

»O Vater, ich fürchte, ich bin ein sehr schwacher Mann. Ich möchte mit Euch nach Valladolid reiten, aber wenn ich das täte, würde mein Gewissen mich Tag und Nacht quälen, weil ich wüßte, daß ich ein Feigling war und Angst hatte, Cadiz verlassen und eine gefährliche Reise ins Ungewisse antreten zu müssen.«

Der Priester schwieg kurze Zeit, dann sagte er: »Ich sehe einen Weg, auf dem Ihr sowohl Eure beiden scheinbar unvereinbaren Pflichten erfüllen als auch Eure Furcht überwinden könnt. Gott, der Euch viel besser kennt als Ihr selbst, hat Euch möglicherweise zu einer besonderen Aufgabe ausersehen. ›Geh jetzt nach Valladolid‹, befiehlt Euch Gott. ›Stell dein Leben in Meinen Dienst.‹ Ihr wißt, daß der König großes Interesse am Seminar hat. Er ist ein tief religiöser Mensch, und der Katholische Glaube bedeutet ihm mehr als seine Krone. Es gibt viele Priester, die Spanien verlassen, um nach England zu gehen. Sie landen mit Booten an abgelegenen Küsten, wo Freunde auf sie warten und ihnen helfen. Sie reisen durchs Land und wohnen bei Menschen, die nicht auf die heilige Messe verzichten wollen oder den Wunsch haben, daß ihre Familien und Freunde zum wahren Glauben bekehrt werden. Aus Liebe zur heiligen Kirche vollbringen viele Priester in England ein schwieriges Werk. Vielleicht ist es das, was Gott mit Euch vorhat; Er will Euch von Eurer Furcht befreien, und Er wird Euch die Möglichkeit geben, diese Furcht zu überwinden, und vielleicht hat Er Euch auch dazu ausersehen, Isabella zu ihren Eltern zurückzubringen. Wenn Ihr erst einmal Priester seid und die englische Sprache gelernt habt, werdet Ihr möglicherweise nach England geschickt werden, und wenn Ihr dort von Haus zu Haus geht, könntet Ihr derjenige sein, der Isabella findet.«

Domingos Augen leuchteten.

»Ja, es ist Gottes Wille!« rief er. »Jetzt sehe ich es ganz klar. Cadiz morgen zu verlassen wäre glatter Wahnsinn. Aber von Haus zu Haus zu gehen, als Priester, der Englisch spricht — das wäre etwas ganz anderes. Wie lange würde es dauern, bis ich soweit wäre, nach England gehen zu können?«

»Priester wird man nicht in einem Jahr, mein Sohn. So leicht werden große Dinge nicht vollbracht.«

»Das stimmt«, sagte Domingo frohgemut. Er sah seinen Weg jetzt klar vorgezeichnet, und er konnte ihn ohne Scham und Selbstvorwürfe beschreiten.

Es würde lange dauern, bis er nach England geschickt werden konnte. Bis dahin würde er gelernt haben, seine Angst zu bezwingen.

»Ich werde meinem Vater schreiben«, sagte er. »Ich werde ihm erklären, was ich vorhabe. Ich werde ihm klarmachen, daß ich als Priester die Möglichkeit haben werde, Isabella zu finden. Ich werde ihm schreiben, daß es Wahnsinn ist, sie auf jene Weise finden zu wollen, die ihrem Vater vorschwebt. Don Alonso hat vor Kummer fast den Verstand verloren und kann nicht mehr logisch denken. Das alles werde ich meinem Vater schreiben, und sobald ich diesen Brief beendet habe, werde ich zu Euch kommen, Vater. Welchen Treffpunkt schlagt Ihr vor?«

»An der Straße, eine halbe Meile vom Gasthof entfernt. Die Pferde besorge ich, und dann reiten wir gen Norden, nach Valladolid.«

Sie hatten Salamanca mit seinen hellgelben Häusern hinter sich gelassen und ritten weiter in nördliche Richtung. Es war eine lange Reise, denn nachmittags konnte man wegen der sengenden Hitze nicht unterwegs sein; aber unter dem Einfluß von Vater Sanchez war Domingo erfüllt von einem inneren Frieden, wie er ihn schon lange nicht mehr gekannt hatte. Es war ihm sogar gelungen, alle deprimierenden Gedanken an Isabellas schreckliches Schicksal zu verdrängen. Sie litt jetzt, so wie die Heiligen gelitten hatten, und hatten nicht alle Heiligen ihr Martyrium freudig auf sich genommen? Vater Sanchez' Überzeugungen waren sehr tröstlich. So würde es auch in den langen Monaten seiner Priesterausbildung sein, und falls ihn hin und wieder sein Gewissen quälen, falls jene innere Stimme ihn einen Feigling nennen würde, so konnte er sie jederzeit mit der Entschuldigung zum Schweigen bringen, daß sein Studium ihn befähigen würde, Priester zu sein – ein Priester, der die allergefährlichste Aufgabe übernehmen würde, nämlich in ein ketzerisches Land zu gehen, den dort lebenden Katholiken die Ausübung ihrer Religion zu erleichtern und andere zum wahren Glauben zu bekehren.

Und so gelangte Domingo schließlich nach Valladolid und ritt mit Vater Sanchez an der Plaza Mayor und an dem Haus vorbei, wo vor mehr als sechzig Jahren Christoph Kolumbus in größter Armut gestorben war. Sie hatten ihr Ziel erreicht – das Seminar.

Vater Sanchez saß in dem gemütlichen kleinen Zimmer, das von Vater de Cartagena bewohnt wurde, dem Superior des Seminars. Der Priester nippte zufrieden an einem Becher Wein. Das war doch etwas ganz anderes als das unkultivierte Trinken von Wein oder Wasser während der Reise, wo man nur den ledernen *porron* mit sich führte. Vater Sanchez liebte jedweden Komfort, und außerdem hatte er allen Grund, mit sich zufrieden zu sein, war es ihm doch trotz aller Hindernisse zuletzt doch noch gelungen, Domingo zum Eintritt ins Priesterseminar zu bewegen.

»Das habt Ihr gut gemacht! Ganz ausgezeichnet!« lobte Vater de Cartagena.

»Ah, es gab Zeiten, da glaubte ich, einen Mißerfolg verbuchen zu müssen.«

»Aber Ihr verfügt seit jeher über eine große Beredsamkeit, Vater Sanchez.«

»Meine inbrünstigen Gebete bewirkten weit mehr als meine Beredsamkeit. Ich betete um ein Wunder, und das Wunder geschah. Ohne den Überfall des englischen Piraten wäre Domingo Carramadino jetzt verheiratet und für das Priestertum verloren.«

»Gott ist gütig«, sagte Vater de Cartagena. »Nichts hätte für unsere Sache opportuner sein können. Gott hat Seinen Willen deutlich zum Ausdruck gebracht, indem er den englischen Seeräuber schickte. Seine Majestät wünscht, daß noch mehr Priester für den Einsatz in England ausgebildet werden sollen. Und ein Mann, dem durch die Engländer Leid zugefügt wurde, wird sich hervorragend für diese Aufgabe eignen.«

»Er ist allerdings ein furchtsamer junger Mann, Vater. Er ist sich seiner Berufung nicht so ganz sicher. Er hat mir gestanden, er sei ein Feigling, und er befürchtet, daß sein Wunsch, Priester zu werden, nur eine Art Weltflucht sein könnte, weil er Angst vor dem rauhen Leben hat.«

»Für den Einsatz in England benötigen wir mutige Männer!«

»Aber es wird ja ohnehin Jahre dauern, bis er zu dieser schwierigen Aufgabe befähigt ist. Und das ist gut so. Er ist ein junger Mann, der keinen Seelenfrieden finden könnte, wenn er glauben müßte, sozusagen vor den Kämpfen des Lebens desertiert zu sein.«

»Er wird genügend Gelegenheiten haben, seinen Mut zu beweisen, wenn die Zeit dafür gekommen ist. Kommt, laßt mich Euren Becher füllen. Die Priester, die Seine Majestät nach England zu senden wünscht, sind oft mehr als Priester.«

»Spione für Spanien?«

»Ganz recht — Spione, spanische Agenten, die nicht nur für den Glauben arbeiten, sondern auch für den Ruhm und die Größe Spaniens. Uns allen kommt immer deutlicher zu Bewußtsein, daß unter der weisen und tugendhaften Herrschaft Seiner Katholischen Majestät diese Dinge eine Einheit bilden.«

»Unser junger Domingo würde demnach nicht nur zum Priester ausgebildet, sondern auch zu einem spanischen Agenten?«

»Mein Freund, als Priester wird er in den Häusern katholischer Adeliger empfangen werden. Dort wird er täglich Kontakt mit bedeutenden Familien Englands haben. Diese

Familien werden ihn beschützen, und während er aus ihnen gute Katholiken macht, wird er ihnen gleichzeitig subtil suggerieren, daß es für sie wesentlich vorteilhafter wäre, unter einem katholischen Herrscher zu leben als unter einer Häretikerin, die zudem noch ein Bastard ist.«

»Mir scheinen das aber eher Interessen der Staatsräson als der Heiligen Kirche zu sein.«

»Ich sehe darin keinen Widerspruch, denn Ihr wißt ja, daß es der größte Wunsch des Königs ist, dem katholischen Glauben zum Siege in der ganzen Welt zu verhelfen. Diese Frau — allein schon die Tatsache, daß es sich um eine Frau handelt, ist völlig unglaublich! — ist unsere größte Feindin. Ein katholisches England ist einer der sehnlichsten Wünsche unseres Königs. Ihr dürft nicht vergessen, daß es in England eine katholische Königin gibt, die zur Zeit Gefangene der Ketzerin ist. Viele Menschen würden sie gern auf dem Thron sehen; viele Menschen würden mit Freuden ihr Leben hingeben, um das zu erreichen. Wir haben Freunde in England. Aber wir arbeiten sehr behutsam und im geheimen. Maria, die Königin von Schottland, ist unglückseligerweise Elisabeths Gnade ausgeliefert. Es wäre für die englische Königin ein leichtes, ihre schottische Kusine enthaupten zu lassen. Aber das wird sie nicht tun. Sie ist keine milde Frau... ganz im Gegenteil. Sie ist grausam, und ihr wäre jedes Mittel recht, um ihre größte Feindin loszuwerden. Aber sie wird die Königin von Schottland dennoch nicht hinrichten lassen, denn das würde eine Schwächung des Königtums an sich bedeuten, und sie möchte keinen gefährlichen Präzedenzfall schaffen. Deshalb hält sie die schottische Königin zwar gefangen, läßt sie jedoch am Leben. Wir aber verfolgen alles aufmerksam und warten geduldig ab, und mit Gottes Hilfe wird der große Wunsch unseres Königs und aller überzeugten Katholiken eines Tages in Erfüllung gehen. Ihr seht also, daß wir solche Männer wie Domingo Carramadino brauchen — nicht nur, um den wahren Glauben zu verbreiten, sondern auch, um großartige politische Pläne realisieren zu können.«

»Es wäre besser, ihm jetzt noch nichts von diesen Dingen

zu erzählen. Man sollte ihm erst einmal Zeit lassen, sich an sein neues Leben zu gewöhnen. Während seiner Ausbildung wird er ganz allmählich mit den wahren Zusammenhängen vertraut gemacht werden und sie dann auch gewiß akzeptieren.«

»Ihr habt selbstverständlich völlig recht. Überdies wäre es auch äußerst unklug, ihn schon jetzt in Projekte einzuweihen, die absoluter Geheimhaltung bedürfen. Vor ihm liegt ein jahrelanges hartes Studium, bevor er geeignet sein wird, den Katholiken in einem häretischen Land beizustehen. Schickt ihn jetzt zu mir. Ich möchte mir diesen jungen Mann einmal ansehen.«

Vater de Cartagena umarmte Domingo, dann legte er ihm seine Hände auf die Schultern und betrachtete ihn wohlgefällig.

»Mein Sohn«, sagte er, »es ist mir eine große Freude, dich hier in unserer Mitte willkommen zu heißen. Glaube mir, es gibt auf Erden kein größeres Glück, als Gott zu dienen.«

»Das weiß ich, Vater.«

»Mein Sohn, du bist zu uns gekommen, und du wirst von nun an lange Zeit innerhalb dieser Mauern leben. Du wirst Selbstverleugnung lernen; du wirst lernen, alle weltlichen Wünsche zu opfern, um Gott dienen zu können. Es ist ein entbehrungsreiches Leben, ein Leben des Gebetes und der Meditation. Hast du dir gründlich überlegt, ob du das alles auf dich nehmen willst?«

»Ja, Vater, und ich weiß, daß es das Richtige für mich ist.«

»Ausgezeichnet. Während du hier bei uns bist, wirst du Umgang mit einem englischen Studenten pflegen. Er wird dein ständiger Gefährte sein, damit du mit seiner Sprache vertraut wirst. In fünf Jahren wirst du Englisch wie ein Engländer sprechen. Ich kenne deine Geschichte. Du solltest heiraten, aber Gott hat dich für die Kirche auserwählt, und Er hat dir mit einem eindeutigen Zeichen klargemacht, daß Er dir befiehlt, Ihm nachzufolgen.«

»So ist es, Vater.«

»Aber du bist dir deiner Berufung nicht ganz sicher. Du zweifelst an dir. Du bist nicht so stark wie manch andere Männer. Gewalt in jedweder Form läßt dich erschaudern. Aber Menschen, die Gott dienen wollen, müssen lernen, ihre Angst zu überwinden.«

»Das weiß ich, Vater.«

»Mein Sohn, Gott hat ein zweifaches Wunder vollbracht. Er hat das Haus deiner Braut heimgesucht, um dir deutlich vor Augen zu führen, daß du nicht heiraten sollst. Gleichzeitig braucht Er Priester, die in einem barbarischen Land Sein Werk vollbringen müssen. Die Ausbildung, die mir für dich richtig erscheint, wird hier im Seminar auch einigen anderen zuteil. Wenn du reif dafür bist, wirst du nach England geschickt werden.«

»Wann wird das sein, Vater?«

»Priester wird man nicht in einem Tag, mein Sohn. Dazu bedarf es jahrelangen Studiums. Man muß monatelang ein abgeschiedenes Leben führen, wie wir es innerhalb dieser Mauern tun. Man muß viele Stunden, Wochen — Jahre! — in Gebet und Meditation verbringen. Wenn man danach für würdig befunden wird, kann man in die Welt hinausgehen und die frohe Botschaft verkündigen. Während deiner Ausbildung hier bei uns wirst du heranreifen und lernen, dich selbst zu erkennen. Wenn dann die Zeit für dich gekommen sein wird, nach England zu gehen, wirst du ein anderer Mann sein als jener, der jetzt vor mir steht. Ich sehe dich reich an Wissen über Gottes wunderbare Heilstaten, ich sehe dich furchtlos und stark.«

Domingo wurde von heftiger Gefühlsbewegung überwältigt; er kniete nieder und küßte die Hand des Superiors.

»Vater«, murmelte er. »Vater, vergebt mir meine Ergriffenheit. Ich fühle, daß ich heimgefunden habe — daß ich meinen inneren Frieden gefunden habe.«

Die Tage und Monate vergingen. Es waren friedvolle Tage. Jeden Morgen erhob sich Domingo in der Dämmerung. Er verbrachte viele Stunden in Gebet und Meditation. In diesem Seminar in der alten kastilischen Stadt, deren herrliche Bauwerke so viele Erinnerungen an die Vergangenheit bargen, fühlte er sich zufrieden und geborgen.

Er konnte in Frieden mit sich selbst leben, ohne quälende Gewissensbisse. Er hatte das, wovor er sich fürchtete, aufgeschoben, bis er die Kraft haben würde, sich dem Leben zu stellen. Eines Tages würde er nach England gehen und der Gefahr ins Auge sehen; aber bis dahin würden noch Jahre vergehen, und in dieser langen Zeit konnte ein Mensch sich ändern.

Wenn er morgens beim Klang der Glocken aufstand, empfand er stets ein tiefes Glücksgefühl. Er glaubte daran, daß Gott ihn durch ein Wunder auf den rechten Weg geführt hatte. Isabellas mögliche Leiden quälten ihn nicht mehr. Sie mußte ihr Leid tragen, so wie er sein härenes Gewand trug. Ebenso wie er, mußte auch sie lernen, zur Ehre Gottes Leiden freudig auf sich zu nehmen.

Im Seminar machten Gerüchte die Runde. Von Zeit zu Zeit kamen Priester zu Besuch – Priester, die schon flügge waren, die stark genug waren, das Nest zu verlassen und ihre Flügel an gefährlichen Orten zu erproben. Sie hatten viel Interessantes zu berichten, und das ganze Seminar hoffte zuversichtlich, daß binnen kurzem ein erfolgreicher Aufstand in England die Tudor-Ketzerin vom Thron fegen und die Königin aus dem Hause der Stuarts deren Platz einnehmen würde.

Dann würde Domingo in ein England gehen können, das katholisch und Spanien freundlich gesonnen war. Dann würde er sich nicht in den Häusern katholischer Adeliger verstecken und um sein Leben fürchten müssen, sondern er würde überall als hochgeehrter Gast empfangen werden.

Er erhielt Briefe von seiner Familie. Seine Eltern waren anfangs gekränkt gewesen, daß er sie in der Stunde der Not im Stich gelassen hatte. Sein Vater hatte ihm ins Seminar geschrieben und ihn gebeten, seinen Plan aufzugeben und nach Hause zu kommen, um auf dem Gut seinen Verpflichtungen nachzukommen. Domingo hatte versucht, seine Entscheidung zu erklären. Er hatte geschrieben: »Blasco eignet sich viel besser dazu als ich, unseren Besitz zu verwalten. Laß ihn seinen Dienst bei Hofe aufgeben und nach Hause zurückkehren.«

Inzwischen hatten seine Eltern ihm verziehen. Er hatte seine Wahl getroffen, und sie hatten sich damit abgefunden. Vielleicht, so dachte Domingo, hatte Gott ihnen gezeigt, daß es unklug von ihnen gewesen war, ihn von seinen Wünschen abbringen zu wollen.

Der letzte Brief von zu Hause hatte wichtige Neuigkeiten enthalten.

»Mein Sohn«, hatte sein Vater geschrieben, »ich hoffe, daß es dir gut geht, daß das Leben, für das du dich entschieden hast, dich voll und ganz befriedigt. Ich brauche wohl nicht zu wiederholen, daß wir dich von Herzen willkommen heißen würden, falls du den Wunsch verspüren solltest, nach Hause zurückzukehren. Ich habe traurige Nachrichten für dich. Señor Alonso de Ariz ist vor kurzem gestorben. Wie du ja weißt, ist er seit der schrecklichen Tragödie über die Meere gesegelt, um nach seiner Tochter zu suchen. Das Schiff, mit dem er unterwegs war, wurde von Engländern geentert; da sich keine Schätze an Bord befanden, hätten die Engländer es weiterfahren lassen. Aber der arme Alonso, eine wahrhaft tragische Gestalt, konnte sich nicht beherrschen. Er zog sein Schwert und wurde natürlich sofort niedergemetzelt.

Doña Marina hat seit der Tragödie bei uns gelebt. Aber nun, da ihr Mann tot ist, scheint sie aus ihrer Lethargie erwacht zu sein. Sie hat offenbar eingesehen, daß sie Isabella aller Voraussicht nach niemals wiedersehen wird, daß sie ihrem Leben einen neuen Sinn geben muß. Die tapfere Frau betreibt jetzt energisch den Wiederaufbau ihres Hauses und trägt sich mit dem Gedanken, das kleine Kind von Alonsos Bruder, einen Knaben, zu sich zu nehmen und wie ihr eigenes aufzuziehen; der Junge hat nämlich als jüngster Sohn einer großen Familie von seinen Eltern wenig zu erhoffen. Diese Pläne scheinen ihr neuen Lebensmut zu geben.

Und so geht das Leben also weiter, mein Sohn.

Von Blasco haben wir keine Nachricht. Aber wir wissen, daß er in einem fremden Land eine Mission des Königs auszuführen hat; und wir sind glücklich, daß unser Sohn auf diese Weise seinem Land dienen kann. Noch glücklicher werden wir natürlich sein, wenn er erst wieder bei uns ist. Wir hoffen, daß er dann bald heiraten wird, damit dieses Haus sich mit Kindern füllt. Genauso wie Doña Marina, so müssen auch wir uns mit der Vergangenheit abfinden und unserem Leben einen neuen Sinn geben.

Die Vergangenheit liegt hinter uns. Vor uns liegt die Zukunft.

Leb wohl, mein lieber Sohn. Deine Mutter und ich werden nie aufhören, dich zu lieben.

Dein Vater, Gregorio Carramadino.«

Domingo stellte sich das Leben in seinem Elternhaus vor.

Man hätte fast glauben können, es hätte niemals ein junges Mädchen namens Isabella gegeben.

II

Paris, Sommer 1572

Blasco ritt gen Norden, begleitet von einem Höfling, Gabriel de Ayala, der ihn bis zur spanisch-französischen Grenze bringen sollte. Beide Herren hatten je einen Diener auf die Reise mitgenommen.

De Ayala war ein gesetzter Mann mittleren Alters, dessen abenteuerliches Leben Blasco zwar interessierte, der aber ansonsten so ernst und steif war, daß Blasco sich gezwungen sah, ständig seine lose Zunge im Zaum zu halten.

Die Erinnerung an seinen Besuch im Escorial bedrückte ihn immer noch. Er war von dort nach Madrid zurückgeritten und im Palast von einem der Minister des Königs empfangen worden, dem er wortwörtlich die Botschaft wiederholt hatte, die er der Königinmutter von Frankreich übermitteln sollte. Der Minister hatte ihn mit großem Nachdruck auf die Bedeutung seiner Mission hingewiesen.

»Ihr seid ein junger Mann, dem ein gewisser Leichtsinn angeboren zu sein scheint«, hatte er erklärt. »Vielleicht hat Seine Majestät Euch gerade deshalb für diese Mission ausgewählt. Ihr seht nicht aus wie ein Mann, den man mit einem wichtigen Auftrag betrauen würde. Haltet diesen Eindruck aufrecht, aber vergeßt eines niemals: Es ist gefährlich, den Befehlen Seiner Katholischen Majestät nicht aufs Wort zu gehorchen.«

Diese Warnung lastete auf Blascos von Natur aus fröhlichem Naturell. Er hatte einige Male geträumt, daß er die kalten niedrigen Korridore entlangging, daß ihn irgendein schreckliches Urteil erwartete, weil es ihm nicht gelungen war, die Befehle des Königs auszuführen. Er war schwitzend aus diesen Alpträumen erwacht. Er wußte, daß sie

von seinem kurzen Aufenthalt in dem Granitbau herrühr-
ten, der mehr einem Kloster denn einem Palast glich, von
den stummen Wachposten und Dienern, die den Eindruck
von leblosen Statuen vermittelten, und nicht zuletzt von
dem kalten abschätzenden Blick des Königs. Philipp von
Spanien war in der Tat ein Herrscher, dem sich zu widersetzen keiner seiner Untertanen den Mut gehabt hätte.

Während der langen Reise bat Blasco seinen Begleiter de
Ayala immer wieder, ihm von Paris zu erzählen — das war
ein unverfängliches Thema. Es war schließlich ganz natürlich und angebracht, daß ein junger Mann, der in Paris einen Auftrag ausführen sollte, Näheres über seinen Bestim-
mungsort wissen wollte.

»Ihr werdet feststellen«, berichtete de Ayala, »daß die
Franzosen sehr verschieden von uns Spaniern sind. Sie
sind ein sehr geschwätziges Volk. Sie verschwenden ein
halbes Dutzend Worte, wo ein einziges genügen würde; sie
lieben Lärm und Aufregung. Sie sind äußerst extravagant
in allen Dingen — in ihrer Kleidung, beim Essen, in ihrem
ganzen Benehmen. Sie küssen Euch die Hand, während sie
gleichzeitig Pläne schmieden, wie sie Euch am besten vernichten können. Ihr werdet Eure Augen offen halten müssen, Señor; Ihr werdet sehr auf der Hut sein müssen. Auf
gar keinen Fall dürft Ihr einem Franzosen trauen... oder einer Französin. Ihr müßt auf Feindseligkeit gefaßt sein. Es
gibt immer Leute, die Ausländern feindlich gesonnen sind.
Ihr habt viel Geld bei Euch. Paßt auf, daß Ihr nicht ausgeraubt werdet. Wenn Ihr Euch indessen vorseht, müßtet Ihr
in Paris eigentlich gut zurechtkommen. Aber denkt vor allem stets daran: Hütet Euch vor Frauen!«

»Und der französische Hof? Ist er wie unser Hof in Madrid?«

»O nein! Sie sind grundverschieden. Seine Katholische
Majestät gibt ein Beispiel von Würde und Anstand. Davon
kann am französischen Hof nicht die Rede sein. Die Franzosen sind unmoralisch und scheinen sich dessen nicht im
geringsten zu schämen. Der König ist jung, und die wichtigste Persönlichkeit bei Hofe ist seine Mutter. Aber das al-

les werdet Ihr ja bald mit eigenen Augen sehen, obwohl es Euch als Ausländer natürlich nicht ansteht, zu urteilen oder gar zu tadeln – Ihr solltet Eure Meinung überhaupt nicht äußern. Ihr werdet feststellen, daß es in Frankreich viele Feinde unseres Landes gibt. Manche davon sind leicht als solche zu erkennen – nämlich die Hugenotten mit ihren Anführern Admiral Gaspard de Coligny und Johanna, der Königin von Navarra. Aber von diesen Ketzern ist ja bekannt, daß sie unsere Feinde sind. Doch auch unter jenen, die aufgrund ihrer Religion eigentlich unsere Freunde sein müßten, gibt es Feinde Spaniens. Die Königinmutter selbst ist eine eigenartige Frau. Unser König ist sich ihrer nicht ganz sicher. Aber Ihr habt ja Eure Befehle.«

»Ja, die habe ich«, sagte Blasco. »Und wie ist die Stadt?«

»Ein Labyrinth verwinkelter Straßen an den Ufern des Flusses Seine, eine Anhäufung von Gebäuden, die zum Teil sehr alt sind, eine Stadt der Kirchen und Tavernen und der großen Gefängnisse wie beispielsweise der Bastille oder der Conciergerie. Aber Ihr werdet gut daran tun, Euch von letzteren fernzuhalten. Es ist auch eine Stadt der Restaurants und Konditoreien, denn die Franzosen sind sehr stolz auf ihre Speisen. Es gibt jede Menge Läden für Kleidung und Schmuck; die Franzosen lieben es mehr als jede andere Nation sich herauszuputzen. Es gibt aber auch herrliche Kirchen – etwa Sainte-Chapelle oder Notre Dame; und fast jeder französische Adelige hat sein *hôtel* in Paris. Die vornehmen Damen und Herren führen ein äußerst aufwendiges Leben, und die Armen sind bettelarm. Krasse Gegensätze, immer und überall! Die Franzosen lachen in einem Moment, und im nächsten weinen sie; sie wechseln innerhalb von einer Stunde von Liebe zu Haß und umgekehrt. Das ist Frankreich. Nirgendwo anders habe ich solche Streitereien in Tavernen gesehen. An eine erinnere ich mich besonders... in einer Schenke namens L'Ananas... Dort wurde ein Mann mit einem Messer durchbohrt. Ob er starb oder nicht, weiß ich nicht. Er wurde weggetragen, und ich habe nie erfahren, wie die Sache ausging.«

»So etwas passiert doch aber auch in unseren spanischen Kneipen.«

»Ah, ich sehe, ich kann Euch den Unterschied nicht klarmachen. Ihr werdet es selbst erleben müssen.«

Sie erreichten Saragossa und machten Rast in einem Gasthof an der Plaza, um gebratenes Spanferkel zu essen, *manzanilla* zu trinken und ihre *porrons* mit dem Wein zu füllen. Ringsum auf den Balkonen saßen Frauen im Schatten, fächelten sich Luft zu und verscheuchten die allgegenwärtigen Fliegen. Ein hübsches junges Mädchen bediente die Reisenden und machte Blasco schöne Augen. Seltsamerweise ließ ihn das völlig kalt. Seine ganze Sehnsucht galt Bianca. Dafür verschlang sein Diener Matias — ein junger Mann von gerade siebzehn Jahren, dessen naiver Eifer Blasco gefallen hatte — das Mädchen mit bewundernden Blicken.

Blasco betrachtete ihn amüsiert. Matias wirkte jünger als er war. Er hatte Blasco erzählt, daß er aus einem Dorf unweit von Toledo stamme und erst zwei Tage, bevor Blasco ihn als seinen Diener angenommen hatte, nach Madrid gekommen war, um dort sein Glück zu versuchen.

De Ayala war über seinem Wein eingenickt, und Blasco rief Matias zu sich heran.

»Ein reizendes Mädchen, nicht wahr?« fragte er. »Ich meine die Kleine, die uns bedient hat.«

»Si, Señor«, sagte der junge Mann mit seinem scheuen Lächeln.

»Sie wartet draußen auf dem Patio. Warum gehst du nicht hin und unterhältst dich mit ihr, Matias? Würdest du das nicht gern tun?«

»O doch, Señor.«

Matias verbeugte sich und eilte davon. Einige Minuten später hörte Blasco, daß sein Diener mit dem Mädchen ins Gespräch gekommen war.

Er ging in das Zimmer, das der Wirt ihm zur Verfügung gestellt hatte, legte sich auf die Couch und sah versonnen dem Spiel der Sonnenstrahlen zu, die trotz der Blenden ins Zimmer drangen. Wie glücklich könnte er jetzt sein, wenn nur Bianca bei ihm wäre. Ah, was gäbe er nicht alles darum, wenn er den steifen de Ayala gegen sie als Begleiterin eintauschen könnte! Aber bald würde sie ja bei ihm sein. Er hatte während der Reise Pläne geschmiedet. Sobald de Ayala ihn an der Grenze verlassen würde, wollte er Matias unverzüglich nach Süden reiten lassen, damit der Diener Bianca zu ihm nach Paris bringen sollte, in die Taverne L'Ananas, die de Ayala erwähnt hatte. Am liebsten hätte er Matias auf der Stelle zurückgeschickt, aber er scheute sich, dieses Risiko einzugehen, denn er wußte nicht, wie sein strenger Begleiter reagieren würde, wenn er ihm erzählte, daß er seine Geliebte in Paris bei sich haben wollte. Möglicherweise würde der Höfling in Madrid davon berichten, und es war nicht ganz auszuschließen, daß man Bianca dann auf irgendeine Weise daran hindern würde, zu ihm zu kommen.

Er hatte große Sehnsucht nach ihr. Keine andere Frau vermochte ihn mehr zu faszinieren. Der beste Beweis dafür war das hübsche Mädchen in diesem Gasthof. Früher hätte er eine angenehme Stunde mit der Kleinen verbracht und sie zweifellos verführt, bevor er weitergeritten wäre. Nun aber übte sie keinerlei Reiz auf ihn aus, und er überließ es dem armen unschuldigen Matias, sich um sie zu kümmern.

Nach einigen Stunden leichten Schlummers stand er auf und ging nach unten, wo er amüsiert registrierte, daß Matias sich immer noch im Schatten mit dem Mädchen unterhielt.

De Ayala hatte sich ebenfalls etwas ausgeruht und war nun auch wieder zum Aufbruch bereit.

»Na, wie bist du mit der jungen Dame zurechtgekommen?« erkundigte sich Blasco scherzhaft, während Matias die *porrons* an seinem Sattel befestigte.

»Ah, Señor, sie ist wunderschön, und das habe ich ihr auch gesagt.«

»Worte!« rief Blasco. »Worte sind zwar ganz schön, mein lieber Matias, aber es sind die Taten, die Vergnügen bereiten. Aber schau nicht so traurig drein. Wer weiß, vielleicht führt dich eines Tages dein Weg noch einmal durch Saragossa, und du machst wieder Rast in diesem Gasthof. Und vielleicht hast du dann mehr Zeit zur Verfügung, was, Matias?«

»Si Señor.«

Wie vereinbart, verabschiedete sich de Ayala kurz vor der Grenze von Blasco und machte sich mit seinem Diener auf den Rückweg nach Madrid.

Sobald sie außer Sicht waren, brachte Blasco sein Pferd zum Stehen und sagte: »Matias, ich habe einen sehr wichtigen Auftrag für dich. Du mußt so schnell wie möglich den ganzen Weg zurückkreiten. Mach aber einen Bogen um jede Stadt, wo man dich wiedererkennen könnte, vor allem um Madrid, und auf gar keinen Fall darfst du Señor de Ayala und seinem Pablo begegnen.«

»Was wünscht der Señor, daß ich tun soll?«

»Ich möchte, daß du noch ein ganzes Stück weiter als Madrid nach Süden reitest, bis zu der Stadt Sevilla. Dort fragst du dann nach dem Haus von Señor Carramadino. Es liegt etwa vier Meilen südlich von Sevilla. In diesem Haus sollst du Ausschau nach einer bestimmten Frau halten. Sie ist sehr leicht zu erkennen – eine Zigeunerin mit großen Ohrringen in dunkler Dienstbotenkleidung. Nur diese Frau darf erfahren, wer dich geschickt hat. Ihr sollst du sagen: ›Ich soll Euch zu meinem Herrn bringen, zu Blasco. Wir müssen so schnell wie möglich aufbrechen.‹ Ich will dir verraten, daß es mein Elternhaus ist, in das du reiten sollst, und daß es sich bei der jungen Frau um die Zofe meiner Schwägerin handelt. Ich gebe dir viel Geld mit auf den Weg. Paß gut darauf auf, meide einsame Wege und laß niemand wissen, wieviel du bei dir hast, wenn du in Gasthöfen Rast machst. Du wirst die ganze Summe nämlich brauchen. Bemühe dich, die Frau in meinem Elternhaus rasch zu finden. Du mußt mit ihr hierher zur Grenze reiten und dann weiter nordwärts nach Paris. Sie wird dir helfen, den Weg zu finden, denn sie ist klug und hat eine rasche Auffassungsgabe. Sie heißt übrigens Bianca; Bianca, die Zigeunerin, vergiß das nicht! In Paris bringst du sie in eine Taverne namens L'Ananas. Matias, ich verlasse mich auf dich. Wenn du diesen Auftrag erfolgreich ausführst, wirst du mein Diener sein, solange ich lebe oder solange du lebst, und du wirst feststellen, daß ich ein guter Herr bin, der jene, die ihm treu dienen, großzügig belohnt.«

»Si, Señor.«

»Wiederhol mir jetzt, was du zu tun hast, und dann mach dich auf den Weg. Je früher du mit der Frau zu mir zurückkehrst, desto größer wird deine Belohnung sein.«

»Si Señor. Bianca, die Zigeunerin... im Haus von Señor Carramadino... und L'Ananas in Paris.« Matias hatte sich alles genau eingeprägt. Sein sehnlichster Wunsch war, dem Señor gute Dienste zu leisten.

Matias war glücklich. Er stand im Dienste eines vornehmen Herrn, der ihm versprochen hatte, ihn sein Leben lang bei sich zu behalten. Im Dorf hatten alle Matias ausgelacht, als er gesagt hatte, daß er nach Madrid gehen und dort sein Glück machen würde. Jetzt würden sie nicht mehr lachen, denn er, Matias, war jetzt sozusagen ein reicher Mann. Er trug mehr Geld bei sich, als die Dorfbewohner je gesehen hatten. Sein Dorf lag südlich von Madrid. Vielleicht könnte er einen Abstecher dorthin machen; es war kein großer Umweg, und er würde sich nur so lange dort aufhalten, um ihnen das Geld zu zeigen; denn wenn sie es nicht mit eigenen Augen sahen, würden sie ihm nie glauben.

Aber bis Madrid hatte er noch einen weiten Weg vor sich. Zunächst einmal erreichte er Saragossa, und ihm fiel die hübsche Tochter des Gasthofbesitzers ein, der er offensichtlich sehr sympathisch gewesen war. Entgegen den Weisungen seines Herrn beschloß er, durch die Stadt zu reiten, denn schließlich mußte ein Mann sich ja während der größten Tageshitze etwas ausruhen, und sein Pferd brauchte Futter und Wasser.

Auf der Plaza sah alles genauso aus wie vor einigen Tagen. Es gab immer noch unzählige lästige Fliegen, und die Frauen saßen auf ihren Balkonen und fächelten sich Luft zu. Wie ihre Augen beim Anblick eines hübschen Jungen aufleuchteten! Matias begriff allmählich, daß ihm in der Welt außerhalb seines Dorfes viele Türen offenstanden, weil er jung war und gut aussah. Und nachdem er nun auch noch viel Geld bei sich trug und für seinen Herrn einen wichtigen Auftrag auszuführen hatte, fühlte er sich wirklich großartig.

Er setzte sich in den Schatten und bestellte Wein. Sie brachte ihn ihm und blieb bei ihm stehen.

»Ah, das ist doch der Señor, der erst vor wenigen Tagen hier bei uns war!«

»Du erinnerst dich also noch an mich?«

»Leute wie Euch bekommen wir hier nicht oft zu Gesicht.«

»Darfst du dich zu mir setzen und mit mir trinken?« fragte Matias.

»Bei wichtigen Gästen erlaubt es mein Vater, Señor.«

Matias fand es herrlich, so im Schatten zu sitzen und das hübsche Mädchen, das ihm gegenüber Platz genommen hatte, zu betrachten.

»Müßt Ihr gleich weiterreiten, Señor, oder werdet Ihr eine Weile hierbleiben?«

Eine Weile hierbleiben! Das hörte sich verlockend an. Für eine nähere Bekanntschaft reichten einige kurze Stunden natürlich nicht aus. Aber er durfte hier nicht verweilen. Sein Auftrag lautete schließlich, so schnell wie nur möglich zum Besitz der Carramadinos zu reiten. Aber das brauchte er dem Mädchen ja nicht zu erzählen. Es schien in ihm nicht mehr den Diener eines Edelmannes zu sehen, sondern behandelte ihn, als wäre er selbst ein Edelmann.

»Das steht noch nicht fest«, antwortete er.

Das schien ihr zu gefallen. Sie gab ihm unmißverständlich zu verstehen, daß sie entzückt wäre, wenn er hierbliebe.

Er fragte sie nach ihrem Namen. Sie hieß Blanca. Wie aufregend — sie hatte fast den gleichen Namen wie die Geliebte seines Herrn! Blanca und Bianca... Darin schien eine tiefere Bedeutung zu liegen — zumindest kam es ihm unter dem Einfluß des Weines und der schönen Augen des Mädchens so vor.

Er bezahlte für seinen *mazanilla* und konnte der Versuchung nicht widerstehen, sie seinen prallen Geldbeutel sehen zu lassen. Sie riß vor Staunen die Augen weit auf. Jetzt war sie bestimmt überzeugt davon, einen vermögenden Herrn vor sich zu haben.

Mit einem schlauen Lachen fragte sie: »Ihr tatet also nur so, Señor, als wärt Ihr der Diener des anderen?«

Er ließ sie in diesem Glauben und bestellt mit weltmännischem Lächeln erneut Wein.

Sie erzählte ihm, ihr Vater habe für vornehme Herrschaften, die während der Siesta unter seinem Dach ein wenig ausruhen wollten, immer einige Zimmer in Reserve. Ein reicher Herr wie er könne sich diesen Luxus doch bestimmt gönnen. Ob sie ihn in eines dieser Zimmer führen solle?

Warum nicht? Er hatte genügend Geld bei sich, und niemand konnte von einem Mann erwarten, bei der größten Tageshitze weiterzureiten. Er würde sich ein wenig ausruhen und danach umso frischer sein und den geringen Zeitverlust rasch wettgemacht haben.

»Hier ist Euer Zimmer, Señor.«

Sie stand lächelnd vor ihm, und er nahm sie plötzlich in seine Arme und küßte sie.

Blasco ritt durch Frankreich, durch Städte und Dörfer, vorbei an Weinbergen, die denen in seiner Heimat ähnelten. Und doch waren die Landschaften hier viel lieblicher als in Spanien; die Temperaturen waren nicht so extrem, und die Menschen waren fröhlicher. Der größte Unterschied zwischen seinem eigenen Land und Frankreich schien ihm jedoch die gegensätzliche Meinung über religiöse Fragen zu sein, die hier überall große Spannungen erzeugte. Es kam ihm fast so vor, als drohe ein Bürgerkrieg, als könne er jeden Moment offen ausbrechen.

Manche Städte schienen ausschließlich von Hugenotten bewohnt zu sein. Er sah dort Kirchen, an denen die Statuen zerstört worden waren, und in diesen Städten warfen ihm die Bewohner mißtrauische Blicke zu.

Wenn sie erfuhren, daß er ein Spanier war und direkt aus

Spanien kam, wandten sie betreten die Augen ab, und Blasco begriff, daß sie in dem Königreich jenseits der Grenze ihren schlimmsten Feind sahen.

Er hatte gehört, daß Katholiken einer Gruppe Hugenotten auf dem Weg zu ihrem schlichten Gottesdienst aufgelauert und sie überfallen hatten. Dabei waren viele Menschen ums Leben gekommen.

Je weiter Blasco nach Norden kam, desto deutlicher spürte er die Spannungen. Eines Abends suchte er in einer kleinen Stadt unweit von Orléans nach einem Gasthof, wo er übernachten konnte. Ihm fiel auf, daß in der Stadt ungewöhnlich lebhaftes Treiben herrschte, und im Gasthof wurde ihm erklärt, es gebe kein Zimmer für ihn.

Er vermutete zunächst, daß es sich um reine Feindseligkeit handelte, aber der Wirt erklärte ihm rasch: »Monsieur, unsere kleine Stadt ist völlig überfüllt. Welch ein Pech, daß Ihr ausgerechnet heute abend nach einer Unterkunft fragt. Ihr müßt wissen, daß Ihre Majestät, die Königin von Navarra, sich auf dem Weg nach Paris befindet, und ihr ganzes Gefolge muß für die Nacht hier in unserem Städtchen irgendwie untergebracht werden.«

»Die Königin hält sich zur Zeit also hier auf?«

»Ja, Monsieur ... wie gesagt, sie ist nach Paris unterwegs.«

Blasco überlegte, ob er sich vielleicht dem Gefolge der Königin anschließen sollte. Auf diese Weise würde er zum einen direkt nach Paris gelangen, ohne Gefahr zu laufen, Umwege zu machen; zum anderen könnte er vielleicht Bekanntschaft mit irgendeiner einflußreichen Persönlichkeit aus dem Gefolge schließen und dadurch in Paris leichter die Möglichkeit haben, seine Mission auszuführen.

Er stieg vom Pferd und bat den Gastwirt, es gut zu versorgen.

»Mit Vergnügen, Monsieur«, sagte der Wirt. »Wenn Ihr die Nacht hier verbringen wollt und es Euch nichts ausmacht, in einer kleinen Kammer zu schlafen, so könnte ich Euch helfen.«

»Ich wäre dankbar für jede Behausung, wie klein und bescheiden sie auch sein mag«, sagte Blasco.

»Wenn Ihr hundert Schritte in diese Richtung geht, kommt Ihr zum Häuschen von Madame Ferronier. Sagt ihr, ich hätte Euch geschickt. Vielleicht kann sie Euch für die Nacht unterbringen.«

»Herzlichen Dank. Kümmere dich bitte um mein Pferd, ich werde dich gut bezahlen, mein Freund. Ich mache mich jetzt am besten gleich auf den Weg zu Madame Ferronier.«

»Falls Ihr die Mühe nicht scheut, anschließend in meinen Gasthof zurückzukommen, so kann ich Euch gutes Fleisch und guten Wein versprechen.«

»Das werde ich tun.«

Als er sich dem Häuschen näherte, sah er einen jungen Mann, der von der anderen Seite her offensichtlich dasselbe Ziel ansteuerte. Blasco schätzte, daß er etwa ein Jahr jünger als er selbst war. Der Mann war schlicht gekleidet und sah aus, als hätte er einen langen Ritt hinter sich.

Er hatte ein sympathisches Gesicht und begrüßte Blasco mit freundlichem Lächeln.

»Es hat ganz den Anschein«, sagte er in einem Französisch, das Blasco an die Aussprache der Leute in Südfrankreich erinnerte, »als hätten wir beide den gleichen Wunsch.«

»Ein Zimmer bei Madame Ferronier?«

»Ja, das ist es, was ich brauche.«

»Ich ebenfalls«, sagte Blasco lachend, dann fuhr er fort: »Hat die Frau nur ein Zimmer frei?«

»Ich glaube, ja.«

»Dann wird einer von uns Pech haben.«

»Ihr seid kein Franzose, Monsieur?«

»Nein, ich komme aus Spanien.«

Ein leichter Schatten legte sich über das Gesicht des jungen Mannes, aber er lächelte weiterhin freundlich. »Seid Ihr auf dem Weg nach Paris?«

»Wie habt Ihr das erraten?«

»Jedermann ist nach Paris unterwegs.«

Madame Ferronier hatte die Tür geöffnet. Sie war eine

kleine, gedrungene Frau mit mißtrauischem Blick. Ja, sagte sie, sie habe eine kleine Kammer mit einem Strohsack frei. Bezahlt werden müsse im voraus, und für zwei Personen würde es etwas mehr kosten als für eine.

Sie sahen einander an und lächelten. »Sollen wir es uns einmal anschauen?« fragte der Franzose.

Blasco nickte, und Madame Ferronier führte sie in ihre dunkle Hütte, die aus zwei Kammern bestand – einer im Erdgeschoß, einer unter dem Dach. Sie stiegen die steile schmale Wendeltreppe hinauf, die direkt in die Kammer führte. Es gab keine Tür und ein einziges winziges Fenster. Auf dem Boden lag ein Strohsack, und alles sah etwas schmuddelig aus.

»Ich überlasse es Euch, Monsieur«, sagte der junge Franzose, »denn Ihr seid Gast in unserem Land.«

»O nein«, wiedersprach Blasco. »Nehmt Ihr es. Ich kann auch weiterreiten oder unter einer Hecke schlafen. Es wäre nicht das erste Mal.«

»Die Frau scheint anzunehmen, wir wollten beide hier übernachten. Ich würde vorschlagen, Monsieur, daß Ihr den Strohsack nehmt, und ich werde es mir auf dem Boden bequem machen.«

Blasco war mit diesem Vorschlag einverstanden. Er schlenderte zum Gasthof zurück, wo ihm ausgezeichnetes Fleisch und ein köstlicher Burgunder serviert wurde. Bei seiner Rückkehr in Madame Ferroniers Häuschen war der junge Franzose schon in der Dachkammer. Er hatte seinen Mantel auf dem Boden ausgebreitet und versicherte Blasco, er hätte schon wesentlich unbequemere Nachtlager gehabt.

»Wir sollten uns wohl gegenseitig vorstellen«, sagte Blasco und nannte seinen Namen.

»Ich heiße Pierre Lerand und stamme aus Béarn.«

»Reist Ihr im Gefolge der Königin nach Paris?«

»So ist es. Wir sind zu dritt – mein Vater, meine kleine Schwester Julie und ich. Es wird unser erster Aufenthalt in Paris sein. Julie ist schon sehr aufgeregt. Sie ist noch sehr jung. Und Ihr, Monsieur? Seid Ihr geschäftlich nach Paris unterwegs?«

»Geschäftlich? Ich muß gestehen, nein. Ich bin ein Müßiggänger. Mein Vater hat große Güter in Spanien, und er wollte, daß ich mich ein wenig in der Welt umsehe, bevor ich den Besitz übernehme. Nach Paris reise ich, weil wir gehört haben, daß ein Mann, der die Welt kennenlernen möchte, als erstes Paris sehen muß.«

»Ich habe gehört, daß in der französischen Hauptstadt sehr lockere Sitten herrschen.«

»Das scheint Euch Sorge zu bereiten.«

»Meine Schwester ist noch sehr jung. Vielleicht wäre es klüger gewesen, sie in Béarn zu lassen.«

»Es ist für einen Ausländer nicht immer leicht, die richtigen Straßen zu finden. Glaubt Ihr, daß ich mich vielleicht Eurer Gruppe anschließen könnte... daß ich im Gefolge Eurer Königin mit Euch nach Paris reiten könnte?«

»Aber Ihr seid doch ein spanischer Edelmann und zweifellos ein Katholik.«

»Heißt das, daß ich nicht willkommen wäre?«

Pierre Lerand war sichtlich verlegen. »Die Königin von Navarra gehört zu den führenden Leuten der Hugenotten.«

»Und Ihr selbst?«

»Ich... ich bin Hugenotte.«

»Aber Ihr haßt die Katholiken nicht?«

Der junge Mann runzelte die Stirn. »Ich möchte überhaupt niemanden hassen.«

»Dann könntet Ihr also vergessen, daß wir nicht denselben Glauben haben? Wollen wir es beide vergessen?«

»Wir könnten es versuchen, Monsieur.« Der Franzose zögerte. »Aber wenn Ihr mit uns reiten würdet...«

»Oh, ich werde nicht unliebsam auffallen. Es liegt mir auch völlig fern, Andersgläubige mit dem Schwert zu bekämpfen. Ich habe in meinem Leben schon viele Menschen geliebt und auch einige gehaßt, aber die Religion spielte dabei nie eine Rolle.«

»Ihr kommt aus Spanien, Monsieur, und dort gibt es sehr viele Katholiken. In Frankreich gibt es jetzt viele Hugenotten. Das führt überall im Land zu heftigen Konflikten.«

»Das ist mir sogar schon in der kurzen Zeit, seit ich französischen Boden betreten habe, aufgefallen.« Blasco zuckte die Schultern. »Ich bitte Euch, laßt es uns vergessen. Laßt uns beweisen, daß ein Katholik und ein Hugenotte sich freundschaftlich ein Zimmer teilen können.«

»Ja«, stimmte der junge Franzose zu, »ich bin ganz Eurer Meinung.«

Blasco gürtete sein Schwert ab und legte es auf den Boden. Er öffnete sein Wams, zog seine Stiefel aus und ließ sich auf dem Strohsack nieder.

Pierre zog seine Stiefel und seinen Rock aus und kniete zum Gebet nieder. Blasco beobachtete ihn im Schein der Kerze, die Madame Ferronier ihnen überlassen hatte. Wie jung er aussieht, dachte er, wie jung und ernsthaft er wirkt!

»Soll ich die Kerze ausblasen?« fragte Pierre, nachdem er seine Gebete verrichtet hatte.

Blasco nickte.

Durch das kleine Fenster fiel schwaches Mondlicht in die Kammer. Eine Zeitlang schwiegen beide Männer. Dann sagte Pierre: »Wenn Ihr, wie Ihr sagt, auf Reisen seid, um Euren Horizont zu erweitern, so wird unsere Königin Euch vermutlich erlauben, uns zu begleiten. Ich nehme an, daß sie jemanden — höchstwahrscheinlich mich — beauftragen wird, Euch über unseren Glauben zu belehren.«

»Es wäre mir sehr recht, die Zeit, die wir für die Reise nach Paris benötigen, mit interessanten Gesprächen und Diskussionen zu verbringen.«

»Sie ist eine tragische Königin, die im Leben schon viel Leid erfahren hat. Sie ist jetzt Witwe. Sie hat ihren Mann von Herzen geliebt, obwohl er grausam zu ihr war. Er war ein schwacher Mensch, während sie sehr stark ist. Er wollte sie sogar einmal ihren Feinden ausliefern. Es wurde ein Komplott geschmiedet — sie sollte entführt und nach Spanien gebracht werden, wo sie möglicherweise als Ketzerin auf dem Scheiterhaufen verbrannt worden wäre. Aber dieser Plan wurde vereitelt.«

»Das freut mich sehr«, sagte Blasco.

»Seitdem sind wir Spaniern gegenüber etwas mißtrauisch.«

»Das ist durchaus verständlich.«

»Ihr müßt mir deshalb verzeihen, wenn ich übervorsichtig schien.«

»Ihr hättet dazu jedes Recht, aber Ihr wart überaus höflich und freundlich zu mir.«

»Alle Hoffnungen Ihrer Majestät konzentrieren sich jetzt auf ihren Sohn Heinrich, aber er ist wild und wird seiner Mutter vermutlich noch viele Sorgen bereiten. Er hatte schon zahlreiche Geliebte, und die Königin ist darüber sehr unglücklich. Deshalb liegt ihr die Hochzeit auch besonders am Herzen.«

»Die Hochzeit?«

»Zwischen ihrem Sohn und der Prinzessin Margarete von Frankreich. Das ist auch der Grund für diese Reise nach Paris. Es müssen diverse Vereinbarungen getroffen werden.«

Blascos Interesse war geweckt.

»Der König von Navarra soll also die Prinzessin von Frankreich heiraten«, murmelte er.

»Diese Verbindung wurde schon vor langer Zeit vereinbart. Aber unsere Königin traut der Königinmutter nicht. Deshalb erlaubte sie Heinrich nicht, Béarn zu verlassen. Ihm war das nur recht, denn er hat gerade eine Liebesaffäre mit der Tochter eines einfachen Bürgers. Er kümmert sich nicht um die Herkunft seiner Mätressen. Nun ja, jedenfalls befahl ihm die Königin, in Béarn zu bleiben. Sie befürchtet, daß die Königinmutter ihn gefangennehmen könnte, falls er sich im Louvre aufhielte. Man sagt, daß alle die Königinmutter fürchten, daß sie eine merkwürdige Frau ist, daß kein Mensch weiß, was im Kopf der Katharina von Medici wirklich vorgeht.«

»Eure Königin reist jetzt also nach Paris, um die Heiratsverträge zu unterzeichnen.«

»Ja. Aber ich langweile Euch bestimmt mit meinem Gerede. Gute Nacht, mein Freund. Schlaft gut.«

»Gute Nacht, mein Freund«, sagte Blasco.

Er konnte lange nicht einschlafen. Nun endlich ergab die Botschaft, die er der Königinmutter von Philipp übermitteln sollte, für ihn einen gewissen Sinn. Aufgrund von Pierres Informationen wußte er jetzt wenigstens, welche Hochzeit gemeint war.

Schließlich schlief er ein und träumte, er stünde in jenem großen Raum im Escorial und kniete vor dem König nieder. Ihm wurde befohlen sich umzuschauen, und als er das tat, war er nicht mehr in dem klösterlichen Palast seines Herrschers, sondern in einem Dorf nahe der Kirche, aus der Menschen in schlichter dunkler Kleidung herauskamen. Unter ihnen war Pierre Lerand mit seinem ehrlichen, unschuldsvollen Lächeln; und plötzlich stand Philipp neben Blasco, drückte ihm ein Schwert in die Hand und befahl ihm, den jungen Mann im Namen des katholischen Glaubens zu töten.

Blasco fuhr schwitzend aus dem Schlaf auf. Er sah im Mondschein den jungen Franzosen auf dem Rücken liegen und im Schlaf friedlich lächeln.

Am nächsten Morgen wurden Blasco und Pierre durch lautes Klopfen gegen den Fußboden ihrer Kammer geweckt. Es mußte schon ziemlich spät sein, denn helles Tageslicht flutete ins Zimmer.

»Hier unten wartet jemand auf Euch«, rief Madame Ferronier zu ihnen hinauf.

»Ich wollte nicht so lange schlafen«, sagte Pierre, während er sich hastig erhob.

»Habt Ihr gut geschlafen?«

»Ich bin hin und wieder aufgewacht.«

Blasco lachte. »Euch war wohl doch etwas unbehaglich zumute. Ich weiß genau, daß nicht jeder bereit gewesen wäre, das Zimmer mit einem Ausländer zu teilen − zudem noch mit einem Spanier. Wer wartet unten auf Euch?«

»Vermutlich jemand von unserer Gruppe, der mich zum Aufbruch drängen will.«

»Ich werde jetzt in den Gasthof gehen, um mein Pferd abzuholen, mich − wenn möglich − zu waschen und etwas zu essen. Wollt Ihr mich nicht begleiten und mein Gast sein?«

»Ich wüßte nicht, was ich lieber täte... Aber zuerst muß ich nachsehen, wer unten auf mich wartet und welche Neuigkeiten es gibt.«

Sie kleideten sich fertig an und gingen vorsichtig die steile Treppe hinab.

Im unteren Raum stand ein etwa vierzehnjähriges Mädchen. Es war groß und schlank, und die blonden Haare fielen ihm offen über die Schultern. Blasco wußte sofort, daß er Pierres Schwester vor sich hatte; sie hatte den gleichen ehrlichen, unschuldsvollen Blick wie der junge Mann.

»Pierre...«, begann sie, verstummte aber, als sie den Fremden sah.

»Monsieur Carramadino und ich teilten eine Kammer«, erklärte Pierre. »Es war nur eine einzige frei, und wir benötigten beide eine Unterkunft.«

»Monsieur Carramadino?« murmelte das Mädchen langsam.

»Zu Euren Diensten, Mademoiselle«, sagte Blasco.

»Ihr seid kein Franzose?«

»Ich komme aus Spanien.«

Sie zuckte etwas zusammen.

»Es tut mir leid, daß mein Land Euch nicht gefällt«, lächelte Blasco mit dem ihm angeborenen Charme. »Aber ich wäre untröstlich, wenn Eure Abneigung auch mir persönlich gälte.«

»Julie!« rief ihr Bruder tadelnd.

»Weshalb sollte ich sagen, daß es mich freut, seine Bekanntschaft zu machen, wenn das nicht der Fall ist? Er ist Spanier, und die Spanier sind nicht unsere Freunde.«

»Julie vertritt ihre Überzeugungen mit großem Eifer, wie Ihr seht, Monsieur«, sagte Pierre. »Bitte verzeiht ihr.«

»Du brauchst dich für mich nicht zu entschuldigen, Pierre«, rief Julie scharf. »Falls eine Notwendigkeit dazu bestünde, könnte ich das durchaus selbst tun.« An Blasco gewandt, fuhr sie fort: »Monsieur, wir in Béarn lieben die Spanier nicht. Wir können ihnen ihre Komplotte gegen unsere Königin nicht verzeihen.«

Blasco verbeugte sich. »Ich bedaure diese Komplotte außerordentlich, Mademoiselle, obwohl ich persönlich nicht das geringste damit zu tun hatte.«

»Du redest wie ein Kind daher, Julie«, tadelte ihr Bruder. »Sind *wir* denn für alle Taten der Männer und Frauen in Béarn verantwortlich?«

»Die Leute von Béarn haben sich nie so aufgeführt wie die Spanier!« beharrte das Mädchen.

»Sie ist eben noch sehr jung«, entschuldigte sich Pierre.

Julie warf ihrem Bruder einen ungeduldigen Blick zu, und Blasco ergriff rasch das Wort. »Es ist mir eine große Freude, einen Menschen kennenzulernen, der seine Überzeugung so nachdrücklich vertritt. Ich finde Leute, die meine eigenen Anschauungen teilen, unerträglich langweilig. Mademoiselle Julie, Ihr und ich werden zweifellos viele interessante Gespräche führen. Ich reise nämlich mit Euch nach Paris.«

Ihr Blick wurde etwas weicher. Sie erinnerte Blasco an eine junge Märtyrerin. Er konnte leicht erraten, was hinter ihrer Stirn vorging: Sie überlegte, ob es ihr wohl gelingen würde, während der Reise seine Seele vor der Verdammnis zu retten.

»Habt Ihr die Erlaubnis unserer Königin, mit uns zu reiten?« fragte sie.

»Noch nicht. Ich begebe mich jetzt in einen Gasthof, wo mein Pferd die Nacht verbracht hat. Würdet Ihr und Euer Bruder mich begleiten? Der Wirt wird uns bestimmt ein gutes Mahl auftischen. Ich sagte ihm gestern abend, daß ich das brauchen würde.«

Die Augen des Mädchens leuchteten auf; es war ja schließlich noch ein halbes Kind. »Es wäre wohl unhöflich abzulehnen«, sagte es.

Auf dem Weg zum Gasthof spürte Blasco, daß Julie ihn unverwandt ansah, und ihre glühenden Blicke verrieten ihm, daß sie sich fest vorgenommen hatte, ihn zu bekehren.

Während der Reise nach Paris gelang es Blasco zum erstenmal, seit er Bianca kennengelernt hatte, nicht ständig an sie zu denken. Pierres Schwester amüsierte ihn, wenn auch auf ganz andere Weise als Bianca. Sie weckte in ihm kein sexuelles Verlangen; dazu war sie viel zu jung. Sie war ein unschuldiges Kind, das Erwachsene spielen wollte. Aber er fand ihren südlichen Akzent bezaubernd, und ihm gefiel auch der Eifer, mit dem sie ihre Überzeugung vertrat.

Während ihres gemeinsamen Mahles im Gasthof hatte er beschlossen, eine kleine List anzuwenden. Aus jahrelanger Erfahrung mit seinem Bruder Domingo wußte er, wie es in den Köpfen religiöser Eiferer aussah. Deshalb gab er vor, sich — obwohl er Spanier und Katholik war — sehr für die Reformierte Religion zu interessieren, und er deutete sogar an, daß er eigens deshalb nach Frankreich gekommen sei.

Diese Taktik führte zum gewünschten Erfolg. Julie und ihr Bruder setzten sich dafür ein, daß er mit ihnen reiten sollte, und da der Vater der beiden Geschwister ein enger Vertrauter der Königin war, wurde Blasco sogar vor dem Aufbruch von Johanna von Navarra persönlich empfangen und erhielt die Erlaubnis, sich ihrem Gefolge anzuschließen.

Es machte ihm großen Spaß, neben Julie her zu reiten, ihre Fragen zu beantworten und ihren strengen Predigten zu lauschen, die so gar nicht zu diesem blutjungen Geschöpf paßten. Er registrierte, wie hell und zart ihre Haut war, und er dachte, daß dieser spröde kleine Hitzkopf in ein, zwei Jahren eine bezaubernde junge Frau sein würde. Er war ihr dankbar und ließ sie nach Herzenslust predigen, denn in ihrer Gesellschaft konnte er wenigstens zeitweilig seine übermächtige Sehnsucht nach Bianca vergessen.

Und so erreichten sie Paris.

Als Blasco mit den Anhängern der Königin von Navarra durch die Stadttore ritt, überfiel ihn starke Erregung; noch nie hatte eine Stadt derart sein Interesse geweckt. Sie überquerten die Brücke und kamen zur Ile de la Cité; sie ritten über den Quai des Fleurs, und er sah die gotischen Türme der Kirchen Notre Dame und Sainte Chapelle. Er sah die hohen, schmalen Häuser mit ihren grauen Dächern und in der Nähe der Kathedrale ein Labyrinth von schmalen Gassen, deren Kopfsteinpflaster mit stinkenden Abfällen übersät war; er sah kleine windschiefe Holzhütten, deren überhängende Dächer Licht und Luft fernhielten.

Überall stiegen ihm Essensgerüche in die Nase. Die *restaurateurs* und *pâtissiers* standen, umgeben von ihren Kunden, in den Türen der Läden und beobachteten die vorbeireitenden Fremden. Am Flußufer kauerten Bettler; kleine Menschengruppen standen schwatzend beisammen.

Die größte Aufmerksamkeit aller Zuschauer galt natürlich der Frau, die mit ihrer jungen Tochter an der Spitze der Prozession einherritt. Alle verfolgten mit großer Spannung, wie die hugenottische Königin von Navarra ins katholische Paris einzog.

Ihr Ziel war der Louvre, aber Blasco hatte entschieden, daß es hier in Paris für seine Zwecke ungünstig wäre, wenn man ihn als zu den Hugenotten gehörig betrachten würde. Von nun an mußte er äußerst behutsam und geschickt vorgehen. Niemand durfte auch nur ahnen, daß er im Auftrag des spanischen Königs hier war. Er mußte sich unauffällig bei Hofe Zutritt verschaffen. Wenn er als Spanier jedoch im Gefolge der Königin von Navarra den Louvre betrat, würde er sogleich die allgemeine Aufmerksamkeit auf sich lenken.

Er hatte Julie und Pierre erklärt, daß er sich in Paris von der Gruppe trennen und sich auf eigene Faust eine Unterkunft suchen würde. Während der Zug sich langsam vorwärtsbewegte, bog er nach rechts in eine Gasse ab und ritt so unauffällig davon, daß nur seine beiden jungen Freunde es bemerkten.

Er hatte beschlossen, ein Zimmer unweit jener Taverne zu suchen, in die Matias Bianca bringen sollte, um bei ihrer Ankunft sofort mit ihr vereint zu sein.

Er fragte sich zu der Taverne durch. L'Ananas erwies sich als Spelunke, in der er nicht absteigen konnte, denn er sah auf den ersten Blick, daß die Leute, die hier wohnten, nicht der richtige Umgang für einen jungen Edelmann waren, der bei Hofe empfangen zu werden wünschte.

An der Straßenecke entdeckte er jedoch ein besseres

Gasthaus und wurde im Hof von einem redseligen Wirt herzlich begrüßt, der ihm versicherte, es sei sehr klug von ihm, sich rechtzeitig nach einer Unterkunft umgesehen zu haben. »Denn nachdem nun erlauchte Gäste in Paris weilen, könnt Ihr Euch darauf verlassen, Monsieur, daß in wenigen Stunden in der ganzen Stadt weder für Geld noch für gute Worte ein freies Zimmer aufzutreiben sein wird.«

Blasco wählte einen Raum, von dem aus er einen guten Blick auf L'Ananas hatte. Es war eine kleine, niedrige Kammer, und er mußte sich in der Tür bücken, aber er sagte dem Wirt, daß er damit vollauf zufrieden sei, und drückte dem Mann im voraus eine größere Geldsumme in die Hand, als dieser es gewohnt war.

»Ich erwarte eine Dame«, sagte Blasco. »Aber es wird noch einige Wochen dauern, bis sie eintrifft.«

In den hellwachen Augen des Wirtes spiegelte sich warmes Verständnis.

»Dann«, fuhr Blasco fort, »werde ich ein größeres Zimmer brauchen...«

»Monsieur wird das beste im ganzen Haus bekommen.« Der Wirt rieb sich die Hände; der Gedanke an ein Liebespaar unter seinem Dach schien ihn noch mehr zu freuen als die großzügige Vorauszahlung. »Ist Monsieur ganz sicher, daß ihn dieser Raum zufriedenstellt? Ich habe ein größeres und besseres...«

»Dieses hier genügt mir vollkommen«, fiel Blasco ihm ins Wort. »Mir gefällt die Aussicht. Könnte ich jetzt vielleicht etwas zu essen bekommen?«

»Ich werde Monsieur ein Mahl vorsetzen, wie er es in seinem ganzen Leben kaum je gekostet hat. Ist dies Euer erster Besuch in Paris?«

»Ja.«

»Dann wird es mir eine ganz besondere Freude und Ehre sein, Euch zu zeigen, wie wir Pariser essen.«

»Wie ist denn das Wirtshaus dort drüben, auf der anderen Straßenseite — L'Ananas?«

Der Wirt schüttelte den Kopf. »Ah, Monsieur, es hat keinen guten Ruf. In dieser Spelunke gibt es fast jeden Abend

Streit und Raufereien. Es sind diese... äh... Monsieur kommt aus Spanien? Es heißt, daß so gut wie alle Spanier gute Katholiken seien.«

»Ich bin Spanier und Katholik.«

»Dann werdet Ihr es verstehen. In Paris gibt es ständig Ärger und Unruhen. Ein Mann sagt etwas, und ein anderer hört es. Er schmäht den Glauben, und dann... dann werden die Schwerter gezogen. In solchen Kneipen wie L'Ananas kommt so etwas besonders häufig vor. Ah, Monsieur, für uns Gastwirte sind das überhaupt schlechte Zeiten! Ein Handgemenge bricht aus, Geschirr und Mobiliar gehen zu Bruch, und wir müssen machtlos zusehen. Aber die Ankunft der Königin von Navarra hat in der ganzen Stadt neue Hoffnungen geweckt.«

»Wünscht Paris demnach die Vermählung der Prinzessin mit dem König von Navarra?«

»Monsieur ist verwirrt. Wie können gute Katholiken, so denkt Ihr bestimmt, sich freuen, daß ihre Prinzessin einen Ketzer heiratet? Aber, Monsieur, unter uns einfachen Leuten gibt es viele, die sich nach Frieden sehnen.« Er vergewisserte sich mit einem raschen Blick über die Schulter hinweg, daß er nicht belauscht wurde. »Und wir glauben, Monsieur – jene von uns, die gute Katholiken sind –, daß unsere Prinzessin den König von Navarra zu ihrer Religion bekehren wird.« Er zuckte mit den Schultern. »Jedenfalls müßte eine Hochzeit zwischen Katholiken und Hugenotten uns endlich Frieden bringen. Frieden... Frieden... Das bedeutet uns armen Menschen sehr viel.«

»Das kann ich gut verstehen. Wir wollen hoffen, daß die Hochzeit zustande kommt.«

Der Wirt zuckte erneut mit den Schultern. »Wer kann das schon sagen? Solche Pläne wurden schon immer gemacht, seit es Prinzen und Prinzessinnen gibt. Prinzessin Margarete – unsere Margot, wie wir sie nennen, Monsieur – ist ein fröhlicher Mensch. Und sie ist sehr verliebt in den jungen Henri de Guise. Ah, diese beiden miteinander ausreiten zu sehen – es ist ein Anblick, der einem richtig das Herz wärmt. Monsieur de Guise ist der bestaussehende Mann in

Frankreich — das ist jedenfalls die Meinung von uns Parisern, und unsere Margot ist derselben Meinung. Wenn man den Gerüchten Glauben schenken darf, so sind sie ein Liebespaar. Man könnte sagen, sie sind verheiratet — wenn auch nicht nach dem Gesetz. Wenn man sie zusammen sieht, kann man überhaupt nicht daran zweifeln. Sie sind jung und so verliebt — wie sollten sie da auch Enthaltsamkeit üben können? Die Gerüchte besagen, daß die Königinmutter — diese Italienerin, die alle guten Pariser von ganzem Herzen hassen — die beiden eines Morgens nach ihrer Liebesnacht überrascht und die arme Margot grün und blau geschlagen hat.« Der Mann lachte. »Ah, aber sie sind jung und schön und verliebt. Und ist Monsieur de Guise nicht ein guter Katholik? Ist er in Paris nicht beliebter als jeder andere Mann in Frankreich? Trotzdem zweifle ich nicht daran, daß es eine gute Sache sein wird, falls diese Heirat zustande kommt, denn was unser armes Land braucht, um sich von all dem Blutvergießen zu erholen, ist eine enge Verbindung zwischen Katholiken und Hugenotten... Aber ich schwatze zuviel. Ich wollte Euch nur erklären, Monsieur, warum Paris sich freut, daß die Königin von Navarra hierher gekommen ist, um über die Heirat ihres Sohnes und unserer Prinzessin zu verhandeln.«

Blasco folgte dem Wirt nach unten in die Gaststube, wo ihm neben anderen guten Dingen eine köstliche Pastete serviert wurde, und auch der Burgunder war ausgezeichnet. Blasco mußte zugeben, daß die Franzosen auf ihre Küche zu recht stolz sein konnten.

Nachdem er den größten Hunger gestillt hatte, begann er wieder, über den Grund für seinen Parisaufenthalt und über die seltsame Botschaft nachzugrübeln, die er der Königinmutter übermitteln sollte. Die Hochzeit, von der in König Philipps Botschaft die Rede war, konnte nur die von Prinzessin Margot und Heinrich von Navarra sein. Aber weshalb sollte der fanatische Katholik Philipp diese Heirat wünschen? Weshalb sollte er den König der kleinen Provinz Navarra durch die Heirat mit der Prinzessin von Frankreich zu größeren Ehren aufsteigen lassen wollen, nachdem dieser König — falls er seiner Mutter glich — ein glühender Anhänger der Hugenotten war?

Es war völlig unverständlich, und Blasco fühlte, daß die Botschaft irgendeine unheilvolle heimliche Bedeutung hatte. Der Gedanke, daß er eine Rolle — wenn auch vermutlich nur eine kleine — bei einer Intrige spielen sollte, die er nicht verstand, war ihm zutiefst zuwider.

Nach dem Essen schlenderte er stundenlang in der Stadt umher, und auf dem Rückweg in seinen Gasthof kehrte er in der Taverne L'Ananas ein.

Hier waren Menschen der verschiedensten Stände versammelt: Männer und Frauen, die besser an den Hof gepaßt hätten; livrierte Diener, Pagen und Soldaten, die sich mit Würfelspiel die Zeit vertrieben.

Blasco bestellte Wein und lauschte den Gesprächen. Alle redeten vom Besuch der Königin von Navarra und davon, was es für Frankreich bedeuten würde, falls diese Heirat zustande käme.

An diesem Abend, dachte Blasco, gab es vermutlich in ganz Paris nur ein einziges Gesprächsthema: die geplante Hochzeit.

Am nächsten Morgen begab sich Blasco zum Louvre und bat zwei Pagen, die auf der Treppe Würfel spielten, Monsieur Lerand eine Botschaft zu überbringen. Einer der Pagen erhob sich gemächlich und erklärte, ein solcher Auftrag sei unter seiner Würde, es sei denn, er würde dafür gut bezahlt.

Blasco unterdrückte den Wunsch, den Jungen ordentlich zu verprügeln, und gab ihm statt dessen Geld. Seit er im Auftrag des Königs unterwegs war, hatte er schon sehr viel gelernt, und erst jetzt wurde ihm klar, wie oft er sich früher von Impulsen hatte hinreißen lassen.

Der Page verschwand und kehrte nach langer Zeit mit der Auskunft zurück, Monsieur Lerand sei nicht bei Hofe; bei entsprechender Belohnung könne aber der andere Herr — er deutete auf den Pagen, der sich auf der Treppe flegelte — vielleicht herausfinden, wo Monsieur Lerand wohne.

Es gelang Blasco nur mit größter Willenskraft, seine Wut auch diesmal zu beherrschen, und nachdem er auch dem zweiten Pagen Geld gegeben hatte, erfuhr er schließlich, daß die Familie Lerand in der Rue Béthisy logierte.

Er machte sich unverzüglich auf den Weg dorthin und wurde von Julie empfangen. Sie kam ihm noch jünger vor als bei ihrer ersten Begegnung, als sie so vor ihm stand und ihn ernst und streng ansah.

»Habt Ihr heute morgen die Messe besucht?« fragte sie. Er bejahte.

Sie wich etwas zurück, erklärte dann aber, offenbar fest entschlossen, ihre instinktive Abneigung gegen Katholiken zu unterdrücken. »Ich hoffe, daß Ihr bald zur Wahrheit finden werdet, Monsieur Carramadino.«

»Ich glaube, Ihr sinnt darüber nach, ob Ihr es sein werdet, die mich auf den rechten Weg führt.«

Sie errötete. »Wenn Gott mich für diese Aufgabe auserwählt, würde ich das als eine große Gnade empfinden.«

»Soll ich Ihm zuvorkommen und Euch selbst dazu auserwählen? Würde das helfen?«

»Ihr führt blasphemische Reden!«

»Was für ein ernstes kleines Mädchen Ihr doch seid! Lacht Ihr eigentlich nie?«

»Wir sind nicht auf Erden, um zu lachen, Monsieur.«

»Seid Ihr dessen ganz sicher?«

»Absolut sicher, Monsieur.«

»Wenn wir sehr jung sind, ist es leicht, sicher zu sein. Mit zunehmendem Alter wachsen die Zweifel.«

»Das kommt nur daher, weil Ihr die Wahrheit noch nicht erkannt habt.«

»Wessen Wahrheit?«

»Was wollt Ihr damit sagen? Wie könnte es mehr als eine Wahrheit geben?«

Pierre trat ins Zimmer. Er freute sich sehr, Blasco zu sehen, und begrüßte ihn herzlich.

»Eure Schwester hat bereits damit begonnen, meine Seele zu retten«, sagte Blasco. »Ich gestehe, daß ich auf einen so baldigen Angriff nicht gefaßt war.«

»Ihr müßt ihr verzeihen. Sie ist diesbezüglich übereifrig.«

»Und du nicht, Pierre?« fragte seine Schwester.

»Julie, ich denke zunächst einmal daran, daß Monsieur Carramadino unser Gast ist, und ich biete ihm deshalb eine Erfrischung an.«

»Ihr beide seid wirklich großmütig«, scherzte Blasco. »Man sorgt sich sowohl um mein seelisches als auch um mein leibliches Wohl. Ich hoffe, Mademoiselle Julie, daß Ihr mir vergeben werdet, wenn ich mich im Augenblick mit der Erfrischung begnüge.«

»Julie, würdest du bitte Wein für Monsieur Carramadino bringen lassen?«

»Du wirst doch nicht zulassen, Pierre, daß er mit dir über den Götzendienst spricht, Pierre?« fragte das Mädchen ängstlich.

»Julie, du mußt mir vertrauen. Außerdem schickt es sich nicht, daß du einen Herrn allein empfangen hast.«

Sie errötete wieder. »Ich . . . ich sah in ihm keinen Herren.«

»Nur einen dieser bösen Götzendiener«, sagte Blasco lächelnd. »Das ist natürlich ein himmelweiter Unterschied.«

Julie verließ das Zimmer, und Pierre schenkte Blasco ein warmes Lächeln. »Ihr müßt meiner Schwester verzeihen. Sie ist noch sehr jung und hat bisher sehr wenig von der Welt gesehen. In Béarn führen wir ein einfaches Leben. Wir haben unser Haus in der Nähe des Palastes der Königin, wir gehören zum Hofe, aber wir leben eher wie Bauern. Die jungen Menschen wachsen bei uns ohne jeden Luxus auf.«

»Ihr braucht Euch wirklich nicht für Eure Schwester zu entschuldigen. Ich finde sie bezaubernd, und ich fühle mich tief geehrt, daß sie sich so um meine Seele sorgt.«

Ein Diener brachte Wein, und sie unterhielten sich über Paris. Später bummelten sie gemeinsam durch die Stadt.

»Ich habe Neuigkeiten für Euch«, berichtete Pierre. »Die Königin von Navarra erlaubt Euch, heute abend in den Louvre zu kommen, wo die Königinmutter zu ihren Ehren einen Ball gibt.«

Blasco bedankte sich herzlich für die Einladung.

Ich mache gute Fortschritte, dachte er. Wer weiß, vielleicht sehe ich heute abend die Königinmutter und kann dann gleich meinen Auftrag erledigen.

Erst wenn er seine Botschaft übermittelt hatte, würde er sich wieder frei fühlen, wieder ganz er selbst sein können. Und wenn Bianca erst einmal in Paris sein würde − ah, dann würde er völlig zufrieden sein und sich einreden können, daß er − was auch immer die geheimnisvolle Botschaft bedeuten und welche Rolle er selbst in einer Staatsangelegenheit gespielt haben mochte − schließlich nur seine Pflicht als Untertan seines Königs getan hatte.

Noch nie in seinem Leben hatte Blasco solchen Prunk, solchen Glanz gesehen, noch nie so viele schöne Frauen in solch prächtigen Roben. Er staunte über die leuchtenden Farben ihrer Kleider − scharlachrot, blau, silber und gold −, über die tiefen Dekolletés und die körperbetonten Schnitte. Ebenso atemberaubend war ihr Schmuck. Blasco hatte zwar von dem verschwenderischen Luxus am französischen Hof schon viel gehört, aber was er hier sah, übertraf bei weitem seine Vorstellungskraft.

Verblüfft stellte er fest, daß die Männer ebenso prunkvoll und farbenprächtig gekleidet waren wie die Frauen; manche schienen sogar parfümiert und geschminkt zu sein.

Er begriff, daß seine düstere Kleidung ihn sofort als Spanier auswies, denn in seinem schwarzen Wams hob er sich optisch sogar von den Hugenotten ab, die betont schlicht gekleidet waren. In dieser Aufmachung war es ein Ding der Unmöglichkeit, sich der Königinmutter unauffällig zu nähern und ihr etwas zuzuflüstern.

Er befand sich in Gesellschaft der Lerands, die über das, was sie hier zu sehen bekamen, genauso staunten wie er selbst.

Zum vorangegangenen Bankett war er nicht eingeladen gewesen, aber nun waren alle Gäste im Ballsaal versammelt. Die Tänze dieser Leute paßten zu ihrer Kleidung: Sie waren extravagant und für spanische Begriffe sehr gewagt.

Julie stand mit weit aufgerissenen Augen und leicht geöffnetem Mund neben ihm.

»Sind diese Damen nicht wunderschön?« flüsterte er ihr zu.

»In den Augen Gottes ganz gewiß nicht«, antwortete sie.

»Dann bin ich heilfroh, die Augen eines Mannes zu haben, denn mir bereitet ihr Anblick großes Vergnügen.«

»Vergnügen... Vergnügen! Ihr denkt an nichts anderes als an Euer Vergnügen!«

»Woran sollte ich denn sonst denken?«

»An Gott und an all Seine Werke.«

»Aber wären nicht auch das höchst vergnügliche Gedanken? Hat nicht Gott alles erschaffen?«

Sie wandte sich zornig von ihm ab, und er legte ihr seine Hand auf den Arm. Er spürte, wie sie zusammenzuckte, und in ihm erwachte der Wunsch, ihre Liebe zu gewinnen.

Gleichzeitig dachte er: Wie Bianca diesen Abend genießen würde! Sie würde tanzen, wie keine dieser vornehmen Damen es vermag, und mit ihrer Schönheit würde sie alle anderen in den Schatten stellen.

Pierre raunte ihm zu: »Da ist die Königinmutter!«

Blasco sah eine Frau mittleren Alters mit einem blassen Pfannkuchengesicht, die den Tafelfreuden sichtlich allzu sehr huldigte; sie war schwarz gekleidet und versuchte nicht, mit den schönen Damen ihres Hofstaates zu konkurrieren, womit sie — so dachte Blasco — ihre Klugheit bewies.

Er konnte seinen Blick nicht von diesem Gesicht abwenden; die dicke weiße Haut, die ausdruckslosen Augen, das leichte Lächeln in den Mundwinkeln — alles stieß ihn ab. Er dachte an die Geschichten, die er über die schönen Frauen gehört hatte, die ihren *Escadron Volant* bildeten; es wurde gemunkelt, daß die Königinmutter von ihnen verlangte, ihre Schönheit einzusetzen, um den Männern Geheimnisse zu entlocken.

Neben ihr stand die Königin von Navarra — ihrerseits keine Schönheit und nach Art der Hugenotten betont schlicht gekleidet; und doch, welch ein Unterschied zwischen den beiden Gesichtern! Der Königin von Navarra war trotz ihrer herben Züge anzusehen, daß sie ein guter Mensch war, während Katharina von Medici etwas von Grund auf Böses ausstrahlte.

Nun zog eine weitere Dame seine Aufmerksamkeit auf sich. Sie war in scharlachroten Samt gekleidet, und die schwarzen Haare fielen ihr offen über die Schultern. Keine andere Frau hatte eine solche Frisur, und schon dadurch hob sie sich von ihnen ab. Aber auch ihre rote Robe war noch tiefer ausgeschnitten, als es der Mode entsprach. Ihre funkelnden schwarzen Augen hatten einen trotzigen und herausfordernden Ausdruck.

»Prinzessin Margot will offenbar demonstrieren, daß sie die geplante Heirat ablehnt«, sagte jemand hinter Blasco.

»Arme Margot!« erwiderte ein anderer. »Sich vorzustellen, daß sie diesen Einfaltspinsel aus Béarn heiraten muß! Man sagt, er hätte Manieren wie ein Bauer, und wenn man sich seine heute hier versammelten Untertanen ansieht, so scheint mir das wahrscheinlich. Außerdem weiß doch jeder, daß sie nur de Guise im Kopf hat, der schon seit Jahren ihr Geliebter ist.«

Blasco sah, wie das Blut Julie in die Wangen schoß; sie wirbelte herum und wollte etwas sagen, aber er packte sie so fest am Arm, daß sie leise aufschrie, und in diesem Augenblick entfernte sich glücklicherweise der Spötter.

»Wie könnt Ihr es wagen!« rief Julie.

»Ich mußte verhindern, daß Ihr Euch selbst und Eure Freunde in Schwierigkeiten bringt.«

»Habt Ihr gehört, daß er unseren König einen Einfaltspinsel genannt hat?«

»Ihr nehmt alles viel zu ernst.«

»Daß ein leichtsinniger Mensch wie Ihr das so sieht, ist nicht weiter verwunderlich.«

»Hier ist Leichtsinn an der Tagesordnung. Wenn man in Paris ist, sollte man sich wie ein Pariser benehmen.«

»Niemals!«

»Warum nicht? Es sind sehr attraktive Menschen.«

»In den Augen von einem wie Ihr — mag sein!«

»Seht Euch doch die schöne Prinzessin an. Ist sie nicht eine Augenweide?«

»Sie ist liederlich. Sie ist ausschweifend. Daran kann überhaupt kein Zweifel bestehen. Ich möchte solche Personen wie sie nicht sehen.«

»Ihr steht mit Eurer Meinung allein da, Mademoiselle. Fast alle Augen im Saal sind auf die Prinzessin gerichtet.«

»Dann starrt sie doch auch an!«

»Ich? Ich dachte, Ihr wolltet mich vor meiner Vergnügungssucht retten. Ah, ein neuer Tanz beginnt. Das muß der *branle des lavandières* sein, von dem ich soviel gehört habe. Die Tänzerinnen klatschen in die Hände, in Nachahmung der Waschfrauen an den Seineufern. Kommt, Mademoiselle, tanzt mit mir.«

»Tanzen! Wir tanzen nicht. Das Tanzen ist eine Sünde.«

»Wie sehr Ihr Puritaner doch die Sünde liebt!«

»Die Sünde lieben – wie könnt Ihr so etwas nur sagen?«

»Ihr beschäftigt Euch so übermäßig damit, und es ist eine Tatsache, daß die Menschen sich mit dem am meisten beschäftigen, was sie am meisten lieben.«

»Ihr wollt Euch wohl über mich lustig machen.«

»Das sollte ich auf keinen Fall, denn es würde Euch Freude bereiten. Ihr genießt es nämlich, wenn man sich über Euch lustig macht, weil Ihr Euch dann tugendhaft und auserwählt fühlen könnt. Und Vergnügen ist Euren Worten nach ja etwas Schlechtes. Das darf ich nicht vergessen.«

»Monsieur Carramadino, ich glaube, es wäre besser, wenn Ihr meine Familie nicht mehr besuchen würdet.«

»Was? Wollt Ihr meine Seele in der Hölle schmoren lassen, anstatt zu versuchen, sie zu retten?«

»Ich befürchte, daß Ihr nicht mehr zu retten seid.«

»Umso verdienstvoller wäre es doch aber, wenn es Euch doch noch gelänge, mich vor der ewigen Verdammnis zu bewahren.«

Sie wandte ihm den Rücken zu. »Ich werde Pierre oder meinen Vater bitten, mich nach Hause zu bringen.«

»Der Anblick von solcher Ausgelassenheit und Vergnügungssucht ist Euch wohl unerträglich?« Einem plötzlichen

Impuls zufolge legte er ihr eine Hand auf die Schulter und fuhr in ernstem Ton fort: »Mademoiselle, morgen werde ich zu Euch kommen. Glaubt Ihr, daß Ihr oder Pierre bereit wärt, sich ernsthaft mit mir zu unterhalten?«

»Wollt Ihr damit sagen, daß Ihr mehr über unsere Religion erfahren möchtet?«

Er nickte.

Ihr Gesicht wurde weicher. »Ihr werdet uns willkommen sein, Monsieur.«

Er blickte von ihr zu den Tänzern und dachte: Was tue ich nur? Warum kann ich der Versuchung nicht widerstehen, jedes Mädchen, dem ich begegne, in meinen Bann ziehen zu wollen? Was treibt mich dazu?

Es waren die Tänzerinnen mit ihren sinnlichen Bewegungen beim *branle des lavandières*; es war die schöne junge Prinzessin, die so unglücklich war, weil sie zu einer Ehe mit dem König von Navarra gezwungen wurde, während sie einen anderen Mann leidenschaftlich liebte; es war diese Ausstrahlung des Bösen, die von Katharina von Medici ausging. Lag es darüber hinaus auch an der angespannten Stimmung, die er überall wahrzunehmen glaubte? Oder existierten diese Spannungen nur in seiner eigenen Einbildung? Nur er allein kannte die Botschaft, die er der Königinmutter von Frankreich von seinem König übermitteln mußte, und er ahnte, daß diese Hochzeit keine gewöhnliche Hochzeit sein sollte, daß Philipp und Katharina von Medici etwas im Schilde führten. Was er jetzt dringend benötigt hätte, war die Ablenkung, die nur Bianca ihm zu geben vermochte.

Irgendwie mußte er sich auf andere Gedanken bringen. Und die Beschäftigung mit diesem unschuldigen, spröden kleinen Hugenottenmädchen schien ihm zur Zeit die einzige Möglichkeit zu sein.

Seit seiner Ankunft in Paris war eine Woche vergangen.

Er saß oft am Fenster in seinem Zimmer und blickte sehnsüchtig zu der Taverne L'Ananas hinüber, so als könnte er damit Biancas Eintreffen beschleunigen, das seiner Unruhe ein Ende bereiten würde. Jeden Tag ging er in das Haus der Lerands in der Rue Béthisy. Es war angenehm, neben Julie zu sitzen, ihre Stimme zu hören, wenn sie ihm vorlas, ihre vor Eifer leuchtenden Augen zu sehen, wenn sie ihm die Glaubensartikel ihrer Religion erklärte.

Sie lenkte ihn von seinem Verlangen nach Bianca ab, während sie glaubte, seine Seele zu retten. Seine Gefühle für sie waren widersprüchlicher Art. Ihr verbissener Ernst regte ihn auf, aber zugleich rührte ihn ihr Eifer, und ihm gefiel die Unerschrockenheit, mit der sie für ihre Überzeugungen eintrat. Während sie von der Heiligen Schrift sprach, überlegte er oft, wie sich eine große Liebe auf sie auswirken würde. Er glaubte, daß sie eine sehr leidenschaftliche Frau sein müßte, wenn all die feurige Glut, die sie zur Zeit noch auf ihre Religion verschwendete, von einem Mann in andere Bahnen gelenkt würde. Aber er war sich nicht sicher, ob irgendein Mann das bewirken könnte.

Sobald er das Haus in der Rue Béthisy verließ, wandten sich seine Gedanken jedoch unweigerlich wieder Bianca zu, und er erkundigte sich in der Taverne L'Ananas, ob irgendwelche Spanier vorbeigekommen seien.

Er schlenderte gerade an den Läden am Kai gegenüber dem Louvre entlang, als er einer Frau begegnete, die seine Aufmerksamkeit auf sich zog. Sie war dick, schwarz gekleidet und hatte ein Tuch um den Kopf geschlungen, wie es die Frauen aus der Arbeiterschicht zu tun pflegten, wenn sie ihre Einkäufe erledigten.

Sie hatte sich das Tuch tief ins Gesicht gezogen und blickte starr geradeaus; und dennoch war dieses Gesicht unverwechselbar: die weiße Haut, die dunklen Augen, die plumpen Züge und das unergründliche Lächeln in den Mundwinkeln.

»Bei allen Heiligen!« murmelte Blasco vor sich hin. »Ich könnte schwören, daß das die Königinmutter ist!«

Er blieb stehen und blickte ihr nach. Sie entfernte sich langsam. Er erkannte auch ihren schwerfälligen Gang, denn er hatte sie bei den Gelegenheiten, da er sie gesehen hatte, genau beobachtet und dabei überlegt, wie er sich ihr unauffällig nähern und die Botschaft seines Königs übermitteln könnte.

Warum lief sie in dieser Verkleidung als einfache Frau aus dem Volke durch die Straßen von Paris?

Doch was ging ihn das an? Hier bot sich ihm jedenfalls eine einmalige Gelegenheit, sich seiner Pflicht zu entledigen. Er brauchte dazu nur einige Schritte neben ihr her zu gehen.

In diesem Augenblick betrat sie einen Laden.

Er folgte ihr rasch dorthin, blieb aber auf der Schwelle stehen. Nachdem sie inkognito unterwegs war, würde es ihr bestimmt unangenehm sein, erkannt zu werden; und außerdem — wie sollte er ihr das, was er zu sagen hatte, in Anwesenheit des Ladeninhabers sagen?

Er beschloß, daß es klüger war zu warten, bis die Königinmutter den Laden verließ, sich noch einmal zu vergewissern, daß sie es auch tatsächlich war, und sodann seinen Auftrag auszuführen.

Er bezog Position in der Nähe des Ladens. Die Zeit schlich langsam dahin, fünfzehn Minuten vergingen, zwanzig...

Eine alte Frau, die ihr Tuch ähnlich um den Kopf geschlungen hatte wie Katharina von Medici, ging mit ihren Einkäufen vom Markt an ihm vorbei und ließ versehentlich ein Paket fallen. Er bückte sich und hob es auf, und sie bedankte sich und segnete ihn für seine Freundlichkeit.

Er fragte sie, was in jenem Laden verkauft würde, an dem sich seltsamerweise kein Aushängeschild befinde. Die Alte schnitt eine Grimasse.

»Das ist das Geschäft von René, dem Italiener. Er ist *parfumeur* und Handschuhmacher der Königinmutter, und manche Leute sagen, er stelle für seine Herrin außer Parfums und Handschuhen auch noch anderes her.«

»Was denn?«

»Monsieur, woher sollte ich das wissen? Ich verkehre nicht bei Hofe. Aber es geschehen dort seltsame Dinge, seit wir Italiener hier im Lande haben. Es gibt keine Menschenseele in Paris, die sich nicht fragen würde, wie es zuging, daß diese Frau die Königin von Frankreich wurde. Ihr müßt wissen – König Heinrich, ihr Ehemann, war nicht der älteste Sohn von König Franz. Aber dieser älteste Sohn starb, als er einen Schluck aus dem Becher trank, den sein italienischer Mundschenk ihm gereicht hatte... und daraufhin wurde die Italienerin Königin.«

»Es ist kühn von Euch, Madame«, sagte Blasco, »solche Dinge auszusprechen.«

Die Frau spuckte über ihre Schulter hinweg. »Ganz Paris spricht offen darüber. Wenn sie durch die Straßen geht, stößt sie entweder auf eisiges Schweigen oder aber auf Beschimpfungen. Paris hatte für Italiener noch nie etwas übrig, und diese Italienerin ist noch schlimmer als alle anderen.«

»Ich bin hier fremd und weiß wenig von diesen Dingen.«

Sie lachte und ging weiter.

Blasco behielt den Laden weiterhin im Auge. Er glaubte nun zu verstehen, weshalb die Königinmutter inkognito unterwegs war. Wenn sie in den Straßen von Paris feindseligem Schweigen oder Beschimpfungen ausgesetzt war, war es nicht verwunderlich, daß sie ihren *parfumeur* in der Verkleidung als Frau aus dem Volke aufsuchte.

Sein Herz machte einen Sprung, denn sie hatte den Laden verlassen und ging jetzt in Richtung Louvre.

Er folgte ihr rasch, überholte sie und drehte sich sodann dicht vor ihr abrupt um. Die Frau blickte überrascht auf, und nun waren auch seine letzten Zweifel zerstreut, daß er tatsächlich die Königinmutter vor sich hatte.

»Ich verstehe den Wunsch Eurer Majestät, unerkannt zu bleiben«, sagte er schnell. »Ich habe diese Gelegenheit genutzt, weil der Himmel selbst sie mir geschickt zu haben scheint. Ich bin auf Befehl von König Philipp aus Madrid nach Paris gekommen, um Euch eine Botschaft zu übermitteln, wenn niemand uns belauschen kann. Deshalb hoffe ich, daß Eure Majestät mir verzeihen werden, sie angesprochen zu haben.«

Ein Lächeln huschte über ihr reizloses Gesicht, aber er konnte es nicht deuten. Es konnte Interesse bedeuten, Freude oder auch Verachtung.

»Geht neben mir her, bis Ihr Eure Botschaft übermittelt habt«, befahl sie ihm.

Er tat, wie ihm geheißen, und nachdem er gesprochen hatte, erklärte sie: »Ich danke Euch. Ich habe verstanden. Ihr könnt Eurem Herrn sagen, daß ich mit Eurer Geschicklichkeit sehr zufrieden bin. Verlaßt mich jetzt – nein, ohne jede Förmlichkeit, bitte. Guten Tag.«

Sie setzte langsam ihren Weg fort.

Blasco blieb zurück und wischte sich mit der Hand den Schweiß von der Stirn.

Als der Wirt einige Tage später Brot und Wein zu Blasco ins Zimmer brachte, zitterten dem Mann vor Aufregung die Hände.

»Ach, Monsieur... schlechte Neuigkeiten! Die Königin von Navarra liegt im Sterben!«

»Das ist doch unmöglich. Gestern ging es ihr noch ausgezeichnet.«

»Aber jetzt liegt sie im Sterben. Vor dem Hotel de Condé, wo sie wohnt, haben sich riesige Menschenmengen eingefunden. Es sollen alles Hugenotten sein. Sie drängen sich auch in den Gemächern. Offenbar halten sich zur Zeit sehr viele Hugenotten hier in Paris auf.«

»Was fehlt ihr denn?«

»Ah, Monsieur, das ist es ja! Kein Mensch weiß, was ihr fehlt. Sie hat den Heiratsvertrag unterzeichnet. Der Hochzeit steht nun nichts mehr im Wege. Soviel ich gehört habe, bekam sie letzte Nacht hohes Fieber, und nun kann sie ihre Glieder nicht mehr bewegen. Die Hugenotten sind sehr aufgebracht.«

»Haben sie den Verdacht...«

Der Wirt nickte. »Und ihr Verdacht scheint nicht ganz unbegründet. Seit wir Italiener hier in Frankreich haben...« Er zuckte mit den Schultern, so als sei damit alles gesagt, drückte sich dann aber doch deutlicher aus. »Es heißt, daß die Königin von Navarra sich wohl fühlte, bis sie ein Paar parfümierter Handschuhe anzog – ein Geschenk von Königin Katharina!«

»Handschuhe?«

»Ja — Handschuhe. Ein herrliches Paar Handschuhe, angefertigt von René, dem Handschuhmacher der Königinmutter, der seinen Laden am Kai hat.«

Blasco schwieg. Ihm war schwach zumute, und zugleich stieg Zorn in ihm auf. Er war nichts weiter als eine Marionette, er führte bestimmte Aufträge aus, weil es ihm befohlen worden war, ohne auch nur die geringste Ahnung davon zu haben, welche Rolle er in einer schrecklichen Tragödie spielte.

»Wenn die Königin stirbt, wird es möglicherweise Ärger geben«, sagte der Wirt bekümmert. »Ich werde vorsichtshalber das Erdgeschoß des Gasthofes sofort verbarrikadieren. Man muß sich schließlich schützen.«

Blasco starrte den Wirt an, ohne ihn auch nur wahrzunehmen. Statt dessen sah er die Frau den Laden des Handschuhmachers verlassen. Doch dann sagte der Wirt etwas, das ihn die Handschuhe und die beiden Königinnen sofort vergessen ließ.

»L'Ananas hatte heute morgen eine Botschaft für Euch, Monsieur. Von einem spanischen Herrn, der kein Französisch spricht... sehr schwer zu verstehen. Weiß der Himmel, ob diese Botschaft Euch überhaupt erreicht hätte, wenn ich den Leuten in L'Ananas nicht schon vor einiger Zeit gesagt hätte, sie sollten damit rechnen, daß jemand Euch zu sprechen wünscht.«

Aber Blasco hörte ihm nicht zu. Er rannte bereits die Wendeltreppe hinab und auf die Taverne zu.

Matias war in der Spelunke — mit traurigem Gesicht.

»Und Bianca?« waren Blascos erste Worte.

»Señor, ich konnte sie nicht mitbringen. Sie war nicht da. Sie war weggerannt.«

»Matias, was sagst du da? Sie war nicht im Haus? Aber wohin ist sie gegangen? Wohin? Hast du das nicht erfahren?«

»Niemand wußte es, Señor. Ich befragte die Dienstboten, aber nicht die Herrin des Hauses. So lautete ja Euer Befehl.

Ich fragte, wo ich Bianca finden könnte, Bianca die Zigeunerin, die mit ihrer Herrin nach der Hochzeit ins Haus gekommen war. Und man hat mir gesagt — viele haben es mir gesagt, daß Bianca verschwunden ist. Niemand wußte, wohin sie gegangen war.«

Blasco wandte sich ab. Er konnte Matias' Anblick nicht ertragen. All die Tage und Nächte, da er am Fenster gesessen und nach Matias Ausschau gehalten hatte... all seine Sehnsucht nach Bianca... und nun diese Nachricht! Es war unerträglich!

»Señor«, begann Matias zitternd. »Señor, ich tat, was Ihr mir aufgetragen hattet.«

Aber Blasco hastete bereits auf den Gasthof an der Ecke zu. Dort schloß er sich in sein Zimmer ein und weigerte sich, jemanden zu sehen.

Matias folgte ihm zögernd.

Er setzte sich in den Hof des Gasthauses und wartete unglücklich.

Der Wirt kam heraus, um sich mit ihm zu unterhalten, aber Matias sprach kein Französisch, und der Wirt sprach kein Spanisch, und so konnten sie nur kopfschüttelnd betrete Blicke tauschen.

Matias war dankbar für die Erfrischung, die der Wirt ihm brachte. Er hatte während seiner Reise von Saragossa nach Paris oft geweint. Er verachtete sich selbst, aber nachdem er sich einmal zum Narren hatte halten lassen, schwor er sich, daß ihm das nie wieder passieren würde.

Blanca war bezaubernd und kostspielig gewesen. Er hatte eine Woche mit ihr verbracht, und es war eine herrliche Zeit gewesen — bis das Geld, mit dem er nach Sevilla und zurück hätte gelangen sollen, fast aufgebraucht war und Blanca immer größere Ansprüche stellte. Aber, so tröstete Matias sich, ich bin ein kluger Mann, ich wußte, wann ich Blanca verlassen und mich auf den Weg nach Paris zu meinem Herrn machen mußte. Viele Dummköpfe aus meinem Dorf hätten alles ausgegeben, ohne an die Zukunft zu denken. Und dann wären sie völlig mittellos dagestanden, ohne die Möglichkeit, ihren Herrn zu erreichen.

Natürlich hätte er sagen können, er sei unterwegs ausgeraubt worden. Aber die Geschichte, daß das Zigeunermädchen das Haus verlassen hatte, war viel plausibler. Zigeunerinnen hielten es nie lange in Häusern aus. Deshalb stimmte es höchstwahrscheinlich, daß sie fortgelaufen war. Er, Matias, war ein kluger Kopf. Er wußte, was passiert war, ohne den weiten Weg nach Sevilla reiten zu müssen. Bevor er seinem Herrn die traurige Nachricht überbrachte, konnte er deshalb genausogut in Saragossa eine Weile wie ein Edelmann leben und sich mit Blanca vergnügen.

Manchmal konnte Matias sich fast einreden, daß er tatsächlich nach Sevilla geritten war und herausgefunden hatte, daß das Zigeunermädchen Bianca verschwunden war.

Während er nun auf dem Hof saß und sich an Pastete und Wein labte, kam er schließlich zu dem Schluß, daß er letztlich doch ein feiner Kerl war.

Er schnippte mit den Fingern. Zigeunerinnen! Wirtstöchter! Was machte es schon aus, wenn man von einer dieser Weibspersonen enttäuscht wurde? Es gab auf der Welt genügend andere.

Paris stöhnte unter der heißen Augustsonne. In den Straßen standen kleine Menschengruppen beisammen, schimpften und ballten die Fäuste. Es gab nur zwei Gesprächsthemen: den Tod der Königin von Navarra und die Hochzeitspläne, die immer noch vorangetrieben wurden.

Sogar Katholiken erklärten, daß dies ein weiterer Mord sei, der auf das Konto der Katharina von Medici gehe. Das altvertraute Muster, so sagten sie. »Meine liebe Schwester von Navarra, hier ist ein Geschenk von mir — herrliche parfümierte Handschuhe, angefertigt von meinem persönlichen italienischen Handschuhmacher.« Und die arme Dame zieht sie an. Es ist ihr nicht bestimmt, sie lange zu tragen. Sobald diese tödlichen Dinger ihre Haut berühren, ist sie zum Tode verurteilt. Es ist nicht das erste Mal, daß Gift mit Hilfe von Handschuhen verabreicht wurde. Und es wird auch nicht das letzte Mal sein, solange wir Italiener unter uns haben.

So wurde auf den Straßen gemunkelt, und sogar der junge König — der, wie es hieß, von seiner Mutter völlig beherrscht wurde — wagte es dieses eine Mal, sich gegen die Frau aufzulehnen, die er fürchtete, und ordnete eine Exhumierung der Leiche der Königin von Navarra an.

»Ein Abszeß an der Lunge«, lautete der Befund.

»Abszeß an der Lunge!« höhnten die Leute von Paris. »Ah, diese Ärzte sind vorsichtige Männer. Sie wollen kein *morceau italinizé* in ihrem Wein. Das ist eine böse Sache. Paris ist katholisch, aber Paris bedauert diesen Mord. Die Königin von Navarra war eine Ketzerin, eine Hugenottin, aber sie war eine gute Frau — soweit ihre Religion das zuließ — und sie war in gutem Glauben hierher gekommen. Wir lieben diese italienischen Methoden nicht.«

Aber diese bissigen Kommentare schienen die Königinmutter nicht zu stören; wie es hieß, lächelte sie nur darüber. Und sie lud den Sohn der Königin von Navarra herzlich ein, nach Paris zu kommen und ihre Tochter zu heiraten.

Wäre Blasco vor Trauer um Biancas Verschwinden nicht völlig lethargisch gewesen, so hätte ihm die allgemeine Unruhe nicht entgehen können. Er besuchte jeden Tag seine Freunde in der Rue Béthisy und heuchelte Anteilnahme, hörte in Wirklichkeit aber nur mit einem Ohr zu, wenn sie den Tod ihrer Königin beklagten und die Königinmutter des Mordes bezichtigten.

Besonders Julie war unermüdlich in ihren leidenschaftlichen Anklagen. »Die Königinmutter hat Königin Johanna umgebracht, weil sie Angst vor ihr hatte«, erregte sie sich. »Sie will einen Katholiken aus unserem König Heinrich machen, und sie wußte genau, daß sie dieses Ziel zu Lebzeiten seiner Mutter niemals erreichen würde. Ah, Monsieur Carramadino, ich hatte Euch falsch beurteilt. Ihr seid genauso traurig wie wir. Binnen kurzem werdet Ihr einer von uns sein.«

Und dann pflegte sie sich neben ihn zu setzen und ihn

auf bestimmte Stellen in den Büchern aufmerksam zu machen, die sie ihm dringend zur Lektüre empfahl.

Er aber betrachtete ihr junges hübsches Gesicht und versuchte mit aller Macht, nicht an Bianca zu denken.

Es war ein heißer Augustabend. Blasco wurde von einer inneren Unruhe geplagt. Er hatte den Nachmittag im Haus in der Rue Béthisy verbracht und dem Wehklagen seiner Freunde gelauscht. Sie konnten über nichts anderes sprechen als über den Mordanschlag an ihrem Führer, Admiral Gaspard de Coligny, dessen Haus in der Rue Béthisy ganz in der Nähe ihres eigenen stand. Der Admiral war auf dem Heimweg von einer Ratsversammlung, der auch der junge König beigewohnt hatte, in einer schmalen Nebenstraße der Rue Béthisy aus einem Fenster beschossen worden. Der erste Schuß hatte ihn verfehlt, aber die zweite Kugel hatte ihm einen Finger abgetrennt, seinen Arm gestreift und war in der Schulter steckengeblieben. Fast bewußtlos war der Admiral in sein Haus getragen worden, und es wurde befürchtet, daß der alte Herr das Attentat nicht überleben würde.

Zornige Hugenotten scharten sich um sein Haus und warteten auf neue Nachrichten über sein Befinden. Der König hatte seinen eigenen Leibarzt geschickt; König Karl liebte den Admiral, denn er erkannte trotz seiner Geisteskrankheit die Tugend und Kraft des großen Hugenottenführers, der im ganzen Land – sogar bei jenen, die seine Ansichten nicht teilten – großes Ansehen genoß und als eine der edelsten Gestalten seiner Epoche galt.

Die Lerands hatten den ganzen Tag von den Tugenden des alten Admirals gesprochen, von dem schrecklichen Verlust, den ihre Sache erleiden würde, falls er starb; und sie hatten sich gefragt, was diese Greueltaten zu bedeuten hatten. Johanna von Navarra war nach Paris gekommen, nur um dort zu sterben; der Admiral war nach Paris gekommen, nur um dort angeschossen zu werden; und es war nur einem glücklichen Zufall zu verdanken, daß die Kugel nicht sein Herz getroffen hatte, sondern nur die Schulter. Was würde als nächstes wohl geschehen?

Blasco hatte das ständige Gerede über diese Angelegenheiten gründlich satt. Warum konnten sie nicht in Frieden miteinander leben? In seinem eigenen Land gab es die Heilige Inquisition, deren *alguazils* ihre Opfer bei Nacht abholten, aber zumindest gab es dort nicht diesen fortwährenden Zank und Streit um religiöse Differenzen.

Er sehnte sich nach Bianca. Keine andere Frau konnte sie ersetzen. Er interessierte sich nicht mehr für die kleine Puritanerin mit der zarten Haut. Sie kam ihm kindisch vor, sie langweilte ihn — einfach weil sie nicht Bianca war.

Im Gasthof stieg er sofort in sein Zimmer hinauf. In der Gaststube saßen ziemlich viele Leute, die ihn verstohlen musterten, als er vorbeiging, aber er nahm sie überhaupt nicht wahr. Er war in seine Erinnerungen versunken, dachte sehnsüchtig an seine heimlichen Treffen mit Bianca in jenem anderen Gasthof nahe bei Jerez.

Er hatte beschlossen, Paris am nächsten Tag zu verlassen — oder spätestens am übernächsten. Warum sollte er noch länger hierbleiben? Seinen Auftrag hatte er ausgeführt. Er konnte im Madrider Palast vorsprechen und jenem Minister, der ihm vor seinem Aufbruch genaue Instruktionen erteilt hatte, Bericht erstatten, auf welche Weise er der Königinmutter König Philipps Botschaft übermittelt hatte. Hier in Paris hielt ihn nichts mehr. Aber würde er in seinem Elternhaus glücklicher sein? Jedesmal, wenn er an der Kapelle vorbeikam, würde er an Bianca denken müssen. Wo mochte sie jetzt wohl sein? Ob sie zu ihren eigenen Leuten zurückgekehrt war? Lag sie inzwischen schon mit einem neuen Geliebten unter irgendwelchen Büschen? In Spanien konnte er nach ihr suchen. Und in Spanien gab es viele Zigeunerinnen. Waren sie gar so verschieden von Bianca?

Ja, er würde gleich morgen aufbrechen.

Die Hochzeit hatte vor einigen Tagen stattgefunden. Er hatte sich unter die Menge gemischt, um zu sehen, wie die bezaubernde Prinzessin Margot den Mann aus Béarn heiratete. Ein Paar, das nicht zusammenpaßt, hatte er gedacht. Sie durch und durch eine elegante Pariserin; Heinrich von Navarra hingegen wirkte trotz seines königlichen Geblüts etwas bäurisch und äußerst vital; seine Augen zeugten von Humor, sein Mund von Schläue und Sinnlichkeit; sein Haar trug er, wie es in Béarn üblich war, *en brosse*, so als wollte er die modebewußten Pariser damit provozieren. Die Trauungszeremonie hatte auf der Schwelle von Notre Dame vollzogen werden müssen, denn als Hugenotte durfte Heinrich von Navarra nicht in einer katholischen Kirche heiraten.

Blasco, der in der Nähe des Westportals einen günstigen Platz gehabt hatte, war die gespannte Atmosphäre deutlich bewußt geworden. Rechneten die Zuschauer mit Unruhen?

Er hatte das Gefühl gehabt, daß nur ihre Begeisterung für solche Zeremonien sie im Augenblick besänftigte, daß Katholiken und Hugenotten deshalb bereit waren, friedlich nebeneinander zu stehen.

Blasco hatte sich mit wachsender Ungeduld gefragt, ob diese Leute mit ihren eigenen Problemen nicht genug zu tun hatten. Was ging sie denn diese junge Frau eigentlich an, deren Blicke ständig zu dem großen, schönen Herzog de Guise schweiften, während sie neben ihrem Bräutigam kniete? Sie schien das Mitgefühl der Menge sichtlich zu genießen. Nach allem, was Blasco gehört hatte, war er überzeugt davon, daß *La Reine Margot* ihren Ehemann ohne jegliche Gewissensbisse betrügen würde.

Aber das alles konnte ihm egal sein. Morgen würde er die Stadt verlassen, und mit der Zeit würden seine Abenteuer in Paris nur noch eine schmerzliche Erinnerung sein – schmerzlich deshalb, weil hier seine Träume von einem Leben mit Bianca zerronnen waren.

Der Wirt klopfte an seine Tür.

»Herein!« rief er.

Der Mann trat ein. Seine Lippen zitterten vor Aufregung, und er hatte eine Hand auf dem Rücken versteckt.

»Monsieur«, sagte er, »ich muß mit Euch sprechen.«

»Was gibt es denn?«

»Ihr wohnt nun schon seit einiger Zeit bei mir, und ich habe Zuneigung zu Euch gefaßt. Deshalb komme ich zu Euch. Monsieur, Ihr müßt begreifen, daß Paris eine gefährliche Stadt ist.«

»Ach ja«, lächelte Blasco. Diese Pariser mußten immer alles dramatisieren. Wie ernst sie sich und ihre gegenseitigen Meinungsverschiedenheiten nahmen!

Er betrachtete neugierig ein kleines weißes Kreuz, das der Wirt bis dahin auf dem Rücken versteckt hatte.

»Monsieur«, sagte der Mann mit großem Ernst, »falls Ihr heute nacht ausgeht, solltet Ihr dies hier an Eurem Hut tragen.«

»Wozu?«

»Glaubt mir, es ist notwendig, Monsieur. Nein, lacht mich nicht aus. Tragt dieses Kreuz an Eurem Hut.« Er nahm Blascos Hut vom Tisch und befestigte das Kreuz eigenhändig daran. »Und, Monsieur, tragt auch diese weiße Armbinde. Dann wird alles in Ordnung sein.«

»Ich begreife nicht, was das alles soll.«

»Später werdet Ihr es begreifen, Monsieur.«

»Aber was soll diese Geheimnistuerei?«

»Ich kann Euch nicht mehr verraten. Ihr seid ein Ausländer, Monsieur. Ihr sprecht zwar unsere Sprache, aber Ihr seid darin nicht so gewandt wie wir. Möglicherweise bliebe Euch nicht die Zeit zu erklären, daß Ihr ein guter Katholik seid.«

»Ich beabsichtige ohnehin, bald in meine Heimat zurückzukehren.«

»Ich werde es sehr bedauern, wenn Ihr uns verlaßt, Monsieur.«

»Ich will mich schon morgen oder übermorgen auf den Weg machen.«

»Ah, morgen... übermorgen«, murmelte der Wirt. Dann sagte er, daß er noch sehr viel zu tun habe, weil er seinen Gasthof verbarrikadieren müsse.

»Ihr rechnet heute nacht mit Ausschreitungen?« fragte Blasco.

»Oh, seit der Hochzeit wird in den Straßen gefeiert. Wer weiß, was da alles passieren kann? Noch nie waren so viele Hugenotten wie diesmal in Paris versammelt. So viele Hugenotten... so viele Katholiken... In solchen Zeiten ist es für einen klugen Wirt ratsam, gewisse Vorsichtsmaßnahmen zu treffen.«

»Nun, ich wünsche dir eine gute Nacht.«

»Das wünsche ich Euch ebenfalls, Monsieur.«

Die Hitze hinderte Blasco lange am Einschlafen, aber schließlich fiel er doch in einen unruhigen Schlummer und träumte, wie so oft, von Bianca.

Plötzlich zerriß eine Sturmglocke jäh die Stille der Nacht. Blasco fuhr aus dem Schlaf hoch und lauschte. Das Läuten schien aus der Richtung des Louvre, von St. Germain l'Auxerrois her zukommen. Gleich darauf begannen auch alle anderen Glocken der Stadt zu läuten.

Dann hörte er unten Lärm und Gerenne.

Er setzte sich im Bett auf. Grelle Schreie drangen an seine Ohren. Etwas Entsetzliches mußte in den Straßen vor sich gehen.

Er stürzte ans Fenster und blickte hinaus. Er sah einen Mann in Richtung L'Ananas rennen, der wild mit seinem Schwert herumfuchtelte.

Blasco zog sich hastig an. Er griff nach seinem Hut, und das weiße Kreuz, das der Wirt daran befestigt hatte, fiel ihm ins Auge.

Er sah, daß der Mann auch eine weiße Armbinde neben sein Wams gelegt hatte. »Möglicherweise bliebe Euch nicht die Zeit zu erklären, daß Ihr ein guter Katholik seid«, hatte er ihn eindringlich gewarnt.

In diesem Augenblick fiel es Blasco wie Schuppen von den Augen, und er begriff endlich den Sinn der Botschaft, die er Katharina von Medici von seinem König überbracht hatte. Sie sollte diese Hochzeit – die katholisch-hugenottische Hochzeit – zustande bringen, denn nur zu einem solchen Anlaß würden so viele Hugenotten ins katholische Paris kommen.

Jetzt war Blasco auch klar, was unten in den Straßen geschah, und daß es von zwei Personen sorgfältig geplant worden war: von der plumpen Frau mit den ausdruckslosen Augen und von dem kalten Mann im Escorial, dem in seinem Fanatismus jedes Blutvergießen für das, was er für den einzig wahren Glauben hielt, gerechtfertigt erschien.

Man hatte den königlichen Bräutigam, seine Untertanen

und die Anhänger seines Glaubens nach Paris gelockt, damit sie hier in der Falle saßen und in dieser Nacht zum 24. August, dem Bartholomäustag, niedergemetzelt werden konnten.

Die Königin von Navarra war bereits umgekommen. Der Admiral hatte den Mordanschlag zwar überlebt, aber diese Nacht würde er mit Sicherheit nicht mehr überleben. Zwei bedeutende Führer innerhalb weniger Tage vernichtet! Und wie viele ihrer treuen Gefolgsleute würden das gleiche Schicksal erleiden, noch bevor diese blutige Nacht zu Ende sein würde!

Ihm fiel plötzlich die freundliche Familie in der Rue Béthisy ein: Pierre und sein Vater und Julie, die spröde kleine Puritanerin.

Während er sich mit dem Schwert gürtete, schien eine innere Stimme ihn versuchen zu wollen: Was hast du mit all dem zu tun? Du bist in Sicherheit. Du bist ein Spanier und ein guter Katholik. Dir wird kein Mensch etwas zuleide tun. Du hast dein weißes Kreuz, deine weiße Armbinde. Du bist nicht in Gefahr. Laß sie doch ihr blutiges Werk vollbringen. Dein König würde sogar erwarten, daß du ihnen hilfst, denn das alles geschieht mit der ausdrücklichen Billigung Spaniens. Wer weiß, vielleicht hat die Königinmutter diesen Massenmord nur inszeniert, um ihre Freundschaft für Spanien unter Beweis zu stellen. Man sagt, sie selbst habe überhaupt keine Religion, sie bevorzuge weder Katholiken noch Hugenotten, sondern stelle sich stets auf die Seite derer, die ihren Machtplänen im Augenblick nützlicher sein konnten.

Ja, dein König würde es bestimmt für deine Pflicht halten, die Mörder zu unterstützen!

Und Pierre? Und Julie? Er stellte sich Julie in den Händen blutrünstiger Fanatiker vor...

Der Lärm in den Straßen schwoll immer stärker an. Blasco trat wieder ans Fenster. Zwei Menschen lagen in Blutlachen und wanden sich im Todeskampf. Eine Frau rannte die Straße entlang; sie trug ein Kind in ihren Armen. Zwei Männer mit gezückten Schwertern verfolgten sie.

Sie war auf die Knie gefallen und versuchte das Kind zu beschützen.

Blasco konnte ihr Flehen hören: »Habt Erbarmen! So habt doch Erbarmen!«

Als Antwort durchbohrten die beiden Männer sie mit ihren Schwertern. Das Kind entfiel ihren Armen, und einer der beiden schlug ihm den Kopf ab.

»Im Namen der Heiligen!« brüllte einer der Mörder. »Komm, mein Freund. Zum Wohle der Heiligen Kirche!«

Sie rannten mit ihren blutigen Schwertern weiter.

Blasco starrte entsetzt auf die Frau und das Kind hinab. Er mußte gegen eine plötzliche Übelkeit ankämpfen.

Dann stürzte er mit dem Schwert in der Hand die Treppe hinunter.

Er rannte in Richtung der Rue Béthisy. Überall in den Straßen gellten jetzt die Todesschreie der Hugenotten. Männer, Frauen und Kinder — niemand wurde verschont. Es roch nach Blut. Männer überholten Blasco — Männer, die wilden Tieren glichen, Männer im Blutrausch.

Blasco eilte mit leichenblassem Gesicht und fest zusammengepreßten Lippen dahin.

»Komm, Freund!« riefen zwei Männer ihm freudig erregt zu, als sie sein Kreuz und seine Armbinde sahen, »heute nacht gibt es viel Arbeit! Kein Ketzer soll in Paris den morgigen Sonnenaufgang erleben!«

Blasco schwenkte sein Schwert und erwiderte: »Ich gehe hier entlang.«

»Bei allen Heiligen, er hat recht!« brüllte einer der Männer. »Das ist der Weg zur Rue Béthisy. Dort gibt's einiges zu tun, darauf könnte ich schwören!«

Sie folgten Blasco und töteten unterwegs einen alten Mann, aber Blasco drehte sich nicht einmal um. Er versuchte die Mörder abzuhängen.

»Ich kenne einen, der bestimmt Wert darauf legen wird, dem Admiral eigenhändig den Garaus zu machen!« hörte er einen der Männer schreien. »Und zwar Monsieur de Guise! Er wird seinen Vater rächen wollen.«

Blasco sah eine Menschenmenge vor dem Haus des Admirals. Er hörte Gebrüll und Schreie, und als er näher kam, erkannte er in dem großen Mann, der von seinen Freunden umringt war, Henri de Guise. Er sah, wie der ermordete Admiral aus dem Fenster geworfen wurde, und er sah auch, wie Henri de Guise seinen Fuß auf den Leichnam setzte.

Blascos Gefährten blieben stehen, um diesen Anblick zu genießen. »Tod dem Ketzer!« grölten sie. »Es lebe de Guise!«

Blasco rannte weiter, auf ein anderes Haus zu, wo mehrere Männer gerade versuchten, die Tür einzuschlagen. Er kam gerade noch rechtzeitig, um mit ihnen ins Haus zu stürzen. Er sah Pierre und dessen Vater in Nachtgewändern. Im nächsten Moment hatte Pierre ihn erkannt.

»Blasco... Ihr... Ihr seid also auf ihrer Seite!... Ihr seid gekommen, um uns zu töten!«

Mehr konnte er nicht sagen, denn er wurde von einem Schwert durchbohrt und sank taumelnd zu Boden.

Blasco war zutiefst erschüttert.

Er fühlte die Augen des Sterbenden auf sich gerichtet, während er die Treppe hinaufhastete, um einen Vorsprung vor den anderen zu haben, die unten Pierres Vater und die weinenden und händeringenden Dienstboten niedermetzelten.

»Julie!« rief er. »Julie! Rasch! Wo seid Ihr? Ich bin es — Blasco!«

Er fand sie in einem der Schlafzimmer. Sie hatte sich rasch in einen Mantel gehüllt, als sie nackt aus dem Bett gesprungen war.

Sie starrte ihn entsetzt an, konnte ihren Blick nicht von dem weißen Kreuz an seinem Hut und von der Armbinde wenden. Sie hatte von ihrem Fenster aus schreckliche Dinge gesehen, und sie wußte, daß die Mörder schon im Haus waren.

»Ihr... Ihr macht... gemeinsame Sache mit denen! Ihr seid ein Teufel!«

»Sei still, du Närrin!« rief er. Sein Blick fiel auf die Leiter, die zu den Dachkammern emporführte. »Wir müssen versuchen, aufs Dach zu kommen. Steig rasch hinauf. Wir haben keine Sekunde Zeit zu verlieren!«

Dicht hintereinander erklommen sie die Leiter, und Blasco hatte kaum die Falltür geschlossen, als auf der Treppe auch schon lautes Gebrüll und Getrampel zu hören war.

Durch ein Fenster krochen sie aufs Dach hinaus. »Versuch den Schornstein zu erreichen«, flüsterte er. »Mit Gottes Hilfe können wir uns vielleicht dahinter verstecken.«

Unten auf den Straßen ging das Morden weiter.

»Was ist mit Pierre?« flüsterte Julie, als sie nebeneinander hinter dem Schornstein kauerten. »Und mit meinem Vater?«

»Wir wissen es nicht.«

»Aber sie sind unten im Haus. Wir sollten ihnen zu Hilfe eilen.«

Er schüttelte den Kopf.

»Zu spät?« murmelte sie.

Er nickte.

Sie vergrub ihr Gesicht in den Händen und begann lautlos zu weinen. Blasco war froh darüber, denn auf diese Weise blieb ihr wenigstens für kurze Zeit der Anblick der Greuel erspart, die auf der Straße stattfanden.

Sie blieben einige Stunden in ihrem Versteck. Blasco hatte Angst, sich von der Stelle zu bewegen, denn er hörte, daß auf andere, die über die Dächer zu fliehen versuchten, geschossen wurde. Aber er wußte, daß er Julie aus dem Haus schaffen mußte. Wenn es ihm gelänge, sie in sein Zimmer im Gasthof zu bringen, so würde der Wirt ihm vielleicht helfen, für sie zu sorgen, bis dieser Wahnsinn vorüber war.

Es war jedoch zu befürchten, daß man sie unterwegs als die junge Hugenottin wiedererkennen würde, die im Gefolge der Königin von Navarra nach Paris gekommen war. Sie durfte in den Straßen nicht gesehen werden.

Hier auf dem Dach konnten sie aber auch nicht mehr lange bleiben. Inzwischen war es hell geworden, und sie konnten jederzeit entdeckt werden.

Schließlich fiel ihm etwas ein. Es war ein tollkühner Plan, aber hier zu bleiben war nicht minder gefährlich.

In den Stallungen hinter dem Haus mußte es sowohl Heuvorräte als auch irgendwelche Säcke geben. Er wollte versuchen, einen großen stabilen Sack zu finden, in dem er Julie zu seinem Gasthof tragen konnte. Er erzählte ihr von seinem Vorhaben. Sie hatte Angst, allein zu bleiben, und klammerte sich verzweifelt an ihn. Es war schwer zu glauben, daß dieses zitternde Mädchen jene Julie war, die ihn wegen seines Glaubens so scharf angegriffen hatte. Zu jeder anderen Zeit hätte ihn diese Veränderung amüsiert, und er hätte sie geneckt; nun aber empfand er nur Zärtlichkeit und Mitleid für sie. Er ahnte, daß er nach dieser Nacht nie wieder derselbe sein würde — daß er nie mehr jener leichtsinnige junge Mann sein konnte, der sich um Staatsangelegenheiten wenig gekümmert hatte und nur auf sein persönliches Vergnügen bedacht gewesen war.

Er stieg vorsichtig in die Dachkammer hinab; im Haus war alles ruhig. Auf der Treppe und im Erdgeschoß lagen die Leichen der Ermordeten. Er blieb kurz bei Pierre stehen, blickte in dieses schöne junge Gesicht, und es kam ihm so vor, als sähen ihn die erloschenen Augen vorwurfsvoll an. Er wußte, daß dieser Anblick ihn sein Leben lang verfolgen würde.

»Pierre«, murmelte er, »konntest du das wirklich von mir glauben, mein hugenottischer Freund?«

Er schwor sich, daß er Julie beschützen würde, daß er sich um sie kümmern würde, solange sie ihn brauchte. Er fand im Stall, was er benötigte, und kehrte zu Julie zurück. Es gelang ihm, sie ohne Zwischenfall nach unten zu bringen. Dort ließ er sie in den Sack steigen, stopfte Heu um sie herum, lud sich den Sack auf den Rücken und machte sich auf den Weg zum Gasthof.

Er schwitzte unter seiner schweren Last, und während er an diesem Bartholomäustag durch die blutbefleckten Straßen von Paris stolperte, war er froh, daß Julie nicht sehen konnte, was er sah.

Er versteckte sie drei Tage lang in seinem Zimmer.

Er hätte niemandem erklären können, was in diesen Tagen geschah.

Er liebte Julie nicht. Sie tat ihm nur von Herzen leid. Auch sie liebte ihn nicht, aber sie war allein, ihrer Familie beraubt und verzweifelt. Sie hatte schreckliche Angst vor einem gewaltsamen Tod, und er war ihr Beschützer.

Wenn er für kurze Zeit wegging, fürchtete sie sich, und sobald er das Zimmer betrat, leuchteten ihre Augen auf.

Ohne seinen Freund, den Wirt, hätte er sie nicht retten können. Blasco hatte dem Mann nicht erzählt, daß sie Hugenottin war, aber vermutlich ahnte er es. Er war Franzose, Pariser und ein guter Katholik, aber *l'amour* war für ihn schon immer das Schönste auf der ganzen Welt gewesen; es gab nichts Wichtigeres als die Liebe.

Der galante und schöne Spanier hatte sich in eine kleine Hugenottin verliebt; er hatte sie in einem Sack durch die Straßen getragen. Das war Liebe. Das war Romantik. Und auch wenn das Mädchen eine Hugenottin sein sollte, mußte er diesem Liebespaar helfen zu überleben.

Auch Matias diente ihnen nach besten Kräften, Matias, der mitunter unter schweren Gewissensbissen litt und deshalb seinen Herrn mit einem hübschen jungen Mädchen glücklich sehen wollte.

Sie hielten sich nur in Blascos Zimmer auf, denn Julie hatte Angst, diesen Zufluchtsort zu verlassen. Nachts fuhr sie aus dem Schlaf hoch, dachte an Pierre und an ihren Vater und weinte wie ein Kind, denn schließlich war sie ja auch noch ein halbes Kind.

»Ich habe jetzt keine Menschenseele mehr«, schluchzte sie. »Ich bin allein, ganz allein.«

Es war nur natürlich, daß Blasco sie in die Arme nahm und tröstete, daß er ihr zuflüsterte, sie würde nie allein sein, denn er würde sich stets um sie kümmern.

Sie klammerte sich an ihn und sagte, sie habe ihm Unrecht getan und ihn falsch beurteilt. Sie weinte, und er wischte ihr die Tränen ab.

Es schien sonderbar, daß sie in dieser traurigen Zeit ein

Liebespaar wurden. Blasco hatte das nicht beabsichtigt, und Julie noch viel weniger.

Und doch war es geschehen, ganz einfach und natürlich, als sie neben ihm in seinem Bett lag; denn in ihrer Angst schmiegte sie sich in der Dunkelheit eng an ihn, wenn von der Straße Lärm heraufscholl.

Er würde nie vergessen, wie es letztlich dazu gekommen war. Unten zog eine Prozession zum Friedhof der Unschuldigen vorbei. Dort sollte nämlich ein Weißdorn erblüht sein, und von den Kanzeln wurde verkündet, dies sei ein Zeichen, daß Gott und Seine Heiligen ihren Segen zu dem Massaker gäben und daß jene, die das Blut von Häretikern vergossen hatten, Gott wohlgefällig seien.

Priester führten die Prozession an und priesen Gott und die Heilige Jungfrau; eine Zwischenstation wurde an dem Galgen gemacht, wo der verstümmelte Leichnam des großen edlen Admirals Coligny hing; die Leiche hatte aus dem Fluß geborgen werden müssen, wohin der Mob sie — nachdem sie zuvor geröstet worden war — geworfen hatte.

Der Gesang der Priester war im Zimmer deutlich zu hören, und Julie weinte, und er tröstete sie und küßte sie und hielt sie fest umschlungen.

Und dann war in ihnen beiden das Bedürfnis nach jener schwermütigen Leidenschaft erwacht, die so ganz anders war als alles, was Blasco trotz seiner vielen erotischen Abenteuer auf diesem Gebiet je erlebt hatte.

Es war still in Paris, als sie die Stadt verließen.

Blasco betrachtete das Mädchen, das er nach Spanien mitnehmen wollte. Solange sie sich im Gasthof versteckt hatten, war das sein sehnlichster Wunsch gewesen; aber als die vermaledeite Stadt nun langsam hinter ihnen zurückblieb, war er voller Zweifel.

Er würde sie heiraten. Er mußte sie heiraten. Sie hatte mit ihm in seinem Zimmer gelebt, und sie würde glauben, der ewigen Verdammnis anheimzufallen, wenn er sie nicht heiratete. Sie hatte sogar von Selbstmord gesprochen, hatte erklärt, das Leben nicht mehr ertragen zu können, nachdem ihr Bruder und ihr Vater ermordet worden waren und sie selbst ›unrein‹ geworden sei. Der einzige Trost, den er ihr hatte bieten können, war das Angebot gewesen, sie zu heiraten; und in jenem kleinen Zimmer, in dem er mehr erschütternde Gefühle durchlebt hatte als in seinem ganzen bisherigen Leben, war ihm nur eines wichtig erschienen: Julie zu beruhigen, zu verhindern, daß sie in schwermütigen Wahnsinn verfiel.

Aber als sie sich nun von der blutbesudelten Stadt entfernten, kamen ihm die Ereignisse dieser Augusttage und -nächte immer fantastischer vor, und wenn ihrer beider Leben dadurch nicht so einschneidende Veränderungen erfahren hätte, wären sie versucht gewesen, alles nur für einen schrecklichen Alptraum zu halten, denn sie konnten immer noch nicht fassen, was sie doch mit ihren eigenen Augen gesehen hatten.

Sie waren verschont geblieben, sie waren entkommen, und nun kam es Blasco so vor, als schritte die Realität neben ihnen einher, die Realität mit hundert schweren Problemen. Das nüchterne, strenge Alltagsleben war wieder an die Stelle der aberwitzigen Teufeleien getreten, die normalerweise nur in Alpträumen vorkamen.

Blasco versuchte, sich Julie im katholischen Haushalt der Carramadinos vorzustellen, und ihm war bewußt, welche unüberwindlichen Schwierigkeiten sich daraus ergeben würden.

Er dachte: Es wäre besser für sie, in ihre Heimat, nach Béarn, zurückzukehren. Dort könnte sie mit der Zeit die grauenhaften Ereignisse vergessen. Dort könnte sie einen Mann wie Pierre heiraten, einen Hugenotten.

Aber das würde sie nicht tun. In ihrem strengen puritanischen Sittenkodex gab es für jemanden, der die Sünde der Unzucht begangen hatte, nur eine einzige Sühne.

Sie waren aneinandergekettet. Er, der fröhliche Abenteurer, war an das kleine Puritanermädchen gekettet!

Und in seinem Elternhaus würde sie ihre Religion nur heimlich ausüben können. Das hatte er ihr eindringlich klargemacht.

Sie hatte darauf erwidert: »Das ist mein Kreuz, und ich muß es tragen.«

Wie oft hatte er sich ausgemalt, wie es sein würde, wenn eine Frau an seiner Seite ritt!

Wie grausam das Leben doch war! Er hatte von einer Frau geträumt, die mit ihm gelacht und gesungen hätte, die für ihn getanzt hätte, für die Erotik eine Quelle unerschöpflicher Lust war, ein herrliches Vergnügen — kein Grund zur Scham, keine Sünde.

»O Bianca, Bianca!« stöhnte er insgeheim. »Wo magst du jetzt wohl sein?«

III

Devon, Sommer 1582

In einem Haus über dem Plymouth-Sund saßen Isabella und Bianca, Isabella am Fenster, Bianca auf dem Fußboden. Die Zigeunerin hatte ihre Karten um sich herum ausgebreitet.

Seit ihrer Entführung aus Spanien waren mehr als zehn Jahre vergangen, und beide Frauen hatten ein Kind zur Welt gebracht. In dieser langen Zeit war das Haus am Meer ihnen ein vertrautes Heim geworden.

Isabellas Augen waren auf die See gerichtet, die heute funkelte, als wären die blauen Wogen mit Tausenden von Diamanten geschmückt; sie tanzten und flimmerten vor ihren Augen. Sie saß oft hier am Fenster und blickte aufs Meer hinaus. Sie hatte es schwarz und tosend erlebt, mit riesigen Wellen, die drohend dahinrollten und sich am Strand mächtig brachen, so als wollten sie demonstrieren, daß niemand sich mit ihnen messen konnte. Sie hatte es am frühen Abend durchsichtig grün gesehen, und scharlachrot gesprenkelt bei Sonnenaufgang. Und immer faszinierte es sie, und immer hielt sie Ausschau nach einem Schiff am Horizont.

»Er wird bald kommen«, sagte Bianca. »Ich sehe es deutlich in den Karten.«

Ein Schauder überlief Isabella. Sie haßte ihn, und er haßte sie. Trotzdem hatte er sie geheiratet. Allerdings nur wegen Pilar, diesem seltsamen Kind, das ihrer beider Tochter war – die Frucht von Vergewaltigung und Brutalität. Die dunklen Augen und das ovale Gesicht hatte Pilar von Isabella geerbt, die hellen Haare und den Charakter hingegen – die Abenteuerlust, das aufbrausende Temperament, die fröhliche Unbesonnenheit — von ihrem Vater. Es war eine eigenartige Mischung.

Es war immer in Zeiten wie diesen, daß sie an jenen fernen Alptraum zurückdachte. Vielleicht war das mit ein Grund dafür, daß sie so oft aufs Meer hinausblickte, denn wenngleich sie diese lebhaften Erinnerungen fürchtete, so war sie doch fest entschlossen, niemals zu vergessen, was damals geschehen war.

Bianca deutete mit gerunzelter Stirn auf eine der Karten. Insgeheim sehnte sie seine Rückkehr herbei. Bianca paßte viel besser zu ihm als sie selbst, und Bianca war als Zigeunerin an Brutalität gewöhnt gewesen. Sie verstand es zu kämpfen, was Isabella nie gelernt hatte.

Isabella erinnerte sich noch gut daran, wie er nach seiner ersten näheren Bekanntschaft mit Bianca ausgesehen hatte — beide Wangen zerkratzt, ein großer blauer Fleck unter einem Auge. Sie erinnerte sich auch an seine leuchtenden Augen und an sein lautes Gelächter. Biancas Vergewaltigung hatte ihm großes Vergnügen bereitet.

Und nach Bianca war Isabella an die Reihe gekommen. Eine gnädige Ohnmacht hatte es ihr erleichtert, alles zu erdulden.

Noch sechs weitere Frauen waren an Bord gewesen. Eine war ins Meer gesprungen und nie wieder gesehen worden. Sie hatte den Tod der Entehrung vorgezogen. Eine zweite, die schwanger gewesen war, hatte eine Fehlgeburt gehabt und war auf See gestorben; damit blieben noch vier übrig. Eine, Carmentita, fett und fröhlich, war jetzt als Dienstmädchen in diesem Haus tätig; da sie weder besonders hübsch war noch über eine Mitgift verfügte, hatte sie in Spanien keine Aussicht auf einen Ehemann gehabt, und deshalb waren ihr die aufregenden Ereignisse nicht unwillkommen gewesen. Zwei der entführten Frauen waren in andere Teile Englands gebracht worden, und die letzte, Maria, diente im Herrenhaus, das Sir Walter Hardy gehörte und nur etwa eine Meile von Kapitän Marchs Haus entfernt lag. Maria hatte dort ihre Leidensgeschichte erzählt, und die Hardys, die keine Freunde des Kapitäns waren, hatten sie eingestellt und behandelten sie gut. Maria wurde hin und wieder gesehen, ordentlich gekleidet, ein achtbares Dienstmädchen, dessen Wohlergehen seinen Herrschaften am Herzen lag.

Isabella dachte oft an Carmentita und Maria und an die Frau, die über Bord gesprungen war; und oft verglich sie auch sich selbst mit Bianca.

Sie nahm ihre Stickerei wieder auf. In all den Jahren war es ihr gelungen, dieses Haus, das so gar keine Ähnlichkeit mit dem ihres Vaters hatte, in ein gemütliches, friedliches Heim zu verwandeln. Der Kapitän hielt sich zwar selten in England auf, aber die Bemühungen der spanischen Dame amüsierten ihn. Manchmal betrachtete er sie und brach in lautes Gelächter aus.

»Es war wirklich kein schlechter Einfall von mir!« konnte er bei solchen Gelegenheiten rufen. »Nein, es war wirklich ein ausgezeichneter Einfall, ins Land der Dons einzufallen und mir dort eine Ehefrau zu besorgen!«

Aber er hätte sie nie geheiratet, wenn nicht Pilar gewesen wäre.

Als sie geboren wurde, hatte er sich um sie genauso wenig gekümmert wie um Biancas Roberto. Sie war schon vier Jahre alt gewesen, als er sie zum erstenmal bewußt wahrgenommen hatte.

Isabella erinnerte sich so deutlich daran, als wäre das erst gestern gewesen. Sie hatte – wie auch jetzt – am Fenster gesessen und gesehen, wie sein Schiff in den Hafen einlief.

Sie hatte am ganzen Leibe zu zittern begonnen, und dem scharfblickenden kleinen Mädchen war ihre Furcht nicht entgangen.

Pilar begriff, daß diese Angst irgendwie mit dem Schiff in Zusammenhang stand, das im Sund vor Anker gegangen war. Sie konnte sich natürlich nicht an ihn erinnern, war er doch zwei Jahre fort gewesen. Seine Reisen dauerten lange, denn sein tollkühner Beutezug in Spanien hatte ihm viel Beifall und großes Ansehen gebracht, und danach war es ihm nicht schwergefallen, Leute zu finden, die bereit waren, ihr Geld in ein gutes Schiff für einen so mutigen Kapitän zu investieren. Er konnte in die Ferne segeln und kehrte mit reichen Schätzen zurück. Die Königin hatte ihn sogar persönlich empfangen und ihm für ihren Anteil an der Beute gedankt.

Wenn er in jener Zeit nach Hause kam, wandte er sich mitunter Isabella zu, meistens aber verlangte er nach Bianca. Trotzdem lag Isabella allabendlich zitternd in ihrem Himmelbett, und manchmal sah sie ihn lachend in ihr Zimmer kommen, und dann lief alles wieder so ab wie bei jenem allerersten Mal. Bianca ersparte ihr vieles, aber er war ein Mann, der Abwechslung brauchte und sich hin und wieder sogar mit Carmentita beschäftigte.

Deshalb zitterte sie, als sie damals sein Schiff einlaufen sah, und die kleine vierjährige Pilar bemerkte das; und als er dann auf der Schwelle stand, der große Mann mit den glänzenden hellen Haaren und dem braungebrannten Gesicht, kam er Pilar wie ein Menschenfresser vor. Sie kannte keine Furcht; darin war sie ganz seine Tochter; sie liebte ihre Mutter abgöttisch, und nun empfand sie zum erstenmal in ihrem jungen Leben abgrundtiefen Haß − Haß auf den großen blonden Kerl, der ihrer Mutter solche Angst einjagte.

Pilar pflanzte sich energisch vor ihm auf und versperrte ihm den Weg. Er sah sie, aber Kinder interessierten ihn nicht. Er wäre achtlos an ihr vorübergegangen, aber zwei kleine Ärmchen packten ihn am Bein, und Pilar schrie: »Geh weg, du böser Mann! Du sollst nicht hierherkommen!«

Er blieb stehen und blickte auf sie hinab. Isabella sprang auf und rief entsetzt: »Pilar, komm her!«

Aber Pilar schrie wieder: »Geh weg! Geh weg, Mann! Wir wollen dich hier nicht haben!«

»Und wer ist es, der mich aus meinem eigenen Haus verjagen will?« fragte er mit seiner kräftigen Donnerstimme. »Wer ist dieser Satansbraten?«

»Es ist kein Satansbraten«, rief Pilar wütend. »Es ist eine Pilar.«

Isabella rannte hinzu und wollte das Kind in Sicherheit

bringen. Aber er kam ihr zuvor, hob Pilar hoch und hielt sie über seinem Kopf in der Luft.

»Nun, was hat diese tapfere Piller zu sagen?« Er nannte sie Piller; wenn er ein spanisches Wort oder einen spanischen Namen in den Mund nahm, so verlieh er seinem Haß und seiner Verachtung gegen die Spanier dadurch Ausdruck, daß er es englisch aussprach, so als wollte er es sich aneignen wie alle spanischen Besitztümer.

»Ich heiße Pilar, nicht Piller«, erwiderte die Kleine kühn, »und Pilar sagt: Geh weg, Mann!«

Isabella hielt ihren Atem an. Sie rechnete damit, daß er das Kind quer durchs Zimmer schleudern würde. Aber er hielt es weiterhin mit einer Hand hoch über seinem Kopf, während er mit der anderen Isabella beiseiteschob.

»So«, brummte er, »du sagst mir also immer noch, ich solle weggehen.«

Pilar begann nach ihm zu treten. »Ja, Mann!« schrie sie. »Ja, Mann. Geh weg! Hau ab!«

Sie sprach Englisch mit dem Akzent, den ihre Mutter, Bianca und Carmentita hatten, und Isabella glaubte, das würde ihn noch mehr in Wut bringen. Aber statt dessen begann sein goldfarbener Bart zu beben, wie immer, wenn er sich über etwas amüsierte. Seine Belustigung konnte manchmal aber auch ein Vorspiel für Zornesausbrüche sein.

»Pilar, sag so etwas nicht!« flehte Isabella.

Pilars Gesicht war wutverzerrt. Vielleicht fürchtete sie sich jetzt doch ein wenig vor dem großen Mann mit den starken Armen. Aber es war typisch für sie, daß sie ihre Angst hinter Trotz zu verbergen suchte.

»Doch, doch, doch! Ich werde es sagen!« schrie sie und zappelte und strampelte mit Händen und Füßen.

»Ich habe nicht den geringsten Zweifel daran, Miß Piller«, sagte er, »daß du meine Tochter bist.«

»Laß mich los, Mann! Laß mich los!« kreischte Pilar.

Er hielt sie etwas tiefer, so daß ihr Gesicht auf der Höhe seines eigenen war. Dann nahm er ihr Ohr zwischen Daumen und Zeigefinger. Isabella erschauderte; sie kannte diese Geste und wußte, wie schmerzhaft sie sein konnte. Aber offensichtlich tat er Pilar nicht weh.

»Was wirst du machen, wenn ich dich herunterlasse?« fragte er.

»Dich töten!«

»Womit denn?« erkundigte er sich interessiert.

»Mit meinen Händen.«

Er nahm eines ihrer Händchen und betrachtete es. »Solche Waffen sind in der Tat furchterregend!«

Er packte sie mit beiden Händen und warf sie hoch in die Luft. Sie hielt den Atem an. Er fing sie in seinen Armen auf.

Er begann zu lachen, und Pilar, die einen Augenblick lang Angst gehabt hatte, stimmte erleichtert in sein Lachen ein.

Er betrachtete aufmerksam das kleine Persönchen mit den großen dunklen Augen, den langen schwarzen Wimpern und der zarten Haut.

»Piller«, sagte er. »Miß Piller.«

»Pilar!« verbesserte sie.

»Piller«, wiederholte er. »Mein Mädchen Piller.«

Dann stellte er sie auf den Boden, lachte wieder und verließ das Zimmer, ohne auch nur ein Wort mit Isabella gesprochen zu haben.

Von diesem Tage an kümmerte er sich um das Kind, unterhielt sich mit ihm. Er schenkte seiner Tochter sogar einen Elfenbeinkamm, der mit Rubinen besetzt war.

Und als er von seiner nächsten Reise nach Hause gekommen war, hatte er als erstes nach seinem Mädchen Piller gefragt und sodann zu Isabella gesagt: »Wir werden heiraten. Mein Mädchen Piller soll eines Tages alles erben, was ich besitze, und ich will, daß sie meine legale Tochter ist.«

Und so hatte Isabella ihn also geheiratet. Daß Pilar ihre Tochter war, erstaunte ihn stets aufs neue. Sie hätte viel eher Biancas Tochter sein können. Aber er war nicht unzufrieden. Isabella war als Ehefrau standesgemäßer als Bianca, und es war vernünftig, gewisse Konventionen zu beachten. Nicht alle Reisen verliefen erfolgreich — das Leben eines Piraten war ein ständiges Glücksspiel —, und ein Darlehen war für einen ehrbar verheirateten Kapitän leichter aufzutreiben als für einen Mann, der sich einen Harem hielt.

Und jedesmal, wenn er nun nach Hause kam, war Pilar die erste, die ihn begrüßte und sich die Schätze besah, die er mitgebracht hatte. Sie durfte sich immer etwas davon aussuchen, und seltsamerweise konnte er dem Mädchen kaum einen Wunsch abschlagen.

Und mit der Zeit hatte sich Pilar ein wenig von ihrer Mutter entfernt und sich immer stärker ihrem Vater angeschlossen. Sie glich dem wilden englischen Freibeuter viel mehr als der sanften spanischen Mutter. Und wieder vergoß Isabella viele Tränen, wenn er von einer Reise zurückkehrte, obwohl er sie nur noch selten belästigte. Er hatte ihr offen erklärt, daß er einen Kampf mit Bianca oder ein Stündchen mit der allzeit bereiten Carmentita vorziehe, wenn ihm der Sinn gerade nach Spanierinnen stehe.

Nun weinte sie, weil die wachsende Freundschaft zwischen ihrer inzwischen fast zehnjährigen Tochter und dem harten Mann, der Pilars Vater war, ihr Unbehagen bereitete.

Denn es konnte keinen Zweifel daran geben, daß Pilar diesen Mann von Herzen liebte. Sie unternahmen gemeinsame Ausritte, und ihrer beider fröhliches Lachen war schon von weitem zu hören. Er brachte ihr Edelsteine mit; sie besaß schon eine ansehnliche Zahl davon. Er lehrte sie, genauso grob und rücksichtslos zu sein wie er, und es war nur ein Glück, daß er selten zu Hause war.

Aber nun würde er, so vermutete sie, bald wieder nach Hause kommen. Zwei Jahre waren seit seinem letzten Besuch vergangen, und seine Reise konnte nicht mehr lange dauern. Deshalb ließ sie jetzt immer häufiger ihre Stickerei sinken und suchte den Horizont nach einem Schiff ab; deshalb zog Bianca auch so oft ihre Karten zu Rate.

Bianca war sicher, daß er sich schon auf der Heimreise befand, und sie war glücklich darüber. Ihn zu hassen, bereitete ihr großes Vergnügen. Haß und Lust paßten gut zusammen. Von ihrer ersten Begegnung an, als sie sich ihm dargeboten hatte, um Isabella zu schonen, ihm aber mit Zähnen und Nägeln Widerstand geleistet hatte, war ihr klar gewesen, daß sie einander große Lust zu geben vermochten.

Sie haßte ihn, weil er sie aus Spanien entführt hatte, wo Blasco sie bestimmt eines Tages zu sich geholt hätte; und zugleich war sie ihm dankbar, denn im Sinnenrausch mit ihm konnte sie zeitweilig ihre Sehnsucht nach Blasco vergessen.

Sie war eine Frau, die nicht lange ohne Mann leben konnte.

Während Isabella jetzt am Fenster saß und sie selbst mit ihren Karten spielte, wußte sie, daß Isabella wieder einmal an jene schreckliche Zeit zurückdachte, als ihr Heimatland ihren Blicken entschwunden war und sie auf hoher See wehrlos den brutalen englischen Piraten ausgesetzt gewesen waren.

Er hatte sie beide für sich auserwählt, und dafür mußten sie dankbar sein, denn die anderen — abgesehen von Carmentita — hatten viel mehr zu leiden gehabt.

Es war schon sehr eigenartig, dachte Bianca oft. Beide hatten sie Blasco geliebt, und dann waren sie beide die Mätressen des Kapitäns geworden. Ihrer beider Schicksal schien unauflösbar miteinander verknüpft zu sein.

Sogar als er ihren Widerstand gebrochen hatte, hatte sie sich stark gefühlt, und sie hatte rasch begonnen, Pläne zu schmieden, wie sie in ihre Heimat zurückkehren könnten.

Sie waren in dieses Haus am Meer gebracht worden, und sie hatte geglaubt, daß das Meer ihr Fluchtweg sein würde. An warmen Tagen schien der Südwestwind manchmal den Duft von Gewürzen aus Spanien mit sich zu führen.

Als sie dann merkte, daß sie schwanger war, war sie überglücklich, denn sie wußte, daß dies nur Blascos Kind sein konnte.

Das Haus, in das der Pirat sie gebracht hatte, war zwar bei weitem nicht so groß wie die Herrenhäuser der de Ariz und der Carramadinos, aber es war bequem. Die Giebel waren hübsch anzusehen, die Gärten waren bezaubernd, das Haus hatte viele Räume, zwei Treppen und kleine Alkoven an den absonderlichsten Orten. Die Küchen, Speisekammern und Keller waren mit gutem Essen und gutem Wein gefüllt. Der Kapitän lebte gut, wenn er zu Hause war, und seine Dienstboten mußten jederzeit bereit sein, ihn gebührend willkommen zu heißen.

In einem solchen Haus konnte ihr Kind mit all dem Komfort, der ihm gebührte, geboren werden. Deshalb verschob sie ihre Fluchtpläne.

Sie verriet niemandem etwas von ihrer Schwangerschaft, bis sie wußte, daß auch Isabella ein Kind erwartete; aber sie hatte beschlossen, Isabella nie zu sagen, daß Blasco der Vater ihres Kindes war. Sie wußte, daß Isabella, wenn sie am Fenster saß und aufs Meer hinausblickte, davon träumte, daß Blasco kommen und sie retten würde, so wie sie einst, als ihre Hochzeit mit Domingo vorbereitet worden war, davon geträumt hatte, daß Blasco sie entführen würde.

Bianca wollte Isabella nicht noch mehr verletzen, als dies ohnehin schon geschehen war. Bianca sah ihre Rolle darin, Isabella vor der Welt zu beschützen, soweit ihr das möglich war.

Isabella sagte damals eines Tages zu ihr: »Manchmal glaube ich, daß mir nur ein Ausweg bleibt — mich selbst umzubringen. Ich wünschte, ich hätte den Mut gehabt, über Bord zu springen wie jenes Mädchen. Es starb, bevor ihm diese Schmach widerfuhr.«

»Jemandem das Leben zu nehmen«, entgegnete Bianca, »ist eine böse Tat. Auch dann, wenn es das eigene Leben ist.«

»Aber diese Schande zu erleiden...«

»Du würdest nicht nur dich, sondern auch das Kind töten!«

»*Sein* Kind, Bianca. Vergiß das nicht!«

»Ich vergesse es nicht. Isabella, auch ich werde ein Kind bekommen.«

Isabella starrte sie an. »Du... Bianca... wir beide... zur gleichen Zeit!«

Bianca nickte. Sie wußte, daß ihr Kind einen Monat oder mehr vor Isabellas Kind auf die Welt kommen würde, aber mit diesem Problem würde sie sich später beschäftigen.

»Es war nicht anders zu erwarten«, sagte sie.

»Für mich ist dies das Ende aller Hoffnungen«, schluchzte Isabella. »Jetzt wünsche ich mir nicht mehr, daß jemand von meiner Familie mich findet. Sie sollen nie wissen, daß mir so etwas widerfahren ist.«

Bianca hatte nach besten Kräften versucht, Isabella zu trösten. Sie selbst freute sich auf ihr Baby, denn in diesem Kind würde Blasco für sie weiterleben.

Bianca wußte, daß sie listig vorgehen mußte. Niemand durfte erfahren, daß der Kapitän nicht der Vater ihres Kindes war. Sie saß stundenlang mit Isabella beisammen, und sie sprachen von Kindern. Allerdings konnte Isabella nie begreifen, daß Bianca über ihre Schwangerschaft glücklich war.

Roberto kam sechs Wochen vor Pilar auf die Welt.

»Er ist eine Frühgeburt«, erklärte Bianca. »So etwas kommt vor.«

Und in den darauffolgenden Wochen war Bianca fast wunschlos glücklich gewesen, denn ihr Baby — ein gesunder Knabe — sah ihrer Meinung nach Blasco ähnlich. Sie freute sich, mit diesem Kind den Kapitän getäuscht zu haben. Er hatte sie vergewaltigt, aber er hatte ihr nicht sein Kind aufzwingen können. Roberto war die Frucht wahrer Liebe. Sie liebte ihren Sohn und beschloß, ihn zu ihrem Lebensinhalt zu machen.

Isabellas Kind kam nach einer langen und schweren Geburt zur Welt — ein dunkeläugiges Mädchen mit blonden Haaren, und es stellte sich schon früh heraus, daß die kleine Pilar von ihrer Mutter nur sehr wenig gerbt hatte.

Wie sehr die beiden Kinder doch ihren Vätern glichen, dachte Bianca oft.

Roberto, ein hübscher Junge mit einem natürlichen Charme, der ihm in schwierigen Situationen sehr zugute kam, war faul, wie Blasco es als Kind vermutlich auch gewesen war; er lag am liebsten in der Sonne und vertrödelte die Zeit. Pilar hingegen war ein Energiebündel, versuchte ständig, Roberto zu irgendwelchen Streichen zu überreden, beschimpfte ihn furchtlos, wenn er etwas tat, was ihr mißfiel, prahlte und wollte immer ihren Kopf durchsetzen. Roberto war Spanier durch und durch, während Pilar dem englischen Seeräuber nachgeschlagen war.

Ein Grund zur Sorge für Bianca war die Tatsache, daß Roberto nie das Wohlwollen des Kapitäns errungen hatte. Wenn er zu Hause war, verbrachten sie oft die Nacht zusammen, und bei diesen Gelegenheiten konnte sie gut mit ihm reden; trotzdem war es ihr nie gelungen, bei ihm ein Interesse für Roberto zu wecken.

Sie erriet den Grund dafür. Schuld war diese Klatschbase Carmentita. Sie mußte dem Kapitän erzählt haben, wann das Kind geboren worden war.

Eines Nachts warf sie ihm vor: »Du zeigst nicht das geringste Interesse an deinem Sohn!«

»Dieser Zigeunerjunge ist nicht mein Sohn!« konterte er.

Sie gab ihm eine Ohrfeige, worüber er schallend lachte. Er liebte es, sie zu körperlichen Angriffen hinzureißen, denn das gab ihm die Möglichkeit, diesem kleinen Hitzkopf zu beweisen, daß er letztlich doch stärker war.

»Was willst du damit sagen?« rief sie entrüstet.

»Du warst schon schwanger, als du mich kennenlerntest.«

»Das ist eine Lüge.«

Er zog an einem ihrer Ohrringe, und sie schrie vor Schmerz auf.

»Laß los! Laß los!«

»Lüg mich nicht an«, sagte er. »Du könntest es bereuen.«

»Lügen? Weshalb sollte ich dich belügen?«

»Das Kind wurde zu früh geboren. Glaubst du, ich weiß nicht, was in meinem eigenen Haus vor sich geht?«

»Manche Kinder werden nun einmal zu früh geboren.«

»Ja, aber dann sind sie klein und schwach. Dein Balg war aber groß und kräftig, wie ich gehört habe.«

»Wer hat dir das erzählt?«

»Glaub nur nicht, daß ich mich von Zigeunerinnen ausfragen lasse!«

»Und ich lasse mich nicht von Seeräubern eine Lügnerin nennen!«

Sie lief auf die Tür zu, aber er fing sie mühelos wieder ein.

»Du wirst deinen Sohn anerkennen!« schrie sie.

Seine blauen Augen schleuderten Blitze, und er packte sie bei den Haaren und schüttelte sie kräftig. »Halt den Mund, Zigeunerin. Ich will von dir nur eines, und ganz gewiß kein dummes Gerede.«

Sie kämpfte mit ihm, und er lachte über ihren Widerstand. Hinterher hatte sie blaue Flecke und war vor Wut den Tränen nahe. Aber so ging es zwischen ihnen beiden oft zu, und gerade bei solchen heftigen Szenen fand sie die größte Befriedigung — und ihm ging es genauso.

»Es war Carmentita, die dir dieses Märchen erzählt hat«, kam sie später wieder auf dieses Thema zurück.

»Wenn ich frage, was in meinem Haus vorgeht, kann ich sehr unangenehm werden, falls man mich mit falschen Antworten abspeisen will.«

»Sie hat dir Märchen aufgetischt ... dieser fette Elefant!«

»Deshalb warst du auch so darauf aus, mir zu gefallen«, sagte er. »Du dachtest — ich werde den Kapitän für den Vater meines Balges ausgeben.«

»Ich soll darauf aus gewesen sein, dir zu gefallen?«

»Hast du denn ganz vergessen, daß du die arme Isabella beiseite gestoßen hast, um mich zu erobern?«

»Ich kann nur wiederholen, daß der Junge dein Sohn ist«, versicherte sie. »Du willst also keinen Sohn haben. Du bist ein sonderbarer Mann.«

»Wenn ich einen Sohn habe, will ich sicher sein können, daß es wirklich der meinige ist.«

»Du wirst es sehen. Wenn er erst größer ist, wirst du sehen, daß er dein Sohn ist!«

Aber er glaubte ihr nicht, und er schenkte Roberto auch weiterhin keine Aufmerksamkeit. Er hatte nichts dagegen, daß das Kind im Hause war, aber er erkannte es nicht als seinen Sohn an.

Bianca hatte der Dachkammer, in der Carmentita mit den

übrigen Dienstmädchen schlief, einen Besuch abgestattet, ihr die Kleider vom Leibe gerissen, das fette Geschöpf auf den Bauch gerollt und mit einem Stock bearbeitet.

Carmentita hatte gebrüllt und erfolglos versucht, auf die Beine zu kommen. Die anderen Dienstmädchen hatten schallend gelacht, und als Bianca ihre Strafaktion schließlich beendete, hatte Carmentita vor Wut geheult und erklärt, sie würde nicht ruhen, bis sie sich an der Zigeunerin gerächt hätte. Später erzählte sie allen, Bianca sei nur eifersüchtig, weil der Kapitän eine dicke Spanierin einer mageren Zigeunerin vorziehe, und von dieser Idee war sie selbst so angetan, daß sie Bianca verzieh und sie sogar wieder sympathisch fand.

Bianca hatte oft ernsthaft mit ihrem Sohn geredet und ihm erklärt, daß er sich bemühen müsse, dem Kapitän zu gefallen, aber dazu war Roberto nicht imstande. Seine dunklen Augen verfolgten jede Bewegung des Kapitäns, aber er kam ihm nie zu nahe.

Dennoch hatte Bianca den Glauben nicht aufgegeben, daß sie eines Tages den Kapitän dazu bringen würde, Roberto als seinen Sohn anzuerkennen. Und nicht zuletzt deshalb hoffte sie, während sie vor ihren ausgebreiteten Karten saß, daß das Schiff bald im Sund auftauchen und im ganzen Haus der Ruf erschallen würde: »Der Kapitän ist nach Hause zurückgekehrt!«

Am frühen Nachmittag rief Isabella ihre Tochter zu sich. Pilar mußte sich um diese Zeit wie jeden Tag auf den Weg zum Pfarrhaus machen, wo sie und Roberto Privatunterricht erhielten. Sie saßen in dem großen Raum, dessen Fenster auf den Friedhof hinausführten, lauschten mit einem Ohr den Ausführungen des Geistlichen und sehnten das Ende des Unterrichts herbei.

»Pilar, mein Liebling«, ermahnte Isabella ihre Tochter, »du mußt mir versprechen, Mr. Power aufmerksam zuzuhören. Du willst doch nicht, daß er dich für dumm hält, oder?«

»Nein, Mama.«

»Dann streng dich doch bitte etwas mehr an. Roberto ist ein viel besserer Schüler als du.«

»Roberto ist faul.«

»Das trifft viel eher auf dich zu.«

»Aber nein, Mama, ich bin nicht faul. Ich möchte draußen in der Sonne sein, und Roberto möchte das auch, aber er ist viel zu träge, um es sich so sehr zu wünschen wie ich, deshalb sitzt er da und tut, was man ihm sagt. Roberto tut immer, was man ihm sagt. Er ist viel zu faul, um sich herumzustreiten, das sagt er selbst.«

»Die Faule bist du! Du mußt wirklich mehr arbeiten!«

»Ja, Mama.«

Isabella betrachtete ihre Tochter und dachte daran, wie anders ihr Leben verlaufen wäre, wenn sie Herrin auf Carramadino geworden wäre. Dann würde ihr Ehemann sie jetzt unterstützen und ihrer beider Tochter väterlich ermahnen; in dieser Rolle stellte sie sich immer Blasco vor, denn sie hatte nie aufgehört zu glauben, daß Blasco sie noch vor ihrer Hochzeit mit Domingo entführt hätte. Aber dann wäre dieses Kind hier nie geboren worden. Pilar war ganz die Tochter von Ennis March.

Sie zog das Mädchen an sich und küßte es. Pilar löste sich rasch aus dieser Umarmung. Wenn Bianca ihren Sohn küßte, schlang er zärtlich die Arme um ihren Nacken. Er liebte es, liebkost zu werden. O ja, Pilar und Roberto waren wirklich sehr verschieden.

»Du versprichst mir also, in Zukunft fleißig zu lernen? Ich möchte mich deiner nicht schämen müssen, wenn...«

Sie verstummte, und sofort erwachte Pilars Interesse. Wenn! Es gab Geheimnisse in diesem Haus. Einem noch nicht zehnjährigen Mädchen wurde viel verschwiegen. Aber wenn die Erwachsenen glaubten, vor ihr, Pilar, etwas geheimhalten zu können, so irrten sie sich gewaltig.

»Ich finde alles heraus, was ich will«, prahlte sie vor Roberto. Sie prahlte überhaupt gern und viel, und am schlimmsten prahlte sie, wenn sie vor etwas Angst hatte; damit machte sie sich Mut. Sie durfte sich vor nichts fürchten, denn andernfalls würde ihr Vater sie verachten, und das war das einzige, was sie niemals ertragen könnte.

Ihr Vater war der größte Mann der ganzen Welt. Kein Wunder, daß Robertos Mutter immer behauptete, der Kapitän wäre auch Robertos Vater!

Was man nicht alles erfahren konnte, wenn man seine Augen und Ohren offenhielt! Das war ihre größte Leidenschaft — Augen und Ohren offenzuhalten. Roberto tat das nie. Träger Roberto! Er wollte nur immer in der Sonne liegen und der Brandung lauschen oder stundenlang das Meer betrachten. Ihr hingegen gingen ständig irgendwelche Fragen durch den Kopf. »Roberto, wer ist dein Vater, wenn der Kapitän es nicht ist?« »Roberto, warum schaut meine Mutter immer aufs Meer hinaus, so als warte sie auf etwas?« »Roberto, wer ist die Frau meines Vaters — meine Mutter oder deine?« »Roberto, warum ist meine Mutter traurig und deine Mutter glücklich, wenn der Kapitän nach Hause kommt?« Aber Roberto zuckte immer nur mit den Schultern und antwortete lachend: »Was spielt das schon für eine Rolle?«

Dann stürzte sie sich auf ihn und schüttelte ihn kräftig, denn Gleichgültigkeit und Phlegma konnte sie einfach nicht ertragen.

»Ich will es aber wissen! Ich will es wissen!« Sie breitete ihre Arme weit aus, so als wollte sie die ganze Welt und alles darin verborgene Wissen umarmen. Aber Roberto lachte sie jedesmal aus.

»Du willst immer nur das wissen, was man dir verheimlicht. Was du aber lernen sollst, willst du nicht lernen. Typisch Frau!«

Roberto plapperte nach, was er von anderen hörte. Das war typisch für ihn. Er war viel zu träge, um selbst nachzudenken.

Trotzdem waren sie Freunde. Ihre Energie und sein Phlegma ergänzten sich gut und ließen weder das eine noch das andere überhandnehmen. Sie fühlten sich einander sehr verbunden, und ohne den anderen wären sie sich ganz verloren vorgekommen.

»Wenn — was, Mama?« hakte Pilar rasch ein.

»Was meinst du, mein Kind?«

»Du hast gerade gesagt, du würdest dich schämen, wenn
– irgendwas.«

»Wenn du nicht brav lernst.«

»Nein ... du wolltest etwas ganz anderes sagen. Was war
es?«

Pilars dunkle Augen funkelten vor Neugier, und sie hatte
lautes Herzklopfen, wie immer, wenn sie etwas Neues zu
erfahren hoffte.

»Lauf jetzt«, sagte Isabella. »Ihr werdet zu spät kommen.
Such Roberto, und dann macht euch rasch auf den Weg.«

Pilar gehorchte widerwillig und schürzte beim Rennen
ihre Röcke, um nicht darüber zu stolpern.

Roberto lag im Garten und beobachtete Ameisen. Pilar
warf sich neben ihn ins Gras.

»Was gibt es hier Interessantes zu sehen?«

»Ameisen«, antwortete er. »Du mußt ihnen zuschauen,
Pilar. Sie machen seltsame Dinge.«

»Menschen machen viel seltsamere Dinge«, entgegnete
sie. »Roberto, glaubst du, daß unsere Verwandten irgendwann einmal zu Besuch kommen werden?« Roberto
schwieg. Er gab oft keine Antwort auf Pilars Fragen, denn
es waren in Wirklichkeit Selbstgespräche. »Wir müssen
nämlich Verwandte haben«, fuhr sie auch jetzt fort. »Der
Kapitän hat einen Bruder, und das ist mein Onkel. Er ist
Engländer und ein Seemann wie mein Vater. Aber unsere
Mütter sind Spanierinnen. Wir müssen also auch spanische
Verwandte haben. Warum hören wir nie etwas von ihnen?
Ist Spanien sehr weit entfernt?«

»Du solltest Mr. Power besser zuhören. Er könnte es dir
bestimmt sagen. Da, schau mal! Diese Ameise schleppt ein
Stück Stroh, das fast so groß ist wie sie selbst.«

»Du solltest nicht hier herumliegen«, mahnte Pilar. »Wir
werden wieder zu spät zu Mr. Power kommen. Es sind drei
spanische Frauen hier im Haus. Meine Mutter, deine Mutter und Carmentita. Ist dir aufgefallen, daß jede von ihnen
Geheimnisse hat, die man ihnen manchmal am Gesicht ablesen kann?«

»Wie soll man Geheimnisse lesen können?«

»Man kann es! Es ist so wie mit den Sachen, die wir in unseren Taschen verstecken. Manchmal beulen sie aus... aber es sind trotzdem Geheimnisse. Ah, da ist Carmentita! Sie will die Pfauen füttern. Hallo... hallo, Tita!«

Carmentita drehte sich mit den Erbsen in der Hand nach Pilar um.

»Ihr Faulpelze solltet jetzt beim Unterricht sein«, sagte sie.

»Wir gehen ja schon, Tita. Sag mal, Tita, denkst du manchmal an Spanien?«

»An Spanien? Warum sollte ich?«

»Weil es dein Heimatland ist, Tita.«

Carmentitas schwarze Augen waren in Fettschichten eingebettet. Sie stemmte ihre Arme in die Hüften und lachte. Sie lachte viel, denn sie fand das Leben schön.

»Ich weiß auch, warum du nicht an Spanien denkst, Tita«, fuhr Pilar unverdrossen fort. »Weil dir England besser gefällt, stimmt's?«

»Ich gehöre zu den Menschen, die es sich überall gut gehen lassen.«

Carmentitas Englisch ließ sehr zu wünschen übrigen, aber das störte Pilar nicht im geringsten. Sie wußte, daß sie Carmentita mehr Informationen entlocken konnte als allen anderen Menschen ihrer Umgebung.

»Ich weiß sogar, warum dir England so gut gefällt«, sagte Pilar. »Du liebst die englischen Männer.«

Carmentita kicherte. »Oh, du bist eine kecke Göre... eine unverschämte Göre!«

»O ja, aber das bist du auch, Tita... wenn es um Männer geht... um englische Männer.«

Darüber mußte Carmentita noch mehr lachen. Pilar beobachtete sie aufmerksam. Carmentita konnte vor Lachen in eine Art Trunkenheit geraten, und in diesem Zustand war sie am leichtesten auszuhorchen.

»Die Männer lieben dich, weil du Spanierin bist, und du liebst sie, weil es Engländer sind«, kommentierte Pilar altklug.

»Ich sterbe noch vor Lachen!« japste Carmentita.

»Deshalb bist du nach England gekommen, als du ein kleines Mädchen warst. Stimmt das, Tita? Bist du als Mädchen nach England gekommen?«

Carmentitas Augen funkelten. »Ach, Pilar, du fragst zuviel!«

»Man kann gar nicht genug Fragen stellen, Tita. Denn nur wenn man fragt, kann man etwas lernen, und Mr. Power sagt, wir müßten alles lernen, solange wir noch jung sind.«

»Oh, du bist mir ja eine ganz Schlaue!«

»Tita, was ist passiert, als du nach England gekommen bist?«

Carmentita schüttelte den Kopf und machte ein trauriges Gesicht, aber Pilar ließ sich davon nicht täuschen. Sie wußte, daß diese Trauer nur gespielt war.

»Bist du mit meiner Mutter und mit Bianca hergekommen?«

Carmentita nickte langsam, und ihr Blick verschleierte sich, wie das bei Erwachsenen meistens der Fall war, wenn sie in die Vergangenheit zurückblickten.

Pilar trat dicht an sie heran und betrachtete genau ihr Mienenspiel.

»Ah!« Carmentita erschauderte. »Ah, das war eine Zeit... ich werde es nie vergessen ... Meiner war ein großer Mann mit dunklen Augen... aber nicht so dunkel wie die eines Spaniers...«

»Ja, Tita?«

Sie erkannte sogleich, daß es ein Fehler gewesen war, Carmentita zum Weiterreden drängen zu wollen.

»Oh, du bist wirklich eine ganz Raffinierte!« rief Carmentita.

Und nun näherte sich auch noch Roberto. Jetzt würde Carmentita überhaupt nichts mehr verraten. Pilar war wütend auf ihren Freund.

»Du hast alles verdorben!« schimpfte sie, sobald sie sich etwas von Carmentita entfernt hatten. »Ich war gerade dabei, es aus ihr herauszulocken. Fast hätte ich es gewußt, doch du hast alles verdorben!«

»Was hättest du denn gewußt?«

Aber sie hatte das Interesse an diesem Thema verloren. Ihr Ärger verflog so schnell, wie er gekommen war. Sie versetzte Roberto einen Stoß, und er fiel ins Gras.

»Du fängst mich nie!« rief sie und rannte den ganzen Weg zum Pfarrhaus.

Roberto machte gar nicht erst den Versuch, sie zu fangen, rannte aber doch. Es war einfacher, sich ein wenig zu beeilen, als Ausreden auf Mr. Powers Fragen erfinden zu müssen, weshalb sie zu spät kämen.

Pilar wartete bei den Grabsteinen auf ihn, die sich in langen Reihen fast bis zur Tür des Pfarrhauses hinzogen.

Ihre Stimmung hatte schon wieder umgeschlagen. »Wenn ich erwachsen bin«, sagte sie mit verträumtem Blick, »werde ich alles entdecken...«

»Neue Länder?« fragte Roberto.

»Das auch«, versicherte sie. »Aber hauptsächlich Geheimnisse... die Geheimnisse anderer Leute!«

Mr. Power hatte eine Kolik und konnte keinen Unterricht erteilen. Mrs. Power sagte, wenn sie wollten, könnten sie in ihren Büchern lesen, und sobald Mr. Power wieder gesund wäre, würde er sie dann über ihre Lektüre ausfragen.

»Wir könnten uns nicht auf unsere Bücher konzentrieren, Mrs. Power«, erwiderte Pilar, »weil wir immer an die Kolik des armen Herrn Pfarrer denken müßten. Wir kommen lieber morgen wieder zum Unterricht.«

»Und in der Zwischenzeit werden wir für ihn beten«, fügte Roberto hinzu.

Mrs. Power war sichtlich froh, sie loszuwerden. »Ihr seid brave Kinder«, sagte sie.

Pilar machte einen Knicks, Roberto verbeugte sich, und gleich darauf rannte Pilar ausgelassen zwischen den Grabsteinen umher. Roberto folgte ihr etwas gemächlicher.

»Du hast gelogen, Roberto!« beschuldigte sie ihn. »Du hast gesagt, du würdest für ihn beten.«

»Bitte, Gott, laß Mr. Powers Kolik besser werden. Da! Ich habe nicht gelogen.«

166

»Aber laß seine Kolik nicht zu schnell besser werden«, verbesserte Pilar sein Gebet. »Er soll nicht richtig krank sein, aber sich nicht wohl genug zum Unterricht fühlen.«

»Du willst Gott vorschreiben, was Er zu tun hat, und das ist eine Unverschämtheit«, meinte Roberto.

»Alle sagen Gott, was Er tun soll. Er steht in allen Gebeten und Hymnen.«

Sie ließ das Thema fallen, denn ihr war bereits etwas Neues eingefallen. »Roberto, stell dir nur mal vor, unter all diesen Steinen liegen tote Menschen. Was glaubst du — ob sie uns hören können?«

»Vielleicht.«

»Wie still es hier ist! Und wenn sie nun alle plötzlich unter diesen Steinen hervorkommen und uns zu sich unter die Erde herabziehen?«

»Das können sie nicht. Die Toten sind tot.«

»Komm, wir schauen uns die Gruft der Hardys an!«

»Wozu?«

»Weil das nicht nur ein Grab, sondern ein richtiges Haus ist — und weil es voller Hardys ist.«

»Du willst dich doch nur gruseln.«

»Nein«, sagte sie. »Ich versuche gerade, mich *nicht* zu gruseln.«

Sie rannte los, und er tat es ihr nach.

Die Gruft der Hardys war ein kunstvoll gemeißeltes Bauwerk mit einer männlichen Marmorstatue, die den Eingang bewachte. Pilar stellte sich dicht vor die Figur auf die Zehenspitzen. »Wenn man lange genug hinschaut, bewegt er sich«, erklärte sie. »Und nachts öffnet er die Tür, und alle Hardys kommen auf den Friedhof heraus.«

»Tote können nicht lebendig werden.«

»Und was ist dann mit dem Tag der Auferstehung?«

»Es ist nicht jeden Tag — oder jede Nacht — Auferstehungstag.«

»Nein, aber vielleicht glaubt dieser Mann, sie sollten für den Tag üben, wenn Gott sie ruft. Sie könnten sonst am Tag der Auferstehung viel zu steif sein.« Sie ging die feuchten Stufen zur Grufttür hinab. »Man kann die Toten riechen«, sagte sie. »Es ist ein kalter Geruch, es riecht nach Feuchtigkeit und Erde.«

»Du würdest auch nach Feuchtigkeit und Erde riechen, wenn du seit hundert Jahren begraben wärest; und kalt wärest du auch.«

Sie erschauderte. »Ich will nicht länger hierbleiben. Ich glaube nicht, daß es hier etwas gibt, wovor man Angst haben muß. Die Toten sind alle dort drin eingeschlossen. Man braucht viel mehr Mut, um über die Mauer von Hardyhall zu klettern und bis zum Haus zu schleichen.«

Sie lachte auf, rannte wieder los und blieb erst am Friedhofstor stehen, wo sie auf Roberto wartete.

Eine leichte Südwestbrise wehte, und Pilar schnupperte begeistert.

»Meine Mutter sagt, daß sie Spanien riechen kann, wenn der Wind aus dieser Richtung weht«, sagte Roberto.

»Spanien! Wir gehören beide zur Hälfte in jenes Land, Roberto.«

»Ich weiß.«

»Pilar und Roberto. Sogar unsere Namen sind spanisch. Und doch wissen wir nichts darüber. Warum sprechen sie mit uns nie über Spanien, Roberto? Wo sind unsere spanischen Tanten und Onkel und Vettern und Basen?«

Roberto schüttelte den Kopf. »Eines Tages werden wir es bestimmt erfahren.«

Sie stampfte mit dem Fuß auf. »Aber ich will es jetzt wissen... jetzt...«

»Warum kannst du nie etwas geduldig abwarten, Pilar?«

»Weil es keinen Sinn hat, auf etwas zu warten. Bis man es dann erfährt, interessiert es einen vielleicht gar nicht mehr.«

»Du änderst deine Interessen eben viel zu schnell.«

»Alles ändert sich schnell... nur die Toten nicht.«

Sie rannte mit wehenden Röcken weiter. Er blickte ihr amüsiert nach, dann schlenderte er langsam hinter ihr her, denn er wußte, daß sie ohnehin gleich wieder stehenbleiben würde, weil ihr irgend etwas Neues eingefallen war.

Sie blieb auch tatsächlich stehen, bei der dunklen Baumgruppe, hinter welcher der Besitz der Hardys begann. Es waren Nadelbäume, die das ganze Jahr hindurch grün waren und jenen Teil des Hauses, der von der Straße aus zu sehen war, etwas abschirmten.

»Komm, Roberto!« rief sie. »Wir gehen nach Hardyhall.«

Sie verschwand zwischen den Bäumen, und als Roberto sie einholte, war sie schon dabei, die graue Steinmauer zu erklimmen, die den Park umgab.

Er kletterte ihr nach und setzte sich neben sie.

Schweigend betrachteten sie die grauen Mauern von Hardyhall. Es war ein altes Haus, das im dreizehnten Jahrhundert erbaut worden war; allerdings hatte der jetzige Besitzer, Sir Walter Hardy, einen neuen Flügel angefügt, im modernen elisabethanischen Stil. Pilars ganzes Entzücken waren die beiden Türme an den Enden des langgestreckten Gebäudes. Sie bevölkerte in ihrer Fantasie diese Türme mit Gestalten aus der Vergangenheit. Von den Zinnen hatten Soldaten mit Pfeilen auf ihre Feinde geschossen, und wenn jemand versucht hatte, sich gewaltsam Zugang zu verschaffen, war er von der Tormauer aus mit kochendem Pech und Öl begossen worden. Hardyhall glich mehr einer Festung als einem Haus. Es war im weiten Umkreis der größte Wohnsitz. Es gab zwei junge Hardys. Pilar sah sie manchmal ausreiten, einen Jungen und ein Mädchen, die etwa gleich alt wie sie selbst und Roberto sein mußten. Die Dorfkinder knicksten oder verbeugten sich, wenn die Hardys vorbeiritten. Pilar und Roberto taten nichts dergleichen. Sie blickten hoheitsvoll an ihnen vorbei, so als sähen sie sie nicht. Schließlich waren sie die Kinder des Kapitäns und wären vielleicht auf Hardyhall willkommen gewesen, wenn der Kapitän nicht so ein seltsames Leben geführt hätte.

Pilar hatte sich in einen regelrechten Haß gegen die beiden Hardy-Kinder hineingesteigert. Sie stellte sie sich als Einfaltspinsel vor, und sie dachte sich Abenteuer aus, in denen sie und Roberto stets die heldenhaften Sieger, die Hardys hingegen die besiegten Tölpel waren. Roberto lauschte ihren Fantasiegespinsten mit amüsierter Toleranz.

Manchmal erinnerte er seine Freundin daran, daß er sechs Wochen älter und deshalb auch klüger war als sie. Aber sie lachte ihn nur aus und spielte weiterhin die Anführerin.

Grüne Rasen bedeckten die Abhänge unterhalb des Hauses. In diesen Anlagen gab es alte Eiben, und die Hecken waren in Form von Hähnen und anderen Vögeln zurechtgeschnitten. In Pilars reger Fantasie waren das in Wirklichkeit Menschen, die von den bösen Hardys verzaubert worden waren.

An diesem Tag glaubte sie, ihren Mut unter Beweis stellen zu müssen, denn sie befürchtete, daß Roberto denken könnte, sie hätte auf dem Friedhof Angst gehabt — und er hätte mit seiner Vermutung nicht einmal ganz unrecht gehabt. Deshalb mußte sie ihm demonstrieren, daß sie sich zwar vor toten Hardys ein wenig fürchten mochte, nicht aber vor den lebenden.

»Ich sehe mich mal ein bißchen bei ihnen um, Roberto«, sagte sie.

»Erinnerst du dich noch an den Mann, der am Galgen baumelte?« wandte Roberto ein. »Er wurde gehängt, weil er widerrechtlich Land betreten hatte, das den Hardys gehörte.«

»Er hatte einen Fasan gestohlen. *Dafür* wurde er gehängt. Außerdem habe ich vor den Hardys keine Angst.«

»Aber du hättest Angst, am Galgen zu hängen.«

»Ich würde schnell wieder runterkommen.«

»Wie könntest du das denn, wenn du tot wärest?«

»Ich würde nicht sterben. Hast du etwa Angst, Roberto?«

Sie begann die Mauer hinabzuklettern und lachte Roberto aus, als er sie aufzuhalten versuchte.

»Ich werde mich verstecken!« erklärte sie. »Und du mußt mich finden.«

Sie stand im Gras und blickte spöttisch zu ihm empor. »Du brauchst keine Angst zu haben, Roberto. Sie würden es nie wagen, uns zu hängen.«

Sie rannte über das Gras. »Ich halte mich auf dem Land der Hardys auf!« rief sie freudig erregt und fand, daß sich das Wagnis auf jeden Fall lohnte, auch wenn sie vielleicht bestraft werden würde. Das Gras hier war weicher als anderswo, die Bäume waren größer, und außerdem waren sie lebendig. Die Eibe dort drüben war eine alte Dame, und die daneben war ein Herr — ihr Ehemann. Er hatte zwei Frauen, wie der Kapitän. Sie drehte sich um und sah, daß Roberto ihr widerstrebend folgte. Sie rannte weiter.

Vor ihr lag ein Nußbaumgehölz. Die Bäume waren nicht hoch, und es fiel ihr leicht, auf einen hinaufzuklettern und sich dort zu verstecken. Es dauerte nicht lange, bis sie Roberto kommen hörte. Er sah sie nicht und wollte weitergehen, deshalb rief sie ihm zu:

»Du hast fremden Grund und Boden betreten, Junge. Dafür kommst du an den Galgen!« Roberto blieb stehen und blickte hoch. »Komm rauf«, forderte sie ihn auf. »Hier gibt es jede Menge Platz.«

Sie rückte etwas zur Seite, und gleich darauf saßen sie einträchtig nebeneinander.

»Das macht mehr Spaß als bei Mr. Power zu lernen«, sagte Pilar.

Roberto stimmte ihr zu, meinte aber, daß sie doch auch aus Büchern lernen müßten.

»Ich möchte viel lieber Geheimnisse auskundschaften als aus Büchern lernen.«

Sie unterhielten sich leise, und plötzlich flüsterte Pilar: »Roberto, horch, es kommt jemand!«

Gleich darauf kam ein Junge ins Gehölz gerannt und blieb direkt unter ihrem Baum stehen. Er mochte ein wenig älter als Roberto sein, hatte hellblondes — fast weißes — Haar, und sein Gesicht war rot vom Laufen.

Er warf sich auf den Boden, riß Grasbüschel aus, bedeckte sich damit und mit umherliegendem Laub.

Pilar knuffte Roberto vorsichtshalber, aber er hätte auch ohne ihre Warnung keinen Mucks von sich gegeben. Sie warteten mit angehaltenem Atem, und es dauerte nicht lange, da tauchte auch das Mädchen im Gehölz auf.

»Du bist hier, Howard«, rief es. »Ich weiß, daß du hier bist! Komm heraus... komm heraus. Du weißt doch, daß ich nicht gern allein im Wald bin.«

»Sowas Albernes!« entfuhr es Pilar.

Roberto versetzte ihr einen Rippenstoß, und sie wäre fast vom Baum gefallen. Das Mädchen sah sehr verwirrt aus und stand wie versteinert da.

»Howard!« rief es schließlich. »Howard! Ich habe dich gehört... Ich weiß, daß ich dich gehört habe...«

Pilar konnte sich nicht beherrschen. »Such nach ihm! Such nach ihm!«

Einen Augenblick lang herrschte atemloses Schweigen im Gehölz; dann raschelte es, und der Junge setzte sich in seinem Versteck aus Gras und Blättern auf.

»Wer ist da?« rief er.

Das Mädchen rannte zu ihm.

»Jemand hat gesprochen«, sagte es ängstlich.

»Ich weiß. Ich habe es auch gehört.«

Pilar befreite ihren Arm aus Robertos Griff. Sie pflückte eine Nuß und warf sie dem Jungen an den Kopf.

Das Mädchen schrie auf. Der Junge beruhigte sie. »Sei nicht albern, Bess. Wir werden sie finden. Sie müssen irgendwo ganz in der Nähe sein.«

»Ganz in der Nähe!« äffte Pilar ihn nach, und ihre Stimme führte den Jungen zu dem Baum, auf dem sie saßen. Er sah einen Zipfel von Pilars Kleid.

»Kommt herunter», sagte er. »Ihr dort oben... kommt sofort herunter!«

»Komm du doch rauf!« erwiderte Pilar.

Roberto war entsetzt. Pilar mußte den Verstand verloren haben.

Der Junge schüttelte den Baum.

»Glaub nur nicht, daß wir Nüsse sind und runterfallen werden«, lachte Pilar.

»Howard, es sind diese seltsamen Kinder. Die Spanier.«

»Wir sind sowohl Engländer als auch Spanier«, verbesserte Pilar. »Ihr seid nur Engländer.«

»Wie lange wollt ihr noch da oben bleiben?« fragte der Junge. »Und was macht ihr überhaupt hier?«

»Wir haben euch beobachtet.«

»Aber warum seid ihr ursprünglich hinaufgeklettert?«

»Weil wir Lust dazu hatten, und wir tun immer, wozu wir Lust haben.«

»Das war ganz schön frech von euch. Ihr haltet euch ohne Erlaubnis auf unserem Grund auf.«

»Ja, das wissen wir«, sagte Roberto betreten.

»Seid ihr zu zweit dort oben?«

Pilars Fantasie ging mit ihr durch. »Hunderte von uns halten sich hier versteckt«, rief sie. »Wir werden hinabspringen und euch töten, und wenn ihr glaubt, uns mit kochendem Pech aufhalten zu können, so irrt ihr euch. Wir haben die Festung schon gestürmt.«

»Ihr seid seltsame Leute.«

Das gefiel Pilar. »Ja, wir sind sehr seltsam«, stimmte sie ihm zu. »Wir treiben seltsame Dinge, während andere sich mit Kinderspielen wie Verstecken beschäftigen.«

»Manchmal spielen wir aber auch Verstecken«, fügte der Verräter Roberto hinzu.

»Zu zweit ist es etwas langweilig«, sagte der Junge.

»Es macht mehr Spaß zu dritt oder zu viert«, bestätigte Roberto.

»Und wir haben hier sehr viel Platz zum Spielen – im Haus und in den Gärten.«

Pilar verspürte plötzlich große Lust, auf unbekanntem Territorium Verstecken zu spielen. Sie kletterte vom Baum herunter. »Wir werden jetzt zu viert Verstecken spielen«, erklärte sie. »Wer versteckt sich?«

Roberto war ihr gefolgt, und die vier Kinder musterten einander. Der englische Junge war etwas größer als Roberto, aber nicht größer als Pilar.

»Howard, wir sollten zuerst Mama fragen«, meinte das Mädchen.

Howard zögerte, aber Pilar sagte: »Wenn du fragst, verbietet sie es euch vielleicht. Es ist besser, nicht zu fragen.« Sie übernahm sofort die Rolle der Anführerin. »Zwei verstecken sich, zwei suchen. Du und ich verstecken uns, und deine Schwester und Roberto müssen hierbleiben und bis hundert zählen, bevor sie uns suchen dürfen. Können wir uns auch im Haus verstecken?«

»Nein«, erwiderte Roberto. »Wir nicht.«

»Kämen wir an den Galgen, wenn man uns im Haus fände?«

»Nicht, wenn ihr unsere Gäste seid.«

»Wir haben keine Angst«, prahlte Pilar. »Sie würden sich nicht trauen, uns zu hängen. Wir sind zur Hälfte Spanier, und Spanier werden nicht aufgehängt.«

»Doch«, mischte sich das Mädchen ins Gespräch. »Mein Onkel ist Seefahrer, und er hat schon viele aufgehängt.«

»Dann wird er eines Tages selbst am Galgen enden, denn niemand darf ungestraft Spanier hängen.«

»Du redest wie eine Verräterin daher«, sagte der Junge.

Sie wußte nicht, was das Wort bedeutete, aber der Klang gefiel ihr. »Das tue ich oft«, behauptete sie. »Und jetzt verstecken wir uns. Roberto, du bleibst hier bei ihr und zählst bis hundert.«

Sie rannte los, und der Junge folgte ihr mit leichtem Unbehagen. Sie war so flink, daß er sie erst an der grauen Hausmauer einholte.

Sie blieb stehen und sagte atemlos: »Wir können uns jetzt etwas Zeit lassen. Sie werden uns nicht so schnell finden. Deine Bess ist ziemlich dumm, und Roberto ist schrecklich faul. Wo sind wir hier?«

»Das ist die Kapelle.«

»Dort drinnen werden wir uns verstecken.«

»Eine Kapelle ist ein heiliger Ort!« wandte er bestürzt ein.

»Aber dort werden sie uns bestimmt nicht suchen.«

»Es ist verboten, sich dort zu verstecken. Man darf nur zum Beten in die Kapelle gehen.«

»Ich werde beten, wenn wir drin sind. Rasch! Sie können jetzt jeden Augenblick hier sein.«

Sie stieß die Tür auf und ging hinein. Es war kühl in der Kapelle. Sie sah sich interessiert um, dann zog sie ihn herein und schloß die Tür.

»Wir haben in unserem Haus keine Kapelle«, flüsterte sie. »Das ist doch dein Haus, oder?«

Er nickte verwirrt.

»Was ist das für eine Tür?« fragte sie und deutete auf eine eisenbeschlagene Tür zu ihrer Rechten.

»Es ist die Tür, die wir benutzen. Sie führt ins Treppenhaus.«

»Ihr habt eure eigene Kapelle. Ihr müßt sehr gute Menschen sein.«

»Wir sollten uns nicht hier aufhalten.«

»Du machst dir Sorgen wegen der Gebete. Bitte, Gott«, sagte Pilar rasch, »nimm es uns nicht übel, daß wir uns in Deiner Kapelle verstecken. Hier ist es so still, und sie werden uns hier nie finden.«

»So darf man nicht mit Gott reden.«

»Ich darf es.«

»Wie heißt du überhaupt?«

»Pilar.«

»Pieelar... Was für ein komischer Name!«

»Pilar«, verbesserte sie. »Meine Mutter kommt aus Spanien, und mein Vater ist der größte Kapitän aller Zeiten. Er bringt von seinen Reisen herrliche Sachen mit.«

»Ich weiß.«

»Woher weißt du das?«

»Die Leute reden über euch.«

»Auch über mich?« Sie war begeistert. »Horch, sie kommen näher! Wir müssen uns hier irgendwo verstecken. Ah, ich weiß schon, dort drüben, unter dem Tisch mit der Decke. Was für eine wunderschöne Decke! Darunter finden sie uns bestimmt nicht. Ich habe noch nie eine solche Kapelle gesehen.«

»Du darfst nicht dort hinaufgehen. Das ist geheil...«

»Mach dir keine Sorgen. Ich werde Gott fragen. Bitte, Gott, dies ist das allerbeste Versteck, und Du möchtest doch nicht, daß sie uns finden... jetzt noch nicht.«

»Das ist der Altar. Weißt du das nicht? Bist du eine Heidin?«

»Wir haben zu Hause keine Kapelle. Meine Mutter betet in ihrem Zimmer. Ich bete mit ihr, aber ich passe nicht gut auf.«

»Du bist sehr böse, glaube ich.«

Sie zuckte lachend mit den Schultern.

»Es ist ein herrliches Versteck«, sagte sie, während sie unter die Decke kroch. Er folgte ihr widerwillig. »Du hast Angst, Howard. Warum hast du Angst?«

»Ich bin nicht gern nur so zum Spaß in der Kapelle. Und an dieser Stelle noch viel weniger. Komm, laß uns gehen.«

»Du müßtest aber gern in der Kapelle sein. Wenn du gut bist, solltest du dich vor Gott nicht fürchten.«

»Warum tust du nicht, was ich dir sage? Dies ist mein Haus.«

»Dann solltest du etwas freundlicher zu deinen Gästen sein.«

Ihre Finger glitten über die Bodenfliesen.

»Ich bleibe nicht hier«, erklärte der Junge. »Ich gehe hinaus.«

»Tu das. Dann wirst du eben gefangen. Aber du darfst ihnen nicht verraten, wo ich bin. Das wäre gegen die Regeln.«

»Du mußt mit mir kommen. Und rühr die Steine nicht an!«

»Warum?« Ihre Augen funkelten. »Warum? Warum?« Ihr ganzes Interesse galt jetzt den Steinfliesen. Sie hob die Decke etwas an, um besser sehen zu können. »Verbergen diese Steine irgendein Geheimnis? Oh, da ist ja ein Spalt! Ich kann meine Hand hineinschieben. Oh... sieh doch nur, der Stein bewegt sich!«

Der Junge starrte sie wortlos an.

Pilar stellte fest, daß sie den Stein anheben konnte, obwohl er schwer war. Schließlich stand er in rechtem Winkel zu den anderen Platten, und nun brauchte sie ihn nicht einmal mehr festzuhalten.

»Oh, jetzt weiß ich!« rief sie begeistert. »Da unten ist ein Schrank. Unter dem Stein ist ein kleiner Schrank. Und es sind Sachen drin...«

»Rühr sie nicht an!« zischte er. »Du darfst sie nicht berühren!«

Aber Pilar holte schon etwas hervor. »Oh, ein wunderschöner Becher! Und wie groß er ist! Er ist aus Silber, glaube ich! Ein herrlicher Silberbecher!«

Er versuchte, ihn ihr aus der Hand zu reißen. »Das darfst du nicht! Das darfst du nicht! Ich glaube, dich hat der Teufel geschickt.«

Diese Idee gefiel ihr. »Ja«, bestätigte sie. »Der Teufel hat mich geschickt. Er hat mir gesagt, daß ich hier einen wunderschönen Silberbecher finden würde.«

»Geh weg! Geh weg!« schrie er. »Du bist hergekommen, um uns alle zu verraten!«

Sie sah, daß er Angst hatte, und sie vergaß den Becher. Sie vergaß auch, daß sie sich hier versteckten und sich höchstens im Flüsterton unterhalten sollten. Sie verspürte plötzlich eine gewisse Zärtlichkeit, die sie sich nicht erklären konnte. Er war ein Junge, genauso groß wie sie selbst, und er hatte Angst... solche Angst, wie sie hätte, wenn sie um Mitternacht allein auf den Stufen zur Gruft der Hardys wäre.

Sie gab ihm den Becher und sagte beruhigend: »Hier, nimm ihn. Der Teufel hat mich nicht hergeschickt, um ihn zu stehlen.«

Er stellte ihn rasch ins Versteck zurück und legte den Stein wieder an Ort und Stelle.

»Ist es ein Geheimnis?« fragte sie.

Er nickte. »Schwör mir, daß du niemandem etwas davon sagst. Sonst wäre es besser, wenn ich dich auf der Stelle töten würde.«

»Du hattest große Angst«, sagte sie. »Nur Feiglinge fürchten sich dermaßen.«

»Man kann auch um andere Menschen Angst haben, dann ist man kein Feigling.«

»Du hattest also Angst um andere? Ist es ein Geheimnis der Erwachsenen?«

»Ja.«

»Ich werde niemandem etwas sagen«, versicherte Pilar. »Ich werde niemandem verraten, daß ich den Becher im Versteck gefunden habe.«

»Ich vertraue dir, Pilar. Würdest du es auch dann nicht verraten, wenn man dir schlimme Dinge antäte, um dich zum Reden zu bringen?«

»Nie, nie, nie!« beteuerte sie. »Nicht einmal Roberto wird etwas von diesem Geheimnis erfahren.«

»Komm, gehen wir jetzt zu den anderen.«

»Wir müssen zurück zum Nußbaum. Wenn wir ihn erreichen können, ohne daß sie uns finden, haben wir gewonnen.«

Er brachte ein Buch herbei und ließ sie ihre Hände darauf legen. Er drückte ihr ein Kreuz in die Hand und ließ sie nachsprechen: »Ich schwöre, dieses Geheimnis zu bewahren. Ich schwöre es bei Gott und all Seinen Heiligen.«

Sie tat es verwundert. Ihre schwarzen Augen funkelten vor Neugier.

Dann gingen sie ins Sonnenlicht hinaus.

Sie rannten über das Gras auf das Nußbaumgehölz zu, als eine Frauenstimme plötzlich rief: »Howard! Howard!« Der Junge blieb stehen, und Pilar sah, daß er einen hochroten Kopf bekommen hatte.

»Es ist meine Mutter«, murmelte er. »Sie hat uns gesehen.«

Die Frau kam auf sie zu, und bei ihr waren Bess und Roberto. Lady Hardy lächelte; Roberto ebenfalls. Offensichtlich hatte er seinen unwiderstehlichen Charme spielen lassen und auf diese Weise ihr Herz erobert.

»Du bist also Robertos Schwester«, sagte Lady Hardy und betrachtete Pilar aufmerksam.

Pilar machte einen Knicks.

»Roberto hat mir erzählt, daß ihr Verstecken gespielt habt wie auch meine Kinder, und daß ihr dann beschlossen habt, gemeinsam weiterzuspielen.«

Schlauer Roberto! Er war so träge, aber er wußte immer, *was* man sagen mußte und *wie* man es sagen mußte.

»Es macht mehr Spaß, zu viert zu spielen als zu zweit«, erklärte Pilar.

»Das hat Roberto mir auch schon gesagt.« An Howard gewandt, fuhr Lady Hardy fort: »Möchtest du deine Freunde nicht zu einer kleinen Erfrischung ins Haus bitten?«

»Wir kommen gern«, platzte Pilar sofort heraus.

»Wir würden uns über eine solche Einladung sehr freuen«, formulierte Roberto es höflicher.

Sie wurden durch die große Halle geführt, dann stiegen sie eine Treppe empor und betraten einen kleinen Raum mit Gobelins an den Wänden.

»Ich werde Wein bringen lassen, und du kannst den Gastgeber für deine jungen Freunde spielen, Howard.«

»Ja, Mama.«

Pilar spürte, daß ihm immer noch unbehaglich zumute war, während sie das Abenteuer in der Kapelle schon fast wieder vergessen hatte.

Sie setzten sich an den Tisch, und es wurde Wein serviert. Es gab auch köstliches Gebäck. Pilar sah, daß es Roberto genauso gut schmeckte wie ihr selbst. Am meisten schien er es aber zu genießen, sich mit Lady Hardy zu unterhalten und sie mit seinen guten Manieren zu beeindrucken. Roberto war ein richtiger Gentleman, ein Höfling, wie Isabella sagte. Er blühte auf, sobald er von Frauen bewundert wurde.

Pilar fragte sich, warum Lady Hardy, die so oft hochmütig an ihnen vorbeigeritten war, plötzlich solche Herzlichkeit an den Tag legte.

»Ihr habt also Unterricht bei Mr. Power?« erkundigte sich Lady Hardy.

»Ja, und eigentlich sollten wir auch heute nachmittag im Pfarrhaus sein«, antwortete Roberto.

»Aber er hat eine Kolik!« fügte Pilar fröhlich hinzu.

»Der arme Mann«, sagte Lady Hardy.

»Wir haben gebetet«, fuhr Pilar fort, »daß er nicht sterben möge, daß er sich aber auch nicht allzu schnell wieder erholt. Sein Unterricht ist nicht sehr interessant.«

»Unterrichtet er euch in vielen Fächern?«

»O ja«, seufzte Pilar.

»Wir sind keine sehr guten Schüler«, bekannte Roberto mit seinem charmantesten Lächeln.

»Roberto ist besser als ich«, fügte Pilar gerechterweise hinzu.

»Unterweist er euch in der Heiligen Schrift, oder macht das eure Mutter?«

»Wir haben nicht dieselbe Mutter«, erklärte Pilar. »Unser Vater hat zwei Frauen.«

Howard und Bess starrten sie erstaunt an, und Bess wollte etwas fragen, aber Lady Hardy kam ihr rasch zuvor: »Geht eure Mutter mit euch in Mr. Powers Kirche?«

»Nein«, antwortete Pilar. »Wir gehen nicht in die Kirche. Wir sind Spanier, müßt ihr wissen — das heißt, zur Hälfte Spanier. Unsere Mütter sind aus Spanien, und unser Vater ist ein großer Kapitän, der zur See fährt und deshalb oft lange nicht zu Hause ist.«

»Redet eure Mutter manchmal mit euch über den Kirchgang?«

Roberto ergriff das Wort. »Meine Mutter spricht manchmal Gebete — aber zu den Heiligen.«

»Und meine Mutter hat einen kleinen Gebetsraum«, berichtete Pilar. »Dort stehen Kerzen, und sie betet dort. Carmentita betet auch dort. Manchmal beten sie auch alle zusammen — meine Mutter, Robertos Mutter und Carmentita.«

»All jene, die aus Spanien gekommen sind«, ergänzte Roberto.

»Warum sind sie denn aus Spanien hierher gekommen?« fragte Bess.

»Weil alle Spanier nach England kommen würden, wenn sie könnten«, erklärte ihr Howard.

»Erzählen euch eure Mütter über ihr Heimatland und das Leben, das sie dort geführt haben?« erkundigte sich Lady Hardy.

»O nein«, antwortete Pilar. »Sie sprechen nie darüber. Nur Carmentita. Wenn es hier regnet und ein starker Wind weht, schneidet sie Grimassen und sagt: ›Oh, du schreckliches englisches Wetter!‹« Pilar verzog bei diesen Worten ihr Gesicht und hatte einen so starken spanischen Akzent, daß alle Kinder lachten.

Dieser Erfolg berauschte Pilar. Sie begann Carmentita zu imitieren, und die anderen konnten gar nicht genug davon hören. Pilar erfand für sie die fantastischsten Geschichten über Carmentita, und die beiden Hardy-Kinder erstickten fast vor Lachen.

Als Roberto und Pilar schließlich aufbrachen, sagte Lady Hardy zu dem Knaben, der ihr der verläßlichere der beiden Kinder zu sein schien: »Ich gebe dir einen Brief mit. Bitte vergiß nicht, ihn Mrs. March auszuhändigen. Es war für euch vier so schön, zusammen zu spielen, daß ich der Meinung bin, wir sollten alle Freunde werden.«

Roberto schob den Brief in die Tasche seines Wamses.

Als sie jedoch zu Hause ankamen, entriß ihm Pilar Lady Hardys Schreiben und rannte atemlos die Treppe hinauf, um es ihrer Mutter zu bringen.

Bianca war bei Isabella, als diese Lady Hardys Brief erhielt.

»Sie will mich besuchen«, sagte Isabella.

Bianca riß ihre Augen weit auf. »Warum denn das auf einmal? Sie hat dich doch jahrelang ignoriert. Und nun will diese vornehme Dame aus dem großen Herrenhaus dich besuchen — dich, die Frau des Kapitäns, ehemals seine Geliebte, ehemals sein spanisches Beutestück? Was hat das zu bedeuten?«

»Ich weiß es nicht«, sagte Isabella. »Pilar ist jedenfalls ganz begeistert.«

»Pilar! Sie lebt ganz in ihrer Fantasiewelt. Eines Tages wird es für sie ein schmerzhaftes Erwachen geben. Was sagt denn Roberto? Von ihm werden wir eher einen wahrheitsgetreuen Bericht erhalten. Ich werde ihn fragen.«

Roberto saß in dem kleinen Zimmer, wo er und Pilar immer ihre Hausaufgaben machten.

»Roberto?« rief Bianca ihn mit sanfter Stimme an.

Er erhob sich sofort. Seine Manieren waren untadelig, seine Bewegungen hatten eine natürliche Anmut. Er blickte lächelnd zu ihr auf, fühlte sich aber etwas unbehaglich. Seine temperamentvolle Mutter ängstigte ihn ein wenig; er befürchtete immer, daß sie über irgend etwas in leidenschaftlichen Zorn geraten könnte.

»Was ist heute nachmittag passiert, Roberto?«

Pilar kam ins Zimmer gerannt. »Wir sind über die Mauer geklettert und zum Nußbaumwäldchen gegangen. Dort sind wir dann auf einen Baum geklettert... auf den höchsten Baum, den ich je gesehen habe und...«

»Ich hatte Roberto gefragt«, unterbrach Bianca ihren Redeschwall.

»Ich kann es dir aber viel besser erzählen.«

»Aber nicht so wahrheitsgetreu, und darauf kommt es mir an!«

»Bianca, wie kannst du nur behaupten, daß ich nicht die Wahrheit sagte?«

Roberto mischte sich als Vermittler ein. »Es stimmt, was Pilar erzählt, Mama — nur daß es in Wirklichkeit kein sehr hoher Baum war.«

»Was hast du Lady Hardy erzählt, daß sie plötzlich den Wunsch hat, deine Mutter kennenzulernen, Pilar?«

»Sie kommt also her? Und wir werden wieder nach Hardyhall eingeladen?« rief Pilar und machte einen Freudensprung. »Ich werde in dem schönen Zimmer sitzen und essen und trinken und dann... und dann... werde ich in die Kapelle gehen...« Sie verstummte abrupt.

»In die Kapelle?« fragte Bianca. »Warst du in der Kapelle?«

»Ich... ich sah sie beim Versteckspiel. Sie hat graue Mauern und eine eisenbeschlagene Tür. Wir haben uns zwischen den Bäumen davor versteckt, und sie haben uns nicht gefunden.«

»Roberto, mein Sohn, worüber hat Lady Hardy gesprochen, als ihr mit ihr Wein getrunken habt?«

»Sie fragte uns, was wir bei Mr. Power lernen.«

»Und wir haben ihr erzählt, daß er eine Kolik hat«, rief Pilar. »Und ich...«

Bianca fiel ihr energisch ins Wort. »War sie erfreut darüber, daß ihr mit ihren Kindern gespielt habt?«

»Ja, sie war darüber sehr erfreut«, antwortete Roberto. »Sie sagte, es sei schöner, zu viert zu spielen als zu zweit... das heißt, ich weiß nicht mehr genau, wer das gesagt hat...«

»Ich war das! Ich!« rief Pilar.

»Demnach sucht sie also Spielgefährten für ihre Kinder«, konstatierte Bianca. Sie ging zu Isabella zurück.

»Es gibt in der näheren Umgebung nicht viele Kinder, mit denen die Hardys spielen können«, meinte Isabella, als Bianca kurz darauf zu ihren Füßen saß und ihre Karten befragte, welches Interesse Lady Hardy an einer näheren Bekanntschaft mit der Frau des Kapitäns wohl haben könnte.

»Du wirst sie also hierher zu uns einladen?«

»Was bleibt mir denn anderes übrig?«

»Was wird *er* dazu sagen?«

»Er ist weit entfernt«, murmelte Isabella.

»Vielleicht auch nicht. Sein Schiff kann jetzt jeden Tag am Horizont auftauchen. Aber er darf es nicht erfahren.«

»Vielleicht würde es ihn freuen, daß Lady Hardy seine Frau besucht hat.«

»Nein«, widersprach Bianca. »Es würde ihn ganz bestimmt nicht freuen. Er hat die Hardys von jeher gehaßt. Aber verlaß dich drauf, Lady Hardy besucht dich nicht allein deswegen, weil sie Spielgefährten für ihre Kinder sucht.«

Lady Hardy kam am nächsten Tag.

Sie war schlicht gekleidet, mit einer Halskrause aus Leinen. Ihr Überrock, der vorne in Form eines umgekehrten V geöffnet war, enthüllte ein Stück des Unterrockes aus wertvollerem Material. Sie trug ein Cape um die Schultern, und ihre französische Haube bedeckte die Haare fast vollständig und ließ nur den Ansatz eines Mittelscheitels erkennen.

Isabella, die während ihres zehnjährigen Aufenthalts in diesem Land nie mit englischen Damen verkehrt hatte, war dennoch durch die Erziehung in ihrem Elternhaus mit gutem Benehmen und besten Manieren vertraut, und ihre perfekten Umgangsformen nahmen Lady Hardy sofort für sie ein.

Mit feinem Gespür bemerkte Isabella, daß Biancas Anwesenheit der Dame nicht behagte. Sie erklärte deshalb: »Bianca ist meine Freundin. Wir sind zusammen aus Spanien gekommen. In meinem Elternhaus war sie meine Zofe, aber unsere gemeinsamen Abenteuer haben uns zu engen Vertrauten gemacht.«

Lady Hardy blieb folglich nichts anderes übrig, als sich widerwillig mit Biancas Anwesenheit abzufinden.

»Ich fand die Kinder bezaubernd«, begann sie. »Das kleine Mädchen, aber noch mehr den kleinen Jungen.«

Biancas Augen bekamen einen warmen Glanz. Lady Hardy hätte ihre Sympathie mit nichts anderem so rasch gewinnen können wie mit den lobenden Worten über Roberto.

»Er ist der beste Junge der Welt«, sagte Bianca.

»Ihr seid also seine Mutter?«

Bianca lächelte stolz.

»Ich hörte Gerüchte über die seltsamen Dinge, die Euch widerfahren sind.«

»Daß wir hierher verschleppt wurden?« fragte Isabella.

Lady Hardy beugte sich vor und legte ihre Hand auf Isabellas.

»Es war ein grausames Schicksal.«

»Das alles ist lange her«, sagte Isabella. »Es kommt mir inzwischen wie ein ferner Alptraum vor. Wir haben unsere Kinder, und wir beten zu den Heiligen, daß sie uns die Kraft geben mögen, auch weiterhin diese Bürde zu tragen, die auf unsere Schultern gelegt wurde.«

Lady Hardys Augen leuchteten auf. »Ihr schöpft also Trost und Kraft aus den Gebeten zu den Heiligen?«

Isabella nickte, und Bianca, die ihre Besucherin aufmerksam beobachtete, erkannte, daß Lady Hardy nun den eigentlichen Grund ihres Besuches zur Sprache bringen wollte. Nach einem ängstlichen Blick über ihre Schulter hinweg fuhr die Herrin von Hardyhall mit leiser Stimme fort: »Ihr kommt beide aus Spanien. Ihr lebt hier in einem häretischen Land.« Dieser Ausdruck erklärte alles. Lady Hardy war Katholikin... eine Katholikin, die ihrer Kirche im geheimen anhing. Das war auch der Grund, weshalb sie sich für die Frauen aus Spanien interessierte. »Könnt Ihr hier Eure Religion ausüben?«

»Ich habe nur einen kleinen Raum, den ich als Kapelle bezeichne«, sagte Isabella.

»Habt Ihr einen... Priester?«

»Nein, nein. Aber wir beten regelmäßig zu den Heiligen.«

»Es ist demnach Jahre her, seit Ihr einer heiligen Messe beigewohnt und Eure Sünden gebeichtet habt?«

Isabella seufzte. »Uns wird vergeben werden, denn wir haben hier ja keine Möglichkeit, das Sakrament zu empfangen.«

»Ihr betet also mit...« Lady Hardys Blicke schweiften zu Bianca.

Bianca nickte. »Ja«, bestätigte sie. »Ich bete manchmal. Ich war in Spanien eine Zigeunerin. Ich bin eine gute Katholikin. Und Carmentita ebenfalls.«

»Und Euer...« — Lady Hardy wußte nicht so recht, wie sie sich ausdrücken sollte — »Euer Mann?«

»Wenn wir seine baldige Heimkehr erwarten, lösen wir unsere kleine Kapelle auf. Er weiß nichts von unseren Gebeten.«

»Und wenn er es wüßte?«

»Wir wissen nicht, wie er darauf reagieren würde«, erwiderte Bianca. »Vielleicht würde er nur lachen, vielleicht würde er aber auch alles verbrennen, womit wir jenes kleine Zimmer zur Kapelle ausgestaltet haben. Wir wissen es nicht, und wir wollen es lieber nicht auf einen Versuch ankommen lassen. Der Kapitän kann sehr zornig und gewalttätig sein.«

»Ich kenne Eure Geschichte. Ich erinnere mich noch an den Tag Eurer Ankunft. Damals waren im Dorf wilde Gerüchte im Umlauf. Ich muß Euch gestehen, daß Maria, die in Spanien Euer Dienstmädchen war und nun bei mir arbeitet, mir vieles erzählt hat. Vielleicht hätte sie das nicht tun sollen. Aber ich stellte ihr all diese Fragen nicht so sehr aus Neugier als vielmehr aus tiefem Mitgefühl für Euer Schicksal. Ich weiß von den schrecklichen Dingen, die Ihr in den Händen dieser... dieser Rohlinge erdulden mußtet.«

Isabella senkte den Kopf, während Bianca Lady Hardy nicht aus den Augen ließ.

»Und deshalb«, fuhr die Dame fort, »bin ich zu Euch gekommen, um Euch einen Vorschlag zu unterbreiten. Wenn

Ihr die Sakramente empfangen wollt, so könnte ich Euch das ermöglichen. Ihr müßtet dazu unter irgendeinem Vorwand nach Hardyhall kommen – Ihr beide und auch diese andere Spanierin, die Ihr erwähntet. Aber wißt Ihr, wie die Dinge hier im Lande stehen? Um die Messe feiern und die Beichte ablegen zu können, benötigt man einen Priester. Aber die Gesetze in diesem Land wurden vor kurzem erheblich verschärft. Die Königin hat Angst vor den Katholiken in England – vermutlich ist ihr selbst bewußt, daß sie kein Anrecht auf den Thron hat. Ihre Eltern waren nie verheiratet, und es gibt hier eine gute katholische Königin, die zu Recht den Thron beansprucht, aber gefangengehalten wird. Deshalb haben die Gefolgsleute der Königin, die eine Rebellion der Katholiken befürchten, auf die Verschärfung der Gesetze gedrungen. Man sagt, die Namen all jener, die im Verdacht stehen, Katholiken zu sein oder Priester zu beherbergen, seien den Spionen der Königin bekannt. Wir müssen jederzeit damit rechnen, daß unsere Verfolger unsere Häuser auf den Kopf stellen, auf der Suche nach Priestern und – wie sie sich ausdrücken – papistischen Büchern. Deshalb müssen jene von uns, die Priester bei sich aufnehmen, äußerst vorsichtig sein und es unter allen Umständen geheimhalten.«

Biancas Augen funkelten. Das war eine aufregende Situation ganz nach ihrem Geschmack.

»Ihr beherbergt einen Priester in Eurem Haus?« fragte sie.

Lady Hardy sah sich wieder ängstlich um, bevor sie sagte: »Ich könnte es arrangieren, daß ein Priester Euch die Beichten abnimmt und die Messe zelebriert. Es ist mir plötzlich eingefallen, als ich Eure Kinder auf unserem Grund und Boden sah. Sie sehen so fremdartig aus – so gar nicht wie Engländer. Ich fragte mich, welche religiöse Unterweisung sie wohl erhielten, und als sie mir dann von ihrem Unterricht beim Pfarrer erzählten, erschauderte ich bei dem Gedanken, daß sie – anstatt im wahren Glauben unterrichtet zu werden – zu einem Ketzer gehen.«

»Ich möchte meinen Sohn auf keinen Fall in Gefahr bringen«, erwiderte Bianca. »Es könnte ja sein, daß diese Leute, die die Katholiken so streng bestrafen, auch Kinder nicht verschonen, wenn sie diese in der Gesellschaft eines Priesters überraschen.«

»Wie könnt Ihr als Katholikin so reden?« fragte Lady Hardy.

»Ich bin Katholikin«, rief Bianca, »aber in erster Linie bin ich Mutter.«

»Ihr würdet also die Seele Eures Kindes aufs Spiel setzen, nur um seines leiblichen Wohles willen?«

Biancas Augen flammten. »Er ist mein Sohn. Ich würde jeden umbringen, der Hand an ihn legen wollte. Ich würde ein Messer nehmen und ihm das Herz aus der Brust schneiden. Aber was würde mir das Herz meines Feindes nützen, wenn sie meinen Jungen trotzdem mitnähmen und ihm etwas zuleide täten? Mir bliebe dann nur noch, das Messer gegen mich selbst zu richten. Denn er ist mein ein und alles. Ich würde ihn niemals einer Gefahr aussetzen!«

»Ihr redet nicht wie eine echte Katholikin.«

»Würdet Ihr denn das Leben Eurer Kinder gefährden, Señora?«

»Falls es Gottes Wille wäre, daß sie leiden müßten, so würde ich darum beten, daß sie mit Seelenstärke alles ertragen, was ihre Feinde ihnen antun.«

»Ihr seid eine gute Katholikin, wie ich sehe«, sagte Bianca, »aber eine gleichgültige Mutter.«

Lady Hardy wandte sich verärgert von Bianca ab. An Isabella gewandt, fragte sie: »Werdet Ihr kommen, um den Priester kennenzulernen? Ich würde vorschlagen, daß das Mädchen und der Junge nicht nur mit meinen Kindern spielen, sondern auch mit ihnen zusammen den Unterricht besuchen sollten. Wie wäre das? Dann würden sie im wahren Glauben unterwiesen.«

»Der Lehrer ist also ein... Priester?« fragte Isabella.

Lady Hardy lächelte. »Diese mutigen Männer, die zu uns kommen... sie müssen sehr vorsichtig sein. Es gibt ihrer nicht so viele, als daß sie es sich leisten könnten, unbesonnen zu handeln.«

Bianca war aufgesprungen. Ihre Augen schleuderten Blitze. »Isabella, nein! Ich habe Angst«, rief sie.

Lady Hardy warf ihr einen verächtlichen Blick zu, aber Bianca fuhr unbeirrt fort: »Roberto wird auf gar keinen Fall Unterricht bei einem Priester haben. Es ist hierzulande den Priestern verboten, Kinder zu unterrichten. In unserem Heimatland wiederum ist es verboten, ein Häretiker zu sein. O Isabella, hör auf mich! Wenn du Pilar liebst, so laß auch sie nicht an diesem Unterricht teilnehmen!«

»Eure angebliche Liebe zu Eurem Kind verführt Euch dazu, seine Seele zu vernachlässigen!«

»Ich weiß nicht, ob ich an Roberto mehr die Seele oder den Leib liebe«, sagte Bianca, »aber ich werde nicht zulassen, daß man ihm etwas zuleide tut.«

»Biancas ganze Liebe gilt ihrem Sohn«, griff Isabella vermittelnd ein. »Sie läßt ihr Herz sprechen. Ihr müßt ihr verzeihen, Lady Hardy. Und Ihr braucht keine Angst zu haben — Bianca würde Euch nie verraten.«

»Nein«, sagte Bianca, »ich verrate Euch nicht. Ich würde gern zu Euch kommen, um einem Priester meine Sünden zu beichten und um die Absolution zu erhalten. Was aber Roberto betrifft — nein, nein! Ich will ihn nicht in Gefahr bringen!«

Lady Hardy gönnte ihr keinen Blick mehr. »Ich wollte eigentlich beiden Kindern den Segen einer Unterweisung im wahren Glauben zukommen lassen. Aber wie ist es mit Euch?« fragte sie Isabella. »Wollt Ihr, daß Euer kleines Mädchen zu uns kommt und am Unterricht meiner Kinder teilnimmt?«

Isabella fing Biancas flehenden Blick auf. Nein! Nein! Nein! stand darin geschrieben.

»Ihr habt meine Tochter ja kennengelernt«, antwortete Isabella. »Pilar ist ein Kind, das nicht leicht zu lenken ist. Sie hat eine sehr lebhafte Fantasie, und sie ist unbezähmbar. Wenn man sie in ein solches Geheimnis einweiht, so befürchte ich, daß man damit nicht nur sie selbst, sondern auch alle übrigen Betroffenen in große Gefahr brächte.«

Bianca atmete erleichtert auf, und ihre Augen funkelten

verschmitzt. Das war eben der Unterschied zwischen ihnen beiden. Isabella hatte um ihr Kind genau solche Angst wie sie, aber während sie mit ihrer Meinung offen herausplatzte, formulierte Isabella ihre Absage äußerst diplomatisch. Das war der Unterschied zwischen einer Dame von edler Herkunft und einer Zigeunerin.

Lady Hardys Mund verhärtete sich. Sie war eine Konvertitin und als solche fanatischer als jene, die von Geburt an katholisch waren. Sie hatte den einzig wahren Glauben *gefunden* und sich aus freier Gewissensentscheidung dazu bekehrt. Diesen Spanierinnen war er sozusagen geschenkt worden, und sie nahmen ihn relativ gleichgültig hin, während sie selbst eine religiöse Eiferin war.

Isabella fuhr fort: »Wir müssen in Gegenwart von Pilar unsere Worte sorgsam abwägen. Hinzu kommt aber noch etwas anderes – ihr Vater will sie, wenn er zu Hause ist, ständig um sich haben. Sie soll *seine* Tochter sein, darauf legt er größten Wert. Sie in solche Geheimnisse einzuweihen, könnte deshalb katastrophale Folgen haben. Ihr wart sehr freundlich zu uns. Wenn ich selbst kommen und der Segnungen, von denen Ihr spracht, teilhaftig werden könnte, so wäre ich sehr glücklich.«

Lady Hardy lächelte.

»Vielleicht habe ich in meinem Enthusiasmus, Euch helfen zu wollen, die möglichen Folgen wirklich nicht hinreichend bedacht. Euch ist zweifellos selbst bewußt, daß die Seelen der Kinder der ewigen Verdammnis anheimfallen könnten. Der Pfarrer lehrt sie alle Lügen der offiziellen Kirche dieses Landes. Dadurch könnten ihre Seelen für immer verloren gehen.«

»Mr. Powers Religionsunterricht macht auf beide Kinder nicht den geringsten Eindruck«, erwiderte Isabella. »Ich glaube, daß sie beim Religionsunterricht noch weniger aufpassen als in den anderen Fächern.«

Lady Hardys Augen bekamen einen verzückten Glanz. »Die Heiligen beschützen diese Kinder. Das ist ein Wunder. Ich spürte es, als ich sie gestern kennenlernte. Ich bin dazu ausersehen, sie zu retten. Aber Ihr habt natürlich recht — wir dürfen das Leben jener nicht gefährden, die so unendlich viel für uns und unseren Glauben tun. Wir müssen behutsam vorgehen. Die Kinder sollen weiterhin bei Mr. Power Unterricht nehmen, denn wenn sie dazu in unser Haus kämen, könnte das zu allerlei Gerede Anlaß geben. Als erstes müssen wir — Ihr und ich — Freundschaft schließen. Ihr werdet mir einen Gegenbesuch abstatten, und niemand wird wissen, was dabei geschieht. Die beiden spanischen Frauen können unter irgendwelchen Vorwänden — Botengängen oder etwas derartigem — bei uns vorsprechen und dann ebenfalls der Gnade teilhaftig werden. Was aber die Kinder angeht, so wollen wir zunächst einmal abwarten. Mr. Power ist leidend. Wie ich von Euren Kindern gehört habe, hat er eine Kolik. Vielleicht beschließt Gott in Seiner großen Güte, ihn sterben zu lassen, damit Eure Kinder an jener religiösen Unterweisung teilnehmen können, die sie zur Wahrheit führen wird.«

»Ja«, stimmte Isabella zu, »so müssen wir vorgehen. Ich bin Euch wirklich sehr dankbar, daß Ihr mir diese Gelegenheit gebt.«

Lady Hardy erhob sich und umarmte Isabella.

»Wenn ich daran denke, was Ihr alles erduldet habt, so blutet mir das Herz. Aber Gott ist gut. Er vergißt jene nicht, die in Bedrängnis sind. Wer weiß, vielleicht gebietet Er schon in diesem Augenblick den Wassern zu steigen. Möglicherweise hat Er beschlossen, Euch nicht nur Eure Religion wieder ausüben zu lassen, sondern auch jene schwere Bürde zu erleichtern, die Er einst auf Eure Schultern gelegt hat. Kommt mich morgen besuchen. Kommt allein, dann wird es als etwas ganz Natürliches angesehen werden — als ein der Etikette entsprechender Gegenbesuch.«

»Ich werde kommen«, versprach Isabella, »und ich werde allein kommen.«

Pilar wußte, daß die Erwachsenen neue Geheimnisse hatten. Sie spürte eine leichte Veränderung im Haus, und von dieser Veränderung waren ihre Mutter, Bianca und Carmentita betroffen.

Ihre Mutter ging oft nach Hardyhall, nahm Pilar aber nie mit, obwohl Pilar manchmal dort mit den Kindern spielte. Bei diesen Gelegenheiten hatte sie einige Male in die Kapelle gehen wollen, aber die Tür war verschlossen gewesen.

Roberto begleitete sie nie nach Hardyhall.

»Warum? Warum?« rief sie leidenschaftlich. »Warum willst du nicht mitkommen?«

»Ich habe keine Lust«, sagte Roberto. Er lag im Gras und blickte aufs Meer hinaus. »Mir gefällt es hier besser.«

»Hier! Aber hier sind wir doch immer! Es gibt so vieles, was ich in Hardyhall noch nicht gesehen habe.« Am liebsten hätte sie ihm von der Kapelle und dem Versteck unter dem Fußboden erzählt, aber ihr fiel gerade noch rechtzeitig ein, daß sie geschworen hatte, darüber zu schweigen.

Roberto wiederholte stur. »Mir gefällt es hier.«

»Du hast Angst, Roberto. Du fürchtest dich vor etwas in Hardyhall.«

Er lachte nur, und sie verspürte den heftigen Wunsch, ihn zu schütteln, an den Haaren zu ziehen, ihn auf irgendeine Weise in Wut zu versetzen.

»Warum willst du nicht nach Hardyhall mitkommen?« fragte sie statt dessen wieder. »Kannst du Howard nicht leiden?«

»Doch.«

»Dann ist es bestimmt wegen dieser blöden Bess!«

»Nein.«

»Warum hast du Angst vor Hardyhall?«

»Ich habe keine Angst.«

»Du gehst nie hin.« Sie runzelte die Stirn und stand langsam auf.

»Wohin gehst du?« fragte er.

Sie gab keine Antwort und entfernte sich tief in Gedanken, und diesmal folgte er ihr nicht.

Bianca hängte gerade Wäsche zum Trocknen über die Büsche.

Pilar sah ihr dabei zu.

»Warum spielst du nicht mit Roberto?« fragte Bianca.

»Er liegt wieder mal auf der Klippe herum, und dazu habe ich keine Lust. Ich gehe zu Howard und Bess, aber er will nicht mitkommen.«

Pilar ließ Bianca nicht aus den Augen, und so entging ihr auch Biancas zufriedenes Lächeln nicht. »Er will nie mitkommen«, fuhr Pilar fort. »Ihm gefällt es dort nicht.«

Bianca schwieg — sie, die normalerweise soviel redete!

»Das ist dumm von ihm«, sagte Pilar. »Es gibt soviel interessante Dinge in Hardyhall.«

»Was für Dinge?« fragte Bianca wachsam.

»Eine Menge Zimmer, wo man herrlich spielen und sich verstecken kann. Sie haben auch eine Kapelle.«

»Du solltest mit deinem eigenen Zuhause zufrieden sein.«

Pilar schlenderte davon. Sie wußte jetzt, daß es Bianca war, die nicht wollte, daß Roberto nach Hardyhall ging.

Sie begab sich zu Carmentita in die Küche.

Dort war es heiß, denn Carmentita hatte an diesem warmen Tag ein großes Feuer entfacht, und es duftete nach *olla podrida*, einem der spanischen Gerichte, die Carmentita auch in England zubereitete.

Auch Carmentita war in letzter Zeit verändert. Sie machte einen noch fröhlicheren und ausgeglicheneren Eindruck als früher. Im Augenblick hatte sie offensichtlich viel Spaß mit William, dem Gärtner.

»Eines Tages«, sagte Carmentita gerade, »werde ich eine *tortilla a la Espanola* für dich machen. Ah, Williamo, das ist ein himmlisches Gericht!«

»Und was kommt in deine *tortilla* hinein?«

»Die guten Kräuter, die du für mich sammeln wirst... und anderes mehr.«

»Du mußt schon selbst kommen und die Kräuter pflükken, na, Carmentita?«

Er klopfte ihr aufs Gesäß, sie knuffte ihn, und beide waren alles andere als erfreut, als sie Pilar in der Küche bemerkten.

»Was machst du denn hier?« fragte Carmentita. »Gefällt dir etwa der Zwiebelgeruch?«

Pilar nickte. »William«, sagte sie, »in deinen Beeten wächst viel Unkraut, und Bianca hat in den Karten gelesen, daß der Kapitän bald nach Hause kommt.«

»Ich arbeite sehr schwer«, murrte William, »aber das Unkraut wuchert einfach viel zu schnell.«

»Könnte es aber nicht sein«, fragte Pilar scheinheilig, »daß das Unkraut wuchert, weil du lieber spanischen Damen auf den Hintern klopfst als dich um den Garten deines Herrn zu kümmern?«

Der Gärtner verdrückte sich, wobei er etwas von vorlauten Gören vor sich hin knurrte. Pilar ignorierte seine Bemerkung. Sie wollte sich mit Carmentita unterhalten.

»Carmentitat«, begann sie, »ich glaube, du bist eine böse Frau. Du hältst Männer von ihrer Arbeit ab.«

»Na, du bist mir aber eine ganz Freche!« rief Carmentita. »Was wirst du wohl als nächstes noch behaupten?«

»Daß du in der Dämmerung rausgehen wirst, um nach Kräutern für die *tortilla* zu suchen, und daß du lange dort draußen sein wirst, und daß du ohne Kräuter zurückkommen wirst.«

Carmentita tat so, als wäre sie sehr verlegen.

»Wer sagt so etwas?«

»Alle sagen es.«

»Dann könnte es auch dem Kapitän zu Ohren kommen.«

»Ja, wenn er nach Hause kommt, erfährt er es bestimmt, und dann wird er böse auf dich sein, Tita, und dich nicht rufen lassen, wenn er in seinem Schlafzimmer ist, und du wirst nicht raufsteigen und am nächsten Tag so glücklich sein und allen erzählen können, daß du nichts dafür kannst, wenn der Kapitän dich gern hat.«

»Du hast ganz schön lange Ohren!«

»O ja, sie hören alles, Tita.«

»Und eine scharfe Zunge!«

»Ja, und Augen, die alles sehen, und eine Nase, die Böses riecht . . .«

Pilar tanzte laut schnüffelnd um Carmentita herum. »Ja,

ja, das alles habe ich, Tita. Du gehst nach Hardyhall. Ich bin dir gefolgt. Ich habe dich reingehen sehen und an der Mauer gewartet, bis du wieder rauskamst.«

»Warum sollte ich nicht eine Botschaft überbringen?«

»So lange dauert es nicht, eine Botschaft zu überbringen, Tita. Was hast du in Hardyhall gemacht? Warum warst du glücklich, als du rauskamst? Du bist ganz ängstlich reinge-gangen, und als du rauskamst, hast du ein sehr zufriedenes Gesicht gemacht. Du hast etwas gemurmelt, während du die Straße entlanggingst. Es hat sich so angehört, als wür-dest du beten. Hast du wirklich gebetet, Tita?«

»Ich muß mit deiner Mutter sprechen und ihr sagen, daß du einem nachspionierst.«

»Dann werde ich ihr sagen, daß du lange mit William im Schuppen warst, und daß du gelacht hast, als du schließ-lich wieder rauskamst...«

»Ist es denn meine Schuld, wenn die Männer mir nach-stellen?«

»Carmentita, es *ist* deine Schuld.«

»Laß mich in Ruhe!«

»Erzähl mir, warum du nach Hardyhall gehst.«

»Es gibt vieles, was du nicht weißt, kleine Señorita. Eines Tages wirst du über diese Dinge Bescheid wissen, und dann wirst du nicht mehr so häßlich zu einer armen Frau sein.«

»Erzähl mir, worüber ich eines Tages Bescheid wissen werde.«

»Pilar, kleine Señorita, du bist ein Quälgeist. Warum kannst du nicht so lieb und artig sein wie Roberto?«

»Ich will eben alles wissen, und Roberto nicht.«

»Du solltest aber nicht immer Fragen stellen, wirklich nicht. Endlich werden uns, die man aus unserer Heimat entführt hat, jene Segnungen zuteil, die wir in Spanien kannten.«

»Wer hat dich entführt, Carmentita?«

»Der Kapitän... der Kapitän und seine Männer.«

Pilar vergaß Hardyhall. Der Kapitän hatte Carmentita entführt. Er raubte also nicht nur Gold und andere wertvol-le Dinge, sondern auch Frauen.

Sie brachte Carmentita dazu, ihr von der Verlobung ihrer Mutter mit einem spanischen Edelmann zu erzählen und davon, wie einige Tage vor der Hochzeit der Kapitän und seine Männer das Haus überfallen und die Frauen entführt hatten. »Alle Frauen, die ihnen gefielen«, sagte Carmentita. »War es denn meine Schuld, daß ich eine dieser Frauen war? Ja, ich war eine von ihnen... Und was ich auf dieser Reise alles zu leiden hatte! Es waren so viele Männer auf dem Schiff... und wir waren nur wenige... Aber du hast mir diese Geheimnisse aus der Nase gezogen. Geh weg... Geh weg!«

Einige Tage später sah Pilar, wie ihre Mutter das Haus verließ. Früher hatte sich Isabella nur selten aus den Gärten hinausgewagt, aber nun tat sie es; ihre dunklen Haare waren unter einer französischen Haube versteckt, und sie hatte sich in ihren Umhang gehüllt. Pilar wußte, daß sie wieder nach Hardyhall ging, und sie folgte ihr.

Von der Mauer, wo sie mit Roberto gesessen hatte, beobachtete sie, wie ihre Mutter den Rasen überquerte. Sie wollte warten, bis ihre Mutter das Haus betreten hatte, und sich dann unter dem Vorwand, Howard und Bess zu suchen, umsehen. Sie wußte, daß sie spionierte, aber sie entschuldigte ihr Verhalten damit, daß sie die Tochter ihres Vaters war und herausfinden mußte, was um sie herum vorging.

Jemand kam plötzlich aus dem Haus gerannt, und Pilar erkannte Maria, die aufgeregt mit den Händen fuchtelte. Isabella blieb wie angewurzelt stehen. Maria lief zu ihr hin und flüsterte ihr etwas zu; Isabella machte sofort kehrt und eilte den Weg zurück, den sie gekommen war. Etwas mußte auf Hardyhall passiert sein.

Was jetzt? fragte sich Pilar.

Sie wartete, bis ihre Mutter durchs Tor gegangen war, dann sprang sie ins Gras hinab und rannte über den Rasen in Richtung Kapelle.

Jetzt konnte sie Stimmen hören — barsche Männerstimmen und aufgeregte protestierende Frauenstimmen.

Pilar fand es höchst sonderbar, daß Maria ihre Mutter weggeschickt hatte. Was mochte nur im Hause vorgehen?

Zum erstenmal, seit sie damals mit Howard hier gewesen war, fand sie die Tür der Kapelle unverschlossen. Sie schlüpfte hinein. Es war sehr still und friedlich, aber nur ganz kurze Zeit. Plötzlich hörte sie wieder Stimmen. Ein schriller Schrei ertönte, ein Mann brüllte irgendwelche Befehle.

Sie war erst zum zweitenmal in der Kapelle, und sie rannte schnell zu der Steinfliese, unter der sie den Silberbecher entdeckt hatte. Der Tisch stand noch an seinem Platz, aber die herrliche Decke war nicht mehr da. Sie schob ihre Finger in den Spalt zwischen den Fliesen und brachte den Stein in senkrechte Position. Der Becher war nicht mehr im Versteck.

Sie tastete mit der Hand umher. Der Schrank war größer, als sie gedacht hatte. Sie sah, daß das, was sie für den Boden gehalten hatte, in Wirklichkeit eine Stufe war. Es gab mehrere solcher Stufen, und sie führten in die Dunkelheit hinab. Pilar wollte unbedingt erkunden, wie groß dieser Geheimschrank nun eigentlich war.

Sie setzte ihre Füße auf die erste Stufe und tastete nach der zweiten, glitt aber plötzlich aus. Sie wollte sich an dem Stein festhalten, aber als sie ihn berührte, glitt er langsam hinab und bildete ein dunkles Dach über ihrem Kopf.

Sie rutschte ein Stück in die Tiefe und landete in einem kleinen Raum; sie schrie erschrocken auf, als eine Spinnwebe ihr Gesicht berührte.

Vor Angst wie gelähmt, starrte sie in die Finsternis. Obwohl es hier unten kalt war, lief ihr Schweiß über den Rücken. Sie wollte um Hilfe schreien, brachte aber keinen Laut hervor.

Allmählich gewöhnten sich ihre Augen an die Dunkelheit, aber sie hatte Angst, um sich zu schauen; noch nie im Leben hatte sie sich derart gefürchtet.

Und dann verdichtete sich die Dunkelheit in einer Ecke zu einer unheimlichen kauernden Gestalt, und sie hielt entsetzt den Atem an, denn sie glaubte, dieses alptraumhafte Wesen würde sich auf sie stürzen, weil sie seinen Frieden gestört hatte.

Dann fragte eine Männerstimme: »Wer bist du, und was tust du hier?«

Mit klappernden Zähnen stammelte sie: »Laß mich gehen! Ich wollte nicht hierherkommen!«

»Pssst!« sagte er. »Sprich leise. Man könnte uns sonst hören.«

»Wo sind wir hier?« fragte sie.

»Unter der Kapelle«, antwortete er. »Ich kenne dich nicht. Wer bist du?«

Sie betrachtete das blasse Oval seines Gesichts.

»Ich bin Pilar.«

»Weshalb bist du hierhergekommen?«

»Ich wollte es ja gar nicht. Ich habe nur den Stein hochgehoben und bin hineingestiegen. Und dann ist der Stein heruntergefallen, und ich bin abgerutscht.«

»Du mußt leiser sprechen. Deine Stimme könnte sie sonst zu uns führen.«

»Ich will aber gefunden werden. Mir gefällt es hier nicht.«

»Du bist hierhergekommen, mein Kind«, sagte er, »und nun wirst du hierbleiben müssen.«

»Für immer? Bin ich tot? Ist dies die Hölle?«

»Du hast ein schlechtes Gewissen.«

Sie rief in panischer Angst: »Ich weiß jetzt, was passiert ist. Der Stein ist mir auf den Kopf gefallen und hat mich getötet, und ich bin in der Hölle gelandet.«

»Nein, mein Kind. Du bist nicht tot. Bist du vielleicht das kleine Mädchen, dessen Mutter in den letzten Wochen manchmal nach Hardyhall kommt?«

»Ja«, sagte Pilar. »Und sind wir wirklich nur unter der Kapelle?«

»Ja, das sind wir.«

»Seid Ihr immer hier?«

»Ich kam etwa fünf Minuten vor dir hierher.«

»Weiß jemand, daß Ihr hier seid?«

»Ich hoffe, daß jene, die mich suchen, es nicht wissen.«

»Ihr versteckt Euch also?«

»Ich bitte dich, sprich leiser. Man könnte unsere Stimmen oben in der Kapelle hören.«

»Wenn sie uns hören, kommen sie und holen uns hier heraus.«

»Ja, mein Kind, das befürchte ich.«

»Aber ich will hier herauskommen. Mir gefällt es hier nicht. Es ist dunkel und kalt... und unheimlich. Ich will nach oben.«

»Mein Kind«, sagte er, »deine Neugier hat dich hierhergebracht, und nun mußt du hierbleiben, bis jene, die nach mir suchen, ihre Suche aufgeben.«

»Wie lange wird das dauern?«

»Es gab schon Fälle, wo sie einen Tag und eine Nacht nicht wieder abrückten.«

»So lange könnte ich nicht hierbleiben. Meine Mutter würde nach mir suchen, und ich hätte Hunger. Und es gefällt mir hier wirklich nicht.«

»Wie alt bist du? Ich weiß, daß du noch ein Kind bist, aber ich kann dein Alter schwer abschätzen.«

»Ich bin fast zehn Jahre alt.«

»Ich dachte, du wärest älter. Du bist ein tapferes Mädchen. Du gerätst nicht in Panik. Du bist äußerst neugierig, und solche Neugier kann einen oft in Schwierigkeiten bringen. Wie du siehst, hat sie dich jetzt in Schwierigkeiten gebracht. Du bist fast zehn, und diese Lektion wirst du jetzt gelernt haben. Ich bin dreißig — dreimal so alt wie du. Auch ich muß meine Lektionen lernen.«

»Was macht Ihr denn hier?«

»Ich verstecke mich.«

»Ist es ein Spiel?«

»Ein grausames Spiel.«

»Was werden sie Euch antun, wenn sie Euch fangen?«

»Du bist ein scharfsinniges kleines Mädchen. Du weißt, daß ich mich genauso fürchte wie du, stimmt's?«

»Erwachsene fürchten sich doch nicht.«

»O doch, sie können sich genauso fürchten wie Kinder. In mancher Hinsicht bleiben wir ein Leben lang Kinder.« .

Pilar war über dieses Geständnis maßlos erstaunt; vorübergehend vergaß sie sogar, daß sie sich mit diesem sonderbaren Mann an einem dunklen, unheimlichen Ort befand; sie dachte über die Furcht erwachsener Menschen nach.

Schließlich wiederholte sie ihre Frage: »Was werden sie Euch tun, wenn sie Euch fangen?«

»Vielleicht hängen sie mich. Möglicherweise würde ich aber auch zu einem noch schrecklicheren Tod verurteilt.«

»Habt Ihr etwas gestohlen?«

»Sie würden sagen, ich hätte Angehörige ihres Glaubens gestohlen. Ich hingegen würde sagen, daß ich Männer und Frauen zur Wahrheit geführt habe.«

Pilar sah, daß der Mann niederkniete. Sie hörte ihn flüstern: »Gib mir Mut... Dein Wille geschehe...«

Sie empfand es als höchst sonderbar, daß ein Mann kniend betete; sie hatte so etwas nie zuvor erlebt.

Der Lärm in der Kapelle verstummte abrupt.

»Sie sind weggegangen«, flüsterte der Mann. »Aber sie werden zurückkommen. Die Kapellen durchsuchen sie immer besonders gründlich.«

»Sie sind direkt über unseren Köpfen herumgelaufen.«

»Ja«, murmelte er.

»Wir konnten sie hören. Also könnten auch sie mich hören, wenn ich rufen würde.«

»Ja, mein Kind, sie würden dich hören. Du könntest an diese Mauern klopfen, an dieses dunkle Dach über uns, und sie würden dich hören.«

»Würden sie denn auch den richtigen Stein finden?«

»Sie würden ohne weiteres den ganzen Boden aufreißen, um den richtigen Stein zu finden.«

»Wer sind ›sie‹? Lady Hardy? Sir Walter?«

»Nein«, erwiderte er. »Diese beiden Menschen sind meine Freunde.«

»Aber wer sonst würde es denn wagen, den Boden in der Kapelle aufzureißen?«

»Jene, die nach mir suchen.«

»Aber wenn Sir Walter es ihnen verbieten würde...«

»Sie tun das im Namen der Königin, wo immer sie wollen.«

»Ich hätte den Stein wohl nicht hochheben dürfen.«

»Wer weiß, mein Kind! Vielleicht bist du ein Werkzeug Gottes.«

»Wollt Ihr damit sagen, daß Gott mich hergeschickt hat... daß er mich den Stein öffnen und hinabfallen ließ?«

»Vielleicht ist es Sein Wille, daß ich meinen Feinden in die Hände falle.«

»Will Er, daß Ihr gehängt werdet?«

»Vielleicht ist meine Zeit gekommen, meine Hingabe an Sein Werk unter Beweis zu stellen. Und dazu bedient Er sich vielleicht deiner.«

Pilar runzelte angestrengt die Stirn. Er konnte ihren Gesichtsausdruck nicht erkennen, aber er spürte, daß der Gedanke, Gottes Auge könnte auf ihr ruhen, sie beunruhigte.

»Ich kann Euch nicht deutlich sehen«, sagte sie, »aber Ihr redet wie Mr. Power.«

»Ich bin Priester«, erklärte er. »Hör mir gut zu, mein Kind. Wenn jene, die mich suchen, in die Kapelle zurückkommen, wird mein Leben in deiner Hand sein. Wenn du rufst, werden sie dich hier finden – und damit auch mich. Du mußt dich entscheiden, was du tun willst. Wenn du still bleibst, werden sie uns vielleicht nicht finden und dann in einem anderen Teil des Hauses nach mir suchen. Das kann Stunden dauern. Und du wirst gezwungen sein, so lange mit mir hier unten zu bleiben, bis sie Hardyhall verlassen.«

»Aber wenn ich rufe, werden sie Euch hängen... oder Euch noch Schlimmeres antun, wie Ihr sagt. Was könnte es denn noch Schlimmeres geben?«

»Darüber möchte ich lieber nicht sprechen.«

Sie erschauderte. »Ich sehe nicht gern Männer am Galgen hängen. Sie sehen dann gar nicht mehr wie Menschen aus. Sie machen mir Angst. Werde ich auch so aussehen, wenn ich einmal tot bin?«

»Die Heiligen verhindern das.«

»Aber Ihr würdet so aussehen, wenn man Euch aufhängen würde.« Nach kurzem Schweigen fuhr sie fort: »Ihr könntet mich töten, um mich daran zu hindern, Euch zu verraten.«

»Was für ein seltsames Kind du bist!«

»Würdet Ihr mich töten, wenn ich versuchen würde zu rufen?«

»Mein Kind, ich war noch nie in einer Situation wie der jetzigen. Du hast recht. Ich könnte dich genauso leicht zum Schweigen bringen, wie du mich meinen Feinden ausliefern könntest. In diesem kleinen Raum lauern Versuchungen auf uns. Ja, ich könnte dich töten, wie du ganz richtig sagst. Ich könnte meine Hand auf deinen Mund pressen, um dich am Schreien zu hindern; ich könnte meine Hände um deinen Hals legen... Du siehst, dein Leben liegt in meiner Hand. Ich könnte mir sagen: du bist Priester, ein Mann, der Gottes Werk vollbringen muß; was zählt schon das Leben eines ungezogenen kleinen Mädchens, verglichen mit all den vielen Seelen, die du noch retten könntest? Du wiederum könntest laut schreien und meine Feinde zu mir führen. Du siehst also, wir sind in diesem Versteck von Dämonen umringt, die uns einflüstern wollen: ›Rette dich!‹ Mich könnten sie mit dem Gedanken versuchen, daß ich noch wertvolle Arbeit leisten könnte; dich könnten sie auf die Idee bringen, daß ich ein Mann bin, der von den Dienern der Königin gesucht wird. Was wirst du tun, mein Kind, wenn diese Männer in die Kapelle zurückkommen?«

Er verstummte, und beide lauschten angestrengt.

»Ich höre Geräusche«, flüsterte Pilar. »Ich glaube, sie kommen.«

Der Lärm hielt etwa eine Viertelstunde lang an. Hin und wieder hörte Pilar den Priester leise beten.

»Paßt auf«, flüsterte sie ihm zu. »Sie könnten Euch hören.«

Er hörte auf zu beten, und Pilar begriff, daß sie beide von dem gleichen Wunsch durchdrungen waren: Die Männer sollten Hardyhall verlassen, damit sie selbst ungefährdet aus ihrem Versteck hervorkommen konnten.

Als in der Kapelle endlich wieder Ruhe eintrat, murmelte der Priester: »Du bist ein tapferes Kind.«

»Ja«, bestätigte Pilar stolz. »Ich bin tapfer. Mein Vater ist sehr tapfer, und er sagt, ich müsse sein wie er. Glaubt Ihr, daß sie noch einmal zurückkehren werden?«

»Vermutlich nicht. Sie haben die Kapelle gründlich durchsucht, ohne unser Versteck zu entdecken. Jetzt werden sie wahrscheinlich das Haus auf den Kopf stellen.«

»Und wir müssen weiter hierbleiben?«

»Ja.«

»Meine Mutter und Roberto werden sich Sorgen um mich machen.«

»Was hast du eigentlich in der Kapelle gemacht?«

Sie erzählte es ihm und erklärte ihm auch, warum sie das erste Mal mit Howard in die Kapelle gekommen war. Sie verschwieg allerdings, daß sie den beweglichen Stein schon damals entdeckt hatte, denn sie wollte ihren Schwur nicht brechen.

Sie fragte ihn, weshalb er von den Häschern der Königin gesucht würde, und er sagte ihr, daß er wegen seines Glaubens verfolgt werde, der den Untertanen der Königin verboten sei.

»Warum haltet Ihr dann an diesem Glauben fest, wenn die Königin ihn doch verbietet?« wollte Pilar wissen.

»Sollte ein Mann der Wahrheit abschwören, nur weil man ihm Lügen aufzwingen will?«

Er begann sie über religiöse Dinge auszufragen und war entsetzt über ihre Antworten. Er sagte, ihre Seele drohe den ewigen Qualen anheimzufallen. Er berichtete ihr auch, die Königin habe ein Gesetz erlassen, demzufolge jeder Jesuit, der in ihrem Herrschaftsgebiet gefunden würde, als Hochverräter vor Gericht käme.

»Was sind Jesuiten?«

»Es sind Priester, mein Kind, Mitglieder der Gesellschaft Jesu. Vor vielen Jahren wurde in den baskischen Provinzen Spaniens ein großer Mann geboren — Ignatius von Loyola. Er hat diese Gesellschaft gegründet.«

»Ich bin zur Hälfte Spanierin.«

»Dann müßtest du umso mehr auf Gottes Wahrheit hören.«

Sie sagte rasch: »Erzählt mir von diesem Mann, der in Spanien geboren wurde.«

»Er stammte aus einer vornehmen spanischen Familie. Er war Soldat, und als er auf dem Schlachtfeld verwundet wurde, sagte Gott ihm, er solle keine Menschen mehr töten, sondern ihre Seelen retten. Er sammelte tapfere Männer um sich, Männer, die bereit waren, für ihren Glauben zu sterben, so wie ein Soldat für sein Heimatland zu sterben bereit ist. Er stellte seine eigene Art von Armee auf — Priester, die in vielen Ländern, wo die Geißel des Heidentums regierte, einen heiligen Krieg führen sollten. In einer Kapelle unterhalb der Abtei von Montserrat gelobten seine Anhänger, für Gott zu arbeiten.«

»Habt Ihr das auch gelobt?«

»Ja, aber nicht bei jener Gelegenheit. Damals war ich noch nicht geboren; aber seit damals hat es immer Männer gegeben, die das von Ignatius von Loyola begonnene Werk fortführen.«

»Und weil Ihr dieses Werk fortführt, würde man Euch hängen?«

»Wenn ich Glück hätte, würde man mich hängen. In späteren Jahren wirst du dich daran erinnern, daß einmal das Leben eines Priesters in deiner Hand lag, und daß du es gerettet hast. Sag mir — warum hast du das getan? Es war ein Fingerzeig Gottes, nicht wahr? Die Heiligen waren an deiner Seite.«

»Nein«, widersprach Pilar. »Es war nicht Gott, und es waren auch nicht die Heiligen. Es war der Mann, den ich letzte Woche am Galgen hängen sah. Das fand ich schrecklich, und ich wollte nicht, daß Ihr auch so am Galgen hängt.«

»Gott hat dir das eingegeben, mein Kind.«

»Hat Gott Euch dann auch eingegeben, mir nichts zuleide zu tun? Ihr sagtet doch, Ihr könntet mich töten.«

»Ich hätte dir nie etwas zuleide getan. Ich bin Priester, und ein Mann Gottes tut so etwas nicht. Ich wollte dich damit nur auf die Probe stellen. Wenn ich diesen Ort heil verlasse, werde ich wissen, daß es Gottes Wille ist, deine Seele zu retten.«

»Ich hoffe, daß man uns bald hier herausholt. Mir ist kalt, und ich habe Hunger.«

»Ich habe nichts zu essen bei mir. Dazu blieb mir keine Zeit mehr. Ich mußte mich von einer Minute auf die andere verstecken. Aber du kannst das hier um dich wickeln.«

Er reichte ihr seine Soutane.

»Jetzt werdet Ihr aber frieren«, sagte sie.

»Nein, die Kälte fürchte ich nicht. Ein Priester lernt, seinen Leib zu kasteien.«

Sie hüllte sich in die Soutane, setzte sich auf den Boden und lehnte sich gegen die Mauer.

»Sie werden uns holen«, versicherte er, »sobald keine Gefahr mehr besteht.«

»Erzählt mir von Spanien«, bat sie. »Kennt Ihr Jerez? Dort haben meine Mutter, Bianca und Carmentita gelebt.«

»Ja«, sagte er. »Ich bin dort gewesen. Es ist eine herrliche Stadt, umgeben von Weinbergen und Olivenhainen. Sie liegt inmitten von Hügeln, und die Sonne ist dort sehr warm.«

Sie wollte mehr über Jerez wissen, aber er wollte die Zeit nicht mit nutzlosem Gerede vergeuden, sondern ihr von Gott und von den Heiligen erzählen, und bei diesem Thema schweiften ihre Gedanken bald ab. Auch Mr. Powers religiösen Ausführungen vermochte sie nie mit Aufmerksamkeit zu lauschen.

Es gab wenig Luft in dem kleinen Raum, und sie wurde immer schläfriger. In die Soutane gehüllt, war ihr angenehm warm, und nach kurzer Zeit drang die Stimme des Priesters nur noch wie fernes Meeresrauschen an ihre Ohren.

Sie erwachte, als sie aus dem Versteck gehoben wurde. Es war dunkel in der Kapelle, und sie konnte das Gesicht des Priesters nicht sehen.

Lady Hardy und Sir Walter waren da.

Sie hörte den Priester sagen: »Das ist ein tapferes Kind.«

Sie unterhielten sich im Flüsterton, und als Pilar eine Frage stellte, legte ihr Lady Hardy die Hand auf den Mund und murmelte: »Nicht jetzt, mein Liebes.«

Sie wurde aus der Soutane gewickelt und statt dessen in Lady Hardys pelzgesäumten Rock gehüllt. Durch die innere Kapellentür und eine kurze Treppe gelangten sie in jenes Zimmer, wo sie bei ihrem ersten Besuch bewirtet worden war.

Lady Hardy kniete vor Pilar und rieb ihr die Hände.

»Du bist ja ganz durchfroren, mein Kind«, sagte sie.

»Es war kalt in dem dunklen Loch«, murmelte Pilar.

Lady Hardy goß etwas in einen Becher ein und hielt ihn Pilar an die Lippen. Es war sehr heiß und wärmte angenehm.

»Ich habe deine Mutter gebeten, mit Bianca hierherzukommen. Sie muß sich sehr große Sorgen gemacht haben, als du nicht nach Hause kamst.«

»Ich wollte nicht in das dunkle Loch hinabsteigen...«

Lady Hardy hielt ihr einen Finger an die Lippen. »Sprich nicht von dem dunklen Loch. Du hättest nicht in die Kapelle gehen dürfen. Du hättest jenen Stein nicht berühren dürfen. Wir wollen vergessen, daß du es getan hast; aber auch du mußt diese Sache vergessen. Wir haben gehört, daß du sehr tapfer warst. Im Grunde deines Herzens bist du ein gutes Kind. Du hast etwas Unrechtes getan, aber als du das begriffen hast, tatest du alles, um dein Unrecht wiedergutzumachen. Du sollst nicht bestraft werden, dafür werde ich sorgen.« Lady Hardy beugte sich vor und küßte sie auf die Wange. »Meine kleine Pilar«, fuhr sie fort, »ich bin sehr froh, daß das passiert ist. Dich erwartet jetzt ein großes Glück, das wirst du bald erfahren. Aber zuerst mußt du mir etwas versprechen. Erzähl keinem Menschen auch nur ein Wort von deinem Abenteuer. Sag allen, die dich fragen, daß du dich verirrt hast und wir dich schließlich gefunden haben. Ich werde deiner Mutter die Wahrheit anvertrauen, aber niemandem sonst. Pilar, wirst du das tun? Du mußt es tun! Viele Menschenleben hängen davon ab.«

Pilars Augen leuchteten, und Lady Hardy erläuterte rasch: »Wenn du jemandem erzählst, was du entdeckt hast, könnte durch deine unbedachten Worte vielen guten Menschen großes Leid geschehen. Und das hättest du dann vor deinem Gewissen zu verantworten. Du wärest eine Mörderin, kleine Pilar, und das ist etwas Schreckliches.«

»Ich werde niemandem etwas sagen!« rief Pilar. »Niemandem!«

»Mein gutes Kind! Mein gutes, braves Kind!«

Lady Hardy umarmte Pilar weinend und begann dann wieder, ihr die kalten Hände zu reiben.

Bianca schimpfte auf dem Heimweg.

»Du böses Kind! Was für eine Angst du uns eingejagt hast! Wir haben überall gesucht und dachten, dir wäre etwas zugestoßen. Du müßtest ausgepeitscht werden. Wie war es nur möglich, daß du dich verirrt hast? Wo warst du überhaupt? Roberto wußte nicht, wohin du gegangen warst. Warum kannst du nicht so artig wie Roberto sein?«

Pilar erwiderte ausnahmsweise nichts auf die Vorwürfe. Ihr Abenteuer klang noch in ihr nach.

Ihre Mutter drückte ihr beruhigend die Hand. Ihre Mutter wußte die Wahrheit und war stolz auf sie.

Am nächsten Tag sagte ihre Mutter zu ihr: »Pilar, du wirst ab jetzt mit Howard und Bess Unterricht haben. Na, freust du dich?«

»Mit Howard und Bess? Und was ist mit Roberto?«

»Roberto bleibt bei Mr. Power.«

»Aber ich war doch immer mit Roberto zusammen!«

»Der Unterricht mit Howard und Bess wird dir mehr Spaß machen. Sie haben einen ausgezeichneten Lehrer. Sein Name ist Mr. Peter Heath, und er ist jünger als Mr. Power. Er kann den Lehrstoff sehr interessant gestalten. Außerdem hast du Howard und Bess doch gern, oder?«

»Ich mag Roberto aber am liebsten.«

»Du wirst immer noch viel Zeit mit Roberto verbringen können. Du sollst ja nur einige Stunden am Tag mit Mr. Heath arbeiten.«

»Warum kommt Roberto nicht auch mit?«

»Jemand muß bei Mr. Power bleiben. Es wäre nicht nett, wenn ihr ihn beide verlassen würdet.«

»Ist es denn nett, wenn ich ihn verlasse?«

»Ich dachte, du magst Mr. Power nicht.«

»Ich finde einfach, daß ich mit Roberto zusammenbleiben sollte.«

»Ihr könnt nicht ständig aneinanderkleben.«

Pilar ging also zum Unterricht nach Hardyhall, und Lady Hardy persönlich führte sie eine breite Treppe hinauf, in einen Teil des Hauses, den sie noch nicht kannte. In einem langen niedrigen Raum saßen Howard und Bess schon am Tisch, und als Pilar und Lady Hardy eintraten, erhob sich ein Mann und kam ihnen entgegen.

»Hier ist Eure neue Schülerin, Mr. Heath«, sagte Lady Hardy. »Ich hoffe sehr, daß sie Euch Ehre machen wird.«

Pilar blickte in dunkle Augen empor, die sie aufmerksam betrachteten. Das Gesicht des Mannes war ernst, aber er lächelte ihr freundlich zu und sagte: »Willkommen, mein Kind. Du wirst bestimmt eine gute Schülerin sein.«

»Ich weiß, daß Pilar ihr Bestes geben wird«, versicherte Lady Hardy.

Howard lächelte ihr wie immer auf jene besondere Weise zu, die besagte, daß sie beide ein großes Geheimnis teilten. Pilar begriff, daß er nichts von ihrem stundenlangen Aufenthalt in dem dunklen Versteck wußte, und darüber war sie sehr froh; denn sie fühlte, daß sie sein Vertrauen mißbraucht hatte. Bess warf ihr einen etwas ängstlichen Blick zu; Pilar, die etwa in ihrem Alter war, verunsicherte sie immer mit ihrem temperamentvollen und energischen Wesen.

»Ich lasse Euch jetzt mit den Kindern allein«, sagte Lady Hardy.

Pilar nahm zu ihrer ersten Unterrichtsstunde Platz. Obwohl Mr. Heath genauso wie Mr. Power sehr viel über die Kirche sprach, schien es eine etwas andere Kirche zu sein: Sie war mit vielen Heiligen bevölkert. Pilar sollte lernen, in lateinischer Sprache etwas aufzusagen, das ›Ave Maria‹

hieß. Und plötzlich wurde ihr klar, daß Mr. Heath für sie kein Fremder war.

Der Mann, mit dem sie jene Stunden im Dunkeln verbracht hatte, der Priester, den die Häscher der Königin hängen würden, wenn sie ihn entdeckten – das war Mr. Heath, ihr neuer Lehrer.

Eines Morgens erwachte Pilar von ungewohnter Betriebsamkeit im Haus. Sie hatte wieder einmal geträumt, sie versteckte sich an einem dunklen Ort, und ihre Verfolger hätten dieses Versteck entdeckt. Es waren zornige Männer mit funkelnden Augen und Stricken in den Händen.

Carmentita stand am Fenster und deutete aufs Meer hinaus.

»Steh auf und schau! Das ganze Haus hat es schon gesehen.«

Pilar sprang aus dem Bett und sah das Schiff, das außerhalb der Bucht lag.

»Ah, der Kapitän wird wütend sein, weil er wegen der Windstille nicht einlaufen kann!«

»Bist du auch ganz sicher?« rief Pilar.

»Williamo ist ganz sicher. Er sagt, das sei das Schiff des Kapitäns.«

»Seit wann ist es schon hier?«

»Williamo sah es, als er im Morgengrauen aufstand. Er weckte daraufhin alle anderen.«

Carmentita kicherte vor Vorfreude. Sie glättete die Falten ihres Kleides. Der Kapitän war noch nicht einmal im Haus, und schon hatte sie William vergessen.

Der Kapitän war zwei Jahre auf Reisen gewesen. Pilar hatte sich kaum noch daran erinnert, welche Wirkung er auf alle Hausbewohner ausübte. Sie wußte nur noch, daß es ihr nach seinem letzten Aufbruch sehr still vorgekommen war.

Carmentita sang vor sich hin; ihr plumpes Gesicht strahlte; ihre Lippen waren leicht geöffnet; in Gedanken war sie in schöne Erinnerungen vertieft und hoffte auf neuerliche schöne Stunden.

Bianca war nervös wie ein junges Mädchen und sah aus wie bei jenen Anlässen, da sie sich eine Rose ins Haar steckte und für sie tanzte. Aber all die Fröhlichkeit, die im Haus wegen der bevorstehenden Heimkehr des Kapitäns herrschte, wurde durch das Verhalten von Pilars Mutter verdorben; und Pilar begriff, daß Isabella Angst vor dem Kapitän hatte.

Zum erstenmal in ihrem Leben wurde sie sich eines starken inneren Konfliktes bewußt — einerseits wollte sie ihren Vater zu Hause sehen, andererseits wollte sie, daß ihre Mutter glücklich war.

Sie erinnerte sich an die Zufriedenheit, die sie manchmal verspürt hatte, wenn sie zu Füßen ihrer Mutter saß und beobachtete, wie Isabellas lange, schmale Finger mit einer Stickerei beschäftigt waren; die funkelnde Nadel und die sanfte Stimme ihrer Mutter hatten ihr besonders nach ihrem Abenteuer in dem dunklen unterirdischen Versteck stille Freude bereitet, und sie hatte beschlossen, ihre Mutter stets zu beschützen.

Und nun würde der Kapitän bald zu Hause sein, und obwohl Pilar am liebsten gelacht, gesungen und zum Ufer gerannt wäre, um ihn als erste willkommen zu heißen, konnte sie ihre Freude über seine Heimkehr nicht voll genießen, weil sie die Ängste ihrer Mutter spürte. Sie erkannte, daß sie hin und her gerissen war zwischen ihren Wünschen und Neigungen einerseits und dem Pflichtgefühl ihrer Mutter gegenüber andererseits.

Sie dachte ein wenig neidisch, daß die Hardy-Kinder solche Probleme nicht kannten. Howard und Bess hatten vor ihrer Mutter mehr Angst als vor ihrem Vater, aber obwohl Lady Hardy strenger war als Sir Walter, bildeten die Eltern doch eine Einheit, und die Kinder konnten sie in einem Atemzug nennen: »Unsere Mutter und unser Vater.«

Das konnte Pilar nicht. Sich ihre Eltern gemeinsam vorzustellen, war völlig unmöglich. Eine tiefe Kluft trennte sie, und in Pilar stieg die Befürchtung auf, daß es vielleicht sehr schwierig sein würde, beide zu lieben, daß sie gezwungen sein könnte, ihren Vater zu hassen, wenn sie ihrem Schwur, ihre Mutter zu beschützen, treu bleiben wollte.

Sie begann zu erkennen, daß ihre Eltern voneinander so verschieden waren wie Mr. Heath und Mr. Power. Wenn man dem einen glaubte, konnte man dem anderen nicht glauben. Wenn Mr. Heath der Diener Gottes war, mußte Mr. Power auf Seiten des Teufels stehen. Aber sehr viele Menschen — und darunter alle treuen Untertanen der Königin — sagten, es sei Mr. Power, der Gottes Werk verrichte, und Mr. Heath sei derjenige, der mit dem Teufel im Bunde stehe.

Das Leben war voller Probleme. Aber die Unterschiede zwischen Mr. Heath und Mr. Power waren bedeutungslos, verglichen mit jenen, die ihre Eltern so abgrundtief trennten.

Das wurde ihr an diesem Morgen klar, als ihre Mutter sie zu sich rief und ihr sagte: »Pilar, der Kapitän wird bald hier sein, und wenn er kommt, darfst du ihm nicht erzählen, daß du bei Mr. Heath Unterricht hast.«

»Warum?« fragte Pilar.

»Weil es zwar mein ausdrücklicher Wunsch ist, daß du bei Mr. Heath lernst, aber dein Vater strikt dagegen wäre.«

»Ich weiß«, sagte Pilar mit runden Augen. »Er wäre für Mr. Power, nicht für Mr. Heath.«

»Sprich nicht mit ihm über diese Dinge!« bat ihre Mutter ängstlich.

»Und wenn er mich fragt?«

Isabella nahm Pilar in die Arme und drückte sie fest an sich. »Ich bitte dich, sag ihm nichts davon — um meinetwillen.«

»Wenn ich nun lüge — ist das denn nicht schlecht?«

»In einem solchen Fall zu lügen... ich glaube nicht, daß die Heiligen das als sehr große Sünde ansähen.«

»Die Heiligen ganz bestimmt nicht, denn sie wollen ja, daß ich bei Mr. Heath Unterricht habe.«

Pilar lachte plötzlich auf. Ihr war eine Lösung eingefallen, wie sie es sowohl ihrer Mutter als auch ihrem Vater recht machen konnte. Sie würde ihn ihrer Mutter zuliebe belügen, und indem sie das tat, konnte sie mit ihm reiten, reden und lachen wie früher — denn sie würde ja in gewisser Weise trotzdem tun, was ihre Mutter wünschte: sie würde über Mr. Heath schweigen.

Sie berührte ihr Leibchen. Darunter hing an einem Band ein kleines Medaillon, das Mr. Heath ihr geschenkt hatte. Er nannte es ihr *Agnus Dei*, und auch Howard und Bess besaßen solche Medaillons, auf denen ein Kreuz und ein Lamm abgebildet waren.

Mr. Heath hatte ihr erzählt, daß dieses Medaillon von Seiner Heiligkeit gesegnet worden sei. Seine Heiligkeit war eine von jenen wichtigen Persönlichkeiten, über die sie jetzt ständig hörte. »Das *Agnus Dei* ist ein Symbol für Christus«, hatte Mr. Heath ihr erklärt, »und seit tausend Jahren pflegen wir Christen es um den Hals zu tragen. Das Lamm und das Kreuz werden dich vor allem Bösen beschützen, so wie das Blut des Lammes die Juden einst vor dem Würgeengel des Herrn beschützte.«

Und deshalb glaubte sie jetzt, als ihre Finger das Medaillon unter ihrem Kleid berührten — denn ihr war eingeschärft worden, daß niemand es sehen dürfe —, daß sie mit seiner Hilfe imstande sein würde, ihrer Mutter zu gehorchen und sie zu beschützen, während sie gleichzeitig die Gesellschaft ihres Vaters voll genießen konnte.

Sie ließ sich zum Schiff hinausrudern, denn sie wollte ihren Vater als erste willkommen heißen. Die Männer an Deck sahen sie, und natürlich wußten alle, wer sie war. »Es ist die Tochter des Kapitäns — es ist Piller.«

Sie winkten ihr grinsend zu. Der Kapitän, dessen Befehlen sie aufs Wort oder auch nur auf einen Fingerwink hin gehorchen mußten, der einen Mann wegen Widerspenstigkeit zu Tode peitschen lassen konnte, hegte eine tiefe Zuneigung zu diesem blonden Mädchen mit den funkelnden dunklen Augen.

»Wollt Ihr den Käpt'n besuchen, junge Dame?« brüllten die Seeleute.

»Ja«, rief Pilar. »Helft mir an Bord.«

Sie taten es, ohne zu zögern. Ihr Kommen würde den Kapitän in gute Laune versetzen. Seine Tochter Piller gehörte sozusagen zur Besatzung, denn er pflegte zu sagen: »Und du willst ein Seemann sein? Mein Mädchen Piller würde es weit besser machen.« In Städten, die sie plünderten, wurden mitunter Mädchen verschont, weil sie ihn, wie er in betrunkenem Zustand zugab, an sein Mädchen Piller erinnert hatten. Und wenn sich bei der Beute ein besonders erlesenes Schmuckstück befand, rief er: »Das ist genau das Richtige für mein Mädchen Piller.«

Deshalb warfen sie die Strickleiter herunter; Pilar kletterte geschickt an Bord, und sofort verbreitete sich auf dem ganzen Schiff die Nachricht: »Die Tochter des Kapitäns, Piller, ist gekommen, um ihn zu begrüßen!«

Er hörte es im Laderaum, wo er gerade die wertvollsten Schmuckstücke heraussuchte, die er nicht einmal für kurze Zeit zurücklassen wollte. Er ließ alles stehen und liegen und eilte an Deck.

»Mein Mädchen Piller! Mein Mädchen Piller ist hier!«

Und da war sie, stark gewachsen, aber ansonsten unverändert − mit jenen langen goldfarbenen Haaren, die seinen eigenen glichen, und mit den großen dunklen Augen, die sie von ihrer Mutter geerbt hatte.

»Bei Gott!« rief der Kapitän. »Sie ist extra an Bord gekommen, um ihren Vater zu begrüßen. Es ist mein Piller-Mädchen!«

Sie rannte lachend auf ihn zu, umarmte ihn aber nicht. Umarmungen waren zwischen ihnen eine Seltenheit. Zwei Schritte von ihm entfernt, blieb sie stehen, und sie betrachteten einander aufmerksam. Sein goldener Bart geriet in Bewegung, wie sie es in Erinnerung hatte.

»Willkommen daheim, Käpt'n!« sagte sie.

»Du bist also einfach an Bord meines Schiffes gekommen? Und ihr habt sie raufgelassen, wie? Bei Gott, niemand betritt mein Schiff ohne die Erlaubnis des Kapitäns. Wußtest du das nicht?«

Er nahm sie beim Ohrläppchen. Seine Hände waren rauh, aber die Geste verriet grenzenlose Zärtlichkeit. »Mein Mädchen Piller!« wiederholte er. »Bei Gott, es ist schön, dich zu sehen!« Sein Bart bewegte sich immer noch. »Komm mit«, sagte er, »ich will dir etwas zeigen. Willst du sehen, was wir aus dem Land der Dons mitgebracht haben? Die Reise war sehr erfolgreich, Mädchen. Wir bringen reiche Beute mit.«

»Frauen?« fragte sie.

Er lachte dröhnend. »Nun hört euch das mal an! Hört euch nur mal mein Mädchen Piller an! Nein, etwas Besseres als Frauen — Gold! Reichtümer! Aber habt ihr das gehört, Männer? Meine Piller will wissen, ob wir Frauen mitgebracht haben. Komm mit, Mädchen! Ich werde dir Schmuck und Edelsteine zeigen, wie du sie noch nie gesehen hast.« Er zwickte sie zärtlich in die Wange. »Du bist groß geworden, Mädchen. Und du hast den Käpt'n also nicht vergessen?«

»Ich könnte ihn nie vergessen.«

Seine Augen wurden feucht. »Komm!« rief er wieder, um seine Rührung zu verbergen. »Komm, Mädchen, ich zeige dir einen Teil der Schätze, die wir nach England mitbringen.«

Er schob sie vor sich her. Ein starker Wind war plötzlich aufgekommen, und das Schiff schaukelte unter ihr. Sie taumelte, und er fing sie mit starker Hand auf. Ihr schoß durch den Kopf, wie sehr er sich von allen anderen Männern, die sie kannte, unterschied, wie glücklich sie in seiner Gegenwart war.

Im Laderaum hielt sich ein junger Mann auf. Er war groß und blond wie ihr Vater; seine Augen waren von einem noch strahlenderen Blau, hatten aber den gleichen wachsamen und scharfsinnigen Ausdruck.

»He, was macht Ihr hier?«

»Ich wollte verhindern, daß einer der Männer sich noch rasch etwas in die Tasche schiebt, bevor er an Land geht.«

»Sie wissen alle, daß das ihr Todesurteil wäre. Bei Gott, jeden Mann, der mich berauben wollte, würde ich aufknüpfen und als Fraß für die Bussarde hängen lassen! Deshalb werden sie sich hüten, sich an der Beute zu vergreifen.«

»Sie könnten dennoch der Versuchung erliegen, Sir. An Land warten Frauen...«

»Ah, Frauen! Mein Mädchen Piller wollte wissen, ob wir welche mitgebracht haben.«

Der junge Mann stimmte in das Gelächter des Kapitäns ein.

»Wir haben auf unseren Fahrten sehr viele getroffen«, sagte er.

»Aber keine hat uns so gut gefallen, daß wir sie hätten mitnehmen wollen«, ergänzte der Kapitän. An Pilar gewandt, fuhr er fort: »Ich möchte dir diesen jungen Mann vorstellen, der eine Zeitlang bei uns im Haus bleiben wird. Er ist mein Stellvertreter und heißt Petroc Pellering.«

Der junge Mann verbeugte sich höflich. »Wir kennen uns bereits«, sagte er.

»Ich habe Euch noch nie im Leben gesehen«, widersprach Pilar.

»Alle Männer, die unter dem Kommando des Kapitäns segeln, kennen sein Mädchen Piller. Es begleitet uns gewissermaßen auf unseren Reisen.«

Pilar sah verwirrt drein.

»Dieser Kapitän vergißt eben seine Tochter nicht«, erklärte Ennis March, »und er sorgt dafür, daß auch die anderen sie nicht vergessen. Begebt Euch jetzt an Deck, junger Mann, und laßt die Männer an Land gehen. Jed und Little Tom sollen als Wachposten auf dem Schiff bleiben. Kommt anschließend wieder hierher, dann werden wir beide mit meinem Mädchen hier an Land gehen.«

»Jawohl, Sir«, sagte der junge Mann und entfernte sich.

Nun, da er mit Pilar allein war, gestattete sich der Kapitän, ihr Gesicht in seine Hände zu nehmen und es lange zu betrachten. »Mein Mädchen«, sagte er weich. »Mein kleines Mädchen freut sich also, den Käpt'n wiederzusehen?« Dann ließ er seine Hände wieder sinken, so als schämte er sich seiner Gefühlsregung. »Jetzt werde ich dir zeigen, was wir mitgebracht haben, Mädchen. Und das ist nur ein Teil unserer Beute, denn wir haben der Königin bereits einen

Besuch abgestattet. Was für eine Frau! Sie erinnerte mich an mein kleines Mädchen. Nicht daß sie etwa langes blondes Haar und dunkle leuchtende Augen hätte – o nein! Ehrlich gesagt, Piller, äußerlich ist an ihr nicht viel dran. Aber, bei Gott, was für eine Frau! Und sie hat großen Gefallen an meinen Taten, Piller! Sie hat mich genauso herzlich willkommen geheißen wie du. Und stell dir nur mal vor, Piller... sie hat mir ein Schwert auf die Schulter gelegt und mich geadelt. Ich bin jetzt Sir Ennis March. Sie zeichnet Männer wie mich aus, mein Mädchen! Sie weiß, daß wir es sind, die den Dons das Leben schwermachen – und sie haßt diese Dons, wie alle guten Engländer das tun.«

»Warum eigentlich?«

»Warum, Mädchen? Weil es Dons sind. Weil sie über die Meere gesegelt sind und die Länder, die sie besuchten, ausgeraubt haben, anstatt diese Schätze uns zu überlassen. Deshalb! Ah, ich habe etwas für dich! Es hing einst am Hals einer Prinzessin – einer schwarzen Prinzessin. Jedenfalls nannte sie sich so. Ich nahm es ihr ab. Was für eine Prinzessin gut genug ist, könnte auch etwas für mein Mädchen Piller sein, sagte ich mir.«

»An dem Halsschmuck liegt mir nicht sehr viel«, sagte sie. »Ich bin glücklich, daß du endlich wieder hier bist.«

Er riß sie in seine Arme, hielt sie fest an sich gedrückt und ließ sie erst wieder los, als er die Schritte des jungen Petroc Pellering hörte.

Der Kapitän hielt das ganze Haus in Trab. Er verlangte üppige Mahlzeiten, und die Köche kamen kaum noch zur Ruhe. Carmentita arbeitete, daß ihr der Schweiß in Strömen über das Gesicht lief.

»Bei Gott!« donnerte er, denn fast jeder Satz begann bei ihm mit diesem Ausruf. »Backt mir meine geliebten Fleischpasteten, und dazu möchte ich eine ordentliche Portion Sauerrahm. Bei Gott, ich habe monatelang von gutem englischem Essen geträumt, und wenn ich es nicht bekomme, werdet ihr in der Küche von mir die Peitsche zu spüren bekommen, bei Gott, das schwöre ich euch!«

Petroc Pellering blieb als Gast im Haus. Es war nicht zu übersehen, daß der Kapitän ihn gern hatte. Pilar beobachtete, daß sein Bart bebte, wenn der junge Mann mit dem für Seeleute typischen wiegenden Gang in den Räumen umherlief. Petroc war gleichsam ein zweiter — jüngerer — Kapitän, denn er versuchte ihn in allem zu imitieren, und auch seine Stimme schallte dröhnend durchs Haus — bei Gott dies und bei Gott das!

Pilar bemerkte, daß ihre Mutter ihrem Vater nach Möglichkeit aus dem Wege ging. Ihm schien das nichts auszumachen. Bei Tisch saßen Bianca und Isabella links und rechts von ihm, und oft legte er Bianca seine Hand auf die Schulter und zog an ihren Ohrringen, bis sie schrie und sich wehrte. Dennoch gefiel ihr diese rauhe Behandlung offensichtlich. Roberto beobachtete solche Szenen mit ausdruckslosem Gesicht, aber Pilar, die ihn sehr gut kannte, wußte genau, daß sie ihm zuwider waren.

Häufig sprachen die beiden Männer über die nächste Reise, die sie in Kürze unternehmen wollten; dieser Aufenthalt des Kapitäns in seinem Haus würde nicht lange dauern. Er hatte einen Teil der erbeuteten Juwelen verkauft, um sein Schiff gründlich renovieren zu lassen, und danach wollte er sich zu neuen Abenteuern aufmachen, um weitere Schätze zu erobern, von denen die Königin einen guten Anteil erhielt.

Er liebte es bei solchen Gelegenheiten, wenn Pilar neben ihm stand und seinen Becher mit Wein oder Ale füllte, und oft ließ er beim Reden seine Hand auf ihrem Kopf ruhen.

Seine Stimmungen wechselten rasch, besonders dann, wenn er viel getrunken hatte. Manchmal wurde er gereizt und streitsüchtig, und dann war es für alle — außer für Pilar — angebracht, ihm aus dem Weg zu gehen. Manchmal wurde er fröhlich und ausgelassen, und dann lachten alle mit ihm. Oder ihn überkam plötzlich die Sinnenlust, und er ließ seine Blicke über die zufällig gerade anwesenden Dienstmädchen schweifen. Falls Carmentita in der

Nähe war, versuchte sie in solchen Fällen stets, seine Aufmerksamkeit auf sich zu ziehen. Mitunter wurde er auch schwermütig und rührselig und klagte darüber, daß das Meer seine wahre Heimat sei, daß er den größten Teil seines Lebens ohne seine Familie und ohne bequemes Bett verbringen müsse.

Bei einer jener Gelegenheiten, als er äußerst gereizt war, brach seine Abneigung gegen Roberto offen aus. Alle waren bei Tisch gesessen, aber niemand hatte den aufziehenden Gewittersturm rechtzeitig bemerkt.

Plötzlich brüllte der Kapitän: »He, Junge! Was stierst du so mit deinen großen Don-Augen? Du unverschämtes Dreckschwein! Was starrst du mich so an? Bei Gott, dir werde ich deine Frechheit austreiben!«

Roberto war aufgesprungen. Bianca, die neben dem Kapitän saß, rief: »Roberto, geh weg. Geh schnell weg!«

Aber der Kapitän hatte sich ebenfalls erhoben. Er schleuderte seinen Becher nach Roberto, aber der Junge duckte sich, und das Bier spritzte gegen die Wand.

Pilar, die neben dem Stuhl ihres Vaters stand, bekam lautes Herzklopfen.

»Komm her!« brüllte der Kapitän. »Komm her, du Bastard!«

»Wenn du ihn anrührst, bringe ich dich um!« schrie Bianca.

Er wandte sich ihr zu, und seine blauen Augen sprühten Blitze.

»Du hast mir deinen Bastard untergeschoben. Das ist nie und nimmer mein Sohn! Er lebt unter meinem Dach, er frißt auf meine Kosten, dieser Bastard... und dann glotzt er mich auch noch mit unverschämten Augen an. Bei Gott, ich reiße ihm das Herz aus der Brust, und dann kannst du es seinem Vater schicken!«

Roberto stand wie gelähmt da.

»Komm her!« donnerte der Kapitän. Bianca war etwas zurückgetreten. Der Kapitän warf ihr einen Blick zu, und Pilar sah mit großer Erleichterung, daß sein Bart zu beben begann. Er lachte inwendig; er war nicht mehr zornig. Aber plötzlich stieß er Bianca beiseite und stürmte auf Roberto zu.

Robertos dunkle Augen waren wachsam, aber er rührte sich nicht von der Stelle. Pilar rannte um den Tisch herum und stellte sich vor ihren Freund.

»Nein!« rief sie. »Nein! Du wirst ihm nichts zuleide tun!«

Roberto versuchte, sie wegzuschieben, aber schon stand Bianca neben ihnen, und in ihrer Hand funkelte ein Messer.

Der Kapitän begann schallend zu lachen. Er vergaß Pilar, er vergaß Roberto, er vergaß alles außer Bianca. Er trat auf sie zu und packte sie bei den Armen. Sie schrie auf, und das Messer fiel zu Boden. Er hob es auf und warf es gegen die Wand, wo es steckenblieb. Daraufhin schüttelte er Bianca lachend.

»Zigeunerin!« rief er. »Spanische Zigeunerin! Komm mit, ich habe dir etwas zu sagen.« Er schob sie auf die Tür zu, sie lachte ihn über die Schulter hinweg an und rannte davon. Er folgte ihr.

Pilar hatte auf Biancas Gesicht eine Mischung aus Vergnügen und Triumph gesehen.

Später begleitete Pilar Roberto zu den Klippen, und sie lagen im Gras und blickten auf die Bucht hinaus, wo das Schiff des Kapitäns vor Anker lag.

»Roberto«, sagte sie, »du haßt ihn. Müßte auch ich ihn hassen? Das kann ich nicht, Roberto, denn zu mir ist er immer freundlich, und er ist groß und stark, und ich bin gern mit ihm zusammen. Ich habe ihn nicht einmal gehaßt, als ich glaubte, er würde dir das Herz aus der Brust reißen. Ich wollte ihn nur daran hindern.«

»Er haßt mich«, sagte Roberto.

»Und du haßt ihn.«

»Nein, ich hasse ihn nicht. Er haßt mich, weil er meine Mutter liebt.«

Das konnte Pilar nicht verstehen.

Sie machte mit ihrem Vater einen Ausritt.

Er liebte es, sie im Sattel zu sehen. Er hatte an diesem

Tag besonders gute Laune, und sie fragte ihn nach dem Grund.

Er atmete aus voller Brust die frische Luft ein. »Unsere Wiesen hier in Devon«, sagte er. »Der Geruch des Meeres, das feuchte Gras... Weißt du, Mädchen, nirgendwo auf der ganzen Welt ist das Gras so grün wie in Devon. Und diese Luft! Es ist schön, im Land der Königin zu sein. Und dies ist ein Morgen, an dem all ihre treuen Untertanen von Herzen glücklich sind.«

»Warum, Käpt'n?«

»Weil ich heute erfahren habe, daß jene, die unserer Königin nach dem Leben trachteten, in London Town ihre gerechte Strafe erlitten haben. Sie kamen an den Galgen, aber nicht, bis sie tot waren... sie wurden lebendig heruntergeholt, und man hat ihnen die Bäuche aufgeschlitzt. Ich sehe, daß diese Vorstellung dir Angst macht«, fügte er traurig hinzu. »Sie werden noch einen richtigen Schwächling aus dir machen.«

»Käpt'n, auf welche Weise haben diese Männer der Königin denn nach dem Leben getrachtet?«

»Sie wollten anstelle unserer guten Königin Bessie diese schottische Hure auf den Thron setzen.«

»Wer ist die schottische Hure?«

»Die Frau aus Schottland, die ihren Geliebten zum Mord an ihrem Ehemann anstiftete und daraufhin aus ihrem Land fliehen mußte. Sie ist seit Jahren die Gefangene unserer Königin... und, bei Gott, man hätte sie schon längst köpfen sollen! Königin Bess wird nie in Sicherheit sein, solange die schottische Hure noch am Leben ist.«

»Erzähl mir noch mehr davon, Käpt'n!«

Sie zitterte vor Aufregung, denn sie wußte, daß sie von ihm etwas ganz anderes zu hören bekommen würde als das, was sie auf Wunsch ihrer Mutter von Mr. Heath lernen sollte.

Auch Mr. Heath hatte von der schottischen Königin gesprochen – die königliche Märtyrerin nannte er sie. Er schilderte seinen Schülern eine schöne, gütige Dame, der großes Unrecht widerfahren war und die von Rechts wegen Königin von England sein müßte. Pilar sollte außerhalb des Schulzimmers nicht darüber sprechen; es war ein Geheimnis, das sie mit Howard, Bess und Mr. Heath teilte. Für den Lehrer war die sogenannte Königin von England ein Bastard, was bedeutete, daß sie kein Anrecht auf den Thron hatte — genauso wie in den Augen des Kapitäns Roberto ein Bastard war, der kein Recht hatte, in seinem Hause zu leben.

Ihre Mutter, Lady Hardy und Sir Walter glaubten dasselbe wie Mr. Heath. Aber wer hatte nun recht? Ihre freundliche, sanfte Mutter? Oder ihr Vater, dieser hartgesottene Mann, der zu ihr aber immer sehr freundlich war und der soviel von der Welt gesehen hatte?

Wie sollte sie entscheiden, wer recht hatte?

Ihr Vater erzählte ihr seine Version der Geschichte. Sie müsse wissen, daß in dem Land, aus dem ihre Mutter stamme, ein böser König herrsche, ein Mann namens Philipp von Spanien, der größte Feind der Königin. In den Augen ihres Vaters war Philipp ein kleiner abstoßender Mann mit bleichem Gesicht; er war grausam, an seinen Händen klebte Blut, und er verlangte immer neue Opfer, die er foltern konnte. Mr. Heaths Philipp war zwar auch bleich, aber er hatte goldenes Haar und das Gesicht eines Heiligen, und er liebte die Welt so, daß er alle Menschen zum Heil führen wollte; und wenn sie sich dagegen sträubten und darum zu ihrem eigenen Besten verletzt werden mußten, so betete dieser heiligengleiche Philipp für sie in seinem Palast, der eher einem Kloster glich und den zu bauen er auf dem Schlachtfeld von Saint Quentin geschworen hatte.

Der Philipp ihres Vaters hingegen schickte als Agenten ausgebildete Männer nach England, um einen Umsturz in diesem Land vorzubereiten.

»Bei Gott, sie kommen mit ihren Rosenkränzen und ihren Gebeten hierher, in ihren Soutanen und mit ihren Biretten. Bei Gott, ich würde sie aufknüpfen und ihnen das Herz aus der Brust reißen! Ich würde sie in Smithfield Squa-

re rösten! Ich würde sie, in Stücke zerhackt, ihren Priester-
kollegen zurückschicken!«

»Kommen sie denn als Priester?« fragte Pilar.

»Ja... Spione in Priestergewändern! Ihr Plan ist folgen-
der: Sie kommen hierher... werden in den Häusern englischer Katholiken beherbergt. Ihre Aufgabe ist es, gute englische Untertanen in schlechte zu verwandeln. Sie erzählen
den Leuten Geschichten von Gott und Seinen Heiligen und
dieser Herrlichkeit und jener... und wenn sie sie dann mit
Religion benebelt haben, träufeln sie das Gift des Verrats in
ihre Ohren. Sie sagen: ›Arbeitet für den Sturz der Protestantin Elisabeth und setzt die katholische Hure auf den
englischen Thron.‹«

»Und jene... die sich dazu bereit erklären...«

»Sie verdienen den Tod. Und, bei Gott, sie werden sterben, so wie Throckmorton und die Priester, die mit ihm gefangen wurden, sterben werden.«

»Erzähl mir von diesem Throckmorton, Käpt'n.«

»Da gibt es nicht viel zu erzählen, außer daß er ein junger Narr war. Er wurde von Priestern umgarnt und war
bereit, für Verräter zu arbeiten. Sie hatten den Plan, einen Franzosen ins Land zu bringen, einen Verwandten
dieser schottischen Hure, den Herzog de Guise, einen
Mann, der mit Hilfe des Papstes mit seinen Armeen hier
landen wollte.«

»Der Papst! Ist das der, den sie ›Heiliger Vater‹ nennen?«

»Heiliger Vater! Solche Ausdrücke will ich von dir
nicht einmal hören, Mädchen. Wirklich ein überaus heiliger Vater! Dieser schurkische Papst! Sie wollten hier
landen, unserer Königin den Thron rauben und ihn der
schottischen Hure geben... sie wollten England katholisch machen! Bei Gott, und es hätte passieren können.
Aber wir waren viel zu schlau für sie. Auch wir haben
unsere Spione. Ha! Ich habe gehört, daß das Haus der
Hardys durchsucht wurde, daß man aber nichts gefunden hat. Ein Jammer! Alle verdächtigen Häuser in Süd-
england wurden durchsucht. Bei Gott, falls die Hardys

solche Teufel beherbergen, so soll man sie schleunigst überführen!«

Pilar schwieg eine Zeitlang. Vor ihrem geistigen Auge sah sie sich wieder in dem Versteck unter der Kapelle sitzen. Dann war Mr. Heath also nicht nur Priester, sondern auch ein Spion! Davon hatte er ihr nichts gesagt. Hatte sie sich nun des Verrats schuldig gemacht? Hatte sie das Leben eines Mannes gerettet, der gegen die Königin intrigierte?

Sie hatte Angst; sie wußte noch so wenig, und es ärgerte sie, daß sie noch so jung war. Man konnte als Kind durchaus ein genauso kompliziertes Gefühlsleben wie ein Erwachsener haben; was einem fehlte, war Erfahrung. Aber das war ein gewaltiges Manko.

»In London«, berichtete der Kapitän, »herrschte großer Jubel. Überall wurden Freudenfeuer angezündet. Die Verschwörer sind gefaßt. Die schottische Hure ist in sicherem Gewahrsam. Und die gute Königin Bess sitzt auf dem Thron. Aber ich sage dir, Mädchen, es gibt immer noch Spione in unserem Land, denn wir haben nicht alle gefunden. Aber wir werden sie schon noch aufstöbern, und dann wird ihnen das gleiche widerfahren wie jenen, die wir bereits geschnappt haben.«

»Sie kommen an den Galgen«, murmelte Pilar. »Aber nicht, bis sie tot sind. Man nimmt sie lebendig herunter und schlitzt...«

Er lachte laut.

»Bei Gott, Mädchen, du bist ja ganz bleich, und du zitterst! Sie machen wirklich einen Schwächling aus dir.« Er schlug sich auf den Schenkel. »Vielleicht nehme ich dich mit, wenn ich wieder aufbreche. Soll ich meine Piller etwa hierlassen, damit die Weiber einen Schwächling aus meinem Mädchen machen?«

Die Idee amüsierte ihn. Er ließ sein Pferd galoppieren, und sein Lachen übertönte das Dröhnen der Pferdehufe.

»Komm mit in die Dachstube, Mädchen«, sagte der Kapitän. »Ich habe eine Halskette für dich. Ich habe ja schon davon gesprochen. Ich möchte sehen, wie sie dir steht.«

Sie folgte ihm, und er schloß die Tür auf. In der Dachkammer roch es nach Gewürzen, Parfüms und salziger Meeresluft. Vom Fußboden bis zur Decke waren die verschiedensten Dinge aufgestapelt: wertvolles Mobiliar, prächtige Kleidungsstücke und Stoffe, Goldplatten, Edelsteine, Schmuck und vieles andere mehr. Der Kapitän betrachtete seine Schätze mit leuchtenden Augen.

»Ist das nicht ein herrlicher Anblick, Piller?« rief er. »Und das alles wird eines Tages dir gehören.«

»Sind das alles gestohlene Sachen?«

»Gestohlen? Wir haben es uns *genommen*, das ist der richtige Ausdruck. Wenn wir den Dons etwas wegnehmen, so ist das kein Diebstahl, denn sie haben es ihrerseits ja auch anderen weggenommen. Das ist unsere ganz legitime Beute, Mädchen.«

»Da ist ja Blut auf jenem Kleid dort!« rief sie.

»Ja, Mädchen, das ist die Münze, mit der wir bezahlen. Aber ist das mein Mädchen, das beim Anblick von Blut blaß wird? Du nicht, Piller! Du wirst eines Tages mit mir über die Meere segeln. Früher träumte ich davon, daß mein Sohn mich begleiten würde. Ich habe keinen Sohn, aber du bedeutest mir mehr als jeder Sohn, den ich mir hätte wünschen können.«

»Ich soll mit dir und Petroc Pellering segeln?«

»Er wird eines Tages selbst Kapitän sein — eines nicht allzu fernen Tages. Er ist der geborene Freibeuter. Wir sind dafür geboren, Piller. Auch du hast es im Blut — und wir werden es in dir lebendig erhalten. Wir werden nicht zulassen, daß man einen Schwächling aus dir macht. Schau dir diese Reichtümer nur mal an... erkauft mit Blut und mit Wagnissen auf hoher See. Das ist das richtige Leben für einen Mann, und vielleicht auch für eine Frau... eine Frau, in deren Adern mein Blut fließt... eine Frau, wie du es eines Tages sein könntest.« Er kniff sie zärtlich in die Wange. »Du bist noch ein Kind. Aber du bist meine Tochter, und — bei Gott! — du bist besser als jeder Junge. So, und wo ist nun die Halskette, die ich dir versprochen habe? Sie ist ein Vermögen wert. Du mußt gut darauf achtgeben. Ah, hier ist sie, in dieser Schatulle. Das sind Smaragde und Rubine. Als ich sie sah, dachte ich gleich an mein Mädchen Piller.« Er legte ihr die Kette an und lachte laut auf. »Auf diesem Leibchen kommt sie nicht richtig zur Geltung. Du wirst sie tragen, wenn du eine schöne junge Dame bist, Piller — zu schulterfreien Roben, denn sie wirkt am besten auf nackter Haut. Komm, ich zeige es dir einmal.« Er knöpfte ihren leinenen Halskragen ab. Sein Gesichtsausdruck veränderte sich abrupt. Er starrte auf etwas, streckte seine Hand aus und riß an dem Band, das sie um den Hals trug. Sie hatte das *Agnus Dei* ganz vergessen!

Das Blut stieg ihm zu Kopf, und seine Schläfenadern traten hervor.

»Bei Gott! Was hat das zu bedeuten?« brüllte er.

Sie wollte nach dem Medaillon greifen, aber er stieß ihre Hand beiseite. »Du... mit diesem Ding!« Er warf es auf den Boden und trat mit dem Absatz darauf. »Du... mein Mädchen... *mein* Mädchen... mit diesem Satanszeichen um den Hals! Wie bist du an dieses Ding gekommen?« Er packte sie bei den Schultern und schüttelte sie. »Woher hast du es, Mädchen? Aber ich weiß es ohnehin schon. Es war diese törichte Frau — deine spanische Mutter! Sie versucht also, eine Katholikin aus dir zu machen, wenn ich nicht hier bin. Bei Gott, sie will aus meinem Mädchen eine abergläubische Verräterin machen!«

Er zerrte sie am Arm aus der Dachstube. Nie zuvor war er so zornig auf sie gewesen. An der Treppe blieb er kurz stehen, klemmte sie einfach unter seinen Arm und stürmte die Treppe hinab.

Ihr erster Impuls war, um sich zu schlagen, sich zu wehren, zu schreien, daß sie ein *Agnus Dei* tragen würde, wenn sie das wollte. Aber ihr fiel noch rechtzeitig ein, daß das Leben kompliziert geworden war, daß sie in die Geheimnisse anderer Menschen verstrickt war.

Ihre Mutter saß am Fenster, und es schoß Pilar durch den

Kopf, daß sie das Schiff betrachtete und sich nach dem Tag sehnte, da sie es nicht mehr zu sehen brauchte.

Isabella sprang mit einem Schrei auf, als sie den Kapitän mit ihrer beider Tochter ins Zimmer stürzen sah.

»Ah, meine teure Lady March«, schrie er. »Ihr macht zu Recht ein besorgtes Gesicht. Ich habe Geheimnisse entdeckt, die Euch an den Galgen bringen könnten. Aber was kann man von Spaniern auch anderes als Verrat erwarten? Ich habe den Teufelszauber gesehen, den dieses Kind um den Hals trug. Was habt Ihr dazu zu sagen?«

Isabella erwiderte so ruhig sie nur konnte: »Warum sollte sie das *Agnus Dei* nicht tragen? In meinem Land, das zur Hälfte auch das ihrige ist, ist es ein geweihtes Amulett.«

»Euer Land! Euer Land? Euer Land ist jetzt England, Madam, und – bei Gott! – falls ich entdecken sollte, daß Ihr eine Verräterin seid, werde ich persönlich dafür sorgen, daß Ihr in den Londoner Tower kommt und geköpft werdet. Bei Gott, dies ist meine Tochter. Und Ihr bringt ihr bei, mich zu hintergehen!«

»Es war nicht die Schuld meiner Mutter«, rief Pilar. »Nicht...«

Aber Isabella schnitt ihr hastig das Wort ab. »Pilar, ich fürchte mich nicht vor diesem Mann. Und du brauchst dich auch nicht vor ihm zu fürchten.«

»Nein? Ihr braucht Euch also nicht vor mir zu fürchten? Ich sage Euch, Madam, entweder leistet man mir in meinem eigenen Haus Gehorsam, oder aber ich werde dafür sorgen, daß jeder, der sich mir widersetzt, wünscht, nie geboren worden zu sein!«

»Ihr solltet dem Kind keinen Vorwurf machen«, sagte Isabella. »Pilar gehorcht ihrer Mutter; sie hat keine Ahnung, was das *Agnus Dei* bedeutet. Für sie ist es nur ein hübsches Schmuckstück, weiter nichts.«

»Sehr eigenartig, Madam, daß hübsche Schmuckstücke versteckt getragen werden müssen!«

»Es ist einzig und allein meine Schuld. Ich bitte Euch, laßt das Kind in Ruhe.«

»Sie ist meine Tochter«, sagte er, »und sie wird *mir* gehorchen. Ich sehe, daß Ihr sie zu einer Götzendienerin machen wollt. Aber das werde ich nicht zulassen.« An Pilar gewandt, fuhr er fort: »Worüber spricht deine Mutter, wenn ihr allein seid? Welche Lügen erzählt sie dir?«

»Sie erzählt mir keine Lügen«, erwiderte Pilar.

»Und was ist mit diesem Ding, das du um den Hals trugst und unter allen Umständen verstecken solltest?«

»Es... es ist so, wie meine Mutter sagt.«

»Bei Gott! Als nächstes werde ich wohl erfahren, daß in diesem Hause Priester bewirtet werden!«

»Das haben wir nie getan«, sagte Isabella rasch.

Er trat drohend einen Schritt auf sie zu. »Wenn Ihr es tätet, Madam, so würdet Ihr es bis ans Ende Eures Lebens bereuen!«

Isabella warf den Kopf zurück. »Ihr habt mich aus meiner Heimat entführt, mich dem Mann entrissen, den ich heiraten sollte, mir mein Heim und all mein Glück geraubt. Genügt Euch das nicht? Müßt Ihr mich auch noch zu Eurer rechtlosen Sklavin machen?«

Der Kapitän hob die Hand, und Pilar stürzte zu ihm hin, klammerte sich an sein Bein und versuchte, ihn zurückzuhalten. Eine Sekunde lang sah es so aus, als wollte er sie mit dem Fuß zornig beiseiteschleudern, aber er hielt mitten in der Bewegung inne, und als er ihr kleines Gesicht mit den riesigen dunklen Augen flehend zu sich erhoben sah, lachte er plötzlich auf und sagte: »Du bist die einzige hier im Haus, die Verstand hat, Mädchen... du und Bianca. Ich wünschte bei Gott, Bianca wäre deine Mutter und nicht die hier! Aber was spielt das schon für eine Rolle? Du bist mein Mädchen. Du gehörst zu mir. Niemand wird uns einander entfremden, niemand wird meine Zukunftspläne für dich zunichte machen!«

Er wandte seinen Blick Isabella zu. »Nun, Madam, ich verlasse Euch jetzt, damit Ihr ungestört heulen könnt. Und merkt Euch eines: Meine Tochter wird nicht hier bei Euch bleiben, wenn ich aufbreche. Ich werde sie mitnehmen!«

Er löste sich aus Pilars Umklammerung und verließ den Raum. Pilar rannte zu ihrer Mutter.

Isabella umarmte sie und murmelte unter Tränen: »*Niña... favorita...* meine gute tapfere Pilar... Er darf unter gar keinen Umständen erfahren, daß du das *Agnus Dei* von Mr. Heath erhalten hast. Er darf nicht erfahren, daß du bei Mr. Heath Unterricht hast. Wenn er es erführe, so hätte das für gute Menschen katastrophale Folgen. Vergiß das nie, meine *niña*... Sei tapfer und erzähl es ihm nie, kleine *favorita*.«

Pilar wischte ihrer Mutter mit einem Taschentuch die Tränen vom Gesicht. Sie konnte es nicht ertragen, sie so unglücklich zu sehen, und doch klopfte ihr Herz vor wilder Erregung, weil er gesagt hatte, er würde sie mitnehmen. Das würde ihrer Mutter großen Kummer bereiten, aber trotzdem sehnte sie sich danach, ihn zu begleiten. Wieder einmal hatte sie das Gefühl, in zwei entgegengesetzte Richtungen gezerrt zu werden.

Sie liebte ihre Mutter und wollte ihr Freude bereiten; aber noch mehr wünschte sie sich, mit ihrem Vater ein abenteuerliches Leben zu führen.

»Du wirst nicht weggehen, Pilar«, sagte Isabella. »Hab keine Angst. Er hat das nur so dahingesagt. Er kann dich nicht mitnehmen. Du brauchst keine Angst zu haben. Und wenn er erst wieder fort ist, wirst du wieder zum Unterricht gehen, und Mr. Heath wird dir bestimmt ein neues *Agnus Dei* geben, mein Kind.«

Pilar legte ihrer Mutter die Arme um den Hals und küßte sie, während sie gleichzeitig von ganzem Herzen hoffte, daß der Kapitän sie auf seine nächste Reise mitnehmen würde.

Pilar konnte nachts nicht mehr ruhig schlafen. Sie wußte nicht, wie ihre Zukunft aussehen würde. Sie war gezwungen, eine Wahl zu treffen. Sie stand an einer Kreuzung; ihre Mutter wollte sie auf den einen Weg ziehen, ihr Vater auf den anderen.

Isabella redete auf sie ein: »Kleine *niña*... du darfst nicht mit dem Kapitän gehen. Es wäre ein schreckliches Leben für dich ... so schrecklich, daß ich manchmal nicht glauben kann, daß er dich allen Ernstes mitnehmen will. Wenn er sich zur Abreise fertigmacht, mußt du dich aus dem Haus schleichen und zu Lady Hardy laufen. Sie wird dich verstecken, bis die Gefahr vorüber ist.«

Sie würde mich in dem dunklen Loch unter der Kapelle verstecken, dachte Pilar; ich müßte dort sitzen und würde seine Schritte über mir hören. Aber er würde mich nie finden, denn er käme nie auf die Idee, einen Stein hochzuheben.

Der andere Weg war, ihn zu begleiten. Sich die Haare kurz schneiden zu lassen, die Kleidung eines Jungen anzuziehen, an Deck zu stehen und zu beobachten, wie das Land langsam in der Ferne zurückbleibt. Aber wenn sie das tat, würde sie ihrer Mutter das Herz brechen.

Wie sollte sie sich entscheiden?

Sie wußte, was sie wollte. Sie wollte das Abenteuer. Sie wollte mit ihm segeln. Und deshalb versuchte sie sich einzureden, das sei auch die richtige Entscheidung.

Mr. Heath ist ein Verräter, sagte sie sich. Er will die Königin vernichten. Es war falsch von mir, in dem Versteck nicht um Hilfe zu rufen. Ich hätte sie zu ihm führen müssen. Aber dann stellte sie sich vor, daß Mr. Heath von jenen Männern gefangengenommen würde, und sie wußte, daß sie wieder still sein würde, falls sie noch einmal in derselben Situation wäre.

Aber ich will mit dem Käpt'n gehen, dachte sie. Ich will über die Meere segeln und Schätze finden und die Feinde der Königin bekämpfen.

Als sie eines Nachts wieder schlaflos im Bett lag und sich über die Zukunft den Kopf zerbrach, hörte sie Schritte und Männerstimmen unter ihrem Fenster.

Sie schlüpfte aus dem Bett, um zu sehen, wer dort unten war, und im schwachen Mondlicht konnte sie die unverwechselbaren Gestalten des Kapitäns und des jungen Petrocs erkennen. Der Kapitän war wütend, aber Petroc ließ sich nicht einschüchtern. Als Pilar begriff, daß in dem Gespräch von ihr die Rede war, spitzte sie die Ohren.

Sie standen direkt unter ihrem Fenster, und sie hörte Petroc sagen: »Es ist unmöglich, Sir. Ich weiß, daß sie ein mutiges Mädchen ist, aber es ist völlig unmöglich!«

»Nichts ist für mich unmöglich!«

»Unmöglich ist vielleicht das falsche Wort. Es ist nicht ratsam.«

»Wollt Ihr mir Ratschläge geben?«

»Ja, Sir.«

»Ihr könnt sie für Euch behalten.«

»Ich denke doch nur an das Kind. Was würdet Ihr mit dem Mädchen machen, wenn an Bord gekämpft wird?«

»Bei Gott, sie hätte keine Angst!«

»Aber ich hätte Angst — um sie. Was, wenn sie den Feinden in die Hände fiele?«

»Sie ist doch noch ein Kind.«

»Sie ist fast zehn, habt Ihr gesagt. Und Ihr wißt genau, daß es auch Kindern widerfährt...«

Der Kapitän schwieg.

Pilar hörte sie ins Haus gehen. Sie kniete auf dem Fensterbrett und ballte die Fäuste. Sie wußte jetzt genau, daß sie mit ihrem Vater auf die Reise gehen wollte, und sie haßte Petroc Pellering, weil er das zu verhindern versuchte.

Sie sollte ihn nicht begleiten, hatte er entschieden. Sein Beschluß machte ihn traurig, aber er ließ sich von ihr nicht umstimmen. Er stellte einen Lehrer an, der sich gründlich mit ihrer Erziehung und Ausbildung beschäftigen würde; sie mußte ihm schwören, nie wieder eines dieser Medaillons um den Hals zu tragen. Sie sollte alles lernen, was ihr Lehrer ihr beibrachte, und sie sollte einfach nicht zuhören, wenn ihre Mutter ihr etwas anderes zu erzählen versuchte. Sie sollte auf seine Rückkehr warten, und wenn sie alt genug wäre — in ein, zwei Jahren — würde er sie mitnehmen.

Sie protestierte, und das gefiel ihm.

»Nein, mein Mädchen«, sagte er dennoch, »dieses Leben wäre für dich jetzt noch viel zu gefährlich.«

»Ich hätte keine Angst.«

»Nein, mein Piller-Mädchen hat vor nichts Angst. Sie hat ja nicht einmal vor mir Angst.«

»Käpt'n«, bat sie flehentlich, »bitte, nimm mich mit.«

»Ah, jetzt verlegst du dich aufs Bitten, du raffiniertes Frauenzimmer! Ich wünschte bei Gott, du könntest mit mir aus der Bucht segeln, mein Mädchen... aber nicht diesmal. Die Zeit wird schnell vergehen. Bald werde ich zurückkehren, und dann wirst du alt genug sein, um mich begleiten zu können.«

»Es ist dieser Mann... dieser Petroc, der dich überredet hat, mich nicht mitzunehmen.«

»Er hat recht, Piller. Er hat mehr als recht. Ich wollte es nicht sehen, aber er öffnete mir die Augen. O ja, er hat völlig recht.«

»Ich könnte ihn dafür hassen.«

»Haß ihn nur nicht allzu sehr«, sagte der Kapitän mit einem unergründlichen Lächeln.

»Doch, ich hasse ihn von ganzem Herzen, und das wird immer so sein.«

Der Kapitän brach in dröhnendes Gelächter aus. »Gut so!« rief er. »Petroc ist ein eingebildeter Bursche. Aber ich wette, du könntest es mit ihm aufnehmen. Bei Gott, das weiß ich!«

Sie verstand nicht, was ihn so amüsierte. Sie war wütend und weigerte sich, mit Petroc zu sprechen.

Das belustigte sowohl den Kapitän als auch Petroc.

Sie dachte: Ich werde sie lehren, mich auszulachen. Und sie begann einen Plan auszuhecken.

Es wurde allmählich dunkel.

Bald würde die Flut einsetzen, und das Schiff würde aus der Bucht segeln.

Pilar lag im Laderaum unter einer großen Sackleinwand. Sie lachte insgeheim, wenn sie daran dachte, was sie sagen würden, wenn sie plötzlich auftauchte. Natürlich würde sie abwarten, bis das Schiff auf hoher See war. Dann würde der Kapitän sich lachend auf die Schenkel schlagen; er würde überglücklich sein und ihr sagen, daß er genau das von ihr erwartet hatte. Er hatte ihr einmal erzählt, daß er sich als Junge als blinder Passagier an Bord geschlichen hatte, deshalb würde er ihre Handlungsweise bestimmt gutheißen. Schließlich war sie die Tochter eines Freibeuters und genauso wie er für die Freibeuterei geboren. Das sagte er selbst immer.

Sie würde Petroc zeigen, daß er nicht über ihr Leben bestimmen konnte. Sie mochte in seinen Augen nur ein kleines Mädchen sein, aber er sollte sehen, daß sie ein kleines Mädchen war, das seinen Willen durchzusetzen verstand.

Sie glaubte, alles sehr schlau eingefädelt zu haben. Sie war aufs Schiff gekommen, um ihrem Vater noch einmal Lebewohl zu sagen. Sie war in seine Kajüte gegangen, hatte sich verabschiedet und erklärt, daß der alte Joe vom Haus sie zurückrudern würde, während sie Joe in Wirklichkeit schon auf dem Hinweg versichert hatte, daß ein Matrose das tun werde.

Es war ein Glück, daß ihr Vater schon eine Menge getrunken hatte. Sie nahm an, daß er das tat, weil er traurig über den Abschied von ihr war.

Er braucht nicht traurig zu sein, dachte sie frohgemut.

Plötzlich hörte sie Stimmen und Schritte. Jemand näherte sich dem Laderaum.

Sie machte sich unter der Sackleinwand ganz klein.

»Sie muß hier irgendwo sein«, sagte eine Stimme, die sie erschaudernd als Petrocs erkannte.

»Der kleine Satansbraten hat sich gut versteckt«, kommentierte eine andere Stimme.

»Was dieses Kind bräuchte, ist eine ordentliche Tracht Prügel.« Das war wieder Petroc. »Eines steht fest — wir müssen sie finden, bevor wir den Anker lichten.«

Gleich darauf hob er die Sackleinwand etwas an und entdeckte sie darunter. Er lachte laut auf. »Die Suche ist beendet!«

»Ihr hattet also wirklich recht, Sir!«

»Natürlich hatte ich recht. Ich habe es ihr in den letzten Tagen an den Augen abgelesen. Steh auf!« befahl er Pilar.

»Nein!«

Sie wurde von zwei kräftigen Armen gepackt und auf die Beine gestellt.

»Ich werde Euch in Eisen legen lassen!« schrie sie.

»Noch bist du nicht der Kapitän«, erwiderte er, und beide Männer lachten.

Sie stürzte sich auf ihn und begann, ihn mit den Fäusten zu bearbeiten. Nur mit Mühe konnte sie ihre Tränen zurückhalten.

Er klemmte ihren Kopf unter seinen Arm.

»Und was jetzt, Sir?«

»Jetzt bringen wir sie selbstverständlich an Land.«

»Bringt mich zum Kapitän!« rief sie. »Ich verlange, zum Kapitän gebracht zu werden. Wo ist der Kapitän? Er wird wollen, daß ich an Bord bleibe.«

Die beiden Männer tauschten einen Blick.

»Laßt mich los! Laßt mich los! Wie könnt Ihr es wagen! Ich werde Euch in Eisen legen lassen!«

Er lachte wieder, und sie nahm sich fest vor, ihm dieses Lachen niemals zu verzeihen.

»Ich werde Euch umbringen!« schrie sie.

»Sie ist noch ein Kind«, sagte Petroc mit einem leichten Augenzwinkern zu dem anderen Mann, »allenfalls könnten wir sie zu der üblichen Strafe für blinde Passagiere verurteilen.«

Sie konnte ihre Neugier nicht bezwingen. »Was ist das für eine Strafe?«

»Fünfzig Peitschenhiebe und ein Monat bei Wasser und Brot. Na, wollt Ihr immer noch an Bord bleiben, Madam Piller?«

Er zog sie aus dem Laderaum. Sie trat nach ihm, aber er lachte nur darüber. Als er unvorsichtigerweise seinen Griff etwas lockerte, riß sie sich von ihm los und rannte auf die Kajüte ihres Vaters zu.

»Käpt'n Käpt'n! Ich will zum Käpt'n!«

Ihr Vater saß mit glasigen Augen in seiner Kajüte. Er war völlig betrunken und döste vor sich hin.

Sie rüttelte ihn am Arm. »Käpt'n, Käpt'n, ich bin hier!«

Aber er erkannte sie nicht, und da stand auch schon Petroc neben ihr. Er hob sie hoch und trug sie aus der Kajüte, ohne sich um ihr Strampeln zu kümmern.

»Wenn der Kapitän unpäßlich ist, Madam Piller«, erklärte er, »habe ich das Kommando hier auf dem Schiff.«

Sie schluchzte zornig: »Ich hasse Euch! Ich hasse Euch! Eines Tages bringe ich Euch um!«

Aber sie wußte selbst, daß ihre Stimme sich kläglich anhörte, und begriff, noch bevor er sie in dem kleinen Boot persönlich an Land ruderte, daß sie verloren hatte.

IV

Spanien, 1585

Als Blasco in sein Elternhaus zurückgekehrt war und von den schrecklichen Ereignissen erfahren hatte, war er anfangs derart entsetzt gewesen, daß er nur dasitzen, sich die Geschichte immer wieder erzählen lassen und seine Eltern mit Fragen bestürmen konnte. Erst etwas später war er imstande gewesen, sich Matias vorzunehmen. »Du hast mich belogen. Du hast mir weisgemacht, sie wäre weggelaufen.« »*Si Señor, si Señor*«, hatte Matias zitternd geantwortet. »Und es war bestimmt so; Zigeunerinnen laufen immer davon. Sie können nicht wie wir unter einem festen Dach leben. So war es schon immer.« Wäre Blasco vor Kummer und bitterem Schmerz nicht immer noch wie gelähmt gewesen, er hätte seinen Diener auf der Stelle zusammengeschlagen.

So aber hatte er nur ganz ruhig gesagt: »Geh weg von hier und komm mir nie wieder unter die Augen. Dein Anblick könnte mich sonst eines Tages so in Zorn versetzen, daß ich dich umbringen würde.« Und Matias war traurig davongeritten.

»Du hättest auch nicht mehr tun können als wir«, hatte seine Mutter ihm versichert. »Señor de Ariz kam ums Leben, weil er nicht aufgeben wollte, und dadurch verlor Señora de Ariz nicht nur ihre Tochter, sondern auch noch ihren Ehemann.«

»Irgend etwas hätte man tun müssen«, hatte Blasco gerufen. »Man hätte nichts unversucht lassen dürfen!«

Aber sie hatten nur niedergeschlagen die Köpfe geschüttelt.

Julie war bei ihm gewesen, seine Ehefrau Julie. Sie waren

unterwegs in einer der hugenottischen Hochburgen getraut worden, und erst danach hatte Julie sich etwas besser gefühlt.

Ihm selbst war jedoch, sobald sie die spanische Grenze überschritten hatten, noch deutlicher zu Bewußtsein gekommen, daß Julie ein großes Problem darstellen würde. Julie würde sich in Spanien niemals heimisch fühlen; sie würde immer eine Außenseiterin bleiben. Eine schreckliche Melancholie hatte ihn befallen, als er erkennen mußte, daß es verhältnismäßig leicht gewesen war, den mutigen Retter zu spielen, sich auf einem Dach zu verstecken und ein gefährdetes Mädchen in einem Sack durch die Straßen einer Stadt im Blutrausch zu tragen. Gewiß, das alles waren lobenswerte Heldentaten. Aber wieviel mehr Tapferkeit, Geduld und Geschick waren erforderlich, um auf dieser noblen Geste ein Leben aufzubauen!

Er liebte Julie nicht, und auch sie liebte ihn nicht. Und doch hatte das Schicksal sie für den Rest ihres Lebens aneinandergekettet.

In Sevilla hatte er sehr ernst und eindringlich mit Julie gesprochen. Obwohl er seine Kindheit auf dem elterlichen Besitz verbracht hatte, betrachtete er Sevilla als seine Heimatstadt, und sie war ihm nie zuvor so schön vorgekommen wie nach seiner Rückkehr von Paris.

Auf dem Ritt durch die engen maurischen Straßen mit den prächtigen Bauwerken und den herrlichen Orangenbäumen war er glücklich gewesen, wieder zu Hause zu sein, und anfangs hatte er sich wie der sorglose Jüngling gefühlt, der er vor noch nicht allzu langer Zeit gewesen war.

Dann aber war ihm wieder zu Bewußtsein gekommen, daß Julie neben ihm ritt, die für die Schönheit dieser Stadt blind war, die weder den in der Sonne gleißenden Bauwerken noch der nach Orangenblüten duftenden Luft etwas abgewinnen konnte.

Er hatte gesagt: »Julie, du wirst jetzt in Kürze mein Elternhaus betreten. Sie dürfen nicht wissen, daß du einen anderen Glauben hast als wir. Aber wie willst du das vor ihnen geheimhalten?«

»Das wird mein Kreuz sein, das ich tragen muß.«

»Julie, vergiß nicht, was wir in Paris gesehen haben.«

»Glaubst du, ich könnte das jemals vergessen?« hatte sie schaudernd erwidert.

»So etwas geschieht auch hier... Es geschieht überall auf der Welt. Nirgendwo gibt es wirklichen Frieden. Kannst du dir etwas noch Schlimmeres als das Massaker von Paris vorstellen?«

»Etwas Schlimmeres kann es nicht geben. Ich glaube, in jenen wenigen Tagen und Nächten haben wir einen Vorgeschmack auf die Hölle erlebt.«

»Aber es war wenigstens schnell vorüber, Julie. Hingegen können Folterungen sehr lange ausgedehnt werden. In diesem Land sieht nach außen hin alles friedlich aus. Aber laß dich davon nicht täuschen. Auch hier geschehen schreckliche Dinge. Ich flehe dich an, Julie, laß niemanden wissen, daß du nicht katholisch bist.«

»Ich erkenne jetzt, wie töricht ich war. Mein Vater wollte nicht, daß ich ihn und Pierre nach Paris begleitete. Aber ich war eigensinnig. Ich wollte etwas Neues sehen, ich wollte fröhliche Feste erleben. Und was für fröhliche Feste ich zu sehen bekam! Jene blutgetränkten Straßen...«

»Ich bitte dich, denk nicht mehr daran. Das ist jetzt vorbei.«

»Es ist nicht vorbei. Wir werden unser Leben lang damit leben müssen. Ohne diese Ereignisse wären wir jetzt nicht hier.«

»Ich bitte dich, Julie, laß uns von nun an in Frieden leben und keine neuen Schrecken heraufbeschwören.«

Seine Eltern hatten ihn herzlich willkommen geheißen, und er hatte seine seit Tagen präparierten Worte gesagt: »Vater, Mutter — ich komme nicht allein zu euch zurück, sondern bringe auch meine Frau mit.«

Trotz ihrer Verwunderung waren sie über seine Rückkehr so glücklich gewesen, daß sie Julie freundlich aufgenommen hatten. Es war zwar höchst ungewöhnlich, daß ein Mann in Blascos Position ohne Wissen der Eltern heiratete, aber überall geschahen seltsame Dinge, und sie mußten sich mit den vollendeten Tatsachen abfinden. Die Hauptsache war schließlich, daß Blasco überhaupt wieder zu Hause war, und nachdem er nun schon eine Frau hatte, würde sich das Haus bestimmt bald mit den Kindern füllen, die ihnen neues Glück schenken könnten.

Blasco hatte nach Isabella gefragt, in der Hoffnung, Näheres über Biancas Flucht erfahren zu können.

Und dann hatten sie es ihm erzählt...

Als er den ersten Schock überwunden hatte, war er froh gewesen, daß zahlreiche Aufgaben auf ihn warteten, daß er sich um andere Menschen kümmern mußte. Er hatte sich gesagt, daß er sich von nun an um Julie kümmern müsse, daß die Anklage in Pierres brechenden Augen ihn verpflichte, Bianca aus seinen Gedanken zu verbannen.

Blasco hatte Jerez hinter sich gelassen und näherte sich den Weinbergen der de Ariz, die nun wieder so prächtig gediehen wie zu Lebzeiten von Señor de Ariz.

Er konnte das neue Haus sehen, das auf den Ruinen des alten erbaut worden war. Er gab seinem Pferd die Sporen, und kurz darauf saß er im Hof ab und übergab sein Pferd einem herbeigeeilten Stallknecht.

Isabellas Mutter hatte ihn kommen sehen und begrüßte ihn in der Halle. Die Carramadinos waren ihr jederzeit herzlich willkommen, waren sie ihr doch zu einer Zeit, als sie alles verloren hatte und am liebsten gestorben wäre, unermüdlich zur Seite gestanden.

»Kommt, mein lieber Blasco«, sagte sie. »In meinem kleinen Zimmer ist es angenehm kühl. Wir werden zusammen ein Glas Wein trinken, und Ihr werdet mir erzählen, welche Neuigkeiten es in Eurer Familie gibt.«

»Neuigkeiten gibt es eigentlich kaum; ich bin — wie so oft — einfach hergekommen, um Euch zu sehen.«

»Ach, Blasco, was hätte ich in all diesen Jahren ohne Euch und Eure Familie gemacht! Und wie geht es dem kleinen Luis?«

»Ausgezeichnet, den Heiligen sei Dank! Ich wollte ihn

heute eigentlich mitnehmen, aber seine Mutter meinte, daß zuviel Zerstreuung nicht gut für ihn sei.«

Señora de Ariz klatschte in die Hände, und ein Dienstmädchen betrat leichtfüßig den Raum. Blascos Augen leuchteten flüchtig auf, weil das hübsche Mädchen in einer Weise die Hüften bewegte, die ihn stark an Bianca erinnerte. Gleich darauf rief er sich energisch zur Ordnung. Bianca mußte inzwischen schon eine Frau mittleren Alters sein. Was mochte aus ihr geworden sein? Würde er das noch irgendwann einmal erfahren?

»Luis wäre sehr gern mitgekommen«, nahm er den Gesprächsfaden wieder auf.

Sie lachte verständnisvoll. Wie vernarrt die meisten älteren Menschen doch in Kinder waren! Er dachte daran, daß seine Mutter es kaum ertragen konnte, den kleinen Luis nicht in ihrer Nähe zu wissen. Er war der Enkel, nach dem sie sich immer gesehnt hatte. Blasco bedauerte es um ihretwegen, daß er nur dieses eine Kind hatte. Er erinnerte sich noch gut an die Gelegenheit, als der Junge gezeugt wurde – eine sich sträubende Julie, und er selbst ein wenig beschwipst von zuviel Jerez-Wein. Er wußte genau, daß es damals passiert sein mußte, denn sexuelle Beziehungen waren in seiner Ehe eine Seltenheit. Julie hatte es so gewollt, und inzwischen hatte auch er sich an diesen Zustand gewöhnt.

Julie schien ihren Lebenssinn darin zu sehen, ihre diversen Kreuze zu tragen, und sie legte eines nur ab, wenn das Schicksal ihr ein neues aufbürdete. Manchmal war er versucht, ihr zu sagen, daß sie es geradezu genoß zu leiden, daß es ihr eine große Befriedigung verschaffte, das Opferlamm zu spielen. Aber er hatte keine Lust, mit ihr zu streiten.

»Wie alt ist Luis jetzt?« fragte Doña Marina. Sie wußte es genau, aber sie wollte kein anderes Thema anschneiden, solange das Dienstmädchen noch im Zimmer war.

»Fünf. Ihr müßtet sehen, wie er im Sattel sitzt! Wenn er durch die Weinberge reitet, lassen die Leute den kleinen Don Luis hochleben.«

Die Bedienstete hatte sich entfernt. Doña Marina stützte sich mit den Ellbogen auf dem Tisch auf und sah Blasco an.

»Ihr erinnert Euch daran, wenn Ihr hierherkommt... jedesmal«, sagte sie langsam. »Ich sehe es in Euren Augen. Ich weiß, daß Ihr Isabella geliebt habt, Blasco. Wir glaubten damals, Ihr wäret allzu leichtsinnig. Wir glaubten, Domingo würde der bessere Ehemann für Isabella sein. Aber er hat sich mit ihrem Verlust viel schneller abgefunden als Ihr.«

Blasco starrte in seinen Weinbecher. Er konnte ihr unmöglich gestehen, daß die Liebe, die sie in seinem Gesicht gelesen hatte, nicht Isabella galt.

»Oh, wißt Ihr«, murmelte er, »ich habe mein Heim... meine kleine Familie...«

»Das ist ein großer Trost«, stimmte sie ihm eifrig zu. »Ihr habt Euren süßen Luis. Es sind immer die Kinder, die uns Freude bereiten. Sie werden geboren, und man kann dieses neue Leben beobachten. Sie wachsen wie Trauben... so zart, so schön.«

»Ihr seid sehr tapfer, Doña Marina. Wißt Ihr, daß ich oft hierherkomme, um aus Eurem Beispiel Kraft zu schöpfen? Ihr habt Euch aus Ruinen ein neues Heim erbaut. Ihr habt Eure Tochter und Euren Mann verloren und seid hier doch nicht einsam.«

»Ich habe Gabriel und seine Sabina. Ich habe von Anfang an versucht, in Alonsos Neffen meinen Sohn zu sehen, und seine Frau Sabina ist mir jetzt lieb wie eine Tochter. Sie bemühen sich nach besten Kräften, mir zu ersetzen, was ich verlor.«

»Aber das ist bei allem guten Willen nicht möglich; ich lese es in Euren Augen.«

»Das dachte ich auch immer, Blasco, aber nun erwartet Sabina ein Kind. Ich bete zu den Heiligen, daß es bei der Geburt keine Komplikationen gibt. Ich glaube, wenn ich das Baby in meinen Armen halte, wird es fast so sein, als wäre es mein Enkel, als wäre es Isabellas Kind. Ich glaube, es wird mir sehr viel bedeuten. Ich werde dieses Kind von klein auf heranwachsen sehen – wie einst meine Isabella.«

»Ich freue mich sehr für Euch.«

»Und Sabina ist jung und kräftig. Sie sind erst ein Jahr verheiratet, und das Baby wird bald zur Welt kommen. Ich hoffe, daß sie viele Kinder haben werden, daß fröhliches Kinderlachen im ganzen Haus erschallen wird. Dann werde ich nicht mehr soviel Zeit zum Grübeln haben. O Blasco, wenn ich wüßte, daß sie tot ist... wie Alonso... dann könnte ich, glaube ich, eher Frieden finden. Am schlimmsten ist diese Ungewißheit, die Befürchtung, daß sie die Hölle auf Erden durchleben muß.«

»Bianca war bei ihr und würde sich bestimmt um sie kümmern.«

»O ja... dieses Zigeunermädchen. Ein eigenartiges Geschöpf, kühn und selbstbewußt. Ehrlich gesagt, ich war alles andere als begeistert, sie im Haus zu haben und sie als ständige Gefährtin meiner Tochter akzeptieren zu müssen. Aber nun bin ich sehr froh, daß sie hier war, denn sie war ein mutiges Mädchen, und sie liebte Isabella.«

»Ich glaube nicht«, sagte Blasco, »daß Isabella in jenem Land lange am Leben bleiben konnte. Soviel ich gehört habe, gibt es dort nur Regen und Nebel; und die feuchte Kälte kriecht einem in die Knochen und bringt jene um, die nicht von Geburt an daran gewöhnt sind.«

»Ich wollte, ich wüßte es, Blasco. Ich werde nie Frieden finden, bis ich meine Tochter wieder in die Arme schließen kann — oder genau weiß, daß für sie aller Schmerz längst ein Ende hat.«

»Das alles ist nun schon so lange her.«

»So lange...«, wiederholte sie. »Sabina hat gesagt, wenn ihr Kind ein Mädchen wird, soll es Isabella heißen, und wenn es ein Junge ist — Alonso. Aber ich rede viel zuviel über mich. Ich bin froh, daß Ihr heute gekommen seid, denn ich muß Euch etwas sagen, das nicht für fremde Ohren bestimmt ist. Geht bitte zur Tür und vergewissert Euch, daß wir nicht belauscht werden.«

Blasco kam ihrem Wunsch nach. Die Halle war menschenleer.

Doña Marina sah ihn ernst an und sagte im Flüsterton:

»Ich habe Gerede gehört. Es betrifft Julie... die Art, wie sie betet.«

Sein Herz begann schneller zu schlagen. »Wie... wie habt Ihr davon erfahren?«

»Dienstbotengetuschel! Ihr wißt ja – ein Dienstbote aus Eurem Haus verliert ein Wort vor einem Dienstboten hier, und so weiter.«

»Die Dienstboten halten zu uns, denn wir haben sie immer gut behandelt.«

»Ich zweifle nicht daran, daß sie Euch treu ergeben sind. Aber es gibt einen Bereich, wo sie es dennoch für falsch halten könnten zu schweigen, wenn man ihnen Fragen stellt.«

»Ja«, mußte Blasco zugeben.

»Sie lebt nun schon seit vielen Jahren in Eurem Haus, und bis vor kurzem ist mir nie auch nur das geringste darüber zu Ohren gekommen.«

»Es ist ein großes Geheimnis, das wir alle gehütet haben.«

»O Blasco, Blasco, schreckliche Dinge können geschehen. Wir wissen das.«

»Ja, wir wissen es, und keiner weiß es besser als ich. Was ich in Paris erlebt habe, hoffe ich, nie wieder sehen zu müssen.«

»Julie ist jetzt Spanierin«, sagte Doña Marina. »Sie lebt seit Jahren unter uns. Ihr Kind ist ein Spanier. Luis ist ein Carramadino. Er kann doch kein Ketzer sein.«

»Ich befürchte, daß in dieser Hinsicht noch große Probleme auf uns zukommen werden. Meine Mutter wird niemals zulassen, daß er als Ketzer erzogen wird, und Julie wird niemals zulassen, daß er als Katholik erzogen wird. Bald wird er alt genug sein, um eine religiöse Unterweisung erhalten zu müssen. Und nun wird also auch noch über Julie geredet! Was würde geschehen, wenn das jenen zu Ohren käme, die sich brennend für solche Dinge interessieren?«

»Ihr hättet dieses Hugenottenmädchen niemals heiraten dürfen, Blasco!«

»Ihr habt völlig recht. Ich hätte Julie nicht heiraten sollen. Aber nun muß ich sie nach besten Kräften beschützen.«

»Ihr solltet sie eindringlich warnen. Ihr habt in Paris schreckliche Dinge gesehen. Diese Greueltaten wurden auf offener Straße verübt. In unserem Land geschehen ähnliche Dinge in unterirdischen Verliesen... nicht minder schlimme Dinge! Denkt daran, Blasco. Denkt daran und warnt Eure Frau!«

Kurze Zeit später unternahm er mit ihr einen Spaziergang durch die Weinberge, wo sie Gabriel trafen. Er speiste mit ihnen, ruhte während der Siesta und machte sich am Spätnachmittag nach einem herzlichen Abschied auf den Rückweg nach Sevilla.

Abgesehen von der Warnung in bezug auf Julie war es ein sehr schöner Tag gewesen − und er hatte solche Tage bitter nötig. Aber je näher er seinem Haus kam, desto melancholischer wurde er.

Zwischen seiner Frau und seiner Mutter gab es ständig Auseinandersetzungen. Und er durfte Doña Marinas Warnung nicht einfach in den Wind schlagen. Seiner Mutter würde er jedoch nichts davon sagen. Er wollte ihr nicht einen neuen Anlaß geben, der armen Julie Vorwürfe zu machen.

Er würde mit Julie sprechen, er würde sie bitten, vorsichtiger zu sein. All diese Jahre hindurch war es gelungen, ihr Geheimnis zu bewahren. Sie besuchte nie die Messe in der Privatkapelle. Vater Garcia wußte, daß die Carramadinos eine Ketzerin im Hause hatten. Sie hatten ihn einweihen müssen, aber ihm war nicht wohl bei der Sache, und falls er die Familie jemals verlassen sollte, würde niemand von ihnen mehr sich sicher fühlen können.

Julie betete immer in ihrem Zimmer. Sie erklärte oft, sie brauche die Fallstricke der katholischen Kirche nicht, ihre Religion sei schlicht. Hugenotten hielten es für überflüssig, in lateinischer Sprache zu beten, Priester in prächtigen Gewändern die Messe feiern zu lassen und die Heiligen als Fürbitter auszurufen. »Wir wenden uns direkt an Gott«, sagte sie.

Julie übte also im katholischen Haushalt der Carramadinos ihre eigene Religion aus; die Dienstboten führten ihre

Eigenarten auf die Tatsache zurück, daß sie eine Ausländerin war, und die Carramadinos hatten gehofft, daß niemand begreifen würde, was ihre seltsamen Gebete in Wirklichkeit bedeuteten – nämlich, daß sie zu jenen Ketzern gehörte, denen der König und die Diener der Kirche den Kampf mit Feuer und Folter angesagt hatten.

Allen war klar, daß diese Situation hunderterlei Gefahren in sich barg, nicht nur für Julie, sondern auch für den ganzen Haushalt.

Und *er* hatte seiner Familie diese Bürde aufgeladen – er, der einst ein unbekümmerter Junge gewesen war, der am liebsten in der Sonne lag und sein Leben genoß.

Während er jetzt nach Hause ritt, dachte er an Julie, die mit zusammengepreßten Lippen und ernstem Gesicht verbissen ihr Kreuz trug; er dachte an die schwelende Leidenschaft seiner Mutter, die ihren Enkel vergötterte, aber ihre Schwiegertochter nie ins Herz geschlossen hatte. Ihre ablehnenden Gefühle gegenüber diesem Fremdkörper in ihrem Haus waren seit der Geburt des Jungen immer stärker geworden und konnten jeden Tag in regelrechten Haß umschlagen.

Als er sich dem Haus näherte, sah er ein Stück vor sich auf der Straße eine dunkel gekleidete Gestalt auf einem Maulesel.

Ein Priester! Und an seiner Kleidung konnte man erkennen, daß er Mitglied der Gesellschaft Jesu war. Blasco wollte ihn nicht einholen, denn wenn er das tat, würde er den Priester einladen müssen, bei ihnen zu essen und zu übernachten, und er wagte es nicht, einen fremden Geistlichen ins Haus zu lassen. Doña Marinas Warnung hatte ihn sehr nachhaltig beunruhigt. Ein Priester könnte möglicherweise ihr Geheimnis entdecken.

Er zügelte deshalb sein Pferd und hoffte, daß der Jesuit bald abbiegen würde. Kurz darauf wurde ihm jedoch klar, daß der Mann zum Haus der Carramadinos ritt.

Was mochte dieser Besuch zu bedeuten haben? War das Gerede der Dienstboten bereits den falschen Leuten zu Ohren gekommen? Hatte dieser Mann einen ganz bestimmten Auftrag?

Wenn dem so sein sollte, so durfte er keine Zeit verlieren. Er mußte zur Stelle sein, um Julie zu besonderer Vorsicht ermahnen zu können. Er mußte ihr klarmachen, daß sie andernfalls den ganzen Haushalt in Gefahr bringen würde.

Er grub seine Absätze in die Flanken des Pferdes und überholte den Priester kurz vor dem Tor.

»Ich wünsche Euch einen guten Abend, Vater.«

Der Priester hob den Kopf und blickte Blasco ins Gesicht. Blasco erkannte ihn, und schlagartig fielen all seine Ängste von ihm ab.

»Domingo!« rief er.

Sie saßen bei Tisch. Die Dienstboten eilten hin und her, eifrig bemüht, Vater Domingo ein gutes Mahl vorzusetzen.

Er hatte gesagt, er wolle einige Tage bei ihnen bleiben. Er war bleich und sehr mager, und seine Mutter sorgte sich um ihn. Sie war überzeugt davon, daß er sich allen möglichen Kasteiungen unterzog. Eigentlich hätte sie stolz auf ihn sein müssen, und in gewisser Weise war sie das auch; aber sie sah in ihm immer noch ihren Jungen Domingo, und sie wünschte, sie könnte ihn wenigstens eine Zeitlang bei sich behalten und etwas aufpäppeln. Im Grunde hatten beide Söhne sie enttäuscht − Domingo ein zölibatärer Priester, Blasco mit einer Französin verheiratet, mit einer Ketzerin! Das einzig Gute, was bei dieser Ehe herausgekommen war, war das Kind, ihr geliebter Enkel Luis.

Luis betrachtete seinen Onkel mit großem Interesse und stellte ihm viele Fragen. Domingo antwortete ohne jene aufreizende Herablassung, die Erwachsene Kindern gegenüber häufig an den Tag legten. Er erzählte von den großen Städten, in denen er gelebt hatte. Er hatte zeitweilig in Paris und Rom studiert und war erst vor kurzem aus Reims zurückgekommen.

»Bald werde ich über das Meer fahren«, berichtete er. »Deshalb wollte ich euch alle vorher noch einmal sehen.«

»Wirst du mit einem großen Schiff fahren?« fragte Luis.

»Das kann durchaus sein«, erwiderte Domingo.

»Ich wollte, ich könnte dich auf diesem Schiff begleiten«, rief Luis.

Seine Mutter gebot ihm, still zu sein. »Dein Onkel will sich mit deinen Großeltern unterhalten, nicht mit kleinen Jungen«, erklärte sie. »Komm, iß auf. Es ist für dich Zeit zum Schlafengehen.«

»Ich bitte dich«, mischte sich Doña Theresa ein, »laß das Kind doch in Ruhe essen. Es ist nicht gut für Luis, alles hastig herunterzuschlingen.«

»Ich glaube, ich weiß am besten, wann es gut für ihn ist, sich zu beeilen«, erwiderte Julie.

»Jedenfalls nicht bei den Mahlzeiten. Komm, mein Liebling, iß schön langsam und vergiß nicht, ordentlich zu kauen, wie dein Großvater es dir gezeigt hat.«

Luis blickte von seiner Mutter zu seiner Großmutter; er war an die Streitereien zwischen ihnen gewöhnt und stolz darauf, die Ursache dieser Auseinandersetzungen zu sein. Jetzt begann er, besonders langsam zu essen, weil er noch ein Weilchen hierbleiben und seinem neuen Onkel zuhören wollte.

Julie nahm ihn bei der Hand und sagte: »Komm jetzt, Luis.«
Der Knabe sah abwartend seine Großmutter an.

Hoffentlich kommt es nicht gleich zu einer Riesenszene zwischen Julie und Mutter, dachte Blasco. Sie kämpfen um den Jungen wie zwei Hunde um einen Knochen.

Aber Doña Theresa wollte vermutlich mit ihren Söhnen allein sein, denn sie erhob keine weiteren Einwände, und der enttäuschte Luis wurde von Julie aus dem Zimmer geführt.

Domingo erzählte von seinem Leben an verschiedenen Universitäten, nicht nur in Spanien, sondern auch in Frankreich; er erzählte von seiner Priesterweihe und von seinem Eintritt in die Gesellschaft Jesu.

Blasco wußte, was das bedeutete. Als Mitglied dieser missionarischen Gesellschaft würde Domingo ausgesandt werden, um den katholischen Glauben in jene Länder zu tragen, wo dieser nicht so fest verankert war wie in Spanien.

Aber Blasco wunderte sich über den gequälten Ausdruck in Domingos Augen. Hatte sein Bruder im Priestertum vielleicht doch nicht den inneren Frieden gefunden?

Nach dem Essen schlug er Domingo einen Spaziergang in den Gärten vor. Er sagte, er wolle ihm zeigen, welche Veränderungen sie dort durchgeführt hatten.

Domingo war sichtlich froh über diesen Vorschlag, und gleich darauf schlenderten sie durch die duftenden Gärten.

»Ich habe das Gefühl, daß deine Frau mich nicht mag«, sagte Domingo. »Habe ich etwas getan, was ihr Mißfallen erregen konnte?«

»Nein, das nicht. Es liegt an deiner Kleidung. Ich muß dir etwas erklären, denn als Familienmitglied solltest du in das Geheimnis eingeweiht sein. Julie ist eine Hugenottin. In all den Jahren, die sie nun schon unter diesem Dach lebt, hat sie nie unsere Religion angenommen.«

»Aber das ist eine sehr ernste Angelegenheit. Eine Hugenottin in diesem Haus!«

»Was sollte ich deiner Meinung nach denn tun, Domingo? Sie der Inquisition ausliefern? Sie ist immer sehr vorsichtig gewesen. Wir alle sind äußerst vorsichtig. Es besteht relativ wenig Gefahr, daß die Sache bekannt wird. Wir gehen nie alle zusammen in die Kapelle. Auf diese Weise kann niemand mit Sicherheit sagen, daß sie nicht hingeht. Du verstehst ja, Domingo, daß wir vorsichtig sein mußten...«

»Du redest so, als wäre das nur eine kleine Unannehmlichkeit. Aber diese Frau ist eine Ketzerin! Und jenen, die Ketzer beherbergen, können schreckliche Dinge widerfahren!«

»Und was ist mit jenen, die Ketzer heiraten?«

»Warum hast du diese Frau geheiratet, Blasco?«

»Weil sie heimatlos und allein war, und weil ich ihren Bruder sterben sah.«

»Seltsame Gründe für eine Heirat!«

»Nicht so seltsam, wie du glaubst. Ihr Bruder klagte mich im Sterben an. Es war ein Ereignis, das ich niemals vergessen werde.«

»Und nur wegen dieser Anklage eines Fremden auf dem Totenbett...«

»Ja, deswegen! Aber es war nicht so, wie du es dir vorstellst. Sein Totenbett war der harte Fußboden im Hause seines Vaters, und der Tod ereilte ihn durch die Schwerter seiner Feinde. Es war in der Bartholomäusnacht... Seit damals habe ich das Gefühl, Julie beschützen zu müssen. Der fassungslos anklagende Blick ihres Bruders verfolgt mich bis heute.«

»Aber eine Häretikerin, Blasco!«

»Ich versuche, das zu vergessen.«

»Du versuchst zu vergessen! Das sieht dir ähnlich, Blasco. Du bist immer noch der alte. Du hast immer alles Unangenehme verdrängt. Und was ist mit deinem Sohn? Mit dem kleinen Luis?«

»Unsere Mutter wird sich darum kümmern.«

»O ja, sie ist eine gute Katholikin. Aber ich kann nicht verstehen, wie unsere Eltern eine Ketzerin in ihrem Haus beherbergen können.«

»Sie ist jetzt ihre Tochter und die Mutter ihres Enkels.«

»Du bürdest meinem Gewissen eine kolossale Last auf, Bruder, indem du eine Häretikerin beschützt!«

»Soll das heißen, daß du es für deine Pflicht halten könntest, sie zu verraten?«

»Als Sohn der Heiligen Kirche...«

Mit geballten Fäusten schrie Blasco: »Nein, Domingo, nein! So etwas könntest du doch nicht tun!«

»Manchmal«, sagte Domingo, »ist unsere Pflicht sehr schmerzlich.«

Blasco war stehengeblieben und sah seinen Bruder ungläubig an.

»Ich dachte nicht... es wäre mir nicht einmal im Traume eingefallen, daß du einen solchen Gedanken auch nur flüchtig erwägen könntest.«

»Ich bin Priester. Müßte ich nicht meine Pflicht tun?«

»Domingo, du weißt, was Ketzern angetan wird!«

»Sie werden davon überzeugt, den wahren Glauben anzunehmen.«

»Überzeugt!« rief Blasco. »Ich habe ein schreckliches Gemetzel miterlebt. In Paris habe ich in der Bartholomäusnacht alptraumhafte Szenen gesehen. Und doch weiß ich im Innern meines Herzens, daß das spanische Überzeugen noch wesentlich grausamer ist als das französische Massaker.«

»Was ist nur aus dir geworden, Blasco? Du bist nicht mehr der Bruder, den ich kannte.«

»Nein, ich habe mich verändert. Und soll ich dir sagen, was mich verändert hat? Es war jene Nacht in Paris — jene Nacht und die folgenden Tage. Manchmal denke ich, daß ich es zu meinem Lebenszweck machen sollte, Häretiker zu beschützen — nicht nur meine Frau, sondern alle Häretiker —, um die furchtbare Todsünde zu sühnen, die Katholiken in jener Nacht begingen.«

»Bist du verrückt, Blasco?«

»Ich weiß, ich sage sonderbare Dinge. Ich habe das noch nie ausgesprochen, und mir war nicht einmal bewußt, daß ich so dachte. Dich so vor mir stehen zu sehen, in deiner Priesterkleidung, mit diesem kalten, asketischen Gesicht — das bewirkte diesen plötzlichen Ausbruch! O Heilige Mutter Gottes, warum können wir nicht in Frieden miteinander leben? Warum muß meine Mutter mit meiner Frau um meinen Sohn kämpfen? Warum kommen unsere *alguazils* des Nachts, um Ketzer abzuholen... Ich wage mir nicht auszumalen, wohin man sie bringt und was mit ihnen geschieht! Warum haben die französischen Katholiken in jener blutigsten aller Nächte auf ihren Straßen unschuldige Kinder niedergemetzelt? Warum... warum... ich frage dich, warum?«

»Blasco, du bist völlig außer dir.«

»Vergib mir, Bruder. Ich weiß selbst nicht, was über mich gekommen ist. Aber du siehst jetzt, wenn du jemanden in diesem Haus glaubst anzeigen zu müssen, so solltest du mit deinem eigenen Bruder Blasco den Anfang machen.«

»Es ist deine Pflicht, sie von der Häresie abzubringen«, sagte Domingo ernst.

»Ich werde mich um sie kümmern, Domingo«, antwortete Blasco. »Ich werde dafür sorgen, daß sie gerettet wird.«

Domingo interpretierte diese Worte auf seine Weise und nickte. Aber Blasco wußte, daß er sich in acht nehmen mußte. Er hatte seinen Bruder sehr lange nicht gesehen, und die Menschen konnten sich verändern. Er selbst hatte sich ja auch verändert. Jedenfalls, so dachte er, werde ich niemals zulassen, daß sie Julie abholen. Ich würde zuerst sie und dann mich selbst töten, damit sie nicht in ihre Hände fällt. Ich werde sie die ganze Nacht in meiner Nähe behalten – denn sie kommen immer nachts – und beim ersten Anzeichen einer Gefahr werde ich ihr ein Kissen auf das Gesicht pressen oder sie mit meinen eigenen Händen erwürgen. Und danach werde ich mich erdolchen. Sie werden Julie nicht mitnehmen!

Die beiden Brüder hatten die Kapelle erreicht.

»Ich möchte gern eine Weile hierbleiben und beten«, sagte Domingo.

Blasco nickte und entfernte sich. Er hatte Angst. Dieser Mann, der nach Hause gekommen war, schien ein Fremder geworden zu sein.

»Ich muß mit dir reden«, sagte Blasco.

Julie wandte sich ihm zu, und er dachte, daß die Jahre sie sehr verändert hatten. Ihre jugendliche Anmut war dahin, ohne daß reife Schönheit an ihre Stelle getreten wäre. Arme Julie! Sie hatte ihren Vater und Bruder verloren, und ihr war nichts geblieben als ein Ehemann, den sie nicht liebte, ein Kind, das ihre Schwiegermutter ihr abspenstig machen wollte, und ihr Glaube, der ihr jederzeit Folter und einen gewaltsamen Tod einbringen konnte.

»Julie«, sagte er zärtlich, »du mußt in Zukunft besonders vorsichtig sein. Es hat Gerede gegeben.«

»Was für Gerede?«

»Dienstbotenklatsch. Wie du ja weißt, habe ich heute Doña Marina besucht. Sie hat mich gewarnt, daß die Dienstboten über dich tuscheln.«

»Ich verstehe... Glaubst du, daß jemand mich verraten hat?«

»Noch nicht. Aber wir müssen uns noch mehr in acht nehmen als bisher.«

»Ich würde niemals meinen Glauben aufgeben. Falls sie mich verhaften, so müßte ich eben dieses Kreuz auch noch auf mich nehmen.«

»Julie, sie dürfen dich nicht holen! Niemals!«

»Für dich wäre es besser, wenn sie mich holten und töteten. Dann wärest du mich endlich los!«

»Julie, auch alle anderen Hausbewohner würden dann in Verdacht geraten.«

Sie lachte bitter. Sie war mit den Jahren sehr verbittert geworden. Zwar liebte sie ihn nicht, aber seine Liebesaffären mit anderen Frauen waren ihr doch ein Dorn im Auge. Er hatte vergeblich versucht, ihr sein Verhalten zu erklären: »Ich beherrsche mich, so gut ich kann. Aber ich bin nun einmal ein temperamentvoller Mann.«

»Ah, deine Sorge gilt also nicht mir, sondern den anderen«, rief sie jetzt.

»Wir besitzen reiche Weinberge. Mein Vater ist ein wohlhabender Mann, und wenn man uns gefangennähme, würden sie unsere Ländereien und unser Vermögen konfiszieren...«

»Das ist also eure Heilige Kirche! Eine raffgierige, grausame Institution! Ich danke Gott für meinen Glauben und werde ihn niemals aufgeben!«

»Julie, könnten wir nicht versuchen, einander etwas mehr Verständnis entgegenzubringen?«

»Wie sollte das möglich sein? Du hast einen anderen Glauben als ich, und das ist eine unüberwindliche Barriere.«

»Und doch ist es fast derselbe Glaube. Sind die Unterschiede denn von so großer Bedeutung? Glauben wir nicht alle an Jesus, und hat Jesus nicht gesagt, wir sollten einander lieben?«

»Du glaubst, das Brot sei der Leib Christi!«

»Was spielt das schon für eine Rolle? Mir kommt es nicht

wichtig vor. Genügt es denn nicht, wenn wir einander lieben und zu verstehen versuchen?«

»Du bist nicht einmal ein guter Katholik«, warf sie ihm vor. »Du sprichst immer nur von Liebe. Was hat Liebe mit Religion zu tun? Und was ist das für eine Religion, die dir erlaubt, immer und immer wieder Ehebruch zu begehen? Und hinterher brauchst du nur zu eurem Priester zu gehen und zu sagen: ›Vater, ich habe gesündigt.‹ ›Nun, mein Sohn, bete soundsoviel Ave Marias, und das wird dich von deiner Sünde reinwaschen.‹«

»Es ist sinnlos, über diese Dinge zu diskutieren. Ich bitte dich nur von Herzen, in Zukunft besonders vorsichtig zu sein.«

Doña Theresa trat ins Zimmer.

»Ist das Kind schon im Bett?« fragte sie. »Es ist doch noch früh.«

»Ich hielt es für besser, Luis heute früh zu Bett zu bringen... nachdem sein Onkel im Haus ist.«

»Willst du damit etwa sagen, daß sein Onkel ihm Schaden zufügen könnte?«

»Es gibt auch andere hier im Haus, die ihm Schaden zuzufügen versuchen.«

»Das ist also der Dank für unsere Freundlichkeit!«

Blasco hielt diesen Streit nicht länger aus und verließ das Haus.

Sein Weg führte ihn, wie so oft, zur Kapelle. Wenn er nur die Zeit zurückdrehen könnte! Wenn er noch einmal ein braunhäutiges Zigeunermädchen auf dem Fenstersims kauern sehen könnte!

Aber solche Träume waren töricht. Sie mußte jetzt eine Frau mittleren Alters sein. Wenn er sie finden, wenn er sie sehen könnte, dann wäre sie bestimmt so ganz anders als die Bianca seiner Träume − nicht mehr jung und schön, sondern eine runzelige häßliche Zigeunerin − und dann würde es ihm endlich gelingen, sie sich aus dem Kopf zu schlagen.

Aber wie sollte er sie jemals wiedersehen können?

Er zuckte zusammen. Domingo war aus der Kapelle getreten. Er sah seinen Bruder nicht, und Blasco erschrak über sein verzerrtes Gesicht und sein leises Gemurmel.

Er quält sich, dachte Blasco. Er hat in der Kapelle gebetet. Heilige Mutter Gottes, kann es sein, daß er überlegt, ob es seine Pflicht ist, Julie zu verraten?

»Domingo!« rief er ihn an. »Domingo, Bruder!«

»Du, Blasco?«

»Domingo, dich belastet etwas.«

Domingo schwieg.

»Du hast in der Kapelle gebetet. Du hast um göttliche Führung gebetet. Das hast du auch früher oft getan. Ich glaube, du hast dich nicht allzu sehr verändert, Domingo.«

»Du hast recht«, sagte Domingo. »Ich habe mich nicht verändert. Ich bin, wie ich immer war. Das ist meine Tragödie. Ich bin noch derselbe schwermütige 'Mingo. Du hast mich deswegen oft verspottet, als wir noch Kinder waren.«

»Ich war ein Rohling — ein gedankenloser Rohling. Das ist mir später klargeworden.«

»Nein, Blasco, du hattest recht, mich zu verspotten. Du warst oft wild und ungezogen. Du hast gelogen, Versprechen nicht gehalten, vielleicht auch gestohlen. Für mich war es leicht, all diese kindlichen Sünden zu unterlassen. Ich hatte nie das Bedürfnis, verbotene Orte aufzusuchen, unsere Lehrer zu ärgern, mich zu verstecken, anstatt zum Unterricht zu gehen, die Arbeiten meines Bruders abzuschreiben und als meine eigenen auszugeben.«

»Das hätte dir auch nicht viel Lob eingebracht«, sagte Blasco lachend.

»Es war leicht für mich, der brave, folgsame Junge zu sein. Aber ich habe dich stets beneidet, Blasco, denn du hattest etwas, wofür ich mit Freuden all meine Tugenden eingetauscht hätte — Mut, Blasco! Du warst furchtlos, während ich immer Angst hatte.«

»Du warst eben klüger, hast viel mehr nachgedacht. Ich habe mir oft fast den Hals gebrochen, weil ich einfach drauflosstürmte, ohne die möglichen Folgen zu bedenken.«

»Nein, Blasco, ich spreche nicht von jenem jugendlichen

Ungestüm. Angst... das ist für mich ein Ungeheuer, das verschiedene Gestalt annehmen kann. Es hat viele Gesichter, und jedes davon erfüllt mich mit Schrecken. Ich bin ein Feigling, Blasco. Es ist mir nach all den Jahren des Gebetes deutlich bewußt, aber ich wußte es auch schon, bevor ich Priester wurde. Und ich weiß, daß ich zeit meines Lebens ein Feigling bleiben werde. Wir können nicht vor uns selbst davonlaufen.«

»Du fürchtest dich vor physischen Schmerzen. Ist es das, Domingo?«

»Ich fürchte mich vor dem Leben als solchem«, gestand er. »Ja, auch vor physischen Schmerzen − sehr sogar. Ich habe Angst vor Folter und Tod. Aber ich glaube, am meisten habe ich Angst davor, diese Angst zuzugeben. Ich weiß jetzt, daß ich Priester wurde, weil ich Angst vor dem Leben hatte. Ich wurde Priester, weil ich glaubte, ich könnte mich hinter Klostermauern vor der realen Welt verstecken.«

»Warum bist du dann nicht Mönch geworden? Warum bist du nicht irgendeiner Bruderschaft beigetreten? Warum bist du ausgerechnet Mitglied der Gesellschaft Jesu geworden? Wenn du Angst hast, ist das doch...«

»Ich war von Anfang an dafür vorgesehen. Meine ganze Ausbildung war darauf ausgerichtet. Ich wußte es damals nicht, aber heute sehe ich es ganz deutlich. Ich wurde eingeladen, der Gesellschaft Jesu beizutreten, und mir fehlte der Mut, meine Angst einzugestehen. Wenn ich ein mutiger Mann wäre, hätte ich sagen müssen: ›Nein, ich bin Priester geworden, um der Welt zu entfliehen, um ein ruhiges, friedliches Leben führen zu können, nicht aber, um mich Gefahren auszusetzen.‹ Aber andererseits − wenn ich ein mutiger Mann wäre, hätte ich das ja nicht zu sagen brauchen.«

»Noch ist es nicht zu spät, Domingo. Geh zu deinem Beichtvater. Erzähl ihm, was in dir vorgeht.«

»Mein Beichtvater ist Vater de Cartagena. Er hat mir gesagt, ich sei für diese Arbeit auserwählt worden; es sei der Wunsch des Königs, daß ich sie ausführe. Er weiß, daß ich einmal heiraten sollte. Meine Ausbildung war auf dieses Ziel ausgerichtet. Ich glaubte immer, bis ich soweit wäre, auf Reisen gehen zu können, würde ich meine Angst überwunden haben. Aber heute weiß ich, daß ich mich für solche Aufgaben noch genauso wenig eigne wie früher.«

»Du sollst eine Seereise machen und die Katholiken in einem fremden Land stärken?«

»Ja. Ich soll bald nach England gehen. Ich weiß, was du jetzt denkst — daß Isabella dort sein könnte.«

»Isabella... Bianca... und auch die anderen Frauen, die von jenen Schurken entführt wurden.«

»Ich will dir etwas gestehen, Blasco. Als Isabella verschleppt wurde, wollte ihr Vater, daß ich ihn auf seiner Suche begleiten sollte. Sein Vorgehen war natürlich töricht, aber jeder andere Mann an meiner Stelle hätte den Wunsch gehabt zu handeln — ausgenommen Feiglinge! Ich bin weggelaufen und habe mir eingeredet, daß ich später nach England gehen und Isabella suchen würde — später, wenn ich kein Feigling mehr sein würde.«

»Inzwischen sind dreizehn Jahre vergangen!«

»Verstehst du denn nicht? Ich habe es hinausgeschoben... Ausreden erfunden. Aber irgendwann kommt der Zeitpunkt, da solche Ausflüchte nicht mehr möglich sind. Ich muß mich jetzt endlich meiner Angst stellen. Ich kann nicht länger meine Augen davor verschließen.«

»Du wirst in England viel herumkommen. Du wirst viele Leute kennenlernen. Du wirst dich mit ihnen unterhalten können. Erinnerst du dich noch an seinen Namen? Er hieß Mash... oder so ähnlich. Domingo, falls du sie findest...«

»Ich werde sie nach Hause bringen. Ich glaube, es ist der Wille Gottes, daß sie in ihrer Heimat in ein Kloster eintritt und für ihr zweifellos sündiges Leben Sühne leistet.«

Über Blascos Gesicht huschte ein Lächeln. »Ich kann mir beim besten Willen nicht vorstellen, daß unsere sanfte Isabella ein sündiges Leben führt.«

»Man wird sie dazu gezwungen haben.«

»Wäre es dann überhaupt eine Sünde?«

»Du hast sonderbare Ideen, Blasco. Früher hast du nicht so gesprochen.«

»Nein, ich habe mich verändert. Mehr als du, Domingo. Ich sehe sozusagen zwei Blascos, die durch einen Abgrund voneinander getrennt sind. Dieser Abgrund tat sich in jener Nacht auf, als ich in Paris Katholiken in einer Weise wüten sah, daß ich sie haßte und in ihnen meine Feinde sah.«

»Du bist zum Häretiker geworden!«

»Nein... nein... Sehe ich dich nicht zitternd vor mir stehen, weil du Angst vor dem hast, was dir in einem häretischen Land widerfahren könnte? Nein, ich bin kein Ketzer. Ich weiß selbst nicht, was ich bin. Ich gehe zur Beichte, ich besuche die Messe, aber ich vermag nicht mehr alles zu akzeptieren, was ich früher akzeptierte. Ich weiß nicht, was ich bin. Ich sehe zwei Blascos. Vielleicht wird es eines Tages einen dritten geben.«

»Du sprichst in Rätseln, Blasco. Ich bitte dich, sieh dich vor.«

»Wäre es möglich, daß ich dich nach England begleite?«

»Was würdest du dort tun?«

»Nach Isabella, Bianca und den anderen suchen.«

»Es wäre ein großer Trost für mich, wenn ich dich an meiner Seite wüßte. Aber dein Platz ist hier.«

»Ja«, sagte Blasco, »mein Platz ist hier. O Domingo, ich habe dich falsch beurteilt. Ich glaubte einen Augenblick, du könntest Julie verraten. Aber das würdest du niemals tun.«

»Dann kennst du mich besser, Blasco, als ich selbst mich kenne.«

Sie gingen ins Haus zurück.

»Blasco«, sagte seine Mutter, »so kann es nicht weitergehen. Das Kind stellt Fragen. Es ist jetzt fünf Jahre alt. In diesem Alter müßte seine religiöse Unterweisung beginnen. Luis kann in diesem Land unmöglich als Ketzer aufwachsen.«

»Er ist noch jung; lassen wir diese Sache doch noch eine Weile auf sich beruhen.«

»Du bist immer dafür, Unangenehmes auf sich beruhen zu lassen, es aufzuschieben! Ich sage dir, so kann es nicht weitergehen. Wir haben es bisher geheimhalten können, daß wir eine Ketzerin im Haus haben. Aber Kinder können keine Geheimnisse bewahren. Es wird bekannt werden, daß wir ein Kind nicht nach den Gesetzen der Heiligen Kirche erziehen. Und was soll dann aus uns werden, Blasco? Was soll dann aus uns allen werden?«

»Mutter, ich flehe dich an, hab noch ein wenig Geduld!«

»Was für ein Ungeheuer hast du uns nur ins Haus gebracht, mein Sohn? Was für eine Schlange nähren wir am Busen unserer Familie?«

»Nein, Julie ist weder ein Ungeheuer noch eine Schlange. Sie hat nur über gewisse Dinge andere Ansichten als wir. Wir alle haben es doch jahrelang fertiggebracht, miteinander zu leben und das, was uns aneinander stört, einfach zu ignorieren. Warum können wir nicht einfach in dieser Weise fortfahren?«

»Wegen des Kindes.«

»Du liebst Luis sehr, Mutter?«

»Ich wollte immer Kinder im Haus haben. Ich hoffte, daß beide Söhne uns Enkel schenken würden.«

»Ich weiß. Es ist eine schwere Enttäuschung für dich. Der eine wird Priester, der andere heiratet eine Ketzerin.«

»Wie konntest du uns das nur antun, Blasco?«

»Das hast du mich schon vor Jahren gefragt, und ich habe es dir erklärt. Ich legte in jener Nacht in Paris einen Schwur ab. Und ich nahm mich dieses armen blutjungen Hugenottenmädchens, dem in einer fremden Stadt blutrünstige Gesellen nach dem Leben trachteten, nicht nur deshalb an, weil ich es persönlich kannte. Ich tat es auch als eine Art Buße für die Sünden, die wir Katholiken in jener Nacht begingen.«

»Sie hat dich mit ihren Lehren infiziert. Wie kannst du sagen, daß wir in jener Nacht Sünden begangen haben? Es ist eine ruhmreiche Nacht in unserer Geschichte. Hat nicht unser König der Königinmutter von Frankreich zu diesem Werk gratuliert? War nicht ganz Rom aus diesem freudigen

Anlaß illuminiert? Ich habe gehört, daß Tedeums gesungen wurden, daß aus den Kanonen der Engelsburg Freudenschüsse abgegeben wurden, daß der Papst und seine Kardinäle eine Prozession zur Kirche des Hl. Markus machten und Gott anflehten, Er möge herabschauen und sehen, wie die französischen Katholiken Ihn liebten.«

»Mutter, das alles brauchst du mir nicht zu erzählen. Ich weiß es.«

»Solltest du dich dann nicht als Katholik mit all diesen Führern der Katholischen Welt freuen?«

»Mutter, es gibt dazu zwei gegensätzliche Standpunkte. In Holland hieß es, auf die französische Nation würden wegen der Geschehnisse jener Nacht noch große Schwierigkeiten zukommen. Die Ermordung Unschuldiger sei nicht der richtige Weg, religiöse Meinungsverschiedenheiten beizulegen.«

»Beilegen! Wie können sie beigelegt werden? Doch nur, indem diese Ketzer zur Erkenntnis der Wahrheit gebracht werden!«

»Aus dir spricht die gute Katholikin. Mutter, in England erklärte Lord Burleigh, das Massaker der Bartholomäusnacht sei das schlimmste Verbrechen seit der Kreuzigung Christi.«

»Verbrechen! Wenn der Heilige Vater es doch gelobt hat! Nein, Blasco, du machst mir richtig Angst. Die böse Saat dieser Ketzerin hat in deinem Kopf offenbar Wurzeln geschlagen. Nimm dich in acht! Sieh dich vor!«

»Mutter, ich bitte dich, versuch Julie zu verstehen. Luis ist ihr Sohn.«

»Er ist mein Enkel, und ich sage dir, Blasco, daß ich fast alles täte, um seine Seele zu retten. Er bedeutet mir mehr als meine eigenen Söhne. Ihr beide habt euch weit von mir entfernt. Aber in Luis sehe ich die Verkörperung all meiner Hoffnungen. Und deinem Vater geht es genauso.«

»Hab noch ein wenig Geduld, Mutter. Ich werde mit Julie sprechen.«

»Julie«, sagte er, »wir müssen uns über ein unangenehmes Thema unterhalten. Unser Sohn ist jetzt in einem Alter, wo er religiöse Unterweisung erhalten sollte.«

»Ich werde mich darum kümmern.«

»Untersteh dich, Julie!«

»Warum? Ich wage sehr vieles.«

»Ich weiß, du hast Mut. Du hast allen Schwierigkeiten zum Trotz deinen Glauben all diese Jahre hindurch bewahrt. Du hättest niemals hierherkommen dürfen. Du hättest mich nicht heiraten sollen.«

»Nur eine Heirat konnte mich läutern.«

»Julie, ein glückliches, friedliches Leben in deinem eigenen Land wäre läuternder gewesen als dieses traurige Leben, das wir führen.«

»Du hast meine damalige Schwäche ausgenutzt!«

»Wer von uns war damals schwach? Vielleicht hat deine Schwäche sich die meinige zunutze gemacht.«

»Das ist müßiges Gerede. Es ist nun einmal passiert. Ich hatte Angst. Ich hätte mutig sein müssen. Ich hätte nie aus jenem Haus fliehen dürfen. Ich hätte mutig nach unten gehen und mir von den mörderischen Katholiken das antun lassen müssen, was sie meinem Bruder und meinem Vater angetan hatten.«

»Aber du wolltest leben, Julie! Ich spürte das, als wir uns auf dem Dach versteckten. Du hingst am Leben, wie jeder andere Mensch auch. Es ist leicht, vom Tod zu sprechen, solange wir ihm nicht ins Gesicht sehen müssen. Aber darüber wollen wir jetzt nicht reden. Beschäftigen wir uns lieber mit dem Leben und all den Problemen, die es uns stellt. Was machen wir mit unserem Sohn?«

»Ich werde nicht zulassen, daß deine Mutter ihren Willen durchsetzt. Ich werde ihn die Wahrheit lehren.«

»In Spanien geht man mit all jenen, die nicht dem katholischen Glauben angehören, nicht gerade zimperlich um.«

»Du brauchst mir nicht zu erzählen, welche Grausamkeiten im Namen des katholischen Glaubens begangen werden!«

»Grausamkeiten werden auf beiden Seiten begangen, Julie. Katholiken verfolgen Hugenotten, und Hugenotten verfolgen Katholiken.«

»Haben wir jemals Katholiken in eine unserer großen Städte gelockt, nur um sie dort zu ermorden? Haben wir irgendein System, das genauso grausam wäre wie jenes, das in diesem Land existiert?«

»Nein. Aber vielleicht liegt das daran, daß wir stärker sind, daß wir überzeugter sind...«

»Niemand könnte überzeugter sein als ich. Nein, Blasco, Luis muß eben ein Risiko eingehen. Er wird in der Wahrheit unterwiesen werden, koste es, was es wolle.«

Des Streitens überdrüssig, wandte sich Blasco ab.

Durch das Fenster konnte er das Kind mit seiner Amme sehen. Der Junge war klug und sehr verwöhnt; er verstand es, die Differenzen zwischen seiner Mutter und seinen Großeltern zu seinem Vorteil auszunutzen.

Was soll nur aus uns allen werden? fragte sich Blasco.

Es war fast Mitternacht.

Blasco lag schlaflos in seinem Bett. Er wußte, daß auch Domingo jetzt noch wach liegen würde.

Julies Zimmer lag neben seinem eigenen. Schlief wenigstens sie, oder dachte sie verbittert an die Feindseligkeit ihrer Schwiegermutter?

Er war froh, daß sie in seiner Nähe war. Seit jener Unterredung mit Doña Marina fühlte er sich sehr unbehaglich, denn sie hatte ihm die gefährliche Situation in seinem Heim deutlich vor Augen geführt. Und Domingos Besuch hatte die Gefahr noch vergrößert.

Blasco fuhr plötzlich zusammen. Aus der Ferne waren Pferdehufe zu hören.

Ein Reiter, der noch so spät unterwegs war? Oder...? Er griff nach seinem Schwert, das er nach jenem Besuch bei Doña Marina Tag und Nacht in Reichweite hatte.

Würde er den Mut haben, es zuerst gegen Julie und sodann gegen sich selbst zu richten? Wie konnte er ganz sicher sein, bevor sie ins Zimmer stürzten?

Aber er mußte diesen Mut aufbringen. Julie durfte nicht

in ihre Hände fallen; andernfalls würde er seinen Schwur, sie zu beschützen, gebrochen haben.

Er lauschte angespannt. Er wußte vom Hörensagen, daß die Männer der gefürchteten Inquisition immer nachts in aller Stille kamen und sich Einlaß in jene Häuser verschafften, in denen Ketzer vermutet wurden.

Ihm brach der Schweiß aus. Näher... sie kamen immer näher. Jetzt konnte es keinen Zweifel mehr geben, daß dieses Haus ihr Ziel war. Wer mochte Julie verraten haben? Das Gerede der Dienerschaft? Oder... Domingo?

Die Verbindungstür zu Julies Zimmer öffnete sich, und da stand sie!

In diesem Augenblick glich sie wieder dem Mädchen von einst. Ihre langen blonden Haare fielen ihr offen über die Schultern. Und wie in jener anderen schrecklichen Nacht hatte sie sich hastig in einen Umhang gehüllt.

Er hörte ihre Stimme — jung, angsterfüllt, bar jeder Verbitterung. »Blasco... sie kommen... sie wollen mich holen!«

Sie rannte zu ihm, und er nahm sie in die Arme und zog sie neben sich auf das Bett. Sie sah das Schwert und erschauderte.

Verschwunden war die Frau, der er im Alltagsleben so oft grollte. Wie jung und wehrlos sie in Wirklichkeit war! Julie, die sich ihres Mutes gerühmt hatte, zitterte wie Espenlaub. Er hielt sie fest an sich gedrückt und fühlte ihr Herz an seiner Brust pochen.

»Julie... Julie«, murmelte er und küßte ihre Haare.

Ihre Stimme war so leise, daß er sie kaum hören konnte.

»Sie werden mich mitnehmen«, flüsterte sie. »Sie werden mich in ein düsteres Verlies werfen und mir schreckliche Dinge antun.«

»Das wird nicht geschehen!«

»Wie willst du es verhindern, Blasco?«

»Wie schon einmal.«

»Damals waren wir in jenem Gasthof in Sicherheit. Aber hier in Spanien gibt es für mich keinen sicheren Ort.«

»In Spanien nicht«, gab er zu. »Aber... anderswo.«

»Wenn du mich dorthin schickst«, sagte sie, »bist du gezwungen, mir zu folgen.«

»Ja. Du wirst nicht allein gehen.«

»Ich habe solche Angst, Blasco... wahnsinnige Angst!«

»Es ist leicht, vom Tod zu *sprechen*«, sagte er. »Du bist keine Ausnahme, Julie. Wir alle sind mit dem Munde mutig und kühn. Aber wenn es um Taten geht, sind wir alle Feiglinge.«

»Blasco... Blasco... vergib mir!«

»Eher müßte ich dich um Verzeihung bitten.«

»Du hast mir das Leben gerettet.«

»Und was hattest du davon? Triste Jahre mit einem untreuen Ehemann!«

»Du wolltest mich ja nicht heiraten.«

»Ich wollte mich um dich kümmern, dich beschützen. Und das war nur möglich, indem ich dich heiratete.«

»Blasco, ich wünschte, ich wäre freundlicher gewesen.«

»Du hast dein Bestes versucht. Wir sind sehr verschieden, Julie. Du bist eine kleine Fanatikerin, ich hingegen will nur in Frieden leben. Vielleicht hätten wir uns in anderen Zeiten ganz gut ergänzen können, aber unser unterschiedlicher Glaube stand immer zwischen uns.«

»Ich hatte manchmal den Eindruck, als bedeute dir dein Glaube nicht besonders viel.«

»Ach, Julie, vielleicht gäbe es weniger Leid auf der Welt, wenn alle Menschen etwas toleranter in Glaubensfragen wären.«

»Aber wir müssen doch die Wahrheit finden und daran festhalten.«

»Die Wahrheit hat viele Gesichter, Julie. Vielleicht habt ihr ein klein wenig davon, und wir genauso. Keiner von uns ist im Besitz der vollen Wahrheit.«

»Du willst mich nur ablenken von dem, was uns bevorsteht. Werden wir es hören, wenn sie die Treppe heraufkommen?«

»Ja.«

»Und wenn es dann schon zu spät ist?«

»Die Tür ist abgeschlossen. Sie werden sie erst aufbrechen müssen. Dadurch bleibt uns genügend Zeit.«

Sie verstummten und hörten in der Stille ihrer beider Herzschlag.

»Ich bete«, flüsterte sie.

»Auch ich bete. O Julie, wir beten zu demselben Gott... Ich habe mich oft gefragt, was Er wohl über jene Unterschiede denkt, deretwegen wir uns so erbittert bekämpfen. Vielleicht lacht Er über uns Narren. Diese kleinen Unterschiede – was spielen sie schon für eine Rolle? Vielleicht sagt Er: ›Ihr betet beide zu mir. Ihr erkennt mich beide als den wahren Gott an. Und nur, weil ihr verschiedener Meinung über Dinge von untergeordneter Bedeutung seid, haßt ihr einander und seid grausam, während ich euch befohlen habe, einander zu lieben.‹«

»Blasco, du lästerst Gott, und das in einem solchen Augenblick! Bitte, Blasco, tu das nicht!«

»Julie... es kann jetzt nicht mehr lange dauern!«

»Nicht mehr lange...«

»Hör nur! Schritte auf der Treppe! Jetzt ist es soweit, Julie. Jetzt muß es geschehen.«

Sie kniete auf dem Bett nieder, faltete betend ihre Hände und schloß die Augen.

Er nahm das Schwert in seine Hände.

»Heilige Mutter Gottes, hilf mir!« murmelte er.

»Blasco, wach auf!« Es war die Stimme seiner Mutter. »Eine wunderbare Nachricht! Von Doña Marina. Sabina hat ihr Kind zur Welt gebracht. Es ist ein Junge. Doña Marinas Bote wurde unterwegs aufgehalten, deshalb kommt er so spät.«

Blasco riß Julie in seine Arme, drückte sie fest an sich und lachte.

Er hörte, wie seine Mutter die Tür zu öffnen versuchte.

»Was ist los?« rief er. »Wir haben schon geschlafen. Habe ich richtig gehört? Sabina hat einen Jungen? Dann gib dem Boten zu essen und zu trinken und laß ihn hier übernachten. Morgen früh werden wir auf das Wohl des Kindes anstoßen.«

»Du mußt morgen unbedingt zu Doña Marina reiten.«

Blasco gab ein überzeugendes Gähnen von sich.

»Ja, morgen«, brummte er. »Morgen.«

Sie lagen dicht beisammen.

Julie flüsterte: »So war es auch in jener Nacht... weißt du noch?«

»Ja. Unter unserem Fenster zog die Prozession zum Friedhof vorüber. Es war so, als wäre der Todesengel vorbeigeflogen. Sein Schatten fiel noch auf unsere Gesichter, aber der Engel hatte uns verschont. Julie, wir haben es überlebt! Könnten wir nicht versuchen, auch dann harmonisch miteinander zu leben, wenn die Angst uns nicht einander in die Arme treibt?«

»Vielleicht könnten wir es, Blasco.«

Er küßte sie. Er wußte, daß er sich das Unerreichbare wünschte. Die Angst dieser Nacht hatte ihre unlösbaren Probleme nicht beseitigt.

Aber in dieser Nacht waren sie ein Liebespaar, wie sie es in dem Pariser Gasthof gewesen waren.

Die Harmonie zwischen ihnen fand schon am nächsten Tag ein Ende. Julie war sehr still und bedrückt; sie schämte sich ihrer nächtlichen Angst.

Wenn Julie sich schämte, kniff sie ihre Lippen fest zusammen. Blasco begann zu begreifen, daß ihre scharfe Zunge, mit der sie andere Menschen kritisierte, ein Schutz gegen die Erkenntnis der eigenen Schwäche war. Und er empfand für sie größere Zärtlichkeit denn je.

Aber die Probleme im Haus wurden nicht kleiner. Julie schien sogar entschlossener denn je zu sein, Luis dem Einfluß seiner Großmutter zu entziehen.

Domingo wollte in Kürze nach Madrid aufbrechen. Die Brüder waren viel zusammen. Beide redeten über ihre Probleme.

»Domingo«, sagte Blasco, »es ist schön, dich hier zu haben. Es ist fast so, als wären wir wieder jung. Wann werde ich dich wiedersehen?«

»Das weiß Gott allein.«

»Weißt du was, Domingo? Ich werde dich nach Madrid begleiten. Es wird angenehm sein, zusammen zu reiten, über alles mögliche zu sprechen, die Probleme des anderen zu lösen. Was meinst du?«

»Ich würde mich über deine Gesellschaft sehr freuen.«

»Für mich wird es eine kurze Erholungspause sein. Dieses Haus, in dem sich zwei Frauen um meinen Sohn streiten, wird mir zuweilen unerträglich. Aber lassen wir das. Wir haben schon genug über meine Probleme gesprochen... Dann ist es also beschlossene Sache − ich reite mit dir nach Madrid. Und wenn es nicht verboten ist, könnte ich dich vielleicht sogar bis zur Küste begleiten. Ich würde dir gern zum Abschied zuwinken, wenn du deine Seereise nach England antrittst.«

»Nichts könnte mir mehr Freude machen. Außer meinem Beichtvater habe ich niemandem soviel von mir offenbart wie dir. Blasco, wir sind so verschieden, wie zwei Männer nur sein können, aber wir sind Brüder... und das wird uns immer verbinden.«

Einige Tage später machten sie sich auf den Weg nach Madrid.

Blasco war seit vielen Jahren nicht mehr in Madrid gewesen, aber er erinnerte sich noch genau an seinen damaligen Aufenthalt. Von Madrid aus war er zum Escorial geritten, und seinen kurzen Besuch in jenem klosterartigen Palast würde er sein ganzes Leben lang nicht vergessen.

Domingo bekam er selten zu Gesicht, denn sein Bruder traf Vorbereitungen für die Reise nach England und hatte viele Besprechungen mit anderen Mitgliedern der Gesellschaft Jesu.

Man konnte in Madrid wenig unternehmen. Es war keine Stadt, die einen Vergleich mit Valladolid oder Salamanca aushielt. Sie hatte erst vor kurzem Bedeutung erlangt, als Philipp sie zur *única corte* und zur Hauptstadt von Las Espanas erkoren hatte. Das Klima war unangenehm, denn die Stadt lag hoch über dem Meeresspiegel inmitten einer Ebene, über die scharfe Winde wehten. Es war abwechselnd erstickend heiß und grimmig kalt. Nur die riesigen Wälder rings um die Stadt schützten sie etwas. Philipp hatte auch einige neue Bauwerke errichten lassen; ihm sagte Madrid zu, weil es von seinem Zufluchtsort − dem Escorial − nur etwa dreißig Meilen entfernt und deshalb schnell zu erreichen war.

Blasco wanderte durch die Straßen und fragte sich, wann Domingo wohl aufbrechen würde. Es war fast Abend, und die Menschen kamen nach der Hitze des Tages wieder auf die Straßen heraus. Auf den Balkonen saßen Frauen mit Fächern in leuchtenden Farben; in ihren dunklen Kleidern sahen sie reizvoller aus, als sie sich bei näherem Hinschauen entpuppen würden.

Er schlenderte über die Plaza, wo ein Wasserverkäufer rief: »*Quiere agua? Agua... agua fresca!*« Das erinnerte Balsco daran, daß er Durst hatte. Er betrat eine Taverne, setzte sich und bestellte Wein. Zigeuner strömten herein, und sie erregten ihn wie immer. Er betrachtete die Frauen aufmerksam, denn gegen alle Vernunft hoffte er immer, unter ihnen Bianca zu entdecken. Ein junges Mädchen mit langen schwarzen Haaren, in denen es eine Rose trug, erinnerte ihn stark an die Geliebte seiner Jugend.

Jemand rief den Zigeunern zu, sie sollten tanzen. Blasco drehte sich nach dem Mann um; er war ziemlich dick und dunkelhaarig, mit vollen sinnlichen Lippen, schweren Lidern und einer Adlernase.

Die Musik begann, und die Zigeuner tanzten die *sardaña* — den alten katalonischen Tanz mit seinen seltsam anmutenden Figuren. Das junge Zigeunermädchen, das sich mit den anderen geschmeidig bewegte, erinnerte Blasco jetzt noch mehr an Bianca.

Auch der fette Mann mit der Adlernase fand sichtlich Gefallen an dem Mädchen. Er rief ihm zu: »He, Zigeunerin, komm her! Komm... trink mit mir!«

Aber das Mädchen klapperte nur spöttisch mit seinen Kastagnetten und warf ihm über die Schulter hinweg einen verächtlichen Blick zu.

»Du... Zigeunerin... komm her!« brüllte der Mann.

Das Mädchen beachtete ihn immer noch nicht. Es war stolz und kühn — wie Bianca es gewesen war. Aber als es nahe an dem Mann vorbeitanzte, packte er es am Arm. Gelenkig wie eine Katze, drehte die Zgieunerin sich um und grub ihre Zähne in seine Hand.

Blasco sprang auf.

»Laßt das Mädchen los!« rief er.

Das Gesicht des Dicken lief vor Wut rot an. »Warum?«

»Sie wünscht es, und ich wünsche es ebenfalls.«

»Señor, ich habe aber andere Wünsche.«

»Was Ihr wünscht, ist völlig unwichtig.«

Die Musik hatte abrupt aufgehört. Alle Augen in der Taverne waren auf den Herrn aus dem Süden und auf den Dicken gerichtet, der in Madrid eine bekannte Persönlichkeit war.

»Wer seid Ihr, Señor?« erkundigte sich der Mann, dessen Gesicht sich nun schon violett verfärbte. »Ihr kommt zweifellos aus der Provinz, und mit Euren Provinzmanieren stiftet Ihr Unfrieden in unserer Stadt.«

»Falls das typische Madrider Manieren sind«, erwiderte Blasco, »so tut es Euch nur gut, einmal zu sehen, wie Edelleute sich in meinem Teil des Landes benehmen.«

Er hatte seine Hand am Schwert. Der Dicke schleuderte das Mädchen von sich und zog sein Schwert.

»Señores, Señores«, rief der Wirt aufgeregt, »ich bitte Euch... nicht hier!«

Der fette Mann gebot ihm mit einer knappen Geste Schweigen. Er hob sein Schwert, aber Blasco war schneller, schlug ihm die Waffe aus der Hand und verletzte ihn leicht am Arm. Als er daraufhin sein Schwert in die Scheide schob und sich von seinem Gegner abwandte, sah er sich zwei Männern gegenüber.

»Ihr seid verhaftet, Señor!« sagte einer der beiden.

Domingo wurde von Vater de Cartagena in dessen Privaträumen in der Universität von Valladolid empfangen.

»Willkommen, Vater Carramadino«, sagte Vater de Cartagena. »Es ist lange her, seit ich Euch gesehen habe.«

»Ich freue mich, Euch wiederzusehen, Vater.«

»Nehmt bitte Platz. Ich werde uns Wein bringen lassen, und während wir uns daran laben, werde ich Euch erzählen, was für Euch geplant ist. Seid Ihr bereit, Spanien in Kürze zu verlassen?«

»Ja, Vater.«

»Möge Gott stets mit Euch sein! Ihr werdet Madrid in drei Tagen verlassen und quer durch Frankreich in die Stadt Calais reisen. Von dort werdet Ihr nach England übersetzen. Der Kapitän wird Euch an einer einsamen Stelle der englischen Küste an Land bringen lassen. Dort werden einige unserer Freunde warten und Euch in ein Haus führen, wo Ihr übernachten könnt. Von dort werdet Ihr Euch nach London begeben.«

»Ich verstehe, Vater«, sagte Domingo.

»Ihr werdet dort viele Angehörige unseres Glaubens finden, die Euch Obdach gewähren werden, aber sobald Ihr Euch auf englischem Boden befindet, müßt Ihr äußerste Vorsicht walten lassen. Ihr dürft nie vergessen, daß Ihr — falls man Euch gefangennimmt — nicht nur selbst verloren seid, sondern auch jene ins Unglück stürzt, die Euch geholfen haben.«

»Das ist mir klar.«

»Deshalb äußerste Vorsicht! Ihr wißt, was Eure Aufgabe sein wird?«

»Ja, Vater. Ich werde in den Häusern unserer Glaubensbrüder leben, all jenen, die es wünschen, die Sakramente spenden und nach besten Kräften in jenem häretischen Land den Glauben verkünden.«

»Richtig, das ist Eure Aufgabe, Vater Carramadino. Aber da ist auch noch etwas anderes.«

»Etwas... anderes?«

»Obwohl es im Grunde natürlich einfach ein Teil jener Aufgabe ist. Manchmal wird von uns mehr verlangt als nur Sakramente zu spenden und Andersgläubige zu bekehren.«

»Ja, Vater?« murmelte Domingo mit zugeschnürter Kehle.

»In England... in London werdet Ihr andere Jesuiten treffen; viele von ihnen sind Engländer; einige von ihnen haben sogar hier in Valladolid studiert. Es sind Männer, die ich gut kenne und denen ich vertraue. Ein vermögender Engländer edler Herkunft hat geschworen, seinen ganzen Besitz und, falls notwendig, auch sein Leben für unsere Sache einzusetzen.«

»Wie es alle guten Katholiken tun sollten«, warf Domingo ein.

»So ist es. Dieser Edelmann hat vor sechs Jahren eine geheime Gesellschaft gegründet, die Jesuitenmissionare in England beschützen und unterstützen soll. Ihr werdet Euch in sein Haus begeben, und dort werdet Ihr viele eifrige Missionare treffen. Dieser Engländer wird Euch sagen, in welchen Häusern man Euch zu beherbergen bereit ist.«

»Ja, Vater.«

»Ich werde Euch jetzt Instruktionen geben, die Ihr Euch gut einprägen müßt. Sie sind von solcher Bedeutung, daß wir es nicht wagen können, sie zu Papier zu bringen. Der soeben erwähnte Edelmann diente einst als Page bei der rechtmäßigen Königin von England, Maria Stuart, die — wie Ihr ja wißt — eine Gefangene jener Frau ist, die den englischen Thron unrechtmäßig an sich gerissen hat. Vater Carramadino, was Ihr jetzt hören werdet, sind Befehle unseres Königs!«

»Des Königs?«

»Der König und die Kirche bilden eine Einheit. Wir können Gott nicht genug für diesen Herrscher danken. Hört gut zu, Vater Carramadino. Es wird Eure Aufgabe sein, von einem katholischen Haus zum anderen zu reisen, aber nicht nur, um Seelsorge zu betreiben. Ihr müßt unsere Freunde auch davon überzeugen, daß ein Aufstand gegen die Königin unbedingt durchgeführt werden muß. Ihr müßt ihnen sagen, daß unser König versprochen hat, weder mit Geld noch mit Truppen zu geizen, um der Regierung dieser Häretikerin Elisabeth ein Ende zu bereiten und die wahre Königin auf den Thron zu erheben. Mehr kann ich Euch nicht sagen. Ihr werdet Anthony Babington in London treffen. Er wird Euch erwarten, und er wird Euch sagen, was Ihr tun sollt. Gehorcht ihm. Er ist ein guter Katholik.«

Domingo schwieg, und Vater de Cartagena stellte fest: »Ihr scheint überrascht zu sein.«

»Ich dachte nie daran, daß ich mich mit Staatsangelegenheiten befassen muß.«

»In Spanien sind staatliche und kirchliche Interessen ein und dasselbe.«

»Aber ich habe den Eindruck, daß ich nicht als Priester, sondern als Geheimagent meines Landes wirken soll.«

»Es ist König Philipps Wunsch, ein katholisches England zu verwirklichen. Könnt Ihr etwas anderes wünschen?«

»Nein. Ich wünschte, die ganze Welt wäre katholisch. Aber dies ist doch nichts anderes als eine Verschwörung mit dem Ziel, die Königin von England zu ermorden.«

»Die Königin von England! Die Königin von England ist eine Gefangene dieser Usurpatorin! Sobald wir sie und jene Häretiker vernichtet haben, die sie umgeben – Leicester, Walsingham, Burleigh und die übrigen –, wird es für die Wiederherstellung des einzig wahren Glaubens in diesem düsteren Land keine Hindernisse mehr geben.«

»Ich verstehe, Vater.«

»Nun, mein lieber Vater Carramadino, trefft Eure letzten Vorbereitungen, damit Ihr in wenigen Tagen aufbrechen könnt. Ich werde dafür sorgen, daß Euch alles leicht gemacht wird. Gott segne Euch.«

Vater de Cartagena erhob sich. Als er Domingo die Hand drückte, spürte er, daß sie schweißnaß war.

Nachdem Domingo sich entfernt hatte, zog er an einer Glockenschnur, und der junge Mann, der den Wein gebracht hatte, erschien wieder.

»Mein Sohn«, sagte Vater de Cartagena, »ich bitte dich, Vater Sanchez zu finden und so schnell wie möglich zu mir zu bringen.«

»Ja, Vater«, sagte der junge Mann und verließ den Raum. Vater de Cartagena blieb mit einem unbehaglichen Gefühl allein zurück.

Domingo Carramadino war ein unglücklicher Mann. Er hatte Angst vor seiner Aufgabe. Vater de Cartagena kannte ihn gut. Ein sehr frommer, gewissenhafter

Mensch, in ruhigen Zeiten ein würdiger Priester, ein vertrauenswürdiger Mann. Nur — die Zeiten waren eben *nicht* ruhig.

Vater de Cartagena fragte sich, ob es klug war, diesen furchtsamen Mann mit einer solchen Mission zu betrauen.

Dies waren sehr bedeutende Zeiten für Spanien. Eines der wichtigsten Gebete, die Philipp in seinem Escorial verrichtete, war jenes mit der Bitte um eine erfolgreiche Eroberung Englands. Und obwohl Philipp dem Gebet sehr viel Zeit widmete, war er doch nicht der Mann, der alles der göttlichen Vorsehung überlassen hätte. In den spanischen Häfen wurde Tag und Nacht gearbeitet, damit das Land für den zukünftigen großen Tag gut gerüstet war, an dem Philipp eine Schiffsflotte über das Meer schicken würde — eine Flotte, wie die Welt sie noch nie gesehen hatte, eine unbesiegbare Armada. Sie würde zu den Küsten jener stolzen Insel segeln, die nun schon so lange von einer unverschämten Frauensperson regiert wurde, auf die alle Protestanten ihre Hoffnungen setzten.

Es würde eine mächtige Flotte sein, befehligt von den bedeutendsten Seefahrern und Strategen des Landes, und auch die Folterinstrumente, jene unentbehrlichen Helfer der Heiligen Inquisition, würden mit auf die Reise gehen, um der heiligen Messe überall in England zum Durchbruch zu verhelfen.

Aber Philipp wollte einen Krieg vermeiden, wenn er sein Ziel auch mit friedlichen Mitteln erreichen konnte. Er hoffte, daß seine Armada in ein Land segeln würde, wo der Umsturz bereits vollzogen war: Burleigh, Leicester, Walsingham und ihresgleichen entweder tot oder gefangen, Elisabeth ermordet, Maria Stuart auf dem Thron. Die neue englische Königin würde den großen katholischen König, dessen unermüdlicher Unterstützung sie die Krone verdankte, mit offenen Armen empfangen und bereitwillig seine weisen Ratschläge befolgen.

War es richtig, in solchen Zeiten einen Mann nach England zu entsenden, der Angst vor Intrigen hatte, der nichts weiter als ein Priester sein wollte? Aber Philipp verlangte, daß möglichst viele Priester – von den Jesuiten speziell dafür geschulte Männer – diese Aufgaben ausführten.

Vater Sanchez trat ein.

»Setzt Euch, mein Freund«, sagte Vater de Cartagena. »Ich möchte mit Euch über Vater Carramadino sprechen. Mir ist nicht ganz wohl bei dem Gedanken, diesen Mann nach England zu schicken. Er wird von Ängsten beherrscht.«

»Das war schon immer so. Ich habe ja einige Zeit im Hause der Carramadinos gelebt. Sein Bruder – das war ein ganz anderer Mensch. Übrigens, dieser Bruder...«

»Ja, ja«, fiel Vater de Cartagena ihm ungeduldig ins Wort, »aber wir müssen über Vater Carramadino sprechen. Der König wünscht, daß so viele Jesuiten wie nur irgend möglich unverzüglich nach England abreisen.«

Vater Sanchez nickte. »Eine neue Verschwörung?«

»Nach der Meinung vieler kann diesmal nichts schiefgehen. Don Bernardino de Mendoza, der spanische Botschafter in Paris, hat Seiner Majestät versichert, daß diese Verschwörung nicht fehlschlagen kann.«

»Wenn ich mich recht erinnere, wurde das auch vor der Ridolfi-Verschwörung behauptet.«

»Damals ging von Anfang an alles schief. Diesmal ist die Situation viel aussichtsreicher. Babington ist ein eifriger junger Mann, und man sagt, er liebe nicht nur den katholischen Glauben, sondern auch Maria von Schottland. Er war ihr Page und soll sich in Sheffield in sie verliebt haben. Es heißt sogar, daß er hofft, sie heiraten zu können.«

»Es wird immer Leute geben, die so etwas behaupten.«

»Aber wenn es stimmt, hätte die Verschwörung noch größere Erfolgschancen. Ich mache mir jedoch große Sorgen wegen Vater Carramadino.«

»Es ist wirklich ein Jammer«, sagte Vater Sanchez, »daß nicht sein Bruder unser Priester ist. Das ist ein Mann, der sich für unsere Zwecke hervorragend eignen würde. Ich habe übrigens Neuigkeiten über ihn gehört. Er befindet sich zur Zeit in einem Madrider Gefängnis.«

»Weshalb denn?«

»Eine Auseinandersetzung in einer Taverne. Offensichtlich hat er ein Zigeunermädchen vor den Zudringlichkeiten eines königlichen Ministers in Schutz genommen.«

»Und dafür hat man ihn ins Gefängnis gesperrt?«

»Er hat dem Minister offenbar das Schwert aus der Hand geschlagen und ihm eine leichte Verletzung am Arm zugefügt. Der Minister kocht vor Wut und verlangt, daß Blasco Carramadino streng bestraft wird. Nun macht Ihr Euch große Sorgen um Domingo. Ich hätte eine Idee: Wenn nun sein Bruder ihn nach England begleiten würde? Er hat früher einmal einen kleineren Auftrag des Königs sehr geschickt ausgeführt. Ich kenne diese Brüder gut. Sie wuchsen zusammen auf. Domingo würde nicht verzagen, wenn Blasco bei ihm wäre. Blasco könnte für den König arbeiten, und Domingo hätte ihn an seiner Seite.«

»Ich werde es mir überlegen. Vielleicht werde ich auch mit diesem Blasco reden. Der Mann könnte sich vielleicht als Diener seines Bruders ausgeben. Dann könnte er ihn überallhin begleiten und in denselben Häusern wie Vater Carramadino wohnen.«

»Und ihm Mut einflößen«, sagte Vater Sanchez. »Das hat er früher oft getan, wie ich selbst miterleben konnte – und das würde er auch jetzt wieder tun.«

Vater de Cartagena beauftragte Vater Sanchez, zusammen mit Domingo dessen Bruder Blasco im Madrider Gefängnis aufzusuchen.

Blascos Stimmung schwankte zwischen Wut und Depression. Er war eingesperrt! Sein Wärter war kein schlechter Kerl, aber Blasco konnte von niemandem erfahren, wie lange man ihn im Gefängnis festhalten wollte. Er verfluchte sich selbst dafür, in die Taverne gegangen zu sein. Er schimpfte sich einen Narren, weil er ein Zigeunermädchen hatte beschützen wollen, das seinen Schutz mit Sicherheit nicht brauchte und nicht wünschte. Ihre Ähnlichkeit mit Bianca hatte ihn zu dieser Dummheit hingerissen, und er hatte ihr Eigenschaften zugeschrieben, die sie höchstwahrscheinlich nicht besaß.

Der Wärter klirrte mit den Kerkerschlüsseln. »Besuch für Euch, Señor.« Bildete Blasco es sich nur ein, oder hatte die Stimme des Mannes plötzlich tatsächlich einen respektvolleren Klang? Die Tür öffnete sich.

»Domingo!« rief Blasco. Dann erkannte er auch den zweiten Priester. »Das ist ja Vater Sanchez!«

Vater Sanchez umarmte ihn. »Ich bin traurig, daß wir uns unter solchen Umständen wiedersehen, mein Sohn.« Er bedeutete dem Wärter mit einer Geste, sich zu entfernen und die Tür zu schließen.

»Ihr seid überrascht«, fuhr Vater Sanchez fort. »Wir hörten, was geschehen ist, und sind hergekommen, um Euch zu helfen.«

»Ich freue mich sehr, Euch zu sehen«, erwiderte Blasco. »Domingo, wann reist du ab? Es sieht so aus, als würde ich dich nun doch nicht zur Küste begleiten können.«

»Wir wollen Euch einen Vorschlag machen«, sagte Vater Sanchez. »Ich könnte Eure Freilassung in wenigen Stunden erwirken, wenn Ihr bereit wäret, dafür etwas Bestimmtes zu tun.«

»Ich wäre zu vielem bereit, um diese stinkende Zelle verlassen zu können.«

»Auch dazu, Euren Bruder nach England zu begleiten?«

Blasco starrte ihn an, sprachlos vor Verwunderung. Vater Sanchez fuhr fort: »Ehrlich gesagt, bliebe Euch gar keine andere Wahl als zuzustimmen, wenn ich in gewissen Kreisen etwas von meinem Wunsch verlauten ließe. Dann würdet Ihr einfach einen Befehl des Königs erhalten.«

»Nach England gehen...«

Blasco ließ seine Blicke durch die düstere Zelle schweifen. Nach England zu gehen wäre viel mehr als nur die Befreiung aus diesem Gefängnis. Er könnte dem ständigen Kampf zwischen seiner Frau und seiner Mutter entrinnen, der sich immer mehr zuspitzte; und in England würde er möglicherweise Bianca ausfindig machen können. Es war eine überaus verlockende Vorstellung.

Aber gleich darauf trat ihm wieder jene Szene vor Augen, die in all diesen Jahren nicht ihre Macht über ihn verloren hatte: Pierre, der ihn im Sterben anklagend ansah. Er dachte an den unausgesprochenen Schwur, den er geleistet hatte, während er die Treppe hinaufgestürzt war, um Julie zu retten. Dieser Eid hatte ihm unzählige Probleme eingebracht — Langeweile, Depressionen, zermürbenden Streit —, und er wußte inzwischen, daß das schlimmer sein konnte als die einmalige Konfrontation mit einem blutrünstigen Mörder. Aber er hatte seinen damaligen Schwur nie gebrochen. Wie könnte er jetzt mit Domingo nach England gehen und Julie schutzlos in Spanien zurücklassen?

»Nun?« fragte Vater Sanchez.

»Möchtest du denn, daß ich mitkomme, Domingo?«

»O ja«, antwortete Domingo, und Blasco sah in den Augen seines Bruders ein Flehen, das er aus der Zeit ihrer Kindheit kannte, wenn Domingos großer Feind, die Angst, zutage trat. In jenen Tagen hatte er Blasco oft an seiner Seite haben wollen. Auch jetzt hatte Domingo Angst, und er sehnte sich nach Blascos Begleitung.

»Ich habe aber Frau und Sohn«, wandte Blasco ein.

»Na und? Was hat das mit der Mission des Königs zu tun?« rief Vater Sanchez.

Wie sollte Blasco das erklären? Er konnte diesem Priester doch unmöglich verraten, daß Julie eine Ketzerin war, daß er Angst hatte, sie im katholischen Spanien allein zurückzulassen.

»Blasco, du mußt mit mir kommen«, sagte Domingo. »Es gilt, für Spanien zu wirken, und du bist dazu ausersehen worden.«

»Ist es der Preis für meine Freilassung?«

»Noch nicht«, erwiderte Vater Sanchez. »Aber er könnte es sein. Wenn Ihr Euch bereit erklärt, innerhalb der nächsten Tage mit Eurem Bruder nach England aufzubrechen, bin ich sicher, Eure sofortige Freilassung erwirken zu können.«

»Ich müßte vor der Abreise noch einmal nach Hause, um gewisse Dinge zu regeln.«

Vater Sanchez überlegte. Dieser Mann besaß Energie und Durchsetzungsvermögen — Eigenschaften, die für die vor ihm liegenden Aufgaben sehr nützlich sein würden. Zugleich bedeutete das aber auch, daß er in seinen Entscheidungen nicht leicht beeinflußbar war. Er würde darauf bestehen, seine häuslichen Angelegenheiten zu regeln, und es war deshalb klüger, ihm keine Hindernisse in den Weg zu stellen.

»Das ließe sich einrichten«, sagte er deshalb. »Wenn ich Eure Freilassung durchsetze, könntet Ihr sogleich nach Hause reiten. Ihr müßtet mir nur versprechen, spätestens in zehn Tagen wieder in Madrid zu sein und sodann unverzüglich nach England aufzubrechen. Dort werden unsere Freunde Euch sagen, was der König von Euch verlangt.«

»In Ordnung«, sagte Blasco.

Seine Familie hatte ihn nicht so schnell zurückerwartet. Er kam gerade zur Essenszeit zu Hause an.

Der kleine Luis sprang vom Eßtisch auf und rannte auf ihn zu.

»Wie schön, daß du wieder zurück bist«, sagte Doña Theresa.

»Ich habe Neuigkeiten für euch«, erklärte Blasco. »Ich kann nicht lange hierbleiben, sondern muß im Auftrag des Königs eine weite Reise unternehmen.«

Sein Sohn zupfte an seinem Wams. »Ich bin hier, Papa! Luis ist hier!«

Er nahm den Jungen auf den Arm. Luis lächelte. Er war nur dann zufrieden, wenn er im Mittelpunkt des Interesses stand. Das kluge Kerlchen wußte bereits, daß sich die meisten Auseinandersetzungen um seine wichtige Person drehten.

»Und wie geht es meinem Sohn?«

»Willkommen daheim, Papa«, piepste Luis. »Hast du den König gesehen?«

»Nein, mein Sohn. Man bekommt ihn selten zu Gesicht. Er hielt sich nicht in Madrid auf, als ich dort war.«

»Seine Katholische Majestät ist der beste König der ganzen Welt!« erklärte Luis mit wichtiger Miene.

Das hatte seine Großmutter ihm erzählt. Seine Mutter

hatte es nicht gern, wenn er Seine Katholische Majestät erwähnte. Obwohl sein Vater soeben erst unvermutet nach Hause gekommen war, wollte Luis allen Anwesenden in Erinnerung rufen, daß er hier die Hauptperson war.

»Was hat das zu bedeuten?« fragte Doña Theresa ihren Sohn.

»Erzähl es uns lieber nachher, wenn wir unter uns sind«, sagte Blascos Vater, der ständig Angst hatte, daß die Dienstboten etwas aufschnappen könnten, das nicht für ihre Ohren bestimmt war. Mit einer Ketzerin im Haus konnte man nicht vorsichtig genug sein.

»Setz dich erst einmal und iß etwas«, sagte Doña Theresa. »Später kannst du uns dann berichten, was geschehen ist.«

Blasco nahm neben Julie Platz, deren Augen Furcht verrieten. Er hatte gesagt, er würde auf Reisen gehen. Das bedeutete, daß sie ohne seinen Schutz in diesem Haus zurückbleiben mußte.

Sie liebte ihn nicht, aber sie vertraute ihm. Er war ihr einziger Beschützer, ihre Zuflucht in Stunden der Gefahr.

Niemand hatte großen Appetit.

Die Erwachsenen folgten Blasco in den kleinen Salon. Luis war trotz seiner Proteste von seiner Amme ins Kinderzimmer gebracht worden.

»Ich muß mit Domingo nach England reisen«, sagte Blasco.

»Wozu denn das?« fragte sein Vater.

»Genaues werde ich erst dort erfahren, aber es geht jedenfalls um die Interessen des Königs.«

»Aber wir brauchen dich hier. Wer soll sich um unsere Ländereien kümmern?«

»Du schaffst das auch allein, Vater, bis ich zurückkomme.«

»Wann mußt du fort?« erkundigte sich Julie, und das Zittern in ihrer Stimme erinnerte ihn an das Mädchen, das sie einst in Paris gewesen war.

»Morgen. Ich muß mich beeilen.«

»Wie... wie lange wird dieser Auftrag denn dauern?« fragte Julie weiter.

»Das weiß ich nicht.«

Mit schreckensweit aufgerissenen Augen rief sie: »Du bleibst also möglicherweise jahrelang fort...«

Er schwieg, aber ihm wurde in diesem Augenblick klar, daß er Julie nicht zurücklassen konnte.

»Ich habe in dieser kurzen Zeit noch vieles zu erledigen. Ich würde jedoch vorschlagen, daß ich Julie nach Béarn mitnehme. Domingo und ich werden ohnehin durch Frankreich reiten. In Béarn wärest du bei deinen Glaubensgenossen, Julie. Du könntest dort bleiben, bis ich zurückkomme.«

»Und was ist mit dem Kind?« fragte Doña Theresa sofort. »Was ist mit Luis?«

»Er sollte bei seiner Mutter sein«, sagte Blasco.

»Und als Hugenotte aufwachsen? Mein Enkel?«

»Es ist vielleicht am besten, wenn er den Glauben seiner Mutter teilt.«

»Blasco, bist du verrückt? Willst du das Kind der Häresie ausliefern?«

»In Béarn wäre er ein glücklicher Häretiker unter lauter anderen Häretikern.«

»Dir liegt offenbar nichts an deinem Sohn, wenn du ihm so etwas antun willst.«

»O doch«, entgegnete Blasco, »und gerade deshalb will ich den ständigen Auseinandersetzungen, die nur seinetwegen entstehen, ein Ende bereiten.«

»Frankreich ist ein unruhiges Land«, wandte Blascos Vater ein. »Immer wieder brechen dort Kämpfe aus. Die Religionskriege haben nie aufgehört, seit dieser Luther seine Thesen an der Tür einer Wittenberger Kirche angeschlagen hat. Frankreich ist kein glückliches Land, Blasco.«

»Ist irgendein Land wirklich glücklich?«

»Wir hier in Spanien sind vereint.«

»Auch wir haben unsere Rebellen.«

»Und wir haben jene, die mit ihnen umzugehen verstehen.«

Blasco erschauderte. Er sagte langsam: »Hier sind wir Katholiken an der Macht, in England sind es die Protestanten, und in Frankreich bekämpfen sich beide Gruppen fortwährend.«

»Mein Sohn, was redest du da?« rief Don Gregorio. »Du führst bisweilen gefährliche Reden.«

»Und was ist nun mit Luis?« mischte sich Doña Theresa wieder ein. »Was ist mit meinem Enkel? Er wird dieses Haus nicht verlassen.«

»Wenn ich fortgehe«, sagte Julie, »werde ich ihn mitnehmen.«

»Das wirst du nicht!« schrie Doña Theresa. »Ich werde nicht zulassen, daß mein einziger Enkel auf den Pfad der ewigen Verdammnis geführt wird!«

Blasco griff rasch ein. »Ich habe vor meiner Abreise noch viel zu tun. Laßt mich allein mit Julie sprechen. Wir müssen rasch zu einer Entscheidung kommen, was das beste für uns alle ist.« Er griff nach Julies Hand und zog sie mit sich.

In ihrem Schlafzimmer vergrub sie ihr Gesicht in den Händen.

»Wenn du mich hier zurückläßt«, sagte sie, »werden sie mich verraten. Ich sehe es in ihren Gesichtern.«

»Glaubst du, daß meine Eltern zu etwas Derartigem fähig wären? Du bist meine Frau, Julie. Ich bin ihr Sohn, und sie lieben mich.«

»Menschen tun aus Liebe die seltsamsten Dinge, Blasco. Sie würden sich einreden, nur zu deinem Besten gehandelt zu haben.«

»Hältst du es wirklich für möglich, daß sie dich verraten würden?«

»Ich kann nicht hierbleiben!« rief sie. »Ich traue mich einfach nicht hierzubleiben, wenn du nicht bei mir bist!«

»Julie! Bedeute ich dir denn so viel?«

»Ich fürchte mich immer, wenn du nicht zu Hause bist!«

»Das wußte ich nicht. Ich hielt dich für so tapfer. Du hast allen Schwierigkeiten getrotzt. Du hast meinen Eltern offen erklärt, daß du deine Überzeugungen niemals aufgeben würdest. Du bist hierher nach Spanien gekommen, obwohl du — die du aus Béarn stammst — wußtest, wie streng hier die religiösen Gesetze sind. Ich bewunderte deinen Mut, daß du trotzdem dieses Land betreten hast.«

»Ich war mutig, weil du bei mir warst. Ich glaubte, mir könnte nie ein Leid geschehen, solange du in meiner Nähe bist. Angst habe ich nur, wenn du fort bist. Was ich fürchte, ist nicht so sehr der Tod an sich; einen schnellen Tod könnte ich ertragen. Ein großer Schritt, und dann ewiger Friede. Aber auf mich würden viele kleine Schritte warten, wenn man mich verhaftete. Ich müßte vielleicht jahrelang in einem Verlies auf den Tod warten. Das ist alles schon vorgekommen. Und ich befürchte, daß ich unter solchen Bedingungen meine Seele verderben könnte, nur um meinen Leib zu schonen.«

Er legte seine Arme um sie. In ihrer Angst war sie nun wieder das schutzlose kleine Mädchen, das zu beschützen er sich geschworen hatte.

»Ich wollte dich und Luis nach Béarn mitnehmen und dich bis zu meiner Rückkehr dort lassen. Dort hätte ich dich einigermaßen in Sicherheit gewußt... dich und unseren Sohn. Aber meine Mutter wird Luis niemals fortlassen. Sie ist eine starke Frau, Julie. Sie schwingt in diesem Haus das Zepter. Wenn dich in all diesen Jahren niemand verraten hat, so hauptsächlich deshalb, weil alle Dienstboten ihren Zorn fürchten... und ebenso auch mein Vater, Domingo und ich. Das war schon immer so. Und sie ist fest entschlossen, Luis bei sich zu behalten.«

»Ich muß dir etwas sagen, Blasco... ich bekomme ein Kind!«

»Tatsächlich?«

»Ja. Es geschah in jener Nacht, als wir erfuhren, daß Sabina ein Kind zur Welt gebracht hatte. Erinnerst du dich? Ich hatte solche Angst, weil ich glaubte, die *alguazils* kämen mich abholen. Du hast mich getröstet; du hattest dein Schwert zur Hand! Du hättest für mich getan, wozu mir selbst der Mut fehlte. In jener Nacht habe ich dieses Kind empfangen, Blasco.«

Er runzelte die Stirn bei dem Gedanken, daß auch um dieses Kind ein endloser Streit geführt werden würde, daß seine Mutter auch ihr zweites Enkelkind für sich beanspruchen würde.

Sie fuhr fort: »Als du sagtest, du würdest mich nach Béarn bringen, stellte ich mir einen Augenblick lang vor, ich könnte dort in Frieden mit meinem Sohn leben und auf die Geburt meines Kindes warten.«

»In ganz Frankreich geht es nicht allzu friedlich zu, Julie. Königin Katharina regiert, obwohl ihr Sohn König ist, denn er ist schwach, und sie ist verschlagen. Sie selbst ist weder Katholikin noch Protestantin; sie wechselt die Fronten, je nachdem, welche ihr gerade nützlicher ist. Frankreich ist kein glückliches Land, da hat mein Vater recht.«

»Nimm uns mit nach England, Blasco«, schlug Julie vor. »Ich habe gehört, daß dort eine große Königin regiert; die ganze protestantische Welt setzt ihre Hoffnungen auf diese Herrscherin. Dort könnten wir mit unserem Sohn und unserem zweiten Kind in Frieden leben.«

»Das wird nicht möglich sein. Ich soll im Dienste des Königs nach England gehen. Wie könnte ich da meine Familie mitnehmen?«

»Was sollen wir dann tun?«

»Mach dich für die Reise nach Béarn fertig. Ich werde dich auf keinen Fall hier zurücklassen. Pack auch Luis' Sachen. Wir werden morgen aufbrechen.«

Es war dunkel auf dem Patio.

Durch die offenen Fenster strömte die angenehm kühle Nachtluft ins Haus. Zwei Kerzen brannten im Schlafzimmer. Luis schlief schon. Seine Eltern hatten ihm nichts von der Reise erzählt, die er am nächsten Tag mit ihnen antreten sollte.

Julie packte einige wenige Habseligkeiten, die sie mitnehmen wollte. Ein Lächeln spielte um ihren Mund, und ihr Gesicht war im Kerzenlicht weich und anmutig.

Wie sie dieses Haus gehaßt haben muß, dachte Blasco. Wie glücklich sie ist, es verlassen zu können!

Die Tür wurde plötzlich leise geöffnet, und Doña Theresa trat ins Zimmer. Sie schloß die Tür und lehnte sich dagegen. Ihr Gesicht war bleich; ihre Augen glühten.

»Ich habe euch etwas mitzuteilen«, sagte sie sehr ruhig. »Ihr zwei könnt morgen dieses Haus verlassen, aber Luis wird hier bei mir bleiben.«

Julie stieß einen Protestschrei aus.

»Er wird hier bei mir bleiben!« wiederholte Doña Theresa entschieden.

»Nein!« rief Julie. »Das wird er nicht.«

»Mutter, bitte versteh doch«, sagte Blasco. »Julie ist seine Mutter. Luis hat von den ständigen Reibereien zwischen euch ohnehin schon zuviel begriffen, und das ist schlecht für seinen Charakter. Was tust du ihm an, Mutter?«

»Was ich ihm antue? Ich? Ich will ihm nur die einem spanischen Edelmann geziemende Erziehung zuteil werden lassen. Ich will das Kind vor der Katastrophe bewahren, in die es unweigerlich geraten wird, wenn ich es der Obhut seiner Mutter überlasse.«

»Wovon sprichst du?« rief Julie.

»Ich hätte euch beide einmal zu Maria Lopez und ihrem Ehemann mitnehmen sollen«, sagte Doña Theresa. »Sie waren früher einmal Dienstboten bei Ketzern. Sie wurden zusammen mit allen anderen Hausbewohnern verhaftet. Aber sie wurden wieder freigelassen, weil gegen sie nichts Gravierendes vorlag. Sie hatten den Lehren ihrer Herrschaften nur gelauscht. Maria kann in der Hütte, die sie bewohnen, wenigstens mühsam umherhinken. Sie könnte euch ihre Narben zeigen. Ihr Mann kann überhaupt nicht mehr gehen; er hat keinerlei Kontrolle mehr über seine Gliedmaßen. Das verdankt er dem *chevelet* . . .«

»Hör auf!« rief Julie. »Bitte, hör auf!«

»Sie sind mit dem Leben davongekommen«, fuhr Doña Theresa ungerührt fort. »Schließlich standen sie nur im Dienst von Ketzern und waren selbst nur leicht davon beeinflußt.«

»Mutter, warum erzählst du solche Dinge?« fragte Blasco. »Warum versuchst du, Julie zu ängstigen?«

»Sie soll wissen, was sie ihrem Kind antut, was sie auch sich selbst antut.«

»Nein«, murmelte Julie. »Nein, bitte sprich nicht weiter. Ich gehe morgen fort von hier, und ich werde meinen Sohn mitnehmen.«

»Wenn du versuchst, ihn mitzunehmen«, sagte Doña Theresa ruhig, »wirst du nicht sehr weit kommen.«

»Was willst du damit sagen, Mutter?« rief Blasco beunruhigt.

»Falls das Kind morgen mit euch das Haus verläßt, wird es mir kurz darauf zurückgebracht werden. In diesem Fall werde ich nämlich tun, was ich vielleicht schon vor langer Zeit hätte tun sollen. Und ich hätte es auch getan, wenn ich nicht Angst um meinen Sohn gehabt hätte. Aber jetzt sehe ich den richtigen Weg deutlich vor mir. Die Heiligen haben mir den rechten Weg gewiesen.«

»Du würdest uns also verraten?«

»Ja, mein Sohn, ich würde euch verraten. Die Heiligen befehlen es mir.«

Bleierne Stille senkte sich über das Zimmer. Blasco starrte in die flackernden Kerzenflammen.

Schließlich sagte Doña Theresa langsam: »Reitet morgen in Frieden fort. Ich werde mich bis zu Blascos Rückkehr gut um Luis kümmern.«

»Mutter!« rief Blasco beschwörend.

Aber sie gebot ihm mit einer herrischen Geste Schweigen. »Mein ältester Sohn ist Priester, und ich sehe ihn kaum noch. Mein zweiter Sohn hat eine Ketzerin geheiratet. Aber Luis gehört mir. Ich hatte gehofft, daß dieses Haus sich mit Kindern füllen würde, daß meine beiden Söhne glücklich verheiratet sein würden, mit Frauen aus guten spanischen Familien, die dein Vater und ich mit offenen Armen in diesem Haus aufgenommen hätten. Es sollte nicht sein. Aber wenigstens werde ich Luis behalten.«

»Nicht du hast darüber zu entscheiden, Mutter«, sagte Blasco.

»Nein? Ich sage dir, daß das Kind mir gehören wird. Nehmt ihn mit, wenn ihr unbedingt wollt. Er wird zu mir zurückgebracht werden, wenn man *sie* verhaftet. Und verhaften wird man sie, dafür werde ich sorgen, falls Luis dieses Haus verläßt. Sie wird nicht weit kommen! Nur von mir hängt es ab, ob sie ihre Freiheit behält — und so war es schon seit vielen Jahren. Also... macht, was ihr wollt. Luis wird auf jeden Fall mir gehören!«

Blasco und Julie machten sich am nächsten Tag auf den Weg nach Madrid. Luis blieb bei seiner Großmutter.

Blasco hatte sich beim Anblick ihrer triumphierenden Miene gefragt, ob diese Frau noch irgend etwas mit jener zärtlichen Mutter gemeinsam hatte, an die er sich aus seiner Kindheit erinnerte. Ihr Glaube hatte ihre Gefühle verhärtet, ihr Glaube machte sie gleichgültig für die Leiden, die sie anderen zufügte.

Blasco konnte sich des Eindrucks nicht erwehren, daß weder seine Mutter noch Julie den Jungen jemals wirklich geliebt haben. Seine Seele war für beide Frauen lediglich ein Streitobjekt gewesen.

Er hatte die ganze Nacht hindurch auf Julie eingeredet, ihr begreiflich zu machen versucht, daß es völlig sinnlos wäre, Luis mitzunehmen, weil sie niemals aus Spanien entkommen könnten, wenn Doña Theresa sie anzeigte.

Domingo wartete in Madrid schon auf sie, und sie traten unverzüglich die weite Reise nach England an.

In einem Gasthof in der Nähe von Bayonne erregten sie das Interesse der Frau des Wirtes. Eine seltsame Gruppe, dachte sie, diese auffallend stille Frau, der Jesuit in Soutane und Birett und der schöne Mann, mit dem sie gern ein Weilchen allein gewesen wäre. Sie brachte ihnen Essen und Wein und versprach ihnen Betten für die Nacht.

»Habt Ihr noch eine weite Reise vor Euch?« fragte sie neugierig.

»Ja«, antwortete Blasco.

»Wart Ihr schon einmal in Frankreich?«

»Ja, aber das ist Jahre her.«

»Ah, Monsieur, Ihr werdet vieles verändert finden.«

»Veränderungen gibt es immer und überall.«

Die Frau zuckte mit den Schultern.

»Der Priester sollte lieber einen Bogen um Béarn machen.«

»Ihr habt bestimmt recht«, sagte Blasco.

»Ach, Monsieur, dies ist eine schreckliche Zeit für Frankreich!« rief die Frau. »Kein Mensch weiß, was morgen geschieht.«

»Eine schreckliche Zeit...«, wiederholte Julie leise.

Die Frau musterte sie aufmerksam, denn sie hatte den französischen Akzent dieser Gegend erkannt. Sie wurde noch redseliger.

»Ich war länger als dreizehn Jahre nicht mehr in Béarn«, erzählte ihr Julie.

»Dreizehn Jahre? Das muß ja noch vor der Bluthochzeit gewesen sein. Oh, das waren besonders schlimme Zeiten für Frankreich. Niemand wird sie je vergessen.«

»Ich war damals in Paris«, sagte Julie.

»Mein Gott! In der Bartholomäusnacht? Aber nicht nur in Paris gab es damals blutige Massaker, sondern überall in Frankreich, in Dijon, Rouen, Saumur, Angers, Blois... In fast jeder französischen Stadt lagen Berge von Leichen. Aber wir hier in Bayonne − wir zögerten, Madame; wir sagten, wir würden die Hugenotten nur auf ausdrücklichen Befehl des Königs töten. Und wir hätten ihnen bestimmt nichts zuleide getan, wenn nicht ein Jesuitenpriester − wie Ihr, Monsieur − extra zu uns gekommen wäre und uns erklärt hätte, der Erzengel Michael selbst befehle uns, die Ketzer zu vernichten. Wir mußten dem Erzengel gehorchen, aber wir hatten dabei böse Vorahnungen. Und habt Ihr gehört, Madame, Messieurs, daß ganze Scharen von Raben stundenlang krächzend den Louvre umkreisten, sich auf die Simse setzten und mit ihren Schnäbeln gegen die Fenster klopften? Man sagt, das seien die Seelen der Ermordeten gewesen.«

Julie erschauderte. »Ich bitte Euch«, sagte sie. »Sprecht nicht mehr davon.«

»Und so etwas könnte sich jederzeit wiederholen«, fuhr

die Frau ungerührt fort. »Zu Unruhen kommt es in Frankreich ständig. In Béarn sind die Katholiken verhaßt. In Rochelle ebenso. In Paris sind die Katholiken an der Macht. Ach, Madame, Messieurs, wir sind eine gespaltene Nation.«

Als sie sich endlich zurückgezogen hatte, sagte Blasco: »Wie lange sollen diese Auseinandersetzungen denn noch andauern? Soll denn auf der ganzen Welt ewig gekämpft werden, nur weil Menschen auf unterschiedliche Weise zu Gott beten wollen?«

Domingo betrachtete ihn traurig. »Blasco, begreifst du denn nicht? Es gibt nur eine Wahrheit, nur einen einzigen Weg ins Himmelreich.«

»Er hat recht«, sagte Julie. »Es gibt nur einen Weg – aber nicht den seinigen.«

Sie begaben sich in ihre Zimmer, denn sie waren müde von der Reise. Aber Blasco fand keine Ruhe. Wieder einmal war es Pierres anklagender Blick, der ihn nicht einschlafen ließ. Er hatte das Gefühl, als wollte Pierre ihn an sein Versprechen erinnern, Julie zu beschützen, und ihn warnen, er dürfe Julie nicht allein in einem Land zurücklassen, das für sie fast so gefährlich war wie Spanien.

Er ging hinunter und suchte die Frau des Wirtes auf.

Sie war einer Unterhaltung nicht abgeneigt, und im schwachen Kerzenlicht sah sie mit ihrer schwarzen Spitzenhaube und der roten Blume im Haar gar nicht übel aus.

»Ihr reist in seltsamer Gesellschaft«, rief sie kokett. »Ein Priester und eine Frau! Wirklich sonderbar!«

»Ihr habt recht«, gab Blasco zu, »wir sind seltsame Gefährten.«

»Die Dame ist Französin, und sie stammt aus dieser Gegend, das hörte ich sofort an ihrer Aussprache. Und ich weiß auch, daß sie eine Hugenottin ist.«

»Ist das so deutlich zu sehen?«

»Ja, zumindest wenn man – wie wir hier – viele von ihnen zu Gesicht bekommt. Sie ist aus der Fremde in ihre Heimat zurückgekehrt, nicht wahr? Sie hätte lieber bleiben sollen, wo sie war. Frankreich ist heutzutage nicht das richtige Land für Hugenotten.«

»Warum sagt Ihr mir das?«

Sie setzte sich zu ihm an den Tisch — eine diskrete Aufforderung, auf erfreulichere Themen zu sprechen zu kommen, beispielsweise auf ihre Anziehungskraft. Blasco mußte zugeben, daß die Frau nicht reizlos war — im Kerzenlicht. Vor vierzehn Jahren hätte er ihr Angebot bestimmt nicht ausgeschlagen. Nun aber lastete seine Verantwortung für Julie schwer auf ihm, und er mußte immer wieder an Pierre denken, vermutlich weil die ernsten jungen Männer, die er unterwegs gesehen hatte, ihn an seinen hugenottischen Freund erinnert hatten.

»In Frankreich folgt ein Krieg dem anderen«, erklärte ihm die Frau. »Wenn es gerade kein großer Bürgerkrieg ist, so sind es viele Kleinkriege. Und der König von Navarra führt ganz neue Moden ein. Man könnte meinen, er hätte ganz vergessen, daß in jener tragischen Nacht viele seiner Freunde ermordet wurden. Er kommt mit seiner jungen Frau — der Königin Margot — in sein Königreich zurück, und sie schockiert die Hugenotten mit ihren Perücken und prunkvollen Roben und mit ihren Liebhabern. Sie hat einen nach dem anderen, Monsieur, aber es heißt, sie hätte immer noch Sehnsucht nach Monsieur de Guise. Und jetzt gibt es diese Liga — die Katholische Liga mit Monsieur de Guise an der Spitze. Wir wissen, was das bedeutet — nämlich, daß es jederzeit eine neue Bartholomäusnacht geben kann. Ah, das sind deprimierende Gesprächsthemen! Reden wir doch lieber von angenehmeren Dingen. Möchtet Ihr ein Glas Wein mit mir trinken?«

Blasco wollte sie nicht kränken, trank mit ihr und machte ihr Komplimente, wie das von einem spanischen Höfling erwartet wurde. Aber mit seinen Gedanken war er ganz woanders. Er hatte erkannt, daß er Julie nicht in Frankreich lassen konnte, daß sie ihn nach England begleiten mußte.

Schreckliche Erinnerungen wurden in Blasco und Julie lebendig, als sie in Paris einritten. Sie konnten den Anblick der Straßen, in denen solche Greueltaten verübt worden waren, kaum ertragen.

»Schauen wir doch mal, ob es unseren Gasthof noch gibt«, schlug Blasco vor, nachdem Domingo sich von ihnen verabschiedet hatte, um weisungsgemäß in der Universität vorzusprechen. Julie nickte zustimmend.

Der Wirt erkannte sie sogleich und vergoß vor Rührung einige Tränen. Er wollte ihnen sein bestes Zimmer geben und befahl seinen Köchen, ein Festmahl zu bereiten.

Blasco sagte, sie wollten nach Möglichkeit ihr altes Zimmer haben, wofür der Wirt volles Verständnis hatte.

In diesem Zimmer kamen sie sich so nahe wie damals, in jenen qualvollen Tagen und Nächten. Julie sagte, es täte ihr leid, daß ihr gemeinsames Leben nicht glücklicher verlaufen sei, und sie weinte ein wenig um Luis. »Ich befürchte, daß ich ihn nie wiedersehen werde«, schluchzte sie. »Um mich selbst zu retten, habe ich ihn dem Teufel ausgeliefert.«

Er beruhigte sie, versicherte ihr, daß seine Mutter trotz all ihrer Härte ein guter Mensch sei und sich hingebungsvoll um den Jungen kümmern würde. Er sagte, daß ihr nächstes Kind in England — in einem protestantischen Land — zur Welt kommen würde, und er versprach ihr, sich nicht in die religiöse Unterweisung dieses Kindes einzumischen.

Sie schliefen eng umschlungen ein, und Blasco träumte, Pierre wäre bei ihnen im Zimmer — ein lächelnder Pierre, der ihnen beifällig zunickte.

Domingo kam am nächsten Tag in den Gasthof und sagte, Blasco solle ihn zu einem Freund begleiten, mit dem sie etwas Wichtiges zu besprechen hätten.

Julie blieb in ihrem Zimmer. Sobald die Brüder unter sich waren, erklärte Domingo: »Wir gehen in die Residenz des spanischen Botschafters in Frankreich, Don Bernadino de Mendoza. Er will mit uns sprechen.«

»Mit uns beiden?«

»Ja. Von nun an mußt du dich genauso engagieren wie ich.«

Sie wurden in einen Raum geführt, wo der Botschafter

sie schon erwartete. Er begrüßte sie herzlich und gab ihnen sodann leise und eindringlich genaue Anweisungen.

»Ich freue mich, Euch hier zu sehen. Viele Menschen werden Euch bei Euren Aufgaben unterstützen. Alles verläuft genau nach Plan, und wir rechnen mit einem großen Erfolg. Ich wollte Euch sprechen, um Euch persönlich zu versichern, daß jene Engländer, zu denen wir Euch schikken, unsere Freunde sind, und daß Ihr ihnen bedenkenlos gehorchen könnt, weil sie ihre Befehle direkt von Seiner Katholischen Majestät erhalten.«

»Jawohl, Eure Exzellenz«, sagte Domingo.

»Señor Carramadino, Ihr werdet dieses Haus in genau fünf Minuten verlassen und Euch in das Wirtshaus an der Ecke der Rue St. Paul begeben. Dort werdet Ihr einen Engländer namens Charles Monk treffen. Er wird Euch unter irgendeinem Vorwand ansprechen und mit Euch ins Plaudern kommen. Ihr werdet ihm sagen, Ihr wäret fremd in Paris, und er wird Euch anbieten, Euch den Weg zu Eurem Gasthof zu zeigen. Dort werdet Ihr ihn dann bewirten und Euch vom Wirt einen Raum geben lassen, wo Ihr ungestört reden könnt. Euer Bruder, Vater Carramadino, wird später ebenfalls dorthin kommen. Übrigens, Vater, von nun an solltet Ihr keine Priesterkleidung mehr tragen. Die Engländer haben überall ihre Spione, und sie mißtrauen allen Jesuiten. Deshalb ist es klüger, wenn alle Kontakte mit Charles Monk auf französischem Boden über Euch laufen, Señor Carramadino, und nicht über Euren Bruder.«

»Ich beginne zu begreifen, inwiefern ich von Nutzen sein kann«, sagte Blasco lächelnd. »Darüber habe ich mir in letzter Zeit schon oft den Kopf zerbrochen.«

»Ich habe nicht den geringsten Zweifel daran, daß Ihr für Seine Majestät ausgezeichnete Arbeit leisten werdet. Das war eigentlich alles, was ich Euch sagen wollte. In erster Linie ging es mir darum, Euch noch einmal auf die Bedeutung dieses Unternehmens hinzuweisen und Euch begreiflich zu machen, daß es von vielen hochgestellten Persönlichkeiten gebilligt wird. Ihr solltet dieses Haus lieber nicht gemeinsam verlassen. Und Ihr solltet so schnell wie möglich Eure Reise fortsetzen. Je eher Ihr in England seid, desto besser für uns alle.«

Blasco begab sich in die Taverne an der Ecke der Rue St. Paul, und nach kurzer Zeit stieß dort ein Mann mit fröhlichem Gesicht, Stupsnase und blauen Augen ungeschickt gegen seinen Ellbogen, entschuldigte sich wortreich, lud ihn zu einem Glas Wein ein und sagte ihm ganz beiläufig, er sei Engländer und heiße Charles Monk.

V

London, 1586

Die Überfahrt auf dem kleinen Schiff war ziemlich stür-
misch, und als die englische Küste in Sicht kam, waren alle
drei erschöpft und ziemlich mitgenommen. Sie würden erst
nach Einbruch der Dunkelheit an Land gehen können,
denn es war sehr wichtig, daß niemand etwas von ihrer
Ankunft erfuhr.

Charles Monk hatte sie jedoch während der ganzen gefährlichen Reise aufgemuntert. Domingo hatte sein Englisch anfangs nur mit Mühe verstanden, denn Monks Londoner Straßenjargon hatte wenig Ähnlichkeit mit der klas-
sischen Sprache, die er während seiner Ausbildung gelernt
hatte, und obwohl Blasco Englisch im Verhältnis zu seinem
Bruder nur mangelhaft beherrschte, klappte seine Verstän-
digung mit dem fröhlichen Mann fast besser. Sogar Julie
konnte dem Charme von Charles Monk — oder Charlie,
wie er sich selbst nannte — nicht widerstehen, und er
schien es sich zur speziellen Aufgabe gemacht zu haben,
ein Lächeln auf ihr Gesicht zu zaubern.

Er erzählte ihnen, daß er im Dienste eines vornehmen
Herrn stehe, der ein großes Haus im Dorf Chelsea unweit
der City von London besitze. Dieses Haus würde ihr erstes
Domizil sein.

»Man wird Euch dort mit offenen Armen willkommen
heißen«, sagte er. »Der Hausherr kann das Eintreffen des
Priesters kaum erwarten. Ihr werdet es im Hause meines
Herrn sehr bequem haben, das kann Charlie Euch versichern, und Charlie weiß, wovon er spricht.«

Sein Herr, so erzählte er ihnen ein anderes Mal, sei ein
Schismatiker — im Herzen ein überzeugter Katholik, aber

aus opportunistischen Erwägungen ein Mitglied der protestantischen Kirche.

»Ah, meine Dame und meine Herren, ein Mann mit Familie wie Sir Eric Aldersly muß an seine Angehörigen denken. Seine Frau schwankt noch. Sie hört ihrem Mann gern zu, ist aber noch nicht ganz gewonnen. Das wird Eure erste Aufgabe sein — sie für den rechten Glauben zu gewinnen.«

Blasco stellte ihm Fragen über das Haus.

»Es ist ein herrlicher Besitz«, berichtete Monk bereitwillig, »ein wundervolles Haus. Ich bin jetzt schon seit mehr als zwei Jahren bei meinem Herrn. Er hat mich wegen meines Glaubens in seine Dienste genommen. Er will soviel Katholiken wie nur möglich im Hause haben. Und ihm liegt sehr viel daran, seine Frau bekehrt zu sehen.«

»Wird er auch mich beherbergen?«

»Gott segne Euch, Sir; mein Herr würde jeden Diener des Priesters bereitwillig aufnehmen.«

»Und meine Frau?«

Monk schüttelte den Kopf. »Nun, da liegt die Sache leider nicht so einfach. Ich habe die Dame reden gehört, und obwohl ich ihre Sprache nicht besonders gut verstehe, so haben doch ihre Augen einen Ausdruck, der mir verrät, daß sie eine Anhängerin dieser Häresie ist. Mein Herr wird nicht wollen, daß jemand mit derartigen Ansichten in seinem Haus wohnt.«

»Ich sollte aber mit ihr zusammen sein«, sagte Blasco.

»Und was wäre, wenn ich ihr eine ausgezeichnete Unterkunft verschaffte? Ich kenne da eine Familie im Dorf Kensington. Eure Frau hat große Ähnlichkeit mit diesen Leuten. Sie haben die gleiche Kopfhaltung, den gleichen Ausdruck in ihren Augen und die gleiche Ausdrucksweise. Sie sind im Jahre 1572 aus Frankreich geflüchtet. Damals kamen ganze Scharen von ihnen in unser Land, und sie wurden von unserer Königin und unserem Volk freundlich aufgenommen. Was für schreckliche Geschichten sie zu erzählen hatten, und wie die Leute sie umsorgten! Sie ließen sich hier nieder — in London und Umgebung. Es sind ruhige, fleißige Menschen. Sie wollten nichts weiter, als in Ruhe ihren Lebensunterhalt verdienen – mit Weben oder Spitzenklöppeln – und auf ihre Weise beten. Unsere Königin hat ihnen großzügig geholfen.«

»Waren es Hugenotten?« fragte Blasco.

Monk nickte. »Nun, und wenn eine dieser Familien Eure Frau bei sich aufnehmen würde... Wir werden sagen, sie sei eine Hugenottin, die das Leben in Frankreich nicht mehr aushält. Sie könnte dort für wenig Geld essen und schlafen, und diese Leute würden sie ihr Handwerk lehren. Wenn sie ihr Baby erst einmal hat... nun, Sir, dann könnt Ihr Euch wieder um sie kümmern. Ihr werdet doch vermutlich nicht wollen, daß das Kind ohne das Licht der Wahrheit aufwächst, nicht wahr? Was die Dame selbst angeht, so befürchte ich, daß ihre Seele nicht mehr zu retten ist.«

»Ich werde darüber nachdenken«, sagte Blasco, »und werde auch meine Frau nach ihren Wünschen fragen.«

Als sie schließlich in dunkler Nacht an Land gingen, war Blasco ziemlich unbehaglich zumute, denn er erkannte, daß er in seiner Hast, Julie aus Spanien herauszubekommen, und in seinem Entschluß, sie nicht allein in Frankreich zurückzulassen, nicht bedacht hatte, welche Schwierigkeiten in England auf ihn zukommen könnten.

Das Boot, in dem sie vom Schiff an die Küste gerudert wurden, berührte den sandigen Grund, und Monk sprang hinaus. Er lächelte vergnügt. Seine Frohnatur war offensichtlich durch nichts zu erschüttern.

»Das wär's! Nun, meine Dame, jetzt seid Ihr in Sicherheit, wenn auch erschöpft von der rauhen Überfahrt, was? Jetzt habt Ihr wieder festen Boden unter den Füßen... gute englische Erde!«

Er imitierte laut das Schreien einer Eule und erhielt eine ähnlich klingende Antwort.

»Wir laden am besten schon mal die Bücher und Euer übriges Gepäck aus«, fuhr Monk fort. »Dann kann unser guter Jacques hier zum Schiff zurückrudern.«

»Wie sollen wir denn das alles tragen?«

Monk grinste schelmisch. »Überlaßt das nur Charlie!«

Und noch bevor sie alles ausgeladen hatten, hörten sie

das Getrappel von Pferdehufen. Gleich darauf tauchten zwei Männer aus der Dunkelheit auf und blieben in einiger Entfernung stehen.

»Laßt alles hier liegen«, sagte Charlie, »und folgt mir.«

Er brachte sie zu den beiden Männern.

»Habt Ihr Pferde für die Dame und die beiden Herren?« fragte er. »O ja, wie ich sehe, ist alles vorhanden – auch Pferde für das Gepäck. Ausgezeichnet!«

»Du bist spät dran, Charlie«, sagte einer der Männer. »Wir haben schon in den beiden letzten Nächten um diese Zeit hier auf dich gewartet.«

»Oh, das Meer ist eben unberechenbar«, lachte Monk. »Es macht sogar Charlie mitunter einen Strich durch die Rechnung. Ladet jetzt so schnell wie möglich das Gepäck auf.«

»In Ordnung, Charlie.«

»Beeilt euch«, schärfte Monk ihnen ein. »Wenn jemand euch sieht . . . reitet, als wäre der Teufel hinter euch her. Die Bücher dürfen auf gar keinen Fall in falsche Hände geraten.«

Sie ritten davon und erreichten nach etwa einer halben Stunde ein einsam gelegenes Haus in einem Wäldchen, wo für sie schon eine warme Mahlzeit sowie Betten für die Nacht vorbereitet waren.

Sie ruhten sich am nächsten Tag in diesem Haus in Küstennähe aus, und in der Nacht machten sie sich auf den Weg nach London. Monk ritt neben Blasco her.

»Wie ich Euch schon gesagt habe«, begann er, »kann ich die Dame nicht ins Haus meines Herrn mitnehmen. Wenn sie im Licht der Wahrheit wandelte, wäre es etwas anderes. Aber sie ist eine arme verdammte Seele, und wie all jene, die verloren sind, versucht sie, andere mit sich in die Hölle zu reißen. Und das können wir doch wirklich nicht zulassen.«

Blasco hatte noch nie gehört, daß jemand so fröhlich über diese Dinge sprach. Ob Katholiken oder Hugenotten, sie alle nahmen ihre Auseinandersetzungen furchtbar ernst. Bei

Charles Monk hingegen konnte man den Eindruck gewinnen, als wäre der Weg in die Hölle eine fröhliche Schlittenpartie.

»Meiner Meinung nach wäre es wirklich das Beste, sie bei jenen Hugenotten unterzubringen«, fuhr Charlie fort. »Dort wird sie in Frieden leben können – und uns nicht gefährden. Sie ist Eure Frau, Sir, und sie liebt Euch sehr; und wenn eine Frau liebt, kann man ihr vielleicht vertrauen – in den meisten Dingen. Aber diese Häretiker haben etwas Fanatisches an sich, Sir, und man weiß nie, wann ihre Ketzerei für sie das Allerwichtigste auf der Welt wird, dem sie alles andere bereitwillig opfert. Charlie hat schon mit solchen Leuten zu tun gehabt.«

Blasco schwieg. Er hatte seine Mutter vor Augen, wie sie mit glühenden Augen im Schlafzimmer gestanden und Luis für sich beansprucht hatte.

»Es wäre für alle Beteiligten besser, Sir«, redete Monk weiter auf ihn ein. »Ihr müßt wissen, daß die Häuser von Schismatikern mitunter durchsucht werden, wenn sie den Anhängern der Königin irgendwie suspekt erscheinen. Diese Leute lassen keinen Stein auf dem anderen, wenn sie einen Priester im Haus vermuten. Und was geschieht, wenn sie Verdächtige finden? Sie werden in den Counter in der Poultry oder in den Clink bei Blackfriars gebracht und müssen dort Rede und Antwort stehen. Stellt Euch nur einmal eine schwangere Frau unter solchen Bedingungen vor – in einem düsteren Verlies! Du lieber Himmel, Sir! Während sie in jenem Häuschen absolut in Sicherheit wäre – sie könnte weben oder klöppeln lernen, kleine Spaziergänge machen und mit ihren Freunden beten. Die Königin schätzt die Hugenotten sehr, diese fleißigen, friedlichen Menschen, deren Religion ihr äußerst sympathisch ist. Und außerdem macht es ihr großen Spaß, auf diese Weise den alten Philipp jenseits des Meeres – Ihr versteht schon, den großen König Philipp – zu ärgern. Ich kann Euch sagen, sie hat einen mordsmäßigen Haß auf Seine Katholische Majestät. Und Charlie kann Euch auch den Grund dafür verraten. Sie fürchtet ihn, diesen Philipp. Es liegt ihr schwer im

Magen, sagt man, daß er eines Tages mit seiner Inquisition hierherkommen könnte — mit seinem Heiligen Offizium, versteht Ihr —, um wahre Christen aus ihrem Volk zu machen. Ihr ist zu Ohren gekommen, daß er Schiffe baut, so große Schiffe, wie die Welt sie noch nie gesehen hat — und die alte Dame fragt sich natürlich, wofür er sie braucht. Um mich und meine Untertanen zu unterjochen, sagt sie sich. Ihr habt Spanien doch erst vor kurzem verlassen, Sir. Ist überhaupt etwas Wahres an diesem ganzen Gerede von hektischem Schiffsbau?«

»Ja«, erwiderte Blasco. »In unseren Häfen wird emsig gearbeitet. In Cadiz — das ist nicht allzu weit von meinem Wohnort entfernt — wird nun schon seit Monaten Tag und Nacht gebaut — wenn es dunkel ist, beim Schein von Fackeln.«

Monk nickte befriedigt. »Ah, dann wird es wohl nicht mehr lange dauern, was? Eines Tages wird der große Philipp dieses Land von jedem Ketzer befreien! Und welches Schicksal hat er wohl der guten alten Dame zugedacht? Ich möchte wetten, kein sehr angenehmes.« Diese Aussicht schien Monk zu amüsieren, denn er lachte schallend.

»Und meine Frau? Seid Ihr ganz sicher, daß sie in jenem Haus, von dem Ihr spracht, gut aufgehoben wäre?«

»Ihr kennt diese Hugenotten doch, Sir. Schlichte ruhige Menschen, die nur an ihr Handwerk und an ihre Gebete denken. Eure Frau wird sich dort wie zu Hause fühlen und völlig in Sicherheit sein.«

»Und was ist, wenn es hier zu einem... zu einem Aufstand kommt wie in Paris?«

»Ihr meint wohl die blutige Bartholomäusnacht, Sir? Nun, da könnt Ihr ganz beruhigt sein, so etwas wäre hier in London völlig undenkbar. Hier sind es eher die Katholiken, die auf der Hut sein müssen. Dafür sorgen die Herren Ratgeber der Königin. Der alten Dame ist es, glaube ich, ziemlich egal, ob jemand Katholik oder Protestant ist. Sicher, sie ist eine Häretikerin, aber hauptsächlich ihren Freunden zuliebe — Master Leicester, Master Walsingham, Master Cecil — oder Burleigh, wie er sich jetzt nennt.« Monk schnitt eine Grimasse. »Aber der alten Dame geht es eigentlich nur darum, friedlich leben zu können, die Leute auf den Straßen rufen zu hören, sie sei die beste Königin der Welt, während die Herren ihrer näheren Umgebung ihr versichern, sie sei die Schönste. Die alte Dame würde jederzeit das Lächeln eines Katholiken erwidern. Glaubt mir, sie will nur genügend hofiert werden und ansonsten ihre Ruhe haben.«

»Ich glaube, Ihr habt recht. Es wird für meine Frau das Beste sein, vorerst bei ihresgleichen zu leben.«

Sie brachten Julie zu der hugenottischen Familie von Spitzenklöpplern in Kensington, und in der darauffolgenden Nacht machten sich Domingo und Blasco mit Charles Monk als Führer auf den Weg nach Chelsea. Die Sterne leuchteten am Himmel, und sie konnten den Fluß riechen, als sie sich dem Haus von Monks Herrn näherten.

»Es ist sehr günstig gelegen«, erklärte Monk. »Man kann es zu Land oder auf dem Wasserweg verlassen. Seht Ihr, der Fluß ist gleich dort drüben, unterhalb des Gartens.«

Sie konnten ein großes Gebäude mit Giebeln, umgeben von ausgedehnten Parkanlagen, erkennen – den Besitz einer bedeutenden Persönlichkeit.

»Zu den Stallungen geht's hier entlang«, sagte Charlie und ritt voraus.

Die Haustür wurde geöffnet, und ein Mann kam herausgeeilt. Er war groß, grauhaarig und trug einen silbrigen Bart.

»Willkommen, Vater, herzlich willkommen!« sagte er und schüttelte Blasco kräftig die Hand.

Blasco machte ihn in seinem langsamen, fehlerhaften Englisch auf seinen Irrtum aufmerksam. »Mein Bruder ist Vater Carramadino.«

»Trotzdem herzlich willkommen«, sagte der Mann noch einmal, bevor er sich Domingo zuwandte. »Vater, auf dieses Ereignis habe ich lange gewartet.«

»Gott segne Euch, mein Sohn«, erwiderte Domingo. »Ich habe von Eurem treuen Diener schon viel über Euch gehört, und ich betrete Euer Haus mit großer Freude.«

»Es ist sehr tapfer von Euch, in unser Land zu kommen, Vater.«

»Das ist unsere Pflicht, mein Sohn.«

Monk gesellte sich zu ihnen. »Es wäre besser, ins Haus zu gehen, Sir«, mahnte er. »Solche leise geführten Unterhaltungen im Freien könnten die Dienstboten mißtrauisch machen.«

»Du hast recht, Charlie«, sagte Sir Eric Aldersly. »Ich kann mir gar nicht vorstellen, Charlie, was wir ohne dich täten.«

»Auf Charlie könnt Ihr Euch stets verlassen, Sir.«

»Dieser Mann nimmt für den Glauben große Risiken auf sich«, sagte Sir Eric und legte seine Hand auf Monks Arm. »Er ist jetzt seit zwei Jahren bei mir und hat in dieser Zeit ausgezeichnete Arbeit geleistet.«

Charlie fühlte sich sichtlich sehr geschmeichelt über die anerkennenden Worte seines Herrn.

»So«, fuhr Sir Eric fort, »nun wollen wir aber Vater Carramadino sein Zimmer zeigen. Ich hätte Euch gern das beste Zimmer im ganzen Haus zur Verfügung gestellt, aber die für Euch vorbereiteten Räumlichkeiten haben einen großen Vorteil — sie liegen etwas abseits. Charlie, bring uns Kerzen und einen kleinen Imbiß. Ich werde unsere Freunde mittlerweile auf ihr Zimmer führen.« An Blasco und Domingo gewandt, erklärte er: »Ihr müßt wissen, daß Charlie kein gewöhnlicher Dienstbote ist, sondern ein vertrauenswürdiger Freund. Vieles von dem, was ich in den letzten Jahren tun konnte, war mir nur mit seiner Hilfe möglich. Aber ich bitte Euch, tretet ein. Meine Familie schläft jetzt. Ich werde ihr am Morgen von Eurer Ankunft berichten. Im Augenblick sollten wir möglichst leise sein.«

Er führte sie durch die schwach beleuchtete Halle, und sie stiegen eine Treppe zur Galerie hinauf. Sir Eric öffnete eine der Türen, und sie betraten einen kleinen Raum mit holzgetäfelten Wänden und einem Teppich auf dem Fußboden. Die Einrichtung bestand aus Bücherregalen, einem Tisch und mehreren Stühlen.

»Nehmt bitte Platz«, forderte ihr Gastgeber sie auf.

»Charlie wird Euch gleich etwas zu essen und zu trinken bringen. Hinter jener Tür dort befindet sich Euer Schlafzimmer mit zwei Betten. Es hat den großen Vorteil, daß man es nur durch diesen Raum hier betreten kann. Aber Ihr müßt müde sein. Bitte setzt Euch doch. Später, wenn Ihr Euch etwas gestärkt habt, werde ich Euch hier im Zimmer ein Versteck zeigen — eine Vorsichtsmaßnahme für den Fall einer Hausdurchsuchung. Nicht einmal Charlie weiß etwas davon. Ich vertraue ihm voll und ganz. Er ist einer von uns. Aber er ist ein offener, ehrlicher Bursche, und er könnte uns ungewollt durch eine Geste oder einen Blick verraten, wenn er wüßte, daß ein solches Versteck existiert; und dann würden unsere Verfolger nicht ruhen, bis sie es gefunden hätten.«

Charlie brachte Fleischpasteten, Kuchen, Ale und Apfelmost und stellte alles auf den Tisch. »Habe ich den Herren nicht gesagt, daß Ihr hier im Hause mehr als willkommen sein werdet? Die Vorratskammern meines Herrn sind immer gut gefüllt. Ah, solche Speisen machen einem richtig den Mund wäßrig — wenn ich im Ausland bin, träume ich regelrecht davon.«

»Charlie ist ein waschechter Londoner«, sagte Sir Eric. »Er hat in der Ferne stets wahnsinniges Heimweh. Komm, Charlie, setz dich und iß mit uns. Heute nacht bist du einer von uns. Du hast gute Arbeit geleistet, und dir stehen noch gefährlichere Aufgaben bevor.«

»Gibt es hier im Haus eine Kapelle?« erkundigte sich Domingo.

»O ja, aber ich muß Euch gestehen, Vater, daß meine Familie noch nicht zum wahren Glauben gefunden hat. Mein Sohn hat eine Stellung am Hof und kommt nur selten nach Hause. Falls er aber einmal herkommen sollte, werde ich Euch einfach als Señor Carramadino vorstellen und erklären, Ihr wäret ein Kaufmann, der sich geschäftlich hier in England aufhält. Diese kleinen Notlügen sind leider unvermeidlich. Meine Frau und meine Tochter schwanken noch, aber ich bin fest davon überzeugt, Vater, daß Ihr sie mit Euren Argumenten bald zum wahren Glauben bekehren werdet.«

»Dazu bin ich hergekommen«, sagte Domingo.

»Ich hoffe, daß Ihr lange bei uns bleiben werdet.«

»Nun, Sir«, wandte Charlie ein, »sobald er die Damen zum Licht des wahren Glaubens geführt haben wird, ist es seine Pflicht weiterzureisen, um andere Seelen zu retten.«

»So ist es, mein Sohn«, bestätigte Domingo.

»Morgen früh werde ich Euch die Kapelle zeigen«, sagte Sir Eric. »Wir haben einige kostbare Gewänder und auch die notwendigen Geräte wie ein Hostienbackeisen.«

»Es freut mich sehr, das zu hören.«

»Besuchen viele Eurer Dienstboten die Messe?« fragte Blasco.

»O nein, sie muß ganz im geheimen gefeiert werden. Mein Herzenswunsch wäre allerdings, daß meine Frau und meine Tochter der Messe beiwohnen. Und ich bin sicher, daß es jetzt, da wir einen Priester im Haus haben, nicht lange dauern wird, bis sie sich uns bereitwillig anschließen werden.«

Sir Eric beschrieb ihnen das Haus. »Es wurde vor zwanzig Jahren von meinem Vater erbaut. Auf dieser Etage hier gibt es viele Räume. Alle Schlafzimmer außer dem Eurigen münden in eine große Halle. Ihr werdet hier völlig ungestört sein, und das entspricht zweifellos Euren Wünschen. Eure Bücher und das übrige Gepäck sind gestern hier eingetroffen, und ich habe alles ins Nebenzimmer bringen lassen. Ich hoffe, daß alles zu Eurer Zufriedenheit sein wird.«

»Dafür werden wir schon sorgen«, rief Charlie. »Wir wollen doch, daß der Vater und sein Bruder — ich meine natürlich sein Diener — es hier so gemütlich wie nur möglich haben.«

Während des Essens erzählte Sir Eric seinen Gästen von dem neuen Dekret, demzufolge jeder Jesuit, der in England aufgegriffen wird, des Hochverrats angeklagt wird.

»Ihr geht hier große Risiken ein«, sagte Sir Eric. »Ihr seid mutige Männer, Ihr Priester, die Ihr die Sicherheit in Eurer Heimat aufgebt, um zu uns zu kommen. Es gibt hier viele Jesuiten — Engländer, die in Spanien oder Frankreich studiert haben und hierher zurückgekehrt sind, um die Arbeit zu tun, zu der sie sich berufen fühlen. Aber das ist etwas anderes. Obwohl sie die gleichen Risiken eingehen, sind es Engländer, die sich ihren Landsleuten verpflichtet fühlen. Aber daß Ihr als Ausländer zu uns kommt... das zeugt von bewundernswertem Mut.«

»Ihr solltet unseren Mut nicht rühmen«, wandte Domingo rasch ein, »bevor wir nicht bewiesen haben, daß wir ihn wirklich besitzen.«

»Wie könnt Ihr nur so etwas sagen, Vater?« rief Sir Eric. »Ihr wißt, welche Gefahren hier auf Euch lauern, und trotzdem seid Ihr zu uns gekommen.«

Blasco beobachtete seinen Bruder, der auffällig bleich geworden war und Sir Eric nun entgegenhielt: »Es erfordert keinen großen Mut, über das Meer zu segeln und in einem gastfreundlichen Haus freundliche Aufnahme zu finden. Erst wenn ich meinen Feinden als Gefangener gegenüberstehe, wird sich zeigen, ob ich die Prüfung bestehe.«

»Das wird sich bestimmt vermeiden lassen, wenn wir vorsichtig sind«, versuchte Blasco ihn zu beruhigen.

»Oh, der Vater wird bestimmt mutig sein, falls es dazu kommen sollte«, meinte Charlie. »Fast alle Priester sind es. Sie haben den Glauben, der ihnen Trost und Hilfe ist.«

»Ihr werdet wirklich äußerst vorsichtig sein müssen«, warnte Sir Eric. »Aber Ihr müßt müde sein und wollt Euch bestimmt zur Ruhe begeben. Charlie, räum die Essensreste ab, und ich werde unseren Gästen ihr Schlafzimmer zeigen.«

Er führte sie in den Nebenraum und öffnete einen Schrank, in den er Domingos Bücher, seine Soutane und sein Birett gelegt hatte. Auch das Hostienbackeisen, der Kelch und sonstige Geräte, die Domingo für die Messe benötigen würde, hatte er dort untergebracht.

Sir Eric ging zur Tür und spähte in das Zimmer, wo sie gesessen hatten.

»Charlie hat sich jetzt entfernt«, sagte er. »Ein ausgezeichneter Diener, aber — wie gesagt — wir dürfen nicht vergessen, daß er nur ein Dienstbote ist und sich als solcher weniger unter Kontrolle haben könnte als unseresgleichen.

Kommt mit; ich werde Euch zeigen, wie besorgt ich um Eure Sicherheit bin.«

Er führte sie ins Nebenzimmer und verriegelte die Tür zur Galerie.

»Was Ihr jetzt sehen werdet, kennt außer mir kein Mensch.« Er ging zur Wand, drückte an einer ganz bestimmten Stelle fest gegen die Holztäfelung und schob sie langsam beiseite.

»Ein Versteck!« rief Blasco.

»Ein Priesterversteck«, sagte Sir Eric stolz. »Hier haben sogar mehrere Personen Platz. Man muß sich allerdings leicht bücken, denn ich konnte das Versteck nicht so hoch machen, wie ich gern gewollt hätte. Es darf nämlich auf gar keinen Fall auffallen. In fast allen katholischen Häusern dieses Landes werden solche Verstecke gebaut; und das ist nur recht und billig. Denn wie könnten wir solch mutige Männer wie Euch bitten, zu uns zu kommen und bei uns zu wohnen, wenn Ihr in ständiger Angst vor dem schrecklichen Tod leben müßtet, der Euch erwartet, falls Ihr gefangen werdet.«

Blasco brauchte Domingo nicht einmal anzusehen, um die Gefühle seines Bruders zu kennen. Domingo hatte eine so lebhafte Fantasie, daß er sich in diesem Augenblick bestimmt schon auf dem Schafott stehen sah.

»Bitte begebt Euch einmal hinein«, fuhr Sir Eric fort, »dann werdet Ihr selbst feststellen können, daß es zwar nicht übermäßig bequem ist, aber doch seinen Zweck für den Notfall ganz gut erfüllt. Und man kann die Holztäfelung von der Innenseite genauso leicht zur Seite schieben wie von außen. Ich hatte einige Essensvorräte hineingestellt, aber bedauerlicherweise machten sich die Mäuse darüber her. Sollten die Verfolger jedoch einmal dieses Haus durchsuchen, und müßtet Ihr deshalb längere Zeit in dem Versteck ausharren, so bräuchtet Ihr wenigstens keinen Durst zu leiden, denn ich habe einige Flaschen Quittensaft und Ale dort deponiert. Ist es nicht eine gelungene Konstruktion? Ich bitte Euch, probiert es doch selbst einmal aus.«

Blasco kam Sir Erics Aufforderung nach. Er wußte, daß Domingos Hände so zitterten, daß er nicht imstande sein würde, die Täfelung beiseitezuschieben, und er wollte verhindern, daß ihr Gastgeber etwas von Domingos Angst bemerkte. Schon in ihrer Kindheit hatte er seinen Bruder oft auf diese Weise beschützt, und zu diesem Zweck hatte er ihn ja auch nach England begleitet.

»Der Vater und ich werden dort ausgezeichnet aufgehoben sein, falls es sich einmal als notwendig erweisen sollte«, lobte Blasco.

Sir Eric schien etwas enttäuscht zu sein über Domingos fehlende Bewunderung.

»Mein Bruder ist traurig, daß eine solche Vorrichtung überhaupt notwendig ist«, erklärte Blasco.

»Ein Freund hat mir gezeigt, wie man so etwas baut«, berichtete Sir Eric. »Er hat in seinem Haus in Kent ein solches Versteck und hat auch bei diesem hier kräftig mit Hand angelegt.«

»Wollen wir hoffen«, sagte Blasco, »daß es nie notwendig sein wird, es zu benutzen.«

»Amen«, bekräftigte Sir Eric. »Aber die Gefängnisse sollen voll von Jesuiten und papsttreuen Priestern sein.«

»Erwartet sie alle der... der Tod?« murmelte Domingo.

»O nein. Elisabeth ist eine tolerante Frau. Man sagt, sie hasse Hinrichtungen. Sie ist nie ganz sicher, wie die Leute darauf reagieren werden. Sie spielt gern die liebende Herrscherin. Sie würde unsere Priester überhaupt nie hinrichten lassen, wenn nicht einige ihrer Minister Gerüchte verbreitet hätten, daß diese Priester zugleich Geheimagenten des spanischen Königs seien, die eine Verschwörung gegen sie anzetteln sollen.«

Domingo erschauderte sichtbar.

»Mein Bruder ist sehr müde«, sagte Blasco. »Ich glaube, er braucht dringend Schlaf. Die Reise war anstrengend, zumal die stürmische Überfahrt.«

»Verzeiht mir. Ich habe Euch von der wohlverdienten Ruhe abgehalten. Ich hoffe, daß Ihr mit allem zufrieden sein werdet. Ich verlasse Euch jetzt. Schlaft Euch morgen aus. Charlie — und nur er allein — wird Euch bedienen. Ich werde allen anderen im Haus erklären, Ihr wäret ein ausländischer Kaufmann und dessen Diener, denen ich Gastfreundschaft gewähre. Wir könnten Euch vielleicht als Weinhändler ausgeben. Und falls jemand Fragen stellen sollte, die Ihr lieber nicht beantworten wollt, so könnt Ihr immer so tun, als hättet Ihr nicht verstanden.«

Er lachte, wünschte ihnen eine gute Nacht und zog sich zurück.

Blasco gähnte.

»Ich habe das Gefühl, daß ich tagelang schlafen könnte«, sagte er.

Domingo schwieg.

Blasco legte seinem Bruder die Hand auf die Schulter.

»Alles wird gutgehen«, tröstete er ihn. »Was für ein ruhiges Haus das ist! Wir werden die Tür verriegeln. Dann sind wir völlig in Sicherheit. Und außerdem haben wir ja auch noch dieses hübsche kleine Versteck, vergiß das nicht.«

»Du hast recht«, murmelte Domingo.

Sie legten sich zu Bett. Beide stellten sich schlafend, aber Domingo dachte an die Zukunft, und Blasco dachte an Domingo.

Einige Tage waren vergangen. Es war Juni, und die Gärten waren herrlich. Pfaue stolzierten in der Sonne einher, und die kleinen Hunde — das Entzücken der ganzen Familie — tollten auf dem Rasen. Weiße Schmetterlinge tanzten über den Blumenbeeten, und die Bienen umschwirrten die Lavendelbüsche.

In diesen Gärten ist es so friedlich wie in einer Klosterzelle, dachte Domingo.

Wer hätte glauben können, daß hinter den Giebeln des anmutigen Hauses Gefahren lauerten? Am Ende des Gartens führten Stufen zum Fluß hinab, der in der Sonne funkelte. Oft fuhren Boote vorüber, und manchmal klang von ihnen Musik ans Ufer herüber.

Ich könnte hier glücklich sein, dachte Domingo. Hier scheint vollkommener Friede zu herrschen.

Aber er wußte, daß er ständig auf der Hut sein mußte, daß er — falls ein Boot auf den Privatsteg zusteuerte — sich sofort in aller Eile auf sein Zimmer begeben, die Holztäfelung beiseiteschieben und in sein Versteck steigen mußte.

Er dachte bedauernd an das Leben, das er hätte führen können. Er liebte das ruhige Familienleben, den Klang junger Stimmen, das gute Essen, Sir Erics dröhnendes Gelächter, das sanfte Wesen von Lady Aldersly, die er allmählich für den Glauben gewann. Sie liebte es, mit ihm im Garten zu sitzen und lange Gespräche zu führen. Sie wußte natürlich, daß er Priester war, aber sie erwähnte es nie. Sie hatte Angst, da es in England ein Vergehen war, einen Jesuitenpriester zu beherbergen.

Er hörte Schritte, und sogleich bekam er lautes Herzklopfen und spürte, wie ihm der Schweiß den Rücken hinunterlief. Aber es war nur Blasco.

»Ein herrlicher Tag«, rief Blasco. »Dies ist ein schönes Land. Was für eine angenehme Sonne — sie wärmt, ohne zu sengen. Man braucht sich nicht im Schatten zu verkriechen.«

»Mir wurde aber gesagt, daß sie sich oft sehr lange nicht sehen läßt, speziell im Winter.«

Beide dachten an das England ihrer Vorstellungen. Domingo hatte geglaubt, es wimmelte hier von grausamen Piraten, während es für Blasco das Land gewesen war, in dem vermutlich Bianca lebte.

»In dieses Land sind sie also damals gekommen«, murmelte er. »Isabella und Bianca! Ob auch sie diesen Fluß gesehen haben?«

»Du denkst also immer noch an sie, Blasco?«

»O ja, ich denke oft an sie. Ich frage alle Leute, ob sie jemals von einem Piraten namens Mash gehört haben, aber niemand kennt ihn.«

»Das alles ist jetzt schon so lange her, Blasco. Vielleicht ist es sogar besser, wenn wir sie niemals finden.«

»Ich kann diesen Standpunkt nicht teilen, Domingo. Ich werde meine Nachforschungen fortsetzen, und falls sie noch am Leben sind, werde ich sie finden.«

»Wenn es Gottes Wille ist, Blasco.« Domingo wandte sich seinem Bruder zu. »Weißt du, Blasco, früher träumte ich davon, daß ich nach England kommen, Isabella finden und nach Spanien zurückbringen würde, damit sie den Rest ihres Lebens in einem Kloster verbringen kann. Ich dachte, daß alles, was geschehen war, schließlich einen Sinn haben müsse, daß Isabella vielleicht – genau wie ich – ein Kreuz tragen müsse.«

»Du redest genau wie Julie von Kreuzen. Sollten wir nicht nach Glück streben anstatt nach diesen Kreuzen?«

»Wir sind nicht hier auf Erden, um glücklich zu sein.«

»Dessen bin ich mir nicht so sicher. Wenn Gott Freude und Glück geschaffen hat, so doch wohl zu dem Zweck, daß der Mensch sie genießen soll. Vielleicht sollten wir versuchen, dieses Glück und diese Freude unseren Mitmenschen zu schenken, Domingo. Vielleicht ist das der Sinn unseres Lebens.«

»Wir sind hier, um Gott zu dienen.«

»Will Er diesen Dienst denn überhaupt? Wer sind wir denn, daß wir Ihm dienen und Ihn preisen könnten? Unsere widerlichen Schmeicheleien will Er gewiß nicht. Vielleicht wird von uns nur erwartet, daß wir einander lieben und Freude bereiten, daß wir glücklich sind. Der Mensch ist Gottes Werk. Laßt uns einander lieben und helfen. Hat nicht unser Herr Jesus gesagt, das sei das wichtigste Gebot?«

»Bruder, du sagst seltsame Dinge.«

»Ich sage, was ich fühle, ohne lange darüber nachzudenken. Vielleicht höre ich auch meine eigene Stimme gern. Ah, da kommt Charlie! Er macht ein geheimnisvolles Gesicht. Der Bursche hat uns etwas zu sagen, und ich möchte wetten, es ist etwas, das nur für unsere Ohren bestimmt ist.«

Charlie begrüßte sie mit breitem Lächeln.

»Ah, meine Herren, ich freue mich, Euch zusammen anzutreffen. Ich muß nämlich mit Euch sprechen. Ich habe Befehle erhalten, daß wir uns in die City begeben sollen, in das Haus eines katholischen Edelmannes, der von Eurer

Ankunft gehört hat und Euch kennenlernen möchte. Heute abend werde ich Euch zu ihm bringen.«

»Wird Sir Eric uns begleiten?«

»Nein, meine Herren, nein. Er darf im Augenblick auch noch nichts davon erfahren. Wenn er fragen sollte, wohin Ihr geht, so sagt ihm, Ihr hättet vom Superior der Gesellschaft Jesu den Auftrag erhalten, einige Mitglieder zu besuchen, die sich hier in London aufhalten. Das wird genügen. Er wird Euch keine weiteren Fragen stellen. Sobald es dämmrig wird, reiten wir los. Ich werde mit Euren Pferden im Stall warten.«

»Wir werden bei Einbruch der Dunkelheit dorthin kommen«, versprach Blasco.

Charlie nickte fröhlich und eilte davon.

Blasco und Domingo blickten auf den Fluß hinab. Aus dem Küchentrakt war das Lachen eines jungen Mädchens zu hören; auf einem vorbeifahrenden Boot spielte jemand Laute. Die Sonne war angenehm warm, die Schmetterlinge tanzten, die Bienen umschwirrten die Lavendelbüsche. Aber der Friede des Nachmittags war gestört worden.

In der Abenddämmerung ritten sie los.

Vor ihnen lagen die Herrenhäuser mit ihren Gärten, die zum Fluß hinabführten; dahinter ragten die Türme der City aus dem Häusermeer empor. Beherrscht wurde die Szenerie jedoch von der mächtigen grauen Festung mit ihren trutzigen Türmen; sie bewachte die Stadt und erinnerte alle Feinde der Königin an einen gewaltsamen Tod.

Unter Charlies kundiger Führung entfernten sie sich vom Fluß, überquerten die Kanalbrücke, ritten durch ein Labyrinth enger Straßen und gelangten schließlich über die St. Martin's Lane, die Aldersgate Street und die Long Lane ins Barbican-Viertel.

Vor einem großen Haus hielten sie an. Zwei Männer kamen herbeigeeilt, um ihnen die Pferde abzunehmen.

Sie wurden ins Haus geführt, wo ein junger Mann Mitte Zwanzig − gut aussehend, prächtig gekleidet, lebhaft und sichtlich entzückt, sie zu sehen – sie herzlich willkommen hieß.

»Ihr kommt spät, meine Freunde«, sagte er. »Ich befürchtete schon, daß etwas passiert sein könnte. Aber jetzt folgt mir bitte. Meine Freunde möchten ebenfalls Eure Bekanntschaft machen.«

Er führte sie durch die Halle in einen kleinen Raum, wo sieben oder acht ebenfalls reich gekleidete Männer an einem Tisch saßen, und übernahm die Vorstellung.

»Mein Name ist Babington, Anthony Babington. Und das hier sind meine Freunde: Charles Tilney, Edward Abingdon, Edward Jones, John Charnock, Jerome Bellamy, John Travers, Robert Gage und John Savage. Wir haben uns hier versammelt, um weitere Arrangements für unseren großen Plan, das Heilige Unternehmen, zu treffen. Kommt, trinkt mit uns, und dann werden wir besprechen, was getan werden muß. Komm, John, füll die Gläser unserer Freunde aus Spanien.«

Blasco und Domingo nahmen am Tisch Platz.

Babington erhob sich. »Auf die wahre Königin von England!« rief er. »Auf Königin Maria, die widerrechtlich in Chartley gefangengehalten wird!«

»Auf Königin Maria!« wiederholten seine Freunde.

»Auf das Heilige Unternehmen!« rief Babington als zweiten Toast.

Als dritten Toast brachte er aus: »Auf unsere neuen Freunde und all jene Freunde jenseits des Meeres, die durch ihre tatkräftige Unterstützung dieses Unternehmen ermöglicht haben!«

Danach setzten sich alle wieder, und Babington ergriff das Wort.

»Meine Freunde, Ihr kennt die Einzelheiten unseres Planes vielleicht noch nicht. Wir wurden aus Spanien benachrichtigt, daß Ihr hierherkommt, um uns bei unserem Unternehmen zu helfen. Alles geht ausgezeichnet vonstatten. Ich kann Euch zu meiner Freude versichern, daß viele mit uns sympathisieren und uns zu Hilfe eilen werden, sobald wir bereit sind zuzuschlagen. Ich weiß nicht, inwieweit Ihr von jenen hochgestellten Persönlichkeiten, die Euch zu uns geschickt haben und die ihren Segen zu unserem Unternehmen geben, informiert worden seid. Aber wir vertrauen Euch. Charlie Monk ist ein Mensch, dem wir aufgrund langer Erfahrung unser volles Vertrauen schenken. Meine Freunde, wieviel wißt Ihr bereits?«

»Sehr wenig.« Charlie sprach für sie. »Man hielt es für klüger, sie erst durch Euch in die Pläne des Heiligen Unternehmens einzuweihen. Vater Carramadino spricht gut Englisch; sein Bruder, der auf Befehl des Königs von Spanien höchstpersönlich hier ist, spricht unsere Sprache weniger gut. Aber wenn Ihr den Plan in einfachen Worten darlegt, Sir, werden sie Euch verstehen.«

»Wir sind Eurem König und Eurem Land überaus zu Dank verpflichtet, meine Herren. Ohne die Unterstützung des spanischen Königs wäre unser Vorhaben weitaus riskanter. Sobald dieser Bastard Elisabeth tot ist und ihre Minister entweder ebenfalls tot oder gefangen sind, hat König Philipp uns jede Hilfe zugesagt. Er wird uns Geld und Truppen zur Verfügung stellen.«

»Unser Plan kann nicht mißlingen!« rief John Savage. »Ich weiß, wovon ich spreche. Schließlich habe ich früher in der Armee gedient, und ich sage Euch — unser Vorhaben wird gelingen. Sobald die Königin und ihre engsten Berater — jene Minister, die sie in ihrer Häresie bestärken — liquidiert sind, werden wir die englische Krone unserer rechtmäßigen Königin Maria übergeben können.«

»Ja, er hat recht — unser Unternehmen kann nicht mißlingen«, bestätigte Babington. »Ich werde Euch, meine lieben spanischen Freunde, jetzt kurz informieren, wie weit unsere Pläne bereits gediehen sind. Die Ermordung Elisabeths soll von einigen der hier Anwesenden ausgeführt werden, die schon genaue Instruktionen haben. Danach sollen Walsingham, Burleigh und Leicester gefangengenommen werden. Falls sie Widerstand leisten sollten und dabei getötet werden — umso besser. Sobald das erledigt ist, werden wir den gesamten Schiffsverkehr auf der Themse unter unsere Kontrolle bringen. Innerhalb weniger Stunden werden wir in London das Kommando übernommen haben – und sobald London in unserer Hand ist, meine Herren, wird ganz England folgen.« Er warf einen bedeutungsvollen Blick in die Runde. »Ich habe einen Brief von Königin Maria erhalten.«

Seine letzten Worte wurden mit ehrfürchtigem Schweigen aufgenommen.

Blasco musterte beunruhigt und mitleidig Domingo, der von der Unterhaltung wesentlich mehr verstand als er selbst. Domingo war sehr bleich, er hatte seine Augen halb geschlossen, und hinter seiner ausdruckslosen Miene verbarg er – wie Blasco genau wußte – seine Angst.

Einer der Verschwörer brach das Schweigen. »Königin Maria hat wirklich mit eigener Hand geschrieben?«

»Mit eigener Hand«, bestätigte Babington. »Daran besteht nicht der geringste Zweifel. Ich habe den Brief hier.«

»Aber wie ist es ihr nur gelungen, einen Brief aus Chartley herauszuschmuggeln? Wird sie denn nicht streng bewacht?«

»Wir waren sehr einfallsreich, mein Freund«, erwiderte Babington. »Natürlich konnten wir unsere Briefe der Königin nicht auf den üblichen Wegen zukommen lassen. Wir haben uns deshalb der Bierfässer bedient, die voll nach Chartley gebracht werden und die Festung leer wieder verlassen. Gilbert Gifford, unser tüchtiger Freund und Komplice, hat uns sehr geholfen. Er hat sich den Brauer – der ebenfalls ein Anhänger von Königin Maria ist – zum Freund gemacht. Es war seine Idee, eine Korkröhre herzustellen, die durch das Spundloch in das Bierfaß eingeführt werden konnte. In dieser Röhre befanden sich unsere Briefe an die Königin; und wenn die leeren Fässer weggebracht wurden, befanden sich in dieser Röhre ihre Antworten. Auf diese Weise konnte sie über unsere Pläne genau informiert werden, und, meine Freunde, ich freue mich, Euch sagen zu können, daß sie unser Vorhaben billigt. Ich habe ihr geschrieben, daß sie bald frei und Königin sein wird – nicht nur von Schottland, sondern auch, wie es ihr zukommt, von England. Der Heilige Katholische Glaube wird sodann in unserem Land wieder eingeführt und die Häretiker werden überzeugt werden, den wahren Glauben anzunehmen, so wie das im Lande unserer spanischen Freunde getan wird. Ich werde Euch den Brief Ihrer Majestät zeigen. Er ist lang, und Ihr könnt ihn in aller Ruhe durchlesen. Ihr werdet sehen, daß die Königin fragt, welche Streitkräfte wir zu unserer Verfügung haben und welche Städte ihre Tore öffnen werden, um unsere ausländischen Freunde und Helfer willkommen zu heißen. Sie möchte auch wissen, wie unsere Pläne für ihre Befreiung aus dem Gefängnis aussehen. Wie Ihr selbst lesen könnt, ist sie sehr dankbar, solche Freunde wie uns zu haben. Wenn Maria erst einmal auf dem Thron sitzt, werdet Ihr nicht nur die Freude haben, die rechtmäßige Königin über unser Land regieren und den wahren Glauben wiederhergestellt zu sehen, sondern Ihr werdet auch mit Ehren und Reichtümern überhäuft werden, denn Maria ist nicht die Frau, die jene vergißt, die ihr in schweren Stunden tatkräftig zu Hilfe eilten.«

Blasco stand auf. »Ich bitte Euch, sagt mir, welche Rolle mein Bruder und ich bei diesem Unternehmen spielen sollen.«

»Wir brauchen Unterstützung«, erklärte Babington bereitwillig. »Die ganze katholische Kommunität muß bereit sein, sich zu erheben, wenn der richtige Augenblick dafür gekommen ist. Wir müssen all jene, die für uns von Nutzen sein könnten, auf den Aufstand vorbereiten. Einige sind bereit, sich unserem Kampf offen anzuschließen. Andere sind aber vorsichtiger − besonders die Schismatiker. Sie haben Angst um ihre Familien. Das ist verständlich, aber wir müssen sie davon überzeugen, daß ihre Hilfe gebraucht wird. Eure Aufgabe wird darin bestehen, die katholischen Herren, in deren Häusern Ihr Aufnahme findet, zu überreden, sich uns anzuschließen und im richtigen Moment mit all ihren Feuerwaffen und allen Männern, die sie aufbringen können, zur Verfügung zu stehen. Vater Carramadino wird sie überzeugen, daß dies ihre heilige Pflicht ist, und Ihr, Señor werdet Euch um die praktische Seite kümmern − Euch vergewissern, daß alle Waffen im Haus einsatzbereit sind.«

»Ich nehme an«, sagte Domingo, der ebenfalls aufgestanden war, »daß ich als ersten Sir Eric Aldersly überzeugen soll.«

»Das stimmt. Sein Haus hat eine günstige Lage am Fluß. Sobald Ihr ihm seine Pflicht zu Bewußtsein gebracht habt, wird Charlie Euch ins nächste Haus bringen. Der Besitzer ist insgeheim Katholik, sträubt sich aber noch, uns zu helfen, weil er Angst um seine Familie hat. Auch ihn müßt Ihr überzeugen. Ihr sollt wissen, daß viele Jesuiten überall im Land uns tatkräftig auf diese Weise unterstützen. Nach dem erfolgreichen Aufstand werden wir andere Aufgaben für Euch haben. Es wird viel Arbeit geben. Die Engländer sind, wie Ihr vielleicht schon bemerkt habt, ein störrisches Volk. Sie sind im allgemeinen nicht fanatisch, was die Religion betrifft, aber sobald jemand versucht, sie zu einer Meinungsänderung zu bewegen, klammern sie sich mit aller Kraft an alte Ideen. Es ist ein nationaler Charakterzug. Sie sagen, sie wollen zu nichts gezwungen werden. Meine Herren, wenn unser Unternehmen gelingt, werden wir einige Leute zwingen *müssen*.«

Charlie, der sich bescheiden im Hintergrund hielt und nur hin und wieder an den Tisch trat, um die Gläser zu füllen, rief: »Und wir werden es tun! König Philipp bereitet sich auf den großen Tag vor. Diese spanischen Herren haben mit eigenen Augen gesehen, wie unermüdlich in den spanischen Häfen gearbeitet wird. Sie werden Euch Einzelheiten berichten können, wenn Ihr sie darum bittet.«

»Das sind wundervolle Nachrichten«, sagte Babington.

Er fragte sie nach den Schiffen, die in Spanien gebaut wurden.

»Auf unserem Weg nach Norden sahen wir in allen Küstenstädten Männer bei der Arbeit«, berichtete Domingo. »Wir sahen im Bau befindliche große Galeonen — unvorstellbar große Schiffe.«

»Sie werden uns zu Hilfe kommen, sobald Elisabeth geköpft ist und wir ihre Minister entmachtet haben!« rief Babington begeistert. »Sie werden mit ihren Priestern und mit der Heiligen Inquisition kommen, und in wenigen Jahren wird England so katholisch wie Spanien sein.«

»Soviel ich weiß«, warf Charles Tilney ein, »wollen uns auch Königin Marias Verwandte, die mächtigen Guises, zu Hilfe kommen.«

»So ist es«, bestätigte Babington. »Meine Herren, der Erfolg ist uns sicher. In wenigen Wochen werden wir uns hier versammeln, um uns zu einem befriedigenden Ausgang des Heiligen Unternehmens zu beglückwünschen. Wir werden keine unbedeutenden englischen Herren mehr sein. Die ganze Welt wird unsere Namen kennen. Kommt, laßt uns noch einmal auf das Heilige Unternehmen trinken, und danach wollen wir uns in die Fetter Lane begeben und dort die heilige Messe hören. Unser neuer Freund, Vater Carramadino, wird sie zelebrieren. Kommt, meine Freunde, erhebt Eure Gläser. Auf das Heilige Unternehmen! Wir halten alle zusammen, und unser Vorhaben kann nicht mißlingen. Es wird von Erfolg gekrönt sein!«

Einige Tage später saß Domingo nachmittags in dem Zimmer, das Sir Eric ihm und Blasco zur Verfügung gestellt hatte. Seine Bücher lagen vor ihm auf dem Tisch und er las darin. Er genoß die friedliche Stimmung: die Sonne schien angenehm warm ins Zimmer, und durch das offene Fenster drangen die Stimmen der Dienstboten und die Rudergeräusche vom Fluß gedämpft an seine Ohren.

Seine Arbeit machte gute Fortschritte. Lady Aldersly war für den Glauben gewonnen. Bald würde Domingo in die Kapelle hinabgehen, wo er schon alles vorbereitet hatte: die prächtigen Gewänder, die Hostien, den Wein. Die Hausherrin würde zum erstenmal einer heiligen Messe beiwohnen.

Domingo hatte auch mit Sir Eric gesprochen und ihm seine Pflichten dargelegt. Sir Eric war durchaus der Meinung, daß die rechtmäßige Königin auf den Thron gelangen sollte, aber er hatte Angst, in eine Verschwörung verstrickt zu werden, die möglicherweise scheitern könnte. Er wies darauf hin, daß es schon viele Verschwörungen gegeben hatte, seit Königin Maria Elisabeths Gefangene war, daß aber keine davon erfolgreich verlaufen war, daß Elisabeth ihren Feinden immer einen Schritt voraus zu sein schien.

Könnte das nicht daran liegen, hatte Domingo eingewandt, daß es in England viele Männer gab, die zwar insgeheim auf der Seite Maria Stuarts standen, sie aber nicht offen zu unterstützen wagten? Er hatte von der Angst gesprochen, diesem Erzfeind vieler Menschen. Nicht Elisabeths größere Schläue habe sie bisher stets vor dem Sturz bewahrt, sondern die Angst all jener, die sich nicht für die Wahrheit einzusetzen wagten.

Nachdem Sir Eric sich nun schon nahezu hatte überzeugen lassen und Lady Aldersly noch an diesem Tag die Messe besuchen würde, war es klar, daß Domingos und Blascos Tage in diesem angenehmen Haus gezählt waren.

Blasco wanderte jeden Tag in der Stadt umher, unterhielt sich in Tavernen mit möglichst vielen Menschen und erkundigte sich bei allen, ob sie jemals von einem Seeräuber gehört hätten, der die spanische Küste überfallen und eine spanische Frau nach England mitgebracht hatte. Die spanische Küste hätten viele Freibeuter überfallen, wurde ihm gesagt, aber niemand kannte einen Mann namens Mash oder Marsh.

Domingo hörte unten im Haus Schritte und Stimmen und erhob sich rasch, denn wenn Fremde kamen, war immer höchste Vorsicht geboten. Im nächsten Augenblick wurde die Tür aufgerissen, und Blasco stürzte ins Zimmer.

»Das Haus wird durchsucht!« flüsterte er. »Schnell, Domingo, schnell! Nein, laß alles liegen. Sie sind schon in der Halle. In wenigen Minuten werden sie hier oben sein!«

Er drückte auf die Holztäfelung, schob Domingo in das Versteck und wollte die Geheimtür schließen.

»Du auch!« stammelte Domingo. »Schnell, Blasco!«

»Unmöglich!« erwiderte Blasco eindringlich. »In der Kapelle ist alles vorbereitet, und es bleibt auch keine Zeit mehr, um alle Bücher in diesem Raum zu verstecken. Sie werden alle Wände niederreißen, um den Priester zu finden, der sich irgendwo im Haus aufhalten muß.«

»Dann willst du also... Blasco...«

Blasco schloß die Tür, und Domingo war allein im Dunkeln. Seine Handflächen waren schweißnaß. Jetzt war es also soweit. Sie suchten ihn, und Blasco verschaffte ihm die Möglichkeit, seinen Verfolgern zu entkommen.

Aber das war doch grotesk. Diese Männer suchten den Priester, und der Priester war er! Blasco hätte sich mit Leichtigkeit retten können, wenn er sich hier versteckt hätte. Aber Blasco hatte offenbar beschlossen, die Rolle des Priesters zu übernehmen.

»Noch ist es Zeit«, flüsterte eine innere Stimme ihm zu. »Öffne die Tür und bring Blasco dazu, sich statt deiner zu verstecken. Du bist der Priester. Du bist es, den sie suchen.«

Aber da war auch jene andere Stimme, die ihm allzu vertraut war, auf die zu hören so beruhigend war: »Gott hat es so gewollt. Deshalb hat Er dir Blasco auch als Begleiter mitgegeben. Es ist Gottes Wille. Du mußt noch viele Seelen retten. Blasco schwankt in seinem Glauben. Vielleicht will Gott ihn durch die Leiden, die er nach seiner Festnahme bestimmt erdulden muß, läutern und ins Licht der Wahrheit zurückführen. Bleib, wo du bist. Es ist Gottes Wille, daß du verschont wirst.«

Diese Stimme glich einem belebenden Trank für den Verdurstenden, einer Speise für den Hungrigen, und er griff gierig danach. »Es muß so sein«, flüsterte er vor sich hin, »es stimmt. Gott will, daß ich verschont bleibe.«

Er kniete nieder. »Heilige Mutter Gottes, zeig mir den rechten Weg«, betete er. »Zeig mir den Weg.«

Und dann hörte er sie ins Zimmer stürzen. Er konnte alles ganz deutlich hören, denn zwischen ihm und seinen Feinden war nur die dünne Holzplatte.

Ein Mann brüllte: »Da ist er! Da ist der Jesuit! Packt ihn!«

Und Blascos ruhige, kühle Stimme: »Was wünscht Ihr von mir?«

»Er ist ein Ausländer, das hört man sofort!« rief jemand. »Nehmt ihn mit. Das ist der Mann, den wir suchen. Du bist doch Priester, stimmt's?«

»Es ist Eure Sache, das festzustellen«, sagte Blasco.

Domingo hörte, wie Möbel beiseite gerückt wurden. Die Bücher mußten sie bereits gefunden haben.

»Was ist das?«

»Es sieht wie ein Kleidungsstück aus«, antwortete Blasco.

»Ein Kleidungsstück! Es ist eine Soutane, eine Priestersoutane!«

»Warum fragt Ihr mich dann, was es ist, wenn Ihr es ohnehin schon wißt?«

»Los, nehmt ihn mit. Seine Frechheit wird ihm bald vergehen! Und nehmt auch diese Bücher, die Soutane und das Birett mit. Diesmal ist uns der Priester nicht entwischt! Holt auch alle Beweise aus der Kapelle. Das ging schnell, was, meine Freunde?«

Domingo hörte sie im Zimmer umhergehen. Es dauerte etwa zehn Minuten, bis sie alles zusammengetragen hatten, aber Domingo kam es wie eine Ewigkeit vor.

Dann trat Stille ein. Domingo kniete immer noch. Er begann, inbrünstig zu beten.

Eine Stunde verging. Domingo blieb in seinem Versteck, verfluchte sich ob seiner Feigheit und wünschte sich, die Zeit zurückdrehen zu können, um ein mannhafteres Verhalten an den Tag zu legen. Was würden sie Blasco antun? Würden sie rasch feststellen, daß er kein Priester war? Würden sie dann zurückkommen? Er mußte sich stellen.

Aber wozu? Nur damit sie dann beide in der Gewalt ihrer Feinde waren? Nein, was geschehen war, war nun einmal geschehen. Was immer auch Blasco widerfahren würde − er konnte ihm nicht helfen, indem er sich selbst auslieferte. Er hatte in der Stunde der Bewährung versagt, daran ließ sich nun nichts mehr ändern.

Jemand hatte das Zimmer betreten. Er hörte Charlie flüstern: »Alles in Ordnung, Vater. Wenn Ihr Euch hier irgendwo versteckt, könnt Ihr jetzt herauskommen.«

Domingo schob die Täfelung beiseite.

Charlie grinste ihm zu. »Das habt Ihr gut gemacht. Euer Bruder konnte sich wohl nicht mehr rechtzeitig in Sicherheit bringen?«

»Er sagte, sie würden wissen, daß ein Priester im Haus sein muß. Er bestand darauf, an meiner Stelle...«

»Ah, ein mutiger Mann, Señor Blasco! Ein sehr mutiger Mann. Aber hört zu, Vater. Sie werden bald feststellen, daß sie den Falschen erwischt haben. Sie werden ihm einige Fragen stellen, und seine Antworten werden ihnen verraten, daß er kein Priester ist. Sie haben viel Erfahrung mit Priestern. Sie werden zurückkommen. Ihr müßt deshalb sofort von hier verschwinden.«

»Was ist mit Sir Eric?«

»Sie haben ihn zum Verhör mitgenommen.«

»Und Lady Aldersly?«

»Ihr ist nichts geschehen. Aber sie werden auch Sir Eric nicht lange festhalten. Die Königin mischt sich in die Religion ihrer Untertanen nicht ein. Nur Euch Priester will sie nicht hier im Lande haben. Sie glaubt, Ihr kämt im Auftrag des alten Philipp — will sagen, Seiner Katholischen Majestät. Nur deshalb läßt sie nach Priestern fahnden. Es gilt zwar als Vergehen, Priestern Obdach zu gewähren, aber es wird nicht als Verrat gewertet. Nur Ihr schwebt in großer Gefahr, Vater. Hört zu. Ich hatte mit einer solchen Situation gerechnet. Im Stall ist für Euch ein Pferd gesattelt. Reitet davon, so schnell Ihr nur könnt. Es behagt mir zwar nicht, daß Ihr bei Tageslicht unterwegs sein müßt, aber daran läßt sich nun einmal nichts ändern. Ich werde Euch folgen. Wir werden uns auf der Straße treffen, die am Fluß entlangführt. Gleich hinter Richmond wohnt ein Edelmann, der Euch mit Freuden Obdach gewähren wird. Aber Ihr dürft hier keine Minute länger verweilen. Beeilt Euch!«

»Charlie, mein Sohn«, murmelte Domingo. »Gott segne dich für deine Hilfe.«

Er blickte sich noch einmal im Zimmer um: Der Schauplatz meiner Feigheit, dachte er bitter.

Blasco durfte nicht in Gefangenschaft bleiben! Aber seine innere Stimme beruhigte ihn sogleich wieder. Blasco würde in Kürze befreit werden. Bald würden ihre Freunde den Umsturz herbeiführen, und dann würden jene Männer, die

Blasco gefangenhielten, selbst Gefangene sein. Alles würde wieder in Ordnung kommen. Gott hatte es so gewollt. Gott hatte ihn auf die Probe gestellt.

Er redete sich ein, nur aus Liebe zu Gott feig gewesen zu sein. Er hatte auf seine Selbstachtung verzichtet, weil Gott ihm befohlen hatte, seine Arbeit fortzusetzen. Nur solche Prahler wie Blasco konnten leichtfertig ihre Freiheit opfern und dem Tod keck ins Auge sehen, weil sie keinen Glauben hatten, weil ihnen die Überzeugung fehlte, daß sie auf Erden waren, um Gottes Werk zu tun.

Er betrat den Stall. Da stand das gesattelte Pferd. Aber noch bevor er es erreicht hatte, traten zwei Männer aus dem Halbdunkel hervor und legten Hand an ihn.

»Ihr seid Vater Carramadino«, sagten sie, und es war keine Frage, sondern eine Feststellung. »Ihr werdet unverzüglich mitkommen. Ein Boot wartet auf uns. Wir verhaften Euch im Namen Ihrer Majestät, der Königin.«

Domingo war immer noch wie betäubt, als er ans Ufer gerudert und ins Counter gebracht wurde, in das düstere, aus vier Gebäuden bestehende Gefängnis in der Bread Street, wo man ihn in eine Zelle führte und seine Beine in Eisen legte. Das schwere Metall schnitt ihm schmerzhaft in die Haut.

Einer der Männer, die ihn hergebracht hatten, sagte: »Wir wissen genau, wer Ihr seid, Vater Carramadino, und wir geben Euch den guten Rat, beim Verhör die Wahrheit zu sagen.«

Der Gestank in der Zelle verursachte Domingo Übelkeit, und ihn quälten heftige Gewissensbisse, weil er aus Feigheit Blasco seinem Schicksal überlassen hatte. Blasco könnte jetzt in Sicherheit sein, wenn er selbst den Mut aufgebracht hätte, sich den Häschern zu stellen. Jene beruhigende innere Stimme war gänzlich verstummt, und nun mußte er sich die Wahrheit eingestehen: Er war nichts weiter als ein erbärmlicher Feigling!

»Wo... wo ist mein Bruder?« fragte er. »Wohin habt Ihr ihn gebracht?«

»Nur keine Sorge, Master Carramadino, Euer Bruder ist bestens aufgehoben.«

Das grimmige Lächeln des Mannes ließ Domingos Herzschlag stocken.

»Er hat nichts getan!« rief er. »Ich bin der Priester!«

»Dieser Bursche ist vernünftig«, sagte der eine Mann zum anderen. »Er wird reden und uns die Arbeit nicht unnötig erschweren. Komm, wir bringen ihn jetzt zum Verhör.«

Sie führten ihn eine Treppe hinab, in ein feuchtes Kellergewölbe, wo zwei Männer an den Armen aufgehängt waren. Ihre Gesichter waren käsig, und Domingo sah, daß ihre Körper schweißbedeckt waren. Einer der beiden rief: »Erbarmen! Habt doch Erbarmen!« Der andere konnte nur noch stöhnen.

»Priester!« sagte einer von Domingos Bewachern. »Priester, die gegen unsere Königin intrigierten! Spione in Soutanen und mit Biretten!«

Domingo zitterte am ganzen Leibe, und seine Beine drohten ihm den Dienst zu versagen. Aber die Männer stießen ihn grob vor sich her.

Er wurde eine Treppe hinaufgezerrt und in einen Raum gebracht, wo ein Mann an einem Tisch saß.

»Ich bin der Untersuchungsrichter der Königin«, erklärte er. »Und Ihr seid Domingo Carramadino aus Spanien. Stimmt das?«

Domingo fuhr sich mit der Zunge über die Lippen. Er versuchte zu sprechen, brachte aber nur ein kaum hörbares »Ja« hervor.

»Bringt einen Stuhl für Domingo Carramadino«, befahl der Untersuchungsrichter. »Ich sehe, daß er sich sehr schwach fühlt. Nun, Domingo Carramadino, Ihr werdet jetzt meine Fragen beantworten. Wer hat Euch nach England geschickt?«

»Die Superioren der Gesellschaft Jesu.«

»Zu welchem Zweck?«

»Um verirrte Seelen zu ihrem Schöpfer zurückzuführen.«

»Ihr wurdet hergeschickt, um Leute gegen die Königin

aufzuhetzen, um Propaganda für den Papst zu machen, um Euch in Staatsangelegenheiten einzumischen!«

»Um Staatsangelegenheiten kümmere ich mich nicht.«

»Wie lange seid Ihr schon hier?«

»Erst seit einigen Wochen.«

»Wie seid Ihr an Land gekommen? Und wo habt Ihr seitdem gewohnt?«

»Seit meiner Ankunft in England habe ich nur in dem Haus gewohnt, wo ich auch verhaftet wurde.«

»Wen habt Ihr kennengelernt, seit Ihr hier seid?«

»Die Dienstboten des Hauses. Auch einige Familienmitglieder.«

»Seid Ihr jemals in einem Haus in der Fetter Lane gewesen und habt dort die Messe gelesen?«

»Ich verstehe nicht. Was ist Fetter Lane? Ich bin kein Engländer und habe manchmal Schwierigkeiten mit der Sprache.«

»Solche Schwierigkeiten sind mitunter sehr nützlich«, sagte der Untersuchungsrichter ironisch. »Eine andere Frage — habt Ihr einen Freund, der ein Haus in Barbican besitzt?«

»Was ist das — Barbican?«

»Ihr gehört zu jenen Leuten, die hier und anderswo auch ›die weißen Söhne des Papstes‹ genannt werden. Eure Gesellschaft betreibt Spionage für Rom. Was wäre Eure Aufgabe, falls der Papst uns den Krieg erklären würde, mit dem erklärten Ziel, in England den katholischen Glauben wieder einzuführen?«

»Ich bin Priester«, erwiderte Domingo. »Ihr sprecht jedoch von Staatsangelegenheiten.«

Der Untersuchungsrichter klopfte mit den Knöcheln auf den Tisch.

»Ihr Jesuiten kommt hierher und führt große Worte im Munde, redet von Glauben und Erbarmen — aber glaubt nur nicht, daß Ihr uns täuschen könnt! Wir wissen genau, daß Ihr Geheimagenten seid. Bringt ihn in seine Zelle, nehmt den gleichen Weg, den ihr hierher gegangen seid. Er soll noch einmal sehen, wie wir mit jenen umgehen, die hier spionieren wollen. Vielleicht wird er dann beim nächsten Verhör gesprächiger sein.«

Die beiden Männer legten ihm die Hände auf die Schultern. Domingo erhob sich mühsam. Er war vor Angst einer Ohnmacht nahe, als sie ihn wegführten.

In den Straßen von London herrschte große Freude. Prozessionen zogen durch Cheapside, Londons Hauptstraße. Bilder jener Verschwörer, die der Königin nach dem Leben getrachtet hatten, wurden mitgeführt und in die Freudenfeuer geworfen, die bereits auf allen freien Plätzen brannten.

Die Glocken läuteten. Die ganze Bevölkerung war auf den Beinen.

Später würde ein Ochse am Spieß gebraten werden, und alle, denen es gelingen würde, sich ganz nach vorne durchzudrängen, würden eine Scheibe Fleisch bekommen — das Geschenk eines Kaufmanns, der sich freute, daß wieder einmal ein gemeines Komplott rechtzeitig entdeckt und das Leben der Königin gerettet worden war.

Ganz London sprach von jenen Männern, die versucht hatten, in England den Papismus wieder einzuführen. Viele der Älteren erinnerten sich noch gut an die Herrschaft von Maria der Blutigen, als der Rauch der Scheiterhaufen über London hing.

Von Aldgate und Bishopsgate, von Cripplegate und Aldersgate, von Newgate und Ludgate — von überallher wurde die Forderung laut: »Tod den Verrätern! Tod der schottischen Mörderin!« Tuchhändler aus Cornhill und Lebensmittelhändler aus Soper Lane, Köche aus East Chepe und Geflügelhändler aus der Poultry — sie alle schrien nach gerechter Bestrafung der Schuldigen. Die Neuigkeiten hatten sich auch im Dorf Kensington verbreitet und Empörung hervorgerufen. Als Julie davon hörte, war sie zutiefst beunruhigt, denn man hatte ihr mitgeteilt, daß Blasco und Domingo im Gefängnis saßen.

Sie betete stundenlang, daß Blasco gerettet werden möge.

In der Familie, bei der sie wohnte, wurde sie wie eine Tochter behandelt; diese Menschen hatten sich ihrer von Anfang an liebevoll angenommen, lehrten sie ihr Handwerk, redeten mit ihr in der Sprache, die sie als Mädchen gesprochen hatte, beteten mit ihr auf jene Weise, die sie als Kind gelernt hatte; sie gaben ihr ein Gefühl der Zugehörigkeit und Wärme. Julie hatte sie sehr gern; und dennoch dachte sie oft an Blasco.

Manchmal erwachte sie nachts schweißgebadet aus einem Alptraum und rief seinen Namen. Oft rief sie sich in Erinnerung, wie Blasco sie vor einem gräßlichen Tod bewahrt hatte, wie sie sich auf dem Dach versteckt hatten. Und genauso lebhaft erinnerte sie sich an jene Nacht, als er ihr sein Schwert an die Kehle gesetzt hatte, damit sie nicht den *alguazils* in die Hände fallen sollte.

Blasco hatte sie vor allen Gefahren beschützt; in seiner Nähe hatte sie sich geborgen gefühlt. Und obwohl sie das friedliche Leben in diesem Haus von ihresgleichen genoß, konnte sie Blasco nicht vergessen.

Und nun waren Blasco und Domingo im Gefängnis und würden vermutlich den Tod der Verräter erleiden müssen.

Sie liebte Blasco nicht — zumindest nicht, wenn Liebe wirklich das war, was er darunter verstand. Sie hatte kein Bedürfnis nach seinen Zärtlichkeiten, nach seinen Umarmungen. Aber sie brauchte seine Gegenwart oder wenigstens das beruhigende Gefühl, daß es ihn gab, daß sie ihn zu Hilfe rufen konnte. Niemand außer Blasco vermochte ihr ein Gefühl der Sicherheit und des Glücks zu geben, inmitten einer grausamen Welt, in der Menschen einander haßten und quälten, weil sie verschiedene Überzeugungen hatten.

Sie mußte Blasco im Gefängnis besuchen, mußte sich mit eigenen Augen davon überzeugen, daß er noch am Leben war. Sie verließ das Haus und ging am Fluß entlang auf die brodelnde Stadt zu. Nach einem Stück Weges nahm sie dankbar die Einladung an, auf einem Boot mitzufahren, wo sie vor sich hin starrte, ohne die Vielzahl anderer Boote, das Lärmen der Menge und die Musik wahrzunehmen.

»Es sind sieben, die heute sterben werden«, sagte der Mann, der Julie in sein Boot eingeladen hatte.

»Ich habe gehört, daß sie auf Karren vom Tower durch die Stadt gefahren werden«, fuhr seine Gefährtin fort. »Die Hinrichtung soll auf einem Feld am oberen Ende von Holborn stattfinden, in der Nähe von St. Giles.«

»Und nicht nur einer, stellt Euch vor!« sagte der Mann, »sondern gleich sieben!«

»Oh, Babington wird natürlich dabei sein, und Ballard. Wer die fünf anderen sind, weiß ich nicht – jedenfalls alles junge Männer. Eigentlich ein Jammer, daß sie diese Verschwörung gegen die Königin anzettelten.«

»Mit diesen Verrätern darf man kein Mitleid haben«, sagte der Mann.

Julie bat ihn, sie ans südliche Ufer zu bringen und dort abzusetzen. Er starrte sie verwundert an, aber an einem Tag wie diesem hatte er weder Zeit noch Lust, sich wegen einer sonderbaren Ausländerin den Kopf zu zerbrechen. Er mußte sich sputen, um sich in Holborn einen guten Platz zu sichern.

Riesige Menschenmengen bewegten sich am Südufer entlang – alle in einer Richtung. Julie versuchte in entgegengesetzter Richtung voranzukommen, war aber nach kurzer Zeit völlig von der Menge eingekeilt. Der Geruch nach gekochtem Fleisch, das Händler feilboten, verursachte ihr Übelkeit. Das Kind bewegte sich in ihrem Leib, und ihr wurde schwindelig. Der blaue Himmel schien sich um sie zu drehen... wurde schwarz... Sie sank zu Boden.

Die Menge trampelte einfach über sie hinweg, und nach einer Weile fühlte sie keinen Schmerz mehr.

Ein Mann betrat die Zelle. Domingo wußte nicht mehr, wie lange er schon hier war. Er hatte viel gebetet und nur wenig von der Gefängniskost – Wasser und Brot – zu sich genommen.

Er konnte nicht erfahren, was mit Blasco geschehen war. Sein Wärter erzählte ihm nichts, sah ihn aber jedesmal, wenn er die Zelle betrat, eigenartig an.

Immer, wenn sich die Tür öffnete, erschrak Domingo, weil er glaubte, man würde ihn jetzt in jenen feuchten Keller führen und foltern. In seinen Träumen wurde er von schrecklichen Bildern heimgesucht: er sah jene beiden an den Handgelenken aufgehängten Männer, und einer davon war Blasco, und Blascos dunkle Augen klagten ihn an, als er an ihm vorbeiging, und Blascos ausgedörrte Lippen murmelten: »Ich leide hier stellvertretend für dich. Du bist es, der mich foltert.«

Manchmal träumte er auch, daß Blasco gekreuzigt wurde. Wenn er dann entsetzt aus dem Schlaf fuhr, betrachtete er das Kreuz, das er unter seinem Hemd um den Hals trug, und es kam ihm so vor, als trüge die Gestalt am Kreuz Blascos Gesichtszüge.

In seinem Delirium glaubte er dann manchmal auch, Christus verraten zu haben, jene Welt zu verkörpern, die den Herrn abgewiesen hatte. Seine Sünden lasteten schwer auf ihm, und er glaubte, sich nie mehr davon befreien zu können.

Er wußte, daß er dem Untersuchungsrichter sagen müßte: »An allem, was mein Bruder und ich getan haben, trage nur ich allein die Schuld. Er hat nichts von all dem getan, wessen ihr ihn beschuldigt. Ich bin der Priester. Ich bin hergekommen, um die Leute gegen die Königin aufzuhetzen. Nehmt mich, foltert mich, aber laßt meinen Bruder frei, denn er ist nur um meinetwillen mitgekommen. Er liebt unseren Glauben nicht einmal besonders.«

Aber er brachte es nicht über sich, um ein Gespräch mit dem Untersuchungsrichter zu bitten. Er hatte Angst, Angst vor jenen düsteren Kellerverliesen, Angst vor dem, was ihn dort erwarten könnte.

Auch jetzt zitterte er schon, als der Wärter nur die Zelle betrat. »Man wird Euch nachher abholen«, kündigte ihm der Mann an. »Macht Euch zu einem Ausgang fertig.«

»Werde ich freigelassen?«

»Das habe ich nicht gesagt. Ihr macht einen Spaziergang, das ist alles. Von Freilassung kann keine Rede sein, denn ich soll Eure Zelle für Euch reservieren.«

Domingo glaubte, daß der Wärter sich nur einen Spaß mit ihm erlauben wollte, aber kurz darauf betrat ein großer Mann, den er noch nie gesehen hatte, seine Zelle und sagte: »Seid Ihr bereit? Dann folgt mir, Señor Carramadino.«

Sie verließen das Gefängnis, und niemand versuchte sie aufzuhalten. Am Fluß stiegen sie in ein Boot und wurden ans andere Ufer gerudert.

»Wohin bringt Ihr mich?« fragte Domingo.

»Nach Holborn, auf ein bestimmtes Feld. Ihr werdet schon sehen.«

Er mußte dicht am Schafott stehen, und neben ihm stand sein Begleiter und hielt ihn mit eisernem Griff am Arm fest.

Domingo erkannte die jungen Männer, obwohl sie jetzt ganz anders aussahen als jene zuversichtlichen Verschwörer, mit denen er in Barbican am Tisch gesessen hatte. Sie konnten ihre Angst nicht verbergen, denn sie wußten, welch grausamer Tod sie erwartete. Domingo drehte den Kopf zur Seite.

»Ihr dürft nicht wegschauen!« sagte sein Bewacher.

»Ich will das nicht sehen.«

»Ihr dürft hier nicht einfach tun, was Ihr wollt. Ihr seid ein Gefangener der Königin. Ihr *müßt* zuschauen. Es ist wichtig für Euch.«

Domingo nahm nur verschwommen das Gebrüll der Menge wahr. Er mußte die barbarische Hinrichtung Ballards mit ansehen, er sah, wie der Mann gehängt, aber noch lebendig vom Galgen abgenommen wurde. Und er sah auch die gräßliche Arbeit des Henkers, denn ihm war befohlen worden hinzuschauen, und er durfte nicht vergessen, daß er nur ein Gefangener war.

Und dann kam Babington an die Reihe – jener junge Mann, der mit ehrgeizig blitzenden Augen solch feurige Reden gehalten hatte.

Er hatte eine Verschwörung gegen die Königin angezettelt, und nach den Gesetzen dieses Landes war das die übliche Todesart für Verräter.

Er sah, wie sich der einst schöne junge Mann auf der Erde krümmte. Er sah, wie der Henker sein Messer hob. Er hörte den Todesschrei von den Lippen des Gemarterten: »*Parce mihi, Domine Jesu*!«

Dann sank Domingo ohnmächtig zu Boden.

Charlie Monk hatte es eilig, ein bestimmtes Haus in der Seething Lane zu erreichen. Dort empfangen zu werden, war eine hohe Ehre, die ihm nicht oft zuteil wurde. Die Diener musterten ihn spöttisch und herablassend.

»Ich habe eine Verabredung mit eurem Herrn«, erklärte Charlie würdevoll.

»Und wer seid Ihr?« fragte der Lakai.

»Sag deinem Herrn, daß Mr. Charles Monk unten wartet.«

Er drückte dem Mann eine Münze in die Hand. Der Lakai betrachtete sie verwundert und machte sich auf den Weg zu seinem Herrn, der befahl, Charles Monk zu ihm zu bringen. Charlie wurde zu seiner großen Befriedigung in einen imposanten Raum geführt. Etwas eingeschüchtert, näherte er sich auf Zehenspitzen dem Mann am Schreibtisch und sagte leise:

»Ihr habt nach mir geschickt, Sir?«

Der Mann blickte auf; er war nicht mehr jung und dunkelhaarig. »Du hast gute Arbeit geleistet«, sagte er, während er auf eine Akte klopfte, auf deren oberstem Blatt stand: Die Brüder Carramadino.

»Ja«, wiederholte er, »gute Arbeit.«

»Danke, Sir Francis.«

»Du wirst Sir Eric bald verlassen.«

»Zu Euren Diensten, Sir.«

»Ich werde für dich vermutlich Arbeit im Westen des Landes haben.«

»Ausgezeichnet, Sir Francis.«

»Möglicherweise – ich hoffe es zumindest – wirst du mit jenen Brüdern zusammenarbeiten.«

»Jawohl, Sir.«

»Aber ich kann dir noch nichts Endgültiges sagen. Ich habe dich kommen lassen, damit du dir für Sir Eric eine plausible Erklärung einfallen lassen kannst, weshalb du ihn verlassen mußt. Und du mußt zur Stelle sein, wenn die Brüder das Gefängnis verlassen – falls sie es verlassen. Die Einzelheiten werde ich dir später erklären. Ich möchte aber nicht versäumen, dir zu sagen, daß ich sehr zufrieden mit dir bin. Du hast mir mit deinen Informationen über diese beiden jungen Männer sehr geholfen. Du hast mir mitgeteilt, daß der Priester ein sehr furchtsamer Mensch ist, der sich seiner Angst schämt. Das war eine nützliche Information. Ich muß über jede Einzelheit, so bedeutungslos sie auch zu sein scheint, in Kenntnis gesetzt werden, denn vielleicht ist gerade eine solche scheinbar unwichtige Einzelheit das fehlende Mosaikteilchen zu einem sinnvollen Ganzen.«

»Jawohl, Sir Francis.«

»Ich wünsche, daß du engen Kontakt zu diesen Spaniern unterhältst. Du sollst mir möglichst viele Informationen über die Armada verschaffen, die in Spanien gebaut wird. Vergiß nicht, jede Kleinigkeit kann wichtig sein. Sag mir, hast du einen der beiden Brüder jemals einen Mann namens March erwähnen hören?«

»March, Sir? Nein. Aber Mash oder Marsh oder sowas Ähnliches. Der jüngere Bruder hat sich überall erkundigt, ob jemand von einem Seemann dieses Namens gehört hätte.«

»Ausgezeichnet... ganz ausgezeichnet. Nun, im Augenblick kann ich dir noch keine genauen Instruktionen geben.« Er warf einen Blick auf die herrliche Uhr auf seinem Schreibtisch. »Aber bald werde ich es tun können. Du mußt eine Weile in einem anderen Flügel des Hauses warten, denn ich erwarte Besucher, und sie dürfen dich auf gar keinen Fall sehen; andernfalls wären deine Dienste für mich in Zukunft nutzlos. Man wird dir einen Imbiß bringen. Und wenn ich dich nachher wieder rufen lasse, werde ich dir hoffentlich Näheres über deine Aufgabe sagen können.«

»Ich werde warten, Sir. Ich bin gern bereit, weiterhin auf Priesterjagd zu gehen.«

»Auf Priester und Spione. Aber sehr oft sind sie ja beides in einer Person. Und vergiß nicht — du darfst auf gar keinen Fall den Raum verlassen, in den du jetzt gebracht wirst.«

»Ich stehe stets zu Euren Diensten, Sir Francis«, sagte Charlie.

Sobald Monk sich entfernt hatte, griff Sir Francis Walsingham wieder nach den Akten auf seinem Schreibtisch. Dank seinem ausgezeichneten Geheimdienst — dem besten auf der Welt —, für den Hunderte von Männern in England und auf dem ganzen Kontinent arbeiteten, war er über Ereignisse in aller Welt besser informiert als jeder andere Mensch.

Wenn er nicht gewesen wäre, hätte so manche Verschwörung gegen die Königin erfolgreich verlaufen können; so war es vor vielen Jahren bei der Ridolfi-Verschwörung gewesen, und auch jetzt wieder bei der Babington-Verschwörung. Aufgrund seines dichten Nachrichtennetzes erfuhr er von diesen Verschwörungen, kaum daß sie ins Leben gerufen waren, und er beobachtete in aller Ruhe die weitere Entwicklung, bis er den richtigen Zeitpunkt für gekommen hielt, alle Verschwörer zur Rechenschaft zu ziehen. Babington und seine Komplicen hatten jetzt ihre gerechte Strafe erhalten; und diesmal würde sogar Elisabeth das Leben der Maria Stuart nicht retten können, denn er, Walsingham, würde ihr anhand von Beweisen zeigen, wie tief die schottische Königin in diese Verschwörung verstrickt war. Nun würde es hauptsächlich darum gehen, Elisabeth davon zu überzeugen, welche akute Gefahr Spanien für England darstellte. Er mußte sie dazu bringen, mehr Geld in die Flotte zu investieren. Schon jetzt legte er ihr täglich neue Informationen über die Fortschritte der spanischen Armada vor, die Philipp zweifellos bauen ließ, um England erobern zu können.

Er blätterte die Akte der Brüder Carramadino noch einmal durch. Darin stand unter anderem auch, daß Domingo Carramadino im Jahre 1572 ins Seminar von Valladolid eingetreten war, nachdem ein englischer Freibeuter seine Braut entführt hatte. Etwa um die gleiche Zeit war in Plymouth Kapitän Ennis March mit seinem Schiff gelandet, und er hatte zum Beweis, daß er einen erfolgreichen Überfall in Spanien selbst verübt hatte, mehrere spanische Frauen mitgebracht. In der Zwischenzeit hatte er eine dieser Frauen geheiratet. Die Königin hatte ihn geadelt, nachdem er mit einer besonders reichen Beute aus Mexiko zurückgekehrt war, von der sie keinen geringen Anteil erhalten hatte. Er war jetzt Sir Ennis March, und er lebte in Devon, ganz in der Nähe eines Hauses, wo Priester nach ihrer Ankunft in England jederzeit mit offenen Armen aufgenommen wurden.

Wie befriedigend es doch war, Informationen wie Mosaiksteinchen zusammensetzen zu können, bis sie ein sinnvolles Muster ergaben!

Domingo stand vor ihm.

Sir Francis sagte zu dem Mann, der ihn hergebracht hatte: »Danke, Ihr könnt jetzt gehen«, und an Domingo gerichtet, fuhr er fort: »Ihr seht krank aus, Señor. Bitte nehmt doch Platz.«

Domingo setzte sich. Er nahm seine Umgebung kaum wahr, und er hatte keine Ahnung, wer dieser Mann war, der ihn mit ruhigen, aber wachsamen dunklen Augen aufmerksam musterte. Er sah immer noch das furchtbare und gräßliche Schauspiel vor sich, das er miterlebt hatte.

»Es war ein schrecklicher Anblick«, sagte Sir Francis langsam, »und ich habe gehört, daß die Sache Euch sehr mitgenommen hat. Das wundert mich nicht. Diese Todesart wurde vor vielen Jahren für Verräter eingeführt. Man sollte meinen, daß sie abschreckend wirken müßte. Aber jeder Verschwörer glaubt, im Gegensatz zu seinen Vorgängern nicht scheitern zu können. Das scheint in der menschlichen Natur zu liegen. Euch dürfte bekannt sein, daß wir über alle Einzelheiten Eurer eigenen Tätigkeit hier in England informiert sind.«

Domingo nickte.

»Ihr und Euer Bruder seid unsere Gefangenen. Wir wissen, daß Ihr mit diesen Verrätern verkehrt habt, die heute hingerichtet wurden. Weitere werden ihnen in Kürze folgen. In unseren Gefängnissen warten viele auf ihren Tod.«

Domingos Stirn bedeckte sich mit Schweiß. Er dachte: Jetzt ist es soweit. O Jesus, rette mich! Ich werde diese Qualen nicht ertragen können. Sie müssen noch schlimmer sein als der Tod am Kreuz.

Sir Francis sah, daß der Mann von Angst gepeinigt wurde. Charlie Monk hatte recht gehabt. Man hätte diesen Priester nie mit einer so gefährlichen Mission betrauen dürfen. Ihm fehlte dafür einfach der Mut. Sir Francis empfand Mitleid für diesen Mann, der zweifellos einen sanften Charakter hatte und für ein beschauliches Leben wie geschaffen war. Dieser arme Narr, der sich zur Spionage hatte verführen lassen, wie so viele jener Männer, die sich Missionare Jesu nannten. Missionare Philipps wäre die passendere Bezeichnung für sie! Aber es sah diesem mönchischen König in seinem Escorial sehr ähnlich, religiösen Eifer für seine politischen Ziele auszunutzen.

Walsingham hatte eine einzige große Leidenschaft – er wollte seinem Land und seiner Königin nach besten Kräften dienen. Dieser Mann, der sein großes Vermögen zum Wohle seines Landes ausgegeben hatte, ließ sich von seinem Mitgefühl für einen ängstlichen Priester nicht dazu hinreißen, seine Pflichten zu vergessen. Sein Land schwebte in akuter Gefahr. Der bedrohliche Schatten der spanischen Armada hing über England, und nachdem er die Königin bisher nicht von der Notwendigkeit hatte überzeugen können, in aller Eile neue Schiffe zu bauen, mußte er wenigstens möglichst viele Informationen über die Manöver des Feindes sammeln; und dabei mußte ihm jeder Mann helfen, ganz egal, mit welchen Mitteln er dazu gezwungen wurde.

Er beugte sich etwas vor. »Ihr habt heute jene Männer ein Schicksal erleiden sehen, das auch Ihr selbst und Euer Bruder verdient hättet. Ich biete Euch und ihm jedoch die Freiheit an – unter einer bestimmten Bedingung.«

Domingo hob den Kopf. Ein Hoffnungsfunke leuchtete in seinen Augen auf.

»Ihr tretet von nun an in meine Dienste – Ihr und damit auch Euer Bruder.«

»Mein Bruder!« murmelte Domingo mit schwankender Stimme.

Er hörte die wohlvertraute innere Stimme, die ihm einflüsterte: Du rettest damit nicht nur dich selbst, sondern auch Blasco!

Er wird es tun, dachte Sir Francis. Ein Jesuitenpriester! Ein zweiter Gilbert Gifford! Das sind die besten Spione, denn sie flößen den Leuten solches Vertrauen ein! Wie hätte ich ohne Gilbert Gifford die Babington-Verschwörung aufdecken können, ohne diesen Jesuiten, der zum Spion für England geworden war, um sein Leben zu retten?

Sir Francis begann eindringlich auf Domingo einzureden. »Es ist alles ganz einfach. Ich möchte, daß Ihr Euch in ein Haus in Devon begebt, das im Verdacht steht, Priestern Obdach zu gewähren, die – wie Ihr selbst – heimlich in England landen. Mich interessiert jede Einzelheit über die Schiffsflotte, die in Spanien gebaut wird. Glaubt nicht, mich hintergehen zu können – Ihr werdet unter Beobachtung stehen! Vergeßt niemals, was Ihr heute in Holborn gesehen habt! Euch wird dieses Schicksal erspart bleiben, wenn Ihr bereit seid, für mich zu arbeiten. Nun, habt Ihr Euch bereits entschieden?«

Domingo schwieg.

Sir Francis dachte: Dort wird er die Frau treffen, die er heiraten sollte. Eine Spanierin. Im Haus des Kapitäns leben Spanierinnen, und in Hardyhall werden Spanier beherbergt. Ein wahres Verräternest! Und Charlie Monk wird ebenfalls in Hardyhall sein und mich auf dem laufenden halten.

Domingo schwieg noch immer. Widerstreitende Stimmen fochten in ihm einen heftigen Kampf aus. Er hatte immer noch das barbarische Schauspiel auf St. Giles's Field vor Augen. Er versuchte sich vorzustellen, wie diese Qualen Blasco zugefügt wurden. Aber statt dessen sah er immer nur sich selbst in den Händen der Henker.

VI

Devon, 1586

Pilar steigerte sich, nachdem das Schiff des Kapitäns ohne sie davongesegelt war, immer mehr in ihren Haß gegen Petroc Pellering hinein. Sie konnte stundenlang auf den Klippen liegen und über den Sund hinweg zum fernen Horizont starren. Roberto beobachtete sie mit einer Mischung aus Belustigung und Sorge.

Er selbst war glücklich, denn nun ging es im Haus wieder ruhig und friedlich zu. Er brauchte sich nicht mehr den Kopf über die komplizierte Beziehung zwischen dem Kapitän und seiner Mutter zu zerbrechen. Der Störenfried war fort, die Erinnerung an seine kraftstrotzende, alles beherrschende Gestalt verblaßte, und so war es Roberto, der Probleme gern verdrängte, am liebsten.

Sie hatten jetzt beide Unterricht bei Mr. West, einem Lehrer, den der Kapitän für Pilars Ausbildung eingestellt hatte. Mr. West war gutmütig, und Roberto und Pilar konnten ihn durch geschickte Fragen leicht vom jeweiligen Lehrstoff ablenken und dazu verleiten, ihnen von seinen Reisen durch das Land und von seinem Leben in den verschiedenen Häusern zu erzählen, wo er Kinder unterrichtet hatte. Pilar dachte sich für diese Kinder aufregende Abenteuer aus, an denen sie und Roberto beteiligt waren und die sie natürlich immer siegreich bestanden. Das war ein amüsanter Zeitvertreib, zu dem Roberto sie gern anregte, damit sie nicht gedankenverloren aufs Meer hinausstarrte, was ihn immer beunruhigte.

Sie hatte Roberto von ihrem Versuch erzählt, mit dem Kapitän auf große Fahrt zu gehen, und vom Eingreifen des widerlichen Petroc Pellering, der in ihren fantasievollen

Schilderungen zu einem brutalen Kerl wurde, der sie an ihrem heldenhaften Abenteuer gehindert hatte. Wenn sie von Petroc sprach, glühten ihre dunklen Augen haßerfüllt, und sie schwor, daß sie es ihm eines Tages doch noch heimzahlen würde.

Wenn sie auf den Klippen lag und aufs Meer hinausblickte, stellte sie sich oft vor, daß sie und Roberto auf hoher See spanische Schiffe enterten, sie beraubten und die Schätze nach England brachten. Mit leuchtenden Augen schilderte sie Roberto die gefährlichen Situationen, die sie beide in ihrer Fantasie zu bewältigen hatten. Pilar war von Natur aus mitteilsam; sie mußte andere an allem teilhaben lassen können, um glücklich zu sein.

Roberto, der die Welt der Fantasie ohnehin befriedigender fand als die Realität, liebte es, neben ihr zu liegen und ihren Erzählungen zu lauschen. Was ihn verstörte, war die Tatsache, daß ihre Stimmung jäh umschlagen konnte, daß plötzlich nicht mehr die Spanier ihre eigentlichen Feinde waren, sondern Petroc Pellering, den sie haßerfüllt beschimpfte und an dem sie sich rächen wollte. Dieses stolze Mädchen konnte dem jungen Seemann die Demütigung einfach nicht verzeihen.

Als Pilar wieder einmal davon sprach, daß sie jetzt mit ihrem Vater über die Meere segeln würde, wenn dieses Scheusal von Petroc sie nicht daran gehindert hätte, begriff Roberto plötzlich, warum ihr Verhalten ihn so beunruhigte: Er hatte Angst, Pilar eines Tages zu verlieren. Er wollte, daß sie beide ihr Leben lang zusammenblieben.

Wenn Pilar nach Hardyhall ging, kletterte sie meist einfach über die Mauer, weil sie sich gern daran erinnerte, wie sie und Roberto den Besitz der Hardys zum allerersten Mal unerlaubt betreten hatten. Wenn sie jetzt über die Rasenflächen rannte, fehlte natürlich dieser Reiz des Verbotenen, denn wenn jemand sie sah, wurde sie freundlich willkommen geheißen.

Eine unverminderte Faszination übte auf sie immer noch die Kapelle aus. Sie fühlte sich von den grauen Mauern unwiderstehlich angezogen, weil sie ahnte, daß sich darin etwas Geheimnisvolles abspielte.

Wieder einmal stand sie vor der Tür zur Kapelle, mußte aber zu ihrer großen Enttäuschung feststellen, daß sie verschlossen war. Achselzuckend machte sie sich auf den Weg zum Haupteingang des Hauses. Die Tür stand offen, und sie trat ein. In der Halle war kein Mensch zu sehen, und sofort überließ sich Pilar dem faszinierenden Gedanken, daß vielleicht jeder ihrer Schritte heimlich beobachtet wurde. Sie wußte, daß es im Wintergarten im ersten Stock eine hinter Samtvorhängen verborgene Nische gab. Durch eine sternförmige Öffnung in der Wand konnte man die ganze Halle überblicken. Von unten war es schwierig, dieses Guckloch ausfindig zu machen, und man konnte nicht erkennen, ob jemand dort auf Beobachtungsposten stand. Pilar stellte sich jedoch vor, dort einen undeutlichen Schatten wahrgenommen zu haben.

Am Ende der Halle, in der Nähe des offenen Kamins, stand der große massive Eichentisch, und sie registrierte leicht verwundert, daß er zum Essen gedeckt war. An den Wänden hingen Dolche und Spieße, Helme, Brustpanzer, Schilde sowie das Wappen der Hardys.

Es kam Pilar so vor, als läge an diesem Tag eine erwartungsvolle Stimmung in der Luft, als wartete die Halle auf die Ankunft wichtiger Gäste.

Sie durchquerte die Halle, ging links vom Kamin zwei Stufen hinauf und betrat einen Raum, in dem sie sich schon oft mit Howard und Bess aufgehalten hatte. Sie wußte, daß man durch die Tür am anderen Ende des mit Gobelins geschmückten Zimmers über zwei weitere Stufen zur Kapellentür gelangte, und da immer noch kein Mensch zu sehen war, konnte sie der Versuchung nicht widerstehen, sich dorthin zu begeben. Die Tür war nicht abgeschlossen, und sie betrat die Kapelle. Der große Tisch war mit einer herrlichen Decke geschmückt, und darauf stand der Silberkelch. Zwei Kerzen brannten auf dem Altar.

Pilar wußte, daß sie kein Recht hatte, hier zu sein; trotzdem näherte sie sich auf Zehenspitzen dem Altar. Sie begriff, daß zu den Gästen, auf die das Haus zu warten schien, vermutlich ihre Mutter gehören würde sowie andere Angehörige dieses Glaubens, der dem Kapitän so verhaßt war. Hier in der Kapelle würden sie zusammen irgendwelche geheimnisvollen Riten vollziehen.

Sie hörte Schritte auf den Stufen. Ihr blieb keine Zeit mehr, um sich zu verstecken, denn schon betrat Mr. Heath die Kapelle. Er war wie ein Priester gekleidet.

Er war sichtlich bestürzt, sie hier zu sehen.

»Guten Tag, Mr. Heath«, sagte sie hastig.

»Was machst du denn hier, Pilar?«

»Ich wollte Howard und Bess besuchen. Die Tür war nicht verschlossen.«

»Die Kapelle übt auf dich eine große Anziehungskraft aus, nicht wahr, mein Kind?«

»Ja, Mr. Heath.«

»Warum? Kannst du mir das sagen?«

»Wegen... wegen dem, was damals passiert ist...«

»Das war wirklich für uns beide ein unvergeßliches Erlebnis.«

»Und auch die Kapelle als solche... Es ist so, als wartete hier alles auf irgend etwas Bestimmtes...«

»Du spürst die Gegenwart Gottes. Mein Kind, ich bedaure von ganzem Herzen, daß du nicht mehr an meinem Unterricht teilnimmst.«

»Mein Vater hat es mir verboten.«

»Und du hast den Wunsch, ihm zu gehorchen?«

»Muß man seinem Vater denn nicht gehorchen?«

»Du hast zwei Väter, Pilar. Einen irdischen und einen himmlischen. Willst du sagen, daß du den irdischen mehr fürchtest als deinen Vater im Himmel?«

»Nun... ja«, gab sie zu. »Er war sehr zornig, als er das *Agnus Dei* sah. Ich mußte ihm schwören, nie wieder so etwas zu tragen.«

»Und du hast es ihm versprochen. Hattest du denn nicht den Wunsch, ihm zu trotzen?«

»Alle gehorchen dem Kapitän«, sagte Pilar. »Er würde sehr böse, wenn jemand es nicht täte.«

»Ich hoffe, daß du eines Tages doch wieder meinen Unterricht besuchen kannst. Ich habe seit unserer ersten ungewöhnlichen Begegnung großes Interesse an dir. Du hast doch niemandem etwas davon erzählt, oder?«

»Ich habe Lady Hardy versprochen, niemandem etwas davon zu verraten.«

»Du bist ein gutes Kind, und du hast einen starken Charakter. Es ist wirklich ein Jammer, daß man dir verboten hat, am Unterricht in Hardyhall teilzunehmen. Deine Mutter leidet sehr darunter.«

»Ja, ich weiß, sie wollte, daß ich bei Euch lerne. Ihr hätte es gefallen, wenn Ihr mich zu einer Katholikin gemacht hättet.«

»Pilar, wenn du den starken Wunsch verspürst, dich von mir unterweisen zu lassen, brauchst du in diesem speziellen Fall deinem irdischen Vater nicht zu gehorchen.«

»Ich habe dem Kapitän versprochen, nicht hierherzukommen... ich meine, zum Unterricht. Ich darf aber Howard und Bess besuchen kommen.«

»Und du glaubst, dieses Versprechen halten zu müssen?«

»Aber ja, natürlich.«

Er legte ihr seine Hand auf den Kopf. »Dein Entschluß betrübt mich, aber ich habe das untrügliche Gefühl, daß du eines Tages doch noch zu uns gehören wirst.«

»Nein«, widersprach sie entschieden. »Ich bin die Tochter des Kapitäns. Ich bin ihm viel ähnlicher als meiner Mutter.«

»Geh jetzt«, sagte er. »Du wirst Howard und Bess im Schulzimmer finden.«

Sie hörte, wie Mr. Heath hinter ihr die Tür zur Kapelle abschloß. Im Schulzimmer waren Howard und Bess mit ihren Aufgaben beschäftigt. Die Kinder blickten erfreut von ihren Büchern auf. Sobald Pilar auftauchte, konnten sie sicher sein, daß keine Langeweile aufkommen würde.

»Ich werde mich verstecken«, rief sie denn auch sofort, »und ihr beide müßt mich suchen. Ich bin ein spanischer Seeräuber, der an der englischen Küste gelandet ist. Alle

336

meine Männer sind davongelaufen, und ich habe mich in eurem Haus versteckt. Wenn ihr mich findet, werdet ihr mich an einem Baum vor dem Haus aufhängen wollen. Ihr sucht überall nach mir. Los, kommt!«

Howard war aufgestanden, aber Pilar wartete seine eventuellen Einwände gar nicht erst ab. Sie war schon völlig in die Rolle des spanischen Piraten geschlüpft und dachte: Bei Gott, sie werden mich nicht finden. Ich werde mich hier verstecken, bis der Weg zur Küste frei ist, und dann werde ich einige ihrer Frauen und sämtliche Schätze des Hauses mitnehmen und mit meiner Beute auf meinem Schiff entkommen, das in der Bucht vor Anker liegt.

Sie rannte eine kurze Treppe hinauf, durchquerte zwei Schlafzimmer und stürzte in den Wintergarten. Hinter den Samtvorhängen in der Nische mit dem sternförmigen Guckloch war ein gutes Versteck; in erster Linie genoß sie es jedoch, von hier oben die Halle überblicken zu können.

Sie stellte sich immer vor, daß alle Gegenstände dort unten — die Ritterrüstung, das Schwert, die Figuren auf dem Wandteppich — in Wirklichkeit lebendig waren, aber nur, wenn sie sich unbeobachtet glaubten. Und es gehörte zu ihren Lieblingsspielen, wenn sie allein hier war, die Augen zu schließen und nach einer Weile ganz schnell wieder zu öffnen, in der Hoffnung, all diese scheinbar unbelebten Gegenstände bei einer Bewegung überraschen zu können.

Eines Tages wird es mir gelingen, dachte sie. Eines Tages wird einer von ihnen nicht schnell genug reagieren.

Ihr fiel ein, daß Howard und Bess sie hier mit Leichtigkeit finden würden, weil sie sich schon so oft hier versteckt hatte. Sie schlüpfte hinter dem Vorhang hervor und sah sich nach einem besseren Versteck um.

Sie hörte Bess' Stimme aus einem der Schlafzimmer. »Sie ist bestimmt wie immer im Wintergarten und schaut durch das Guckloch in die Halle hinunter.«

In weniger als einer Minute würden sie hier sein! Pilars Blick fiel auf ein Schreibpult — ein massives Möbelstück, hinter dem für sie genügend Platz sein würde. Sie kroch in den Zwischenraum und stellte befriedigt fest, daß die

Wand hier mit Vorhängen verhängt war, hinter denen sie sogar aufrecht stehen konnte, ohne vom Zimmer aus gesehen zu werden.

Sie hielt den Atem an, denn sie hörte Bess rufen: »Schau in der Nische nach, Howard. Dort muß sie sein.«

Howard ging zu dem Versteck, das Pilar vor kurzem verlassen hatte. »Nein, hier ist sie nicht«, sagte er.

»Sie kommt immer hierher«, beharrte Bess. »Sie muß gehört haben, daß wir sie hier suchen würden.«

Pilar schloß die Augen. Jetzt war sie ein englischer Freibeuter. ›Was seht Ihr am Horizont, Sir? Bei Gott, ein spanisches Schiff! Es kommt direkt auf uns zu. Bei Gott, alle Mann an die Kanonen! Es ist bestimmt mit Schätzen beladen!‹

Sie hatte sich umgedreht und stand jetzt mit dem Gesicht zur Wand. Hinter den Vorhängen war es ziemlich dunkel, aber ihr fiel ein schmaler Lichtstreifen dicht über ihrem Kopf auf, und sie stellte fest, daß er vom unteren Rand eines Bilderrahmens herrührte. Es war ein kleines Gemälde, das eine verschleierte lächelnde Dame darstellte − vermutlich eine Hardy aus dem letzten Jahrhundert. Ein kalter Schauer lief Pilar über den Rücken, denn die Augen der Dame schienen direkt auf sie gerichtet zu sein, und über ihren Mund schien ein hämisches Lächeln zu huschen.

Pilars erster Impuls war, rasch wegzurennen. Aber sie bezwang ihre Angst und blickte der gemalten Dame entschlossen ins Gesicht.

»Du bist nur ein Gemälde«, sagte sie. »Du bist tot. Du kannst nicht aus dem Rahmen herauskommen. Außerdem hast du überhaupt keinen Körper, nur ein Gesicht und Schultern. Wo ist der Rest von dir? Wie solltest du gehen können? Sogar Gespenster brauchen dazu doch bestimmt Beine!«

Nachdem sie sich auf diese Weise Mut gemacht hatte, konzentrierte sie ihre Aufmerksamkeit wieder auf jenen schmalen Lichtstreifen am unteren Rahmenrand. Sie streckte zögernd die Hand aus und schob das Gemälde etwas zur Seite. Der Zacken eines Sternes kam dahinter zum Vorschein. Schlagartig wurde Pilar alles klar. Hinter dem Bild befand sich ein sternförmiges Guckloch wie jenes, durch das man in die Halle hinabblicken konnte. Das Gemälde, die Vorhänge und das Schreibpult – alles diente nur dem Zweck, die Öffnung in der Wand zu verbergen. In diesem Haus gab es für eine große Entdeckerin wie sie wirklich viel zu tun! Sie schob das Bild weiter zur Seite, bis der ganze Stern zum Vorschein kam. Wenn sie sich auf die Zehenspitzen stellte, konnte sie hindurchblicken.

Unter ihr lag die Kapelle, und sie war jetzt nicht mehr leer. Menschen standen vor dem Altar, der mit jener herrlich bestickten Decke bedeckt war. Pilar entdeckte ihre Mutter, und sie begriff, daß dort unten eine Messe gefeiert wurde, jenes seltsame Ritual, das nur in aller Heimlichkeit vollzogen werden durfte, weil die Königin es verboten hatte. Und weil Mr. Heath dieses Verbot mißachtete, hatte er sich damals unter dem Kapellenboden verstecken müssen. Obwohl Pilar die Ohren spitzte, konnte sie nicht hören, was in der Kapelle gesprochen wurde. Sie sah den schönen Silberkelch mit dem Wein. Sie wollte mehr von dieser Zeremonie sehen, wollte sich mit eigenen Augen davon überzeugen, ob sich der Wein tatsächlich in Blut und das Brot in Fleisch verwandelte.

Ihr Vater hatte ihr streng verboten, der Messe beizuwohnen, aber er hatte ihr nicht verboten, von oben zuzuschauen. Es war für sie oft notwendig, solche feinen Unterschiede zu machen. Sie ließ ihre Blicke über die Kapelle schweifen und entdeckte plötzlich eine Öffnung in einer der Wände, die ihr bei ihren wenigen kurzen Aufenthalten nicht aufgefallen war.

Sie starrte fasziniert auf diese Öffnung hinab, denn sie war sicher, dort eine Bewegung gesehen zu haben. Sie war demnach nicht die einzige, die das Geschehen in der Kapelle heimlich beobachtete.

Ihr fiel mit Schrecken ein, was Mr. Heath ihr damals im unterirdischen Versteck gesagt hatte – daß Erwachsene sich genauso fürchten konnten wie Kinder. Diese Leute dort unten, darunter auch ihre eigene Mutter, taten etwas Verbotenes — und jemand bespitzelte sie dabei.

Sie mußte sie irgendwie warnen. Aber noch während sie überlegte, wie sie das anstellen sollte, nahm sie hinter sich eine Bewegung wahr. Sie zuckte erschrocken zusammen, und das Gemälde glitt wieder in seine normale Position.

»Pilar, was machst du hier?«

Sie lachte vor Erleichterung auf, als sie Howards beunruhigtes Gesicht sah. »Ich habe mich hier vor euch versteckt«, sagte sie.

»Ich weiß. Ich habe deine Füße unter dem Vorhang gesehen, als wir vorhin hier waren.«

»Wo ist Bess?«

»Ich habe sie in den Hof geschickt, damit sie dort nach dir suchen soll. Ich wollte nicht, daß sie erfährt, wo du bist. Pilar, warum gehst du immer ausgerechnet dorthin, wohin du nicht sollst?«

Einen Augenblick lang fühlte sie sich wieder als große Entdeckerin — aber dann fiel ihr ein, was sie in der Kapelle gesehen hatte.

»Howard«, sagte sie eindringlich, »wir müssen die Leute in der Kapelle warnen. Jemand bespitzelt sie, während sie die Messe feiern.«

»Das bist du!«

»Ich bin ein edler Spion. Ich werde der Königin nichts verraten. Aber jener andere wird es vielleicht tun.«

»Wovon redest du, Pilar?«

»Schau mal hinunter.«

»Nein«, sagte er. »Nein! Es ist eine heilige Handlung. Du darfst solche Dinge nicht heimlich beobachten.«

»Wozu ist das Guckloch dann da?«

»Damit jene, die... die nicht in die Kapelle gehen dürfen, trotzdem an der Feier teilnehmen können.«

»Warum sollten sie denn nicht in die Kapelle gehen dürfen?«

»Vielleicht, weil sie noch zu jung sind. Oder weil sie krank sind.«

Sie nickte. »Was ist das für ein kleiner Raum hinter der langen Öffnung in der Kapellenmauer.«

»Meinst du unseren Winkel?«

»Ein Winkel! Du hast ihn mir nie gezeigt!«

»Ich wollte dir in der Kapelle überhaupt nichts zeigen. Du sollst dort nicht herumschnüffeln. Eine Kapelle ist kein Ort zum Spielen, sondern zum Beten.«

Sie packte ihn am Arm und schüttelte ihn. »Howard, du mußt es ihnen sagen. Du mußt sie warnen. Jemand bespitzelt sie. Sie werden alle verhaftet werden. Und meine Mutter ist dort.«

»Hast du jemanden in diesem Winkel gesehen?«

»Ja.«

Howard sah sehr bestürzt aus. »Ich muß dir einiges erklären, Pilar«, sagte er langsam. »Du entdeckst alles mögliche — zuerst das Versteck unter der Kapelle und nun dies hier.«

»Ich entdecke alles!« rief sie. »Es ist sinnlos, mir etwas verheimlichen zu wollen.«

»Du mußt mir schwören, niemandem etwas von diesem Guckloch zu erzählen.«

»Ich schwöre es dir.«

»Die Person, die du im Winkel gesehen hast, war kein Spion. Es war jemand, der am Geschehen in der Kapelle teilnehmen wollte — aber nur im verborgenen.«

»Also doch ein Spion?«

»Nein, nein. Du denkst immer gleich an Spione. Vielleicht ein Freund meiner Eltern... jedenfalls jemand, der nicht wollte, daß die anderen in der Kapelle ihn sehen.«

»Ich habe zwei fremde Männer in der Kapelle gesehen.«

»Du konntest aus dieser Entfernung doch nichts Genaues sehen!«

»O doch. Ich habe sehr scharfe Augen. Sag mal, Howard, schaust du durch dieses Guckloch in die Kapelle hinab?«

»Nein.«

»Du gehst also zur Messe in die Kapelle?«

»Manchmal.«

»Und Bess?«

»Bess schaut durch dieses Guckloch. Meine Mutter will sie noch nicht in die Kapelle lassen. Sie hat Angst.«

»Werden die Männer der Königin herkommen, um nach den Kelchen und Altardecken zu suchen — und nach den Leuten, die diese Dinge verwenden?«

»Woher weißt du das?«

»Ich weiß eben alles. Die Königin will nicht, daß solche Dinge benutzt werden. Deshalb verbietet mein Vater mir auch, die Messe zu besuchen.«

»Komm jetzt weg von hier«, sagte Howard. »Bess wird gleich zurückkommen, und sie soll nicht wissen, daß du das Guckloch entdeckt hast.«

Sie lief vor ihm die Treppe hinab und auf den Hof hinaus.

»Oh, du hast den Spanier also gefunden, Howard! Was machen wir jetzt mit ihm?« rief Bess. »Sollen wir ihn am nächsten Baum aufknüpfen?«

»Ich bin kein Spanier mehr«, erklärte Pilar herablassend. Sie wollte jetzt einer der Häscher der Königin sein. Sie malte sich aus, daß sie eine Familie entdeckt hatte, die dem Götzendienst huldigte, aber sie war großmütig und ritt davon, so als hätte sie nichts Verdächtiges gesehen.

»Ich würde gern in Hardyhall leben«, erklärte Pilar eines Tages. »Ich finde, es ist das herrlichste Haus der ganzen Welt.«

»Du kannst aber nicht hier leben«, entgegnete Bess. »Es ist unser Heim.«

»O doch, ich könnte hier leben... ich weiß auch schon, wie. Ich würde Howard heiraten.«

»Vielleicht will er dich gar nicht«, stichelte Bess.

»Ihm bliebe keine andere Wahl, wenn Pilar es sich in den Kopf setzen würde«, meinte Roberto lachend.

»Hast du es dir in den Kopf gesetzt?« fragte Bess und wandte sich zu Pilar um.

»Ja... nein... Doch, ich glaube. Ich kann Roberto nicht heiraten, weil er mein Bruder ist. Doch, ich glaube, ich werde Howard heiraten. Nach Roberto mag ich ihn am liebsten. Außerdem hätten wir immer solchen Spaß in Hardy-hall. Es kommen soviel fremde Leute dorthin...« Sie bemerkte Howards Unruhe und fügte rasch hinzu: »Wir wüßten allerlei Geheimnisse und würden sie niemandem verraten, auch nicht, wenn man uns dazu zwingen wollte.«

»Was sagst denn du dazu, Howard?« fragte Roberto.

»O ja«, antwortete Howard. »Ich würde Pilar heiraten.«

Pilar war plötzlich ein Hindernis eingefallen. »Du bist aber Katholik, und ich bin Protestantin.«

»Einer von euch müßte eben den Glauben wechseln«, schlug Roberto vor.

»Ich nicht«, sagte Pilar. »Der Kapitän würde es nie erlauben. Du wirst Protestant werden müssen. Oh, aber dann gäbe es ja keine...«

Sie sah Howards besorgte Miene. Armer Howard! Er machte sich ständig Sorgen, war immer in Angst. Sie beschloß, ihn zu beschützen, ihm klarzumachen, daß er sich nicht zu fürchten brauchte, welche Abenteuer ihnen auch bevorstehen mochten; sie würde sich um ihn kümmern, und mit der Zeit würde er erkennen, daß sie, Pilar, immer siegreich war.

Sie sagte rasch: »Und Roberto wird Bess heiraten. Wir werden alle zusammen in Hardyhall leben. Es gibt dort genügend Platz.«

»O ja!« rief Bess.

Roberto lächelte ihr zu.

Pilar hatte ihren dreizehnten Geburtstag hinter sich, als der Kapitän endlich wieder nach Hause kam. Sie war reifer geworden, und ihre Träume waren nicht mehr so fantastisch wie früher. Aber sie blickte immer noch sehnsüchtig aufs Meer hinaus und wünschte sich, in die Ferne zu segeln, um neue Länder zu entdecken. Mußte es wirklich immer nur ein Wunschtraum bleiben? fragte sie sich oft. Wäre sie schon etwas älter gewesen, hätte der Kapitän sie auf die letzte Reise mitgenommen. Und sie wäre als blinder Passagier mitgekommen, wenn Petroc Pellering sie nicht daran gehindert hätte.

Immer noch haßte sie diesen Mann. Sie würde ihm nie verzeihen, daß er sie in ihrer Würde gekränkt, daß er sie gedemütigt hatte.

Sie streifte nicht mehr auf dem Besitz der Hardys umher, und sie hatte auch keine Lust mehr, im Haus Verstecken zu spielen.

Sie wußte jetzt, was dort vorging. Es hing mit dem ständigen Streit zwischen Katholiken und Protestanten zusammen. England war protestantisch, aber viele Leute waren — wie die Hardys — überzeugte Katholiken, und sie wollten den Gottesdienst auf ihre Art abhalten; dazu brauchten sie unbedingt einen Priester. Die Königin hatte ein Gesetz erlassen, demzufolge jeder katholische Priester, der sich auf englischem Boden aufhielt, wegen Hochverrats hingerichtet werden konnte, und ebenso war es ein Vergehen, einen Priester zu beherbergen. Trotzdem kamen immer noch Priester nach England, und Leute wie die Hardys nahmen sie weiterhin mit offenen Armen auf.

Sie selbst und Roberto wurden von Mr. West zu Protestanten und zu treuen Untertanen der Königin erzogen, der die Hardys und ihresgleichen jedoch jedwedes Recht auf den Thron absprachen. Das alles war sehr gefährlich, und sie begriff jetzt, daß die Spannung, die in Hardyhall immer in der Luft lag und die sie als Kind instinktiv gespürt hatte, dieses Haus für sie so attraktiv gemacht hatte.

Sie war ganz anders als Roberto und Howard, die ein ruhiges Leben führen wollten. Sie selbst sehnte sich nach Abenteuern.

Aber nun wurde sie allmählich erwachsen.

»Jetzt kann man deutlich dein spanisches Erbe erkennen«, sagte Carmentita oft, und sie meinte damit, daß Pilar sich viel schneller entwickelte als die einige Monate jüngere Bess, die immer noch wie ein Kind aussah.

»In ein, zwei Jahren wirst du eine richtige Frau sein«, prophezeite Carmentita kichernd und machte geheimnisvolle Andeutungen, welch herrliche Dinge einem Mädchen widerfahren konnten, wenn es zur Frau wurde.

Pilar hatte fest beschlossen, daß sie Howard heiraten

würde. Anstatt ihrer früheren fantastischen Träume sah sie sich jetzt oft als Herrin von Hardyhall. Es würde nicht ungefährlich sein, dort zu leben, denn Howard würde weiterhin die Messe besuchen, und folglich würden sie einen Priester im Haus haben müssen. Ihre Aufgabe würde es sein, dafür zu sorgen, daß Howard − mit seinen Priestern und den Zeremonien in der Kapelle − nie entdeckt wurde. Sie selbst würde Protestantin bleiben, weil sie es ihrem Vater versprochen hatte, und sie würde auch eine loyale Untertanin der Königin Elisabeth sein. Aber Howard mußte Katholik bleiben, und deshalb würde es ihre wichtigste Aufgabe sein, ihn zu beschützen.

Sie und Roberto würden die Protestanten sein, Bess und Howard die Katholiken, denn wenn sie alle derselben Religion angehörten, wäre es längst nicht so reizvoll und aufregend.

Sie hatte erkannt, daß die Religion für manche Leute − für sie selbst, für den Kapitän, Bianca und Roberto − eher eine Nebensächlichkeit im Leben war, während sie anderen Menschen − wie den Hardys, ihrer Mutter und Mr. Heath − mehr als alles andere bedeutete.

Und nun lag das Schiff des Kapitäns endlich wieder in der Bucht, und sie ließ sich hinausrudern, um ihn wieder als erste begrüßen zu können.

Und da war er, ein wenig älter, als sie ihn in Erinnerung hatte, mit wettergegerbter, sonnengebräunter Haut und einer Narbe auf der Wange. Die Falten um seine Augen hatten sich vertieft, aber es waren immer noch dieselben strahlend blauen, lebensprühenden Augen.

»Es ist mein Mädchen Piller!« Auch seine Begrüßung war die gleich geblieben.

»Willkommen daheim, Käpt'n!«

»Bei Gott, Piller, du bist ja schon fast erwachsen geworden!«

Und da kam auch schon Petroc Pellering herbeigeeilt. Seine Augen waren genauso strahlend blau wie die des Kapitäns, aber seine Haut war nicht walnußbraun, sondern goldbraun, und seine Haare waren von der heißen Sonne zu einem ganz hellen Gelb verblichen.

»Hallo, Piller!« rief er. »Nun, wie geht's dem Mädchen des Kapitäns?«

Sie warf ihm einen hoheitsvollen Blick zu.

»Gut.« Sie wandte sich demonstrativ von ihm ab. »Wollen wir an Land gehen, Käpt'n?«

Eine Hand packte sie fest an der Schulter.

»Du hast mich gar nicht gefragt, wie es mir geht.«

»Das ist auch völlig überflüssig. Man sieht Euch an, daß Ihr vor Gesundheit strotzt. Und Eure Manieren sind noch genauso ungehobelt wie früher!«

Der Kapitän lachte schallend, und seine Augen funkelten anerkennend.

»Jetzt hat sie's Euch aber gegeben!« rief er. »Ihr werdet Euch im Umgang mit unserer jungen Dame bessere Manieren zulegen müssen.«

»An meinen Manieren ist nichts auszusetzen«, erwiderte Petroc grinsend. »Es ist meine Person, die ihr nicht gefällt.«

»Sie ist jetzt eben eine junge Dame, die keine rauhen Seemannsmanieren schätzt. Ihr solltet sie auch nicht mehr duzen. Stimmt's, Piller-Mädchen?«

»Ich schätze weder seine Manieren noch sonst etwas an ihm.«

»Sie hat mir nicht verziehen, daß ich sie vor der letzten Reise ans Ufer zurückgebracht habe«, sagte Petroc. »Bei Gott, wenn sie wüßte, was wir auf dieser Reise alles gesehen haben, würde sie mir auf den Knien danken, daß ich ihr das erspart habe.«

»Ja, das stimmt«, bestätigte der Kapitän. »Komm, Piller, schenk diesem Mann ein Lächeln. Er wollte wirklich nur dein Bestes.«

»Ich lächle nur, wenn ich will«, sagte Pilar trotzig. »Komm, gehen wir. Zuhause erwartet dich ein wahres Festmahl. Sie haben mit dem Kochen begonnen, sobald dein Schiff am Horizont auftauchte.«

»Ah, da seht Ihr, Petroc, wie angenehm es ist, ein gemütliches Heim und eine Familie zu haben. Es wird guttun, wieder einmal festen Boden unter den Füßen zu haben... frisch zubereitetes englisches Essen in den Magen zu bekommen und unsere eigenen Frauen um uns zu haben.«

»Ja, Sir, da habt Ihr völlig recht.«

»Dann kommt! Piller wird uns an Land bringen.«

»Soll *er* etwa mitkommen?« fragte Pilar.

»Wohin sollte er denn sonst gehen?«

»In Plymouth gibt es genügend Gasthöfe.«

»Das nenne ich Gastfreundschaft!« rief der Kapitän.

»Ich befürchte, sie ist mir ernsthaft böse. Ich hatte nur ihr Wohl im Auge, und sie grollt mir immer noch.«

Der Kapitän grinste Petroc zu, und sie folgten Pilar zum Boot.

Petroc sollte wie beim letztenmal bei ihnen wohnen. Einige Dienstboten wunderten sich über die Zuneigung des Kapitäns und deuteten an, dieser junge Mann könnte vielleicht sein Sohn sein.

Als das Pilar zu Ohren kam, kochte sie vor Wut. »Dieser Einfaltspinsel, dieses Rindvieh — mein Bruder?« schrie sie. »Wag es ja nicht, so etwas noch einmal zu sagen!«

Carmentita kicherte. »Ich würde ja auch nicht wollen, daß so ein Prachtbursche mein Bruder ist. O nein! Was für ein Mann! Wirklich ein prächtiges Mannsbild!«

Pilar gab Carmentita eine kräftige Ohrfeige und rannte davon.

Beim Abendessen waren alle um den Tisch versammelt, sogar die Dienstboten. Das war jedesmal so, wenn die Heimkehr des Kapitäns gefeiert wurde; er wollte, daß sämtliche Hausbewohner ihn willkommen hießen.

Alle Lieblingsgerichte des Kapitäns, die er so lange hatte entbehren müssen, waren aufgetischt worden: riesige Hammel- und Rinderbraten, und in der Mitte des Tisches eine große Pastete von der Form eines Schiffes, gefüllt mit Hühner- und Schweinefleisch. Dazu gab es verschiedene Weine, Ale, Apfelmost und Met.

Pilar saß auf ausdrücklichen Wunsch ihres Vaters an seiner rechten Seite. Links von ihm saß Isabella. Bianca saß mit Roberto etwas weiter unten, und Pilar konnte in ihrem Gesicht eine Mischung aus Freude und Sorge lesen. Sie begriff, daß Bianca an sich glücklich über die Rückkehr des Kapitäns war, aber befürchtete, daß Robertos Anblick wieder seinen Zorn erregen könnte.

Auch Carmentita saß am Tisch; ihre fetten Wangen glühten, und ihre Blicke schweiften immer wieder zum Kapitän und zu dem schönen jungen Mann, den er mitgebracht hatte.

Petroc Pellering saß neben Pilar. Der Kapitän hatte es so gewollt, und nach dem ersten Ärger war sie sogar froh darüber, denn wenn er ihr Tischnachbar war, konnte sie ihn ihren Ärger besonders deutlich spüren lassen.

»Käpt'n«, bat sie, »erzähl uns doch, wo du diesmal überall gewesen bist.«

Der Kapitän deutete mit dem Knochen, den er gerade abnagte, auf sie. »Sie will wissen, was sie versäumt hat!« rief er. »Mein Mädchen, wir haben fast die ganze Welt umsegelt, stimmt's, Petroc? In Mexiko waren wir, und südlich davon, und auch nördlich... so weit nördlich, wie nur wenige Schiffe vor uns.«

»Und was für Schätze hast du mitgebracht?«

»Hört euch nur mal dieses Mädchen an! Was für Schätze, will sie wissen.« Er betrachtete ihr Gesicht mit der zarten Haut und den neugierig funkelnden Augen, und er dachte: Bei Gott, dieses Mädchen überrascht mich immer wieder. »Was für Schätze wir mitgebracht haben? Das wirst du schon noch sehen. Es sind auch ein paar hübsche Sachen für dich dabei. Es war eine erfolgreiche Reise, aber die nächste wird noch um vieles besser sein, was, Petroc?«

Der junge Mann nickte zustimmend.

Die Augen des Kapitäns ruhten immer noch auf seiner Tochter, und sein Bart zitterte vor lautlosem Lachen. Sie war besser als jeder Sohn, besser als fünf Söhne! Sein Mädchen Piller...

Er war glücklich, und das lag nicht nur am guten englischen Ale. Hier am Tisch fühlte er sich wie ein König: gutes Essen, gute Weine, umgeben von seiner Frau und seinen Mätressen, und neben ihm saß sein Mädchen, und an der anderen Seite seiner schönen Piller saß der junge Petroc, der eines Tages seinen Platz einnehmen würde, der einen erstklassigen furchtlosen Freibeuter abgeben würde − und nur solch einem Mann würde er sein Schiff anvertrauen, sein Schiff und sein Mädchen Piller! Seine Tochter sollte einmal alles erben, was er besaß. Aber wie sollte ein Mädchen mit einer Mannschaft wie der seinigen fertig werden? Er hatte sie in Kuba, in Puerto Rico gesehen, nach Monaten auf hoher See verrückt auf Alkohol, verrückt auf Frauen. Nein! Es mußte ein Mann sein − ein Mann, der einen Kopf größer war als die meisten von ihnen, ein Mann, der brüllen und fluchen und die Peitsche schwingen konnte. Ein Mann wie Petroc!

Er stammte aus einer alten Familie von Gutsbesitzern, und er war als Junge von zu Hause weggelaufen, weil er über die Meere segeln wollte. Der Kapitän hatte ihn an Bord genommen, und er hatte ihm auf der ersten Reise das Leben nicht gerade leicht gemacht, denn er hielt nichts von Samthandschuhen. Aber der Junge war auf der nächsten Reise wieder mit von der Partie gewesen, und weil sie einander so ähnlich waren, verstanden sie sich ausgezeichnet.

Ja, sein Mädchen würde eines Tages in guten Händen sein. Sie und Petroc würden heiraten, und sie würde in diesem Haus leben, und wenn Petroc mit reicher Beute von einer Reise zurückkehrte, würde sie hier am Tisch neben ihm sitzen. Auf Mätressen würde Petroc allerdings verzichten müssen, dafür würde Piller schon sorgen! Er lachte belustigt in sich hinein.

»Ja, unsere nächste Reise wird noch viel erfolgreicher sein«, wiederholte er langsam, während er seine Blicke über die Tischrunde schweifen ließ. »Es sind reiche Länder, die wir gesehen haben, und die Menschen, die dort leben, sind braunhäutig und freundlich. Viele Engländer könnten dort mit Leichtigkeit ihren Lebensunterhalt finden. Bald werden Schiffe aus Plymouth auslaufen und unsere Landsleute zu den Ufern jenes neuen Landes bringen, dem die Königin den Namen Virginia gegeben hat − um alle, die sich dort niederlassen werden, in naher und in ferner Zukunft, daran zu erinnern, daß dieses Land unter ihrer Herrschaft von Männern entdeckt wurde, zu deren Abenteuern sie mit Freuden ihren Segen gab. Wenn unsere Siedler erst einmal in jenem herrlichen Land leben und dort zu Reichtum kommen, werden unsere Schiffe viel Handel treiben können. Die Siedler werden entdecken, welch gute Dinge es dort gibt, und wir werden diese guten Dinge dann nach England bringen.«

Pilar hing mit leuchtenden Augen an seinen Lippen.

»Erzähl es ihr, Petroc«, sagte der Kapitän. »Erzähl ihr, was wir im neuen Land der Königin alles gefunden haben!«

Pilar gönnte dem jungen Mann keinen Blick, obwohl er beim Erzählen etwas näher an sie heranrückte.

»Nirgendwo auf der Welt haben wir bisher ein so wundervolles Klima erlebt. Wenn dort Engländer mit Pferden und Vieh lebten, würde dort bald alles blühen und gedeihen. Die Eingeborenen sind sanft und freundlich − es ist ein eigenartiges Volk, das mit einem Häuptling an der Spitze in Wigwams lebt. Die Wände dieser Wigwams − zeltartige Gebilde − bestehen aus Rinde, und sie leben in kleinen Gruppen von dreißig oder vierzig Personen. Sie tragen Umhänge und Lendenschurze aus Tierhäuten. Ihre Schwerter sind aus Holz, ihre Pfeile aus Schilfrohr, ihre Bogen aus Haselstauden. Sie staunten uns wie Götter an.«

Pilar warf ihm über die Schulter hinweg einen verächtlichen Blick zu.

»Es ist leicht«, sagte sie, »bei solch einfachen Menschen den Eindruck zu erwecken, ihr wäret alle Götter.«

»Wir trafen diese einfachen Menschen überall an, wohin wir kamen«, fuhr Petroc mit einem freundlichen Lächeln fort. »Sie begrüßten uns freudig, und wir gaben ihnen Geschenke. Sie waren entzückt über alle möglichen Kleinigkeiten. Sie zeigten uns das Land und schienen glücklich zu sein, uns als Führer dienen zu können. Überall an der Küste fanden wir solch freundliche Aufnahme. Und die Wälder sind einfach herrlich! Nirgendwo anders habe ich solche wilden Früchte und Blumen von solcher Farbenpracht gesehen. Der Geruch des Geißblatts war schlichtweg berauschend, und Erdbeeren, Himbeeren und Trauben in Hülle und Fülle!«

»Ah«, rief der Kapitän, »sie lauschen Euch aufmerksam. Sie werden noch glauben, Ihr wolltet sie drängen, unser Devon zu verlassen und sich in Virginia anzusiedeln.«

»Ich würde es sofort tun«, sagte Pilar.

»Ich nehme Euch einmal mit«, versprach Petroc.

»Ich ziehe es vor, allein hinzufahren.«

Der Kapitän lachte. »Ich hoffe, mein Mädchen hat bei Mr. West tüchtig gelernt.«

Mr. West ergriff das Wort. »Das hat sie, Sir; und auch Master Roberto. Beide sind gute Schüler — ausgezeichnete Schüler.«

»Es freut mich, das zu hören. So muß es auch sein. Hier, füllt meinen Becher.«

Isabella tat es. Dann wollte er Musik hören. »Wer kann für uns spielen?«

Mr. West spielte Spinett, Bianca Flöte.

Es war eine überaus angenehme Heimkehr.

Isabella bat ihn, in ihren kleinen Salon zu kommen, weil sie ihm etwas zu sagen habe.

In ihrem Salon? Wozu denn das? fragte er. Wenn sie ihm etwas zu sagen habe, solle sie das doch gleich hier und jetzt tun.

Sie antwortete würdevoll: »Es ist nur für Eure Ohren bestimmt, und in meinem Salon wären wir ungestört.«

Ihre Würde entwaffnete ihn mitunter. Sie war eine spanische Dame vornehmer Herkunft, das wußte er, und das hatte für ihn einen besonderen Reiz gehabt. Ihr waren seine körperlichen Aufmerksamkeiten zuwider, aber sie mußte sie über sich ergehen lassen. Wenn er mit ihr zusammen war, hatte er stets das Gefühl, nicht nur über sie zu triumphieren, sondern über Spanien.

Er ging in ihren Salon — aber erst, nachdem er sie eine Stunde hatte warten lassen.

Sie war mit ihrer Stickerei beschäftigt, und der Anblick der hurtigen Nadel reizte ihn. Sie sah so anmutig aus, wie sie da im Licht vor dem Fenster an ihrer Handarbeit saß, daß er sich im Nachteil fühlte, sich wie ein ungeschliffener grober Seebär vorkam.

Das Blut strömte ihm zu Kopf. Er hatte die ganze Nacht mit Bianca verbracht, und sie hatten morgens lange geschlafen. Alle im Haus wußten, wen er in der ersten Nacht nach der Rückkehr erkoren hatte, und das war für Isabella alles andere als schmeichelhaft. Ihm war das jedoch völlig egal — er hatte sich immer genommen, was er wollte und wann er es wollte, und letzte Nacht war es — wie meistens — Bianca gewesen.

»Nun?« fragte er schroff.

»Nehmt bitte Platz«, sagte sie.

Aber er setzte sich nicht. Er blieb mit weit gespreizten Beinen stehen, wie ein angriffslustiger wütender Stier.

Ohne von ihrer Stickerei aufzublicken, erklärte sie: »Es geht um Pilar. Sie ist jetzt über dreizehn Jahre alt und somit in einem Alter, wo wir allmählich daran denken müssen, einen Mann für sie zu finden.«

»Madam«, erwiderte er kalt. »Ihr könnt die Zukunft meiner Tochter getrost mir überlassen.«

»Sollte ich nicht ein Mitspracherecht dabei haben?«

»Soll das etwa heißen, daß Ihr schon einen Mann für sie gefunden habt?«

»Möglicherweise.«

»Ihr braucht Euch keine Sorgen zu machen, Madam. Ich habe bereits einen Mann für meine Tochter.«

»Ich glaube kaum, daß es sich dabei um eine so gute Partie handeln kann wie jene, die mir vorschwebt.«

»Und wer ist der Mann, der Euch in Eurer größeren Weisheit vorschwebt?«

»Howard Hardy.«

»Was?«

»Ich sagte — Howard Hardy. Er ist der Erbe des Besitzes der Hardys und wird sehr vermögend sein.«

»Sehr vermögend! Wenn die Königin den ganzen Besitz nicht konfisziert, noch bevor er sein Erbe antreten kann! Außerdem möchte ich Euch daran erinnern, Madam, daß meine Tochter selbst ein beträchtliches Vermögen ihr eigen nennen wird.«

»Heißt das, daß Ihr einer Heirat zwischen Pilar und Howard Hardy nicht zustimmen würdet?«

»Ihr habt es erfaßt. Bei Gott, nie im Leben werde ich dieser Heirat zustimmen. Glaubt Ihr wirklich, ich würde mein Mädchen in dieses Papistennest einheiraten lassen? Glaubt Ihr, ich würde zulassen, daß ein Papist der Nutznießer meines Vermögens wird?«

»Ihr vergeßt, daß ich meine eigene Religion habe.«

»Pah! Ihr, eine törichte Frau! Wenn Ihr auch nur einen Funken Verstand hättet, hätte ich Eurem Liebäugeln mit dem Papismus schon längst einen Riegel vorgeschoben. Aber von mir aus könnt Ihr so viel auf den Knien herumrutschen wie Ihr wollt, und ich habe auch nichts dagegen, daß Ihr Eure Götzenbilder anbetet! Aber laßt mein Mädchen in Ruhe!«

»Begreift Ihr denn nicht, daß es die beste Partie wäre, die unsere Tochter sich überhaupt erhoffen kann?«

»Die besten Männer im Lande würden sich um unsere Tochter reißen, Madam. Aber ich habe schon einen Mann für sie. Sie wird Petroc Pellering heiraten. Und das ist mein letztes Wort.«

»Diesen... diesen Seeräuber?«

»Seeräuber, Madam? Laßt Euch gesagt sein, daß jene Männer, die Ihr so abfällig Seeräuber nennt, wesentlich größere Achtung genießen als irgendein feiger Papist, der Pfaffen in seinem Haus versteckt, aber Angst hat, sie offen zu empfangen!«

»Ich wollte Euch nicht...«

»Was wolltet Ihr nicht, Madam? Ich sage Euch eines: mein Mädchen wird heiraten, wen ich will, und das wird mit Sicherheit kein feiger Papist sein!«

Er drehte sich auf dem Absatz um und stürmte aus dem Zimmer. Ihre blödsinnige Stickerei und ihr vornehmes spanisches Getue reizten ihn maßlos.

Pilar empfand Petrocs Anwesenheit im Haus als äußerst störend. Nirgends war sie vor ihm sicher — sogar draußen auf den Klippen lief er ihr oft über den Weg. Pilar bemühte sich, immer mit Roberto zusammen zu sein. Sie haßte Petroc nicht nur, sondern verspürte in seiner Nähe auch eine unerklärliche Furcht. Sie ging nach Einbruch der Dunkelheit nicht mehr allein ins Freie, aus Angst, ihm zu begegnen. Während der Mahlzeiten sah sie seine strahlend blauen Augen oft forschend auf sich gerichtet, und schließlich fiel ihr eine plausible Erklärung für sein offensichtliches Interesse an ihr ein: Er glaubte, sie würde wieder versuchen, als blinder Passagier an Bord zu gehen, und er wollte sie auch diesmal daran hindern.

Das amüsierte sie, denn sie hatte nicht die Absicht, sich heimlich aufs Schiff zu schleichen. Die aufregende Vorstellung, mit ihrem Vater über die Meere zu segeln, hatte für sie beträchtlich an Reiz verloren, weil *er* ebenfalls an Bord sein würde.

Bess und Howard kamen nicht mehr zu Besuch, seit das Schiff des Kapitäns im Hafen lag. Sie — oder ihre Eltern — waren offenbar der Ansicht, daß der Kapitän lieber nichts von der engen Freundschaft zwischen den beiden Häusern wissen sollte. Es gab auch keine heimlichen Besuche der Frauen in Hardyhall mehr. Sie verschoben ihre Beichten wohl bis nach der Abreise des Kapitäns, dachte Pilar.

Sir Ennis ritt nach London, und zu Pilars großem Ärger begleitete Petroc ihn nicht dorthin. Wenn ihr Vater nicht in der Nähe war, fürchtete sie sich unerklärlicherweise noch mehr vor dem jungen Seemann.

Petroc war sehr beschäftigt, denn er mußte die Reparaturarbeiten am Schiff überwachen. Er ruderte jeden Tag hinaus, und darüber war Pilar sehr froh, denn dadurch war sie wenigstens einige Stunden vor ihm sicher. Aber er tauchte immer gerade dann wieder auf, wenn sie nicht damit rechnete.

Er hatte mehrmals versucht, sie zu überreden, ihn zum Schiff zu begleiten. Er behauptete, ihr dies und jenes zeigen zu wollen.

Sie lehnte immer ab, und schließlich brachte er seine Enttäuschung darüber zum Ausdruck.

»Ihr solltet mehr Interesse an diesem Schiff haben, Miß

Piller«, sagte er, »denn Euer Vater hat mir erzählt, daß es eines Tages Euch gehören wird.«

»Solange er lebt, wird es ihm gehören«, erwiderte sie, »und er wird noch lange nicht sterben.«

Er beugte sich zu ihr hinab. »Das Leben auf See ist hart, Miß Piller. Und gefährlich. Wir wissen nie, ob es uns vergönnt sein wird, den nächsten Sonnenaufgang noch zu erleben.«

»Ja«, murmelte sie, »das weiß ich.«

»Deshalb lieben wir es auch nicht, Zeit zu vergeuden. Wir wollen jeden Tag, jede Stunde unseres Lebens genießen.«

»Das ist eine weise Einstellung«, sagte sie. »Ihr solltet wirklich jeden Augenblick genießen, denn es könnte ja Euer letzter sein.«

Er packte sie plötzlich bei den Schultern, und das leidenschaftliche Funkeln seiner blauen Augen erschreckte sie.

»Ich freue mich sehr, daß diese vernünftige Philosophie Eure Zustimmung findet, Miß Piller.« Er zog sie an sich und küßte sie.

Außer sich vor Scham und Wut gab sie ihrem ersten Impuls nach und trat mit dem Fuß nach ihm.

Er ließ sie los. »Ich sehe, daß Ihr Eure alten Gewohnheiten noch nicht abgelegt habt«, sagte er. »Eines Tages werdet Ihr lernen, Eure Lippen anstatt Eurer Füße einzusetzen.«

Sie wäre am liebsten davongerannt, aber sie wollte sich keine Blöße geben, sie wollte nicht feige sein.

»Ich kann beim besten Willen nicht verstehen, warum Ihr so törichte Dinge tut«, sagte sie mit der größtmöglichen Würde.

»Nein? Soll ich es Euch sagen?«

»Ich will es nicht hören. Ich werde mir die Ohren zuhalten.«

»Das solltet Ihr niemals tun, Piller. Haltet Eure Ohren und Augen offen. Das ist die einzige Möglichkeit, etwas zu lernen, und solange Ihr nicht wißt, was das Leben Euch alles zu bieten hat, könnt Ihr es auch nicht voll genießen.«

»Wie konntet Ihr es wagen? Haltet Ihr mich für ein

Dienstmädchen, das Ihr küssen könnt, wenn Euch gerade der Sinn danach steht?«

»Keineswegs.«

»Ich weiß genau, wie Ihr mit Dienstmädchen umgeht. Sobald mein Vater zurückkommt, werde ich ihm erzählen, wie Ihr mich behandelt habt, und ich zweifle nicht daran, daß Ihr Eure ersten Wochen auf See in Eisen verbringen werdet.«

»Ich bezweifle es«, widersprach er lächelnd. »Ich bezweifle es sehr stark.«

Sie drehte ihm den Rücken zu und entfernte sich rasch.

Roberto und Pilar lagen nahe am Klippenrand und beobachteten das lebhafte Treiben in der Bucht. Sieben Schiffe lagen dort vor Anker, wurden ein letztes Mal auf ihre Seetüchtigkeit für die lange Überfahrt überprüft und beladen. In den Straßen von Plymouth konnte man oft die Leiter der bevorstehenden Expedition sehen — Sir Richard Grenville, den Kommandanten, und Ralph Lane, der im Auftrag von Sir Walter Raleigh als Gouverneur der neuen Kolonie fungieren sollte. Hundertacht Auswanderer — mutige Männer und Frauen, die von einem erfolgreichen Neuanfang in der Ferne träumten — sollten an Bord gehen.

»Roberto«, fragte Pilar, »würdest du gern mit diesen Leuten segeln?«

»Nein«, antwortete Roberto. »Ich bleibe viel lieber hier.«

»Dir fehlt jeder Abenteuergeist!«

Roberto widersprach ihr nicht, und auch Pilar verstummte wieder. In ihrer Fantasie fuhr sie auf einem dieser Auswandererschiffe übers Meer, sie landete in dem herrlichen fremden Land, sie rettete Sir Richard Grenville das Leben und wurde zum Gouverneur der Kolonie ernannt.

»Ein herrlicher Anblick, bei Gott, all diese Schiffe in der Bucht!« sagte eine Stimme hinter ihnen. Beide drehten sich bestürzt nach Petroc um.

Er setzte sich neben sie und fuhr fort: »Diese Siedler werden ein sehr hartes Leben haben. Ich frage mich, ob sie durchhalten werden.«

»Natürlich werden sie durchhalten!« rief Pilar.

»Vergeßt nicht, daß sie ihr Zuhause und ihre Heimat verlassen. Sie müssen in einem fremden Land ein völlig neues Leben beginnen. Heimweh kann eine Krankheit sein. Menschen sterben sogar daran.«

Roberto nickte langsam. »Ich kann das gut verstehen«, sagte er.

»Ihr habt doch auch Euer Zuhause verlassen«, rief Pilar Petroc in Erinnerung. »Ich vermute, daß Ihr Eure Eltern tief verletzt habt, als Ihr einfach weggelaufen seid. Denkt Ihr nie daran?«

»Sehr oft«, antwortete er. »Aber ich sage mir, daß ich sie noch tiefer verletzt hätte, wenn ich geblieben wäre.«

»Ihr seid ein Mensch, der immer eine Entschuldigung für sein schändliches Benehmen auf den Lippen hat.«

Petroc lachte. »Dieses Mädchen kann mir einfach nicht verzeihen, daß ich es daran gehindert habe, an der letzten Reise teilzunehmen. Miß Piller, Ihr solltet wirklich nicht solchen Groll gegen mich hegen. Ich versichere Euch, daß mir nur Euer Wohl am Herzen lag, als ich Euch an Land zurückbrachte.«

»Ich wäre überglücklich, wenn Ihr Euch nicht um mein Wohl kümmern würdet!«

Petroc betrachtete sie, und sein Gesicht wurde ernst. »Ich sehe Träume in Euren Augen. Ihr seht die Schiffe dort unten in der Bucht, und Ihr stellt Euch vor, daß diese Menschen in ein schönes und reiches Land segeln, und Ihr denkt an jenes freundliche braunhäutige Volk, das dort lebt. Mein Kind, Eure romantischen Träume haben wenig Ähnlichkeit mit der Realität. Gewiß, diese neu entdeckten Länder sind reich – und sie sind sehr groß. Weite Teile davon sind noch völlig unerforscht. Natürlich gehört das Land an sich den Ureinwohnern, aber schon jetzt streiten sich verschiedene europäische Nationen darum. Die Franzosen haben sich im Norden angesiedelt, die Spanier haben große Besitzungen im Süden. Und auch wir Engländer melden unsere Ansprüche an. Unsere größten Feinde sind die Spanier, weil sie uns an Stärke ebenbürtig sind. Zu Land und zu Wasser wird ständig gekämpft, und ich kann Euch sagen — die grausamsten Männer auf der Welt sind die Spanier!«

»Während Ihr so gut und menschenfreundlich seid!« höhnte Pilar.

»Ich bin Freibeuter — Seeräuber, wenn Ihr so wollt. Aber wir sind nicht nur unterwegs, um uns durch Plünderungen persönlich zu bereichern. Zu Wohlstand kann man auf diese Weise recht schnell kommen — ich sage *schnell*, nicht *leicht*, denn wir erkaufen unsere Schätze mit unserem Blut. Aber viele von uns fahren auch deshalb zur See, weil sie die Vision von einem expansiven England haben, von Ländern, wo unsere Siedler in Freundschaft mit der Urbevölkerung leben und arbeiten, von blühendem Handel. Aber die Spanier wollen mehr als nur Handel treiben und Beute machen. Sie sind Fanatiker. Sie wollen den katholischen Glauben der ganzen Welt aufzwingen, und all jene, die nicht diesem Glauben angehören, sind in ihren Augen weniger wert als Tiere. Ich habe gesehen, wie sie ganze Dörfer niederbrannten. Ich habe schreckliche Dinge gesehen. Aus diesem Grunde konnte ich auch nicht zulassen, daß Ihr mit auf die Reise geht. Ihr seid zu jung, und Ihr seid kein Mann, der sich wenigstens verteidigen kann. Ihr wäret der Gnade von Männern ausgesetzt, für die ein Menschenleben nicht zählt, wenn sie im Blutrausch ihre niedrigen Instinkte austoben.«

»Ihr haltet lange Reden!« spottete Pilar.

»Ja, ich halte lange Reden. Uns steht ein Krieg bevor, mein Mädchen. Wohin wir auch blicken — unsere Feinde sind überall präsent. Sie sind reich und mächtig — die größte Kolonialmacht der Welt. Aber das wird nicht so bleiben. Vergeßt Euer spanisches Blut. Ihr werdet bald heiraten, und bei Euren Kindern wird sich dieses Blut weiter verdünnen.«

»O ja, wir werden in eine gute englische Familie einheiraten«, sagte Roberto begütigend, denn die Leidenschaft dieses Mannes bereitete ihm Unbehagen. »Ich werde Bess heiraten, und Pilar wird Howard heiraten.«

»Was erzählt Ihr da?« fragte Petroc mit gerunzelter Stirn.

»Das ist für uns schon seit langem beschlossene Sache, nicht wahr, Pilar?«

»Ja. Aber weißt du, Roberto – über diese Dinge sollten wir nicht mit Leuten sprechen, für die unsere Pläne nicht von Interesse sind.«

Petroc blickte ihr tief in die Augen. »Ihr irrt Euch – sie sind für mich von großem Interesse«, sagte er ruhig.

Das Schiff war zum Auslaufen bereit. In wenigen Tagen sollte die nächste Reise beginnen. Die von Sir Richard Grenville geleitete Expedition war schon davongesegelt.

Dem Kapitän war unbehaglich zumute. Er würde mindestens zwei Jahre unterwegs sein. Piller entwickelte sich erstaunlich schnell – in zwei Jahren würde sie eine Frau sein. Was, wenn er in der Ferne aufgehalten wurde? Wenn die Heirat, die ihm so am Herzen lag, nicht zustande kam, weil Isabella seine Abwesenheit ausnutzte, um ihren Willen durchzusetzen?

Die Hardys? Sir Howard, wie er eines Tages heißen würde? Na und – er selbst war Sir Ennis. Und er hatte sich diesen Titel mit Blut und Beute auf hoher See erkämpft – nicht von Schwächlingen geerbt.

Sie konnten sich ihren Titel an den Hut stecken! Er zweifelte nicht daran, daß Petroc eines Tages von der Königin geadelt würde. Die Königin liebte alle gutaussehenden Männer, und sie liebte Abenteurer. Sie würde dem kraftstrotzenden blauäugigen Kapitän Petroc Pellering bestimmt nicht widerstehen können. »Meine Piller wird eines Tages Lady Pellering sein, darauf würde ich jede Wette abschließen«, murmelte er vor sich hin. »Bei Gott, das soll sie auch werden – Lady Pellering! Keine schrullige Lady Hardy!«

Aber zwei Jahre Abwesenheit waren eine lange Zeit. Und wenn seine Pläne nun von Isabella durchkreuzt wurden?

Er sagte zu Pilar: »Wenn ich zurückkomme, wirst du erwachsen sein, mein Mädchen, und dann werden wir einen Ehemann für dich finden müssen.«

»Den finde ich schon selbst«, antwortete sie.

»Davon bin ich überzeugt — aber ich möchte, daß er meines Mädchens würdig ist.«

»Ich werde meine eigene Wahl treffen, Käpt'n.«

Er lachte zwar und versuchte sich einzureden, daß sie noch ein Kind war; aber er wußte, daß dieses Mädchen seine Willensstärke geerbt hatte, daß es durchaus imstande sein würde, sich seinen Wünschen zu widersetzen.

Er suchte seine Frau auf.

»Ich werde zwei Jahre unterwegs sein, vielleicht auch länger. Wenn ich zurückkomme, werden wir unsere Tochter verheiraten.«

Sie gab ihm keine Antwort. Sie war wie immer mit ihrer verdammten Stickerei beschäftigt. Am liebsten hätte er sie ihr aus der Hand gerissen und wäre darauf herumgetrampelt. Aber er wußte, daß sie dann immer noch ruhig dasitzen und ihn nur mit ihrem unergründlichen Blick ansehen würde. Deshalb beherrschte er sich mit großer Mühe.

»Was geht in Eurem Kopf vor? Wollt Ihr das Mädchen etwa in meiner Anwesenheit mit diesem Papisten von Hardyhall verheiraten? Ich rate Euch gut — schlagt Euch alle derartigen Pläne aus dem Kopf! Vergeßt nicht, sie ist *meine* Tochter!«

»Sie ist auch die meinige«, erwiderte Isabella.

»Die Eurige! Ihr habt sie zur Welt gebracht, das ist aber auch schon alles. Sie ist mir nachgeraten! Was habt Ihr denn während Eurer ganzen Schwangerschaft getan? Geheult und gejammert habt Ihr über die Entehrung und Schande, die Euch widerfahren war!«

»Soweit ich mich erinnere, habt Ihr Euch nach Pilars Geburt für sie genausowenig interessiert wie für Roberto!«

»Das stimmt. Ich glaubte, sie würde Euch nachgeraten. Aber als ich dann eine Probe ihres Temperamentes erlebte«, — beim Gedanken an das energische kleine Persönchen, das ihn aus seinem Haus hatte jagen wollen, wurde seine Stimme rauh vor Rührung — »wußte ich sofort, wessen Kind sie war, und von diesem Augenblick an war sie *meine* Tochter. Und ich werde nicht zulassen, daß ihr Leben durch Eure Verräterfreunde ruiniert wird. Hört mir gut zu!

Sollte diesem Mädchen als Folge Eurer Unvernunft etwas zustoßen, so werde ich Euch eigenhändig umbringen, das schwöre ich Euch!«

Sie stickte scheinbar völlig unbeeindruckt weiter.

Vermutlich sah sie sich als Märtyrerin, die bereit war, für ihre Überzeugung zu leiden. Er war ratlos. Wenn selbst der Tod sie nicht zu schrecken vermochte — was dann?

Am Tag seiner Abreise begleitete Pilar ihn aufs Schiff. Der Abschied von ihr fiel ihm sehr schwer.

»Jetzt sehe ich mein Piller-Mädchen zum allerletzten Mal«, sagte er. »Wenn ich zurückkomme, wird eine Frau aus dem Mädchen geworden sein.«

»Wirst du wieder zwei Jahre fortbleiben, Käpt'n?« fragte sie.

»Vielleicht sogar noch länger. Bei Gott, ich werde dir Juwelen mitbringen, wie du sie noch nie gesehen hast. Es wird mein Hochzeitsgeschenk für dich sein.«

Er warf ihr einen forschenden Blick zu, konnte aus ihrem Gesicht aber nichts ablesen. Er hatte Angst, Petroc in diesem Zusammenhang zu erwähnen, denn er wußte, daß sie einen tiefen Groll gegen den jungen Mann hegte.

»Vielleicht wird dein Mann dich eines Tages mit auf hohe See nehmen«, sagte er. »Das würde dir doch gefallen, nicht wahr? Glaub mir, Mädchen, es gibt auf Erden nichts Schöneres. Du mußt einen Seefahrer heiraten. Kein anderer Mann würde zu dir passen.«

Petroc gesellte sich zu ihnen.

»Ich freue mich schon jetzt auf den Tag unserer Rückkehr«, sagte er.

Aber Pilar gönnte ihm keinen Blick.

Als sie an Land gerudert wurde, standen der Kapitän und Petroc Seite an Seite und blickten dem Boot nach. Der Kapitän erkannte, daß er bei seinen Plänen einen entscheidenden Faktor unberücksichtigt gelassen hatte: den starken Willen seines Mädchens Piller.

Er wandte sich Petroc zu und wollte ihm sagen, er hoffe, daß ihre gemeinsamen Pläne sich doch noch in die Tat umsetzen ließen, aber er sah, daß der junge Mann daran nicht den geringsten Zweifel hatte. Um seinen Mund spielte ein zuversichtliches Lächeln. Der Kapitän klopfte ihm in rauher Zärtlichkeit auf den Rücken.

Er erkannte in Petroc sich selbst vor zwanzig Jahren wieder. Männer, wie sie es waren, hielten nun einmal nichts für unmöglich.

Isabella wurde von Sir Walter und Lady Hardy im kleinen Salon empfangen, wo sie ungestört reden konnten.

»Er wird in zwei oder drei Jahren zurückkehren«, berichtete Isabella, »und ich befürchte, daß er dann darauf bestehen wird, Pilar mit dem Mann seiner Wahl zu verheiraten, und das ist dieser junge Pirat, der mit ihm segelt. Er ist ihm so ähnlich, daß man glauben könnte, es wäre sein eigener Sohn.«

Lady Hardy erschauderte.

»Wenn Pilar diesen Mann heiratet«, fuhr Isabella fort, »wird ihr ein ähnliches Schicksal wie mir beschieden sein. Er wird mit den Jahren immer rücksichtsloser werden, und eines Tages wird er vielleicht die Küste meines Landes überfallen und Frauen entführen und es Pilar dann zumuten, mit ihnen in einem Haus zu leben... Ich kann den Gedanken nicht ertragen, daß die Zukunft meiner Tochter so düster aussehen wird.«

»Es ist wirklich ein Jammer«, sagte Lady Hardy, »daß sein Schiff nicht untergeht. Solch ein Mann dürfte nicht am Leben bleiben. Aber bald wird sich das alles ändern. Mir wurde gesagt...«

Ein Blick ihres Mannes ließ sie verstummen. »Meine Liebe«, mahnte er, »Lady March will sich mit uns über Pilars Zukunft beraten.«

»Ich habe ihm gesagt«, fuhr Isabella fort, »daß Ihr mit einer Heirat zwischen Pilar und Howard einverstanden wäret. Aber er wollte nichts davon hören. Er wurde richtig ausfällig.«

»Weshalb denn?« fragte Lady Hardy.

»Ich befürchte, ihm sind Gerüchte zu Ohren gekommen. Er sprach von Papisten...«

Sir Walter machte ein besorgtes Gesicht.

»Wie kann er es wagen...«, begann Lady Hardy, aber vor Ärger fehlten ihr die Worte.

»Ich muß ihm zuvorkommen«, erklärte Isabella. »Meine Tochter muß verheiratet sein, bevor er sich einmischen kann.«

Sir Walter machte ein bedenkliches Gesicht, aber Lady Hardy meinte ohne Zögern: »Warum auch nicht? Sie wird bald vierzehn, und das ist ein gutes Heiratsalter. Und selbst wenn wir der Meinung wären, daß die beiden noch etwas zu jung für den Vollzug der Ehe sind, könnte sie schon jetzt hier in einem der Kinderzimmer wohnen... das ist bei jungen Bräuten durchaus üblich. Sie könnte dann auch wieder bei Mr. Heath Unterricht nehmen.«

»Das würde mich sehr glücklich machen«, sagte Isabella. »Wenn ich wüßte, daß sie glücklich verheiratet ist und religiöse Unterweisung im wahren Glauben erhält, wäre es mir egal, was bei seiner Rückkehr geschieht. An einer bereits geschlossenen Ehe kann auch er nichts mehr ändern. Soll er mich töten, wenn er will! Das werde ich gern erdulden, wenn ich nur weiß, daß Pilar in guten Händen ist und zum wahren Glauben finden wird.«

»Es muß so gemacht werden«, bestimmte Lady Hardy.

»Er ist immerhin ihr Vater«, wandte Sir Walter ein. »Eine so wichtige Entscheidung bedarf sorgfältiger Überlegung.«

»Sorgfältiger Überlegung?« rief Lady Hardy. »Die ganze Zukunft des Kindes steht auf dem Spiel — und nicht nur ihre irdische Zukunft! Ihre Seele ist in Gefahr.«

»Es wäre mein sehnlichster Wunsch, daß diese Ehe zustande käme«, wiederholte Isabella.

»Ich habe mit Howard gesprochen«, sagte Sir Walter. »Er ist sich ganz sicher, daß er Pilar heiraten will, wenn sie beide alt genug dazu sind. Er liebt sie von ganzem Herzen.«

»Und sie liebt ihn ebenfalls«, versicherte Isabella. »Ich sehe keinen Grund, weshalb sie keine glückliche Ehe führen sollten. Aber ich befürchte, daß ihr Vater mit ihr gesprochen und ihr das Versprechen abgenommen haben könnte, vor seiner Rückkehr nicht zu heiraten. Und bedauerlicherweise hängt sie sehr an ihm.«

»Wäre er wirklich zu so etwas fähig?«

»Ich befürchte, ja.«

Lady Hardy klingelte, und ein Diener erschien.

»Geh ins Schulzimmer und sag Mr. Heath, daß ich ihn hier im kleinen Salon zu sehen wünsche.«

»Meine liebe Lady March«, fuhr sie fort, sobald der Diener sich entfernt hatte, »ich sehe, daß diese Angelegenheit Euch sehr beunruhigt. Ich werde Vater Heath bitten, uns seine Meinung zu sagen. Er hat Pilar besonders gern.«

»Vater, es geht um Pilar«, erklärte Lady Hardy. »Der Kapitän will sie mit einem seiner Seeleute verheiraten — mit einem groben, ungehobelten Kerl. Unsere liebe Lady March ist verständlicherweise in großer Sorge. Wie Ihr wißt, haben wir schon oft darüber gesprochen, daß eine Heirat zwischen Pilar und Howard sehr wünschenswert wäre. Sie haben einander so gern. Vater, was glaubt Ihr — ist es Gottes Wille, daß Lady March sich in diesem Fall über die Wünsche ihres Mannes hinwegsetzen soll?«

»Davon bin ich überzeugt«, antwortete Vater Heath leidenschaftlich. »Ich werde niemals den Tag vergessen, als Pilar und ich zusammen in jenem Versteck unter der Kapelle saßen. Ich erkannte schon damals, daß sie eine von uns sein sollte, und ich war untröstlich, als sie nicht mehr an meinem Unterricht teilnahm.«

»Der Kapitän wird zwei Jahre unterwegs sein, vielleicht sogar noch länger«, sagte Lady Hardy. »Bestimmt hat Gott uns diese Zeit gegeben, damit wir Sein Werk vollbringen können. Wenn die Kinder heiraten und Pilar hier im Haus lebt und von Euch religiös unterwiesen wird, wäre sie bis zur Rückkehr ihres Vaters vielleicht sogar schon eine gute Katholikin.«

»Ich sehe in all dem ganz deutlich die göttliche Vorsehung«, sagte Vater Heath. »Wir werden nicht nur Pilars Seele retten, sondern möglicherweise auch das Leben vieler Menschen. Seit jener ersten ungewöhnlichen Begegnung mit Pilar konnte ich ein leichtes Unbehagen niemals über-

winden. Sie ist ein gutes Mädchen und hat ihr Versprechen, Schweigen zu bewahren, getreulich gehalten; aber
sie ist noch sehr jung, und wenn jemand sie geschickt ausfragen würde, könnte sie uns möglicherweise ungewollt
doch noch verraten. Wenn sie hier bei uns wäre, als eine
von uns, könnten wir uns sicherer fühlen. Ja, für mich besteht gar kein Zweifel daran, daß Gott alles so gefügt hat.«

»Wir müssen die Kinder seelisch auf eine Heirat vorbereiten«, rief Lady Hardy aufgeregt. »Wir müssen ihnen begreiflich machen, daß sie bald erwachsen sein werden. Ich
werde einen Ball veranstalten — einen Ball und ein Bankett
— und bei dieser Gelegenheit werden wir Pilar und Howard klarmachen, daß sie in naher Zukunft das heiratsfähige Alter erreicht haben werden.«

Die große Halle war festlich dekoriert. Zwischen den Waffen und Rüstungen an den Wänden hingen Laubgirlanden.
Überall waren Blumen verteilt. In der Mitte der Halle stand
ein riesiger Tisch mit großen Bratenstücken, Pasteten in
den verschiedensten Formen, Hammelkeulen, Spanfer-
keln, Fasanen, Pfauen, Hasen, verschiedenen Fischarten
und einem gepökelten Keilerkopf als Mittelpunkt.

Nach dem Bankett wurde dieser Tisch von der Dienerschaft rasch abgeräumt und an eine Wand geschoben; einige Gäste, die direkt vom Hof kamen, führten vor, wie der
branle getanzt wurde, der neueste Modetanz, der vom französischen Hof übernommen worden war. Die anderen Gäste versuchten — nicht allzu erfolgreich — es ihnen nachzu-
machen. Pilar tanzte ausgelassen mit Howard und erklärte,
dies sei der schönste Abend ihres Lebens.

»Ich wünschte, es gäbe jeden Abend einen Ball«, fuhr sie
fort.

»Dann hättest du es bald über.«

»Ich nicht! Ich könnte die ganze Nacht durchtanzen und
würde es nie, nie, nie satt bekommen!«

»Du würdest mit der Zeit feststellen, daß es auch noch
andere interessante Dinge gibt. Aber du bist eben noch
sehr jung.«

Sie sah Howard an, und seine feinen Gesichtszüge und seine immer leicht besorgte Miene weckten ihren Beschützerinstinkt.

»Pilar, du willst mich doch heiraten, oder?« fragte er plötzlich.

»Na klar.«

»Wir könnten uns verloben — eine offizielle Verlobungsfeier mit einer entsprechenden Zeremonie, und dann könntest du hierherkommen und in diesem Haus leben.«

Sie betrachtete die große Halle, die — in einen Ballsaal verwandelt — eine völlig andere Atmosphäre ausstrahlte als sonst. Sie blickte zum Guckloch empor und verspürte plötzlich den Wunsch, oben im Wintergarten zu sein und von dort alles zu überblicken.

»Laß uns doch einmal hinaufgehen«, schlug sie Howard vor. »Niemand wird uns vermissen, und ich möchte mir die Tänzer von oben anschauen.«

»Dann komm«, sagte Howard, und sie entfernten sich unauffällig.

Der Wintergarten sah im Mondschein, der durch die großen Fenster einfiel, irgendwie gespenstisch aus.

»Hier oben ist es so still«, flüsterte sie.

Er legte seinen Arm um sie, und sie tat so, als fürchtete sie sich, und schmiegte sich an ihn.

»Dies ist ein wundervolles Haus«, murmelte sie. »Man weiß nie, was im nächsten Augenblick geschehen wird.«

»Ich bin glücklich, daß du dieses Haus liebst«, sagte Howard, »denn es wird eines Tages dein Heim sein. Pilar, meine süße Pilar, welch ein Glück wir doch haben! Oft wird eine Heirat von den Eltern vereinbart, ohne daß das Brautpaar sich je gesehen hat. Eine derartige Hochzeit hätte ich scheußlich gefunden. Aber jetzt, da ich weiß, daß du meine Frau sein wirst, kann ich mich wenigstens über diesen Aspekt meiner Zukunft freuen.«

»Und über andere Aspekte nicht? Bedrückt es dich etwa, daß ich Protestantin bin?«

»Daran wollen wir heute nicht denken. Genießen wir lieber den schönen Abend.«

»O ja, genießen wir ihn!« Sie begann, durch den großen Raum zu tanzen – einen jener Tänze, die Bianca sie gelehrt hatte. »Sieh mal, Howard, dies ist die *farraca*. Ich bin jetzt ein Stierkämpfer. Siehst du, ich reize den Stier... er kommt direkt auf mich zu... ich springe beiseite... er stürmt dicht an mir vorbei. Er will mich töten, und ich will ihn töten.«

»Sprich in einer herrlichen Nacht wie dieser nicht vom Töten. Komm her. Ich dachte, du wolltest dir von oben die Tänzer anschauen.«

»O ja, das will ich.« Sie stellte sich neben ihn. »Oh, wie schön sie aussehen! Ganz anders. Die Halle kommt mir von hier oben immer ganz verändert vor. Ist es nicht aufregend? Es ist so, als beobachte man das Leben anderer Leute. Ich finde, es gibt kaum etwas Aufregenderes, als Menschen zu beobachten, wenn sie nichts davon ahnen. Ob es das ist, was Gott tut? Stell Ihn dir nur einmal vor... Er beobachtet uns ständig... Er sieht alles, was wir tun und schreibt es in das große Buch. Nein, das macht ja der Engel des Gerichtes. Es muß unzählige davon geben, und jeder hat sein eigenes Buch. Schau mal! Wer ist das, der sich mit deinem Vater unterhält? Und jetzt gehen sie auf deine Mutter zu. Howard, sie machen ja ganz ängstliche Gesichter! O Howard, du zitterst ja. Was ist denn los?«

»Ich zittere nicht.« Er starrte seinen Eltern nach, die in Richtung Kapelle eilten. »Du bildet dir immer etwas ein. Das war von jeher so, seit ich dich kenne.«

»Wenn ich dich heiraten soll, Howard, sollte ich wissen, was hier vorgeht. Ich muß dich doch beruhigen und dir Mut zusprechen können.«

Er nahm ihr Gesicht in seine Hände. »Pilar, ich habe dich sehr lieb.«

»Ja, ja«, rief sie ungeduldig. »Aber ich möchte wissen, was hier los ist. Die Leute, die hierherkommen – es sind Katholiken, nicht wahr? Und sie wollen sich hier bei euch verstecken.«

»Wenn du erst eine von uns bist, Pilar, wirst du auch unsere Geheimnisse teilen. Dann werden sie bei dir sicher aufgehoben sein.«

»Ich will sie aber schon jetzt kennen... jetzt!«

»Komm, gehen wir lieber in die Halle zurück. Man wird uns sonst noch vermissen.«

Sie schwieg, und ihre Augen schweiften zu dem massiven Schreibpult hinüber. Sie verspürte den Wunsch, durch jenes andere Guckloch zu schauen, denn sie vermutete, daß Sir Walter und Lady Hardy in die Kapelle gegangen waren.

»Was machst du, Pilar?« rief Howard, aber sie zwängte sich in ihrem Festkleid schon hinter das Schreibpult.

»Nein, Pilar!«

Er folgte ihr, um sie an ihrem Vorhaben zu hindern; doch sie hatte das Gemälde hinter dem Vorhang schon zur Seite geschoben und schaute durch die sternförmige Öffnung in die Kapelle hinab.

Sie sah im Kerzenlicht Sir Walter und Lady Hardy im Gespräch mit zwei fremden Männern, deren staubige Kleidung darauf hindeutete, daß sie einen weiten Weg hinter sich hatten.

»Komm jetzt endlich, Pilar«, bat Howard. »Du darfst nicht heimlich die Kapelle beobachten. Es ist eine geweihte Stätte.«

Er versuchte, sie wegzuziehen, als sie einen der beiden Fremden aufgeregt rufen hörten: »Die ganze Verschwörung ist aufgedeckt worden. Gifford war ein Spion – Walsinghams Spion!«

»Heilige Mutter Gottes«, sagte Sir Walter, »dann kannte Walsingham also den Inhalt aller Briefe, die in jenen Bierfässern in die Festung und wieder hinaus geschmuggelt wurden? Er las sie noch vor den Empfängern? Wie schurkisch! Wie schändlich! Und ausgerechnet Gifford, der Priester! Was wird das für Folgen haben?«

»Genaues weiß man noch nicht, aber es hat schon viele Verhaftungen gegeben.«

Es gelang Howard endlich, Pilar am Arm zu packen und in die Mitte des Zimmers zu ziehen.

»Was hat das alles zu bedeuten?« rief Pilar. »Was ist passiert? Wer ist Gifford?«

»Wer Walsingham ist, weißt du doch bestimmt, oder?«

»Natürlich weiß ich das. Er ist der Staatssekretär der Königin.«

»Er ist der größte Feind aller Katholiken.«

»Und er hat etwas Wichtiges entdeckt... Howard, sind Leute aus diesem Haus in die Sache verwickelt?«

»Pilar... Pilar, um der Liebe Gottes willen, du darfst keiner Menschenseele etwas von all dem verraten, was du gesehen und gehört hast!«

»Ich kann Geheimnisse für mich behalten«, sagte sie.

»Wenn du dieses Geheimnis ausplauderst, stürzt du uns alle in eine Katastrophe. Deine Loyalität muß uns gehören. Du wirst mich heiraten. Du bist schon jetzt eine von uns.«

»Du hast schreckliche Angst, Howard, nicht wahr? Das brauchst du nicht. Ich werde nicht zulassen, daß dir jemand etwas zuleide tut.«

Er legte seinen Arm um sie und zog sie an sich, und sie empfand überwältigende Zärtlichkeit für ihn. Das muß Liebe sein, dachte sie.

Pilar konnte nicht schlafen. Es war die aufregendste Nacht ihres Lebens gewesen — aufregend in einer ganz anderen Art als jenes Abenteuer mit Mr. Heath im unterirdischen Versteck.

Als der Morgen dämmerte, stieg sie aus dem Bett und ging zum Fenster. Das Meer schimmerte; im Osten sah es wie Perlmutt aus. Und während Pilar beobachtete, wie es sich im Sonnenaufgang rötlich verfärbte, sah sie ein stark beschädigtes Schiff aus dem Morgennebel auftauchen und erkannte es sogleich.

Im ganzen Haus herrschte Tumult. Der Kapitän war nach nur wenigen Wochen Abwesenheit zurückgekommen.

Seine Männer brachten ihn an Land. Er war genauso ramponiert wie sein Schiff. Eines seiner Beine war weggeschossen worden, und er hatte eine häßliche Schwertwunde in der Seite. In dieser kurzen Zeit schien er um zehn Jahre gealtert zu sein. Pilar, Isabella und Bianca verbanden seine Wunden, aber er weigerte sich, im Bett zu bleiben. Er bestand auf einem Festmahl wie bei jeder anderen Heimkehr und saß, von Kissen gestützt, wie immer am Kopfende des Tisches, an dem alle − einschließlich der Dienerschaft − versammelt waren. Seine Stimme war so laut, seine Sprache so deftig wie eh und je.

»Da bin ich also wieder!« röhrte er. »Ihr habt bestimmt nicht damit gerechnet, mich so schnell wiederzusehen. Aber hier bin ich, und wie ihr seht, bin ich etwas ramponiert. Bei Gott, wir wurden von zwei spanischen Schiffen gesichtet. Sie werden immer frecher, diese Spanier! Sie griffen uns an − zwei gegen einen! Wir versenkten eines ihrer Schiffe, aber Männer vom zweiten versuchten unseres zu entern. Ich hatte zu dieser Zeit schon mein Bein verloren, aber es gelang uns, kurzen Prozeß mit ihnen zu machen − allerdings erst, nachdem sie uns schon einigen Schaden zugefügt hatten. Eines ihrer Schiffe versenkt, das andere in die Flucht getrieben! Es war keine schlechte Leistung, aber eben nicht gut genug. Ich säße jetzt nicht hier, wenn dieser Bursche dort nicht gewesen wäre. Er tauchte neben mir auf, als es um mich schon fast geschehen war. Bei Gott, war das ein Anblick, als er diesen Spanier durchbohrt hat! Das Blut spritzte auf meinen Rock, und diesen Rock werde ich zeit meines Lebens aufbewahren. Ja, wenn ihr mich hier seht, so ist das nur Petroc Pellering zu verdanken, der von nun an mein Freund ist − und auch euer aller Freund sein soll. Komm, Piller, gib ihm die Hand und sag ihm im Namen aller ein Dankeswort.«

Pilar, die ihren Platz rechts neben dem Kapitän hatte, stand auf. Petroc folgte ihrem Beispiel.

»Nein, nein!« wehrte er ab. »Ihr braucht mir nicht zu danken. Ich tat nichts weiter als meine Pflicht. Und ich werde mir nie verzeihen, nicht schon eher eingegriffen zu haben.«

Die Augen des Kapitäns glänzten vor Rührung. Bianca, die ihn aufmerksam beobachtete, dachte: Sein Abenteuerleben ist nun zu Ende, aber er wird durch diese beiden jungen Menschen weiter an Abenteuern teilhaben wollen.

»Wir alle danken Euch, daß Ihr dem Kapitän das Leben gerettet und ihn zu uns nach Hause gebracht habt«, sagte Pilar und reichte ihm ihre Hand, ohne ihn anzusehen. Sie schämte sich der Tränen in ihren Augen.

Und dann verlor sie plötzlich die Kontrolle über ihre Gefühle. Sie entriß Petroc ihre Hand, schlang ihre Arme um den Hals des Kapitäns und schluchzte wild: »Du hättest getötet werden können! Du könntest jetzt tot sein!«

Alle saßen regungslos da. Nur der Kapitän hob die Hand und strich ihr zärtlich über die Haare.

Nie zuvor hatte jemand von den Anwesenden Tränen über seine Wangen rollen sehen.

Die Rührung des Kapitäns hielt nicht lange an. Er humpelte an einer Krücke durchs Haus, schnaubte und brüllte herum, wenn der Schmerz in seiner Seite besonders heftig war, und hielt alle in Atem.

Sein Leben hatte sich drastisch verändert, und nun schmiedete er Pläne für die Zukunft.

Isabella begriff mit Schrecken, daß der Kapitän nie wieder zur See fahren würde. Petroc sollte das Kommando über sein Schiff übernehmen und sein Werk weiterführen; Petroc würde seinen Anteil an den erbeuteten Schätzen erhalten — einen großen Anteil. Aber alles übrige würde weiterhin dem Kapitän gehören.

Er vertraute Petroc, und durch die Heirat mit seiner Tochter wollte er den jungen Mann sogar zu seinem Sohn machen.

Am dritten Tag nach seiner Rückkehr weihte er Pilar in seine Pläne ein. Er lag auf seinem Bett — zu seinem großen Leidwesen war er gezwungen, viel zu ruhen — und Pilar saß neben ihm.

»Piller«, begann er, »ich möchte mit dir reden.«

Sie sah ihn erwartungsvoll an, und er konnte sich an ihrem schönen jungen Gesicht nicht satt sehen.

»Piller«, fuhr er fort, »ich bin ein Mann, der meistens seinen Willen durchgesetzt hat. Ich habe das Leben geführt, das ich führen wollte — das Meer war mein Leben! Ich werde nie wieder zur See fahren. Nein... Ich gleiche jetzt einem morschen lecken Kahn – ich wäre auf See zu nichts mehr nütze. Man muß gesund und stark sein, um in diesen unruhigen Zeiten über die Meere zu segeln. Mein Leben ist vorüber, Piller. Bei Gott, ich hätte den jungen Petroc verflucht, daß er mir das Leben gerettet hat, wenn es dich nicht gäbe, Piller. Du bist das einzige, was mich jetzt am Leben hält. Und ich werde dafür sorgen, daß du alles bekommst, was ich mir für dich wünsche. Du sollst sozusagen der Kapitän meines Schiffes sein... du, Piller, und sonst niemand!«

»Heißt das... willst du, daß ich zur See fahre?«

»Nein. Das wäre nichts für dich... Sieh mich doch an – mein häßliches Narbengesicht, meinen Beinstumpf, diese Schwertwunde! Das alles könnte auch dir auf See widerfahren. Ich habe mir früher oft vorgestellt, daß du – als Junge gekleidet – mit wehenden Haaren neben mir an Deck stehen könntest. Bei Gott, habe ich mir gesagt, sie ist dafür wie geschaffen. Mein Mädchen müßte bei mir auf meinem Schiff sein. Aber es würde nicht gutgehen, Piller. Ich möchte, daß du heiratest und Söhne hast. Das ist die Aufgabe einer Frau, und du – sogar du, mein Mädchen – bist nun einmal eine Frau. Söhne aufzuziehen... bei Gott, das ist eine genauso lohnende Aufgabe, wie Schätze zu erobern. Ich möchte, daß wir zusammen sind, Piller. Ich bin ein kranker Mann. Ich bin vor wenigen Wochen gesund und stark davongesegelt – und nun bin ich ein Wrack! So etwas ist durchaus keine Seltenheit, aber erst wenn es einem selbst widerfährt, weiß man, was es bedeutet. Piller, weißt du, was ich täte, wenn du nicht wärest? Ich nähme mein Schwert zur Hand und stieße es mir in den Leib, denn das Leben, das ich als Krüppel führen kann, hat für mich keinen Sinn.«

»Sag so etwas nicht! Du darfst so etwas nicht sagen!« rief sie und schüttelte heftig den Kopf, so als könne sie damit die Tränen in ihren Augen trocknen.

Er legte seine Arme um sie und drückte sie fest an sich.

»Ich tue es ja nicht, Piller. Ich werde weiterleben, mein

Mädchen. Und durch dich wird es trotz allem ein schönes Leben sein. Du bist meine Tochter, und solange ich dich habe, kann alles gut werden. Wir werden Partner sein, mein Mädchen. Wir werden unsere Schiffe aussenden und sie in die Bucht einlaufen sehen. Und sollten wir eines verlieren, werden zwei andere seinen Platz einnehmen. Und wenn ich einmal sterbe, werden deine Söhne da sein, um mein Werk fortzusetzen. Bei Gott, Piller, wir werden die Spanier von den Meeren vertreiben und ihnen alle Reichtümer, die sie aus ihren Kolonien nach Spanien schaffen, abjagen. Wir werden es für England und für die Königin tun − aber auch wir selbst werden ganz schön dabei profitieren.«

Er lachte triumphierend auf, als er ihre funkelnden Augen sah.

»Ich wußte, daß du mich nicht enttäuschen würdest, Piller. Hör zu. In vier Wochen wird unser Schiff wieder zum Auslaufen bereit sein. Petroc wird das Kommando übernehmen. Und wenn er zurückkommt, in etwa zwei Jahren, nehme ich an − möchte ich, daß du Petroc heiratest.«

»Nein, Käpt'n! Nicht Petroc!«

»Was hast du gegen ihn?«

»Ich mag ihn einfach nicht.«

»Ihn mögen! Petroc ist kein Mann zum Gernhaben. Ihn kann man nur lieben oder hassen. Er will dich haben, Piller. Und er wird dir Söhne schenken, die deiner würdig sind. Erzähl mir jetzt einmal, was in meiner Abwesenheit hier passiert ist. Deine Mutter hat dir doch wohl nicht einzureden versucht, daß dieses schwächliche Hardy-Jüngelchen einen guten Ehemann für dich abgeben würde − oder doch?«

»Wenn du damit Howard meinst«, erwiderte sie kühn, »ich werde ihn heiraten!«

»Nein!« Der Kapitän warf den Kopf zurück und lachte. »Das ist kindliches Gerede, Piller. Du und diesen Schwächling heiraten! Er ist nichts für dich, Piller-Mädchen, glaub mir das. Du bist in mancher Hinsicht noch ein kleines Mädchen − du verstehst noch nichts von Männern. Du hast romantische Vorstellungen, und du projizierst sie einfach auf den ersten Jungen, den du näher kennengelernt hast. Er paßt nicht zu dir, er ist bei weitem nicht gut genug für mein Mädchen Piller.«

»O doch, er ist gut genug für mich, Käpt'n. Er ist ein sehr guter Mensch, und wir haben beschlossen zu heiraten.«

»Nein, Mädchen, du wirst Petroc heiraten.«

»Petroc? Niemals! Ich hasse ihn.«

»Nun, für den Anfang ist es nicht schlecht, wenn du ihn haßt. Ich sage dir, in ein, zwei Jahren wirst du selbst erkennen, daß nur wenige Männer auf der Welt Petroc das Wasser reichen können, und am allerwenigsten dieser jämmerliche Papist von Hardyhall! Weißt du übrigens, Mädchen, daß soeben erst eine Verschwörung der Papisten aufgedeckt wurde? Sie wollten die Königin ermorden.«

»Ja, ich weiß«, sagte Pilar. »Gifford hat sie verraten.«

»Genau!« Er lachte, bis er einen hochroten Kopf bekam und sich mit schmerzverzerrtem Gesicht an die Wunde greifen mußte. »Wir haben unsere Spione in ihrer Mitte. Wie findest du das? Ein Jesuitenpriester als Spion! Das nenne ich Schläue!«

»Werden jetzt Häuser durchsucht werden?«

»O ja, man wird die Häuser durchsuchen und die Pfaffen aus ihren Verstecken rausholen. Die Gefängnisse in London sind schon voll mit ihnen. Zum Teufel mit diesem Gesindel! Nein, Mädchen, halt dich von Katholiken fern. Dreh diesem hübschen Jungen den Rücken zu und schau dir statt dessen lieber einen richtigen Mann an.«

»Käpt'n, ich werde Petroc niemals heiraten.«

Er lachte nur. Er nahm sie einfach nicht ernst.

Pilar wußte, daß das alte Leben vorüber war. Der Kapitän war die alles beherrschende Gestalt im Haus. Stundenlang saß er in seinem Stuhl auf dem Rasen und blickte aufs Meer hinaus. Alle fürchteten seinen Zorn, denn er schleuderte seine Krücke nach jedem, der seinen Unmut erregte – und er war sehr treffsicher. Zufrieden war er nur, wenn Pilar neben ihm saß. Dann redete er von der Zukunft und von den Schiffen, die sie haben würden. Er prägte ihr immer wieder ein, wie die Beute aufgeteilt werden mußte, welchen Anteil die Königin bekam, welchen der Kapitän, welchen die Männer. Er erzählte ihr von seinen Abenteuern, und Pilar segelte in ihrer Fantasie mit ihm über alle Meere.

Bess und Howard kamen nie zu Besuch, und wenn sie selbst in seltenen Fällen nach Hardyhall ging, mußte sie es heimlich tun; denn sie wußte, daß der Kapitän es ihr zwar vielleicht nicht verbieten, aber auf jeden Fall sehr verbittert sein würde, und sie wollte ihn nicht kränken.

Die aufgedeckte Verschwörung in London war auch in Devon das wichtigste Gesprächsthema. Es hieß, dies würde das Ende der schottischen Königin sein. Die Rädelsführer des Komplotts waren schon hingerichtet worden, und Maria Stuart würde die nächste sein.

Der Kapitän machte seinem Haß gegen die ›schottische Hure‹ wortreich Luft − mit Vorliebe in Isabellas Gegenwart; er schien es zu genießen, wenn sie zusammenzuckte.

Er ist sehr verletzt, dachte Pilar, und er will anderen weh tun, damit sie genauso leiden wie er selbst.

Sie wollte ihm helfen, denn seine Wutausbrüche gingen ihr genauso zu Herzen wie Howards Ängstlichkeit. Wenn sie mit dem Kapitän redete, hatte ihre Stimme einen zärtlichen Klang, und sie bat ihn immer wieder, ihr von seinen Fahrten zu erzählen; denn sie wußte, daß er dann jene abenteuerlichen Tage noch einmal durchlebte und vergaß, daß er in einem englischen Garten saß und nie wieder über die Meere segeln würde. Sie war ihm so ähnlich, daß sie gut verstehen konnte, was in ihm vorging.

Aber sie vergaß nie, daß sie ihm eines Tages einen großen Schmerz würde zufügen müssen, wenn sie sich weigerte, Petroc zum Manne zu nehmen, und statt dessen Howard heiratete.

Petroc suchte offenbar ihre Nähe, obwohl sie ihm deutlich zu verstehen gegeben hatte, daß sie ihn haßte. Es schien ihm nichts auszumachen, und er unternahm keinen Versuch, sie zu versöhnen. Er war überzeugt davon, daß sie ihn nach der nächsten Reise heiraten würde. Das war der Wunsch des Kapitäns. Auf See hatten alle Männer dem Kapitän widerspruchslos gehorcht, und er rechnete damit, daß alle im Hause es genauso bereitwillig tun würden.

Seine Blicke ruhten oft auf ihr, und das machte ihr Angst. Sie dachte jetzt oft an Carmentitas Erzählungen, wie sie, Bianca und Isabella aus ihrer Heimat entführt worden waren. Sie begann zu begreifen, zu welchem Zweck die Frauen mitgenommen worden waren, und ihr wurde auch klar, daß der Kapitän in seiner Jugend große Ähnlichkeit mit Petroc Pellering gehabt haben mußte.

Sie hatte jetzt Angst, sich nach Einbruch der Dunkelheit im Freien aufzuhalten. Sie wollte nicht riskieren, ihm wehrlos ausgeliefert zu sein.

Sie fragte Bianca, ob sie früher, als sie noch ein Wanderleben führte, Angst vor Männern gehabt hätte.

»Sehr oft sogar«, gab Bianca zu.

»Was hast du gemacht?«

Biancas Augen verengten sich zu Schlitzen. »Ich habe dafür gesorgt, daß ich mich im Notfall verteidigen konnte.«

»Und auf welche Weise, Bianca?«

»Wir Zigeunerinnen trugen ein Messer unter unseren Röcken, ein kleines Messer, aber scharf genug, um es einem Angreifer ins Herz stoßen zu können. Als ich dann zu deiner Mutter ins Haus kam, wurde es mir abgenommen. Damals glaubte ich, es ohnehin nicht mehr zu brauchen. Und dann kam ein Tag, an dem ich es dringend gebraucht hätte — aber ich hatte es nicht mehr...«

»Hast du es in Spanien gelassen?«

»Ja, aber ich fand ein anderes. Ich stahl es aus der Kajüte des Kapitäns, als wir nach England segelten.«

»Zeig es mir, Bianca.«

Bianca nahm sie in ihr Schlafzimmer mit und zeigte ihr das Messer.

»Oft genügt es schon, es nur zu zeigen«, erklärte Bianca. »Männer kämpfen meist nicht gern mit Frauen.«

Sie ging hinaus, ohne Pilar das Messer abgenommen zu haben.

Am nächsten Morgen sollte das Schiff auslaufen. Pilar lag in ihrem Bett und stellte sich vor, wie herrlich es sein würde, wenn Petroc endlich davongesegelt war. Endlich würde sie aufatmen und wieder ohne Furcht leben können. Sie würde dem Kapitän sagen, daß sie Howard heiraten mußte, weil sie es ihm versprochen hatte. Sie würde das Mädchen des Kapitäns sein, das mit ihm zusammen nach den einlaufenden Schiffen Ausschau hielt, und gleichzeitig würde sie Howards Frau sein.

Sobald Petroc erst einmal auf hoher See war, würde sie allen Schwierigkeiten und Aufgaben gewachsen sein.

Plötzlich zuckte sie erschrocken zusammen. Die Stufen der Treppe knarrten. Sie sprang aus dem Bett und konnte gerade noch einen Morgenrock überstreifen, bevor die Tür sich öffnete und *er* auf der Schwelle stand.

Im nächsten Moment schloß er die Tür und lachte sie an.

»Wie könnt Ihr es wagen, hier einzudringen? Verschwindet auf der Stelle!«

»Ich bin doch gerade erst gekommen.«

»Verschwindet! Verschwindet!« keuchte sie.

Er stand immer noch bei der Tür und schien sich köstlich zu amüsieren.

»Was wollt Ihr hier überhaupt?«

»Bei Euch sein«, antwortete er.

»Hier?«

»Ich wüßte keinen besseren Ort.«

»Verlaßt augenblicklich dieses Zimmer! Ich werde Euch niemals heiraten. Merkt Euch das ein für allemal!«

»Ich weiß, daß Ihr diesem papistischen Jüngelchen versprochen habt, ihn zu heiraten.«

»Wen ich heirate, geht Euch überhaupt nichts an!«

»Es geht mich sogar sehr viel an, denn Ihr werdet *mich* heiraten.«

»Niemals. Ich hasse Euch. Ich hasse Euch ohne Unterlaß bei Tag und bei Nacht!«

»Ihr denkt also ständig an mich?«

»Nur aus Haß.«

»Es ist mir lieber, wenn Ihr mich haßt, als wenn Ihr mich vergessen würdet.«

»O doch, ich vergesse Euch. Ich verschwende keinen Gedanken an Euch.«

»Ihr widersprecht Euch, meine liebe Piller.«

Er kam langsam auf sie zu. Ihr Herz klopfte zum Zerspringen. »Geht ... geht!«

Sie hatte laut schreien wollen, brachte aber nur ein Flüstern hervor. »Geht, Ihr Pirat ... Ihr Seeräuber!«

»Es ist reine Energieverschwendung, gegen einen Seeräuber kämpfen zu wollen, Piller. Sie nehmen sich immer, was sie wollen, ob sie es nun freiwillig bekommen oder unter Anwendung von Gewalt.«

»Der Kapitän würde Euch umbringen«, murmelte sie.

»Der Kapitän versteht mich.«

Da griff sie nach Biancas Messer, das auf ihrem Nachttisch lag, und sie erkannte, daß sie im Unterbewußtsein mit so etwas gerechnet und deshalb das Messer behalten hatte.

»Ich werde Euch töten!« rief sie.

Er starrte verwundert auf das Messer in ihrer Hand, dann begann er zu lachen und bereitete seine Arme aus. »Na los, dann stoßt zu!«

Sie konnte nicht verhindern, daß ihre Hand heftig zitterte, als sie langsam den Arm hob. Er packte sie fest am Handgelenk, und das Messer fiel zu Boden.

»Seht Ihr, Piller, es war völlig sinnlos ... wie ich Euch gesagt habe.«

Er nahm sie in seine Arme. »Haßt du mich wirklich so sehr?« flüsterte er.

Irgendein neues unerklärliches Gefühl überkam sie. Sie fühlte die Tränen in ihren Augen und schämte sich ihrer. Dies war nun schon das zweite Mal, daß andere sie weinen sahen — sie, die immer so stolz darauf gewesen war, daß niemand sie je auch nur eine Träne vergießen sah.

Er legte sie sanft auf das Bett, beugte sich über sie und küßte sie zärtlich.

»Na, na, Piller, kleine Piller, hab keine Angst. Du

brauchst vor mir doch keine Angst zu haben. Du bist noch ein Kind. Warte auf mich. Das ist alles, worum ich dich bitte.«

Dann verließ er ihr Zimmer, und sie weinte lange Zeit leise vor sich hin, ohne den Grund dafür zu wissen.

Am nächsten Morgen stach sein Schiff in See.

VII
Devon, 1587 und 1588

Es war Spätfrühling, als Domingo und Blasco mit Charlie Monk Devon erreichten. Die Wiesen waren mit Blumen übersät, und das saftige Grün des Grases entzückte sie nach ihrem langen Gefängnisaufenthalt.

Sie waren nach Domingos erster Unterredung mit Walsingham nicht sofort freigelassen worden, denn Domingo hatte um Bedenkzeit gebeten, und sie war ihm gewährt worden.

Niemals würde er jene langen Wochen vergessen, als das Wetter immer unfreundlicher und kälter und seine Zelle immer feuchter wurde, und als er stundenlang auf den Knien lag und betete, daß Gott ihm den richtigen Weg weisen möge.

Jene widerstreitenden Stimmen in seinem Innern waren lauter denn je gewesen. Die eine verlangte von ihm, unter gar keinen Umständen seinen Glauben und sein Land zu verraten; die andere erinnerte ihn an die Seelen, die er noch retten könnte. »Es ist Gottes Wille.« Immer und immer wieder hörte er jene Stimme. »Als toter Mann kannst du Gott nicht mehr dienen. Du mußt leben und viele Menschen zu Ihm bekehren; Seelen ertrinken in den Meeren der Häresie, und es ist deine Aufgabe, ihnen die Rettungsleine zuzuwerfen. Gott will nicht, daß du wie Babington und die anderen den Tod erleidest. Wem sollte das etwas nützen?«

Aber er hatte die endgültige Entscheidung immer wieder hinausgeschoben, obwohl ihm jedesmal der Schweiß ausbrach, wenn seine Zellentür geöffnet wurde, weil er befürchtete, gefoltert zu werden. Er hatte Angst, daß er — um den unerträglichen Qualen zu entrinnen — seinem Glauben abschwören und alles, was er für gut und richtig hielt, verleugnen könnte.

Charlie Monk hatte ihn im Gefängnis besucht und ihm erzählt, daß er auf Wunsch von Lady Aldersly nun nicht mehr in Sir Erics Diensten stehe, sich mit Gelegenheitsarbeiten durchschlagen müsse und von ganzem Herzen hoffe, daß Vater Carramadino ihn nach seiner Freilassung als Diener würde gebrauchen können.

Domingo hatte ihm bewegt für seine Treue gedankt und ihm gesagt, daß er ihn mit Freuden in seine Dienste nehmen werde, falls er jemals aus dem Gefängnis freikäme.

»Ich bete zu allen Heiligen, daß das bald der Fall sein wird«, hatte Charlie leidenschaftlich gerufen. »Ich bete darum, daß Ihr und Charlie und Euer mutiger Bruder bald zusammen durchs Land reiten und viele Seelen vor der ewigen Verdammnis retten können.«

Domingo hatte das Gefühl gehabt, daß der Mann trotz seiner zur Schau getragenen Fröhlichkeit Angst hatte. Er braucht mich, dachte er. So viele Menschen brauchen mich. Kann ich Gott nicht besser dienen, wenn ich weiterlebe, anstatt für den Glauben zu sterben?

Und so hatte er schließlich seine Entscheidung getroffen.

Die Instruktionen, die er daraufhin erhielt, hatten an Deutlichkeit nichts zu wünschen übriggelassen.

»Ihr werdet Euch nach Devon begeben, in ein Haus namens Hardyhall. Wir glauben, daß sehr viele Jesuiten bei ihrer Ankunft in England dort Obdach finden. An der Südostküste zu landen, wird ihnen allmählich zu gefährlich, deshalb nehmen sie eine längere Seereise in Kauf und gehen an der Küste von Devon an Land. Sie glauben, daß wir dort weniger wachsam sind. Diese Priester, die zum großen Teil direkt aus Spanien kommen, müssen über viele Informationen verfügen, die für uns sehr wertvoll sein können. Eure Aufgabe wird es sein, uns diese Informationen unverzüglich zukommen zu lassen. Schickt diesen Charles Monk, der Euch ja bestens bekannt ist, mit Euren Botschaften zu einem bestimmten Haus im Moor. Monk ist ein armer einfältiger Bursche, der zum Katholizismus konvertiert ist. Ihr wundert Euch vielleicht, warum wir ihn nicht verhaften, nachdem er ja ein Verräter ist; aber er ist so unbedeutend, daß wir ihn frei herumlaufen lassen. Was uns am meisten interessiert, sind Neuigkeiten aus Spanien, speziell alles, was mit der Armada zusammenhängt. Jeder Hinweis darauf, wann der Angriff erfolgen soll, jede zufällig in einer Taverne aufgeschnappte Bemerkung können für uns von großer Bedeutung sein.«

»Ihr verlangt von mir, mein Heimatland und meinen Priesterstand zu verraten!« hatte Domingo unwillkürlich ausgerufen.

»Ihr wollt doch Euer Leben retten, oder etwa nicht?« war die lapidare Antwort.

Domingo sollte in Hardyhall einen Priester ablösen, der jahrelang dort gelebt hatte, aber nun ins Englische Collegium in Rom zurückberufen wurde. Offiziell würde Domingo in diesem Haus die Stelle eines Lehrers für die Kinder der Familie übernehmen. Sein Bruder sollte die Rolle des Sekretärs spielen, und Charlie würde sie als Diener begleiten.

Falls er noch irgendwelche Zweifel an der effizienten Arbeitsweise seiner neuen Auftraggeber hege, war Domingo erklärt worden, brauche er sich nur einmal zu fragen, wie es möglich gewesen war, daß man über jeden seiner Schritte in England Bescheid gewußt hatte, und daß Mr. Heath genau im richtigen Moment nach Rom zurückgerufen wurde. »Wenn es darum geht, Informationen zu bekommen, ist mir kein Preis zu hoch und jedes Mittel recht«, hatte Sir Francis Walsingham betont. »Und falls Euch jemals der Gedanke kommen sollte, uns hintergehen zu wollen, so denkt an St. Giles's Field, und dann werdet Ihr als kluger Mann auf solche Torheiten gewiß verzichten. Vielleicht kann Euch die Tatsache trösten, daß nicht nur in England, sondern auch auf dem ganzen Kontinent sehr viele Menschen – größtenteils solche, von denen man es am wenigsten erwarten würde – für den englischen Staatssekretär arbeiten.«

Domingo war gründlich geschult worden. Er hatte einen

Geheimcode lernen müssen, in dem seine Mitteilungen abgefaßt werden sollten. Keine Person durfte darin mit Namen erwähnt werden, sondern nur mit bestimmten Deckworten.

Charlie hatte ihn mehrmals im Gefängnis besuchen dürfen, und als Domingo freigelassen wurde, erwartete er ihn am Tor.

»Oh, auf Charlie könnt Ihr Euch immer verlassen!« Domingo hatte ihn noch nie so frohgemut erlebt. »Ich hatte doch versprochen, Euch bei Eurer Freilassung zur Verfügung zu stehen – Euch und Eurem Bruder.«

»Blasco ist also auch frei?«

»Er wird morgen entlassen. Macht Euch keine Sorgen, Vater. Ab jetzt kümmert sich Charlie um alles.«

Monk hatte ein einfaches Zimmer in einer Taverne in Lad's Lane gemietet.

»Es ist nicht ganz das Richtige für Euer Ehrwürden, aber ich konnte nichts Besseres finden, und Ihr hattet mir ja gesagt, daß wir ohnehin bald abreisen werden.«

»Sehr bald.«

Am nächsten Tag war auch Blasco in dieses Zimmer gekommen – bleich und hager, vom Leiden gezeichnet. Er war im Gefängnis nicht gefoltert worden; gepeinigt hatten ihn nur seine eigenen Gedanken, denn er hatte in der Poultry die Nachricht von Julies Tod erhalten. Das Wiedersehen bereitete beiden Brüdern große Freude, obwohl Blasco etwas verwirrt war. »Ich kann sie beim besten Willen nicht begreifen«, sagte er. »Was sind das nur für seltsame Menschen? Sie nehmen uns fest, werfen uns ins Gefängnis – und lassen uns plötzlich wieder frei.«

»Wir sind ihnen vermutlich nicht wichtig genug«, sagte Domingo.

»Immerhin waren wir ihnen so wichtig, daß sie Sir Erics Haus nach uns durchsuchten.«

»Vielleicht glaubten sie dort jemand anderen zu finden – eine bedeutendere Persönlichkeit.« Domingo konnte seinem Bruder nicht ins Gesicht sehen. »Aber zerbrechen wir uns lieber nicht die Köpfe über ihre Beweggründe. Vor uns liegt viel Arbeit. Es gibt Häuser, wo wir sehnlichst erwartet werden.«

»Wie hast du das erfahren?«

»Im Gefängnis waren noch andere Priester, zwei von ihnen in der Zelle direkt neben mir. Unser Wärter war kein übler Bursche und ließ mich manchmal zu ihnen gehen. Sie sprachen von der wichtigen Arbeit, die ich tun könnte, wenn ich freikäme. Und sie gaben mir Namen von Leuten, die mich bereitwillig aufnehmen würden. Und jetzt habe ich von einer Familie im Westen des Landes gehört, die mich dringend bittet, für einige Zeit zu ihr zu kommen, weil ihr bisheriger Priester nach Rom abberufen wurde.«

»Wir haben wirklich phänomenales Glück. Ich kann es immer noch kaum glauben. Die Engländer müssen verrückt sein, uns so einfach laufen zu lassen.«

»Danken wir Gott für ihre Verrücktheit«, sagte Charlie.

Und so hatten sie sich auf den Weg gemacht und waren durch die Grafschaften Hampshire und Somerset nach Devon geritten. Sie sahen unterwegs viel Schönes, aber sie konnten es nicht von Herzen genießen, denn sowohl Domingo als auch Blasco wurden von Schuldgefühlen gepeinigt.

Nur Charlie war glücklich und sang beim Reiten oft frohe Lieder.

Blasco war nicht nach Singen zumute. Sie ist gestorben, dachte er immer wieder, weil sie mich sehen wollte. Warum wollte sie mich unbedingt besuchen?

Er stellte sich ihr friedliches Leben im Kreis jener Hugenotten vor, bei denen er sie zurückgelassen hatte. Warum nur hatte sie das Bedürfnis gehabt, zu ihm ins Gefängnis zu kommen und dadurch ihre eigene Freiheit zu gefährden? Törichte Julie! Unbesonnene, leichtsinnige Julie! Nie zuvor hatte er sie in diesem Licht gesehen.

Sie hatte ihn nicht geliebt — oder vielleicht doch, auf ihre Weise?

Was habe ich mit Julie falsch gemacht? fragte er sich. Was hätte ich anders machen sollen? Hätte ich sie damals in der

Rue Béthisy den Mördern überlassen sollen? Wäre ihr dadurch nicht viel Leid erspart geblieben? Hätte ich mich nie in jenes Haus begeben sollen? Hätte ich in jener Nacht in meinem Gasthofzimmer bleiben sollen wie ein guter Katholik? Aber kein guter Katholik war in der Bartholomäusnacht im Haus geblieben. Die guten Katholiken waren mit blutigen Schwertern durch die Straßen von Paris gerannt.

Wie ganz anders hätte mein Leben ausgesehen, wenn ich ein guter Katholik gewesen wäre! Ich wäre in meine Heimat zurückgekehrt, hätte eine passende Frau geheiratet — selbstverständlich eine Katholikin — und mit ihr eine harmonische Ehe geführt. Viele leidvolle Jahre wären mir dann erspart geblieben.

Die Erinnerungen an Julie würden ihn sein Leben lang verfolgen: Julie auf dem Dach; Julie in seinen Armen, während auf der Straße die Prozession zum Friedhof vorüberzog; Julie, die auf seinem Bett kniete, während sie beide auf die Schritte auf der Treppe lauschten; und schließlich Julie, zu Tode getrampelt von der Menge, die sich Babingtons Hinrichtung nicht entgehen lassen wollte.

Sie ritten jetzt durch eine Moorlandschaft, und beim Anblick der goldgelben Stechginsterbüsche und der kleinen silbrigen Bäche fragte er sich: Was haben wir hier eigentlich zu suchen? Domingo soll eine Mission ausführen, für die er jahrelang geschult wurde, und ich... ich soll meinem Land als Spion dienen.

»Bald wird Plymouth vor uns liegen«, rief Charlie. »Wenn ich mich recht entsinne, Vater, so habt Ihr gesagt, daß das Haus etwas außerhalb der Stadt liegen soll.«

»Ja«, bestätigte Domingo. »Unsere Reise ist also fast zu Ende.«

»Bist du sicher, daß wir dort bleiben werden?« fragte Blasco.

»Es gibt Arbeit für mich in Hardyhall«, erwiderte Domingo.

»Ah, und was für Arbeit!« rief Charlie enthusiastisch. »Es gilt, Seelen zu retten, sie dem Teufel aus den Klauen zu reißen!«

»Wir werden also in unmittelbarer Nähe des Meeres sein«, stellte Blasco fest und dachte bei sich: Domingo hat Instruktionen erhalten, sich in dieses Haus zu begeben. Es ist ein katholisches Haus, und es hat eine außerordentlich günstige Lage. Plymouth ist der Ausgangspunkt für Expeditionen in den Pazifik, nach Mexiko und Amerika.

Nun wurde Blasco einiges klar. Während Domingo Menschen überreden sollte, ihren Glauben zu wechseln, sollte er selbst Informationen über den Schiffsverkehr im Sund sammeln.

Von ihm wurde erwartet, daß er gegen die Engländer arbeitete, die so töricht gewesen waren, ihn freizulassen. Er sollte für die Rückkehr Englands zum katholischen Glauben arbeiten, er sollte mithelfen, die Heilige Inquisition auf englischem Boden einzuführen.

Ein kalter Schauder lief ihm über den Rücken. Er hatte nicht die geringste Lust zu dieser Aufgabe. Seit jener Nacht in Paris fühlte er sich dem Katholizismus entfremdet, weil er die im Namen der Religion begangenen Greueltaten verabscheute. Er war kein guter Katholik mehr, aber der Protestantismus stand ihm genauso fern wie der Glaube seiner Väter. Er haßte Gewalt und Grausamkeit und wollte sich nicht daran beteiligen müssen. Gleichzeitig war er sich jedoch der tiefen Lethargie bewußt, die von ihm Besitz ergriffen hatte. Er glich den Grashalmen, die im Winde schwankten.

Er hatte Bianca geliebt, und er hatte sie verloren. Er hatte es als seine große Lebensaufgabe angesehen, Julie zu beschützen, und nun lebte Julie nicht mehr, und ihm war alles ziemlich gleichgültig. Vermutlich würde er tun, was von ihm verlangt wurde, ohne sich allerdings übermäßig einzusetzen. Er würde einfach von einem Tag zum anderen leben.

Hardyhall kam in Sicht. Domingo und Blasco waren am Ziel.

Sie wurden von Sir Walter und Lady Hardy herzlich willkommen geheißen und in einen Wintersalon geführt, wo man ihnen sogleich eine gute Mahlzeit servierte.

Charlie bekam im Dienstbotentrakt Roastbeef und einen Krug Apfelmost vorgesetzt. Er plauderte fröhlich drauflos und erzählte von der weiten Reise, die er mit seinem Herrn gemacht hatte, der die Kinder des Hauses unterrichten würde. Er sagte, er habe noch nie so dicht am Meer gewohnt, er stamme aber aus London, wo viele Schiffe den Fluß befuhren, so große Schiffe, wie man sie hier im Sund bestimmt nie zu sehen bekäme. Die Dienstboten protestierten empört und überboten sich mit Schilderungen des Hafens und der Schiffe, die von hier aus in die Ferne segelten.

Währenddessen versicherten Lady Hardy und Sir Walter ihren Gästen, wie sehr sie sich über ihr Kommen freuten.

»Wir hatten Vater Heath sehr gern«, sagte Lady Hardy. »Er war so lange bei uns. Es war ein schwerer Schlag, als er nach Rom abberufen wurde.«

»Wir Priester werden oft an unsere Universitäten versetzt«, erklärte Domingo, »zumal wenn jemand so lange im Dienst ist wie Vater Heath.«

»Wir waren zutiefst erschüttert, als wir erfuhren, daß das Heilige Unternehmen fehlgeschlagen ist«, sagte Sir Walter. »Wie schrecklich, daß sich ausgerechnet an der entscheidenden Stelle ein Verräter eingeschlichen hatte!«

»Ihr habt davon gehört?«

»O ja. Wir sind gut informiert. Wir wurden gewarnt, kurz nachdem Babington zu Walsingham vorgeladen worden war – und wie Ihr bestimmt wißt, wurde er unmittelbar darauf verhaftet. Es war ein schrecklicher Schlag, als wir hörten, daß Gilbert Gifford der Verräter war. Wie konnte er als Jesuit und Priester nur so etwas tun? Inzwischen haben wir erfahren, daß Walsinghams Leute ihn festgenommen hatten und er sich bereit erklärte, für den Staatssekretär als Spion zu arbeiten, um sein Leben zu retten. Wer hätte es für möglich gehalten, daß ein Priester auf einen solchen Handel eingehen könnte?«

Domingo hatte das Gefühl, als müßten alle sein rasendes Herzklopfen hören. Mit großer Mühe brachte er hervor: »Die Menschen sind nun einmal schwach.«

»Aber Priester!« rief Lady Hardy. »Priester! Durch seine

Schuld ist unsere Königin jetzt tot. Wie ich hörte, ist sie tapfer und gefaßt gestorben, obwohl der Henker dreimal zuschlagen mußte, um ihren Kopf vom Rumpf zu trennen. Und wir dürfen nicht einmal Trauerkleidung tragen!«

»Wir können aber in unseren Herzen um sie trauern«, sagte Sir Walter.

»Wir haben hier viele Besucher«, berichtete Lady Hardy. »Sie bleiben nur kurze Zeit, und wir bemühen uns, ihren Aufenthalt geheimzuhalten. Wir lassen die Tür zur Kapelle unverschlossen, damit sie auf diesem Weg ins Haus gelangen können. Die Kapelle eignet sich hervorragend für solche Zwecke. Es gibt dort einen kleinen Raum — wir nennen ihn den Winkel — der von draußen durch eine efeubewachsene Tür erreicht werden kann. In diesem Winkel kann sich ein Mann verstecken, ohne von der Kapelle aus gesehen zu werden. Wenn dann die Luft rein ist, kann er schnell über eine kleine Treppe direkt in die Wohnräume gelangen. Wir wollen nicht, daß die Dienstboten mehr als unbedingt notwendig wissen, was im Haus vorgeht. Man sollte immer vorsichtig sein, und nach dieser schrecklichen Gifford-Affäre werde ich nur noch sehr wenigen Menschen Vertrauen schenken. Ihr müßt wissen, Vater, daß wir unter dem Kapellenboden ein gutes Versteck haben. Vater Heath konnte seinen Verfolgern einmal entkommen, indem er dort ausharrte, bis sie ihre Suche aufgegeben hatten. Wir müssen es Euch gleich heute nacht zeigen. Man weiß nie, wann Ihr davon Gebrauch machen müßt.«

»Hoffen wir, daß es niemals notwendig sein wird.«

»Natürlich hoffen wir das auch«, sagte Sir Walter. »Aber wir sind nun schon auffallend lange von den Belästigungen der Verfolger verschont geblieben.«

»Vielleicht wird sich die Lage jetzt etwas entspannen«, meinte Blasco. »Nachdem die Königin von Schottland tot ist, müßte es eigentlich weniger Verschwörungen geben, denn sie stand ja stets im Mittelpunkt aller Umsturzpläne.«

Lady Hardys Augen glühten vor wildem Fanatismus. »Nur keine Bange, wir werden einen neuen Mittelpunkt finden! Unsere Aufgabe ist es, den Katholizismus in England wieder einzuführen.«

»Ich nehme an, daß Vater Carramadino die Kinder kennenlernen möchte«, sagte Sir Walter.

»Sehr gern«, antwortete Domingo. »Schließlich bin ich ja offiziell hier, um ihnen Unterricht zu erteilen.«

»Sie sind eigentlich keine Kinder mehr«, erklärte Lady Hardy. »Howard ist fast achtzehn, und Bess hat ihren vierzehnten Geburtstag auch schon hinter sich.«

Sie klingelte und schickte einen Diener nach den jungen Leuten. Dann erklärte sie fast im Flüsterton: »Howard besucht regelmäßig die Messe. Er ist ein guter Katholik und sehr verschwiegen. Aber meine Tochter habe ich aus Angst nicht allzu oft teilnehmen lassen. Ich weiß, daß ich ein Feigling bin, aber ich wollte sie möglichst lange vor Gefahr bewahren. Vater, vergebt mir diese Feigheit. Sie ist meine Tochter und...«

»Ich verstehe Euch sehr gut«, fiel Domingo ihr ins Wort. »Ihr braucht Euch wirklich nicht zu entschuldigen. Wir alle haben unsere Ängste.«

Howard und Bess betraten das Zimmer.

»Dies sind Vater Carramadino und sein Bruder«, stellte Lady Hardy vor. »Meine beiden Kinder – Howard und Bess.«

Bess machte einen Knicks; Howard verbeugte sich.

»Nachdem wir jetzt Vater Carramadino bei uns haben«, fuhr Lady Hardy fort, »werden wir uns gewiß leichter mit dem Verlust von Vater Heath abfinden. Aber denkt daran – ihr dürft ihn nur mit ›Vater‹ anreden, wenn wir ganz unter uns sind wie jetzt. Ansonsten ist er immer Mr. Carramadino, und sein Bruder ist Mr. Blasco. Kommt, setzt euch und unterhaltet euch mit unseren Gästen. Später könnt ihr ihnen das Haus zeigen. Und vor allem, Kinder – vergeßt nicht, ihnen zu zeigen, daß ihr gute Katholiken seid.«

Blasco fühlte sich etwas unbehaglich. Er mußte an den leidenschaftlichen Kampf seiner Mutter um ihren Enkel denken. Auch Lady Hardy war eine religiöse Fanatikerin.

Seit der Kapitän ständig zu Hause war, mußten sich Pilar und Roberto heimlich mit Howard und Bess treffen. Sie schlenderten dazu einfach zu einer kleinen Lichtung auf den Klippen und hofften, daß ihre Freunde ebenfalls dorthin kommen würden.

Der Kapitän hatte schon immer eine Abneigung gegen die Hardys gehabt, und sie war mit den Jahren nur noch größer geworden. Als er von der Hinrichtung in Fotheringay erfahren hatte, war auf dem Feld hinter dem Haus ein großes Freudenfeuer entzündet worden, eine mit Lumpen ausgestopfte Puppe in einem Rock mit Schottenkaro war von den Dienstboten in die Flammen geworfen worden, und sämtliche Hausbewohner hatten sich bei den Händen gefaßt und um dieses Feuer getanzt.

Der Kapitän war mit seiner Krücke herumgehüpft und hatte sie angefeuert, die schottische Hure zu verfluchen. Er wußte genau, daß in Hardyhall über dieses für ihn so freudige Ereignis tiefe Trauer herrschte.

Die Hardys würden immer seine Feinde sein, und es stimmte ihn alles andere als freundlich, daß seine Frau den Wunsch gehabt hatte, seine Tochter mit dem Sohn jenes Hauses zu verheiraten. Noch mehr erfüllte es ihn aber mit Haß, daß seine Piller gegen diese Verbindung absolut nichts einzuwenden hatte.

Er sagte Piller nichts von all dem, denn er wollte keine Verstimmung zwischen ihnen beiden heraufbeschwören. Es war ganz neu für ihn, seine Worte abwägen zu müssen, ein junges Mädchen — und noch dazu seine eigene Tochter — behutsam beeinflussen zu müssen, anstatt einfach mit der Faust auf den Tisch zu schlagen und einem zitternden Geschöpf Gehorsam zu befehlen. Nie hätte er es für möglich gehalten, daß er Angst vor einem Zerwürfnis mit Piller haben könnte.

Die jungen Leute trafen sich also heimlich, und als sie an diesem Nachmittag wieder einmal im Gras lagen, aufs Meer hinausblickten und sich unterhielten, kam zufällig Blasco vorbei.

Er sah Howard und Bess, aber da sie ihn nicht besonders

interessierten, wollte er ihnen nur einen kurzen Gruß zurufen und weitergehen, als sein Blick auf die beiden anderen Halbwüchsigen fiel. Sie erregten sogleich seine Aufmerksamkeit. Das Mädchen war ungewöhnlich reizvoll durch den Kontrast zwischen den hellen Haaren und den großen schwarzen Augen, und auch der Junge war für England eine auffallende Erscheinung. Er war dunkel wie ein Spanier, aber vielleicht war es jener leichte Zigeunereinschlag in seinem Äußeren, der Blasco letztlich veranlaßte stehenzubleiben.

»Na sowas! Das ist ja Mr. Blasco«, rief Bess.

Howard sprang rasch auf. Roberto folgte gemächlich seinem Beispiel. Pilar blieb liegen, betrachtete den Fremden aber aufmerksam.

»Er wohnt bei uns«, erklärte Bess. »Er heißt Mr. Blasco Carramadino, aber wir nennen ihn nur Mr. Blasco, weil er noch einen älteren Bruder hat.«

»Ich wünsche allerseits einen guten Tag«, sagte Blasco. »Setzt Euch doch bitte wieder und stellt mir Eure Freunde vor.«

Das Mädchen ergriff sofort selbst das Wort. »Ich bin Pilar, die Tochter des Kapitäns, und dies ist mein Bruder Roberto.«

»Pilar! Roberto! Das sind doch keine englischen Namen.«

»Ihr habt recht«, sagte Pilar, die den Neuankömmling nicht aus den Augen ließ. Sie fragte sich, ob er wohl Priester war, ob er bei Nacht an Land gegangen war, ob es ungefährlich für ihn war, tagsüber spazierenzugehen. »Es sind spanische Namen.«

»Ihr seid also Spanier! Ich auch.«

Pilar bemerkte, daß Howard sich sehr unbehaglich fühlte, und das bestärkte sie in ihrer Meinung, daß es sich bei diesem Mann um einen der geheimnisvollen Gäste der Hardys handeln mußte.

»Seid Ihr schon lange in England, Mr. Blasco?« erkundigte sie sich.

»Viele Monate.«

»Und Ihr seid aus Spanien hergekommen? Ich weiß

ziemlich viel über Spanien, weil ich ja eine halbe Spanierin bin.«

»Pilars Mutter kommt oft nach Hardyhall«, erklärte Howard, »in die... in die Kapelle.«

»Und Robertos Mutter kommt ebenfalls«, fuhr Bess fort. »Nur nicht so oft wie Pilars Mutter.«

»Ich verstehe«, sagte Blasco. »Und geht Ihr beide auch hin?«

»Früher haben wir manchmal in Hardyhall gespielt«, berichtete Pilar. »Beim allerersten Mal sind wir unbefugt über die Mauer geklettert und haben uns im Nußbaumgehölz versteckt. Auf diese Weise haben wir Howard und Bess kennengelernt.« Sie lachte. »Und dann haben wir alle zusammen gespielt. Lady Hardy war sehr nett zu uns. Sie sagte, wir könnten jederzeit wiederkommen. Aber jetzt gehen wir nicht mehr hin, weil der Kapitän zu Hause ist.«

»Ihr sagtet, Ihr wäret die Tochter des Kapitäns?«

»O ja. Er ist der größte Kapitän aller Zeiten. Wenn er nach Hause kam, waren seine Schiffe immer mit Schätzen beladen... Kein Mensch vor ihm hat solche Schätze erobert; wir konnten sie vom Ufer aus in der Bucht funkeln sehen.«

»Pilar übertreibt ein wenig«, sagte Roberto mit einem charmanten entschuldigenden Lächeln. »Wir müssen Fremde immer warnen, daß man von allem, was sie erzählt, höchstens die Hälfte glauben kann – meistens noch viel weniger.«

»Roberto! Ich hasse dich!«

Amüsiert fragte Blasco: »Seid Ihr nicht untröstlich, daß eine so schöne junge Dame Euch haßt?«

Pilar fühlte sich sehr geschmeichelt über dieses indirekte Kompliment.

»Ach nein, sie meint es ja nicht ernst«, antwortete Roberto. »Pilar redet ständig von Haß und Liebe und fällt von einem Extrem ins andere.«

»Vielleicht ist ihr spanisches Blut schuld daran.«

»Roberto ist auch ein halber Spanier, aber er ist kein bißchen temperamentvoll«, widersprach Pilar. »Und der Kapitän ist sehr temperamentvoll, obwohl er Engländer ist. Roberto ist so phlegmatisch, daß es mich wütend macht. Ich bemühe mich immer, ihn aus der Ruhe zu bringen.«

»Roberto ist nicht phlegmatisch«, verteidigte ihn Bess. »Er ist nur ausgeglichen und freundlich. Er würde nie sagen, daß er jemanden haßt, weil er die Menschen nicht verletzen will.«

»Warum besucht Ihr beide Howard und Bess nicht mehr, seit der Kapitän zu Hause ist? Will er es nicht?«

»Das kann man wohl sagen!« rief Pilar und fügte hinzu: »Oh, Howard, schneid mir doch nicht solche Grimassen! Wenn er in Hardyhall wohnt, wird es ihm ja doch zu Ohren kommen. Ihr müßt wissen, Mr. Blasco, daß Howard und ich heiraten wollen. Sir Walter und Lady Hardy sind damit einverstanden, aber der Kapitän ist absolut dagegen.«

»Ihr seid ein so bezauberndes Paar«, sagte Blasco, »so reizvoll gegensätzliche Naturen, daß ich nicht so recht verstehen kann, warum der Kapitän gegen diese Heirat ist.«

»Er hat andere Pläne für mich.« Pilars Gesicht verdüsterte sich. Sie sah Petroc im Laderaum des Schiffes; sie sah ihn in ihrem Schlafzimmer. Ein leichter Schauer überlief sie, doch dann schüttelte sie energisch den Kopf. »Ich werde aber heiraten, wen ich will!« rief sie. »Nicht einmal der Kapitän kann mich davon abhalten.«

»Ich habe den Eindruck, daß kein Mensch Euch von etwas abhalten kann, was Ihr Euch erst einmal in den Kopf gesetzt habt.«

»Ihr habt einen scharfen Blick«, lachte Roberto.

»Seid Ihr ein Seemann?« fragte Pilar.

»Nein, ich bin eine Landratte.«

»Aus welchem Teil von Spanien kommt Ihr?«

Roberto sah sich zu einer weiteren Erklärung genötigt. »Mr. Blasco, Ihr dürft Euch nicht wundern, daß Pilar allein das Reden besorgt; das ist immer so. Wir wissen, daß sie uns ohnehin nie ausreden läßt, deshalb sparen wir uns die Mühe von Anfang an und lassen sie Monologe halten.«

»Eure Freunde hänseln Euch!« sagte Blasco zu Pilar.

»Sollen sie ruhig! Meistens bin ich es, die sie hänselt. Als wir klein waren, habe ich sie zu allen möglichen Spielen gezwungen. Aber Ihr wolltet uns erzählen, woher Ihr kommt.«

»Ich bin nicht weit von Sevilla zu Hause.«

»Sevilla!« rief Roberto. »Das ist die Gegend, die *la tierra de Maria Santisima* genannt wird.«

»Stimmt. Wer hat Euch das erzählt?«

»Meine Mutter.«

»Kommt Eure Mutter denn aus jener Gegend?«

»Meine Mutter ist viel herumgekommen.«

»Und meine Mutter hat in einem großen Haus in der Nähe der Stadt Jerez gelebt. Kennt Ihr Jerez, Mr. Blasco? Es gibt dort viele Weinberge und den besten Wein der Welt.«

»Ich kenne diesen Landstrich sehr gut. Wann war Eure Mutter zuletzt in Jerez? Vielleicht kenne ich ihre Familie.«

Es war Roberto, der schließlich antwortete, denn Pilar war mit einemmal eigenartig still geworden. »Sie sprechen nicht oft davon, Mr. Blasco.«

»Sie sprechen nicht oft über Spanien? War es falsch von mir zu fragen?«

»Es ist nicht Eure Schuld«, murmelte Pilar. »Ihr konntet ja nicht wissen, daß der Kapitän das Haus meiner Mutter niedergebrannt und sie, Bianca und Carmentita nach England entführt hat.«

Alles Blut wich aus Blascos Gesicht. Er konnte noch nicht glauben, was er soeben gehört hatte. Bestimmt hatte nur sein Wunschdenken ihm einen Streich gespielt, hatte er sich diesen Satz nur eingebildet.

Dann hörte er sich selbst auf spanisch sprechen: »Wer ist Eure Mutter? Wie ist der Name des Kapitäns? Wann ist das alles geschehen? Um Gottes willen, sagt es mir schnell!«

Alle sahen ihn verwundert an.

Schließlich ergriff Roberto das Wort. »Wir sprechen nicht gut spanisch. Wir haben von unseren Müttern einige Wörter gelernt, aber der Kapitän wünscht, daß in seinem Haus nur englisch gesprochen wird.«

Blasco fragte auf englisch: »Wie heißt der Kapitän?«

»Sir Ennis March.«

»Und er hat die spanische Küste vor fünfzehn Jahren überfallen?«

»Ja, das müßte in etwa hinkommen«, antwortete Pilar.

»Und er... er hat Eure Mutter hierher nach Plymouth gebracht?«

»Meine Mutter und auch Robertos Mutter. Und Carmentita und Maria, die in Hardyhall...«

»Wie war der Mädchenname Eurer Mutter?«

»Isabella de Ariz.«

»Heilige Mutter Gottes!« stammelte Blasco. »Santa Maria! Es ist also wahr! Und... und Bianca...?«

Die dunklen Augen des Jungen waren forschend auf ihn gerichtet. »Sie ist meine Mutter«, sagte er.

Er starrte Roberto an. Ich hätte es wissen müssen, dachte er. Der Junge ist so schön, weil er Biancas Sohn ist. Ich habe Bianca gefunden. Nach all diesen vielen Jahren habe ich Bianca endlich gefunden!

»Mr. Blasco«, rief Pilar. »Ihr seht so eigenartig aus. Ist Euch nicht gut?«

Er fuhr sich mit der Hand über die Stirn, stand rasch auf und sagte: »Ich habe Eure Mütter gekannt. Bringt mich zu ihnen... bringt mich zu Bianca... sofort!«

Pilar sprang aufgeregt auf. »Ihr habt sie gekannt? Ihr habt sie in Spanien gekannt?«

»Ich habe sie beide gekannt. Isabella und Bianca. Ich muß sie unbedingt sofort sehen.« Er nahm den Jungen am Arm. Er mußte ihn immer wieder ansehen. »Kommt«, bat er. »Bringt mich zu Eurer Mutter.«

Pilar tanzte ihnen voraus.

»Pilar!« rief Roberto. »Pilar! Denk an den Kapitän!«

Pilar blieb stehen. Der Kapitän würde jetzt auf dem Rasen sitzen und aufs Meer hinausblicken. Er würde bestimmt nicht erfreut sein, einen spanischen Herrn aus Hardyhall zu sehen – und schon gar nicht einen ehemaligen Freund ihrer Mutter.

»Gehen wir lieber zum Hintereingang«, entschied sie.

Howard hielt Bess am Arm fest. Er war etwas älter als die anderen und hatte in Blascos Gesicht etwas gesehen, das seinen Freunden entgangen war. Er wußte, daß der Kapitän Isabella, Bianca und die anderen entführt hatte; er wußte auch, daß Isabella einer vornehmen Familie entstammte. Er ahnte, daß eine Begegnung zwischen Blasco und dem Kapitän schlimme Folgen haben würde, und Howard liebte keine gewalttätigen Auseinandersetzungen. Deshalb blieb er mit Bess zurück, während Pilar und Roberto mit dem Spanier weiterrannten.

Bianca hängte hinter dem Haus Wäsche über die Büsche.

»Bianca!« rief Pilar. »Bianca, hier ist ein Mann, der dich früher einmal gekannt hat!«

»Mutter!« rief Roberto. »Mutter, ein Freund ist gekommen.«

»Bianca... Bianca!« sagte eine Stimme. »Ich bin hier.«

Bianca wirbelte herum. Einige Sekunden stand sie regungslos da, wurde leichenblaß und versuchte vergeblich, ein Wort hervorzubringen.

Dann stürzten Bianca und Blasco aufeinander zu und umklammerten einander.

Sie sagten nichts; sie hielten einander schweigend umschlungen, sie blickten einander tief in die Augen, sie lachten und weinten, sie betasteten einander, so als wollten sie sich vergewissern, daß alles nicht nur ein schöner Traum war.

Das war Liebe, dachte Pilar. Das war mehr als Zuneigung. Diese Liebe war verzehrend und leidenschaftlich, sie bedeutete jenen, die sie erfahren hatten, mehr als alles andere auf der Welt. Das erkannte Pilar, während sie Bianca und Blasco beobachtete.

Die beiden hatten Pilar und Roberto völlig vergessen. Pilar begriff, daß es für ihn im Augenblick nur Bianca gab, und für Bianca gab es nur diesen Mann aus Spanien.

Seltsamerweise fiel ihr plötzlich Petroc ein − Petroc in ihrem Schlafzimmer. Aber sie haßte ihn, und was sie hier sah, war Liebe; nur die ähnliche Heftigkeit der Gefühle hatte sie an Petroc denken lassen, sagte sie sich.

Endlich brachen sie ihr Schweigen. Er murmelte immer wieder ihren Namen. »Bianca... Bianca...«

Und sie flüsterte: »Ja, Blasco... Mein Blasco!« Und dann sprachen sie spanisch... so schnell, daß Pilar kaum etwas verstehen konnte.

Roberto verstand etwas mehr.

»Du warst also hier... die ganze Zeit... Bianca... meine Bianca!«

»Ja, ich war hier, Blasco... und habe an dich gedacht... jeden Tag... jede Stunde. Ich dachte, du würdest kommen.«

»Es ist so vieles geschehen... in Paris... in Spanien...«

»Auch hier ist viel geschehen.«

»Wir haben uns so viel zu erzählen.«

»Ja... o ja... Aber zuerst mußt du jemanden kennenlernen. Es ist Roberto. Roberto, unser Sohn...«

Roberto trat einen Schritt vor. Sie sahen einander an.

»Ist es wirklich so?« fragte Blasco. »Kann das sein?«

»O ja, es ist so«, antwortete Bianca.

Blasco umarmte Roberto und nannte ihn *hijo*... seinen lieben *hijo*.

Pilar stand etwas abseits und beobachtete die drei überglücklichen Menschen.

Sie ging ins Haus und stieg die Treppe zum Zimmer ihrer Mutter hinauf, die gerade etwas ausruhte.

Pilar trat ans Bett und sagte ohne Umschweife: »Mutter, Blasco ist hier.«

»Was hast du da gesagt?«

»Ein Mann aus Spanien ist unten bei Bianca. Er kennt euch alle von früher. Soll ich ihn ins Haus bitten? Sie stehen noch draußen. Sein Name ist Blasco.«

Isabella setzte sich auf; sie hatte hochrote Wangen, und ihre Augen leuchteten. »Was redest du da, Pilar? Ist das ein neues Spiel von dir?«

»Aber nein, es ist kein Spiel«, antwortete Pilar ungeduldig. »Er wohnt in Hardyhall, und wir haben ihn auf den Klippen getroffen. Er sagt, er kennt dich... und er kennt Bianca sehr gut...«

Isabella strich sich mit der Hand über die Stirn. Sie zitterte am ganzen Leibe.

»Pilar... Pilar... du mußt gehört haben, wie wir von ihm redeten. Du bildest dir das alles nur ein.«

»Nein, Mutter, es stimmt wirklich. Warte, ich bringe sie zu dir.«

Pilar rannte die Treppe hinab. Roberto, Blasco und Bianca standen immer noch unverändert beisammen und betrachteten einander mit entrückten Mienen.

»Ich habe meiner Mutter gesagt, daß Ihr hier seid«, rief Pilar. »Sie bittet Euch zu sich.«

Sie folgten ihr ins Haus. Blasco hatte den Arm um Bianca gelegt und hielt Robertos Hand. Während Pilar sie ins Schlafzimmer ihrer Mutter führte, schwirrten ihr allerlei Gedanken durch den Kopf. Sie dachte daran, daß der Kapitän jetzt auf seinem Lieblingsplatz vor dem Haus saß und daß es ihm weh tun könnte, diesem Mann zu begegnen. Blasco war zwar nicht ganz so groß wie der Kapitän, aber er sah so aus, als könnte er sehr hitzig sein. Und er war im Vollbesitz seiner körperlichen Kräfte, während der Kapitän jetzt, wie er selbst es ausdrückte, ein morscher, lecker Kahn war. Sie begriff, daß der Kapitän ihres Schutzes bedurfte. Bianca und dieser Blasco würden in Zukunft nur noch einander brauchen. Und der Kapitän hatte einen Raubüberfall in Spanien verübt; er hatte ihre Mutter und Bianca entführt. Dieser Mann mußte ihn hassen.

Sie riß die Tür auf. Ihre Mutter stand mitten im Zimmer, ihre Hand aufs Herz gepreßt.

»Blasco!« schrie sie.

Er ging auf sie zu, nahm ihre Hand und küßte sie.

Isabella begann zu weinen; sie warf sich in seine Arme, und er drückte sie zärtlich an sich – aber ganz anders, als er Bianca umarmt hatte!

»Es war ein ganz erstaunlicher Zufall. Aber ich wußte, daß es einmal geschehen würde, daß ich euch einmal finden würde. Ich habe diese Hoffnung nie aufgegeben.«

»O Blasco!« schluchzte Isabella. »Endlich bist du gekommen. Wir haben so lange gewartet... wir haben aufs Meer hinausgeblickt und gewartet. Und jetzt... es hat so lange gedauert!«

»Was macht das schon!« rief Bianca leidenschaftlich. »Jetzt ist er hier, und die Vergangenheit zählt nicht mehr!«

Pilar beobachtete ihre Mutter und dachte: Sie liebt ihn auch. Aber er liebt nur Bianca — Bianca und jetzt auch Roberto.

Er hatte Roberto ›Sohn‹ genannt. Als sie noch klein gewesen waren, hatte sie oft gehört, wie Bianca Roberto *hijo* nannte, und sie hatte gefragt, was dieses Wort bedeutete. Bianca hatte es ihr erklärt: »Mein Kleiner, mein Liebling, mein Sohn.«

Und dieser Spanier hatte Roberto seinen *hijo* genannt!

In letzter Zeit veränderte sich alles. Zuerst war der Kapitän verwundet nach Hause gekommen, dann hatte Petroc sie geängstigt wie kein Mensch je zuvor, und nun war Roberto auf einmal nicht ihr Bruder.

Was würde der Kapitän sagen, wenn er diesen Mann sah? Und was würde Blasco sagen und tun, wenn er jenen Mann sah, der ihm vor Jahren Bianca geraubt hatte, als sie seinen Sohn Roberto unter dem Herzen trug? Sein Haß würde bestimmt genauso leidenschaftlich sein wie seine Liebe. Und der Kapitän war nicht mehr unbesiegbar wie früher. Spanische Kanonen und spanische Schwerter hatten ihn zum Krüppel gemacht. Sollte er nun durch ein weiteres spanisches Schwert den Tod finden?

Sie durften sich nicht begegnen, denn allein schon der Gedanke an ein Leben ohne den Kapitän war ihr unerträglich. Was auch immer er getan haben mochte, wie grausam er auch zu ihrer Mutter und zu Bianca gewesen sein mochte — das änderte nichts an ihren Gefühlen für ihn. Sie liebte ihn von ganzem Herzen.

Sie stürzte aus dem Zimmer und rannte die Treppe hinab in die große Halle. Der Kapitän kam gerade ins Haus gehumpelt.

»Ahoi, Pilar!« röhrte er. »Nanu, Mädchen, was ist denn passiert? Du siehst so aufgeregt aus.«

»Ich wollte gerade zu dir kommen«, sagte sie ausweichend.

»Was ist da oben los?«

»Nichts Besonderes. Ich war bei meiner Mutter.«

Er betrachtete sie forschend.

»He, Mädchen«, schrie er, und seine Stimme hatte nichts von ihrer früheren Kraft eingebüßt, »was fehlt dir?«

Dann starrte er nach oben, und grenzenlose Verwunderung stand ihm im Gesicht geschrieben.

»Bei Gott, wer ist das?« brüllte er.

Blasco beugte sich über das Treppengeländer. »Ich bin Blasco Carramadino, vor kurzem aus Spanien nach England gekommen. Mein Bruder sollte Isabella de Ariz heiraten, und Bianca war meine Geliebte.«

»Was?« donnerte der Kapitän. »Ein spanischer Don wagt es, mein Haus zu betreten und mich anzubrüllen! Komm herunter, du Hund! Komm her! Piller, bring mir ein Schwert! Das dort drüben an der Wand. Vielleicht ist es etwas rostig, aber es wird seinen Zweck erfüllen, um diesem spanischen Hund den Garaus zu machen!«

Blasco lachte. »Ich sehe, daß die spanischen Hunde Euch ein Bein geraubt haben, Kapitän. Ein wahres Glück, daß sie mich nicht um ein Vergnügen gebracht haben, auf das ich all diese Jahre hindurch gewartet habe.«

»Kommt her! Ich will Taten sehen, nicht Worte.«

»Ihr habt wehrlose Frauen verschleppt!«

»Spanische Frauen!« zischte der Kapitän.

»Dafür werdet Ihr jetzt sterben.«

»Sterben werdet Ihr, weil Ihr es gewagt habt, mein Haus zu betreten. Piller, wo ist das Schwert?«

»Nein«, rief Pilar. »Du darfst nicht... du kannst nicht...«

»Hol es, Mädchen!«

Blasco kam die Treppe herab. Pilar rannte ihm entgegen und versperrte ihm den Weg.

»Geht, Mr. Blasco! Ihr dürft ihm nichts tun. Ihr seht doch, daß er verwundet ist. Er ist ein kranker Mann. Früher hätte er Euch mühelos umgebracht. Aber Ihr dürft ihm nichts zuleide tun, denn er kann ja nicht mehr kämpfen.«

»Laß mich durch, mein Kind!« rief Blasco. »Das kannst du nicht verstehen.«

Tränen liefen über Pilars Wangen. »O doch, ich verstehe Euch. Ihr liebt Bianca, und Roberto ist Euer Sohn. Ihr habt sie gefunden. Genügt Euch das nicht? Müßt Ihr auch noch meinen Vater töten?«

Blasco wollte sie wegschieben, aber sie wich nicht von der Stelle und stemmte ihre Hände gegen seine Brust, um ihn am Weitergehen zu hindern. Ihr Gesicht mit den riesigen flehenden Augen blickte zu ihm empor, umrahmt von den hellen Haaren. Ihre Schönheit und ihr Mut hatten auf Blascos glühenden Haß die Wirkung einer kalten Dusche.

Er wiederholte: »Du kannst das nicht verstehen, Kind. Ich habe mir das all diese Jahre hindurch geschworen.«

Bianca packte ihn am Arm. »Blasco, nein, nein, nein! Kein Blutvergießen! Was geschehen ist, ist geschehen. Was nützt dir sein Tod? Er hat viele Jahre unseres Lebens ruiniert. Aber daran läßt sich nichts mehr ändern. Es wird nur neues Leid für uns alle bringen, wenn du ihn tötest!«

»Halt du dich da raus, Weib!« brüllte der Kapitän. »Laß ihn ruhig herkommen. Ich werde ihm mit Wonne das Herz aus der Brust reißen. Meine beiden Hände habe ich ja noch!«

Er humpelte auf die Treppe zu, aber es fiel ihm schwer, die Stufen zu erklimmen. Bianca hielt immer noch Blascos Arm umklammert. Pilar stürzte auf den Kapitän zu und warf ihre Arme um seinen Hals. »Nein, ich lasse dich nicht weitergehen! Du kannst nicht... du darfst nicht mit ihm kämpfen. Er ist stark, und du bist nur noch ein morscher, lecker Kahn. Käpt'n, du darfst nicht! Ich werde es nicht zulassen. Ich werde dich so umklammert halten, und wenn er dich töten will, muß er zuerst mich töten!«

»Piller-Mädchen«, murmelte der Kapitän. »Piller...«

Blasco wandte sich ab.

»Komm mit, Bianca«, sagte er ruhig. »Kommt — du und der Junge. Ihr werdet nie wieder einen Fuß in dieses Haus setzen.«

Er lief die restlichen Stufen hinauf, Bianca an seiner Seite.

»Isabella!« rief er. »Isabella, komm wir gehen! Dieser abgewrackte englische Pirat mit seinem einen Bein ist keinen

Schwerthieb wert! Komm! Komm mit! Gehen wir! Gehen wir alle!«

Pilar umschlang immer noch den Nacken des Kapitäns, während sie auf die Geräusche von oben lauschte.

»Sie gehen«, murmelte sie. »Sie gehen jetzt alle fort.«

Der Kapitän knurrte etwas Unverständliches, aber seine Augen glänzten von Tränen, und der glühende Haß, der soeben noch in ihnen gelodert hatte, machte grenzenloser Zärtlichkeit Platz, als er seine Tochter ansah.

»Laß sie gehen!« sagte er. »Laß sie glauben, daß sie so einfach weggehen können. Sie werden nicht weit kommen. Wir werden nicht zulassen, daß räudige Dons in Devon herumstreunen, mein Mädchen!« Er legte seine Arme um sie und drückte sie fest an sich. »Er hätte mich erledigt«, gestand er. »Ich hätte gegen ihn keine Chance gehabt. Zum zweitenmal innerhalb weniger Monate stand ich einem Don gegenüber und wußte, daß er mein Tod sein würde, aber heute wie damals setzte jemand sein junges Leben ein, um mich zu retten. Das ist schon etwas, Piller-Mädchen... Da wird's einem richtig warm ums Herz...«

Isabella eilte aus dem Haus. Sie rannte den ganzen Weg bis Hardyhall. Unzählige Male hatte sie von diesem Ereignis geträumt, und nun war Blasco wirklich gekommen, wie sie es sich immer ausgemalt hatte — aber es war Bianca, die er mitgenommen hatte, und Bianca war mit ihm gegangen.

Jetzt endlich hatte sie alles begriffen. Es war Bianca, die er damals geliebt hatte. Sie hatte ihn zum Helden ihrer kindlichen Träume gemacht und jahrelang daran festgehalten. Erst jetzt beim Wiedersehen hatte sie erkannt — und dazu hatten ihr die Erfahrungen mit dem Kapitän verholfen —, daß solche Männer nur Frauen wie Bianca brauchen konnten.

Sie lief über den Rasen von Hardyhall. Bianca mußte nach ihr Ausschau gehalten haben, denn sie rannte ihr entgegen. Einige Schritte voneinander entfernt blieben sie stehen.

Bianca sah sehr jung aus; ihre großen dunklen Augen

leuchteten, ihre Wangen waren leicht gerötet, und sie hatte plötzlich wieder große Ähnlichkeit mit jenem Zigeunermädchen, das in dem Patio getanzt hatte.

»Isabella«, sagte sie. »Es tut mir leid.«

»Daß er gekommen ist?«

»Daß du es erfahren mußtest.«

»All diese vielen Jahren hindurch hast du es mir verschwiegen«, rief Isabella. »Ich erzählte dir von meinen Gefühlen, von meinen törichten Hoffnungen − und du hast mir verschwiegen, daß du von ihm einen *Sohn* hast!«

»Wir hatten soviel Schweres durchgemacht. Ich wollte dir nicht noch mehr Schmerz zufügen.«

»Und jetzt verläßt du mich also... Wir waren so lange zusammen, Bianca. Ich kann mir mein Leben ohne dich nicht vorstellen.«

»Wenn du willst, werde ich immer in deiner Nähe sein. Falls wir von hier wegzugehen beschließen, wirst du uns begleiten.«

Isabella wandte sich ab. »Ich bin hergekommen, um meine Sünden zu beichten und das Sakrament zu empfangen.«

»Sie haben einen neuen Priester im Haus, und du weißt, wer es ist.«

Isabella ging langsam auf die Kapelle zu.

»Warte in der Kapelle«, sagte Bianca. »Ich werde ihm sagen, daß er dorthin gehen soll.«

Die Tür zur Kapelle stand offen, und Isabella trat ein. Ohne den Schmuck wirkte der Raum kahl und kalt. Sie erschauderte und versuchte zu beten. Als sie seine Schritte hörte, erhob sie sich aus ihrer knienden Haltung. Einen Augenblick standen sie schweigend da und betrachteten einander. Sie nahmen die Veränderungen am anderen wahr, und doch hatten sie das Gefühl, die Isabella von damals, den Domingo von damals vor sich zu haben.

Domingo brach als erster das Schweigen. »Isabella... nach all den vielen Jahren! Ich kann es kaum glauben.«

»Domingo!« Seine hagere Gestalt verriet ihr, daß er ein asketisches Leben führte.

»Ich habe nie den Glauben aufgegeben, daß ich dich eines Tages wiedersehen würde!« sagte er.

»Ich auch nicht, Domingo. Ich saß am Fenster, blickte aufs Meer hinaus und träumte davon, daß ihr kämt, mich zu befreien − du, Blasco oder mein Vater.«

»Dein Vater ist auf der Suche nach dir ums Leben gekommen.«

Sie senkte den Kopf.

»Wir sind zur Küste geritten, sobald wir erfahren hatten, was geschehen war. Dein Vater war vor Sorge um dich halb von Sinnen und stach sofort in See. Die Engländer enterten das Schiff, auf dem er unterwegs war, und er fing einen Streit mit diesen Leuten an.«

»Ja«, murmelte sie. »Ich verstehe. Und du bist also Priester geworden.«

Er nickte. »Ich hielt dieses schreckliche Ereignis für einen Fingerzeig Gottes.«

»Du bist Jesuit, Domingo. Es ist sehr mutig von dir, in ein häretisches Land zu kommen.«

Er brachte es nicht über sich, ihr die Wahrheit zu gestehen, aber er konnte die Bewunderung in ihren Augen nicht ertragen und lenkte das Gespräch deshalb rasch in andere Bahnen. Er erzählte ihr, wie ihre Mutter auf den Ruinen des alten Hauses ein neues erbaut hatte; er erzählte von Gabriel, Sabina und dem Kind, das kurz vor seiner Abreise aus Spanien geboren worden war.

»Es ist nun schon so lange her«, sagte Isabella. »Soviel ist seitdem geschehen. Meine Mutter hat sich ein neues Leben aufgebaut − und ich habe hier mein Leben. Ich habe einen Ehemann, Domingo. Wußtest du schon, daß er mich geheiratet hat? Er tat es wegen unseres Kindes − eines Mädchens.«

Domingo nickte langsam. »Ich wollte dich mit nach Hause nehmen. Ich dachte, du würdest dort in ein Kloster gehen wollen, um dies alles zu vergessen.«

»Ich habe meine Tochter«, erwiderte sie. »Ich liebe sie von ganzem Herzen.«

»Und dieser Mann?... Du mußt ihn doch hassen, Isabella.«

»Ich versuche, es nicht zu tun. Er läßt mich weitgehend in Ruhe, besonders jetzt, seit er auf See schwer verwundet wurde. Er vergöttert unsere Tochter. Ich könnte es nicht ertragen, sie zu verlieren, Domingo – und er könnte das auch nicht ertragen. Sie bindet uns aneinander. Wir lieben einander nicht, aber beide lieben wir unsere Tochter. Erzähl meiner Mutter, wenn du nach Spanien zurückkommst, daß ich hier eine Tochter habe, die ich innig liebe; deshalb kann ich auch gut nachvollziehen, wie sie um meinetwillen gelitten haben muß. Aber jetzt hat sie ja Gabriel und Sabina und deren Kinder. Und ich habe Pilar. Und du, Domingo – wirst du eine Zeitlang hierbleiben? Du hast wohl Mr. Heaths Platz eingenommen?«

»So ist es.«

»Domingo, es ist gefährlich, hier zu sein. Mr. Heath konnte seinen Verfolgern einmal nur dadurch entkommen, daß er sich in das Versteck unter dem Kapellenboden flüchtete.«

»Ich weiß.«

»Du weißt das alles, und trotzdem kommst du her!«

Domingo blickte zu Boden; er konnte ihr nicht in die Augen sehen. Er wollte schreien: Ich bin ein Spion. Ich bin nicht der Gottesmann, für den du mich hältst. Ich spioniere für den Feind unserer Kirche und unseres Landes. Und ich wurde zum Spion, weil ich Angst hatte. Ich entehre das geistliche Gewand, das ich trage. Und am schwersten sind der Respekt und die Hochachtung zu ertragen, die meine Umgebung mir entgegenbringt.

»Sir Walter und Lady Hardy müssen äußerst vorsichtig sein«, fuhr Isabella fort. »Sie haben nicht einmal Vater Heath all ihre Geheimnisse anvertraut. Aber nun seid ihr hier – du, Domingo, und Blasco. Und weil ihr unsere besten Freunde seid, brauchen die Hardys keine Angst zu haben, euch in alles einzuweihen. Wir erfahren von Leuten, die direkt aus Spanien kommen, wundervolle Neuigkeiten. Bald wird dieses Land von den Häretikern befreit sein, die es jetzt regieren. Der Heilige Glaube wird wieder eingeführt werden. Wir wissen das, Domingo, weil hier im Haus viele Neuankömmlinge aus Spanien vorübergehend Obdach finden. Sie bringen uns jeden Tag neue gute Nachrichten. Wir hören jeden Tag, daß der große Augenblick immer näher rückt. Und nun, wo du hier bist, werden wir glücklich sein und uns völlig sicher fühlen können, weil wir wissen, daß wir dir voll und ganz vertrauen können.«

»Ich bitte dich, Isabella, sag nicht solche Dinge. Ich will Priester sein — nur Priester und sonst nichts.«

»O Domingo, tapferer Domingo, ich bin ja so glücklich, daß du hier bist.«

Sie schlug ihre Hände vors Gesicht und begann zu weinen. Als sie schließlich aufblickte, sah sie, daß seine Lippen sich im Gebet bewegten.

Aber sie konnte natürlich nicht wissen, daß sein Gebet nur aus den Worten bestand: »Gott, vergib mir. Vergib mir, mein Herr und Gott.«

Der Kapitän saß auf dem Rasen und schmiedete Rachepläne.

Spanier in Devon! Dieser Mann hatte eine große Dummheit begangen, als er hier ins Haus gekommen war. Er hatte es sogar gewagt, Bianca und Roberto mitzunehmen. Sie lebten jetzt in Hardyhall, und dieser Spanier wollte Bianca heiraten. Was hatte er überhaupt in Hardyhall zu suchen? Weshalb war er hergekommen? Was für seltsame Dinge gingen hier ganz in der Nähe vor?

Die Meere gehörten nach Ansicht des Kapitäns den Engländern. All jene reichen Länder in der Neuen Welt — sie standen England zu. Aber die Dons waren als erste dort gewesen; sie hatten die Schiffe und die erforderlichen Mittel für diese Expeditionen gehabt. Aber jetzt hatte die Lage sich verändert. Auf dem englischen Thron saß eine Frau, die es mit zwei Männern von der Sorte des frommen Mönchs in Spanien aufnehmen konnte. Sie wußte vieles, was jener Mann noch lernen mußte. Die Dons mit ihren Folterinstrumenten und ihren Ketzerverbrennungen würden die eroberten Länder nicht halten können. Die Indianer waren gute Freunde, aber gefährliche Feinde. Sie waren bereit, zu solchen Leuten freundlich zu sein, die herkamen, um Handel zu treiben und friedlich mit ihnen zusammenzuleben, die zu ihrem eigenen Gott beteten und sich nicht darum kümmerten, welche Götter die anderen verehrten. Die Dons hingegen kamen mit Feuer und Schwert und mit den Daumenschrauben; sie kamen mit ihrer Inquisition. Sie wollten keine Freunde gewinnen, sondern aus allen Menschen Katholiken machen. Sie begingen gravierende Fehler, die den Engländern nicht unterlaufen würden.

»Bei Gott!« murmelte der Kapitän. »Wir werden sie von den Meeren vertreiben. Gebt uns nur etwas Zeit. Bald wird Spanien entkräftet sein, und dann wird den Engländern gehören, was ihnen von rechts wegen zusteht, aufgrund ihres Mutes und ihrer Seemannskunst. Sie werden die Neue Welt erben, und sie wird ihnen für immer gehören!«

Aber was machten die Dons hier in Devon? Er war ein Mann, der den Tatsachen ins Auge sah. Die Spanier waren mächtige Feinde, und Englands strahlende Sonne war noch nicht aufgegangen. Bald würde sie hoch am Himmel stehen, aber vorläufig war dieser Himmel noch dunkel. Englands Glorie mußte erst noch geboren werden.

Und die schlauen Dons wußten das natürlich. Deshalb bauten sie in ihren Häfen eine große Flotte; sie hatten viel Geld zur Verfügung, und viele neutrale Beobachter sagten, diese Flotte würde unbesiegbar sein.

Und jetzt waren die Dons hier in Devon. Ihre Spione waren überall. Sie hatten sogar das Haus des Kapitäns betreten.

Bei Gott, sie mußten verhaftet werden und den Verrätertod sterben. Dann würde er dicht am Schafott stehen und diesem Spanier ins Gesicht lachen, der es gewagt hatte, ihn herauszufordern und Bianca mitzunehmen.

Bianca! Ausgerechnet die Frau, die ihm am meisten bedeutet hatte! Er hatte sich oft überlegt, was er tun würde, wenn Robertos Vater ihm je über den Weg liefe. Jetzt war es geschehen, aber das grausame Schicksal hatte gewartet, bis er alt und verstümmelt war. Der Spanier hatte gewonnen, und er selbst könnte nicht einmal mehr hier sitzen und über seine Niederlage nachdenken, wenn sein Mädchen Piller ihn nicht gerettet hätte.

Er konnte nicht ohne tiefe Rührung an seine Tochter denken. Und wenn ein Mann älter wurde, ein Bein verloren hatte und seine Wunde in der Seite immer noch höllisch schmerzte, dann wurde er weicher, als er früher gewesen war, und seine Augen füllten sich leicht mit Tränen.

Sie haben mir das Leben gerettet — Piller und Petroc. Eines Tages werde ich ihre Kinder sehen... hier in diesem Haus, und sie werden auf mir herumkrabbeln und mich »Käpt'n« nennen. Bei Gott, dafür lohnt es sich weiterzuleben, sogar mit nur einem Bein und schmerzenden Wunden.

Petroc wird vermutlich nächstes Jahr nach Hause kommen, und Piller wird tun, was ich will. Und bis dahin wird auch dieses Nest von Spaniern in Hardyhall ausgeräuchert sein.

Vielleicht würde Bianca dann zu ihm zurückkommen, schon Roberto zuliebe. Schließlich hatte er ihr versprochen, daß Roberto einen Teil seines Vermögens erben würde. Und Isabella war noch hier. Sie hatte ihn nicht verlassen. Sie war seine Frau und Pillers Mutter. Und es sollte nur einmal jemand versuchen, ihm Piller wegzunehmen!

Dann würde alles wieder sein wie früher, und er würde Bianca und Isabella zur Hinrichtung mitnehmen, damit sie sahen, was loyale Engländer mit spanischen Verrätern machten.

Er würde ihnen schon zeigen, daß er immer noch der Kapitän war, der ihre Küste überfallen, sie zu *seinen* Frauen gemacht hatte und sich alles nahm, was er wollte und wann er es wollte.

Im Augenblick sollten sie ruhig glauben, daß sie in Sicherheit waren.

Der Kapitän amüsierte sich insgeheim. Es war für ihn nicht leicht zu reisen, aber bis nach Plymouth schaffte er es ohne weiteres, und dort kannte er vertrauenswürdige Männer.

Einer dieser Männer hatte sich gleich am Tag nach Blasco Carramadinos Auftauchen hier im Haus auf den Weg nach London gemacht; und es würde nicht lange dauern, dachte der Kapitän, bis Leute, die ihr Handwerk verstanden, sich eingehend mit den Aktivitäten in Hardyhall beschäftigen würden.

Der Sommer ging ins Land, und für Bianca und Blasco war es der schönste Sommer ihres Lebens. Sie hatten geheiratet.

Die Hardys waren über dieses unkonventionelle Benehmen zwar befremdet gewesen, hatten sich unter den gegebenen Umständen jedoch hilfsbereit gezeigt, und so war die Trauung in der Kapelle von Domingo vollzogen worden. Die Hardys sahen im Kommen der beiden Brüder ein Wunder, ein Zeichen Gottes, daß Er ihr Tun guthieß. Bianca und Roberto lebten jetzt unter ihrem Dach. Roberto konnte die Religion seiner Eltern ausüben. Hätten sie nun noch Pilar mit Howard verheiraten und auch Isabella nach Hardyhall holen können, wäre ihre Befriedigung vollkommen gewesen.

»Wir müssen Geduld haben«, tröstete Sir Walter sich und seine Frau.

Blasco und Bianca genossen in diesem Sommer ihr Glück in vollen Zügen; in ihrem Denken war für nichts anderes Platz als nur für die immer noch schier unglaubliche Tatsache, daß sie wieder vereint waren. Und Blasco hatte die zusätzliche Freude, seinen Sohn von Tag zu Tag besser kennenzulernen.

Trotzdem vergaß Blasco nicht, daß er im Auftrag des spanischen Königs hier war. Seine Aufgabe bestand darin, durch die Stadt zu bummeln, sich die Schiffe im Hafen anzusehen und alle Informationen zu sammeln, die für Spanien wichtig sein konnten.

Er begriff inzwischen, warum er für seine Auftraggeber nützlich war. Domingo mit seinem asketischen Gesicht hätte niemals in Tavernen herumsitzen und sich mit Männern aus dem Volk unterhalten können. Domingo sah wie ein

Priester aus, und Priester waren suspekte Gestalten, vor denen man sich in acht nehmen mußte. Blasco hingegen, der mit den Leuten trank und lachte, flößte ihnen Vertrauen ein, und sie glaubten ihm ohne weiteres, daß er Franzose war.

In Hardyhall notierte er seine Informationen, Domingo übersetzte sie in einen Geheimcode, den er zu diesem Zweck gelernt hatte, und Charlie Monk ritt damit zu einem Haus im Moor und übergab sie dort einer vertrauenswürdigen Person, die für die Weiterleitung sorgte.

Blasco tat seine Arbeit, weil es nun einmal seine Pflicht war, aber seine Gedanken weilten stets bei Bianca und Roberto, und ihm gefiel dieses Land mit seiner gemäßigten Sonne und den blumenübersäten Wiesen.

Sein ganzes bisheriges Leben kam ihm nur noch wie ein Traum vor, der nach dem Aufwachen bedeutungslos wird und den man allmählich vergißt. Paris und die Rue Béthisy verloren ihre scharfen Konturen, und selbst das Gut der Carramadinos war so fern, als befände es sich auf einem anderen Stern. Eines Tages würde er dorthin zurückkehren; im Augenblick zählte jedoch nur die Gegenwart.

Er war froh, daß er den Kapitän nicht umgebracht hatte. Gewalt paßte nicht in diese friedliche Szenerie. Und außerdem war der Mann, den er jahrelang gehaßt hatte, der Vater der bezaubernden Pilar. Er bedauerte von Herzen, daß Pilar nicht Robertos Zwillingsschwester war. Er hätte sich dieses Mädchen als Tochter gewünscht.

Roberto liebte Pilar. Sie fehlte ihm sehr, seit sie nicht mehr unter einem Dach lebten. Blasco war der Meinung, daß sein charmanter Roberto viel besser zu der lebensprühenden Pilar passen würde als der ernste Howard, der zwar ein netter Kerl, aber doch etwas langweilig und farblos war.

»Ich dachte immer, sie wäre meine Schwester«, sagte Roberto, als sie sich wieder einmal über Pilar unterhielten.

»Mein Sohn, wenn du wolltest, wäre zwischen euch beiden eine noch engere Beziehung als die von Geschwistern möglich. Du liebst sie, und ich bin mir sicher, daß auch sie dich liebt. Warum solltet ihr nicht heiraten? Sie wäre mir als Schwiegertochter mehr als willkommen.«

»Pilar heiraten! Aber sie soll doch Howard heiraten, und ich — Bess.«

»Diese Ehen sind noch nicht geschlossen, und ihr habt sie geplant, als ihr noch nicht wußtet, daß ihr keine Geschwister seid.«

»Das stimmt«, murmelte Roberto, und dann schwieg er lange Zeit. Blasco beobachtete ihn lächelnd.

Pilar saß neben dem Kapitän auf dem Rasen. Sie betrachteten die vielen Schiffe im Hafen.

»Bei Gott!« rief der Kapitän. »Da liegt die *Triumph*! Sie segelt unter dem Kommando von Martin Frobisher höchstpersönlich. Bei Gott, welch ein Anblick! Die *Triumph* ist das größte englische Schiff überhaupt, und glaub mir, Mädchen — ihren Kanonen ist kein verdammter Spanier gewachsen!«

»Früher lagen nie so viele Schiffe in der Bucht«, sagte Pilar.

»Bei Gott, wir werden sie auch alle brauchen! Es heißt, daß die Spanier Schiffe bauen, die zweimal so groß sind.«

»Aber, Käpt'n, wenn sie bessere Schiffe haben...«

»Nein, nein! Bessere Schiffe? Auch wenn ihre Schiffe viermal so groß wären wie unsere, wären sie noch lange nicht besser. Erst die Männer, die auf einem Schiff segeln, machen es zu dem, was es ist. Gute Schiffe mögen sie haben, aber ihre Besatzung kann eben nur aus Spaniern bestehen, und ein Engländer ist soviel wert wie einundzwanzig Dons!«

»Wenn sie hierherkommen, werden sie ihre Inquisition mitbringen, habe ich gehört, Käpt'n. Sie haben nicht nur Soldaten und Seeleute an Bord, sondern auch alle Instrumente ihrer Folterkammern.«

»Wir werden ihnen ihre Folter schon geben, Mädchen! Aber sie werden überhaupt nicht hier landen. Wir werden ihnen schon auf dem Meer den Garaus machen. Versenken werden wir sie alle! Sie werden niemals englischen Boden betreten!«

»Es ist doch ein Jammer, daß Spanien und England Krieg führen wollen.«

»Ein Jammer? Es ist ganz natürlich. Wir sind wie Hund und Katze, wie Katze und Maus. Die Natur selbst hat uns zu Feinden bestimmt. Bei einem Bündnis zwischen Spanien und England könnte nichts Gutes herauskommen.«

Pilar ging ins Haus, und der Kapitän dachte an die Spanier in Hardyhall und kochte vor Wut. Warum war nichts gegen sie unternommen worden? Er hatte den richtigen Leuten in Plymouth mitgeteilt, daß er den begründeten Verdacht hatte, in Hardyhall würden Verräter beherbergt — Spanier, die vermutlich nach Devon gekommen waren, um gegen die Königin zu arbeiten.

Er hatte mit der Ausräucherung des ganzen Wespennestes gerechnet, aber Hardyhall war nicht einmal durchsucht worden.

In der Stadt hatten während des ganzen Sommers lebhafte Aktivitäten geherrscht. Im Juni war Sir Francis Drake mit einem großen Schiff im Sund vor Anker gegangen. Es hatte Gold, Edelsteine, Seide, Samt, Gewürze und Ambra an Bord gehabt, und sogar sein Name — *San Felipe* — schien symbolisch zu sein, denn Felipe war der Name jenes Königs, der Englands größter Feind war. Drake war eine schon fast legendäre Gestalt, und die Bevölkerung hatte ihm in den Straßen von Plymouth zugejubelt. Er war vor kurzem mit der *Elizabeth Bonaventure* in den Hafen von Cadiz gesegelt und hatte viele Schiffe schwer beschädigt. Er hatte das Kap St. Vincent gestürmt, und man sagte, daß die Spanier allein schon bei der bloßen Erwähnung seines Namens — sie nannten ihn *El Draque*, der Drache — erbleichten.

Aber das Gespenst jener großen Flotte, der *Grande Armada Felicisima*, war damit noch lange nicht gebannt, und als Gerüchte besagten, daß Philipp die Invasion für September plane, hatte in der Stadt merkliche Unruhe um sich gegriffen. Es hieß, die Königin stelle kein Geld für die Reparatur der Schiffe zur Verfügung; auch wurde behauptet, sie wollte einen anderen Oberbefehlshaber als Sir Francis Drake für ihre Flotte haben, weil er zwar der beste Seemann der Welt sein mochte, aber nicht adeliger Herkunft war. Viele Seeleute wollten aber nur unter Sir Francis dienen, den sie vergötterten. Und zu allem übrigen wurde auch noch gemunkelt, daß es auf den Schiffen sehr viele Kranke gab.

Den ganzen Sommer hindurch hatten alle befürchtet, plötzlich spanische Schiffe am Horizont zu sehen; und nun färbte sich schon das Laub, Spinnweben glänzten schimmernd in den Büschen — aber von den Spaniern war immer noch nichts zu sehen. Und zur großen Verwunderung und Wut des Kapitäns kümmerte sich kein Mensch um das Treiben in Hardyhall.

Der Sturmwind peitschte die Bäume; der Regen prasselte auf die Dächer; die graue See war aufgewühlt. Tagelang kam die Sonne überhaupt nicht hinter den dichten Wolken hervor.

Als sie eines Nachts aneinandergeschmiegt im Bett lagen, sagte Bianca: »Wir werden nicht immer hierbleiben, Blasco, oder?«

»Nein«, antwortete er. »Ich zweifle nicht daran, daß wir eines Tages dieses Land verlassen werden.«

»Und wohin sollen wir dann gehen? Nach Spanien? In dein Elternhaus? Was wird deine Mutter zu einer Zigeunerin als Schwiegertochter sagen? Sie wird mich nie akzeptieren — und Roberto genausowenig.«

»Das liegt alles noch in ferner Zukunft.«

»Aber ich habe Angst, daß sie kommen und dich verhaften. Und eine weitere Trennung könnte ich niemals ertragen.«

Er nahm sie in seine Arme und küßte sie. Die Welt versank um sie herum, und sie fühlten sich in ihre Jugend zurückversetzt und konnten fast den Duft der Orangenblüten riechen, die heiße Sonne auf der Kapellenwand sehen und die Granatapfelbüsche spüren, in denen sie damals lagen.

Aber später murmelte Bianca leidenschaftlich: »Wir dürfen nicht getrennt werden! Wir dürfen uns nie wieder trennen!«

Der Kapitän hatte eine lange Reise angetreten, die für einen Mann in seiner körperlichen Verfassung sehr anstrengend war. Pilar hatte Angst — nicht nur um den Kapitän, sondern auch um andere Menschen, die sie liebte.

All ihre Bemühungen, die beiden feindlichen Parteien zu versöhnen, waren vergeblich. Sie war inzwischen zu der Überzeugung gelangt, daß sie sich bekämpfen würden, bis eine dieser Parteien völlig vernichtet war; die Gegensätze zwischen ihnen waren so groß wie die zwischen Spanien und England.

Pilar wußte, zu welchem Zweck der Kapitän nach London gereist war.

Er glaubte, daß die verantwortlichen Männer in Plymouth nicht begriffen hatten, welch katastrophale Folgen eine Schlangengrube von Spaniern für ein Land haben konnte, das sich bald im Krieg befinden würde. All seine Warnungen waren offensichtlich in den Wind geschlagen worden. Er verfluchte diese blinden Narren. Er wußte, daß viele Männer auf den englischen Schiffen krank waren; er wußte, daß nicht genügend Geld für ihre Verpflegung zur Verfügung gestellt wurde; er wußte, daß diese Seeleute, die für ihre Königin kämpfen wollten, schon verhungert wären, wenn nicht Männer wie Drake und Frobisher sie aus ihren eigenen Taschen bezahlen würden. Viele gravierende Fehler wurden in dieser gefährlichen Zeit begangen, aber am schädlichsten war es nach Meinung des Kapitäns, diesen Spaniern zu erlauben, weiterhin in aller Ruhe hier in Plymouth zu leben — im Zentrum der Vorbereitungen auf den Krieg. Deshalb hatte er beschlossen, nach London zu reisen und sein Anliegen jemandem vorzubringen, der davon Notiz nehmen würde.

Pilar fragte sich, was die Leute in London daraufhin wohl tun würden. Was würde dann mit ihren Freunden in Hardyhall geschehen? Sie liebte sie und wollte sie beschützen, genauso, wie sie auch den Kapitän beschützen wollte.

Die Abenddämmerung brach herein. Sie stand im Garten und blickte aufs Meer hinaus. Im Hafen waren Lichter zu sehen, denn dort wurde im Schein von Fackeln und Laternen gearbeitet. Sir John Hawkins hatte erklärt, die Lage sei kritisch. Die Spanier würden angreifen, sobald der Winter vorüber sein würde, und die Schiffe Ihrer Majestät waren immer noch alles andere als seetüchtig.

Und nun wurde dort unten Tag und Nacht schwer geschuftet.

Plötzlich stand jemand neben ihr.

»Roberto... du hier!«

»Ich hörte, der Kapitän sei abgereist. Wohin eigentlich?«

»Nach London.«

»Nach London? Ich dachte, er sei für eine so lange Reise viel zu krank.«

»Er hält es für unbedingt notwendig«, sagte sie niedergeschlagen. Aber gleich darauf warf sie den Kopf zurück und rief leidenschaftlich: »Es gefällt mir nicht, Roberto. Es gefällt mir nicht, daß du unser Haus verlassen hast!«

»Mir auch nicht, Pilar.«

»Du hast einen neuen Vater, und du liebst ihn«, fuhr sie ruhiger fort. »Der Kapitän war wie ein Vater für dich, Roberto. Aber es ist traurig, daß du mich verlassen mußtest, um bei deinem Vater zu sein.«

»Das ist auch für mich das einzig Traurige an der neuen Situation.«

»Wir sind eigentlich nicht weit voneinander entfernt, Roberto, aber manchmal kommt es mir dennoch unendlich weit vor. Du bist bei ihnen, und ich bin bei meinem Vater, und sie sind unversöhnliche Feinde. Es ist fast so wie dieser Krieg, von dem jetzt ständig die Rede ist — und wir stehen auf verschiedenen Seiten.«

»Trotzdem sind wir noch dieselben wie früher.«

»Ja, du hast recht. Du bist Roberto — ob du nun bei Mr. Heath oder Mr. West unterrichtet wirst. Ich liebe dich nicht weniger, nur weil man uns lehrt, an verschiedene Dinge zu glauben.«

»Pilar«, sagte er. »Ich liebe dich. Ich habe früher immer

gesagt, daß ich dich nie verlassen wollte. Und an diesem Gefühl hat sich nichts geändert. Wenn wir von hier fortgehen könnten... irgendwohin, wo es keine Kriege gibt... wo jeder denken kann, was er will... wo niemand versucht, den anderen zu seiner Denkweise zu zwingen... wenn wir alle an einen solchen Ort gehen könnten... mein Vater, meine Mutter, deine Mutter, Howard, Bess... und du, natürlich du, denn ohne dich kann ich es mir überhaupt nicht vorstellen... das wäre einfach wundervoll!«

»Ich weiß«, sagte sie mit leuchtenden Augen. »Florida! Oder Virginia! Jene Wälder, von denen wir gehört haben, weißt du noch? All die Früchte und Blumen... wenn wir alle zusammen weggehen könnten... *alle*... und dort Häuser bauen...«

»Dazu müßten wir aber deine Wälder roden!«

»Du lachst mich aus!« rief sie. »Du machst dich über mich lustig wie früher.«

»Genau das vermisse ich so, Pilar – dich nicht auslachen zu können, nicht mit dir lachen zu können.«

Er nahm sie bei den Armen und blickte ihr ins Gesicht. »Niemand hat so strahlende Augen wie du. Niemand kann lachen wie du. Niemand sagt so absurde, fantastische Dinge, über die ich lachen kann.«

»Du lachst in überheblicher Manier.«

»Nein, ich lache vor Glück. Ich lache, weil ich mir sagen kann: ›Es ist Pilar, die ich reden höre. Sie ist bei mir, und ich will, daß sie immer in meiner Nähe ist.‹ Pilar, wir wissen jetzt, daß wir nicht Bruder und Schwester sind – aber wir könnten immer zusammen sein, wenn wir heiraten würden.«

»Heiraten, Roberto? Aber ich werde doch Howard heiraten, und du wirst Bess heiraten.«

»Ich weiß, wir haben uns früher in zwei Paare aufgeteilt, wie für ein Spiel. Aber inzwischen sind wir älter geworden. Wir wissen jetzt, daß das Leben kein Spiel ist. Wir waren bis vor kurzem immer zusammen. Möchtest du, daß wir auch in Zukunft immer zusammenbleiben?«

Sie nickte langsam. »Ja, Roberto, das möchte ich sehr.«

Er legte seine Arme um sie und küßte sie. Aber sie löste sich aus seiner Umarmung. »Was ist mit Howard? Und mit Bess? Wenn sie nicht Geschwister wären, könnten sie einander heiraten...« Sie verstummte, denn ihr war klargeworden, daß sie schon wieder in den kindlichen Fehler verfiel, ihrer aller Leben wie irgendein Spiel arrangieren zu wollen. Ihr fiel plötzlich ein, wie Bianca und Blasco sich damals beim Wiedersehen nach so langer Zeit angesehen, wie sie sich förmlich aneinandergeklammert hatten. Und sie kam sich sehr jung vor.

Völlig verwirrt rief sie: »Ich weiß es nicht, Roberto. Ich weiß es nicht. Ich möchte mit dir zusammen sein... aber auch mit Howard. Ich liebe euch beide. Es ist alles so kompliziert. Und während wir hier reden, ist der Kapitän unterwegs nach London. Ich liebe den Kapitän. Ich will sein Vertrauen in mich nicht enttäuschen, aber wie kann ich das, wo ich doch genau weiß, zu welchem Zweck er hingereist ist!«

»Was meinst du damit, Pilar? Was hat er in London vor?«

Sie schwieg, und er fuhr selbst fort: »Er will meinen Onkel anzeigen! Er weiß, daß mein Onkel ein Priester ist. Aber dazu braucht er doch nicht extra bis London zu fahren.«

Pilar schüttelte heftig den Kopf. »Ich weiß nicht, was ich tun soll. Ich habe das Gefühl, als würden wir in Vorgänge verstrickt, die wir nicht verstehen. Ob das so ist, weil wir erwachsen werden? Früher war alles so einfach. Jetzt muß ich mich für eine Seite entscheiden, und dabei möchte ich manchmal auf beiden Seiten stehen. Roberto, ich weiß wirklich nicht, was ich tun soll. Wird das Leben nun immer so kompliziert sein? Ich will dich heiraten, aber ich habe Howard vor langer Zeit versprochen, ihn zu heiraten, und ich möchte ihm nicht weh tun. Ich bin die Tochter des Kapitäns, und ich will ihn nicht enttäuschen; aber wie kann ich zulassen, daß Männer herkommen und deinen Onkel und deinen Vater ins Gefängnis werfen?«

Sie klammerten sich in der Dunkelheit aneinander.

Es kam Blasco so vor, als wäre er plötzlich aus einer langen Narkose erwacht. Früher hatte ihn die Vergangenheit so gequält, daß er sich keine Gedanken um die Zukunft gemacht hatte. Als er dann Bianca wiedergefunden hatte, hatte für ihn nur die Gegenwart gezählt; aber nun wollte er auch eine Zukunft mit seiner Frau und seinem Sohn haben.

Er hatte oft daran gedacht, sie nach Spanien mitzunehmen. Aber seine stolze Mutter würde sich nie mit einer Zigeunerin als Schwiegertochter aussöhnen, und Bianca war keine Frau, die Beleidigungen hinnehmen würde.

Aber über die zukünftigen Auseinandersetzungen zwischen den beiden Frauen brauchte er sich vorläufig nicht den Kopf zu zerbrechen. Im Augenblick ging es nur darum, sich selbst und seine Familie vor einer Katastrophe zu bewahren. Diese wundervollen Monate durften kein abruptes Ende nehmen; er war fest entschlossen, um sein Glück zu kämpfen. Er wußte, daß er und Domingo in akuter Gefahr schwebten, und was sollte aus seiner Familie werden, falls sie verhaftet und hingerichtet würden?

War es nicht mehr als verwunderlich, daß man Domingo und ihn zuerst verhaftet und dann nach einiger Zeit einfach wieder freigelassen hatte, daß sie in aller Ruhe ihre Arbeit fortführen konnten — Domingo als spanischer Priester, er selbst als spanischer Spion?

Und noch merkwürdiger war es, daß sie scheinbar ganz zufällig gerade hierher gekommen waren, wo Isabella und Bianca lebten, wo aber außerdem das Zentrum der englischen Kriegsvorbereitungen war.

Das alles konnte kein reiner Zufall sein. Es mußte eine tiefere Bedeutung haben — und das konnte nur bedeuten, daß Domingo und er in größter Gefahr schwebten. Wenn Blasco sich und seine Familie retten wollte, mußte er möglichst schnell herausfinden, worin diese Gefahr bestand.

Domingo schrieb viele verschlüsselte Mitteilungen, die Charlie Monk zu einem Haus im Moor brachte und dort einem Mann übergab, der sie irgendwie weiterbeförderte. Diese Mitteilungen enthielten die Informationen über englische Schiffe, die er, Blasco, in der Stadt und im Hafen sammelte. Diese Informationen wurden nach Spanien geschmuggelt, wo sie zweifellos von größtem Nutzen waren.

Konnten die Engländer wirklich so töricht sein, einen Mann, der ihnen ins Netz gegangen war — einen Jesuiten, dessen erklärtes Ziel es war, den katholischen Glauben überall zu verkünden —, freizulassen, damit er in diesen gefährlichen Zeiten seine Arbeit ungehindert fortführen konnte?

Ihm kam plötzlich ein anderer Gedanke. Die Priester, die nach Hardyhall kamen, brachten Informationen mit — Nachrichten, die all jenen in England Hoffnung machen sollten, die für einen Triumph Spaniens über England und für die Einführung des katholischen Glaubens in diesem Land kämpften.

Angenommen, jene Männer, die Domingo und ihn aus dem Gefängnis entlassen hatten, waren doch nicht so töricht, wie er geglaubt hatte? Angenommen, sie wußten über Domingos Vergangenheit genau Bescheid? War ihnen vielleicht bekannt, daß Domingo mit Isabella verlobt gewesen war, daß Ennis March sie kurz vor der geplanten Hochzeit nach Plymouth entführt hatte? Hatte man Domingo und ihn selbst nach Hardyhall geschickt, damit sie hier Isabella trafen? Hatten diese Leute wissen können, daß Isabella und zwei weitere Spanierinnen aus dem Haus des Kapitäns zur Beichte und Kommunion nach Hardyhall gingen, daß Isabellas Freunde deshalb absolutes Vertrauen genießen und sämtliche Neuigkeiten aus Spanien erfahren würden?

Aber welchen Nutzen konnten die Engländer davon haben? Angenommen, jene Informationen, die er, Blasco, sammelte, Domingo verschlüsselte und Charlie wegbrachte, landeten nicht in Spanien, sondern in London. Das würde nur beweisen, daß die Brüder Carramadino Spione des spanischen Königs waren. Und das dürfte den Engländern ohnehin schon bestens bekannt sein.

Nein, es konnten nur die Informationen über Spanien sein, die für London interessant waren. Blasco rief sich ins Gedächtnis zurück, was sie alles erfahren hatten: wo die spanischen Schiffe sich sammelten, wieviel Männer Tag und Nacht in Cantabrico und entlang des Flusses in Sevilla arbeiteten; in welchem Hafen Spaniens größtes Schiff — die *Reganza* — lag; daß *filipotes* und kleine Schiffe zum Transport der Pferde und der Artillerie gebaut wurden. Sie hatten auch schon einige Zeit, bevor es allgemein bekannt wurde, gewußt, daß Santa Cruz gestorben war und der König das Oberkommando über seine Armada dem Herzog von Medina Sidonia übertragen hatte. Das waren natürlich überaus wertvolle Informationen für jene, die sich auf den Kampf gegen die spanische Flotte vorbereiten mußten.

Wenn in diesem Haus ein englischer Spion am Werk war, mußte es jemand sein, der das Vertrauen jener besaß, denen das Wohl Spaniens am Herzen lag.

Blasco kam zu dem Schluß, daß alles auf einen einzigen Mann hindeutete: auf Charlie Monk.

Je länger er darüber nachdachte, desto wahrscheinlicher schien ihm das zu sein. Er dachte daran, wie sie Charlie in Paris getroffen hatten, wie er sie nach England gebracht hatte, in jenes Haus, wo sie später auch verhaftet wurden. Charlie war ein Mann, der durch seine Fröhlichkeit und seinen Humor sehr sympathisch und vertrauenerweckend wirkte. Er wäre ein nützlicher Spion. War es nicht eigentlich verwunderlich, daß er den Dienst bei seinen guten Herrschaften quittiert hatte und so bereitwillig mit den Carramadinos nach Devon gegangen war?

Das war der reinste Alptraum. Sie hatten den Mann sehr gern. Er war so nützlich, so eifrig bemüht, ihnen in allem behilflich zu sein, ein so guter Gesprächspartner und Zuhörer.

Aber je mehr er über Charlie nachdachte, desto mißtrauischer wurde er. Charlie besuchte zwar die Messe und ging zur Beichte, aber er übte seine Religion nicht mit dem nötigen Ernst aus. Kein wahrer Katholik würde so spielerisch mit dem Glauben umgehen.

Und da war auch noch etwas anderes: Charlies ehrlicher, offener Blick war so überzeugend, weil der Mann wirklich keinerlei Schuldgefühle hatte. Wie hatten sie nur glauben können, daß Charlie ein Landesverräter war? Und wenn er statt dessen wirklich ein englischer Spion war, so würde das auch erklären, warum Hardyhall völlig in Ruhe gelassen wurde. Der Kapitän hatte in Plymouth angefragt, weshalb man Spaniern erlaube, in Hardyhall zu wohnen – aber nichts war unternommen worden. Die Spanier wurden in Ruhe gelassen, weil sie unbeabsichtigt so gute Arbeit für England leisteten. Eine Zeitlang mochten sie vielleicht noch in Sicherheit sein; aber spätestens bei Ausbruch des Krieges würden solche Leute wie Domingo und er verhaftet werden – daran hatte er nicht den geringsten Zweifel. Und dann würde sein Glück mit Bianca für immer zu Ende sein, denn man würde die Brüder Carramadino als Spione hinrichten.

Oh, von all dem frei zu sein – sein eigenes Leben führen zu können, anstatt nur eine Marionette hochgestellter Persönlichkeiten zu sein! Frei zu sein von den Streitigkeiten und Kämpfen, die Europa wie eine schwarze Wolke überschatteten! Diese düstere Wolke würde sich nicht auflösen, bis die ganze Welt entweder katholisch oder protestantisch war – oder bis sie lernten, friedlich miteinander zu leben.

Ich selbst, dachte er, könnte durchaus friedlich Seite an Seite mit Menschen leben, die eine andere Auffassung vom Christentum haben. Ich könnte sogar friedlich und glücklich neben Menschen leben, die zu einem anderen Gott – oder zu Göttern – beten. Er stellte sich sein Leben in Virginia oder Florida vor, mit Bianca, Roberto, Pilar, Howard, Bess, Isabella und Domingo... eine glückliche Familie, die in Harmonie zusammenlebte und hin und wieder interessante Diskussionen führte, wobei jeder seinen Standpunkt darlegen konnte, ohne daß es zu Haß und Kampf führte.

Blasco begann, Charlie genau zu beobachten. War er nicht immer sofort zur Stelle, wenn Männer nach ihrer Landung an der Küste in Hardyhall übernachteten, bevor sie weiterreisten? Bediente er sie nicht mit besonderem Eifer? Begleitete er sie nicht immer einige Meilen, um ihnen den Weg zu zeigen?

Blasco achtete jetzt genau auf Charlies Unterhaltungen

mit diesen Männern. Sie verliefen immer etwa folgendermaßen: »Wir warten sehnlichst auf den großen Tag, meine Herren. Es wärmt einem so richtig das Herz, wenn man hört, wie intensiv der gute König Philipp den Bau seiner Armada vorantreibt. Glaubt Ihr, daß sie bald zum Auslaufen bereit sein wird? Ich wette, wenn das schöne Wetter anhält, wird es bald soweit sein. Ich denke gern an all jene Schiffe, die in Cadiz liegen. Sie sind doch noch in Cadiz, oder?...«

O ja, Charlie war ihm sehr verdächtig.

»Hast du jemals lesen und schreiben gelernt, Charlie?« fragte er ihn einmal.

»Wo denkt Ihr hin!« Charlie schüttelte den Kopf. »Lesen und schreiben zu können, ist ein Privileg der vornehmen Herrschaften – Männer wie Charlie lernen so etwas nicht.«

Aber Blasco war ihm einmal auf dem einsamen Weg ins Moor heimlich gefolgt, und er hätte schwören können, daß Charlie die Mitteilung, die Domingo geschrieben hatte, aufmerksam durchlas.

Blasco beschloß, sich über Charlies Rolle absolute Gewißheit zu verschaffen.

Er wußte, daß ihm wenig Zeit blieb. Seine Nächte mit Bianca wurden von nun an noch kostbarer für ihn, denn er glaubte, daß sie gezählt waren. Wenn sie schlief, lag er neben ihr noch lange wach und sagte sich, daß er sich sein Glück nicht noch einmal rauben lassen würde, daß er mit Bianca und Roberto irgendwo in Ruhe und Frieden leben wollte.

Er hatte einen Plan – einen sehr kühnen, gewagten Plan. Aber er mußte nun einmal bereit sein, große Risiken auf sich zu nehmen, denn Hardyhall konnte jederzeit durchsucht werden, und da Charlie von der Existenz des Verstecks unter der Kapelle wußte, würden Domingo und er mit absoluter Sicherheit gefaßt werden.

Als erstes mußte er sich vergewissern, daß sein Verdacht gegen Charlie gerechtfertigt war. Bei seiner Suche nach Informationen hatte er auch einige der verrufensten Kneipen im Hafen besucht und dort Little Will kennengelernt, einen Riesenkerl, der sehr wortkarg war, aber den Ruf genoß, einer der erfolgreichsten Straßenräuber im Westen Englands zu sein.

Blasco trank mit ihm und forderte ihn sodann zu einem Spaziergang auf, um ungestört mit ihm reden zu können.

Als Charlie mit der Mitteilung, die Domingo ihm ausgehändigt hatte, auf dem Weg zu jenem einsam gelegenen Haus im Moor war, hörte er plötzlich einen Reiter hinter sich. Er brachte sein Pferd zum Stehen, drehte sich um und erkannte Blasco.

»Ich dachte, ich würde dich schon früher einholen.«

»Ihr scheint es sehr eilig zu haben, Señor Blasco«, sagte Charlie mit seinem gewinnenden Lächeln.

»Ich wollte dir eine wundervolle Neuigkeit nicht vorenthalten.«

»Eine wundervolle Neuigkeit? Bei so etwas spitzt Charlie immer seine Ohren.«

»Ich habe erfahren, daß außer den vier neapolitanischen Galeassen und den vier Galeeren aus Lissabon nun auch noch vierzig bewaffnete Handelsschiffe unter dem Kommando von Recalde, de Valdez, de Oquendo und de Bartendona zum Auslaufen bereit liegen. Sie sammeln sich in Corunna. Und ihnen schließt sich Don Martin Alarcon vom Heiligen Offizium an. Seine Schiffe werden mit all jenen Dingen beladen, die erforderlich sein werden, um all jene zu überzeugen, die sich nicht freiwillig der Heiligen Kirche anschließen wollen. Na, du weißt schon — solche Gegenstände wie Geißeln und Brandeisen, mit denen die Halsstarrigen als Sklaven gebrandmarkt werden sollen. Sobald das Wetter günstig ist, wird die Armada auslaufen.«

»Das sind in der Tat Neuigkeiten, die Charlies Herz erfreuen«, sagte der Diener. Aber Blasco, der ihn aufmerksam beobachtete, hatte bemerkt, daß er bei der Erwähnung der Brandeisen etwas zusammengezuckt war.

»Ich mußte dir einfach nachreiten, um dir diese Neuigkeit sofort mitzuteilen.«

»Und Ihr glaubt wirklich, daß sie bei günstigem Wind bald die Segel setzen werden?«

»Daran kann gar kein Zweifel bestehen.«

»Wie hießen doch noch gleich diese hervorragenden Männer, die das Kommando haben werden?« fragte Charlie. »Die Namen Eurer Landsleute sind für mich die reinsten Zungenbrecher.«

Blasco wiederholte die Namen ganz langsam, buchstabierte sie sogar. »Aber ich habe ganz vergessen, daß du ja nicht schreiben kannst, Charlie.« Er erzählte ihm, daß Oquendo sich in Terceira einen Namen gemacht hatte, und daß es von Recalde hieß, er sei der beste Seemann Spaniens.

»Ich werde mit dir zum Gasthaus reiten, Charlie. Dann habe ich auf dem Rückweg das Vergnügen deiner Gesellschaft.«

Charlie machte ein ernstes Gesicht. »Nein, Sir, lieber nicht. Ihr wißt ja, unsere Arbeit ist sehr gefährlich. Wenn jemand Euch mit mir zusammen sähe — nun, Ihr wißt ja, wie es ist. Die Leute werden leicht nervös. Ich bedaure zwar außerordentlich, auf dem Rückweg auf Eure Gesellschaft verzichten zu müssen, aber ich werde mich jetzt doch lieber von Euch verabschieden.«

So ritt Blasco denn allein nach Hardyhall zurück.

Spät in der Nacht traf Blasco in der Hafenkneipe Little Will, und sie unternahmen wieder einen Spaziergang.

»Ich habe auf dem Weg in Richtung Tavistock etwa eine halbe Stunde gewartet«, berichtete Little Will. »Und ich habe mir Euren Mann geschnappt.«

Blasco bezahlte den Straßenräuber und schob Domingos Mitteilung in seine Tasche.

Seine kleine List hatte Erfolg gehabt. Charlie hatte die Mitteilung im Gasthaus dem Boten übergeben, dieser war damit weggeritten und nach wenigen Meilen von Little Will aufgehalten und beraubt worden.

Er entrollte das Pergament und sah auf den ersten Blick, daß er richtig vermutet hatte, denn eine Fußnote trug nicht

Domingos Schrift. Sie war – wie der übrige Text – verschlüsselt, aber man sah, daß sie später hinzugefügt worden war, und für Blasco stand fest, daß Charlie die Neuigkeiten, die er von ihm erfahren hatte, seinen Auftraggebern unverzüglich zur Kenntnis hatte bringen wollen.

Alles, was Domingo schrieb, landete demnach nicht in Spanien, sondern in London, und Charlie fügte sämtliche Informationen über Spanien an, die er erhalten konnte.

Nun war keine Zeit mehr zu verlieren. Blasco bat seinen Bruder auf sein Zimmer und erklärte ihm ohne lange Vorreden: »Ich habe eine höchst alarmierende Entdeckung gemacht. Wir müssen sehr leise sprechen. Charlie hat uns hintergangen. Er arbeitet für die Engländer.«

Einige Sekunden lang war kein Laut im Zimmer zu hören. Blasco erschrak, als er seinen Bruder ansah; sein Gesicht glich einer Totenmaske, und er schien nach Luft zu ringen.

»Domingo, ist alles in Ordnung? Das war ein schwerer Schock. Komm, setz dich. Ich hätte nicht so mit der Tür ins Haus fallen dürfen.«

Domingo ließ sich von seinem Bruder zu einem Stuhl führen und saß völlig apathisch da.

»Wir sind in akuter Gefahr«, fuhr Blasco fort. »Mir ist jetzt alles klar, und ich kann nicht begreifen, daß ich so lange mit Blindheit geschlagen war. Die Engländer sind alles andere als die Narren, für die ich sie hielt. Dies ist ein Komplott... ein Komplott gegen uns. Wir sind ihre Opfer. Sie benutzen uns für ihre Zwecke, Domingo. Deshalb wurden wir hierhergeschickt. Sie sind von geradezu diabolischer Gerissenheit. Wir standen schon in Frankreich unter Beobachtung, und sie waren über jeden unserer Schritte in England bestens informiert. Nach unserer Freilassung wurden wir nach Hardyhall geschickt, weil sie auf irgendeine Weise erfahren hatten, daß deine ehemalige Verlobte Isabella ganz in der Nähe lebte. Sie müssen überall ihre Spione haben... Leute, von denen man es am wenigsten erwarten würde – wie Charlie Monk.«

»Charlie Monk ist... ein Spion?«

»Ich habe Beweise dafür. Er sammelt Informationen über unser Land. Das ist seine eigentliche Aufgabe. Er genießt unser Vertrauen, und weil wir ihn mitgebracht haben, genießt er auch das Vertrauen aller, die nach Hardyhall kommen. All deine Berichte, von denen wir glaubten, sie würden nach Spanien geschmuggelt, landen direkt in London bei Charlies Auftraggebern, genauso wie bei der Babington-Verschwörung der Briefwechsel zwischen Babington und Königin Maria direkt in Walsinghams Händen landete. Was aber am schlimmsten ist — Charlie gibt alle Neuigkeiten, die wir aus Spanien erhalten, unverzüglich weiter.«

»Was wird nun aus uns werden, Blasco?« murmelte Domingo langsam.

»Ich gebe mich keinerlei Illusionen hin. Man wird uns hier weiterarbeiten lassen, bis wir für sie nicht mehr von Nutzen sind. Dann wird man uns hinter Schloß und Riegel bringen, als Spione vor Gericht stellen und hinrichten. Und du weißt ja, wie Verräter hierzulande sterben — man hängt sie, nimmt sie lebend vom Galgen ab und...«

»Genug! Hör auf!« rief Domingo. »Ich weiß es. Ich weiß es nur allzu gut.«

Er wandte sein gequältes Gesicht seinem Bruder zu. »Blasco, ich kann es nicht länger für mich behalten. Charlie Monk mag für sie arbeiten, aber es sind seine eigenen Landsleute. Er dient seinem Vaterland. Charlie braucht kein schlechtes Gewissen zu haben. Aber sieh mich an, Blasco, sieh mich an!«

»Domingo, was meinst du damit?«

»Wie oft wollte ich dir schon alles gestehen, wenn wir in diesem Raum in unseren Betten lagen. Manchmal war ich ganz nahe dran! Aber jetzt muß ich es dir einfach sagen, obwohl ich Angst vor deinem Zorn und deiner Verachtung habe. Diese Angst umgibt mich wie eine Mauer, die ich nie durchbrechen kann... nie... nie! Ich wünschte, ich wäre tot, aber wie könnte ich mit der Last dieser Sünde sterben? Ich bin ein Feigling, Blasco. Ich bin einem großen Irrtum zum Opfer gefallen. Ich glaubte, meine Angst mit den Jah-

ren überwinden zu können. Statt dessen ist sie immer größer geworden. Sie ist ein gräßliches Ungeheuer. Blasco, ich
muß meine Soutane ablegen. Ich dürfte sie überhaupt nicht
tragen, denn ich bin ihrer ganz und gar unwürdig.«

»Du solltest mir sagen, 'Mingo, was dir so auf der Seele
lastet.«

»Du hast völlig recht«, sagte Domingo. »Wir haben einen
Spion in unserer Mitte. Es gibt einen Menschen hier im
Haus, der das Vertrauen mißbraucht, das man ihm entgegenbringt. Er bemüht sich, möglichst viel über die Entwicklung in Spanien zu erfahren und schickt diese Informationen an Sir Francis Walsingham in London. Du brauchst
nicht lange nach diesem Mann zu suchen, Blasco. Er ist hier
im Zimmer. Gott steh mir bei — dieser Spion bin ich!«

»Du... Domingo... du verrätst die Geheimnisse deines
Landes an den Feind? Du... ein Priester... ein Jesuit! Du
hast das gleiche getan wie Gifford?«

Domingo nickte. »Du wirst mich jetzt hassen und verachten. Ich habe all diese guten Menschen hier im Haus betro-
gen und verraten. Ich habe mein geistliches Gewand und
mein Land verraten.«

»Beruhige dich, Domingo. Beruhige dich. Warum hast
du das getan?«

»Weil sie zu mir ins Gefängnis gekommen sind und mich
zum St. Giles' Field gebracht haben. Ich mußte mit ansehen, wie Ballard, Babington und die anderen starben...
und sie sagten mir: ›Arbeite für uns und verdien dir deine
Freiheit. Wenn du dich weigerst, stirbst du wie jene Männer.‹ Blasco, ich habe gebetet... und habe um Gottes Führung gebetet... ich habe um Mut gebetet. Aber diese Entscheidung mußte ich ganz allein treffen, und ich fühle, daß
mein ganzes Leben zu diesem gräßlichen Höhepunkt hin-
geführt hat. Ich hatte wie immer Entschuldigungen und
Ausreden parat. Ich sagte mir, ich müsse an all die Seelen
denken, die ich noch retten könnte, und während ich mir
einredete, am Leben bleiben zu müssen, um Gottes Werk
fortzuführen, sah ich nichts als jene Männer... wie man sie
lebendig vom Galgen nahm... und wie sich der Henker mit

dem Messer über sie beugte. Ihre Todesschreie gellten in meinen Ohren, und ich konnte das nicht ertragen, Blasco. Deshalb redete ich mir wie schon so oft zuvor ein: ›Es ist der Wille Gottes.‹ O Blasco, hilf mir! Um der Liebe der heiligen Muttergottes willen – hilf mir! Sag mir, was ich tun soll!«

Domingo schlug sich die Hände vors Gesicht. Lautloses Schluchzen schüttelte seinen ganzen Körper.

Blasco trat neben ihn hin.

»Rühr mich nicht an!« rief Domingo. »Du ekelst dich vor mir. Du nennst mich insgeheim einen Verräter. Du siehst in mir einen Feigling, der sein Vaterland verraten und seinen Gott verleugnet hat.«

Aus Blascos Stimme war tiefes Mitleid herauszuhören. »Nein, Domingo, wenn ich zunächst schwieg, so deshalb, weil ich nachdenken mußte. Weißt du, auch ich bin ein Verräter. Ich denke an die Schiffe, die hierhersegeln werden; ich denke an die Männer der Inquisition, die hier an Land gehen werden; ich denke an die Folterwerkzeuge, die sie mitbringen werden. Und dann werde auch ich zum Verräter. Ich bin hier, um meinem König zu dienen, aber ich will ihm nicht mehr dienen. Ich möchte aber auch nicht der Königin von England dienen. Ich will nur noch der Freiheit dienen. Domingo, du wurdest auf eine schreckliche Probe gestellt und hast Spanien verraten. Das haben vor dir schon viele andere getan.«

»Ich bin Priester«, entgegnete Domingo. »Ich liebe meinen Glauben. Ich habe ihn verraten, weil mir der Mut fehlte, für ihn zu sterben. Wenn es ein schneller Tod wäre, hätte ich meine Furcht vielleicht überwinden können – aber nicht diese lange grauenvolle Tortur!«

»Domingo, dein Gewissen hat dich schon von jeher mehr gequält, als es bei den meisten anderen Menschen der Fall ist. Du hast an dich selbst viel zu hohe Anforderungen gestellt. Du bist ein Mensch wie wir alle. Manche würden sagen, du seist schwach gewesen, aber was glaubst du, wieviel Menschen in dieser Situation genauso schwach wie du wären? In unserer Heimat werden tagtäglich Menschen gefoltert, bis sie ihrem Glauben abschwören. Gott wird verstehen, daß du Ihm nach besten Kräften dienen wolltest; Er wird verstehen, wie du gelitten hast. Wir müssen jetzt aber so schnell wie möglich aus diesem Haus verschwinden. Wir sind in akuter Gefahr.«

»Wir sind hier in Sicherheit«, widersprach Domingo bitter, »wenn ich auch weiterhin mein Land verrate.«

»Wir sind nur so lange sicher, wie sie unsere Dienste benötigen. Der Krieg zwischen unserem und ihrem Land steht kurz bevor. Die Armada ist zum Auslaufen bereit, und unser König wünscht, daß sie es möglichst bald tut. Und sobald das geschieht, wird man uns verhaften, das steht für mich fest. Wenn die Armada siegt, wirst du grausam gefoltert werden, weil du gegen Spanien gearbeitet hast. Sie finden so etwas schnell heraus. Außerdem könnten ihnen deine für dich sehr belastenden Mitteilungen in die Hände fallen.«

»Wenn die Spanier aber eine Niederlage erleiden...«

»Das wird nicht geschehen. Sie haben die besten Schiffe, die jemals gebaut wurden; sie haben die mächtigste Flotte der Welt; und sie kommen im Namen ihres Glaubens, der sich von dem Glauben dieses Landes unterscheidet.«

»Du meinst, daß Gott und Seine Heiligen ihnen beistehen werden?«

»Ich dachte eher an ihren Fanatismus. Aber ich weiß selbst nicht mehr genau, was ich denke. Wie gesagt — auch ich bin ein Verräter, Domingo. Ich will meinem Land nicht mehr dienen. Dieses Gefühl hatte ich schon einmal in Paris, als ich jenes blutige Massaker sah. Und nun habe ich es wieder.«

»Bist du ein Häretiker geworden, Blasco?«

»Nein, ich bin kein Häretiker. Vielleicht bin ich immer noch ein Katholik, denn ich befolge die Riten jener Kirche, der ich aufgrund meiner Abstammung nun einmal angehöre. Aber ich möchte meine Religion in Frieden ausüben können, und ich möchte, daß mein Nachbar das ebenfalls tun kann, selbst wenn er andere Götter als ich anbetet. Die Religion, wie sie heutzutage in England, Spanien, Frankreich praktiziert wird – was ist sie denn? Nichts weiter als ein Deckmantel für Machtansprüche, ein Deckmantel, um den Menschen Sand in die Augen zu streuen, damit sie die Wahrheit nicht erkennen. Und was am schlimmsten ist – dieser Mantel ist scharlachrot, er ist durchtränkt mit dem Blut all jener, die es wagten, eine andere Meinung als ihre Herren zu vertreten! Aber wir vergeuden wertvolle Zeit mit Reden. Wir sollten lieber überlegen, wie wir so schnell wie möglich von hier wegkommen.«

»Wohin könnten wir denn gehen?«

»Weder in diesem Land noch in unserer Heimat gibt es einen Ort, wo wir in Sicherheit wären.«

»Ich weiß. Mir bleibt nur noch der Tod. Wenn ich den Mut dazu hätte, würde ich mir selbst das Leben nehmen.«

»Domingo, red nicht solchen Unsinn. Zieh deine Soutane aus. Vergiß, daß du ein Priester bist. Du bist ein schwacher, sündiger Mensch wie wir alle. Du hast eine große Schwäche, ich habe eine andere. Du weißt selbst am besten, daß kein Mensch ohne Sünde ist. Du hast dich immer vor dem Leben gefürchtet. Jetzt mußt du ihm die Stirn bieten, Domingo. Du mußt ein neues Leben beginnen. Wir können nicht nach Spanien zurückkehren. Wir können nicht hierbleiben. In der alten Welt ist kein Platz für uns. Aber es gibt eine neue Welt, Domingo.«

»Was meinst du damit?«

»Auch ich habe Angst, Domingo. Ich habe Angst, das neue Leben, das ich entdeckt habe, zu verlieren. Ich will mit Bianca und mit meinem Sohn leben. Ich will noch nicht sterben. Ich liebe das Leben jetzt so, daß ich mich vor dem Tod fürchte. Ich glaube, unbewußt habe ich mich schon lange mit dem Gedanken getragen, weit fortzugehen. Domingo, eines Nachts in naher Zukunft werden wir mit einem Schiff in die Ferne segeln. Es gibt eine ganz neue Welt, die auf uns wartet. Bianca, Roberto, du und ich – wir werden in der Ferne ein neues Leben beginnen. Du wirst deine Ängste und deine Schuldgefühle hinter dir lassen.«

»Ich kann meine Sünden nicht so leicht abschütteln, Blasco.«

»Dann wirst du sie eben mitnehmen. Aber in jenem freien Land werden wir uns ein neues Leben aufbauen... eine neue Welt... eine Welt des Friedens und der Harmonie, wo jeder denken und glauben kann, was er will.«

»Das sind doch Träume, Blasco.«

»Auch die Entdeckung dieser Neuen Welt war einmal nur ein Traum.«

»Könnten wir denn heimlich davonsegeln?«

»Ich habe mich in der Stadt mit sehr vielen Menschen unterhalten, in Tavernen und auf den Straßen. Ich habe Freunde in der Stadt. Ich habe ihnen oft Fragen über die Schiffe gestellt, die aus dem Hafen auslaufen. Das gehörte schließlich zu meinen Aufgaben. Aber ich glaube, irgendwo in meinem Hinterkopf nistete schon damals die Idee fortzugehen. Ich habe diese ewigen Auseinandersetzungen so satt, Domingo. Ich will frei sein, und ich will meinen Nachbarn lieben dürfen, ob er nun Katholik oder Protestant ist oder einen Totempfahl anbetet, der für ihn Gott repräsentiert. Du kannst das nicht verstehen. Wie solltest du als Priester es auch verstehen können?«

»Ich werde versuchen, es zu verstehen. Blasco, sieh mich an. Verachtest du mich?«

»Du bist mein Bruder«, sagte Blasco. »Wie könnte ich dich verachten? Ich weiß, daß du ein guter Mensch bist. Du hattest eine einzige große Schwäche, Domingo. Du hattest Angst vor der Dunkelheit. Und diese Schwäche hast du genährt. Du hast sie wie eine Rose vor jedem kalten Windhauch geschützt, der sie vielleicht hätte abtöten können. Du hast diesem winzigen Saatkorn erlaubt, sich in eine riesige Schlingpflanze zu verwandeln, die dich fesselte und lähmte. In der Neuen Welt wirst du einen neuen Anfang machen können.«

Pilar beobachtete die Schiffe im Sund. Der Anblick des Meeres erregte sie. Bald würde sie selbst auf einem Schiff in die Neue Welt segeln.

Einer ihrer Kindheitsträume würde in Erfüllung gehen. Es war ein großes Geheimnis, in das nur jene eingeweiht waren, die mit auf die Reise gehen würden. Domingo und Blasco schwebten in akuter Gefahr und mußten England so schnell wie möglich verlassen.

Blasco war schon mit verschiedensten Einkäufen beschäftigt. Und nun lag auch das Schiff im Hafen.

Der Kapitän war noch in London. Wie sollte sie nur die Trennung von ihm ertragen?

Wie in alten Zeiten, gab sie sich Wunschträumen hin. Wenn sie das Schiff über die Meere segeln sah, war der Kapitän immer mit an Bord, brüllend, fluchend, seine Krücke nach jedem schleudernd, der ihm nicht aufs Wort gehorchte. Und auch bei ihrer Landung in der Neuen Welt war er mit von der Partie. Sie konnte sich eine Zukunft ohne ihn einfach nicht vorstellen.

In der Abenddämmerung gingen sie zum Hafen, um das Schiff aus der Nähe zu betrachten – sie, Roberto, Bess und Howard. Bess hielt sich wie immer dicht bei Roberto; und sie fühlte Howards Blicke, die zärtlich auf ihr ruhten.

Wie kann ich Roberto heiraten? dachte sie. Er gehört doch Bess. Und ich will auch Howard nicht verletzen.

Sie liebte alle beide – Roberto und Howard –, wenn Liebe bedeutete, Menschen um sich haben, sie necken und ärgern zu wollen, sie je nach Laune zu hassen oder Zuneigung für sie zu empfinden.

Sie wollte alle um sich haben – alle die Menschen, ohne die sie traurig sein würde. Aber auch der Kapitän war einer dieser Menschen.

Sie versuchte sich einzureden: Er wird mitkommen. Wenn ich am Tag der Abreise zum Schiff gehe, wird der Kapitän bei mir sein. Er wird sich als blinder Passagier im Laderaum verstecken, und ich werde dafür sorgen, daß er nicht entdeckt wird.

Sie malte sich aus, wie Petroc Pellering nach Hause kommen und feststellen würde, daß sie alle fort waren, und sie lachte laut auf bei der Vorstellung, was für ein dummes Gesicht er dann machen würde.

»Wir werden abreisen«, berichtete Roberto ihr in diesem Augenblick, »noch bevor der Kapitän zurückkommt.«

Es war Anfang April. In ein, zwei Tagen sollte die Reise beginnen. Nur noch einige wenige Nächte in diesem Haus, dachte Pilar, und dann werde ich es wahrscheinlich nie mehr wiedersehen.

Als sie ins Haus kam, eilte Carmentita ihr entgegen und berichtete aufgeregt, der Kapitän sei heimgekommen. Pilar rannte sofort zu ihm. Er war gealtert und sah müde aus, und während sie ihn umarmte, dachte sie: Wie könnte ich ihn jemals verlassen? Und ihr traten Tränen in die Augen.

Sie bediente ihn selbst bei Tisch, und er sprach der gebratenen Rinderlende, den Pasteten und dem Sauerrahm herzhaft zu. »Die Londoner können es, zumindest was das Essen angeht, nicht mit uns hier in Devon aufnehmen«, stellte er zufrieden fest.

»War deine Reise erfolgreich, Käpt'n?«

»Das wird sich erst noch herausstellen. Hat man das Wespennest inzwischen ausgeräuchert?«

»Alles ist noch so, wie es bei deiner Abreise war.«

»Diese Toren! Diese verfluchten Vollidioten! Sie lassen diese Ratten weiter hier unter uns leben!«

»Haben sie dir denn nicht zugehört?«

»O doch. Ich hatte Unterredungen mit diesem und jenem und sonst noch wem. Was ich ihnen erzählte, sei von größtem Interesse, sie würden es sich gut merken, und sie wüßten genau, daß ich ein treuer Diener unserer Königin sei. Aber die Ratten haben sie doch in ihren Löchern gelassen, diese verdammten Dummköpfe!«

»Käpt'n«, fragte sie, »würdest du gern wieder zur See fahren?«

Seine Augen begannen zu glänzen. »Ach, Mädchen«, sagte er, »wenn ich mein Bein zurückbekommen und den verfluchten Schmerz in meiner Seite loswerden könnte, würde ich sofort auf und davon gehen – und diesmal kämest du mit mir. Ich würde wieder auf meinem Deck stehen...«

»Hast du nie daran gedacht, auf einem anderen Schiff mitzufahren? Als... als Passagier?«

Er mußte lachen. »Nein«, rief er. »Ich will der Herr des

Schiffes sein oder gar nichts. Ich weiß, woran du denkst, mein Mädchen.«

Sie errötete, und er fuhr fort: »Er wird bald nach Hause kommen. Bei Gott, er wird die Gerüchte hören und heimkehren. Petroc würde es sich sein Leben lang nicht verzeihen, wenn er nicht hier wäre, um die spanischen Hunde zu vertreiben.«

Der Kapitän saß lachend da. Er war alt, und für ihn war das Abenteuerleben vorüber. Aber seine Augen sagten ihr, daß er das Leben immer noch schön finden konnte, solange es Petroc Pellering und sein Mädchen Piller gab.

Der letzte Tag zu Hause! dachte Pilar. Heute nacht wird unser Schiff davonsegeln, und ich werde diese Klippen nie wiedersehen.

Morgen früh wird der Kapitän durchs Haus humpeln und rufen: »Wo ist mein Piller-Mädchen?« Und ich werde ihm nicht antworten. Dann wird er ärgerlich werden, und sie werden ihm meinen Abschiedsbrief geben, und dann wird das Leben für ihn völlig leer und sinnlos sein, schlimmer noch als an jenem Tag, als er sein Bein verlor und wußte, daß er nie wieder über die Meere segeln würde.

Der Tag war eine einzige Qual für sie.

Sie wußte, daß sie ihn nicht verlassen konnte. Roberto, Howard... sie mußten ohne sie reisen. Roberto mußte fahren, weil sein Vater es nicht riskieren konnte, noch länger in England zu bleiben, und Bianca würde sich natürlich nie von Blasco trennen. Sie waren jetzt eine Familie; sie mußten zusammenbleiben. Und auch Howard mußte fort; die Hardys waren in Gefahr, und Howard war jetzt ein Mann. Man würde nicht nur seinen Vater, sondern auch ihn unter Anklage stellen, Feinde seines Landes beherbergt zu haben. Er war in England nicht mehr sicher.

Sie war völlig verwirrt. Es war immer ihr großer Wunsch gewesen, über die Meere zu segeln, aber wenn sie die anderen begleitete, würde sie ihr ganzes Leben lang nicht vergessen können, was sie dem Kapitän angetan hatte.

Die Zeit verstrich. Der Gezeitenwechsel würde direkt

nach Einbruch der Dunkelheit stattfinden; deshalb hatten sie diesen Tag gewählt.

Bald würde die Sonne hinter den Hügeln untergehen. Bald würde es Zeit sein, das Haus zu verlassen. Ihr Gepäck war schon an Bord, aber sie hatte den Abschiedsbrief für den Kapitän noch nicht geschrieben. Sie hatte es versucht, aber ihre Finger und ihr Gehirn versagten ihr den Dienst. Sie wußte jetzt genau, daß sie ihn nicht verlassen konnte, daß er ihr mehr bedeutete als all jene, die davonsegeln würden.

Sie ging ins Zimmer ihrer Mutter und warf sich wie ein kleines Mädchen in ihre Arme.

»Ich weiß«, murmelte Isabella. »Ich weiß, *favorita*. Du kannst nicht mitfahren. Du kannst ihn nicht verlassen.«

»Ja«, bestätigte Pilar. »Ich muß bei ihm bleiben.«

»Er ist alt, Pilar. Du bist jung. Und du weißt, daß Roberto und Howard fort müssen.«

»Ich kann ihn nicht verlassen«, wiederholte Pilar.

Isabella schwieg. Und wenn sie hierbleibt, dachte sie, wie könnte ich dann fahren? Wie könnte ich meine Tochter verlassen? Er bedeutet ihr so viel! Sie wurde im Haß gezeugt, und doch hat sie soviel Liebenswertes an ihm gefunden, daß sie um seinetwillen uns alle ziehen lassen wird. Und wenn sie hierbleibt, kann ich nicht fortfahren, auch wenn ich es noch so gern täte.

Sie ist eine Frucht des fortwährenden Kampfes zwischen unseren beiden Ländern, und doch lieben wir sie beide mehr als alles andere auf der Welt. Wie eigenartig, daß aus solchem Haß dieses bezaubernde Mädchen entstehen konnte!

Pilar war überwältigt von der Liebe, die sie in den Augen ihrer Mutter las.

Isabella sagte schnell: »Du mußt hierbleiben, Kind. Du würdest fern von ihm niemals glücklich sein. Du liebst weder Roberto noch Howard – zumindest liebst du sie nicht genug, denn wenn du es tätest, würdest du um dieser Liebe willen alles andere aufgeben. Nur das ist wahre Liebe. Aber du willst bei deinem Vater bleiben; und weil ich dich genauso liebe wie du ihn, werde ich ebenfalls hierbleiben.«

Das Schiff segelte aus dem Hafen.

An Deck stand die kleine Gruppe, Seite an Seite, und betrachtete das zurückbleibende Ufer. Sie hatten ihr altes Leben hinter sich gelassen, und sie wußten noch nicht, wie ihr neues Leben aussehen würde.

Bess war vermutlich am glücklichsten. Roberto war bei ihr, und Pilar war zurückgeblieben.

Blasco hatte seinen Arm um Bianca gelegt. Aber über ihrem Glück lag ein Schatten. Bianca war so lange mit Isabella zusammengewesen. »Wir waren einander so nahe«, hatte sie gesagt. »Wir waren wie zwei alte Bäume, die miteinander verwachsen sind.«

»Irgendwann werden wir zurückkommen«, tröstete Blasco sie.

Das gleiche hatte er auch Roberto und Howard gesagt: »Wir werden zurückkommen.«

Als Pilar ihnen ihre Entscheidung mitgeteilt hatte, hatten beide ebenfalls in England bleiben wollen. Aber Blasco hatte mit ihnen gesprochen.

»Es ist Pilars Entscheidung, nicht die eure. Sie liebt euch wie Brüder... euch beide. Das ist ihre Antwort für euch. Eines Tages könnt ihr wieder nach England segeln und Pilar als erwachsene Frau treffen, und dann könnt ihr um sie werben. Jetzt ist sie noch viel zu jung dazu, und sie hängt sehr an ihrem Vater.«

Blasco hatte begriffen, daß weder Roberto noch Howard der richtige Ehemann für Pilar wäre. Robertos angeborene Trägheit paßte nicht zu ihrem Temperament. Und Howard, der nichts in Frage stellte, was man ihn gelehrt hatte, der selbständiges Denken vermied – Howard paßte noch weniger zu ihr. Pilar brauchte einen Mann, dessen Geist genauso wach und lebhaft war wie ihr eigener.

Domingo ritt nach London, Charlie Monk neben sich.

Eine Stunde, bevor das Schiff auslaufen sollte, hatten sie sich auf den Weg gemacht.

»Sag meinem Bruder bitte, daß ich plötzlich nach London gerufen worden bin«, hatte er zu einem der Dienstboten

gesagt, die von der geplanten Flucht natürlich nichts wußten. »Charlie und ich müssen sofort aufbrechen.«

Er hatte Angst gehabt, Blasco zu begegnen und der Über-
redungskunst seines Bruders nicht gewachsen zu sein.

Er war auf dem ganzen Ritt nach London in gehobener
Stimmung. Das Ende konnte jetzt nicht mehr allzu fern
sein, und er würde sich dafür stählen. Blasco würde ihn
verstehen. Er hätte nicht mit ihnen segeln können, denn
seine grimmige Begleiterin, die Angst, wäre mit ihm an
Bord gegangen. »Wir sind aneinandergekettet«, hatte er geschrieben, »die Angst und ich.« Er wußte, daß es nur eine
einzige Möglichkeit gab, diese Ketten zu sprengen.

Er mußte die Angst ganz nahe an sich herankommen lassen; er mußte ihr in die Augen blicken, er mußte ihren
Atem auf seinen Wangen spüren, er mußte all die Qualen
erdulden, gegen die sein schwacher Körper sich auflehnte.

Charlie war verwirrt. Er konnte nicht verstehen, was diese plötzliche Reise zu bedeuten hatte. Aber ihm war nichts
anderes übriggeblieben, als seinem Herrn zu gehorchen.

Als sie London erreichten, stiegen sie in ihrem alten
Quartier in Lad's Lane ab. Domingo ließ Charlie dort zu-
rück und machte sich zuerst auf den Weg zum St. Giles's
Field. Dort stand er lange da und rief sich alles genau
in Erinnerung zurück. Dann begab er sich rasch in die
Seething Lane.

Viele Schiffe lagen an diesem Pfingstsonntag im Hafen,
und an allen Masten wehte die Flagge des Hl. Georg. Der
Wind war lebhaft, die Sonne strahlte vom Himmel.

Alle Glocken läuteten. Überall auf den Straßen drängten
sich die Menschen. Viele eilten zur St. Andrew-Kirche, wo
Sir Francis Drake und Lord Howard von Effingham gemeinsam dem Gottesdienst beiwohnen würden, um allen
zu demonstrieren, daß zwischen ihnen keine Feindschaft
herrschte und alle kleinen Eifersüchteleien in Anbetracht
der vor ihnen liegenden großen Aufgabe begraben worden
waren.

Pilar war an diesem Morgen erregt und glücklich. Sie

wußte, daß sie einen der bedeutsamsten Abschnitte in der Geschichte ihres Landes miterleben durfte; und sie hatte aufgehört, sich nach ihren Freunden zu sehnen, die in die Ferne gesegelt waren.

Auf dem Wasser schaukelten die stolzen englischen Schiffe im kräftigen Wind — *Achates, Swiftsure, Nonpareil, Mary Rose, Elizabeth Bonaventure, Victory* und all die anderen.

Pilar war überzeugt davon, daß sie unbesiegbar waren, und ihr Anblick erfüllte sie mit Stolz.

Ihr wurde in diesem Augenblick klar, daß sie hierher gehörte, daß dies ihre Heimat war, und daß sie — obwohl sie ihre Freunde noch oft vermissen würde — diesen Tag in Plymouth um nichts in der Welt hätte verpassen mögen.

Eines Tages werden sie bestimmt nach England zurückkehren, sagte sie sich — denn Wunschdenken gehörte nun einmal zu ihrer Natur —, oder aber ich werde über den Ozean segeln und sie besuchen. Denn wenn wir die Spanier geschlagen haben — und wie könnte jemand daran zweifeln, daß wir sie besiegen werden? —, werden die Meere für Reisende ungefährlich sein, und auch zu Lande wird es dann keine Kriege mehr geben.

Die Spanier, die mit ihren Geißeln, ihren Daumenschrauben und ihren Streckbänken nach England kommen wollten, waren die Verkörperung des Bösen. Sie war die Tochter des Kapitäns, und sie glaubte ihm, daß dies die Wahrheit war.

Ihre Augen funkelten an diesem Morgen vor Begeisterung, und sie bedauerte von Herzen, kein Mann zu sein. Wie gern wäre sie auf der *Achates* oder auf einem der anderen Schiffe hinausgesegelt, um den Feind zu vernichten!

Sie riß sich vom Anblick des Hafens los und rannte zur Kirche. Der Kapitän wartete dort schon auf sie.

»Bei Gott!« rief er. »Wer wollte heute kein Engländer sein! Die Pest wünsche ich dem Schicksal an den Hals, das mich dazu verurteilt hat, an Land zu bleiben. Ich gäbe mit Freuden den Rest meines Lebens hin, wenn ich heute zum Kampf in See stechen könnte!«

Und da kamen sie – die Männer, die England zum Sieg verhelfen sollten: Martin Frobisher, John Hawkins, Lord Howard von Effingham – der hier in Plymouth allerdings nicht sehr beliebt war, weil alle der Ansicht waren, Sir Francis hätte Lordadmiral der Flotte werden sollen – und Sir Francis Drake höchstpersönlich, der den Menschen zulächelte, die ihm begeistert zujubelten.

Man begab sich zum feierlichen Gottesdienst in die Kirche. Viele fanden allerdings keine Plätze mehr und mußten auf dem Vorplatz für den Sieg beten.

Und als sie aus der Kirche herauskamen und zum Meer hinüberblickten, sahen viele ein neues Schiff, das sich Plymouth näherte, und sie fragten sich, ob das schon die ersten Spanier sein könnten.

Aber es war kein spanisches Schiff. Am Mast wehte die Flagge des Hl. Georg, und es steuerte direkt auf den Sund zu.

Auch Pilar und der Kapitän beobachteten es, und plötzlich strahlten die Augen des Kapitäns vor Freude und Stolz.

»Bei Gott!« rief er. »Was habe ich dir gesagt, Mädchen? Habe ich dir nicht gesagt, daß er die Neuigkeiten erfahren und nach Hause eilen würde? Ich wußte es! Auf Petroc ist Verlaß. England in Gefahr – und er nicht zur Stelle? Unmöglich! Ich wußte es. Bei Gott, die Dons könnten mir heute fast leid tun. Sag selbst, Piller-Mädchen, welche Siegeschancen haben sie denn schon? Drake wird es ihnen schon zeigen! Und jetzt auch noch Petroc!«

Der Kapitän umarmte Pilar; er schüttelte unzählige Hände.

»Bei Gott, seht Euch das an! Seht Ihr jenes Schiff dort? Das ist mein Junge Petroc, der nach Hause geeilt ist, um für England zu kämpfen!«

Pilar schirmte ihre Augen mit der Hand vor der Sonne ab und betrachtete das einlaufende Schiff.

Er wurde auf einem Karren nach Tyburn Tree gebracht. Die Leute in den Straßen verhöhnten ihn. Ein Jesuit! Ein spanischer Spion! In England gab es ein Synonym für Haß – und das war Spanien. Sie bewarfen ihn mit Steinen und Unrat, sie beschimpften und verfluchten ihn.

Er murmelte vor sich hin: »Selig seid ihr, wenn euch die Menschen um meinetwillen schmähen...«

Jetzt würde es bald soweit sein, und er war froh darüber. Endlich stand er der Angst, die ihn sein Leben lang verfolgt hatte, von Angesicht zu Angesicht gegenüber. Das Schlimmste stand ihm noch bevor, aber es würde nicht ewig dauern können. Er betete um den Mut, seiner Angst Herr zu werden.

Er hatte getan, was er als das einzig Richtige erkannt hatte. Er hätte nicht mit Blasco in die Neue Welt segeln können, denn seine Angst wäre mit ihm gereist; er hätte vergeblich versucht, vor ihr davonzulaufen — wie damals, als er mit Vater Sanchez heimlich Cadiz verlassen hatte, um ins Seminar einzutreten. Er konnte der Angst nicht entkommen, denn sie war ein Teil seiner selbst. Er war damit geboren worden, und es stand geschrieben: ›So dich dein Auge ärgert, reiß es aus und wirf's von dir.‹ Seine Angst war eine Beleidigung für den Mann, der er sein wollte, und dies war die einzige Möglichkeit, wie er sie aus sich austreiben konnte.

Sie brüllten und höhnten. Sie würden sich um das Schafott drängen, um seinen qualvollen und erniedrigenden Tod mitzuerleben.

Aber irgendwann würde der Schmerz enden...

Er hatte den dunkelhäutigen Mann in seinem Haus in der Seething Lane aufgesucht und gesagt: »Ich liefere mich Euch aus. Ich kann Euch nicht länger dienen, wie Ihr es von mir verlangt. Ich bin gekommen, um Euch jetzt zu sagen, was ich schon viel früher hätte sagen sollen: Nehmt meinen Leib und tut damit, was Ihr wollt. Ich kann meine Seele nicht länger quälen und peinigen.«

Sir Francis hatte seine schwermütigen Augen auf ihn gerichtet und gesagt: »Ihr seid ein tapferer Mann, Señor Carramadino.«

»Ich hätte nie geglaubt, daß jemand einmal diese Worte zu mir sagen würde.«

»Es ist aber so. Ihr seid zu uns gekommen – in ein feindseliges Land –, um zu versuchen, uns zu Eurem Glauben zu bekehren. Ich würde keinen Menschen wegen seines Glaubens zum Tode verurteilen. Es ist noch nicht sehr lange her, daß Anhänger Eures Glaubens die Anhänger meines Glaubens in Smithfield auf den Scheiterhaufen verbrannten. Das ist etwas, was wir nie vergessen werden. Ich weiß, daß aus einer solchen Geisteshaltung nur Schlimmes entstehen kann, und ich würde niemals zulassen, daß Menschen im Namen meines Glaubens und im Namen unserer Königin hingerichtet werden, nur weil sie einen anderen Glauben haben. Aber Ihr seid auch hierher zu uns gekommen, um zu spionieren, und gegen Spione müssen wir unerbittlich vorgehen. Ihr wißt das, Señor Carramadino?«

»Ich weiß es. Gerade deshalb bin ich zurückgekommen.«

Und so war er ins Gefängnis gebracht worden, er hatte den Urteilsspruch vernommen, und nun war der Tod nicht mehr fern, aber noch bevor dieser Tag zu Ende war, würde er in Frieden ruhen.

Der Schmerz wird grauenvoll sein, und der Todeskampf wird lange dauern, aber es ist der einzige Weg zum Frieden. Und wenn es vorüber ist, wird meine Schuld von mir abfallen, und ich werde geläutert sein.

Sie hatten ihn vom Karren zum Schafott geführt, und der Strick lag um seinen Hals.

»Tod dem Spanier!« brüllte die Menge. »Tod allen Spaniern! Tod allen Spionen!«

»O Herr, gib mir Kraft!« betete er. Sein Körper baumelte am Strick. Er sah, wie der Henker sein Messer wetzte. Er hörte das Geschrei der Menge.

Er betete.

»Sie wollen mit ihrer Inquisition herkommen!« rief jemand ganz in seiner Nähe. »Zeigen wir ihnen, daß wir mit ihnen genauso umspringen können, wie sie es mit uns tun wollen!«

Eine feindselige Menge, dachte er, und er sah das Messer in der Sonne funkeln.

Aber Sir Francis hatte spezielle Befehle erteilt. Dieser

Priester war ein mutiger Mann. Er hatte den Tod freiwillig auf sich genommen, obwohl er hätte fliehen können. Es mußte etwas mit seinem Glauben zu tun haben.

»Er wird auf dem Karren im Geiste tausend Tode sterben«, hatte Sir Francis gesagt. »Das genügt.«

»In manus tuas Domine commendo...«, betete leise Domingo.

Und er war tot, als sie ihn vom Galgen nahmen.

Entlang der ganzen Küste hielten die Menschen Wache.

Die Schlacht hatte begonnen. Pilar und der Kapitän warteten gespannt, obwohl beide nicht am Ausgang dieses Kampfes zweifelten. Die größte Armada der Welt griff England an. »Aber was sind schon große Schiffe!« rief der Kapitän. »Was zählt, sind die Männer, die auf diesen Schiffen segeln. Wir haben Drake. Wir haben Petroc, Mädchen. Bei Gott, es wird nicht lange dauern, bis wir diese Feuer entzünden. Es wird nicht lange dauern, bis du sie entlang der ganzen Küste lodern sehen wirst.«

Und so warteten sie, während weit draußen die Schlacht tobte; sie warteten, während wendige englische Kanonenboote sich zwischen die großen, schwerfälligen spanischen Galeonen schoben, während Philipps große Armada vernichtet, Philipps Traum zunichte gemacht und die Macht seines riesigen Reiches für immer gebrochen wurde.

Nun läuteten die Kirchenglocken, und die Freudenfeuer brannten. Männer und Frauen tanzten und umarmten einander.

Kurz darauf liefen Schiffe im Hafen ein. Die Sieger waren nach Hause zurückgekehrt.

Und einer dieser Sieger kam nun immer näher.

»Komm, Piller-Mädchen!« rief der Kapitän. »Komm, wir gehen ihm entgegen und sagen ihm, daß wir glücklich über seine Heimkehr sind. Die Köche werden ein Festessen wie noch nie zubereiten. Bei Gott, wir werden ihm zeigen, wie glücklich wir sind, daß er heil zu uns zurückgekommen ist.«

Und Pilar betrachtete Petroc, der noch vom Schmutz und Ruß der Schlacht gezeichnet war, und sie dachte daran, daß er furchtlos über die Meere segelte, dem Tod ins Auge blickte, Niederlagen in Siege zu verwandeln vermochte – und sie erkannte, daß er aus dem gleichen Holz geschnitzt war wie sie.

Sie bemerkte die Ringe unter seinen Augen, und sie sah auch, wie diese blauen Augen bei ihrem Anblick aufleuchteten.

»Wir sind stolz auf dich!« sagte der Kapitän. »Ich bin stolz auf dich, und mein Mädchen Piller ist es nicht minder.«

Petroc nahm sie bei den Armen und zog sie lachend an sein Herz.

Es war das Lachen eines Siegers, der nie an seinem Sieg gezweifelt hatte.

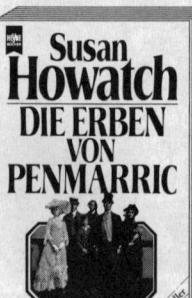